HEYNE BÜCHER

Fantasy

Herausgegeben von Friedel Wahren

GEFÄHRLICHE POSSEN

Komische phantastische Geschichten

von Terry Pratchett,
Douglas Adams u. a.

Herausgegeben
von
Peter Haining

WILHELM HEYNE VERLAG
MÜNCHEN

HEYNE SCIENCE FICTION & FANTASY
Band 06/5909

Titel der Originalausgabe
THE WIZARDS OF ODD
COMIC TALES OF FANTASY
Übersetzungen aus dem Englischen und Amerikanischen
von Wulf H. Bergner, Andreas Brandhorst,
Rudolf Hermstein, Joachim Körber, Irmtraud Kremp,
Friedrich Polakovics, Thomas Schlück, Erik Simon,
Gisela Stege und Günther Treffer
Das Umschlagbild malte Josh Kirby

Umwelthinweis:
Dieses Buch wurde auf chlor- und
säurefreiem Papier gedruckt.

Redaktion: Erik Simon & Friedel Wahren

Erstausgabe bei Souvenir Press Ltd, London

Übersetzer-, Quellen- und Rechtsvermerke zu den einzelnen
Erzählungen erscheinen am Schluß des Bandes.
Printed in Germany 1997
Umschlaggestaltung: Atelier Ingrid Schütz, München
Technische Betreuung: M. Spinola
Satz: Schaber Datentechnik, Wels
Druck und Bindung: Elsnerdruck, Berlin

ISBN 3-453-13343-9

Inhalt

2. Schwerter und Zauberei

Geschichten der heroischen Fantasy

3. Astronauten und Außerirdische

Space-Opera-Arien

Sport that wrinkled Care derides,
and Laughter holding both his sides.
Come, and trip it as you go
On the light fantastic toe.

John Milton

Einführung

Als Kind lag ich einst stundenlang wach, in der ungewissen Hoffnung, einen Dufflepud zu sehen. Erinnern Sie sich noch an die? Sie sollten so ziemlich wie Pilze aussehen, sprangen wie Fußbälle herum und stimmten einander immerfort lauthals zu. Jemand, der sie tatsächlich gesehen hatte, nannte sie einfach ›die Ulkis‹.

Die Dufflepuds waren aber nicht einfach nur spaßig: sie taten Dinge, die sich in der Phantasie festhakten. Sie wuschen Teller und Messer *vor* dem Essen, weil sie es dann, wie sie sagten, danach nicht mehr zu tun brauchten. Sie pflanzten *gekochte* Kartoffeln, damit man sie gleich zubereitet ernten könne. Und einmal geschah es auch, daß eine Katze in die Molkerei geriet und anfing, die Milchkannen auszuschlecken. Und was taten die Dufflepuds? Sie verscheuchten natürlich nicht die Katze – die brachten die ganze *Milch* fort.

Wenn es jetzt noch Leser gibt, die nicht Bescheid wissen, will ich es ihnen in Erinnerung rufen: Die Dufflepuds waren eine von C. S. Lewis' vielen magischen Schöpfungen in seinem Buch, das jeder als Kind gelesen und als Erwachsener abermals zur Hand genommen haben muß: *Die Reise auf der Morgenröte* (The Voyage of the Dawn Treader).* Es ist ein Klassiker, das Buch, das mich vor mehr als vierzig Jahren in die phantastische Literatur eingeführt hat und dem ich seither immer mit gutem Grund dankbar gewesen bin.

Eine andere Episode komischer Phantastik, diesmal

* Wo eine deutsche Übersetzung auszumachen war, wird diese zitiert, sonst der englische Titel übersetzt. Bei Büchern wird, um bei den oft völlig abweichenden deutschen Titeln die Identifikation zu erleichtern, der Originaltitel hinzugefügt. -- *Anm. d. Übers.*

aus dem Kino, ist mir ebenso lebhaft in Erinnerung, obwohl ich sie als Erwachsener gesehen habe. Es war ein genialer Moment jenes vielseitig begabten Autors und Regisseurs Woody Allen. Der Film war eine Art futuristische Satire über Sex, und die fragliche Episode handelte von einem verrückten Wissenschaftler, der eine riesige bewegliche Frauenbrust geschaffen hatte. In der besten Tradition von Horrorfilmen und Billigstreifen brach die Brust aus dem Labor des Wissenschaftlers aus und walzte alles nieder, was ihr in den Weg kam. Doch der gute alte Woody fand ein Mittel gegen den wildgewordenen Körperteil: Er führte ihr Wüten zu einem dramatischen Finale, indem er sie im Körbchen eines riesigen BH einfing! Falls sich jemand nicht an den Titel erinnert – der Film hieß *Was Sie schon immer über Sex wissen wollten, aber nie zu fragen wagten* (1972).

Obwohl ich diese Erfahrungen zu sehr verschiedenen Zeiten in meinem Leben machte, haben sie etwas ganz Grundlegendes gemein. Es verbindet sie, was C. S. Lewis den Schlüssel zu einer phantastischen Geschichte nannte – ›eine fesselnde Seltsamkeit‹.

Womit ich bei dem wohl besten Argument für den Reiz der phantastischen Literatur und insbesondere der humoristischen Phantastik wäre. In allen diesen Geschichten trifft der Leser auf Menschen, Orte, Ereignisse und Geschöpfe, die nach normalen Maßstäben oder der Wissenschaft zufolge nicht existieren dürften. *Das* ist es, was die Vorstellungskraft anregt. Und der Grad, in dem die Anregung den Geist des Lesers fesselt, entscheidet über Erfolg oder Mißerfolg des Genres.

Es war ein weiterer Meister der Fantasy, Professor J. R. R. Tolkien, der bemerkte, das Ziel der Phantastik sei es, den Leser mit ›Ehrfurcht und Staunen‹ zu erfüllen. Wenn wir dem die Worte ›und Vergnügen zu bereiten‹ hinzufügen, erhalten wir eine ziemlich gute Definition für humoristische Phantastik und sicherlich für das Anliegen der Geschichten in dieser Anthologie.

Wie alle Literaturgenres hat die komische Phantastik verschiedene Unterabteilungen, und ich habe in diesem Buch versucht, die Erzählungen unter drei Überschriften zu ordnen, die die Kategorien so deutlich trennen, wie ich es vermocht habe. Zuerst ›Zauberer und Dingsdas‹. Das sind alles Geschichten von Magie und dem Übernatürlichen, in denen beides nicht ganz so wie erwartet funktioniert. Der zweite Abschnitt, ›Schwerter und Zauberei‹, hat sich eigentlich aus einer der ältesten aller literarischen Formen entwickelt, die ihre Vorgänger in alten griechischen Legenden und skandinavischen Sagas hat. Diese Sorte heroische Fantasy hat heutzutage eine Art Umwälzung durchgemacht: Die Helden sind längst nicht mehr so unfehlbar, ihre Abenteuerfahrten viel weniger glorreich und ihre Gegenspieler – aber das können Sie alles selbst herausfinden.

Die Space Opera, die Weltraumoper, ist die letzte und jüngste Entwicklung in der humoristischen Phantastik. Raumfahrt wird allgemein als derart hochgradig technische und wissenschaftliche Angelegenheit betrachtet, daß es fast einer Lästerung gleichkommt, Witze darüber zu machen – aber genau das ist es, was einige hochrangige SF-Autoren getan haben. Daher sind die Außerirdischen und Astronauten, die im letzten Drittel dieses Buches auftreten, weder Supermänner noch Superintelligenzen von anderen Welten, wie sie in einer Unmasse von Büchern seit der Jahrhundertwende immer wieder versuchen, den Menschen die Torheit ihres Tuns in einem nahezu messianistischen Kreuzzug vor Augen zu führen.

Wann immer ich dazu komme, Geschichten wie diese zu lesen, fallen mir ein paar Zeilen aus Lewis Carrols *Alice im Wunderland* ein, einem Werk, das direkt und indirekt sehr großen Einfluß auf die Schriftsteller des Genres hatte. Es sind Sätze, die der allgegenwärtige Verrückte Hutmacher spricht: »Wie ein Teebrett übers Feld«, bemerkt er mit all seiner scheinbaren Sachkenntnis aus persönlicher Erfahrung, »fliegst du auf zum

Himmelszelt.«* Es sind nicht nur Teebretter, die die Science Fiction-Autoren für unsere Phantasie aufbieten, sondern eine unvergleichliche Flottille aller möglichen Vehikel von H. G. Wells' staksigen marsianischen Dreifüßen bis zu Doktor Whos unglaublicher Tardis!

Ohne Zweifel geht die gegenwärtige Beliebtheit humoristischer Phantastik zu einem großen Teil auf zwei hier vertretene Autoren zurück, Terry Pratchett und Douglas Adams. Auch alle anderen Schriftsteller haben bedeutende Beiträge geleistet, aber Pratchett und Adams sind *speziell* als humoristische Autoren berühmt geworden. Ich freue mich daher besonders, daß beide so gern bereit waren, etwas zu diesem Buch beizusteuern, und zwar die zur Zeit einzigen Kurzgeschichten über ihrer beider bekanntesten Schöpfungen: die Scheibenwelt, die sich auf den Rücken von vier Elefanten durch den Weltraum bewegt, die auf einer Riesenschildkröte stehen, und das Anhalter-Handbuch, das die beispiellose Geographie der Galaxis verzeichnet – noch zwei Beispiele für ›fesselnde Seltsamkeit‹, und das bei jeder Lektüre von neuem. Des weiteren haben beide Autoren ihre emblematischen Erzählungen für diese ihre erste Mitwirkung an einer Anthologie überarbeitet.

Gefährliche Possen verkörpert, wie ich glaube, einiges von der besten komischen phantastischen Literatur der letzten hundert Jahre. Die Auswahl ist nicht erschöpfend – es bedürfte eines dreimal so dicken Bandes, um alle aufzunehmen, die Wichtiges zum Genre beigetragen haben –, doch sie ist durchaus repräsentativ. Und jede einzelne Geschichte wird, wie ich hoffe, beim Leser den Widerhall einer anderen Zeile von Lewis Carroll wecken: »›Merkwürdig, immer merkwürdiger‹, rief Alice.«

PETER HAINING,
Boxford, Suffolk

* Zitiert nach der Übersetzung von Kurt Schrey.

1

Zauberer und Dingsdas

Geschichten von kosmischer Absurdität

Terry Pratchett

Das Genre der komischen Fantasy wird heute von Terry Pratchett beherrscht, dessen Zyklus von achtzehn Scheibenwelt-Romanen, den er 1983 mit Die Farben der Magie *(The Colour of Magic, deutsch auch: Die Farben der Phantasie) zu schreiben begann, eine der verlegerischen Sensationen des letzten Jahrzehnts sind. Jeder neue Titel wird automatisch zum Bestseller, sobald er veröffentlicht ist, und die Bücher sind auch in achtzehn Sprachen übersetzt worden, haben eine Unmenge Nebenvermarktung nach sich gezogen, sollen demnächst zu einer bedeutenden Fernsehserie werden und haben zur Popularisierung der Phantastik wahrscheinlich mehr beigetragen als jeder andere Zyklus, ausgenommen J. R. R. Tolkiens* Der Herr der Ringe.

Pratchett unterscheidet sich jedoch dadurch von Tolkien, daß alle seine Geschichten unglaublich komisch sind. Die Scheibenwelt ist ein Ort der Magie, der auf dem Rücken von vier riesigen Elefanten ruht, die ihrerseits auf dem Panzer einer gewaltigen Schildkröte stehen (›Geschlecht unbekannt‹), die durch die gestirnte Unendlichkeit wandert. Sie wird von bizarren Gestalten bewohnt, von denen sich einige im Fortgang des Zyklus als überaus beliebt bei den Lesern erwiesen haben. Dazu gehören der hoffnungslose Zauberer Rincewind, die liebenswürdige Hexe Oma Wetterwachs, der Orang-Utan-Bibliothekar der Unsichtbaren Universität, Tod, der in Großbuchstaben spricht und auf einem weißen Pferd namens Binky reitet, und insbesondere Truhe, eine hölzerne Truhe mit zahlreichen Beinen, die halb als treuer Gefährte, halb als wahnsinniger Mörder beschrieben worden ist.

Terry Pratchett (geb. 1948) hat eingestanden, daß sein Interesse an Fantasy durch die Lektüre von Kenneth Grahames Der Wind in den Weiden *(The Wind in the Willows) als Schuljunge in seiner Heimatstadt Beaconsfield beeinflußt wurde. Bald darauf begann er Geschichten zu schreiben, und mit dreizehn* wurde er einer der ganz wenigen Schriftsteller, deren erste Erzählung erschien, ehe sie zwanzig waren – in Pratchetts Fall eine kleine komische Geschichte über die Kommerzialisierung von Himmel und Hölle, ›Das Hades-Geschäft‹, 1961 in der Zeitschrift Science Fantasy veröffentlicht. Später war er Reporter bei der Bucks Free Press und dann acht Jahre lang Pressesprecher der Zentralen Elektrizitätserzeugungsbehörde, bis der Erfolg der Scheibenwelt-Romane es ihm erlaubte, Berufsschriftsteller zu werden.

›Gefährliche Possen‹ ist in mehrerlei Hinsicht eine bedeutsame Geschichte. Es ist bis dato die einzige Scheibenwelt-Kurzgeschichte, die Pratchett geschrieben hat, und ist bisher nur gekürzt in der Juli/August-Ausgabe 1993 vom W. H. Smith's Kundenzeitschrift Bookcase erschienen, wo sie nicht einmal auf der Titelseite erwähnt wurde! Für diese erste Buchpublikation von ›Gefährliche Possen‹ hat der Autor eigens die vollständige Fassung wiederhergestellt. Die Geschichte ist ein Juwel von kosmischer Absurdität und setzt den Maßstab für alle folgenden...

Gefährliche Possen

Es war ein schöner Sommermorgen; an einem solchen Morgen freute man sich darüber, am Leben zu sein. Der Mann hätte sich vermutlich noch mehr darüber gefreut, überhaupt zu leben. Er war tot. Ohne eine besondere Ausbildung konnte man kaum toter sein.

»Also«, sagte Feldwebel Colon von der ankh-morporkianischen Stadtwache (für den Nachtdienst eingeteilt) und holte sein Notizbuch hervor. »Bisher haben wir als Todesursache folgendes festgestellt: a) von mindestens einem stumpfen Gegenstand erschlagen, b) von einem Würstchenstrang erdrosselt und c) von mindestens zwei Tieren mit scharfen Zähnen zerfleischt. Was nun, Nobby?«

»Schlage vor, du verhaftest den Verdächtigen, Feldwebel«, erwiderte Korporal Nobbs und salutierte zackig.

»Den Verdächtigen, Nobby?«

»Ihn.« Nobbs stieß die Leiche mit dem Stiefel an. »Ich finde es höchst verdächtig, auf diese Weise tot zu sein. Außerdem hat er getrunken. Wir könnten ihn wegen Leblosigkeit und ungebührlichen Betragens in den Knast stecken.«

Colon kratzte sich am Kopf. Zweifellos hatte es gewisse Vorteile, eine Leiche zu verhaften, aber …

»Hauptmann Mumm möchte sicher, daß wir den Fall aufklären«, erwiderte er langsam. »Bringen wir den Toten zum Wachhaus, Nobby.«

»Und dann essen wir die Würstchen, Feldwebel?« fragte Korporal Nobbs hoffnungsvoll.

Es war nicht leicht, Leiter der Polizei in Ankh-Morpork zu sein, der größten Stadt auf der Scheibenwelt*. Während besonders trübsinniger Phasen dachte Hauptmann Mumm daran, daß es sicher andere Städte gab, ohne Zauberer (die das Rätsel von verschlossenen Zimmern alltäglich werden ließen) oder Zombies (Mordfälle konnten wirklich sonderbar sein, wenn das Opfer auch als Hauptbelastungszeuge auftrat), Städte, in denen Hunde des Nachts brav schliefen und nicht herumliefen, um mit den Leuten zu reden. Hauptmann Mumm glaubte ebenso an die Logik, wie ein Ertrinkender in der Wüste an Eis glaubt: Es handelte sich dabei um etwas dringend Benötigtes, doch er befand sich ganz einfach am falschen Platz. Es wäre schön gewesen, wenigstens ab und zu Klarheit zu schaffen, dachte er.

Mumm sah auf die Leiche hinab und spürte einen Hauch Aufregung. Es gab *Spuren*. Zum erstenmal bekam er es nun mit richtigen *Spuren* und *Indizien* zu tun.

»Raubüberfall ist ausgeschlossen, Hauptmann«, sagte Feldwebel Colon. »Weil seine Taschen nämlich voller Geld stecken. Es sind insgesamt elf Dollar.«

»Elf Dollar können ihm wohl kaum die Taschen füllen«, erwiderte Mumm.

»Oh, das ist durchaus möglich, wenn es nur Cent-Münzen sind. Es überrascht mich, daß die Hose der Belastung standhielt. Außerdem habe ich schlau herausgefunden, daß er in der Unterhaltungsbranche arbeitete, Herr Hauptmann. In einer seiner Taschen steckte nicht nur Geld, sondern auch eine Visitenkarte. Mit der Aufschrift: *Chas Schlummer, Kinder-Unterhalter*.«

»Ich nehme an, niemand hat was beobachtet, oder?« fragte Mumm.

»Nun«, entgegnete Feldwebel Colon eifrig, »ich habe

---

* Sie ist flach und wird von einer gewaltigen Schildkröte durchs All getragen. Warum auch nicht?

den jungen Obergefreiten Karotte gebeten, Augenzeugen zu suchen.«

Und auf der magischen Scheibenwelt gibt es immer garantiert einen Augenzeugen für jeden Mord. Es ist praktisch sein Job.

Obergefreiter Karotte, vermutlich der geradlinigste Denker in der ganzen Geschichte des Universums, holte sein Notizbuch hervor.

»Ich weiß, daß du etwas gesehen hast, Herr«, sagte er. »Immerhin warst du am Tatort.«

NUN, JA, gestand Tod, DAS IST MEINE AUFGABE. ABER DIESER FALL ERSCHEINT MIR SEHR UNGEWÖHNLICH.

»Wenn ich das Gesetz richtig verstehe, Herr, hast du dich der Begünstigung schuldig gemacht«, sagte Karotte. »Vielleicht auch der Beihilfe.«

JUNGER MANN, ICH BIN DIE TAT.

»Genau deshalb dachte ich, du könntest vielleicht helfen«, erwiderte Karotte sofort.

DU MÖCHTEST, DASS ICH JEMANDEN ... VERPFEIFE? ZU EINEM POLIZEISPITZEL WERDE? NEIN. NIEMAND HAT HERRN SCHLUMMER UMGEBRACHT. ICH KANN DIR LEIDER NICHT HELFEN.

»Oh, vielleicht hast du mir bereits geholfen«, sagte Karotte.

VERDAMMT.

Tod sah Karotte nach.

NUN, WO WAR ICH STEHENGEBLIEBEN ...? Tod schärfte seine Sense. Zum erstenmal hatte er der Polizei bei ihren Ermittlungen geholfen. Nun, jeder mußte seine Pflicht erfüllen.

Obergefreiter Karotte schritt gelassen durch die Stadt. Er besuchte einen Metzger, der Würstchen herstellte. Er begegnete einer Gruppe von Kindern und plauderte eine Zeitlang mit ihnen. Dann schlenderte er wieder zu der Gasse, wo Korporal Nobbs mit Kreide den Umriß der Leiche auf den Boden gezeichnet hatte. (Er war so frei gewesen, Farbe und einige ausschmückende Details hinzuzufügen: eine Pfeife, einen Spazierstock, im Hintergrund einige Bäume und Büsche. Es dauerte nicht lange, bis sich in seinem Helm sieben Cent ansammelten.) Er blickte zu dem Müllhaufen am Ende der Gasse und nahm auf einer alten Tonne Platz. »Na schön«, sagte er. »Ihr könnt hervorkommen. Ich wußte gar nicht, daß es noch Gnome wie euch gibt.«

Es raschelte im Müll, und sie kamen zum Vorschein: der kleine Mann mit dem roten Hut und der krummen Nase, die kleine Frau mit der Morgenhaube und dem noch kleineren Kind, der kleine Polizist, der Hund mit der Halskrause und der kleine Alligator.

Obergefreiter Karotte lehnte sich zurück und hörte zu.

»Er zwang uns dazu«, sagte der kleine Mann. Er hatte eine erstaunlich tiefe Stimme. »Oft schlug er uns, selbst den Alligator. Mehr verstand er nicht. Darauf lief bei ihm alles hinaus: mit einem Knüppel zu hauen. Und er nahm das ganze Geld, das der Hund Toby sammelte. Ging damit in die nächste Taverne und betrank sich. Und dann liefen wir weg, und er fand uns in der Gasse, und er nahm sich Judy und das Kind vor, und dann fiel er und ...«

»Wer hat ihn zuerst geschlagen?« fragte Karotte.

»Wir alle!«

»Aber nicht sehr fest«, meinte Karotte. »Ihr seid zu klein. Ihr habt ihn nicht ermordet. Was eine sehr zuverlässige Zeugenaussage bestätigt. Herr Schlummer ist erstickt. Was ist das hier?« Er griff nach einer kleinen Lederscheibe.

»Damit kann man seine Stimme verstellen«, erklärte der kleine Polizist. »Er benutzte das Ding häufig. Weil unsere Stimmen angeblich nicht lustig genug klangen.«

»Das ist so üblich«, fügte die Frau namens Judy hinzu.

»Es steckte ihm im Hals«, sagte Karotte. »Ich schlage vor, ihr lauft fort, so weit wie möglich.«

»Wir haben mit dem Gedanken gespielt, eine Theatergruppe zu bilden«, ließ sich der Anführer der Gnome vernehmen. »Du weißt schon ... experimentelles Drama. Straßentheater und dergleichen. Ohne daß jemand vor Kindern mit einem Knüppel zuschlägt.«

»Eure Aufführungen sind für Kinder bestimmt gewesen?« fragte Karotte.

»Herr Schlummer sprach in diesem Zusammenhang von einer neuen Art der Unterhaltung.«

Karotte erhob sich und warf die kleine Lederscheibe auf den Müllhaufen.

»Ich bezweifle, ob den Leuten so etwas gefallen wird«, sagte er. »Es gehört sich einfach nicht.«

Lord Dunsany

Wenn Terry Pratchett heute unumstritten der Meister der komischen Fantasy ist, so war für die Einführung des Genres ein bemerkenswerter irischer Exzentriker verantwortlich, Lord Dunsany (1878–1957), der vor fast einem Jahrhundert ›die erfundene Fantasy-Welt in Erzählungsform zeugte‹, wie der SF-Historiker Mike Ashley schreibt. Während Pratchett für seinen grau werdenden Wikinger-Bart, breitkrempige schwarze Filzhüte und eine Leidenschaft für schnelle Motorräder berühmt ist, war sein in Irland geborener Vorläufer in einem für seine Konformität bekannten Zeitalter erst recht ein überlebensgroßer Charakter. Er stand in dem Ruf, der ›schlechtest angezogene Mann von Irland‹ zu sein, trug manchmal zwei Hüte gleichzeitig, schrieb alle seine Erzählungen, Romane und Stücke mit einer Gänsefeder und nannte als seine Hobbies Großwildjagd (in Afrika) und Kricket (in Irland?).

Es war zu Beginn des zwanzigsten Jahrhunderts, als Dunsany anfing, seine Vignetten über ferne Welten zu veröffentlichen, die besiedelt waren von Zauberern, Dämonen und niederen Göttern. Zeitgenössische Kritiker wunderten sich über seine Sammelbände – Die Götter von Pegana *(The Gods of Pegana, 1905),* Wellerans Schwert *(The Sword of Welleran, 1908) und* Das Buch der Wunder *(The Book of Wonder, 1912) –, doch die verkündeten unleugbar eine ganz neue Entwicklung in der phantastischen Literatur, vor allem dank Dunsanys Gebrauch von Humor und Satire, und allmählich breitete sich sein Einfluß unter Lesern und anderen Schriftstellern aus. Heute gilt der Name von Lord Dunsany als Synonym für phantastische Literatur und insbesondere komische Fantasy.*

Der großgewachsene, schlaksige Aristokrat wurde als Edward John Moreton Drax Plunkett geboren, doch nachdem er der achtzehnte Baron Dunsany geworden war, verkürzte er den Namen auf seinen Erzählungen und Büchern. In jüngeren Jah-

ren war er ein kühner Soldat im Burenkrieg und im Ersten Weltkrieg, und während des Zweiten Weltkriegs wurde seine Flucht aus dem besetzten Griechenland berühmt. Neben seinen Kurzgeschichten schrieb Dunsany auch eine Reihe phantastischer Theaterstücke und einen Zyklus von populären phantastischen Romanen über den Kampf des Guten gegen das Böse, darunter Die Chroniken von Rodriguez *(The Chronicles of Rodriguez,* 1922), Die Königstochter aus Elfenland *(The King of Elfland's Daughter,* 1924) und Der Fluch der weisen Frau *(The Curse of the Wise Woman,* 1933). Zu seinem Ruhm trug des weiteren eine lange Folge von ›Lügengeschichten‹ bei, erzählt von einem Klubmitglied namens Jorkens, dessen fabelhafte Begebenheiten sogar die des legendären Barons Münchhausen übertrafen. In einer merkwürdigen Parallele zur Erzählung von Pratchett wurde ›Wie Nuth seine Kunstfertigkeit an den Gnolen versuchte‹ zuerst in einer gekürzten Fassung – 1911 in der Zeitschrift The Sketch – veröffentlicht und erst im Jahr darauf im Buch der Wunder vollständig gedruckt. Der Vergleich mit Pratchetts Geschichte endet damit noch nicht, denn der Leser wird darin mehrere gleiche Elemente kosmischer Absurdität entdecken, auf die beide Männer sich stützen, obwohl doch fast ein Dreivierteljahrhundert zwischen ihnen liegt …

LORD DUNSANY

Wie Nuth seine Kunstfertigkeit an den Gnolen versuchte

Unerachtet der Anzeigen von Konkurrenzunternehmen weiß vermutlich jeder Handelsmann, daß gegenwärtig niemand in der Geschäftswelt sich einer Position rühmen kann, wie Mr. Nuth sie innehat. Denjenigen Menschen, die nicht zu den Eingeweihten des Geschäftslebens zählen, ist freilich sein Name so gut wie unbekannt, denn Mr. Nuth braucht in seiner Vollkommenheit nicht erst zu inserieren. Selbst den neuesten Methoden des Wettbewerbs ist er überlegen, und seine Konkurrenten, wie sehr sie sich auch aufspielen mögen, wissen dies nur zu gut. Seine Bedingungen sind kulant: so und so viel bei Lieferung bar auf den Tisch – und ebensoviel hinterher als Erpressung. Er paßt sich den Kundenbedürfnissen an, und man kann sich verlassen auf seine Erfahrung. Ein Schatten in stürmischer Nacht bewegt sich geräuschvoller als Nuth, denn Nuth ist Einschleichdieb von Profession. Ich weiß von Leuten, die nach einem Aufenthalt in irgendeinem Landsitz einen Händler dorthin geschickt haben zum Kauf jenes Stücks, das ihnen besonders gefallen – eines Gobelins, eines Möbels, oder auch eines Bildes. Dies zeugt von wenig Geschmack. Leute von Lebensart senden in einer der Nächte nach ihrem Besuch unweigerlich Mr. Nuth in das betreffende Haus. Er hat eine Hand für Gobelins und dergleichen, welche kaum merken läßt, daß solch ein Stück aus dem Rahmen geschnitten wurde. Und häufig genug, sobald mir ein neureiches Haus unterkommt, das vollgestopft ist mit alten Gemälden und den dazu passenden Möbeln, sage ich mir: »Diese stilvollen Stühle, diese glanzvolle Reihe gemalter Ahnen und dies Mahagonischnitzwerk – unzweifelhaft ist dies alles zustandegebracht durch den Fleiß des unvergleichlichen Nuth.«

Nun mag man ja einwenden gegen das Wort ›unvergleichlich‹, daß im Einbrecherhandwerk der Name Slith in einsamer Größe erstrahlt. Dies ist mir bekannt, doch Slith ist ein Klassiker in seinem Fach, der vor Zeiten gelebt hat und unkundig war der Methoden des Konkurrenzkampfs von heute. Auch mag sein erstaunliches Los jenem Slith einen Glanz verliehen haben, der das unbestrittne Verdienst dieses Meisters der Diebe um etliches übertreibt.

Doch mög' man nicht glauben, ich wäre mit Nuth auch nur im geringsten befreundet: vielmehr steh' ich voll und ganz auf der Seite von Recht und Besitz, und überdies braucht er mein Lob nicht, denn seine Stellung in der Geschäftswelt findet nicht ihresgleichen, da er's nicht nötig hat, zu inserieren.

Zu dem Zeitpunkt, da meine Geschichte beginnt, hatte Nuth seinen Wohnsitz in einem geräumigen Haus am Beigrave Square. In seiner unnachahmlichen Art hatte er sich der Geneigtheit der Hausmeisterin versichert. Nuth gefiel ja das Haus, und sobald sich ein Käufer einstellte, um das Objekt zu besichtigen, pflegte die Hausmeisterin es mit jenen Worten zu loben, die ihr Nuth in den Mund gelegt hatte. »Wären da nicht die miserablen Kanäle«, so sagte sie wohl, »dann wär' es das prächtigste Haus von ganz London!« Und sobald der betreffende Käufer hellhörig ward und weitere Fragen stellte, beschied ihn die Hausmeisterin, daß auch die Kanäle passabel wären, wenn auch nicht ganz so gut wie das Haus. Und beim Gang durch die Zimmer bekamen die beiden niemals Nuth zu Gesicht – doch Nuth war zugegen.

Vor diesem Haus erschien eines Frühlingsmorgens eine ältliche, in adrettes Schwarz gekleidete Frau, deren Häubchen rot eingesäumt war, und fragte nach Mr. Nuth. Und mit ihr war gekommen ihr großer und linkischer Sohn. Mrs. Eggins, die Hausmeisterin, blickte die Gasse hinauf und hinunter, eh' sie die beiden eintreten und im Salon warten ließ inmitten von allerlei geheimnisvoll verhüllten Möbelstücken. Und die beiden warteten lange. Doch plötzlich war da der Pfeifengeruch, und Mr. Nuth stand vor ihnen.

»Du lieber Gott«, sagte da die ältliche Frau, deren Häubchen rot eingesäumt war, »Sie *haben* mich aber erschreckt!« Und merkte am Ausdruck seiner Augen, daß dies nicht der rechte Ton war für Mr. Nuth.

Dann aber frug er nach ihrem Begehr, und die ältliche Frau setzte ihm aufgeregt auseinander, ihr Sohn sei ein vielversprechender Jüngling, sei auch schon tätig gewesen im Fach, doch lieg' ihm daran, sich zu perfektionieren, und so bitte sie Mr. Nuth, ob er dem Sohn nicht behilflich sein wolle, auf eigenen Füßen zu stehen.

Zunächst aber wünschte Nuth, Referenzen zu sehen. Und als er Einsicht genommen in den Empfehlungsbrief eines befreundeten Juweliers, kam man nach etlichem Hin und Her überein, daß der junge Tonker (dies der Familienname des vielversprechenden Jünglings) bei Mr. Nuth in die Lehre gehn solle. Und die ältliche Frau, deren Häubchen rot eingesäumt war, kehrte heim in ihr winziges Haus auf dem Land und sagte allabendlich zu dem betagten Gemahl: »Tonker, wir müssen jetzt Fenster und Türen bei Nacht gut versperren, denn unser Tommy geht in die Einbrecherlehre!«

Ich hab nicht die Absicht, die Lehrzeit des vielversprechenden Jünglings in allen Einzelheiten zu schildern. Dem Fachmanne sind sie bekannt, der Branchenfremde kümmert sich ohnedies nur um das eigne Geschäft, und der Müßiggänger, der keinem Berufe obliegt, wird kaum zu würdigen wissen die subtile

Methode, nach der Tommy Tonker zunächst sich bewegen lernte auf blankem, mit allerlei Hindernissen belegtem Boden, und dies in pechschwarzer Finsternis und vollkommen lautlos. Danach erst ward er unterwiesen im geräuschlosen Gehn über knarrende Treppen, und dann im Öffnen von Türen, und schließlich im Klettern.

Es sei uns genug, daß es tüchtig voranging im schweren Geschäft, und daß die ältliche Frau, deren Häubchen rot eingesäumt war, so manchen Bericht erhielt, der voll war des Lobs ob der Fortschritte von Tommy Tonker, und abgefaßt in der mühsamen Handschrift von Mr. Nuth. Dieser nämlich hatte es frühzeitig aufgegeben, schreiben zu lernen, denn er hegte gewisse Bedenken gegen Urkundenfälschung und betrachtete Schreiben deshalb als vergeudete Zeit. Und dann kam's zu jenem Geschäft mit dem Lord Castlenorman auf dessen Landsitz in Surrey. Nuth wählte dafür die Nacht auf den Samstag, denn es traf sich, daß man im Hause des Lords den Sabbath heilig hielt, so daß schon um elf Uhr abends alles in tiefster Ruhe lag. Fünf Minuten vor Glockenschlag Zwölf war denn auch alles vorüber, und Tommy Tonker (von Mr. Nuth aufs beste unterwiesen, wiewohl der Meister es vorzog, draußen zu warten) erschien mit einer Handvoll Manschettenknöpfe und Ringe. Schwer wogen sie nicht, doch in Paris konnten die Juweliere mit nichts Ähnlichem dienen, sondern mußten erst nach Afrika schreiben, und so sah Seine Lordschaft sich gezwungen, mit geborgten, beinernen Knöpfen das Auslangen zu finden.

Von Mr. Nuth wußte nicht einmal das Gerücht. Wollte ich aber behaupten, daß dies ihm den Kopf verdreht habe, so wäre das schmerzlich für viele, denn Mr. Nuths Partner halten dafür, er habe niemals durch solchen Umstand sich den Blick trüben lassen. So will ich denn lieber sagen, daß er sich angespornt fühlte, etwas zu planen, was noch kein Einbrecher bisher gewagt:

nämlich nicht mehr und nicht weniger als zu berauben die Behausung der Gnolen.

Und solches enthüllte der enthaltsame Mann unserm Tonker bei einer Tasse Tee. Wäre nun Tonker nicht beinah von Sinnen gewesen vor Stolz ob des letzten Geschäfts, ja geblendet durch seine Verehrung für Nuth, so hätte er wohl – doch was soll nun das ganze Gerede, geschehn ist geschehn! Zwar widersprach er in allem Respekt – würde, so meinte er, lieber die Hand davon lassen, ja machte geltend sogar, dies wäre kein ehrlicher Handel. Und so sah ein bedrohlicher Morgen im Monat Oktober, an welchem der Sturm in der Luft hing, die beiden auf ihrem Schleichweg in den gefürchteten Wald.

Nuth, durch das Aufwiegen kleiner Smaragde mit gewöhnlichen Steinen, hatte errechnet, wie schwer wohl der Zierrat sein mochte, welcher, so heißt es, die schmale und hohe Behausung schmückt, darin die Gnolen von altersher wohnen. Denn Nuth und sein Helfer hatten beschlossen, gleich zwei der Smaragde zu stehlen und die erbeuteten Steine auf einem Mantel hinwegzuschaffen. Waren die Steine aber zu schwer, so mußt' man den einen zurücklassen ohne erst lange zu zögern. Und Nuth hielt dem jungen Tonker die Schädlichkeit aller Habgier eindringlich vor Augen, erklärend, ein Käse sei mehr wert als jeder Smaragd, solang man sich noch in dem schrecklichen Walde befinde.

So schien denn alles aufs beste geordnet, und sie schritten schweigend voran.

Kein Fußpfad führte hinan zu dem drohenden Dunkel der Bäume, keine Fußspur von Mensch oder Vieh. Und hundert Jahre waren vergangen, seit ein Wilddieb hier Schlingen gelegt auf der Jagd nach Elf oder Kobold. Denn niemand setzt ungestraft seinen Fuß in die Täler der Gnolen. Doch auch die Bäume an sich waren schon Warnung genug, ganz ohne die Dinge, die sich hier zugetragen, und blickten viel finstrer denn jene, die gesetzt sind von Menschenhand.

Bis zum nächstgelegenen Dorf waren's mehrere Meilen, und all seine Häuser wandten dem Walde den Rücken – kein einziges Fenster blickte in seine Richtung. Und niemand im Dorfe sprach von dem Wald, und anderswo kennt man ihn nicht.

In diesen Wald nun drangen ein Tommy Tonker und Nuth. Und führten keinerlei Feuerwaffen mit sich. Wohl hatte Tonker eine Pistole verlangt, doch Nuth hatte ihm's verwiesen und gesagt, der Hall eines einzigen Schusses »werde das sämtliche Unheil herabbeschwören«. So war nicht länger die Rede von Feuerwaffen.

Den ganzen Tag lang drangen sie ein in den Wald, immer tiefer und tiefer. Und erblickten das Knochengerippe eines Wilddiebs aus der Zeit König Georgs, und es war genagelt in die Öffnung eines hohlen Eichbaumes. Bisweilen huschte ein Kobold vor ihnen davon, und einmal trat Tonker auf einen trockenen Ast, der vernehmlich krachend zerbrach, und die beiden warfen sich hin und verharrten zwanzig Minuten in völliger Stille. Und das Licht der sinkenden Sonne zwischen den Stämmen war voll übler Bedeutung, und die Nacht brach herein, und man erreichte, wie Nuth vorausgesagt hatte, im unsichern Schimmer der Sterne das altersmorsche Gebäude, darin im geheimen die Gnolen hausen.

Und so still war dies Haus der unermeßlichen Schätze, daß Tonkers entschwundener Mut wieder aufflackerte. Doch den geschärften Sinnen von Nuth schien solche Stille zu still. Und ununterbrochen hing stumm jene Drohung am Himmel und war ärger denn ein gesprochenes Urteil. Und in aller Unschlüssigkeit begann nun auch Nuth, das Schlimmste zu fürchten. Doch ließ er darum sein Geschäft nicht im Stich, sondern hieß den vielversprechenden Jüngling die Leiter ersteigen mit all seinem Handwerkszeug, hinauf zu dem uralten, grünlichen Fenster. Doch sobald Tonker die morschen Läden berührte, ward jene Stille, die bisher zwar voll Unheil, doch immer noch irdisch gewesen, unirdisch als wär' sie ein ghulischer Hauch! Und Tonker empfand noch den eigenen Atem als Beleidigung solcher Stille, und sein Herz trommelte, als gält's einen Nachtangriff, und ein Schuhriemen löste sich ihm und schlug an die Leitersprosse, und das Laub des Waldes verstummte, und der Nachtwind hielt inne. Und Tonker wünschte sich in seinem Herzen, daß wenigstens Maus oder Maulwurf sich regten, doch keinerlei Wesen gab Laut, und auch Nuth verhielt sich still. Und da faßte auf seiner Leiter der vielversprechende Jüngling einen Entschluß, den er viel früher schon fassen gesollt: noch war er ja unentdeckt, und so beschloß er, die ungeheuern Smaragde an ihrem Ort zu belassen, nichts weiter zu tun an dem altersmorschen Gebäude der Gnolen, sondern zu fliehn aus dem drohenden Wald solang es noch Zeit war, sich sogleich vom Geschäft zurückzuziehn und ein Haus auf dem Land zu erwerben. Und stieg leise hinab und gab Nuth einen Wink. Aber die Gnolen hatten ihm zugesehn durch jene voll Arglist in die Stämme gebohrten Löcher, und es war fast wie eine Befreiung, als die unirdische Stille zerscherbte rings um das Angstgeheul Tonkers, der von hinten hinweggezerrt ward. Und er schrie, bis man nur mehr ein abgerissenes Röcheln vernahm. Und wohin er geschleppt ward, wollen wir lieber nicht fragen, und wie sie verfuhren mit ihm, mag ich nicht sagen.

Nuth aber sah zu von der Ecke des Hauses und rieb sich in sanfter Verwunderung das Kinn, denn das mit den Löchern war ihm noch neu. Dann stahl er sich eilig davon durch den schrecklichen Wald.

»Und haben auch Nuth sie erwischt?« so fragst du mich, günstiger Leser.

»Woher denn, mein Kind«, sag' ich drauf, denn kindisch ist solche Frage. »Keinem wird's jemals gelingen, Nuth zu erwischen.«

John Collier

Einen Schritt weiter entwickelt wurden die mythologischen Gestalten, die in Lord Dunsanys bahnbrechenden Erzählungen auftraten, von John Collier, dem gebürtigen Engländer, den manche Kritiker als den Erben des exzentrischen Iren bezeichnen. Collier war jedoch stärker von den Gestalten des Bösen fasziniert, wie dem Teufel und seinen höllischen Spießgesellen und -gesellinnen, wenngleich er alle mit sardonischem Witz behandelte. Eine Sammlung solcher Erzählungen, ›Launen und Gutenachtgeschichten‹ (Fancies and Goodnights), brachte ihm 1952 den allerersten International Fantasy Award ein. Andere Erzählungen John Colliers von derselben Art waren zuvor schon in den Sammelbänden Grüne Gedanken (Green Thoughts, 1935) und Der Teufel und überhaupt (The Devil and All, 1935) erschienen, und ein kompletter Roman, Sein Affenweib (His Monkey Wife, 1930), wurde von Anthony Burgess als ›kleiner Klassiker‹ gepriesen. Als diese Geschichte von einem Forscher, der nach langem Auslandsaufenthalt mit seiner klugen Schimpansin Emily nach Amerika zurückkehrt, die ihn dazu bringt, sie zu heiraten, in den USA veröffentlicht wurde, rief sie zunächst einen Sturm der Entrüstung hervor und wäre in einigen Staaten beinahe verboten worden! Nachdem sich der Aufruhr gelegt hatte, erklärten objektivere Stimmen jedoch, daß es sich dabei in Wahrheit um eine Allegorie auf das Bedürfnis des modernen Menschen handelte, sich mit der freien Natur zu versöhnen – wenngleich es ebensogut als komisches jeu d'esprit verstanden werden kann, wie es sowohl für die Zeit als auch für den Autor typisch war.

Obwohl John Collier (1901–1980) seine Jugend in England verbrachte, übersiedelte er Mitte der dreißiger Jahre nach Amerika, wo er seinen Lebensunterhalt in Hollywood als Filmautor so bedeutender Streifen verdiente, wie George Cukors Sylvia Scarlett (1935), African Queen unter der Regie von John Huston nach C. S. Foresters Roman (1952) und Ich bin eine Kamera, 1955 von Henry Cornelius produziert. Er verlor indes nie die Lust, die Art komische phantastische Geschichten zu schreiben, die ihn beim Publikum bekannt gemacht hatten – insbesondere jene, in denen Teufel und Dämonen sich in die menschlichen Angelegenheiten einmischen. Immer wieder in Anthologien aufgenommene Beispiele dafür sind ›Der unwirkliche Mr. Beelzy‹ über das Schicksal von Leuten, die nicht an den unsichtbaren Spielgefährten eines kleinen Jungen glauben, und ›Bottle-Party‹ über die komischen Eskapaden eines Dschinns, der immer kriegt, was er will. ›Hölle, wo ist dein Sieg?‹ steht in derselben Tradition, ist aber weniger gut bekannt. Die Erzählung befand sich in dem Sammelband, der den angesehenen Fantasy-Preis gewann und damit den festen Platz komischer Phantastik in der modernen Literatur bekräftigte.

John Collier

Hölle, wo ist dein Sieg?

Sobald Einstein erklärte, daß der Raum endlich sei, schossen die Grundstückspreise sowohl im Himmel als auch in der Hölle gewaltig in die Höhe. Eine Anzahl Kleindämonen, die in den entlegeneren Höllenprovinzen gemütlich im Dreck gelebt hatten, fanden sich aus ihren kümmerlichen Hütten vertrieben und verfügten nicht über die Mittel, um neuen Grund zu den neuen Preisen zu kaufen. Da war nichts zu machen als auszuwandern: Sie verstreuten sich über die verschiedenen bewohnbaren Planeten unseres Universums; einer von ihnen kam etwa zu mitternächtlicher Stunde im Oktober vorigen Jahres in London an.

Einige Engel in vergleichbarer Situation griffen zu ähnlichen Mitteln, und durch einen Zufall kam einer von ihnen zur selben Stunden in dieselbe nördliche Vorstadt herab.

Wesen dieser Kategorie haben, wenn sie die Gestalt von Menschen annehmen, das Vorrecht, ihr Geschlecht nach Belieben zu wählen. Wie die Dinge liegen und da sowohl Engel als auch Teufel sehr wohl wissen, wie der Hase läuft, beschlossen beide, junge Frauen im Alter von etwa zwanzig Jahren zu werden. Der Dämon, kaum daß er die Erde berührte, war niemand anders als Bella Kimberly, brünett, und der Engel wurde zur ebenso schönen Eva Anderson, blond.

Infolge der prinzipiellen Beschränkungen ihres Wesens ist es einem Engel unmöglich, einen höllischen Charakter zu erkennen, wenn er seiner angesichtig wird, und ebenso einem Teufel, die Existenz engelhafter Tugend auch nur wahrzunehmen. In der Tat wird bei solch einer Begegnung, wie sie nun bei Lowndes Crescent, St John's Wood, stattfand, die Engelin in ihrer Unschuld von dem angezogen, was ihr als die überlegene Kraft und Intensität der teuflischen Natur erscheint, während die Teuflin jenes köstliche Interesse empfindet, das man für ein auf dem Grill duftendes Lammkotelett fühlt.

Die beiden Mädchen sprachen einander an, und jedes fragte das andere, ob es nicht eine passende Pension in der Gegend wisse. Die Ähnlichkeit ihrer Bedürfnisse ließ sie zuerst herzhaft lachen und dann übereinkommen, Zimmergenossinnen zu werden und gemeinsam ihr Glück zu versuchen. Bella meinte, es sei wohl zu spät, sich um eine annehmbare Unterkunft zu bemühen, daher brachten sie die Nacht damit zu, über die Hampstead Heath zu schlendern, davon zu reden, wie sie ihren Lebensunterhalt verdienen wollten, welchen Spaß sie zusammen haben würden, und von der Liebe, und dann vom Frühstück, was keine unnatürliche Abfolge ist.

In dem kleinen Schnellimbiß in der Heath Street aßen sie ein paar verlorene Eier, und anschließend fanden sie ein angenehmes Zimmer im dritten Stock einer Pension in der Upper Park Road. Dann gingen sie auf Arbeitssuche: Bella wurde als Tanzlehrerin angenommen, und mit etwas größerer Mühe bekam Eva eine Stelle als Harfenistin in einem Kinoorchester.

Nachdem sie sich solcherart eingerichtet hatten, begannen sie sich zu vergnügen, wie es Mädchen tun, die ganze Zeit schwatzend und kichernd. Es ist wahr, daß manches, was Bella sagte, Eva vom Scheitel bis zur Sohle erröten ließ, doch sie liebte ihre dunkle Freundin schon und fand deren kühnen Humor ganz unwiderstehlich. Sie teilten sich freundschaftlich in die Kommode und schliefen im selben Bett, was niemand ungewöhnlich fand noch gefunden hätte, wäre ihm ihre wahre Natur bekannt gewesen, denn nichts ist gewöhnlicher, als einen Teufel und einen Engel unter einer Bettdecke zu finden, und wäre es anders, dann wäre das Leben für manche von uns verteufelt öde.

Nun lebte in dieser Pension ein junger Mann, kaum älter als Bella und Eva, der Architektur studierte und noch nie der Liebe begegnet noch längere Zeit von einer Nachahmung davon getäuscht worden war. Er hieß Harry Pettigrew, und sein Haar war von ausgesprochen mittlerem Farbton, weder besonders dunkel noch besonders hell.

Seine Mittel waren äußerst begrenzt, und sein Zimmer lag im obersten Stock, doch nicht so weit von dem der beiden Mädchen entfernt, daß er nicht ihr köstliches Gekicher zu jener ruhigen Stunde hätte hören können, da er spät noch über seinen Büchern sitzen sollte. Er sehnte sich danach, hinunterzugehen und an ihre Tür zu pochen und zu fragen, was so komisch sei, doch er war zu schüchtern.

Wenn jedoch drei solche jungen Leute im selben Hause wohnen, dauert es nicht lange, bis sie miteinander bekannt werden: Einmal vergaß Bella, die Badezimmertür zu schließen, und das muß daran gelegen haben, daß es in der Hölle kein Bad gibt, daher auch keine Badezimmer und folglich keine Badezimmertüren.

Es war Sonntag, der junge Mann kam im Anzug die Treppe herab; es kam zu einem köstlichen kleinen *Contretemps*, wobei er zum Glück nicht mehr sah, als ein anständiger junger Mann wohl gern sähe. Trotzdem zog er sich in großer Verwirrung zurück, denn er wußte nichts von den Wünschen eines anständigen jungen Mannes. Seine Verwirrung war so außerordentlich groß, daß er auf dem Weg hinan weder Treppen noch Absätze zählte, eine Tür, die er für seine hielt, aufriß und Eva in der dritten Stellung von Mullers Übung für die Bauchmuskultaur erblickte – und in weiter nichts.

Nun sind Engel, wie jedermann weiß, dank ihrer Unschuld oder der Einfachheit der himmlischen Kleidung manchmal weitaus weniger schamhaft als die aufkreischenden Vertreterinnen der dunkleren Schwesternschaft. Eilends, aber ohne Panik warf sich Eva ein Stück Tuch um die Schultern. »Sie sehen ziemlich beunruhigt aus«, sagte sie. »Es besteht kein Grund zur Unruhe. Wollten Sie etwas?«

»Nein ...«, sagte er, »ich *wollte* nichts. Eigentlich bin ich aus Versehen hereingekommen. Es ist nett, daß Sie nicht schreien oder wütend auf mich sind.«

Sie tauschten noch ein, zwei Höflichkeiten. Schließlich fand Harry den Mut, einen Spaziergang über die Heath vorzuschlagen. Ehe Eva antworten konnte, kam Bella herein, und da sie ihn nicht gleich sah, platzte sie kichernd heraus: »Was meinst du, was mir widerfahren ist?« Dann erblickte sie ihn und verstummte in doppelt großer Verwirrung.

Das nahm der anderen Begegnung ein wenig von ihrer schönen Natürlichkeit, ein Dienst, für den Harry nicht so dankbar war, wie er vielleicht gewesen wäre, hätte er gewußt, in welche Richtung – und aus welcher Richtung – seine Neigung gelenkt worden war. Die Wahrheit ist, wenn ein Teufel und ein Engel, beide in weiblicher Form, von demselben jungen Mann unter exakt denselben erhellenden Umständen erblickt werden, wählt er in fünfzig oder fünfundfünfzig Fällen von hundert den Engel, wenn er ein netter junger Mann ist und genug Zeit hat.

Daher sprach Harry, als sie am Nachmittag alle drei auf der Hampstead Heath waren, zu Bella mit sehr angenehmen Worten, Eva jedoch bedachte er auch mit gewissen Blicken.

Bella brauchte nicht lange, um zwei und zwei zusammenzuzählen. Sie hatte sich auf eine lange Zeit irdischer Sünden mit diesem hübschen jungen Mann gefreut und darauf, wie sie später mit seiner Seele davonfliegen würde. Die Seele eines Architekten, insbesondere wenn er starke palladische Tendenzen hat, ist gut und gern eine hübsche Villa wert, umgeben von einem gepflegten Grundstück von zwei bis drei Morgen in den besten Wohngegenden der Hölle. Man kann sich die bittere Enttäuschung dieses heimatlosen Dämons vorstellen, durchaus vergleichbar mit dem Zorn der verschmähten Frau, da beide in derselben Anatomie wohnten.

Tag für Tag sah sie, wie Harrys Zuneigung zu ihrer blonden Gefährtin wuchs, und verfiel auf den Gedanken, ihrer Gesellschaft einen vierten hinzuzufügen, in Gestalt eines jungen Mannes, der beinahe ebenso dunkel wie sie selbst war, den sie im Tanzsaal kennengelernt hatte und mit dem sie schon auf hinreichend vertrautem Fuß stand.

Sie unterbreitete ihm, daß Eva voraussichtlich eine große Summe Geldes erben werde. Dies, dazu ihre blonden Locken und ihre arglose Natur, genügten Meister Dago durchaus, und er verlangte weiter nichts als eine Gelegenheit, an sie heranzukommen.

»Es hat keinen Zweck, einfach zu versuchen, den Herzensbrecher zu spielen«, sagte Bella, »weil sie schon ganz hin von Harry Pettigrew ist, der von Rechts wegen mein Freund sein sollte. Du mußt nichts tun, als ihn glauben machen, daß sie dich läßt: Dann wird er ziemlich schnell die Kurve kratzen, wenn ich den Herrn richtig einschätze.« Wie man bemerken wird, war Bellas Sprache äußerst vulgär: dieser Mangel tritt bei Teufeln sehr häufig auf.

Ihr Tanzpartner, den sie mit den Stacheln der Eifersucht wohlvertraut gemacht hatte, fand schon bald Gelegenheit, sie an Harry zu erproben. Als sie zum Beispiel eines Sonntags alle in den schattigen Waldesgründen des Ken Wood spazierten, sorgte er mit irgendeinem Vorwand dafür, daß Bella mit Harry ein Stück zurückblieb, und als er mit Eva ein, zwei Biegungen des gewundenen Waldwegs voraus war, legte er den Arm hinter sie, ohne sie im mindesten zu berühren (sonst wäre er energisch zurückgewiesen worden), doch derart, daß es Harry scheinen mußte, als er um die Kurve bog, der hastig zurückgezogene Arm habe um ihre willig dargebotene Taille gelegen.

Mehr noch, er machte ein oder zwei Mal eine abrupte Bewegung und wirkte verlegen, wenn Harry ins Zimmer trat, wo er von seiner Komplizin mit Eva alleingelassen worden war. Er war sich auch nicht zu schade, wenn er die Schritte seines Rivalen vor der Tür hörte, mit seinen verlogenen Lippen ein kleines Kußgeräusch zu machen. Einmal, als Bella übers Wochenende weg war, ging er so weit, eine Socke zu Evas Fenster hineinzuwerfen.

Damit tat er des Guten zuviel. Als Harry mit Eva von einem Spaziergang zurückkam, war er vom Anblick dieser Socke derart überwältigt, daß er nicht länger schweigend dulden konnte, sondern zuerst (wie beiläufig) fragte, wessen Socke das wohl sein könne, schon bald aber mit all den angehäuften Verdachtsmomenten der letzten paar Wochen herausplatzte und zu seiner unermeßlichen Freude hörte, wie sie geradezu, nachdrücklich, unmißverständlich und vor allem engelhaft bestritten wurden.

Es folgte eine hübsche kleine Szene, in deren Verlauf sie entdeckten, daß es ihrer Liebe an Vollendung gebrach. In der Tat war das einzige fehlende Attribut Vollkommenheit, die von vielen antiken Philosophen, etlichen Kirchenvätern und allen jungen Verliebten als wesentlich betrachtet wird. Es liegt in der Natur der Menschen, nach Vollkommenheit zu streben, und in der der Engel, sie zu erlangen: unser junges Paar entsprach ganz dem Typus, und nach einer freundschaftlichen kleinen Diskussion kam man überein, daß sie es in derselben Nacht, wenn das ganze Haus schlief, in Evas Zimmer unternehmen würden, die Vollendung zu erreichen. Sollte dem gestrengen Leser Vollendung an sich unzureichend erscheinen, so sei er daran erinnert, daß Ehen im Himmel nicht vorkommen und unter Architekturstudenten sehr selten.

Nun trug es sich zu, daß Bella am selben Nachmittag zurückgekommen war und sich mit ihrem Komplizen beraten hatte, um einen kräftigen Schlag zu führen, der sie beide an ihre mit Ungeduld erstrebten Ziele bringen würde. Schließlich einigten sie sich auf den denkbar kräftigsten: Bella sollte in jener Nacht Harry in seinem Schlafzimmer aufsuchen und der dunkle Tänzer in Evas Zimmer den Tarquino spielen.

Etwa gegen Mitternacht begaben sie sich nach Hampstead zurück. Es war stockfinster, kein Mond, die Sterne hinter Dunst verborgen; kein Licht in den Zimmern der Bewohner, denn sie schliefen alle; kein Licht in Harrys Zimmer, denn er war nicht da; kein Licht in Evas Zimmer, denn da war er.

Bella, die das nicht weiß, geht in oberste Stockwerk hinauf, trifft ihn nicht an, und legt sich in sein Bett, um ihn bei seiner Rückkehr ein wenig zu überraschen.

Der Tänzer, der etwas später die Szene betritt, tastet sich die Treppe hinauf, bleibt vor Evas Tür stehen und hört dahinter ein Gemurmel, nämlich von unserem Paar, das einander seine große Bewunderung für die Vollendung der Vollendung mitteilt. Er zieht den Schluß, eine Etage zu tief zu sein, steigt höher, öffnet die Tür zu Harrys Zimmer und stürzt sich völlig im Dunkeln auf die wartende Bella, die, über seinen Enthusiasmus hocherfreut, sehr überzeugend eine verlorene Schlacht mimt.

Etliche Stunden vergingen, in denen die Guten sich der Glückseligkeit erfreuten, die der Lohn der Tugend ist, und die Bösen der Illusion davon, die dem Laster zum Troste gereicht.

Im frühesten Morgengrauen hielt unser guter Harry der Dame, die ihn bezaubert hatte, eine sehr hübsche

Dankesrede, in der er ihr sagte, sie sei ein Engel und habe ihn geradewegs in den Himmel geführt.

Bella und ihr Gefährte hingegen verdammten einander mit mehr Hitze als Anmut. Sie waren jedoch realistisch genug, darin übereinzustimmen, daß eine gute Illusion besser sei als gar nichts, und beschlossen, in ihrem Irrtum fortzufahren, indem sie darin eine Ewigkeit von Finsternis zu erlangen trachteten, damit aber, glaube ich, hatten sie keinen besonders großen Erfolg.

Henry Kuttner

Seltsame Geschöpfe mit bemerkenswerten Fähigkeiten gehören seit den Tagen von Mark Twain, Samuel Butler und insbesondere Lewis Carroll zum Standard-Repertoire der phantastischen Literatur. ›Der Twonky‹ ist eine geistreiche Geschichte in dieser Art; ihr Autor Henry Kuttner (1814–1958), bewunderte die erfundenen Welten von Lewis Carroll außerordentlich und benutzte sogar für etliche seiner bekanntesten Arbeiten auf dem Gebiet der komischen Phantastik das Pseudonym ›Lewis Padgett‹. So war es auch bei dieser Erzählung, die zuerst 1942 unter dem Namen Padgett veröffentlicht wurde und von einem Geschöpf handelt, welches die Gestalt eines Musikschrankes annimmt. Inzwischen ist sie von dem SF-Historiker Peter Nicholls als Klassiker der humoristischen Phantastik bezeichnet worden und zeichnet sich zudem dadurch aus, daß sie wahrscheinlich die erste komische phantastische Erzählung ist, die als Vorlage für einen abendfüllenden Kinofilm diente und so Kuttners Ruf als ein weiterer Wegbereiter im Genre sicherte.

Bemerkenswerterweise waren Henry Kuttners erste, Mitte der dreißiger Jahre veröffentlichte Geschichten ausgesprochene Horrorgeschichten für Weird Tales, obwohl er breitere Anerkennung mit einem Zyklus witziger Erzählungen übers Filmgeschäft der Zukunft gewann, die Titel wie ›Hollywood auf dem Mond‹ (1938), ›Die Star-Parade‹ (1938) und ›Allmussens Komet‹ (1940) hatten. Nachdem er 1940 Catherine Moore geheiratet hatte, ebenfalls eine beliebte Autorin, fing er eine Reihe überaus amüsanter phantastischer Geschichten an, von denen etliche unverhohlen deutlich machten, daß er in der Schuld von Lewis Carroll stand – so ›Gar elump war der Pluckerwang‹, ›Das Portal im Bild‹ und die sehr erfolgreiche Hogben-Reihe über eine Familie von Hinterwäldlern. Die besten davon brachten ihm den Vergleich mit Thorne Smith ein, dem damals erfolgreichsten humoristischen Schriftsteller Amerikas.

Anfang der fünfziger Jahre zog Kuttner nach Los Angeles, wo er mehr Zeit mit der Arbeit an Filmdrehbüchern als an phantastischer Literatur verbrachte – zum tiefsten Bedauern seiner vielen Bewunderer, als er plötzlich an einem Herzinfarkt starb, gerade eben 42 Jahre alt. Er hatte jedoch lange genug gelebt, um ›Der Twonky‹ 1952 von den United Artists verfilmt zu sehen, mit Hans Conried, Billy Lynn und Gloria Blondell in den Hauptrollen, wobei ein Fernseher statt eines Musikschrankes das Medium für die Kraft war, die sich anschickt, das Leben ihrer Besitzer zu beherrschen. Diese Filmfassung kann heute als ein Vorläufer zu Steven Spielbergs außerordentlich erfolgreichem Film von 1982, Poltergeist, betrachtet werden, obwohl der Film seinerzeit als kaum verschleierter Angriff Hollywoods auf das Fernsehen empfunden wurde, das neue Medium, dem man mit Furcht und Mißtrauen begegnete. Arch Oboler, der Regie führte und auch nach Henry Kuttners Erzählung das Drehbuch schrieb, war der geeignete, freilich nicht unparteiische Mann, war er doch einige Jahre lang einer der führenden Radioproduzenten des Landes gewesen!

HENRY KUTTNER

Der Twonky

Bei der Mideastern Radio wechselten die Mitarbeiter so häufig, daß Mickey Lloyd keine Übersicht über seine Leute hatte. Immer wieder kündigten Angestellte und gingen woandershin, wo sie mehr verdienten. Als der kleine Mann im Overall mit dem großen Kopf aus dem Lagerraum getrottet kam, warf Lloyd daher nur einen Blick auf die braune Latzhose – von der Firma gestellt – und sagte nachsichtig: »Die Sirene ist vor einer halben Stunde gegangen. Marsch an die Arbeit.«

»Arbeit-t-t?« Der Mann schien Schwierigkeiten mit dem Wort zu haben.

Betrunken? Lloyd als Vorarbeiter konnte das nicht dulden. Er schnippte die Zigarette beiseite, ging auf den Mann zu und schnupperte. Nein, Alkohol war es nicht. Er musterte das Abzeichen auf dem Overall des Mannes.

»Zwo-null-vier, hm. Ein Neuer?«

»Neu. Hä?« Der Mann rieb sich eine auf der Stirn hervorragende Beule. Er war ein komischer kleiner Kerl, kahl wie eine Vakuumröhre, mit einem eingefallenen, bleichen Gesicht und winzigen Augen, in denen benommenes Staunen stand.

»Also los, Joe. Wach auf!« Lloyds Stimme klang allmählich ungeduldig. »Du arbeitest hier, oder?«

»Joe«, sagte der Mann nachdenklich. »Arbeiten. Ja, ich arbeite. Ich mach sie.« Seine Worte fügten sich sonderbar, als hätte er einen gespaltenen Gaumen.

Lloyd warf abermals einen Blick auf das Abzeichen,

faßte Joe am Arm und führte ihn durch die Montagewerkstatt. »Hier ist dein Platz. Marsch an die Arbeit. Du weißt, was du zu tun hast?«

Der andere straffte den mickrigen Körper. »Ich bin ... Experte«, bemerkte er. »Mach sie besser als Ponthwank.«

»Okay«, sagte Lloyd. »Dann mach sie.« Und er ging.

Der Joe genannte Mann zögerte und streichelte die Beule auf seiner Stirn. Die Overalls fesselten seine Aufmerksamkeit, und er musterte sie erstaunt. Wo ... Ach ja. Sie hatten in dem Raum gehangen, aus dem er zuerst gekommen war. Seine eigene Kleidung hatte sich natürlich während der Reise aufgelöst ... Welcher Reise?

Gedächtnisschwund, dachte er. Er war vom ... von dem Etwas gefallen ... als es bremste und anhielt. Wie seltsam dieser große Stall voll Maschinen aussah! Er weckte keinerlei Erinnerung.

Gedächtnisschwund, das war es. Er war Arbeiter. Er machte Dinge. Daß ihm die Umgebung so fremd vorkam, hatte nichts zu bedeuten. Er war noch benommen. Bald würde er wieder klar im Kopf sein. Es wurde schon besser.

Arbeiten. Joe trottete im Raum umher und versuchte seinem Gedächtnis auf die Sprünge zu helfen. Leute in Overalls machten Dinge. Einfache, offensichtliche Dinge. Aber wie kindisch – wie elementar! Vielleicht war das ein Kindergarten.

Nach einer Weile ging Joe in einen Lagerraum und betrachtete einige fertige Modelle von Musikschränken. Das war es also. Häßlich und klobig, aber es war nicht seine Sache, das zu beurteilen. Nein. Seine Sache war es, Twonkys zu machen.

Twonkys? Das Wort gab seiner Erinnerung wieder einen Anstoß. Natürlich wußte er, wie man Twonkys macht. Er hatte sein ganzes Leben lang welche gemacht – war speziell für diese Arbeit ausgebildet worden. Sie hatten jetzt ein anderes Twonky-Modell, aber sei's drum! Ein Kinderspiel für einen geschickten Arbeiter.

Joe ging wieder in die Werkstatt und fand eine freie Werkbank. Er begann, einen Twonky zu bauen. Ab und zu huschte er weg und stahl, was er an Material brauchte. Als er kein Wolfram finden konnte, baute er rasch ein kleines Gerät und stellte welches her.

Seine Werkbank stand in einer abgelegenen Ecke, ziemlich schlecht beleuchtet, obwohl es Joes Augen ziemlich hell vorkam. Niemand beachtete das Radiomöbel, das dort rasch der Vollendung entgegenging. Joe arbeitete sehr, sehr schnell. Er beachtete die Mittagspause nicht, und zu Arbeitsschluß war sein Werk vollbracht. Es hätte vielleicht noch eine Schicht Farbe vertragen; ihm fehlte der Schimmerglanz eines normalen Twonkys. Aber die anderen hatten auch alle keinen Schimmerglanz. Joe seufzte, kroch unter die Werkbank, schaute vergebens nach einem Relaxo und schlief schließlich auf dem Fußboden.

Ein paar Stunden später wachte er auf. Das Werk war leer. Seltsam! Vielleicht war die Arbeitszeit geändert worden. Vielleicht … Joe hatte ein komisches Gefühl im Kopf. Der Schlaf hatte den Nebel des Gedächtnisschwunds vertrieben, wenn es denn ein solcher gewesen war, doch er fühlte sich immer noch benommen.

Vor sich hin murmelnd schickte er den Twonky in den Lagerraum und verglich ihn mit den anderen. Von außen war er mit einem Musikschrank – Radio und Plattenspieler – des neuesten Modells identisch. Joe war dem Muster der anderen gefolgt und hatte die verschiedenen Organe und Reaktoren getarnt.

Er kehrte in die Werkstatt zurück. Dann lichtete sich der Rest des Nebels von seinem Geist. Joes Schultern zuckten krampfhaft.

»Großer Snell!« japste er. »Das war es also! Ich bin in einen Zeitknoten geraten!«

Mit einem verblüfften Blick auf die Umgebung stürzte er in den Lagerraum, aus dem er anfangs gekommen war. Den Overall zog er aus und hängte ihn auf den Haken zurück. Danach ging Joe in die Ecke, tastete in der Luft umher, nickte zufrieden und setzt sich ins Leere, drei Fuß überm Boden. Dann verschwand Joe.

»Die Zeit«, sagte Kerry Westerfield, »ist gekrümmt. Manchmal kehrt sie zum Ausgangspunkt zurück. Das ist die Verdopplung.« Er legte die Füße auf einen bequem hervorragenden Stein des Kamins und dehnte sich genüßlich. In der Küche machte Martha klirrende Geräusche mit Flaschen und Gläsern.

»Gestern um diese Zeit hatte ich einen Martini«, sagte Kerry. »Die Zeitkrümmung weist darauf hin, daß ich jetzt wieder einen kriegen werde. Hörst du zu, Engel?«

»Ich bin beim Einschenken«, sagte der Engel von weitem.

»Dann hast du meinen Gedanken verstanden. Jetzt kommt noch einer. Die Zeit beschreibt eine Spirale statt eines Kreises. Wenn man den ersten Runde a nennt, dann ist die zweite a plus 1 – du verstehst? Das heißt, heute abend einen doppelten Martini.«

»Ich wußte, worauf das hinausliefe«, bemerkte Martha, die gerade in das geräumige eichegetäfelte Wohnzimmer kam. Sie war eine kleine dunkelhaarige Frau mit ausgesprochen hübschem Gesicht und ebensolcher Figur. Ihre winzige Küchenschürze sah zusammen mit langen Hosen und einer Seidenbluse etwas merkwürdig aus. »Und unendlichprozentigen Gin stellen sie nicht her. Da hast du deinen Martini.« Sie machte etwas mit dem Shaker und hantierte mit Gläsern.

»Langsam rühren«, ermahnte sie Kerry. »Nie schütteln. Ah – so ist's richtig.« Er nahm den Drink entgegen und musterte ihn mit Wohlgefallen. Schwarzes Haar mit ein paar grauen Strähnen glänzte im Lampenlicht, als er an dem Martini nippte. »Gut. Sehr gut.«

Martha trank langsam und betrachtete ihren Mann. Netter Kerl, der Kerry Westerfield. Er war in den Vierzigern, auf attraktive Weise häßlich, mit breitem Mund und einem gelegentlichen höhnischen Funkeln in den grauen Augen, wenn er Betrachtungen übers Leben anstellte. Sie waren seit zwölf Jahren verheiratet und fühlten sich wohl dabei.

Von draußen fiel der schwache späte Schein des Sonnenuntergangs durch die Fenster, genau auf das Radiomöbel, das neben der Tür an der Wand stand. Kerry schaute es zufrieden an.

»'ne schöne Stange Geld«, bemerkte er. »Trotzdem…«

»Was? Ach so. Die Männer hatten schwer zu tun, ihn die Treppe raufzukriegen. Warum probierst du ihn nicht aus, Kerry?«

»Hast du noch nicht?«

»Der alte war schon kompliziert genug«, sagte Martha ratlos. »Apparate. Die verwirren mich. Ich bin mit einem Edison aufgewachsen. Man zog ihn mit einem Schlüssel auf, und aus einem Trichter kamen seltsame Geräusche. Das habe ich verstanden. Aber jetzt – man drückt auf eine Taste, und es passieren ausgefallene Sachen. Magische Augen, Klangregler, Platten, die auf beiden Seiten gespielt werden, dazu sonderbares Rattern und Klicken aus dem Innern des Kastens – wahrscheinlich verstehst du das alles. Ich will's nicht mal verstehen. Jedesmal, wenn ich in so einem Klasseding eine Crosby-Platte spiele, scheint Bing verlegen zu sein.«

Kerry aß seine Olive. »Ich werde etwas Debussy spielen.« Mit einem Kopfnicken deutete er zum Tisch hin. »Da ist 'ne neue Crosby-Platte für dich. Die neueste.«

Martha begann glücklich zu zappeln. »Ob ich vielleicht jetzt kann, hm?«

»Hm-hm.«

»Aber du mußt mir zeigen, wie es geht.«

»Ganz einfach«, sagte Kerry und strahlte den Musikschrank an. »Die Dinger sind ziemlich gut, weißt du. Außer Denken tun sie alles.«

»Schön wär's, wenn sie den Abwasch machen würden«, bemerkte Martha. Sie stellte ihr Glas hin, stand auf und verschwand in der Küche.

Kerry schaltete eine Lampe in der Nähe an und ging durchs Zimmer, um das neue Radio zu betrachtet, das neueste Modell der Mideastern, mit allen neuen Verbesserungen. Es war teuer gewesen – aber wenn schon. Er konnte es sich leisten. Und das alte war ziemlich am Ende gewesen.

Er sah, daß das Gerät nicht angeschlossen war. Es waren auch keinerlei Drähte zu sehen – nicht einmal eine Erde. Wohl eine Neuheit. Eingebaute Antenne und Erde. Kerry hockte sich hin, suchte eine Steckdose und steckte den Stecker hinein.

Dies getan, öffnete er die Türen und betrachtete die Tasten und Drehknöpfe mit unverkennbarer Befriedigung. Ein Strahl bläuliches Licht schoß hervor, ihm in die Augen. Aus der Tiefe des Geräts ertönte ein schwaches, nachdenkliches Klicken. Es endete abrupt. Kerry blinzelte, hantierte an den Reglern und Schaltern und biß sich auf einen Fingernagel.

Mit ferner Stimme sagte das Radio: »Psychisches Muster getestet und registriert.«

»He?« Kerry kurbelte an einem Knopf. »Was war denn das? 'n Amateurfunker... Nein, die sind nicht auf Sendung. Hm-mm.« Er zuckte mit den Achseln und ging zu einem Sessel neben einem Regal mit Langspielplatten. Sein Blick glitt rasch über die Titel und die Namen der Komponisten. Wo war *Der Schwan von Tuonela?* Da war er, neben der *Finlandia*. Kerry nahm die Platte heraus und schlug auf der Handfläche die

Hülle auf. Mit der freien Hand holte er eine Zigarette aus der Tasche, steckte sie sich zwischen die Lippen und tastete nach den Streichhölzern auf dem Tisch neben ihm. Das erste Streichholz, das er anriß, erlosch.

Er warf es in den Kamin und war im Begriff, nach dem nächsten zu langen, als ein schwaches Geräusch seine Aufmerksamkeit erregte. Quer durch den Raum kam das Radio auf ihn zu gelaufen. Ein peitschenförmiger Tentakel schnellte irgendwo hervor, nahm ein Streichholz, strich damit unter der Tischplatte entlang – wie es Kerry getan hatte – und hielt ihm die Flamme an die Zigarette.

Automatische Reflexe übernahmen die Kontrolle. Kerry zog die Luft ein und begann krampfhaft zu husten. Er krümmte sich, schnappte nach Luft und sah einen Moment lang nichts.

Als er wieder blicken konnte, stand das Radio am gewohnten Platz.

Kerry biß sich auf die Unterlippe. »Martha!« rief er.

»Die Suppe steht auf dem Tisch«, antwortete ihre Stimme.

Kerry erwiderte nichts. Er stand auf, ging zum Radio hinüber und schaute es unentschlossen an. Der Stecker war aus der Dose gezogen worden. Kerry steckte ihn vorsichtig wieder hinein.

Er hockte sich hin, um die Beine des Geräts zu untersuchen. Sie sahen wie schön poliertes Holz aus. Seine tastende Hand brachte ihm keine neuen Erkenntnisse. Holz – hart und trocken.

Wie zum Teufel …

»Essen!« rief Martha.

Kerry warf seine Zigarette in den Kamin und verließ langsam das Zimmer. Seine Frau, die gerade eine Sauciere hinstellte, starrte ihn an.

»Wieviel Martinis hast du getrunken?«

»Bloß einen«, sagte Kerry ausdruckslos. »Ich muß für eine Minute weggenickt sein. Hm-ja, das war's wohl.«

»Also, hau rein«, befahl Martha. »Das ist deine letzte Gelegenheit, dich mit meinen Klößen vollzuschlagen, jedenfalls für eine Woche.«

Kerry tastete geistesabwesend nach der Brieftasche, nahm ein Kuvert heraus und warf es seiner Frau hin. »Da ist deine Fahrkarte, Engel. Verlier sie nicht.«

»Oh? Ich bin dir ein ganzes Abteil wert!« Martha steckte die Karte wieder in den Umschlag und gluckste froh. »Bist 'n Kumpel. Du bist sicher, daß du ohne mich klarkommst?«

»Hä? Hm-nn – ich denk schon.« Kerry salzte seine Avocado. Er schüttelte sich und schien aus einer leichten Benommenheit zu erwachen. »Klar, ich komm zurecht. Du rutschst nach Denver rüber und hilfst Carol, ihr Baby zu kriegen. Familie geht vor.«

»Na ja, meine einzige Schwester ...« Martha grinste. »Du weißt, wie sie und Bill sind. Ziemlich verrückt. Grad jetzt brauchen sie eine feste Hand.«

Es kam keine Antwort. Kerry blickte gedankenverloren auf eine Gabel mit einem Stück Avocado. Er murmelte etwas vom Ehrwürdigen Beda.

»Was ist mit ihm?«

»Die Vorlesung morgen. Jedes Semester bleiben wir, wer weiß warum, beim Beda hängen. Na schön.«

»Du hast deine Vorlesung fertig?«

Kerry nickte. »Natürlich.« Seit acht Jahren unterrichtete er an der Universität, da sollte er den Zeitplan mittlerweile wirklich kennen!

Später, bei Kaffee und Zigaretten, schaute Martha auf ihre Armbanduhr. »Ist bald Zeit für den Zug. Ich packe lieber den Rest. Das Geschirr ...«

»Mach ich schon.« Kerry folgte seiner Frau ins Schlafzimmer und machte zwecklose Versuche, ihr zu helfen. Schließlich trug er die Koffer hinunter zum Wagen. Martha kam mit, und sie fuhren zum Bahnhof.

Der Zug kam pünktlich. Eine halbe Stunde, nachdem er abgefahren war, fuhr Kerry den Wagen wieder in die

Garage, ging ins Haus und gähnte gewaltig. Er war müde. Also gut, der Abwasch und dann Bier und ein Buch im Bett.

Mit einem unsicheren Blick zum Radio ging er in die Küche und begann mit dem Abwasch. In der Diele klingelte das Telephon. Kerry wischte sich die Hände an einem Geschirrtuch trocken und nahm den Hörer ab.

Es war Mike Fitzgerald, der an der Universität Psychologie lehrte.

»Grüß dich, Fitz.«

»Grüß dich. Martha ist weg?«

»Hm. Ich hab sie gerade zum Zug gefahren.«

»Wie wär's mit 'nem Plausch? Ich hab ziemlich guten Scotch da. Warum kommst du nicht für'n Stündchen rüber?«

»Würd ich gern«, sagte Kerry und gähnte abermals, »aber ich bin fix und fertig. Morgen ist 'n großer Tag. Verschieben wir's?«

»Klar. Ich bin gerade mit Korrekturlesen fertig und hatte Lust, den Geist zu schärfen. Was ist los?«

»Nichts. Wart mal 'nen Moment.« Kerry ließ die Hand mit dem Hörer sinken und schaute verdutzt über die Schulter. Aus der Küche drangen Geräusche. Was zum Teufel war da los!

Er ging die Diele entlang und blieb in der Tür stehen, reglos und starren Blicks. Das Radio wusch das Geschirr ab.

Nach einer Weile kehrte er zum Telefon zurück. »Ist was?« sagte Fitzgerald.

»Mein neues Radio«, sagte Kerry und betonte jede Silbe. »Es wäscht das Geschirr ab.«

Für einen Moment antwortete Fitz nicht. Sein Lachen kam etwas zögernd. »Oh?«

»Ich ruf dich zurück«, sagte Kerry und legte auf. Eine Zeitlang stand er reglos da und kaute auf der Lippe. Dann ging er wieder zur Küche und blieb stehen, um zuzuschauen.

Das Radio stand mit der Rückseite zu ihm. Etliche dünne Tentakel hantierten mit dem Geschirr, spülten es fachmännisch in heißem Seifenwasser ab, schrubbten es mit der kleinen Bürste, tauchten es ins klare Spülwasser und stapelten es hübsch ordentlich auf dem Metallgestell. Diese peitschenartigen Fühler waren das einzige Anzeichen für ungewöhnliche Aktivitäten. Die Beine waren sichtlich fest.

»He!« sagte Kerry.

Es kam keine Antwort.

Er schob sich von der Seite her näher, bis er das Radio genauer beobachten konnte. Die Tentakel kamen aus einem Schlitz unter der Skala hervor. Der Stecker baumelte lose herab. Kein Saft also. Aber was …

Kerry trat zurück und kramte eine Zigarette hervor. Augenblicklich drehte sich das Radio um, nahm aus dem Behälter überm Herd ein Streichholz und kam auf ihn zu. Kerry blinzelte und beobachtete die Beine. Das konnte kein Holz sein. Sie beugten sich in den … Das Ding bewegte sich, elastisch wie Gummi. Das Radio hatte eine eigentümlich gleitende Art, sich zu bewegen, wie sonst nichts auf der Erde.

Es zündete Kerrys Zigarette an und ging wieder zur Spüle, wo es mit dem Abwasch weitermachte.

Kerry rief Fitzgerald an. »Ich hab keinen Spaß gemacht. Ich habe Halluzinationen oder so was. Dieses verdammte Radio hat mir gerade eine Zigarette angezündet.«

»Moment mal.« Fitzgeralds Stimme klang unsicher. »Das ist ein Witz, was?«

»Nein. Und ich glaube auch nicht, daß es eine Halluzination ist. Das ist was auf deiner Strecke. Kannst du rumkommen und meine Kniereflexe testen?«

»In Ordnung«, sagte Fitz. »In zehn Minuten. Und daß was zu trinken da ist.«

Er legte auf, und Kerry, der seinerseits den Hörer auf

die Gabel legte, wandte sich um und sah das Radio aus der Küche kommen und ins Wohnzimmer gehen. Sein massiger kastenförmiger Umriß war auf vertrackte Art beängstigend, wie ein bizarrer Kobold. Kerry schauderte.

Er folgte dem Radio und fand es an seinem alten Platz, reglos und gleichgültig. Er öffnete die Türen, betrachtete die Skala, den Arm des Tonabnehmers und die anderen Tasten und Vorrichtungen. Es gab nichts sichtlich Ungewöhnliches. Wieder berührte er die Beine. Es war doch kein Holz. Eine Art Plastik, das ziemlich hart zu sein schien. Oder vielleicht waren sie doch aus Holz. Es war schwer festzustellen, ohne den Lack zu beschädigen. Naturgemäß widerstrebte es Kerry, sein neues Möbelstück mit einem Messer zu bearbeiten.

Er probierte das Radio aus und bekam ohne Schwierigkeiten örtliche Sender herein. Der Ton ist gut – ungewöhnlich gut, dachte er. Der Plattenspieler …

Er zog aufs Geratewohl Halvorsens *Einzug der Bojaren* heraus, legte ihn auf und schloß den Deckel. Es kam kein Ton. Eine nähere Untersuchung ergab, daß sich die Nadel rhythmisch die Rille entlang bewegte, aber ohne hörbares Ergebnis. Also?

Kerry nahm die Platte ab, als es an der Tür klingelte. Es war Fitzgerald, ein hochgewachsener, finster dreinblickender Mann mit ledrigem, faltigem Gesicht und einem wirren stumpfgrauen Haarschopf. Er streckte eine lange knochige Hand aus.

»Wo ist mein Drink?«

»Tag, Fitz. Komm in die Küche. Ich mix was. 'nen Highball?«

»'nen Highball.«

»In Ordnung.« Kerry ging voraus. »Aber trink ihn noch nicht. Ich möchte dir meinen neuen Musikschrank zeigen.«

»Den, der Geschirr spült?« fragte Fitzgerald. »Was macht er sonst noch?«

Kerry gab ihm das Glas. »Platten will er nicht spielen.«

»Na schön. Darauf kommt's nicht an, wenn er die Hausarbeit macht. Werfen wir mal einen Blick drauf.« Fitzgerald ging ins Wohnzimmer, wählte den *Nachmittag eines Fauns* aus und trat ans Radio. »Der Stecker ist nicht drin.«

»Das spielt überhaupt keine Rolle«, sagte Kerry.

»Batterien?« Fitzgerald legte die Platte auf und stellte die Regler ein. »Zehn Zoll – so. Sehen wir mal.« Er strahlte Kerry triumphierend an. »Na? Jetzt spielt es.«

Das tat es.

Kerry sagte: »Probier mal das Stück von Halvorsen. Hier.« Er gab Fitzgerald die Platte, der die Aus-Taste drückte und zusah, wie sich der Tonarm hob.

Doch diesmal weigerte sich das Grammophon zu spielen. Den *Einzug der Bojaren* mochte es nicht.

»Das ist komisch«, knurrte Fitzgerald. »Vielleicht liegt's an der Platte. Probieren wir eine andere.«

Mit *Daphnis und Chloë* gab es keine Schwierigkeiten. Aber den *Bolero* desselben Komponisten wies das Radio schweigend zurück.

Kerry setzte sich und deutete auf einen Sessel in der Nähe. »Das beweist gar nichts. Komm her und schau zu. Trink vorerst noch nichts. Du ... äh ... fühlst dich völlig normal?«

»Klar. Und?«

Kerry holte eine Zigarette hervor. Der Musikschrank kam durchs Zimmer, nahm unterwegs eine Streichholzschachtel mit und gab höflich Feuer. Dann kehrte er zurück an seinen Platz an der Wand.

Fitzgerald sagte kein Wort. Nach einer Weile nahm er eine Zigarette aus der Tasche und wartete. Nichts geschah.

»Also?« fragte Kerry.

»Ein Roboter. Das ist die einzige mögliche Antwort. Wo im Namen des Petrarchen hast du ihn her?«

»Du scheinst nicht besonders überrascht zu sein.«

»Doch, bin ich. Aber ich habe schon Roboter gesehen. Westinghouse hat es versucht, du weißt. Nur daß dieser ...« Fitzgerald tippte sich mit einem Fingernagel gegen die Zähne. »Wer hat ihn gebaut?«

»Woher zum Teufel soll ich das wissen?« entgegnete Kerry. »Die Radiofirma, nehme ich an.«

Fitzgerald kniff die Lider zusammen. »Moment mal. Ich verstehe nicht recht ...«

»Da gibt's nichts zu verstehen. Ich habe diese Musikkombination vor ein paar Tagen gekauft. Und das alte Radio abgegeben. Heute nachmittag ist sie geliefert worden, und ...« Kerry erklärte, wie es zugegangen war.

»Du meinst, du wußtest nicht, daß es ein Roboter ist?«

»Genau. Ich habe ihn als Radio gekauft. Und ... und ... das verdammte Ding kommt mir fast lebendig vor.«

»Nicht dran zu denken.« Fitzgerald schüttelte den Kopf, stand auf und untersuchte den Musikschrank eingehend. »Es ist eine neue Art Roboter. Zumindest ...« Er zögerte. »Was soll man sonst davon halten? Ich schlage vor, du wendest dich morgen an die Leute von der Mideastern und läßt es überprüfen.«

»Laß uns das Gehäuse aufmachen und hineinschauen«, schlug Kerry vor.

Fitzgerald war einverstanden, doch das Experiment erwies sich als unmöglich. Die vermeintlich hölzernen Platten waren nicht angeschraubt, und es gab keine sichtbare Möglichkeit, das Gerät zu öffnen. Kerry holte einen Schraubenzieher und hantierte damit herum, erst vorsichtig, dann mit unterdrückter Wut. Er konnte weder eine Platte abhebeln noch die glatte dunkle Oberfläche des Schranks auch nur ankratzen.

»Verdammt!« sagte er schließlich. »Deine Annahme ist nicht schlechter als meine. Es ist ein Roboter. Ich wußte nur nicht, daß man solche herstellen kann. Und warum in einem Radio?«

»Frag mich nicht.« Fitzgerald zuckte mit den Achseln. »Ruf morgen die Firma an. Das ist der erste Schritt. Natürlich bin ich ziemlich verwundert. Wenn es schon eine neue Art von einem spezialisierten Roboter gibt, wozu ihn in einen Musikschrank einbauen? Und wie bewegen sich diese Beine? Es sind keine Räder dran.«

»Das habe ich mich auch gefragt.«

»Wenn er sich bewegt, wirken die Beine ... wie aus Gummi. Aber das sind sie nicht. Sie sind hart wie ... wie Hartholz. Oder Plastik.«

»Ich hab Angst vor dem Ding«, sagte Kerry.

»Willst du heute bei mir übernachten?«

»Mm-nein. Nein. Ich glaube nicht. Der ... Roboter kann mir nichts tun.«

»Ich glaube auch nicht, daß er es will. Er hat dir geholfen, oder?«

»Hm«, sagte Kerry und machte sich daran, einen neuen Drink mixen.

Der Rest des Gesprächs führte zu keinem Ergebnis. Als er etliche Stunden später nach Hause ging, war Fitzgerald ziemlich besorgt. Er war nicht so gelassen, wie er Kerrys Nerven zuliebe getan hatte. Das Eindringen von etwas derart Unerwartetem in den Alltag hatte etwas Beängstigendes. Und doch, sagte er sich, stellte der Roboter anscheinend keine Bedrohung dar.

Kerry ging zu Bett und nahm einen neuen Krimi mit. Das Radio folgte ihm ins Schlafzimmer und nahm ihm sanft das Buch aus der Hand. Instinktiv griff Kerry danach.

»He!« sagte er. »Was zum Teufel ...«

Das Radio kehrte zurück ins Wohnzimmer. Kerry folgte ihm und sah noch, wie es das Buch wieder ins Regal stellte. Nach einer Weile zog sich Kerry zurück, schloß seine Tür ab und schlief unruhig bis zum Morgen.

In Morgenmantel und Pantoffeln trottete er aus dem Zimmer, um den Musikschrank anzustarren. Der stand wieder an seinem alten Platz und sah aus, als hätte er sich nie von der Stelle gerührt. Ziemlich blaß im Gesicht machte Kerry Frühstück.

Ihm wurde nur eine Tasse Kaffee genehmigt. Das Radio erschien, nahm ihm vorwurfsvoll die zweite Tasse aus der Hand und schüttete sie in den Ausguß.

Nun reichte es Kerry Westerfield. Er griff nach Hut und Mantel und verließ beinahe fluchtartig das Haus. Er hatte das gräßliche Gefühl, das Radio könnte ihm folgen, doch zum Glück für seine Nerven tat es das nicht. Allmählich machte er sich Sorgen.

Vormittags fand er Gelegenheit, die Mideastern anzurufen. Der Verkäufer wußte von nichts. Es war ein Standardmodell von einem Musikschrank, das neueste. Wenn er damit unzufrieden sei, würde der Verkäufer natürlich gern …

»Es ist in Ordnung«, sagte Kerry, »aber wer hat das Ding hergestellt? Das ist es, was ich herausfinden möchte.«

»Einen Augenblick, Sir.« Es folgte eine Pause. »Es kam aus Mr. Lloyds Abteilung. Einer unserer Vorarbeiter.«

»Verbinden Sie mich bitte mit ihm.«

Aber Lloyd konnte ihm nicht weiterhelfen. Nach langem Überlegen erinnerte er sich, daß das Gerät ohne Seriennummer ins Lager gestellt worden war. Die war später hinzugefügt worden.

»Aber wer hat es hergestellt?«

»Ich weiß es einfach nicht. Ich denke, ich kann es für Sie herauskriegen. Ich ruf dann zurück.«

»Vergessen Sie's nicht«, bat Kerry und ging wieder in den Hörsaal. Die Vorlesung über den Ehrwürdigen Beda wurde kein besonderer Erfolg.

Beim Lunch traf er Fitzgerald, der erleichtert wirkte, als Kerry an seinen Tisch kam. »Hast du noch was über deinen lieben Roboter rausgefunden?« wollte der Psychologieprofessor wissen.

Es war weiter niemand in Hörweite. Seufzend setzte sich Kerry und zündete sich eine Zigarette an. »Keine Spur. Es macht Spaß, das selber zu tun.« Er wedelte mit dem abgebrannten Streichholz und nahm einen Lungenzug. »Ich habe die Firma angerufen.«

»Und?«

»Sie wissen von nichts. Außer daß es keine Seriennummer hatte.«

»Das kann von Bedeutung sein«, sagte Fitzgerald.

Kerry erzählte ihm von den Vorfällen mit dem Buch und dem Kaffee, und Fitzgerald blinzelte nachdenklich seine Milch an. »Ich hab seinerzeit ein paar psychologische Tests mit dir angestellt. Zuviel Stimulation ist nicht gut für dich.«

»Bloß ein Krimi!«

»Ein bißchen übertrieben, gebe ich zu. Aber ich kann verstehen, warum der Roboter sich so verhalten hat, obwohl ich keine Ahnung hab, wie er darauf kommt.« Er zögerte. »Ohne Intelligenz, meine ich.«

»Intelligenz?« Kerry leckte sich die Lippen. »Ich bin mir nicht so sicher, ob es bloß eine Maschine ist. Und ich bin nicht verrückt.«

»Nein, bist du nicht. Aber du sagst, der Roboter war im anderen Zimmer. Wie konnte er wissen, was du liest?«

»Eine Art Röntgenaugen und superschnelle Wahrnehmung und Auffassungsgabe – was weiß ich? Vielleicht will es nicht, daß ich überhaupt was lese.«

»Das wär schon mal was«, brummte Fitzgerald. »Kennst du dich theoretisch mit Maschinen von dem Typ aus?«

»Robotern?«

»Rein theoretisch. Dein Gehirn ist ein Kolloid, weißt

du. Kompakt, kompliziert – aber langsam. Stell dir vor, du entwickelst einen Apparat mit einer vielmillionenfachen Radioatom-Einheit, in Isolationsmaterial eingebettet. Das Ergebnis ist ein Gehirn, Kerry. Ein Gehirn mit einer ungeheuren Anzahl von Einheiten, die fast mit Lichtgeschwindigkeit wechselwirken. Eine Radioröhre regelt den Strom und verarbeitet dabei vierzig Millionen Einzelsignale pro Sekunde. Und theoretisch könnte ein Radioatom-Gehirn, wie ich es erwähnt habe, in einer Hunderttausendstelsekunde Wahrnehmung, Erkennung, Bewertung, Reaktion und Anpassung bewerkstelligen.«

»Theorie.«

»Das dachte ich auch. Aber ich fände gern heraus, woher dein Radio stammt.«

Ein Angestellter kam an den Tisch. »Ein Anruf für Mister Westerfield.«

Kerry entschuldigte sich und ging. Als er zurückkam, verzog ein erstauntes Stirnrunzeln seine schwarzen Brauen. Fitzgerald schaute ihn fragend an.

»Ein Bursche namens Lloyd, aus dem Werk der Mideastern. Ich hab mit ihm über das Radio gesprochen.«

»Hat's was gebracht?«

Kerry schüttelte den Kopf. »Nein. Na ja, nicht viel. Er wußte nicht, wer das Ding gebaut hat.«

»Ist es denn in dem Werk gebaut worden?«

»Ja. Vor ungefähr zwei Wochen – aber es gibt keine Aufzeichnung, wer dran gearbeitet hat. Lloyd schien das sehr, sehr komisch zu finden. Wenn im Werk ein Radio gebaut wird, wissen sie, wer es montiert hat.«

»Also?«

»Nichts also. Ich hab ihn gefragt, wie man das Gehäuse aufmacht, und er sagt, es sei einfach. Bloß die Rückplatte abschrauben.«

»Es gibt keine Schrauben«, sagte Fitzgerald.

»Ich weiß.«

Sie schauten sich an.

Fitzgerald sagte: »Ich würde 'nen Fünfziger dafür geben, herauszufinden, ob dieser Roboter wirklich erst vor zwei Wochen gebaut worden ist.«

»Wieso?«

»Weil ein Radioatom-Gehirn ausgebildet werden muß. Sogar in solchen Dingen, wie eine Zigarette anzuzünden.«

»Er hat gesehen, wie ich mir eine angezündet habe.«

»Und ist dem Vorbild gefolgt. Das Geschirrspülen – hmm. Induktion, nehme ich an. Wenn dieser Apparat ausgebildet worden ist, ist es ein Roboter. Wenn nicht...« Fitzgerald verstummte.

Kerry blinzelte. »Ja?«

»Ich weiß nicht, was zum Teufel das ist. Es hat mit einem Roboter soviel zu tun wie wir mit dem Eohippus. Aber eins weiß ich, Kerry: Höchstwahrscheinlich hat kein Wissenschaftler heutzutage genug Kenntnisse, um ein... ein Ding wie das herzustellen.«

»Du argumentierst im Kreis«, sagte Kerry. »Es ist hergestellt worden.«

»Hm-ja. Aber wie, wann und von wem? Das bereitet mir Kummer.«

»Schön, ich habe in fünf Minuten eine Vorlesung. Kommst du heute abend bei mir vorbei?«

»Geht nicht. Ich lese im Großen Hörsaal. Aber danach rufe ich dich an.«

Mit einem Kopfnicken ging Kerry und versuchte, die Angelegenheit aus seinen Gedanken zu verbannen. Es gelang ihm recht gut. Als er aber abends allein in einem Restaurant aß, fühlte er allmählich einen allgemeinen Widerwillen, nach Hause zu gehen. Ihn erwartete ein Kobold.

»Brandy«, sagte er zur Kellnerin. »'nen doppelten.«

Zwei Stunden später lud ein Taxi Kerry bei seinem Haus ab. Er war ziemlich betrunken, sein Blick verschwommen. Unsicheren Schrittes ging er um die Veranda, stieg mit übertriebener Vorsicht die Stufen hinauf und schloß auf.

Er machte Licht.

Das Radio kam ihm entgegen. Tentakel, dünn, aber stark wie Metall, schlangen sich sanft um seinen Körper und hielten ihn bewegungslos. Jähe, heftige Angst durchschoß Kerry. Er wehrte sich verzweifelt und versuchte zu schreien, doch seine Kehle war trocken.

Aus der Radioskala schoß ein gelber Lichtstrahl hervor und blendete ihn. Der Strahl schwenkte abwärts, zielte auf seine Brust. Plötzlich spürte Kerry einen sonderbaren Geschmack unter der Zunge.

Nach etwa einer Minute schaltete sich der Strahl ab, die Tentakel verschwanden wieder, und der Musikschrank kehrte an seinen Platz zurück. Kerry wankte schwach zu einem Sessel und ließ sich nach Luft schnappend hineinfallen.

Er war nüchtern. Was praktisch unmöglich war. Vierzehn Brandys befördern eine bestimmte Menge Alkohol in den Körper. Man kann nicht einen Zauberstab schwenken und sofort nüchtern werden. Doch genau das war geschehen.

Der... Roboter versuchte, sich nützlich zu machen. Nur daß Kerry es vorgezogen hätte, betrunken zu bleiben.

Unsicher stand er auf und schlich am Radio vorbei zum Bücherschrank. Nach dem Musikschrank schielend, nahm er den Kriminalroman heraus, den er am Abend zuvor zu lesen versucht hatte. Wie erwartet nahm ihm das Radio das Buch aus der Hand und stellte es wieder ins Regal. Kerry dachte an Fitzgeralds Worte und schaute auf die Uhr. Reaktionszeit vier Sekunden.

Er nahm einen Chaucer heraus und wartete, doch das Radio rührte sich nicht. Als Kerry jedoch nach einem Geschichtswerk griff, wurde ihm das sanft aus der Hand genommen. Reaktionszeit sechs Sekunden.

Kerry nahm ein doppelt so dickes Geschichtsbuch. Reaktionszeit zehn Sekunden.

Hm. Der Roboter las die Bücher also tatsächlich. Das hieß Röntgenblick und superschnelle Reaktion. Heiliger Bimbam!

Kerry probierte weitere Bücher aus und fragte sich, was das Kriterium sei. *Alice im Wunderland* wurde ihm aus der Hand gerissen, Millays Gedichte nicht. Er machte eine Liste mit zwei Spalten, um später darauf zurückzukommen.

Der Roboter war also nicht bloß ein Diener. Er war ein Zensor. Doch welchen Vergleichsmaßstab hatte er?

Nach einer Weile fiel ihm seine Vorlesung vom nächsten Tag ein, und er durchblätterte seine Notizen. Einige Punkte mußten überprüft werden. Ziemlich zögernd machte er das nötige Nachschlagewerk ausfindig – und der Roboter nahm es ihm weg.

»Moment mal«, sagte Kerry. »Ich brauch das.« Er versuchte, den Band dem Griff der Tentakel zu entwinden, doch erfolglos. Der Musikschrank beachtete ihn nicht. Gelassen stellte er das Buch wieder ins Regal.

Kerry stand da und biß sich auf die Lippe. Das ging ein bißchen zu weit. Der verdammte Roboter überwachte ihn. Er schlich sich wieder zu dem Buch, packte es und war in der Diele, ehe das Radio sich rühren konnte.

Das Ding folgte ihm. Er hörte das leise Tappen seiner… Füße. Kerry eilte ins Schlafzimmer und schloß die Tür ab. Er wartete, und sein Herz klopfte, als sacht auf die Klinke gedrückt wurde.

Ein Fühler, dünn wie ein Draht, kam durch den Türspalt gekrochen und machte sich am Schlüssel zu schaffen. Kerry sprang plötzlich hin und schob den Zusatzriegel vor. Doch das half auch nicht. Die Präzisionswerkzeuge der Roboters – die spezialisierten Fühler – schoben ihn zurück; und dann öffnete der Musikschrank die Tür, kam ins Zimmer und auf Kerry zu.

Er fühlte, wie ihn Panik ergriff. Mit krampfhaftem

Schlucken warf er mit dem Buch nach dem Ding, und das fing es geschickt auf. Offensichtlich wollte es weiter nichts, denn das Radio machte kehrt und ging aus dem Zimmer, wobei es klobig auf seinen Gummibeinen hin und her schwankte und den verbotenen Band mitnahm. Kerry fluchte leise.

Das Telefon klingelte. Es war Fitzgerald.

»Und? Wie bist du zurechtgekommen?«

»Hast du ein Exemplar von Cassens *Gesellschaftsliteratur im Lauf der Jahrhunderte?*«

»Ich glaube nicht. Warum fragst du?«

»Dann hole ich es mir morgen in der Universitätsbibliothek.« Kerry erklärte, was geschehen war. Fitzgerald stieß einen leisen Pfiff aus.

»Ziemlich lästig, was? Hmm. Ich frage mich ...«

»Ich hab Angst vor dem Ding.«

»Ich glaube nicht, daß es dir Böses will. Du sagst, es hat dich nüchtern gemacht?«

»Hm-ja. Mit einem Lichtstrahl. Das ist nicht besonders logisch.«

»Könnte sein. Das Schwingungsäquivalent von Thiaminchlorid.«

»Licht?«

»Du weißt, Sonnenlicht hat einen Vitaminanteil. Das ist nicht die Hauptsache. Sondern daß es deine Lektüre zensiert – und anscheinend mit superschneller Reaktion die Bücher liest. Dieser Apparat, was immer er sein mag, ist nicht bloß ein Roboter.«

»Wem sagst du das?« erwiderte Kerry finster. »Es ist ein Hitler.«

Fitzgerald lachte nicht. Ziemlich nüchternen Tones schlug er vor: »Du wirst wohl heute bei mir übernachten?«

»Nein«, sagte Kerry mit störrischer Stimme. »Ich laß mich nicht von irgend so einem Radio aus dem Hause jagen. Eher geh ich mit der Axt an das Ding.«

»Na ja, du wirst wissen, was du tust, nehme ich an. Ruf mich an, wenn ... wenn was passiert.«

»In Ordnung«, erklärte Kerry und legte auf. Er ging ins Wohnzimmer und betrachtete das Radio mit kaltem Blick. Was zum Teufel war das – und was bezweckte es? Gewiß war es nicht bloß ein Roboter. Ebenso gewiß war es nicht lebendig, in dem Sinne, wie ein Kolloid-Gehirn lebendig ist.

Mit zusammengepreßten Lippen ging er hin und hantierte an den Tasten und Drehknöpfen.

Der rasche, nervöse Rhythmus einer Swing-Band drang aus dem Gerät. Er versuchte es auf der Kurzwelle – da war nichts Ungewöhnliches. Also?

Also nichts. Es gab keine Antwort.

Nach einer Weile ging er zu Bett.

Tags darauf nahm er Cassens *Gesellschaftsliteratur* mit zum Lunch, um sie Fitzgerald zu zeigen.

»Was ist damit?«

»Schau her.« Kerry blätterte und zeigte auf eine Stelle. »Kannst du damit etwas anfangen?«

Fitzgerald las die Stelle. »Hm. Es scheint darum zu gehen, daß Individualismus zur Herstellung von Literatur notwendig ist. Ja?«

Kerry schaute ihn an. »Ich weiß nicht.«

»Was?«

»Mit meinem Kopf geht irgendwas Komisches vor sich.«

Fitzgerald fuhr sich durchs graue Haar, fixierte den anderen mit zusammengekniffenen Augen. »Komm schon. Ich verstehe nicht recht ...«

Mit zorniger Geduld sagte Kerry: »Heute morgen bin ich in die Bibliothek gegangen und habe die Stelle nachgeschlagen. Ich hab sie auch richtig gelesen. Aber sie hatte keinerlei Bedeutung für mich. Bloß Wörter. Weißt du, wie das ist, wenn man abgespannt ist und viel gelesen hat? Man gerät an einen Satz mit einer Menge Nebensätzen, und er geht nicht auf. Also so ähnlich ist es.«

»Lies es jetzt«, sagte Fitzgerald ruhig und reichte das Buch über den Tisch.

Kerry gehorchte, dann blickte er mit gequältem Lächeln auf. »Zwecklos.«

»Lies es laut. Ich werde es mit dir durchgehen, Schritt für Schritt.«

Doch es half nichts. Kerry schien absolut außerstande, den Sinn der Stelle zu erfassen.

»Vielleicht ein semantischer Block«, sagte Fitzgerald und kratzte sich am Ohr. »Passiert dir das zum erstenmal?«

»Ja … nein. Ich weiß nicht.«

»Hast du heute nachmittag eine Vorlesung? Gut. Dann gehen wir zu dir.«

Kerry schob seinen Teller weg. »In Ordnung. Ich hab keinen Hunger. Sobald du fertig bist …«

Eine halbe Stunde später betrachteten sie das Radio. Es wirkte ganz harmlos. Fitzgerald vergeudete einige Zeit mit Versuchen, die Verkleidung abzustemmen, gab es aber schließlich als aussichtslos auf. Er nahm Bleistift und Papier, setzte sich Kerry gegenüber und begann, Fragen zu stellen.

An einer bestimmten Stelle hielt er inne. »Das hast du vorher nicht erwähnt.«

»Hab's vergessen, nehme ich an.«

Fitzgerald tippte sich mit dem Bleistift gegen die Zähne. »Hm-mm. Das erste Mal, daß das Radio etwas unternahm …«

»… strahlte es mir blaues Licht in die Augen.«

»Das meine ich nicht. Sondern was es sagte.«

Kerry blinzelte. »Was es sagte?« Er zögerte. »›Psychisches Muster getestet und registriert‹, oder so was in der Art. Ich dachte, ich hätte einen Sender eingestellt und wäre in eine Quizsendung oder derlei geraten. Du glaubst …«

»Waren die Worte leicht zu verstehen? Gutes Englisch?«

»Nein, jetzt, da ich mich dran erinnere«, murmelte Kerry. »Sie waren ein bißchen verschliffen. Mit langgezogenen Vokalen.«

»Ah, hm. Gut, machen wir weiter.« Sie versuchten es mit einem Wort-Assoziationstest.

Schließlich lehnte sich Fitzgerald zurück, die Stirn gerunzelt. »Ich möchte das mit den letzten Tests vergleichen, die ich vor ein paar Monaten mit dir gemacht habe. Es kommt mir komisch vor – verdammt komisch. Mir wäre viel wohler, wenn ich genau wüßte, was Erinnerung ist. Wir haben eine Menge über Mnemonik geforscht – künstliches Gedächtnis. Trotzdem kann es ganz was anderes sein.«

»Hä?«

»Diese ... Maschine. Entweder hat sie ein künstliches Gedächtnis und ist intensiv ausgebildet worden, oder sie ist an eine andere Umgebung und Kultur angepaßt. Sie hat dich beeinflußt – ziemlich stark.«

Kerry leckte sich die trockenen Lippen. »Wie?«

»Sie hat Blockaden in deinem Denken errichtet. Ich habe sie noch nicht in Beziehung zueinander gesetzt. Wenn ich es getan habe, werden wir vielleicht eine Art Antwort finden können. Nein, das Ding ist kein Roboter. Es ist viel mehr als das.«

Kerry nahm eine Zigarette heraus, der Musikschrank kam durchs Zimmer und zündete sie ihm an. Die beiden Männer sahen mit einem vagen, beklemmenden Entsetzen zu.

»Du solltest heute lieber bei mir übernachten«, schlug Fitzgerald vor.

»Nein.« Kerry schauderte.

Am folgenden Tag erwartete Fitzgerald Kerry zum Lunch, doch der jüngere Mann tauchte nicht auf. Er rief bei ihm zu Hause an, und es meldete sich Martha.

»Hallo! Seit wann bist du wieder da?«

»Hallo, Fitz. Ungefähr seit einer Stunde. Meine

Schwester hat sich beeilt und ihr Baby ohne mich gekriegt – also bin ich zurückgekommen.« Sie hielt inne, und etwas in ihrem Tonfall beunruhigte Fitzgerald.

»Wo ist Kerry?«

»Er ist hier. Kannst du vorbeikommen, Fitz? Ich mache mir Sorgen.«

»Was ist mit ihm los?«

»Ich … ich weiß nicht. Komm, so schnell du kannst.«

»In Ordnung«, sagte Fitzgerald und legte auf. Er biß sich auf die Lippe. Er machte sich Sorgen. Als er kurze Zeit darauf bei den Westerfields klingelte, stellte er fest, daß er seine Nerven ganz schlecht unter Kontrolle hatte. Doch der Anblick Marthas beruhigte ihn wieder.

Er folgte ihr ins Wohnzimmer. Fitzgeralds Blick ging sofort zum Musikschrank, an dem sich nichts verändert hatte, und dann zu Kerry, der reglos am Fenster saß. Kerrys Gesicht hatte einen leeren, benommenen Ausdruck. Seine Pupillen waren geweitet, und er schien Fitzgerald nur langsam zu erkennen.

»Hallo, Fitz«, sagte er.

»Wie fühlst du dich?«

Martha schaltete sich ein. »Fitz, was ist los? Ist er krank? Soll ich den Arzt rufen?«

Fitzgerald setzte sich. »Hast du irgendwas Komisches an dem Radio bemerkt?«

»Nein. Wieso?«

»Dann hör zu.« Er erzählte ihr die ganze Geschichte und sah zu, wie auf Marthas Gesicht Ungläubigkeit mit zögerndem Glauben kämpfte. Dann sagte sie: »Ich kann nicht recht …«

»Wenn Kerry eine Zigarette herausnimmt, wird das Ding sie ihm anzünden. Willst du sehen, wie es funktioniert?«

»N-nein. Ja. Ich denke schon.« Martha riß die Augen auf.

Fitzgerald gab Kerry eine Zigarette. Das Erwartete geschah.

Martha sagte kein Wort. Als der Musikschrank an seinen Platz zurückgekehrt war, durchlief sie ein Schauder, und sie ging zu Kerry. Er schaute sie mit leeren Blick an.

»Er braucht einen Arzt, Fitz.«

»Ja.« Fitzgerald erwähnte nicht, daß ein Arzt vielleicht wenig nützen würde.

»Was ist dieses Ding?«

»Es ist mehr als ein Roboter. Und es hat Kerry umgemodelt. Ich hab dir gesagt, was passiert ist. Als ich Kerrys psychische Muster überprüft habe, stellte ich fest, daß sie verändert sind. Er hat den größten Teil seiner Initiative verloren.«

»Niemand auf der Welt konnte das herstellen ...«

Fitzgerald runzelte die Stirn. »Daran hab ich auch gedacht. Es scheint das Produkt einer hochentwickelten Kultur zu sein, die sich von unserer ziemlich unterscheidet. Marsianer vielleicht. Es ist ein so spezialisiertes Ding, daß es natürlich in eine komplizierte Kultur gehört. Aber ich verstehe nicht, warum es derart genau wie ein Radioschrank von der Mideastern aussieht.«

Martha berührte Kerrys Hand. »Tarnung?«

»Aber warum? Du warst eine von meinen besten Studentinnen in Psychologie, Martha. Betrachte es logisch. Stell dir eine Zivilisation vor, in der ein Apparat wie dieser seinen Platz hat. Benutze induktive Schlußfolgerungen.«

»Ich versuche es. Ich kann nicht besonders gut denken. Fitz, ich mache mir Sorgen um Kerry.«

»Mir geht es gut«, sagte Kerry.

Fitzgerald legte die Fingerspitzen aneinander. »Es ist weniger ein Radio als ein Überwachungsgerät. In dieser anderen Zivilisation hat vielleicht jeder eins – oder vielleicht nur ein paar – die, die es brauchen. Es hält sie auf Linie.«

»Indem es die Initiative vernichtet?«

Fitzgerald machte eine hilflose Geste. »Ich weiß

nicht! So ist es in Kerrys Fall verfahren. Bei anderen – ich weiß nicht.«

Martha stand auf. »Ich denke, wir sollten nicht mehr reden. Kerry braucht einen Arzt. Danach können wir entscheiden, was damit werden soll.« Sie zeigte auf den Musikschrank.

Fitzgerald sagte: »Es wäre jammerschade, es zu zerschlagen, aber …« Sein Blick sprach Bände.

Der Musikschrank regte sich. Er kam mit flachem, ruckelndem Gang aus seiner Ecke auf Fitzgerald zu. Als er aufsprang, schnellten die peitschenartigen Tentakel heraus und packten ihn. Ein fahler Strahl leuchtete ihm in die Augen.

Fast augenblicklich verschwand er wieder; die Tentakel wurden zurückgezogen, das Radio kehrte an seinen Platz zurück. Fitzgerald stand reglos da. Martha war aufgesprungen, eine Hand am Munde.

»Fitz!« Ihre Stimme zitterte.

Er zögerte. »Ja? Ist was?«

»Bist du verletzt? Was hat es mit dir gemacht?«

Fitzgerald runzelte leicht die Stirn. »Hä? Verletzt? Ich weiß nicht …«

»Das Radio. Was hat es gemacht?«

Er schaute zum Musikschrank. »Stimmt was nicht damit? Ich fürchte, Radioreparaturen sind nicht meine Stärke, Martha.«

»Fitz.« Sie ging zu ihm und faßte ihn am Arm. »Hör zu.« Rasche Worte strömten aus ihrem Mund. Das Radio. Kerry. Ihre Diskussion.

Fitzgerald schaute sie mit leerem Blick an, als verstehe er nicht recht. »Ich glaube, heute bin ich schwer von Begriff. Ich verstehe nicht recht, wovon du redest.«

»Das Radio – du weißt doch! Du hast gesagt, daß es Kerry verändert hat …« Martha hielt inne und starrte ihn an.

Fitzgerald war sichtlich verwundert. Martha verhielt sich seltsam. Eigenartig! Er hatte sie immer für ein

Mädchen mit ziemlich klarem Kopf gehalten. Doch nun redete sie Unsinn. Zumindest konnte er nicht herausfinden, was sie meinte; ihre Worte ergaben keinen Sinn.

Und warum redete sie von dem Radio? War es nicht zufriedenstellend? Kerry hatte gesagt, es sei ein guter Kauf gewesen, mit gutem Klang und den neuesten Raffinessen. Flüchtig fragte sich Fitzgerald, ob Martha wohl den Verstand verloren habe.

Jedenfalls mußte er sich beeilen, zu seiner Vorlesung zu kommen. Er sagte es. Martha versuchte nicht, ihn aufzuhalten, als er ging. Sie war kreidebleich.

Kerry holte eine Zigarette heraus. Das Radio kam zu ihm und hielt ein Streichholz.

»Kerry!«

»Ja, Martha?« Seine Stimme war tonlos.

Sie starrte das... das Radio an. Mars? Eine andere Welt – eine andere Zivilisation? Was war es? Was wollte es? Was hatte es vor?

Martha ging aus dem Haus und in die Garage. Als sie zurückkam, umklammerte ihre Hand ein kleines Beil.

Kerry schaute zu. Er sah, wie Martha auf das Radio zuging und das Beil hob. Dann kam ein Lichtstrahl herausgeschossen, und Martha verschwand. Ein bißchen Staub wirbelte im nachmittäglichen Sonnenlicht auf.

»Vernichtung einer bedrohlichen Lebensform«, sagte das Radio mit verschliffenen, zusammenfließenden Worten.

Kerry stülpte sich das Gehirn um. Er fühlte sich krank – benommen und schrecklich leer. Martha...

Seine Gedanken wirbelten umher. Instinkt und Gefühl kämpften mit etwas, das sie niederhielt. Unvermittelt stürzten die Dämme ein, die Blockaden waren fort, die Barrieren gefallen. Mit einem heiseren, unartikulierten Schrei sprang Kerry auf.

»Martha!« schrie er.

Sie war weg. Kerry blickte um sich. Wo …

Was war geschehen? Er konnte sich nicht erinnern.

Er setzte sich wieder in den Sessel und rieb sich die Stirn. Seine freie Hand holte eine Zigarette heraus, eine automatische Reaktion, die sofort beantwortet wurde. Das Radio kam auf ihn zu und hielt ein brennendes Streichholz.

Kerry stieß einen erstickten, gequälten Laut aus und sprang auf. Jetzt erinnerte er sich. Er hob das Beil auf und sprang auf den Musikschrank zu, die Zähne in einem freudlosen Grinsen gebleckt.

Wieder schoß ein Lichtstrahl hervor.

Kerry verschwand. Das Beil polterte zu Boden.

Das Radio kehrte zurück an seinen Platz und stand abermals reglos da. Ein schwaches Klicken drang aus seinem Radioatom-Gehirn.

»Subjekt grundlegend ungeeignet«, sagte es nach einer Weile. »Elimination war unvermeidbar.« Klick! »Vorbereitung auf nächstes Subjekt abgeschlossen.«

»Wir nehmen es«, sagte der Junge.

»Sie werden es nicht bereuen.« Der Makler lächelte. »Es ist ruhig, abgelegen, und der Preis ist recht vernünftig.«

»Das finde ich zwar nicht«, warf das Mädchen ein, »aber es ist genau das, was wir gesucht haben.«

Der Makler zuckte mit den Achseln. »Natürlich, ohne Einrichtung würde es weniger kosten. Aber …«

»Wir sind noch nicht lange genug verheiratet, um Möbel zu haben.« Der Junge grinste. Er legte einen Arm um seine Frau. »Gefällt's dir, Schatz?«

»Hmm. Wer hat vorher hier gewohnt?«

Der Makler kratzte sich am Kinn. »Mal nachschauen. Eine Familie Westerfield, glaube ich. Ich habe es erst vor einer Woche zur Vermittlung bekommen. Ein hübsches Haus. Wenn ich nicht schon eins hätte, griffe ich selbst zu.«

»'n hübsches Radio«, sagte der Junge. »Neuestes Modell, was?« Er ging durchs Zimmer, um den Musikschrank zu betrachten.

»Komm schon«, verlangte das Mädchen. »Wir wollen uns noch mal die Küche anschauen.«

»Okay, Schatz.«

Sie gingen aus dem Zimmer. Aus der Diele drang die glatte Stimme des Maklers, wurde schwächer. Warmes Sonnenlicht fiel durch die Fenster.

Einen Augenblick lang war Stille. Dann ...

Klick!

Eric Frank Russell

Das Konzept stümperhafter Außerirdischer und fehlbarer Roboter – im Gegensatz zu den Superwesen, die seit den Tagen von H. G. Wells' Der Krieg der Welten *(The War of the Worlds, 1889) immer wieder die Menschheit überwältigen – verdankt dem britischen Schriftsteller Eric Frank Russell viel, der in den vierziger und frühen fünfziger Jahren mit einer Gruppe von Geschichten um diese Themen den Grundstock zu vielen ähnlichen legte. In Geschichten wie ›Diabologik‹ (1955) und Romanen wie* Plus X *(The Space Willies, 1956) wurden begriffstutzige Wesen aus dem Weltraum mühelos von einzelnen Erdenmenschen ausgetrickst, während sein Jay Score-Zyklus einen Roboter mit Sinn für Humor vorstellte, der genau wie ein Mensch aussah und handelte. Russell wurde zu diesen wegweisenden Geschichten von den Theorien Charles Forts inspiriert, des amerikanischen Erforschers unerklärlicher Phänomene, und insbesondere von dessen Überzeugung, die Menschheit sei das ›Eigentum‹ Außerirdischer. In der Tat fungierte Russell einige Jahre lang als britischer Repräsentant der Fortean Society, bis die Erfordernisse seiner Arbeit ihn zwangen, diesen Posten auszugeben.*

Wie ernst Eric Frank Russell (1905–1878) Forts Konzepte auch genommen haben mag, es hinderte ihn nicht daran, seinen Sinn für Humor an ihnen auszulassen, was ihm rasch Anerkennung einbrachte – vor allem in den Vereinigten Staaten, wo sein witziger Stil oft in stärkerem Maße von Grund auf amerikanisch wirkte als der der einheimischen Autoren. Es überrascht nicht, daß Russells Einfluß sich bei einer Anzahl wichtiger SF-Autoren nachweisen läßt, und einer seiner größten amerikanischen Bewunderer, Algis Budrys, bemerkte über ihn im August 1984 in Fantasy and Science Fiction: *»Er war der Verfasser vieler ergötzlich unterhaltsamer Arbeiten mit einem unerwarteten Haken darin – aber welch weiser, geistreicher und augenzwinkernder Mann war er doch, einer jener Schriftsteller, nach denen beur-*

teilt zu werden, ein Literaturgebiet stolz sein sollte.« Trotz der Wertschätzung, die er genoß, gab Russell das Schreiben nach 1960 praktisch auf, obwohl in der Folgezeit mehrere Bände herauskamen, darunter Die rauhe Wirklichkeit (With a Strange Device, 1964) und Wie sonst nichts auf der Erde (Like Nothing on Earth, 1975). Unter seinen Robotergeschichten ist eine der komischsten ›Zu mächtig‹, die in der August-September-Nummer von Fantastic Universe erschien. Es ist eine Erzählung von dem scheinbar perfekten Automaten, der Anweisungen exakt befolgt – doch in echt Russellschem Stil hat die Sache einen Haken, der typisch für sein Werk ist und zugleich abermals unterstreicht, wie wichtig sein Beitrag zum humoristisch-phantastischen Genre ist.

ERIC FRANK RUSSELL

Zu mächtig

Wurmser – fett, mit Halbglatze und Augen wie Marmor – musterte zufrieden William Smith, schürzte die Lippen und sagte: »Da haben wir ihn – fertig, erprobt und getestet, ein Soldat des Sechsten Reichs.«

»Dem tausend folgen werden«, fügte Speidel hinzu. »Oder zehntausend. Oder eine Million.« Er war hochgewachsen, dünn, eckig und sah aus wie ein hungriger Geier.

Der dritte Mann im Zimmer, Kluge – mit Bürstenschnitt, kräftigem Unterkiefer und dem kalten, gebieterisch stechenden Blick eines hochrangigen Offiziers –, bemerkte schroff: »Man sollte seine Siege lieber nicht zählen, ehe man sie errungen hat.« Er betrachtete William Smith mit einer Mischung aus Mißbilligung und Zweifel. »Erst müssen wir mal feststellen, ob diese als Zivilist aufgemachte Puppe so wirksam ist, wie Sie behaupten.«

»Wollen wir wetten?« fragte Speidel.

»Ich bin nicht daran interessiert, an Irrtümern zu verdienen«, erklärte Kluge steif. »Mich interessieren nur Erfolge.«

»Sie werden sehen«, sagte Wurmser zu ihm. Er wandte sich um und blaffte William Smith an: »Aufstehn!«

William Smith stand auf. Er war mittelgroß, ein gutaussehender Mann in den Dreißigern, von gepflegtem Äußeren und intelligentem Aussehen.

»Dein Name?«

»William Smith.«

»Dein Zweck?«

»Macht zu vernichten, wie es mir meine Gebieter befehlen.«

Kluge zog die Brauen zusammen und wollte wissen: »Wie?«

»Ich werde von jedem, der mir bezeichnet wird, verlangen, daß er die Macht freiwillig aufgibt. Wenn er sich weigert, stirbt er.«

»Wie?« beharrte Kluge.

»Ich erwecke in ihm das Verlangen zu sterben, und er folgt ihm bis zum Ende.«

»Du haßt Macht?« warf Wurmser ein.

»Ich hasse Macht«, bestätigte William Smith, wobei das Fehlen jeden Nachdrucks seinen Worten irgendwie Kraft verlieh.

Kluge beklagte sich bei Speidel: »Deswegen habe ich etliche Zweifel. Ich habe mir die Mühe gemacht, bei mehreren führenden Fachleuten über Hypnose nachzulesen. Alle sagen sie dasselbe – ein Mensch kann nicht veranlaßt werden, etwas gegen seine natürlichen Neigungen zu tun, etwas, was seinem Moralkodex widerspricht.«

»Das stimmt – für Hypnose.« Speidel grinste so breit, daß seine Zähne zu sehen waren. »Diese seine Fähigkeit ist keine Hypnose. Fragen Sie mich nicht, was es dann ist, denn wir wissen es nicht. Es ist etwas, worauf wir zufällig gestoßen sind und was wir weiterentwickelt haben.«

»Vollständige Gewalt über den Geist«, schlug Wurmser vor. »Und es funktioniert!« Er machte eine Pause, fuhr fort: »Gewisse orientalische Mystiker können sich selbst ins Nirvana, mit anderen Worten, in den Tod wünschen, und gelegentlich tun sie's. Für gewöhnlich brauchen sie mehrere Tage dazu. Eine Autopsie läßt keine organische Ursache erkennen.« Er zeigte auf William Smith. »Er kann jedes Opfer dazu bringen, es besser zu machen. Wir wissen es – wir haben ihn an einigen überflüssigen Gestalten ausprobiert, die gerade zur Hand waren. Sie haben binnen Stunden, binnen Minuten das Zeitliche gesegnet« – er kicherte leise –, *»aus natürlichen Ursachen.«*

»Ein geistig minderwertiges Versuchskaninchen ist eine Sache«, meinte Kluge unbeeindruckt, »ein Mann mit starkem Willen eine andere. In Kriegszeiten – gleichgültig, welcher Krieg – muß man starken gegnerischen Willen überwinden.«

»Er kann das«, versicherte Speidel, ohne die Spur eines Zweifels erkennen zu lassen. »Er kann einen Krieg derart geschickt führen, daß der Feind nicht einmal merkt, daß er begonnen hat.«

»Die Zeiten von Schlachten auf der Landkarte sind vorbei«, fügte Wurmser mit einem Anflug von Bosheit hinzu. »Schluß mit den Massen von Bauern, die gegen andere Massen von Bauern geworfen werden. Dies ist das Superschach des einundzwanzigsten Jahrhunderts. Wir lassen die Bauern in Ruhe, während wir die großen Figuren eine nach der anderen wegschlagen. Sie verschwinden einfach vom Brett – aus natürlichen Ursachen.«

»Ich kenne die in Betracht gezogene Technik.« Kluge winkte ungeduldig ab. »Immerhin war ich an ihrer Entwicklung beteiligt. Der Umstand, daß sich unsere Methoden grundlegend von allen früher angewandten unterscheiden werden, ändert nichts daran, daß der Krieg nach wie vor eine militärische Operation ist. Ich betrachte es unter diesem Gesichtspunkt. Daher bin ich so vorsichtig, wie es angebracht ist.«

»Nicht sorgfältiger als wir.« Speidel übergab ihm eine Liste. »Sehen Sie selbst. Dies ist seine erste Liste von Opfern. Es sind alles willensstarke Männer mit beachtlicher persönlicher Macht. Bemerken Sie an ihnen etwas Besonderes?«

»Es ist keine Schlüsselfigur des Gegners darunter«, sagte Kluge, als er die Liste musterte.

»Daher wird der Gegner keine Gefahr wittern, ehe unsere erste echte Erprobung vollendet ist«, betonte Speidel. »Da sie nicht davon betroffen sind, werden sie keinen Verdacht schöpfen. In der Tat haben alle diese mächtigen Männer so wenig mit dem feindlichen Militärapparat zu tun, daß ihr vorzeitiges Ableben nur dazu beitragen wird, die Sache zu verwirren, wenn wir ernstlich loslegen.«

»Genehmigt.« Kluge reichte ihm das Blatt Papier zurück. »Sie haben Ihre Vorstellungskraft angestrengt. Ich beglückwünsche Sie dazu.«

»Danke, Herr Generaloberst.« Speidel war sichtlich erfreut. Er reichte die Liste an William Smith weiter. »Befaß dich mit diesen.«

Nachdem William Smith die Liste eingesteckt hatte, nahm er seinen Hut. Seine glatten Gesichtszüge ließen keine Regung erkennen. Er hätte ein junger Ehemann in der Vorstadt sein können, der ausging, um einen Brief in den Kasten zu werfen.

Wurmser beobachtete ihn und sagte: »Du hast alle deine Papiere und Pässe?«

»Ich habe sie.«

»Und du kannst denken?«

»Ich kann denken.«

»Du wirst unter keinen Umständen zurückkehren, ehe du deinen Auftrag erfüllt hast?«

»Ich werde nicht zurückkehren«, bestätigte William Smith gleichmütig.

»Und im äußersten Notfall, das letzte Mittel …?«

»Ich werde den roten Knopf drücken, der in meine Brust eingelassen ist, und mich so vernichten.« Seine Hand ging zum Jackett.

»Faß ihn nicht *hier* an!« schrie Wurmser auf und wich unwillkürlich rasch zurück. »Faß ihn überhaupt nicht an, es sei denn, es gibt eindeutig keinen anderen Ausweg.«

»Schreckhaft, was?« fragte Speidel. »Der rote Knopf

ist nicht so empfindlich. Sonst gäbe ich ihm keine zehn Minuten. Glauben Sie mir, er muß ziemlich kräftig gedrückt werden.«

»Mag sein«, sagte Wurmser, »aber eine Hand wie seine ist ziemlich schwer, und man kann seinen Druck nicht nach Ihrem oder meinem beurteilen.« Er schüttelte sich, fuhr sich mit der Zunge über die trockenen Lippen und sagte zu William Smith: »Du kannst gehen.«

William Smith setzte seinen Hut auf und ging wortlos. Die drei im Zimmer warteten schweigend, bis sich die Tür hinter ihm schloß. Nach einem langen Moment seufzte Wurmser erleichtert auf.

Kluge bemerkte: »Sie können einfallsreiche Soldaten aus Kunststoff und Metall machen, Sie und Speidel. Sie selbst würden als Soldaten keine gute Figur machen.«

»Na und? Die Tage des Kanonenfutters sind vorbei.«

»Hm!« Kluge machte den Eindruck, daß er sich auf eine erheblich veränderte Gegenwart einstellte und dabei immer noch der Vergangenheit nachtrauerte. Kriege alten Stils waren leichter zu handhaben – sie folgten feststehenden und vertrauten Regeln.

Newton P. Fisher hievte seinen massigen Körper aus der Limousine, blies die schlaffen Backen auf. Seine leicht hervorstehenden Augen waren kalt, als sie den geduldigen, gutangezogenen jungen Mann musterten, der in der Nähe wartete.

»Kein Kommentar«, knurrte er. »Vergiß es – hau ab!«

»Aber, Mister Fisher, lassen Sie mich bitte ...«

»*Gar nichts* laß ich.« Newton P. Fisher funkelte ihn an. »Ich bin von euch Reportern genug verschaukelt worden. Jetzt geht's andersrum. Scher dich zurück auf deine Müllhalde.«

»Sehen Sie, Mister Fisher, mein Name ist Smith, William Smith.« Die Worte kamen rasch, um den anderen festzuhalten, während etwas in seinen Augen sich stetig tiefer brannte. »Wenn Sie mir eine Minute Ihrer Zeit widmen könnten…«

»Pawson.« Fisher drehte sich zu dem blaurasierten stämmigen Mann um, der nach ihm aus dem Wagen gestiegen war. »Der Kerl stinkt mir. Mach was dagegen.« Mit einem entschiedenen Ruck am Revers rückte er sein Jackett zurecht und marschierte gewichtig ins Haus. Die Augen folgten ihm die ganze Strecke über.

Die dicken Arme vor der breiten Brust verschränkt, starrte Pawson den enttäuschten Reporter kampflustig an und bemerkte, daß es dem anderen nichts ausmachte. »Also«, begann Pawson, »was soll das, dem Boß auf die Naht zu gehen?«

»Mister Fisher ist sehr mächtig.«

»Da kannst du Gift drauf nehmen«, stimmte Pawson zu. »Na und?«

»Er muß seine Macht aufgeben.«

»Ach so? An wen? An dich?«

»Gott behüte«, beteuerte William Smith inbrünstig. »Das fiele mir im Traum nicht ein.«

»Fisher auch nicht«, versicherte Pawson. Er machte Bewegungen, als wolle er schießen. »In Ordnung, Heini, ab durch die Mitte.«

»Aber…«

»Verzieh dich!« beharrte Pawson. »Brüt deine Flausen woanders aus – und wünsch dem Boß den Tod an den Hals, wenn's dir paßt.«

»Das habe ich schon getan.« William Smith tippte leicht an seinen Hut und ging, leidenschaftslos, ohne Eile, eigenartig selbstbewußt.

Während er zusah, wie William Smith ging, grinste Pawson zu dem Fahrer hinüber, tippte sich mit dem haarigen Zeigefinger an die Schläfe und machte drehende Bewegungen. Der Fahrer erwiderte das Grinsen. »Er hat gar keine Traktätchen überreicht.«

»Da brauch ich sie auch nicht zu zerreißen.« Pawson trottete zum Gebäude, in dem Fisher verschwunden war. »Bleib in der Nähe, Lou, der Boß wird nicht lange bleiben.« Er trat durch die Tür.

Gegen das Lenkrad gelehnt, stocherte sich der Fahrer in den Zähnen, stierte die Straße entlang, sinnierte über verrückte Leute im allgemeinen und das Exemplar von eben im besonderen. Das Exemplar war nicht mehr zu sehen.

Drei, vier Minuten später erschien Pawson wieder. Er kam schwerfällig aus der Tür gelaufen. Als er am Wagen war, lehnte er sich gegen die Tür auf seiner Seite, während er nach Luft schnappte. Seine Augen suchten die Straße ab – seine Gesichtszüge wirkten wie aus altbackenem Teig geformt.

Nach einer Weile keuchte er: *»Himmel!«*

»Was nicht in Ordnung?« fragte der Fahrer.

»Nicht viel« – Pawson holte wieder Luft –, »bloß daß der Boß grade die Hufe hochgerissen hat.«

Nichts an diesem Büro in Brüssel deutete darauf hin, daß Raoul Lefèvre der größte Mann in Belgien und einer der vierzig größten auf der Welt war. Ebensowenig hatte das Äußere von Lefèvre selbst irgend etwas Besonderes. Zierlich, gepflegt, dunkelhaarig, wie er war, hätte er überall als der übliche unbestimmbare Bestandteil einer Menschenmenge durchgehen können.

»Setzen Sie sich, Mister Smith.« Sein Englisch war perfekt. »Sie hatten also Kontakt zu dem verstorbenen Newton P. Fisher. Sein Tod war ein großer Schock. Er hat eine Menge Dinge aus dem Lot gebracht.«

»Das sollte er auch«, sagte William Smith.

»Vieles davon wird vielleicht Monate, womöglich Jahre brauchen, bis es in Ordnung kommt, und ...« Hellhörig geworden, warf er seinem Besucher einen scharfen Blick zu. »Was war das für eine Bemerkung, die Sie eben gemacht haben?«

»Das sollte er auch.«

»Was meinen Sie denn damit?«

»Es wurde das fisherlose Chaos geschaffen.«

Lefèvre lehnte sich vor, die Ellenbogen auf den Schreibtisch gestützt, und sagte langsam und sorgfältig: »Die Presseberichte enthalten keine Andeutungen, Fishers Tod könnte herbeigeführt worden sein. Wollen Sie behaupten, er sei ermordet worden?«

»Hingerichtet«, berichtigte William Smith.

Lefèvre musterte ihn aufmerksam und sagte: »Wer hat Sie geschickt, um mir das zu erzählen?«

»Ich bin mehr oder weniger automatisch gekommen.«

»Warum?«

»Weil Sie der nächste auf der Liste sind.«

»Der nächste?« Lefèvre war erstaunt. »Auf *welcher* Liste? *Wessen* Liste?«

»Meiner.«

»Lassen Sie mich das klarstellen. Wollen Sie mich warnen, daß Sie irgendwo eine Aufstellung von Personen erhalten haben, die dem Tode geweiht sind, daß Fisher der erste auf dieser Liste war und daß ich der zweite bin?«

»Exakt«, bestätigte William Smith, einen sonderbar brennenden Blick auf den anderen gerichtet. »Obwohl Sie sich retten können, indem Sie freiwillig auf Ihren ganzen erheblichen Einfluß verzichten.«

»Wer sagt das?«

»Ich.«

»Ah!« Lefèvre stand mit bekümmertem Gesichtsausdruck auf und drückte einen Knopf in der Wand. »Ich stelle fest, daß Sie sich unter Vorspiegelung falscher Tatsachen dieses Gespräch erschlichen haben. Sie haben überhaupt nichts mit Fisher zu tun. Sie sind einfach noch so ein Spinner. Ich werde seit langem von Spinnern heimgesucht – in meiner Stellung ist das unvermeidlich.« Er wandte sich dem Mann zu, der auf sein Zeichen hin gekommen war. »Émile, bringen Sie Mister Smith bitte hinaus. Sorgen Sie dafür, daß er nicht wiederkommt.«

»Das wird nicht nötig sein«, versicherte William Smith. »Mein Zweck ist erfüllt.« Er ging hinaus, von dem schweigenden Émile begleitet, und spürte den finsteren Blick des anderen hinter sich.

Nachdem er die Straße überquert hatte, fand er in dem winzigen Park gegenüber Lefèvres Büro eine Bank, setzte sich hin und schaute unablässig auf das Fenster im zweiten Stock hinüber. Ab und zu irrte sein Blick ab und folgte den Visivox-Drähten, als sinniere er, welche unhörbaren, unsichtbaren Impulse wohl hindurchliefen – doch immer kehrte sein Blick zum Fenster zurück.

Eine Stunde und vierzehn Minuten später fuhr ein langes silbriges Automobil am Haupteingang vor, ein bärtiger Mann stieg aus. Eine kleine schwarze Tasche in der Hand, eilte er durch die Tür. Noch immer beobachtete William Smith das Fenster und die Drähte.

Nach einer Weile zog jemand die Gardinen zu. William Smith machte sich nicht die Mühe, das Eintreffen des Leichenwagens abzuwarten.

Ignace Tatarescu strich sich die hautenge schwarze Uniform glatt, rückte das schwarzgoldene Band eines brillantbesetzten Ordens um den Hals zurecht, brachte dessen funkelndes Kreuz sorgfältig auf eine Höhe mit der dreifachen Lametta-Reihe.

»Dieser Smith stellt sich zu keiner passenden Zeit ein«, brummte er, an seinen Pagen gewandt. »Er hat allerdings gute Empfehlungen, und ich nehme an, ich sollte ihm lieber ein paar Minuten widmen.« Er musterte sich in einem mannshohen Spiegel. »Immer widme ich jemanden ein paar Minuten. Wo käme die Welt hin, wenn ich nicht genug Minuten hätte?«

»Das ist ein Problem, Euer Exzellenz.«

»Also gut, laß ihn herein. Auf dem Tischchen sollen Kaffee mit Weinbrand und kandierte Früchte stehen.« Er stolzierte zu seinem Lieblingsplatz am Kamin, nahm seine Lieblingspose ein und behielt sie bei, bis sein Besucher eintrat. »Mister Smith?«

»Ja, Euer Exzellenz.«

»Nehmen Sie bitte Platz.« Während er sich in einem reichverzierten Sessel niederließ, strich Tatarescu mit Zeigefinger und Daumen an den Bügelfalten seiner farbenprächtigen Hose entlang. »Warum haben Sie um diese Unterredung ersucht, Mister Smith?«

»Sie sind stark.«

»Natürlich.« Tatarescu strich sich übers Haar. »Die Welt braucht starke Männer. Darum bin ich stark.«

»Zu stark«, sagte William Smith, den Blick stet und ohne Blinzeln auf ihn gerichtet.

»Welch ein Diplomat!« lachte Tatarescu. »Er verschafft sich eine Unterredung und benutzt sie prompt, meine Stellung zu kritisieren, die ich mir, lassen Sie sich das gesagt sein, junger Mann, lange und schwer erkämpft habe.«

»Um so schlimmer«, bemerkte William Smith.

»He? Was meinen Sie?«

»Es wird Ihnen viel schwerer fallen, sie aufzugeben.«

»Ich habe nicht im mindesten die Absicht, sie aufzugeben. Wenn Tatarescu aufgibt, ist Tatarescu tot.«

»Sie sagen es!« William Smith stand auf.

Der andere blickte grimmig drein. Es war ein oft geübter Ausdruck. »Falls das eine Drohung ist, sollten Sie daran denken, daß wir nicht so allein sind, wie es scheint. Eine unüberlegte Bewegung von Ihnen bedeutet Ihr Ende.« Er hob die Stimme, rief zur Tür hin: »Begleite Mister Smith zum Ausgang.« Dann zu seinem Besucher: »Die Unterredung ist beendet. Sie werden nie eine zweite bekommen.«

»Nein«, stimmte William Smith zu, der ihn noch immer anschaute. »Natürlich nicht.«

Tatarescu wählte diesen Moment, um gerade in jene sonderbaren Augen zu blicken, und er sah darin etwas Undefinierbares, das da nicht hingehörte, etwas von der Größe eines Stecknadelkopfes und weit hinten, etwas überaus Strahlendes, Eindringliches, Zwingendes, Unwiderstehliches. Es schien sein eigenes Gehirn auf einen neuen und unerwünschten Weg hinzubiegen. Er straffte sich, stand auf wie im Traum. Als seine Stimme erklang, war sie tonlos und heiser.

»Niemals – *niemals!*« Er schrie es.

»Wir werden sehen.« William Smith verbeugte sich, zog sich zu den stirnrunzelnden Wachen zurück, die jetzt in der Tür warteten, ließ sich von ihnen wegführen. Er ließ das Zimmer voller Stille.

Als er den Palast verlassen hatte, stieg er den Weg bis zum Scheitel eines Hügels hinan, der die Gegend beherrschte, und setzte sich im Schneidersitz auf den Gipfel. Dort blickte er unverwandt das prunkvolle Bauwerk an, bis die Dämmerung hereinbrach und in der nahegelegenen Stadt Lichter aufflammten.

Er saß noch da und wartete im Dunkel, als monoton die Kirchenglocken der Stadt zu läuten begannen und die Lautsprecher des Volksansprachensystems ihre Neuigkeit durch Straßen und Avenuen erschallen ließen: *»Al Marechal murte!«*

»Tatarescu lebt nicht mehr!«

Jenseits der Elendsviertel von Tanger, am wüsten Ende der Straße der Uled Naïls, lag die Sharia Achmed Hassan, eine lange schmutzige Gasse, durch die William Smith vorsichtig seine Schritte lenkte.

Indem er die niedrigen Türen in der massiven Mauer auf einer Seite zählte, gelangte er zu der gesuchten, zog an der herabhängenden Kingelschnur, wartete geduldig. Bald erschien ein Araber mit schmalen Gesichtszügen und nahm seine Karte entgegen.

Er hörte die Pantoffeln des anderen durch die nächtlichen Schatten des Hofes davonschlurfen, und wie fern und leise »A giaur!« gemurmelt wurde.

Viele Minuten krochen dahin, ehe der Araber zurückkehrte, ihm winkte, ihn durch den Hof führte, durch zahllose Durchgänge und in ein hoch mit Teppichen ausgelegtes Zimmer. Dort hielt William Smith inne, um den weißbärtigen Alten zu betrachten, der ihm gegenüber am anderen Ende eines langen achteckigen Tisches saß. Der alte Mann hatte eine Hakennase, wäßrige, doch schlaue Augen und hielt die Hände in seinen weiten Ärmeln verborgen.

»Ich bin William Smith.«

Der Alte nickte und sagte mit kratziger Stimme: »Das steht auf Ihrer Karte.«

»Sind Sie Abu ben Sayyid es Haruma?«

»Bin ich. Und?«

»Meiner Liste zufolge sollen Sie aufgefordert werden, in das Nichts zurückzukehren, aus dem Sie gekommen sind.«

»Wirklich? Sie sind erstaunlich offen.« Abu ben Sayyid zog eine Hand aus dem Ärmel, benutzte sie, um sich über den Bart zu streichen. »In meinen vielen Jahren sind mir überraschende Vorschläge und viele äußerst beeindruckende Drohungen unterbreitet worden. Nichtsdestoweniger, wie Sie wohl oder übel zur Kenntnis nehmen müssen, bin ich noch sehr weit vom Tod entfernt.«

»Nicht weit«, berichtigte William Smith. »Näher, als Sie glauben.«

Abu ben Sayyid seufzte resigniert und schlug einen Gong neben sich. »Es ist Vollmond. Das ist immer die Zeit, da Hakim der Flickschuster nicht ganz richtig im Kopf ist. Auf Wiedersehen, Mister Smith.«

Drei Diener kamen ins Zimmer gestürzt. William Smith stand da und starrte, starrte, bis Abu ungeduldig zu den Dienern sagte: »Ich trage schwer an der Last der Jahre, und er ermüdet mich. Bringt ihn weg.« Er lehnte sich erschöpft zurück, um es zu beweisen. Es war leichtes Spiel mit ihm.

William Smith war wieder in der Gasse. Die Tür zum

Hof wurde zugeschlagen. Die Klingelschnur hing schlaff, reglos in der Nachtluft.

An die Wand gegenüber gelehnt, die Hände in den Taschen vergraben, wartete er, bis nach vierzig Minuten ein Wegklagen in dem Haus anhob. »Aie! Aie-e-ee!«

Unter dem wolkenverhangenen Mond trottete er von dannen.

Ein gewisser Salvador de Marella von Cartagena war der letzte Name auf dieser kurzen Liste von Versuchskaninchen. Salvador war nicht scharf wie Lefèvre, nicht skrupellos wie Tatarescu, auch nicht gerissen wie Abu ben Sayyid. Er war der geborene Opportunist, der mehr Glück gehabt hatte, als ihm zustand – und der sich der Illusion hingab, es würde niemals versiegen.

Salvador hatte den ganzen jovialen Humor des erfolgreichen Spielers. Er sprach mit William Smith und lachte und lachte und lachte.

Und er lachte sich tot.

Alle drei warteten sie – Wurmser, Speidel und Kluge –, als William Smith zurückkehrte. Die beiden ersten triumphierten freudig, der dritte phlegmatisch. Es war nicht nötig gewesen, ihr Werkzeug selbst von seinen Abenteuern erzählen zu lassen. Radio und Video hatten ihnen schon genug berichtet.

William Smith trat schweigend ein, hängte seinen Hut auf, blieb mitten im Zimmer stehen. Es war, als wäre Stehen für ihn lebenslang die natürliche Haltung. Wie es sich für einen Automaten gehörte, setzte er sich nie, wenn er nicht darum gebeten oder es ihm befohlen wurde.

»Perfekt«, erklärte Speidel, rieb sich zufrieden die Hände und schaute Kluge an. »Perfekt sogar, was die prompte und gehorsame Rückkehr betrifft. Ein Bumerang, der stracks zurückkommt, so daß wir ihn immer wieder verwenden können. Sind Sie nun von Ihrer Skepsis geheilt?«

»Von meiner Skepsis wird mich nie etwas heilen«, sagte Kluge. »Zum Beispiel wäre es eine erhebliche Verbesserung, wenn er seine Opfer wirksam behandeln könnte, ohne daß er sie persönlich treffen und sich in nutzlose Diskussionen einlassen müßte.«

»Unmöglich! Er muß für eine bestimmte Mindestzeit engen gedanklichen Kontakt herstellen, um einen verzögerten Todeswunsch einzupflanzen. Es gibt keine Möglichkeit, es aus der Entfernung zu tun. Sonst brauchten wir ihn überhaupt nicht.«

»Ich weiß, ich weiß«, bestätigte Kluge. »Daher werde ich zugeben, daß Sie eine Waffe von Wert geschaffen haben.«

»Da können Sie wetten«, pflichtete ihm Wurmser bei. »Und sie hat exakt so funktioniert, wie es der Entwurf vorsah.«

»Von hinreichend hohem Wert«, fuhr Kluge fort, ohne auf Wurmsers Worte einzugehen, »um es zu rechtfertigen, daß ich sie der Aufmerksamkeit der zuständigen Führung unterbreite. Sie sollte nicht länger unser Geheimnis sein.«

»Geheimhaltung wird immer noch notwendig sein«, bemerkte Speidel.

»Ich bin nicht schwachsinnig«, gab Kluge verstimmt zurück. »Ebensowenig ist es die Führung. Vervielfältigung und Einsatz dieser neuen Roboterwaffe werden mit größter Wirkung und Umsicht durchgeführt werden.«

Um Kluges sichtlichen Unwillen zu besänftigen, wandte sich Speidel an William Smith und sagte: »Hörst du? Es wird eine Armee von Smiths geben.«

William Smith sprach, sein Ton so gleichförmig und gefühllos wie eh und je: »Sie haben mir die Fähigkeit zu denken gegeben. Darum habe ich nachgedacht.«

»Also?« forderte ihn Speidel zum Weitersprechen auf.

»Sie haben mir auch eine starke Abscheu vor persönlicher Macht eingepflanzt. Daher hasse ich Macht.«

»Ganz recht«, stimmte Speidel zu und gab den anderen schmunzelnd einen Wink.

»Durch mich haben *Sie* Macht«, bemerkte William Smith.

Speidel und Wurmser erstarrten. Kluge straffte die Schultern.

»Die Schlußfolgerung ist offensichtlich und unausweichlich«, fuhr William Smith fort. »Ich bin zu ihr gelangt, weil Sie mich zu dem gemacht haben, was ich bin. Also müssen Sie vernichtet werden.«

Wurmser wich schlurfend zurück und sprach mit quiekender Stimme: »Du kannst *uns* den Todeswunsch nicht einimpfen. Wir haben dieses Risiko vorausgesehen und dich dagegen konditioniert. Du mußt gehorchen und ihn nur weitergeben, wenn es dir befohlen wird. Verstanden?«

William Smith sprach mit einem erschreckenden Mangel an Düsterkeit. »Ich verstehe. Ich weiß auch, daß Sie mich ebensoleicht auseinandernehmen könnten, wie Sie mich zusammengesetzt haben.« Wieder glitt sein Blick über sie. »Doch das würde Ihre Macht nicht vernichten, denn sie liegt im Erfindungsreichtum Ihres Geistes verborgen. Sie könnten bald Tausende ebensolche wie mich herstellen.«

»Wo ist eine Strahlenpistole?« Speidel spannte sich und schaute suchend im Zimmer umher. »Er hat keinen Selbsterhaltungstrieb, und ich könnte ihn in aller Ruhe auf der Stelle abfackeln wie eine Puppe, die er ja ist. Hat jemand eine Strahlenpistole?«

Kluge schüttelte den Kopf und betrachtete weiterhin William Smith.

»Ich kann Ihnen jedoch nicht den Todesdrang eingeben«, spann William Smith seinen Gedanken weiter, weder erfreut noch betrübt darüber. »Das ist verboten. Meine Schaltkreise enthalten einen Block, der mich daran hindert, das Notwendige zu tun. Ich würde es bei Ihnen sowieso nicht tun.«

»Warum nicht?« wollte Kluge wissen.

»Weil *ich* dann im Besitz der Macht bliebe. Ich würde auf mich selbst gestellt sein, voll von jener Begabung, die zu vernichten ich konditioniert bin.«

»Da bist du ganz schön in der Klemme, was?« meinte Kluge.

»Du hast dich rundum in verrückte Logik verstrickt«, fügte Speidel hinzu.

»Er hat einen hohlen Blick«, zitierte Wurmser, der von den anderen neuen Mut schöpfte.

»Die Leute sind gefährlich«, gab Kluge zu bedenken, kerzengrade wie bei der Parade.

William Smith murmelte mehr vor sich hin, als daß er zu seinen Zuhörern sprach. »Das Dilemma ist eher scheinbar als wirklich, denn die Lösung ist einfach. Sie ist in mich eingebaut worden. Es ist ein durch Konditionierung festgelegter Ausweg – und der logische Schluß.« Seine Hand, vor der Brust erhoben. *»Das ist ein Notfall.«*

»Nein!« schrie Wurmser. *»Nein!«* Er riß in schierem Entsetzen die Hände hoch. Speidel rannte zur Tür. Kluge blieb gefaßt, mit gefrorenem Blick, reglos. *»Nein!«* schrie Wurmser.

Die Hand traf genau über dem verborgenen roten Knopf auf die Brust. Die nachfolgende Explosion legte eine ganze Straße in Trümmer und ließ eine Fontäne von Ziegelstaub zu den Wolken aufsteigen.

Die Energie hinter dem Knopf war zu mächtig gewesen.

Ray Bradbury

Die komische Phantastik ist voll von überaus bizarren und fast unbeschreiblichen Objekten, die in unterschiedlichem Grad nützlich oder bösartig sind – siehe Terry Pratchetts Truhe, *die ich schon erwähnt habe. Dennoch sind diese Dingsdas, Dingsbumse, Wieheißtsdochgleichs und so weiter schon seit Jahren Bestandteil des Genres, wie die folgende Erzählung zeigt, geschrieben vor einem halben Jahrhundert von einem Autor, der als ›wunderlicher Phantast alten Stils‹ bezeichnet worden ist. Ray Bradbury (geb. 1929) ist eigentlich als Schriftsteller schwer einzuordnen, und zwar wegen der einmaligen Art, wie er seine Zuneigung zum amerikanischen Kleinstadtmilieu, in dem er aufgewachsen ist, mit all den Utensilien der Raumfahrt und des Lebens auf anderen Welten verbunden hat. Dies im Sinn, wird Bradburys Ruhm zu großem Teil seinem Trio klassischer SF-Romane zugeschrieben,* Die Mars-Chroniken *(The Martian Chronicles, 1959),* Der illustrierte Mann *(The Illustrated Man, 1951) und* Fahrenheit 451 *(1953), die alle mit unterschiedlich großem Erfolg verfilmt worden sind.*

Bradbury hat wiederholt eingestanden, in der Schuld eines anderen in diesem Buch vertretenen Autors zu stehen: Henry Kuttners, der ihn bei seinen ersten literarischen Versuchen ermutigte und sogar den Schluß zu einer von Bradburys ersten veröffentlichten Geschichten schrieb. Daher nimmt es wohl nicht wunder, daß man in etlichen seiner Kurzgeschichten Humor findet, wo komische Ereignisse dazu neigen, unverhofft aufzutauchen und den Leser zu schallendem Gelächter zu verführen. Typische Beispiele, die einem sofort in den Sinn kommen, sind ›Dschinn-Probleme‹ *(1940),* ›Die Verbannten‹ *(1949),* ›Das Hotel zum erleuchteten Huhn‹ *(1969),* ›Colonel Stonesteels handgefertigte echt ägyptische Mumie‹ *(1989) und seine wundervolle Gedichtsammlung,* Als Elefanten jüngst im Vorhof blühten *(When Elephants Last In The Dooryard Bloomed, 1973).*

›Dingsbums‹, Bradburys Beitrag zur Überlieferung von irren Gerätschaften, ist zugleich ein Meilenstein in seiner Laufbahn. In seiner Frühzeit als Schriftsteller wünschte er sich innig, auf den Seiten der angesehenen Zeitschrift Astounding Stories abgedruckt zu werden. Die wurde von dem legendären John W. Campbell herausgegeben, dem Autor des klassischen Kurzromans über einen außerirdischen Eindringling, ›Wer da?‹ (1938), der zweimal als Das Ding aus einer anderen Welt verfilmt worden ist. Von 1937 bis zu seinem Tod 1971 hatte Campbell die Stellung des Herausgebers bei Astounding inne, wo er für die Entdeckung und Förderung solcher Autoren wie Isaac Asimov, Robert Heinlein und L. Ron Hubbard verantwortlich zeichnete. Mehrere Jahre lang sandte Bradbury erfolglos zahlreiche Beiträge bei Campbell ein, bis er schließlich im Oktober 1943 sein Ziel erreichte und ›Dingsbums‹ angenommen wurde. Die Geschichte beweist – wenn es eines Beweises bedarf –, daß Ray Bradbury leicht ein Meister der komischen Phantastik hätte werden können, hätte er nicht lieber sein Talent auf all den anderen Gebieten der Science Fiction und Fantasy geltend gemacht.

RAY BRADBURY

Dingsbums

Vor dem Laden drängte sich eine Menschenmenge.

Crowell wurde raschen Schrittes in diese Menge getragen, das Gesicht lang und traurig. Er warf einen Blick zurück über eine seiner schmalen Schultern, murmelte vor sich hin und bahnte sich rasch eine Gasse durch die Leute.

Hundert Meter hinter ihm glitt summend ein langer glänzender Käferwagen an die Bordsteinkante. Mit einem Klicken öffnete sich eine Tür, und der fette Mann mit dem weißgrauen Gesicht stieg schwerfällig aus, einen Ausdruck von lautlosem, unbeweglichem Haß im Gesicht. Auf den Vordersitzen saßen zwei Leibwächter.

Gyp Crowell fragte sich, warum er sich die Mühe machte und davonlief. Er war müde. Müde von den Versuchen, jede Nacht übers Audio Neuigkeiten zu erzählen, und müde, jeden Morgen mit Gangstern auf den Fersen zu erwachen, nur weil er die Tatsache erwähnt hatte, daß ›ein gewisser fetter Mann ein krummes Ding mit der Plastic AG gedreht hat‹.

Hier war nun der fette Mann selbst. Der schwarze Käferwagen war Crowell die ganze Strecke von Pasadena hierher gefolgt.

Crowell verlor sich in der Menge. Er fragte sich beiläufig, wieso die Menge soviel Neugier für den Laden aufbrachte. Sicherlich war er ungewöhnlich, aber ungewöhnlich war ja alles in Südkalifornien. Er drängte sich durch den inneren Kreis, schaute zu der scharlachroten Aufschrift quer über das blaue Glasfenster hoch, starrte sie ohne die Andeutung eines Ausdrucks in dem schmalen, ständig traurigen Gesicht an.

Die Aufschrift auf dem Laden lautete:

DINGSBUMSE DINGSDAS
WIEHEISSTSDOCHGLEICHS
ZEUGSE DUWEISSTSCHONS
PIPIFAXE APPARATE
DINGENS

Crowell nahm es mit tödlicher Ruhe auf. Das also war der Auftrag, den ihm sein Audio-Redakteur zu erledigen gegeben hatte? Krimskrams für 'ne Meldung am Rande. Sollte ein Neuling machen. Quatsch.

Dann dachte er an Steve Bishop, den fetten Mann mit den Knarren und den Leibwächtern. Bei Sturm tut's jeder Hafen.

Crowell holte einen kleinen Transpara-Block heraus, kritzelte ein paar von diesen Namen darauf – Pipifaxe, Dingens –, erfaßte, daß Bishop ihn in diesem Auflauf nicht erschießen konnte. Gewiß, er mochte ein Recht zum Schießen haben: das angedrohte Exposé und die Erpressung, die Gyp gegen Bishop in Gang gesetzt hatte: die dreidimensionalen Farbbilder ...

Crowell schob sich zu der durchscheinenden Tür des Ladens hinüber, drückte dagegen und trat ein. Dort drin wäre er in Sicherheit und könnte außerdem noch seinen Routineauftrag für die Sendung erledigen.

Strahlendhelles Licht füllte das Innere des Ladens aus, strömte über ein Farbtableau in kaltem Blau und Weiß. Crowell überkam ein Frösteln. Er zählte siebzehn Verkaufsvitrinen und ließ den Blick aufs Geratewohl über ihren Inhalt schweifen, wobei seine leblos-grauen Augen leidenschaftslos hin und her huschten.

Ein sehr kleingewachsener Mann kam hinter einer blauen Glasvitrine hervorgeschossen. Er war so klein und kahlköpfig, daß Crowell den Drang unterdrücken mußte, ihm väterlich den Kopf zu tätscheln. Dieser kahle Kopf war wie geschaffen zum Tätscheln.

Das Gesicht des kleinen Mannes war ziemlich eckig und von einem eigentümlichen gelben Farbton, als sei es ganz so wie altes Zeitungspapier gealtert. »Ja?« sagte er.

Crowell sagte leise »Hello«, er ließ sich Zeit. Jetzt, da er hier drinnen war, mußte er etwas sagen. »Ich möchte ein ..., ein Dingens kaufen.« Seine Stimme hatte dieselbe müde-betrübte Nuance, die auch sein Gesicht ausdrückte.

»Schön, schön«, sagte der winzige Mann. Er rieb sich die Hände. »Ich weiß nicht warum, aber Sie sind der erste Kunde. Die anderen Leute stehen bloß da und lachen über meinen Laden. Also – welches Baujahr von Dingens wollen Sie haben? Und welches Modell?«

Crowell wußte es nicht. Er war einfach nur überrascht, doch sein Gesicht zeigte nichts davon. Er hatte sein Interview begonnen, als ob er alles darüber wüßte. Jetzt war keine Gelegenheit mehr, Unwissenheit einzugestehen. Er tat so, als überdenke er die Frage, und sagte schließlich: »Ich denke, ein 1973er Modell müßte genügen. Nichts allzu Modernes.«

Der kleine Ladenbesitzer blinzelte. »Ah. Ah, ich sehe, Sie sind ein Mann, der genau weiß, was er will. Kommen Sie hier entlang.« Und er trippelte in einen Quergang, blieb vor einer großen Vitrine stehen, und darin lag ein – Etwas.

Es hätte eine Kurbelwelle sein können, dennoch erinnerte es an ein Küchenbord, wo entlang eines Metallrandes etliche Ohrringe baumelten und daran drei hornförmige Anhängsel und sechs Mechanismen befestigt waren, die Crowell nicht erkennen konnte, sowie ein Büschel Tentakel, das an herausgezogene Schnürsenkel erinnerte.

Crowell stieß einen kehligen Laut aus, als sei ihm ein Hemdknopf zu eng. Dann schaute er wieder hin. Er kam zu dem Schluß, daß der kleine Mann ein Volltrottel war, behielt diese Schlußfolgerung aber in seinem dürren Gehirn.

Was den kleinen Ladenbesitzer betraf, so stand der in der Ekstase ungetrübten Glücks da, mit leuchtenden Augen und zu einem warmen Lächeln geöffneten Lippen, die Hände an die Brust gedrückt und erwartungsvoll nach vorn geneigt.

»Gefällt es Ihnen?« fragte er.

Crowell nickte gewichtig. »Hmm – ja. Ich denke, es ist in Ordnung. Ich habe allerdings bessere Modelle gesehen.«

»Bessere!« rief der kleine Mann aus. Er reckte sich. »Wo?« wollte er wissen. »Wo!«

Crowell hätte nervös werden können. Er wurde es nicht. Er nahm einfach seinen Notizblock heraus, kritzelte etwas darauf, hielt den Blick darauf gerichtet und sagte geheimnisvoll: »*Sie* wissen schon, wo« – in der Hoffnung, das würde den Mann zufriedenstellen.

Das tat es.

»Oh!« stammelte der Besitzer. »Dann wissen *Sie* es auch. Wie schön, es mit einem Kenner zu tun zu haben. Wie schön.«

Crowell warf einen Blick durch das Schaufenster, vorbei an der kichernden Menge. Der fette Mann und seine Leibwächter und der schwarze Käferwagen waren fort. Sie hatten die Jagd für eine Weile aufgegeben.

Crowell steckte mit rascher Bewegung seinen Block in die Tasche, legte die Hand auf die Vitrine mit dem Dingens darin. »Ich bin sehr in Eile. Könnte ich es mitnehmen? Ich habe kein Geld dabei, aber ich könnte etwas in Zahlung geben. Einverstanden?«

»Völlig einverstanden.«

»Okay.« Etwas zögernd langte Crowell in seine weite graue Bluse und zog ein Metallgerät hervor, einen alten Pfeifenreiniger, der bessere Zeiten erlebt hatte. Er war zerbrochen und zu sonderbarer Form verbogen. »Bitte. Ein Zeugs. Ein Zeugs Baujahr 1944.«

»Oh.« Der kleine Mann verströmte Bestürzung. Er starrte Crowell entsetzt an. »Aber das ist doch kein Zeugs!«

»Äh …, nein?«

»Nein, natürlich nicht.«

»Natürlich nicht«, wiederholte Crowell sorgfältig.

»Es ist ein Wieheißtsdochgleich«, sagte der kleine Mann blinzelnd. »Und nicht einmal ein ganzes, nur ein Stück davon. Sie finden Ihren kleinen Spaß gut, was, Mister …«

»Crowell. Hm-ja. Meinen kleinen Spaß. Wollen wir tauschen? Ich bin sehr in Eile.«

»Ja, ja. Ich werde es auf einen Rolltisch legen, damit wir es hinaus zu Ihrem Wagen fahren können. Einen Moment.«

Der kleine Mann bewegte sich rasch, brachte ein Wägelchen zum Vorschein, auf das er das Dingens legte. Er half Crowell, es zur Tür zu rollen. An der Tür hielt Crowell ihn auf. »Sekunde.« Er schaute hinaus. Der schwarze Käferwagen war nirgends zu sehen. »Gut. Okay.«

Die Stimme des kleinen Mannes war vor Vorsicht sanft. »Aber denken Sie dran, Mr. Crowell – bitte bringen Sie nicht auf Schritt und Tritt mit dem Dingens Leute um. Gehen Sie …, gehen Sie gezielt vor. Ja, das ist es, gehen Sie gezielt und überlegt vor. Sie werden dran denken, Mr. Crowell?«

Crowell schluckte einen mächtigen Kloß in der Kehle herunter.

»Ich werde dran denken«, sagte er und brachte das Geschäft eilig zum Abschluß.

Auf dem Wege zu seinem Haus in Brentwood nahm er die untere Fahrröhre aus dem Wilshire-Bezirk hinaus. Niemand folgte ihm. Er war sich dessen sicher. Er wußte nicht, was Bishop für die nächsten paar Stunden planen mochte. Er wußte es nicht. Es kümmerte ihn nicht. Er war wieder mitten in einem Schub von Melancholie. Es war eine lausige, bescheuerte Welt, wo jeder unehrlich sein mußte, um über die Runden zu kommen. Dieser Fettsack von Bishop, der …

Die Vorrichtung auf dem Sitz neben ihm zog seine Aufmerksamkeit an. Er betrachtete sie, und ein kleines, unstetes, trockenes Lachen drang aus seinem Mund.

»Du bist also ein Dingens?« fragte er. »Hm, jeder mit seinem eigenen Schwindelkram. Bishop und sein Plastic, ich und meine Erpressung und dieser kleine Trottel mit den Dingsbumsen und den Zeugsen. Dabei denke ich, der kleine Kerl ist der schlauste.«

Er lenkte seinen weißen Käferwagen aus der Abzweigröhre und fuhr einen Seitentunnel entlang, der unter seinen Block führte. Nachdem er den Wagen in die Garage gefahren und den Park ringsum sorgfältig gemustert hatte, hievte er das Dingens die Treppe hinauf, öffnete die Tür mit dem Zahlenschloß, trat ein, schloß die Tür und stellte das Dingens auf den Tisch. Er goß sich ein paar Fingerbreit Brandy ein.

Einen Augenblick später klopfte jemand leise, ruhig und sehr langsam an die Tür. Es hatte keinen Sinn, es hinauszuzögern. Crowell antwortete und öffnete.

»Hello, Crowell.«

Der fette Mann vor der Tür hatte ein Gesicht wie gekochtes Schweinefleisch, kalt und schwabbelig. Seine Lider hingen über rotgeäderte Augen mit grüner Iris herab. Er hatte eine Zigarre im Mund, die sich im Rhythmus der Worte bewegte.

»Gut, daß Sie zu Hause sind, Crowell. Hab auf das Treffen gewartet.«

Crowell wich zurück, und der fette Mann kam herein. Der fette Mann setzte sich, faltete die Hände auf seinem runden Bauch und sagte: »Also?«

Crowell schluckte. »Ich hab die Bilder nicht hier, Bishop.«

Der fette Mann sagte nichts. Er löste langsam seine Hände voneinander, griff in die Tasche, als wolle er ein Taschentuch hervorholen, und holte statt dessen eine kleine Lähmpistole heraus. Kalten blauen Stahl.

»Anders überlegt, Crowell?«

Crowells trauriges weißes Gesicht sah mit kaltem Schweiß darauf noch trauriger aus. Die Muskeln seiner Kehle dehnten sich. Er versuchte, sein Hirn in Gang zu bringen, doch es war in Zement eingeschlossen, hart und heiß und fieberhaft, plötzlich voll Furcht. Nach außen hin zeigte es sich nicht. Er sah Bishop, die Pistole, das Zimmer in seinem Blickfeld auf und ab wogen.

Und dann sah er das ... das Dingens.

Bishop schob den Sicherungshebel der Pistole zurück. »Wo wollen Sie's hin haben? Kopf oder Brust. Es heißt, man stirbt schneller, wenn sie einem erst das Gehirn lähmen. Ich meinerseits ziele lieber aufs Herz. Also?«

»Warten Sie 'nen Moment«, sagte Crowell leichthin. Er zwang sich, mit langsamen Schritten zurückzugehen. Er setzte sich, die ganze Zeit im Bewußtsein, daß Bishops Finger am Abzugshebel wackelte. »Sie werden mich nicht töten; Sie werden mir danken, daß ich Sie in die größte Erfindung unserer Zeit einweihe.«

In Bishops großem Gesicht regte sich keine Linie, kein Muskel. Seine Zigarre zitterte. »Sparen Sie sich das, Crowell. Ich hab keine Zeit, die Zunge zu wetzen.«

»Eine Menge Zeit«, sagte Crowell ruhig. »Ich hab eine perfekte Mordwaffe für Sie. Ob Sie's glauben oder nicht, ich hab sie. Schauen Sie sich mal die Maschine an, die auf dem Tisch steht.«

Die Pistole blieb fester blauer Stahl. Bishops Blick glitt zur Seite, sprang zurück. »Na und?« fragte er.

»Wenn Sie mir zuhören, können Sie der größte Plastic-Boß werden, den die Pazifikküste je gesehen hat. Das wollen Sie doch, oder?«

Bishops Augen weiteten sich um ein mikroskopisches Stückchen, verengten sich. »Versuchen Sie Zeit zu schinden?«

»Sehen Sie, Bishop, ich weiß, wann ich in der Tinte sitze. Darum weihe ich Sie ja auch ein in … in dieses verdammte Dingens von mir.«

»In dieses *was?*«

»Ich nenne es einfach ein Dingens. Hab noch keinen Namen dafür.« Crowells Hirn rotierte, warf mit der fiebrigen Zentrifuge der Verzweiflung einen Gedanken nach dem anderen beiseite. Ein Gedanke blieb hängen. *Halt Bishop hin, bis du eine Gelegenheit hast, seine Pistole zu kriegen. Bluff ihn. Bluff ihn, was das Zeug hält. Jetzt …*

Crowell räusperte sich. »Es … es ist eine Radio-Mordmaschine«, log er. »Ich brauche ihm nur Anweisungen zu geben, und es bringt jeden beliebigen um. Keine Scherereien. Überhaupt nichts. Keine Indizien. Das perfekte Verbrechen, Bishop. Interessiert?«

Bishop schüttelte den Kopf. »Sie haben getrunken. Es wird allmählich spät …«

»Warten Sie«, bat Crowell und beugte sich plötzlich vor. Seine grauen Augen funkelten. »Keine Bewegung, Bishop. Ich hab Sie im Visier. Diese Maschine ist auf Sie abgerichtet. Ehe Sie hereingekommen sind, habe ich sie auf eine bestimmte Frequenz eingestellt. Ein Mucks von Ihnen, und ich erledige Sie!«

Bishops Zigarre fiel zu Boden. Die Hand mit der Pistole schwankte.

Crowell sah seine Chance gekommen. Seine schlanken Muskeln ballten sich zu einem festen, kompakten Bündel. Sein Mund öffnete sich, Worte schossen heraus. »Aufpassen, Bishop! Gut dann, Maschine, leg los! Töte Bishop!«

Und damit schnellte Crowell vor. Er spürte, wie er sich vom Sessel löste, sah den erstaunten Ausdruck auf

Bishops Gesicht. Die Irreführung hatte funktioniert. Die Pistole ging los. Der silbrige Strahl zischte über beide Hände, die Bishop umklammern und die Pistole kriegen sollten.

Doch Crowell erwischte Bishop nicht.

Bishop war tot.

Das Dingens hatte ihn eher erwischt.

Crowell trank einen. Dann noch einen. Sein Magen schwamm in dem Zeug. Doch er konnte noch immer nicht vergessen, wie Bishop aussah – tot.

Bishop war gestorben – wie? Er war irgendwie erstochen, erschossen, erwürgt, mit einem elektrischen Schlag getötet worden ... er war ... ähm ... ihr wißt, was ich meine? Er war irgendwie ... tot. Hm-ja, das ist's. Tot.

Crowell nahm sich aus ebendiesem Anlaß noch einen Drink. Er schaute auf die Wand des Schlafzimmers und kam zu dem Schluß, daß irgendwann in den nächsten Minuten diese Leibwächter hier hereinplatzen würden, um nach ihrem Boß zu schauen. Doch Crowell ertrug den Gedanken nicht, ins Wohnzimmer zu gehen und zu sehen, wo Bishop am Boden neben dem ... Dingens lag. Ihn schauderte.

Nach zwei weiteren Drinks kam ihm das nicht einmal mehr in den Sinn, er machte sich daran, ein paar Kleidungsstücke einzupacken. Er wußte nicht, wohin er gehen würde, aber er würde gehen. Er war im Begriff, das Haus zu verlassen, als das Audio gongte.

»Ja?«

»Mister Crowell?«

»Am Apparat.«

»Hier ist der kleine Mann aus dem Dingsbums-Laden.«

»Ah, ja. Hello.«

»Würde es Ihnen was ausmachen, noch einmal im Laden vorbeizuschauen? Und bringen Sie bitte das Dingens mit, ja? Ich glaube, Sie haben mit diesem Modell einen schlechten Tausch gemacht. Ich habe ein anderes hier, das viel besser ist.«

Crowells Stimme blieb in der Kehle stecken. »Meins scheint ganz gut zu funktionieren.«

Er unterbrach die Verbindung und hielt sich den Kopf mit beiden Händen fest, damit das Gehirn nicht in die Schuhe rutschen konnte. Er hatte nicht vorgehabt, jemanden umzubringen. Der Gedanke gefiel ihm nicht. Und das brachte ihn noch mehr als zuvor in die Klemme. Diese Leibwächter würden jetzt keine Ruhe geben, bis …

Sein Mund verhärtete sich. Sollten sie doch kommen. Diesmal lief er nicht davon. Er blieb in der Stadt und machte seine Arbeit, als ob nichts geschehen wäre. Er war die ganze Sache leid. Es kümmerte ihn nicht, ob er jetzt erschossen wurde oder nicht. Er würde sogar vor Freude lachen, wenn sie schössen.

Es hatte freilich auch keinen Sinn, unnötigen Ärger zu machen. Er würde den fetten Mann – seinen Körper – in die Garage hinunterschaffen, ihn auf den Rücksitz des weißen Käfers legen und zu irgendeiner einsamen Stelle fahren, ihn vergraben und die Leibwächter damit hinhalten, indem er ihnen erzählte, er habe Bishop entführt. Hm-ja, das war eine gute Idee. Schlauer Bursche, dieser Crowell.

»Also gut …« Er versuchte, Bishops gewaltigen Körper anzuheben. Er schaffte es nicht. Trotzdem kriegte er den Körper schließlich die Treppe hinab zum Käfer – das Dingens tat es.

Crowell blieb oben, bis die Sache erledigt war. Er mochte dem Dingens nicht bei der Arbeit mit einem toten Körper zusehen.

»Ach, Mister Crowell.« Der kleine Besitzer öffnete die funkelnde Glastür. Draußen stand immer noch eine kleine Menschenmenge. »Wie ich sehe, haben Sie das Dingens mitgebracht. Gut.«

Crowell stellte die Vorrichtung auf die Ladentafel, und seine Gedanken rasten. Gut. Jetzt würde es vielleicht Erklärungen geben. Er würde geschickt vorgehen müssen, keine direkten Fragen. Er würde …

»Sehen Sie. Mister Soundso, ich habe es Ihnen nicht gesagt, aber ich bin Audioreporter. Ich würde gern eine Geschichte über Sie und Ihren Laden in den Audio-Nachrichten bringen. Aber am liebsten in Ihren eigenen Worten.«

»Sie wissen über Dingsbumse genausoviel wie ich«, erwiderte der kleine Mann.

»Wirklich?«

»Diesen Eindruck haben Sie mir vermittelt …«

»Oh, gewiß. Stimmt schon. Aber es ist immer besser, wenn wir jemanden zitieren? Sie verstehen?«

»Ihre Logik ist nebulös, aber ich werde mitarbeiten. Ihre Zuhörer wollen sicherlich alles über meinen Dingsbums-Laden wissen, hm? Nun ja, ich habe Tausende von Jahren reisen müssen, um ihn auf die Beine zu stellen.«

»Meilen«, berichtigte Crowell.

»Jahre«, stellte der kleine Mann fest.

»Natürlich«, sagte Crowell.

»Man könnte meinen Laden das energetische Ergebnis von falsch konstruierter unpassender Semantik nennen. Diese Instrumente könnten auch ›Erfindungen, Die Alles Anstatt Etwas Tun‹ genannt werden.«

»Oh, klar«, sagte Crowell verständnislos.

»Also, wenn jemand einem anderen ein bestimmtes Teil der Automotions-Steuerung eines Käferwagens zeigt und ihm die richtige Bezeichnung für dieses Teil nicht einfällt, was tut er dann?«

Crowell sah einen Lichtstreif. »Er nennt es ein Dingsbums oder ein Zeugs oder ein Wieheißtsdochgleich. Ja?«

»Korrekt. Und wenn eine Frau beim Gespräch mit einer anderen Frau über ihre Waschmaschine oder ihren Schneebesen oder übers Stricken oder Häkeln spricht und *sie* gerade psychologisch blockiert ist, was sagt *sie* dann?«

»Sie sagt: ›Nimm dieses Hmdada und mach es auf das Drehdings. Dann faßt du den Schnulli und wirfst ihn über den Kiki‹«, erklärte Crowell wie ein Schulkind, das plötzlich die Mathematik begreift.

»Korrekt!« schrie der kleine Mann. »Also gut. Daher haben wir die Geburt inkorrekter semantischer Bezeichnungen, die alles meinen können, von einem Hühnernest bis zum Getriebe eines Motorkäfers. Ein Dingens kann der Name für einen Schrubber oder ein Toupet sein. Es ist ein Terminus, den jeder in einer bestimmten Kultur frei verwendet. Ein Dingens ist nicht einfach ein Ding. Es sind tausende Dinge.

Also habe ich nichts anderes getan, als die Gesamtsumme von allem, was jemals Dingens genannt worden ist, in Energie umzuformen. Ich bin in den Geist von unzähligen zivilisierten Menschen eingedrungen, habe ihre Ansicht entnommen, was *sie* ein Dingens nennen, was *sie* ein Zeugs nennen, und habe aus roher atomarer Energie eine physische Entsprechung dieser geistig inkorrekten Bezeichnungen geschaffen. Mit anderen Worten, meine Erfindungen sind dreidimensionale Verkörperungen einer semantischen Idee. Da ein Dingens in den Gedanken der Menschen alles sein kann, von einem Mop bis zu einem Neuner-Schraubenschlüssel, folgen *meine* Erfindungen demselben Muster. Das Dingens, das Sie heute mit nach Hause genommen haben, könnte fast alles tun, was Sie von ihm wollen. Viele von den Erfindungen haben roboterartige Funktionen, da die Fähigkeiten zu Bewegung, Denken und mechanischer Vielseitigkeit in sie einbezogen wurden.«

»Sie können alles tun?«

»Nun ja, nicht alles. In die meisten Erfindungen sind ungefähr sechzig verschiedene Prozesse, alle fremdartig, alle gemischt, von allen Formen und Größen eingebettet. Jede von meinen Schöpfungen hat eine andere

Zusammenstellung von Funktionen. Manche sind groß. Manche klein. Manche von den großen haben viele, viele Funktionen. Die kleinen haben nur ein, zwei einfache Funktionen. Keine zwei sind sich gleich. Denken Sie nur, wieviel Platz und Zeit und Geld Sie sparen, wenn Sie ein Dingens kaufen!«

»Hm-ja«, sagte Crowell. Er dachte an Bishops Körper. »Ihr Dingens ist wirklich vielseitig, stimmt.«

»Da fällt mir ein«, sagte der kleine Mann, »dieses Zeugs, Baujahr 1944, das Sie mir zum Tausch gegeben haben. Wo haben Sie das her?«

»Woher? Sie meinen diesen Pfeifenrei ... ich meine, dieses Zeugs? Ich ... Na ja, ich ...«

»Sie brauchen kein Geheimnis draus zu machen. Wir teilen unsere Berufsgeheimnisse, wissen Sie.«

»Ich ... ich hab's gekauft und dran gearbeitet. Die ..., die Kraft des Gedankens, wissen Sie.«

»Dann *kennen* Sie das Geheimnis? Erstaunlich! Ich dachte, ich sei der einzige, der weiß, wie man Gedanken in energetische Formen überführt. Ein heller Kopf. Haben Sie in Rruhre studiert?«

»Nein. Ich hab's immer bedauert, daß ich da nie hingekommen bin. Hatte nie Gelegenheit. Ich mußte mich allein durchschlagen. Sehen Sie, ich würde dieses Dingens gern gegen ein anderes Gerät umtauschen. Es gefällt mir nicht.«

»Es gefällt Ihnen nicht? Warum nicht?«

»Och, ich mag's einfach nicht. Zu umständlich. Geben Sie mir was ganz Einfaches.«

Ja, dachte er, etwas, wo man sieht, wie es funktioniert.

»Welche Art Maschine möchten Sie diesmal, Mister Crowell?«

»Geben Sie mir einen ... Apparat.«

»Welches Baujahr?«

»Hat das denn viel zu bedeuten, welches Baujahr?«

»Oh, Sie scherzen wieder, nicht wahr?«

Crowell schluckte. »Ich scherze.«

»Sie wissen natürlich, daß über Jahrtausende hinweg der Typ des Apparats und der Name für einen Apparat jedes Jahr anders sind. Ein Dings von 1965 wäre 1492 eine Dingsach. Oder ein Ettubrutus in den Tagen Cäsars.«

»Machen *Sie* jetzt Witze?« fragte Crowell. »Nein. Egal. Geben Sie mir meinen Apparat, und ich gehe nach Hause.«

Der Begriff ›nach Hause‹ ließ Crowell stutzen. Es wäre nicht klug, gerade jetzt dort hinzugehen. Er sollte sich eine Zeitlang verbergen, bis er den Leibwächtern eine Botschaft senden konnte, daß er Bishop gefangenhielt. Ja. Das war's. Das war am sichersten.

In der Zwischenzeit war er neugierig, was diesen Laden betraf, aber nicht so neugierig, daß er schreckliche Vorrichtungen wie dieses Dingens in seiner Nähe haben wollte.

Der kleine Mann redete. »Ich habe eine ganze Kiste voll Krams aus allen Geschichtsepochen, die ich Ihnen geben werde«, sagte er. »Ich bin so überfüllt mit Ware, und niemand außer Ihnen nimmt mich bisher ernst. Ich habe heute kein einziges Stück verkauft. Es ist ziemlich niederschmetternd.«

Crowell tat der Mann leid, aber ... »Wissen Sie was: Ich habe bei mir zu Hause einen leeren Lagerraum. Schicken Sie die Sachen in ein paar Tagen vorbei, und ich schaue sie durch und nehme, was mir gefällt.«

»Können Sie nicht etwas davon gleich mitnehmen?« bat der kleine Mann.

»Ich glaube nicht, daß ich's kann ...«

»Oh, es ist klein. Sehr kleine Sachen. Wirklich. Hier. Ich zeig's Ihnen. Nur ein paar kleine Schachteln voll Klunkern und Krimskramsen. Hier. Da sind sie.« Er bückte sich hinter der Ladentafel, holte sechs Kartons hervor, genug, um Crowells Hände bis unters Kinn zu beladen.

Crowell öffnete einen Karton. »Klar. Die nehm ich. Bloß Suppensiebe, Schälmesser, Zitronenpressen, Türknäufe und alte Meerschaumpfeifen aus Holland. Klar, *die* nehm ich.« Sie wirkten ungefährlich. Sie waren klein, einfach. Alles in Ordnung mit ihnen.

»Oh, danke. Danke. Packen Sie sie hinten in Ihren Käfer, gratis. Ich bin froh, daß sie aus dem Laden kommen. Ich habe in den letzten paar Jahren so viel Energie geformt, daß ich erleichtert bin, sie los zu sein. Kann sie nicht mehr sehen. Also dann.«

Vollbeladen stolperte Crowell zu seinem weißen Käfer hinaus und stopfte die Sachen auf den Rücksitz. Er winkte dem kleinen Mann zu, sagte, er werde in ein paar Tagen wiederkommen, und fuhr los.

Während der Stunde, die er im Laden verbracht hatte, in Gegenwart der sprudelnde Freude des kleinen Mannes, angesichts des hellen Lichts hatte er Bishops Leibwächter und Bishop selbst erst einmal vergessen.

Der Käferwagen summte unter ihm. Er fuhr in die Stadt zu den Audio-Studios und versuchte zu einem Entschluß zu kommen, was am klügsten sei. Neugierig griff er hinter sich und holte einen der kleinen Apparate hervor. Er war nicht mehr oder weniger als eine Pfeife. Der Anblick machte ihm Lust zu rauchen, also nahm er die Pfeife, füllte sie mit der Mischung aus seiner Brusttasche und zündete sie an, sorgfältig, abwartend. Er nahm einen Zug. Schön. Eine gute Pfeife.

Er war damit beschäftigt, die Pfeife zu genießen, als er etwas im Rückspiegel bemerkte. Er wurde von zwei schwarzen Käferwagen verfolgt. Diese flachen, ebenholzfarbenen, starken Kriechwagen waren nicht zu verwechseln.

Er fluchte leise und erhöhte das Tempo. Die Käfer holten auf, wurden jeden Augenblick schneller. In dem einen saßen zwei Killer und zwei in dem anderen.

»Ich werde anhalten und ihnen sagen, daß ich ihren

Boß als Geisel genommen habe«, sagte Crowell zu sich selbst.

In den Händen der Killer in den schwarzen Wagen glänzten Pistolen.

Crowell begriff, daß sie erst schießen und dann reden würden. Das hatte er nicht eingeplant. Er hatte geplant, sich zu verbergen, sie anzurufen und ihnen sein Ultimatum zu stellen. Aber nun das! Die würden ihn erwischen. Er würde keine Gelegenheit haben, etwas zu erklären, ehe sie ihn niederschossen.

Mit dem Fuß erhöhte er die Geschwindigkeit. Schweiß verlustierte sich auf seiner Stirn. So ein Mist. Allmählich wünschte er, er hätte das Dingens nicht im Laden zurückgegeben. Er hätte es jetzt gebrauchen können, wie er es unabsichtlich an Bishop gebraucht hatte.

Dingens! Apparate!

Crowell schrie erleichtert auf. Vielleicht…

Er langte nach hinten und kramte wild in dem Gerümpel von Apparaten. Keiner davon sah aus, als könnte er irgendwas bewirken, aber er würde es trotzdem versuchen.

»Okay, ihr Zeugs, ihr Kram! Beschützt mich, verdammt!«

Es gab eine scharfes rassendelndes Geräusch, und etwas Metallisches huschte an Crowells Ohren vorbei, flog auf durchsichtigen Glasflügeln hinaus, auf den verfolgenden Feind zu und traf geradewegs auf.

Es gab eine Explosion von grünem Feuer und grauem Rauch.

Das Fraltamoret hatte sein Werk getan. Es war eine Kombination von einem Spielzeug-Flugzeug und einem Explosivgeschoß.

Crowell trat auf das Pedal und ließ seinen Käfer wieder vorschnellen. Der zweite Wagen folgte ihm noch. Sie würden nicht aufgeben.

»Erledigt sie!« schrie Crowell. »Erledigt die auch! Erledigt sie, egal, wie!« Er kippte zwei Kartons voll Klunkern aus dem Fenster. Manche von ihnen begannen zu fliegen. Die anderen sprangen harmlos über den Beton.

Zwei Geschosse glitzerten in der Luft. Sie sahen aus wie altmodische Zickzackscheren, scharf und hell, mit einem daran befestigten hauptmechanistischen Antigrav-Antrieb. Sie schwirrten die Straße entlang, bis sie den verbliebenen schwarzen Käferwagen erreichten.

Leuchtend flogen sie durch die offenen Fenster hinein.

Der schwarze Käferwagen verlor die Steuerung und verließ die Straße, wobei er sich immer wieder überschlug, aufprallte und plötzlich in lodernden Flammen aufging.

Crowell sackte tiefer in seinen Sitz. Er ließ den Käferwagen langsamer fahren, um eine Ecke herum und über die Bordsteinkante, und hielt an. Sein Atem ging schnell. Sein Herz hämmerte.

Er konnte jetzt nach Hause gehen, wenn er wollte. Zu Hause würde niemand mehr auf ihn warten, um ihm aufzulauern, ihn festzuhalten, Fragen zu stellen, ihm zu drohen.

Er konnte jetzt nach Hause gehen. Komisch, aber er fühlte sich nicht erleichtert oder glücklich. Ihm war bloß düster, unfroh, beklemmend zumute. Die Welt war ein elender Ort zum Leben. Er hatte einen bitteren Geschmack im Mund.

Er fuhr nach Hause. Nun ja, vielleicht würde es besser werden. Vielleicht.

Er nahm die restlichen Kartons mit Klunkern und stieg aus dem Käfer und fuhr mit den Vak-Lift hinauf. Er öffnete die Tür, stellte die Kartons ab und durchmusterte den Inhalt.

Nach der ganzen Aufregung hatte er immer noch die Pfeife im Mund. Er hatte sie automatisch aufgehoben und in den Mund gesteckt. Er war nervös. Er mußte sofort noch eine rauchen, um sich zu beruhigen.

Er stopfte frischen Tabak in seine neue Pfeife und setzte sie in Gang. Dieser kleine Mann war ein Trottel, daß er ihm das ganze Zeug gegeben hatte. Es war gefährlich, diese Art Wissen einfach so herumliegen zu lassen. Alle möglichen falschen Leute konnten da rankommen, es benutzen.

Er lachte und paffte die Pfeife.

Von nun an würde er aufs Ganze gehen. Mit Hilfe des kleinen Mannes und des Ladens würde er diese großen Plastics-Bosse springen lassen, bis sie ihm Geld zahlten, ihm jeden Wunsch von den Augen ablasen. Zum Teufel mit ihnen.

Es klang allerdings nach jeder Menge Scherereien. Er setzte sich und schaute finster drein und grübelte darüber, und seine Gedanken wurden schwarz, wie sie es schon seit vielen Jahren waren. Pessimistisch.

Was nützte es, wenn man in dieser Welt irgendwas zu tun versuchte? Warum machte er sich überhaupt noch die Mühe weiterzuleben? Er war müde.

Manchmal wie heute nacht und in so vielen Nächten in all den Jahren kam es ihm so vor, als könnte es eine gute Idee sein, wenn ihn die mit den Pistolen erwischt und mit Lähmung vollgepumpt hätten. Irgendwann, wenn er selbst eine Pistole in der Hand hätte, *würde er sich das Gehirn auspusten.*

Es gab eine scharfe Explosion. Crowell fuhr hoch. Er wurde steif und sank auf die Knie.

Er hatte die Pfeife in seinem Munde vergessen – vergessen, daß sie ein Dingsbums-Apparat war.

Sie brachte sich auf unangenehm fatale Weise in Erinnerung.

Philip K. Dick

Uralte Manuskripte, Dokumente und Bücher sind ebenfalls ein fast unerläßlicher Bestandteil in komisch-phantastischen Werken; und es gibt wenige Autoren, die besser geeignet wären, über diesen Bestandteil der Tradition zu schreiben, als Philip K. Dick (1928–1982), der heute als einer der eigenartigsten und originellsten Schriftsteller gilt, die je im Genre gearbeitet haben. Vor ein paar Jahren gestand er ein, daß die Lektüre der klassischen griechischen Tragödie Die Bacchen *von Euripides ›eine der großen gestaltenden Kräfte in meinem Geistes- und Seelenleben‹ war und in ihm den Wunsch auslöste, Geschichten von Illusion und unwirklichen Welten zu schaffen. Wie Terry Pratchett war auch er ein Bewunderer von Kenneth Grahame, und 1980 zog er in einem Interview eine Reihe interessanter Parallelen zwischen der Verwendung von Erlösergestalten wie Pan und Dionysos in den Werken von Grahame wie auch von Euripides.*

Dick, eine kräftige bärtige Gestalt und in den sechziger Jahren dafür bekannt, wie sehr ihn halluzinogene Drogen faszinierten, die er zu jener Zeit ausgiebig in seinen Geschichten vorkommen ließ, verband die Arbeit in seinem Schallplattengeschäft und als Gestalter eines Programms klassischer Musik bei einem Radiosender in Kalifornien mit dem Schreiben von Kurzgeschichten und Romanen, die ihn bei Lesern beiderseits des Atlantik rasch zur Kultfigur machten. In seiner ersten veröffentlichten Geschichte, ›Und da liegt dann das Wub‹ (1952), kündigte sich deutlich der ironische und oft komische Stil an, der zu seinem Markenzeichen werden sollte und seine Höhepunkte mit Nach dem Weltuntergang *(Dr. Bloodmoney, or How We Got Along After the Bomb, 1965, deutsch auch ›Kinder des Holocaust‹),* Eine andere Welt *(Flow My Tears, the Policeman Said, 1974), mit dem John W. Campbell Memorial Award ausgezeichnet, und* Träumen Roboter von elektrischen Schafen? *(Do*

Androids Dream of Electric Sheep), das 1982 von Ridley Scott als Der Blade Runner mit *Harrison Ford* in der Hauptrolle verfilmt wurde. ›Auf den Einband kommt es an‹ steht ganz in dieser Tradition und erschien ursprünglich 1968 in der Sommer-Ausgabe von Famous Science Fiction.

Philip K. Dick

Auf den Einband kommt es an

Der ältliche, aufbrausende Präsident von Obelisk Books war zornig. »Ich möchte ihn nicht sehen, Miß Handy«, sagte er ärgerlich. »Der Text ist bereits im Druck; wenn er nun noch einen Fehler hat, können wir nichts mehr machen.«

»Aber Mr. Masters«, sagte Miß Handy, »es ist ein so bedeutender Fehler, Sir. *Wenn* er recht hat. Mr. Brandice behauptet, das ganze Kapitel ...«

»Ich habe seinen Brief gelesen, ich habe auch schon mit ihm über Videophon gesprochen. Ich weiß, was er behauptet.« Masters ging zum Fenster seines Büros und ließ seinen Blick über die eintönige Krater- und Sandlandschaft des Mars schweifen, in der er nun schon so lange lebte und arbeitete. *Fünftausend Exemplare gedruckt und gebunden*, dachte er. *Die Hälfte davon in goldgeprägtem marsianischen Wub-Pelz. Das eleganteste und teuerste Material, das wir bekommen konnten. Wir mußten bei dieser Ausgabe ohnehin schon draufzahlen, und nun auch noch das.*

Auf seinem Schreibtisch lag eine Kopie des Buches. Lukrez' *De rerum natura*, in der ausgezeichneten, exquisiten Übersetzung von John Dryden. Zornig blätterte Masters die feinen, weißen Seiten um. Wer auf dem Mars sollte denn einen so alten Text so gut kennen, überlegte er. Und der Mann im Vorzimmer war nur einer von acht Leuten, die Obelisk Books geschrieben oder wegen einer fehlerhaften Passage angerufen hatten.

Fehlerhaft? Da gab es keinen Streit – die acht lokalen Lateinkundigen hatten recht. Man mußte sie nur dazu bringen, still und leise wieder zu verschwinden, zu vergessen, daß sie die mit dem Makel behaftete Obelisk-Ausgabe jemals gelesen und die besagte Passage gefunden hatten.

Masters drückte die Sprechtaste seiner Gegensprechanlage. »Na schön, lassen Sie ihn herein«, sagte er zu der Empfangsdame. »Sonst werden wir den Mann nie los.« Studierte waren immer so, sie schienen eine unendliche Geduld zu haben.

Die Tür ging auf, und ein großer, grauhaariger Mann trat ein. Er trug eine altmodische terranische Brille und hatte ein Aktenköfferchen in der Hand. »Vielen Dank, Mr. Masters«, sagte er beim Eintreten. »Lassen Sie mich erklären, warum meine Organisation einen Fehler wie diesen als so gravierend betrachtet.« Er nahm vor dem Schreibtisch Platz und ließ den Aktenkoffer aufschnappen. »Schließlich und endlich sind wir ein Kolonialplanet. Alle unsere Werte, Moralvorstellungen, Kunstgegenstände und Gebräuche kommen von Terra. AUBEFAKU betrachtet die Ausgabe Ihres Buches ...«

»AUBEFAKU?« unterbrach Masters ihn. Davon hatte er noch nie etwas gehört, dennoch stöhnte er innerlich. Offensichtlich eine der unzähligen Organisationen, die alle Druckwerke prüften, egal, ob sie hier entstanden oder von Terra importiert wurden.

»Die Aufsichtsbehörde bezüglich Entstellung und Fälschung allen Kulturgutes«, erklärte Brandice. »Ich habe eine authentische, fehlerfreie terranische Ausgabe von *De rerum natura* – in der Übersetzung von Dryden – bei mir, auf der ja auch Ihre hiesige Ausgabe beruht.«

Seine Betonung des Wortes *hiesig* ließ es ölig und zweitklassig klingen, brütete Masters, als ob Obelisk Books schon allein mit dem Druck von Büchern hier etwas Unehrenhaftes tat. »Betrachten wir einmal die inauthentischen Passagen. Ich möchte Sie bitten, zuerst meine eigene Kopie zu studieren ...« – er legte ein älteres, auf Terra gedrucktes Buch offen auf Masters Schreibtisch – »... in welcher sie korrekt abgedruckt sind. Und dann, Sir, eine Kopie Ihres Druckwerkes; derselbe Abschnitt.« Neben das alte, kleine blaue Buch legte er ein Exemplar der stattlichen, in Wub-Pelz gebundenen Ausgabe, die Obelisk Books herausgebracht hatte.

»Lassen Sie mich bitte meinen Herausgeber hereinrufen«, sagte Masters. Er drückte den Knopf der Sprechanlage. »Rufen Sie mir bitte Jack Snead herein«, sagte er zu Miß Handy.

»Jawohl, Mr. Masters.«

»Ich zitiere nun aus der authentischen Ausgabe«, sagte Brandice. »Die Übersetzung aus dem Lateinischen liest sich wie folgt. Ahem.« Er räusperte sich selbstbewußt, dann begann er laut vorzulesen:

> »Nichts geht also der Tod uns an und reicht an uns nirgends, da der Seele Natur sich als sterblich nunmehr hat erwiesen. Ist drum vergangen der Leib, ist vergangen die Seele auch, das mußt du gestehn, die verteilt ist im Ganzen des Körpers.«*

»Ich kenne die Passage«, sagte Masters scharf, mit verletztem Tonfall; der Mann behandelte ihn schulmeisterlich wie ein kleines Kind.

»Dieser Vierzeiler«, sagte Brandice, »fehlt in Ihrer Ausgabe; statt dessen findet sich dort der nachfolgende Vierzeiler, von dem Gott allein weiß, welche Herkunft

---

* Dick bezieht sich im Original auf die englische Versübersetzung von John Dryden. Für die deutsche Ausgabe wurde die lateinisch-deutsche Prosaübersetzung von Karl Büchner herangezogen, die erstmals 1956 im Artemis Verlag erschien.

Hier zitiert nach: Lukrez: Welt aus Atomen, Philipp Reclam Verlag, Stuttgart (revidierte Ausgabe des Artemis-Textes), 1973, S. 231 und 233. (Anmerkung des Übersetzers)

er hat.« Er nahm die schwere, Wub-Pelz-gebundene Ausgabe von Obelisk, blätterte rasch durch, fand die Stelle und las dann wieder vor.

»Nichts geht also der Tod uns an und reicht an uns nirgends, denn der Seele Natur, unsterblich, kann überdauern. Drum muß vergehen weder Leib noch die Seele im Leibe, und das Erdendasein des Menschen kann bergen unendliche Wonnen.«

Brandice starrte Masters an und klappte das Buch geräuschvoll zu. »Das Ärgerliche daran ist«, sagte er, »daß dieser Vierzeiler eine Aussage enthält, die diametral zum ganzen restlichen Werk steht. Woher kam er? *Irgend jemand* mußte das doch schreiben; Dryden tat es nicht – Lukrez ebenfalls nicht.« Er betrachtete Masters, als glaube er, dieser persönlich habe es getan.

Die Bürotür wurde geöffnet, und herein kam der Herausgeber des Buches, Jack Snead. »Er hat recht«, sagte er resigniert zu seinem Vorgesetzten. »Und das ist nur eine Textunstimmigkeit von dreißig oder so; ich habe das ganze Buch noch einmal durchgelesen, als die ersten empörten Briefe ankamen. Nun habe ich angefangen, auch andere Titel aus unserem Verlagsprogramm durchzulesen, die in unserem Herbstverzeichnis aufgeführt sind. Ich habe bei den meisten davon ebenfalls Veränderungen gefunden.«

»Sie waren der letzte, der die Manuskripte durchgelesen hat, bevor sie zum Setzer gingen. Waren diese Fehler da schon enthalten?«

»Gewiß nicht«, sagte Snead. »Zudem lese ich die Fahnen persönlich; die Fehler gab es auch in den Fahnen noch nicht. Sie tauchten erst auf, als die Bücher eingebunden waren – wenn das einen Sinn ergibt. Oder spezifischer, in den Büchern, die in Wub-Pelz eingebunden sind. Die normal gebundenen Exemplare – die sind in Ordnung.«

Masters blinzelte. »Aber das ist doch dieselbe Ausgabe. beide wurden gleichzeitig gedruckt, mit denselben Maschinen. Wir hatten überhaupt keine exklusive, teurere Ausgabe geplant; erst in letzter Minute haben wir uns entschieden, die Hälfte der Auflage in Wub-Pelz binden zu lassen.«

»Ich glaube«, sagte Jack Snead, »wir müssen uns einmal etwas näher mit diesem marsianischen Wub-Pelz befassen.«

Eine Stunde später saß der gealterte, zittrige Masters, begleitet von seinem Herausgeber Jack Snead, Luther Saperstein, dem Agenten der Leder- und Pelzfirma Flawless Incorporated, von der Obelisk Books den Wub-Pelz bezogen hatten, gegenüber.

»Zunächst einmal«, sagte Masters mit brüskem, geschäftlichem Tonfall, »was ist eigentlich Wub-Pelz?«

»Im Grunde genommen«, sagte Saperstein, »im Sinne Ihrer Frage ist es der Pelz des marsianischen Wubs. Ich weiß, das sagt Ihnen nicht sehr viel, Gentlemen, aber es ist zumindest ein Referenzpunkt, eine Basis, auf der wir aufbauen können. Lassen Sie mich Ihnen zunächst etwas über die Natur des Wubs selbst erzählen. Der Pelz ist teuer, weil er, neben gewissen anderen Gründen, selten ist. Wub-Pelz ist selten, weil nur selten ein Wub stirbt. Damit meine ich, es ist so gut wie unmöglich, ein Wub zu schlachten – auch wenn es sich um ein altes oder krankes Wub handelt. Und selbst wenn ein Wub getötet wird, lebt die Haut weiter. Diese Qualität erklärt den einzigartigen Dekorationswert dieses Materials, in das man, wie in Ihrem Fall, auch Bücher, die ein Leben lang halten, einbinden kann.«

Masters seufzte und schaute düster zum Fenster hinaus, als Saperstein fortfuhr. Neben ihm machte sein Herausgeber sich kurze Notizen; auch sein jugendliches, energisches Gesicht hatte einen düsteren Ausdruck.

»Was wir Ihnen geliefert haben«, sagte Saperstein, »als Sie zu uns kamen – und vergessen Sie das nicht:

Sie kamen zu uns, wir haben Sie nicht aufgesucht –, bestand aus den erlesensten, ausgewähltesten und perfektesten Häuten unseres ganzen Sortiments. Diese lebenden Häute scheinen wie von innen heraus; es gibt auf der Erde noch auf dem Mars etwas Vergleichbares. Wenn sie zerrissen oder zerkratzt wird, dann repariert die Haut sich selbst. Im Laufe der Monate wächst sie und wird farbintensiver, wodurch die Einbände Ihrer Bücher immer schöner und gesuchter werden. In zehn Jahren wird die Qualität dieser in Wub-Pelz gebundenen Bücher Ihres Verlages ...«

Snead unterbrach seinen Wortschwall. »So, so, die Haut ist also noch immer am Leben. Interessant. Und das Wub ist, nach Ihren Worten, so zäh, daß es unmöglich zu töten ist.« Er warf Masters einen flüchtigen Blick zu. »Jede einzelne der über dreißig Veränderungen im Text unseres Buches befaßt sich mit der Unsterblichkeit. Die Revision von Lukrez ist typisch; der originale Text lehrt uns, daß die Menschen sterblich sind und selbst ein Leben nach dem Tode unbedeutend wäre, weil das Individuum keine Erinnerung an sein vorheriges Leben mehr hätte. Statt dessen stehen da nun diese gefälschten Passagen, in denen es ausnahmslos um Langlebigkeit und zukünftiges Leben geht; wie schon gesagt, das steht vollkommen im Widerspruch mit der ganzen Lukrezischen Philosophie. Sie verstehen doch, was ich sagen will, oder? Die verdammte Philosophie des Wubs verändert diejenige der ursprünglichen Autoren. Damit ist alles gesagt – Anfang und Ende.« Er nahm schweigend seine Schreibarbeit wieder auf.

»Aber wie kann eine Haut«, wollte Masters wissen, »auch wenn sie in gewisser Weise noch lebt, den Inhalt eines Buches beeinflussen? Ein bereits gedruckter Text, mit geschnittenen Seiten und geleimtem und gebundenem Rücken – das ist wider jegliche Vernunft. Und selbst *wenn* der Einband, diese verdammte Haut, wirklich lebt – ich kann so etwas einfach nicht glauben.«

Er funkelte Saperstein an. »Wenn sie lebt, wovon lebt sie dann?«

»Von winzigsten Partikelchen in der Luft«, antwortete Saperstein sofort.

Masters stand auf. »Gehen wir«, sagte er. »Das ist lächerlich.«

»Es inhaliert diese Partikel«, fuhr Saperstein fort. »Durch seine Poren.« Sein Tonfall war gekränkt, fast beleidigt.

Jack Snead studierte seine Notizen, und er erhob sich nicht gemeinsam mit seinem Vorgesetzten. »Einige der gefälschten Texte sind faszinierend«, sagte er. »Sie variieren von einer kompletten Umkehr der originalen Textstellen – wie im Falle von Lukrez – bis zu subtilen, kaum feststellbaren Korrekturen von Texten, die eher mit der Doktrin des ewigen Lebens übereinstimmen. Die tatsächliche Frage ist nun folgende: Werden wir nur mit der Meinung einer bestimmten Lebensform konfrontiert, *oder weiß das Wub, worüber es redet?* Lukrez' Gedicht beispielsweise; es ist sehr schön, sehr gewaltig und sehr interessant – als Poesie. Aber als Philosophie könnte es völlig falsch sein. Ich weiß es nicht. Das zu entscheiden liegt nicht in meinem Aufgabenbereich; ich gebe einfach nur Bücher heraus; ich schreibe sie nicht. Das letzte, was ein guter Herausgeber tun würde, wäre, im Text des Autors herumzupfuschen. Aber das exakt tut das Wub oder genauer, die Haut des Wub.«

»Es würde mich interessieren, ob es irgend etwas von Wert hinzufügt«, sagte Saperstein.

»Poetisch? Oder meinen Sie philosophisch? Vom poetischen oder literarischen oder stilistischen Standpunkt aus gesehen sind seine Veränderungen nicht besser oder schlechter als die Originale; es stellt sich ausgezeichnet auf die betreffenden Autoren ein. Wenn man die Texte nicht genau kennen würde, dann würde man von den Veränderungen wahrscheinlich überhaupt nichts bemerken.« Nachdenklich fuhr er fort: »Man wüßte nie zu sagen, ob der Pelz den Text geschrieben hat oder der Autor.«

»Ich meinte den philosophischen Standpunkt.«

»Nun, es ist immer wieder dieselbe Botschaft, die monoton wiederholt wird. Es gibt keinen Tod. Wir legen uns schlafen; dann erwachen wir in einer besseren Welt. Was es an *De rerum natura* ausgebessert hat, ist typisch. Wenn Sie das gelesen haben, dann haben Sie alle Verbesserungen gelesen.«

»Es wäre ein interessantes Experiment«, sagte Masters dazwischen, »einmal ein Exemplar der Bibel in Wub-Pelz binden zu lassen.«

»Das habe ich bereits getan«, sagte Snead.

»Und?«

»Natürlich hatte ich keine Zeit, alles zu lesen. Aber ich habe einmal die Briefe des Paulus an die Korinther überflogen. Das Wub hat nur eine Veränderung vorgenommen. Bei der Passage, die beginnt: ›Siehe, ich sage euch ein Geheimnis …‹, ist alles kursiv gesetzt. Und die Zeile ›Tod, wo ist dein Stachel? Hölle, wo ist dein Sieg?‹ wird zehnmal wiederholt. Zehnmal, alles kursiv. Offensichtlich konnte das Wub dem zustimmen; das entspricht seiner eigenen Philosophie oder besser, Theologie.« Dann, jedes Wort abwägend, fuhr er fort: »Dies ist im Grunde genommen ein theologischer Disput … zwischen der lesenden Öffentlichkeit und der Haut eines marsianischen Tieres, das aussieht wie eine Mischung zwischen einem Schwein und einer Kuh. Seltsam.« Wieder wandte er sich seinen Notizen zu.

Nach einer ernsten Pause sagte Masters: »Sie glauben, das Wub weiß, wovon es spricht, nicht wahr? Wie Sie schon sagten, dies könnte nicht nur die Meinung eines einzelnen Tieres sein, das erfolgreich den Tod überwunden hat; es könnte die Wahrheit sein.«

»Ich für meinen Teil«, sagte Snead, »sehe es so. Das Wub hat nicht nur gelernt, den Tod zu überwinden, es hat dieses Wissen auch schon in die Tat umgesetzt.

Indem es getötet und gehäutet wird und seine Haut dann zu Bucheinbänden – die noch immer leben – umfunktioniert wird, hat es den Tod bezwungen. Es lebt weiter. Und zwar in einem Zustand, den es als besseres Leben ansieht. Wir haben es nicht nur mit einer ungewöhnlichen lokalen Lebensform zu tun; wir haben es mit einem Organismus zu tun, der bereits vollbracht hat, was uns unmöglich erscheint. Es weiß Bescheid. Es ist der lebende Beweis seiner eigenen Doktrin. Die Tatsachen sprechen für sich selbst. Und ich selbst neige dazu, alles zu glauben.«

»Vielleicht spricht es von nie endendem Leben für sich *selbst*«, widersprach Masters. »Deswegen muß das Gesagte aber nicht notwendigerweise auch für uns gelten. Das Wub ist, wie Mr. Saperstein schon gesagt hat, einzigartig. Keine andere Lebensform, weder auf Terra, Luna noch auf dem Mars, hat eine lebende Haut, die nach dem Tod des Wesens weiterlebt und sich aus Partikeln aus der Luft ernährt. Nur weil das *Wub* das kann...«

»Zu dumm, daß wir nicht mit dem Wub-Pelz kommunizieren können«, sagte Saperstein. »Wir versuchen das hier in der Firma schon, seit wir das Überleben der Haut nach dem Tode festgestellt haben. Aber wir haben noch nie einen Weg gefunden.«

»Aber wir von Obelisk Books«, trumpfte Snead auf, »haben das. Tatsächlich habe ich bereits ein Experiment durchgeführt. Ich habe einen Text geschrieben, einen einzigen Satz. Dieser lautet: ›Das Wub ist, anders als jede andere Lebensform, unsterblich.‹

Das ließ ich dann in Wub-Pelz binden und las es danach wieder. Der Satz war verändert. Hier.« Er reichte Masters ein dünnes, sorgfältig gebundenes Buch. »Lesen Sie, wie der Satz nun lautet.«

»Das Wub ist, wie jede andere Lebensform, unsterblich«, las Masters laut vor.

Als er das Büchlein an Snead weitergab, sagte er:

»Nun, es hat lediglich ein Wort an die Stelle von zwei anderen gesetzt. Das ist keine große Veränderung.«

»Aber was die Aussage des Satzes angeht«, gab Snead zurück, »ist die Aussage bombastisch. Wir erhalten Botschaften von jenseits des Grabes, um es einmal so auszudrücken. Passen Sie auf: Wub-Pelz ist technisch gesehen tot, weil das Wub, das er umhüllte, tot ist. Und das kann man ganz sicher als ein Leben nach dem Tode bezeichnen.«

»Da wäre nur noch eines«, sagte Saperstein zögernd. »Es tut mir leid, dies zu sagen, weil ich nicht weiß, welche Auswirkungen es auf Ihre Theorien hat. Aber das marsianische Wub ist, bei all seiner – zugegeben wunderbaren – Gabe, sich selbst zu schützen, vom geistigen Standpunkt aus betrachtet eine dumme Kreatur. Das Gehirn eines irdischen Opossums, als Beispiel, ist nur ein Drittel so groß wie das einer Katze. Und das Gehirn des Wubs ist nur ein Fünftel so groß wie das eines Opossums.« Er starrte düster vor sich hin.

»Nun«, sagte Snead, »die Bibel sagt: ›Die Letzten werden die Ersten sein.‹ Vielleicht fällt auch das Wub unter diese Rubrik – hoffen wir es einmal.«

»*Wollen* Sie das ewige Leben?« fragte Masters und sah ihn durchdringend an.

»Sicher«, sagte Snead. »Das will doch jeder.«

»Ich nicht«, sagte Masters entschieden. »Ich habe auch so schon genügend Ärger. Das letzte, was ich möchte, wäre, als Bucheinband weiterzuleben oder so etwas.« Doch innerlich begann er bereits nachdenklich zu werden. Und dort gab es andere Gedanken. Ganz andere.

»Das klingt nach etwas, das einem Wub gefallen würde«, stimmte Saperstein zu. »Ein Bucheinband zu sein, einfach nur Jahr für Jahr im Regal zu stehen und Partikel aus der Luft zu inhalieren. Und vermutlich meditieren. Oder was immer Wubs tun, wenn sie gestorben sind.«

»Sie machen sich Gedanken über Theologie«, sagte Snead. »Sie predigen.« An seinen Chef gerichtet, sagte er noch: »Ich würde vorschlagen, wir binden keine Bücher mehr in Wub-Pelz.«

»Nicht zu Handelszwecken«, stimmte Masters zu. »Nicht zum Verkaufen. Aber ...« Er konnte sich noch nicht so recht mit dem Gedanken abfinden, daß in der Sache ein gewisser Nutzen lag. »Ich frage mich«, sagte er, »ob wir denselben hohen Überlebensfaktor, dieselbe Lebensdauer für alles, was daraus gemacht wird, voraussetzen können. Etwa für Vorhänge. Oder für die Polsterung der Schwebewagen. Vielleicht eliminiert es Tod und Verfall grundsätzlich bei allem. Für die Helme der Streitkräfte wäre das etwas. Und für Baseballspieler.« Die Möglichkeiten schienen enorm zu sein ... aber verschwommen. Er würde lange und gründlich darüber nachdenken müssen.

»Wie auch immer«, sagte Saperstein, »meine Firma wird Ihnen keinen Schadenersatz bezahlen. Alle Eigenschaften des Wub-Pelzes sind einer Broschüre zu entnehmen, die wir Anfang des Jahres herausgegeben haben. Wir weigern uns kategorisch ...«

»In Ordnung, es ist unser Verlust«, sagte Masters zornig, begleitet von einer ärgerlichen Geste. Dann fuhr er, an Snead gewandt, fort: »Und es heißt definitiv, daß das Leben nach dem Tod erfreulich ist?«

»Definitiv. Die letzte Zeile des Gedichtes in *De rerum natura* summiert dies alles, und die steht definitiv da.«

Masters nickte. »Aber wir sind nicht auf der Erde, wir sind auf dem Mars. Doch ich nehme an, das wird keine Rolle spielen; das Leben allgemein ist gemeint, egal, an welchem Ort.« Als er weitersprach, war sein Tonfall ernster. »Was mich etwas stört«, sagte er, »ist die abstrakte Redeweise über das ›Leben nach dem Tode‹. Die Menschen machen das schon seit fünfzigtausend Jahren; Lukrez lebte vor zweitausend Jahren. Was mich mehr interessieren würde, ist kein verschwommener philosophischer Überblick, sondern es sind die konkreten Fakten über den Wub-Pelz – über jene Art von Unsterblichkeit, die er besitzt.« Wieder an Snead gewandt, fragte er: »Welche anderen Bücher haben Sie in Wub-Pelz binden lassen?«

»Tom Paines *Age of Reason*«, sagte Snead, der eine Liste konsultierte.

»Wie lauteten die Resultate?«

»Wir erhielten zweihundertsiebenundsechzig leere Seiten, mit Ausnahme des einen Wortes *bleh* in der Mitte.«

»Weiter.«

»Die *Britannica*. Es hat nicht alles verändert, aber es hat dafür ganze Artikel hinzugefügt. Über die Seele, Seelenwanderung, über Hölle, Tod und Verdammnis, Sünden, über Unsterblichkeit. Das ganze vierundzwanzigbändige Werk erhielt eine religiöse Orientierung.« Er sah auf. »Soll ich fortfahren?«

»Sicher«, sagte Masters, der zuhörte und gleichzeitig meditierte.

»Die *Summa Theologica* des Thomas von Aquin. Es hat den Text unverändert gelassen, aber hin und wieder den biblischen Satz ›Der Buchstabe tötet, doch der Geist spendet Leben‹ eingeflochten.

Dann James Hiltons *Lost Horizon*. Shangri-La wird zu einer Vision des Lebens nach dem Leben, in der …«

»Das genügt«, sagte Masters. »Die Idee haben wir verstanden. Nun erhebt sich die Frage, was wir damit anfangen können. Offensichtlich können wir keine Bücher mehr damit einbinden, zumindest keine, mit denen es nicht übereinstimmt.« Doch er begann bereits eine andere Verwendung dafür zu sehen – eine wesentlich persönlichere. Und die war wesentlich gewichtiger als das Einbinden von Büchern.

Sobald er telefonieren konnte …

»Von besonderem Interesse«, sagte Snead, »ist seine Reaktion auf die gesammelten Schriften zur Psychoanalyse von einigen der größten lebenden Freudianern unserer Zeit. Es ließ jeden Artikel intakt, fügte aber immer am Ende den Satz ›Doktor, heile dich selbst!‹ hinzu. Es hat sogar Sinn für Humor.«

»Gewiß«, sagte Masters, der ohne Unterbrechung an das Telefon und den lebenswichtigen Anruf, den er tätigen mußte, dachte.

Zurück in seinem Büro bei Obelisk Books, probierte Masters ein Experiment, um nachzuprüfen, ob seine Idee funktionieren würde.

Behutsam wickelte er eine Vase aus seiner wertvollsten Sammlung chinesischen Porzellans in Wub-Pelz. Dann, nach vielem Hin und Her legte er das Bündel schweren Herzens auf den Fußboden seines Büros und trat mit aller Gewalt darauf.

Die Vase zerbrach nicht. Zumindest schien sie es nicht zu tun.

Er öffnete das Päckchen wieder und inspizierte die Vase. Er hatte recht gehabt; eingebettet in lebenden Wub-Pelz, konnte sie nicht zerstört werden.

Zufrieden setzte er sich wieder an seinen Schreibtisch, wo er ein letztes Mal nachdachte.

Die Hülle aus Wub-Pelz hatte ein zerbrechliches, vergängliches Gebilde unzerstörbar gemacht. Also war die Überlebens-Doktrin des Wubs auch praktisch realisierbar, wie er vermutet hatte.

Er griff zum Telefon und wählte die Nummer seines Anwalts. »Es geht um mein Testament«, sagte er zu dem Mann, als er ihn am anderen Ende der Leitung hatte. »Sie wissen, ich habe es vor wenigen Monaten aufgesetzt. Ich möchte noch eine zusätzliche Klausel aufnehmen.«

»Ja, Mr. Masters«, sagte sein Anwalt ergeben. »Schießen Sie los.«

»Eine kleine Klausel«, versicherte Masters beruhigend. »Sie hat etwas mit meinem Sarg zu tun. Ich habe diesbezüglich eine letzte Bitte an meine Erben. Der Sarg soll innen voll und ganz mit Wub-Pelz ausgeschlagen werden, in Wub-Pelz von Flawless Incorporated. Ich möchte sozusagen meinem Schöpfer in Wub-Pelz gekleidet gegenübertreten. Sieht vielleicht etwas besser aus.«

Er lachte nonchalant, doch sein Tonfall war bitterernst – seinem Anwalt entging das nicht.

»Wenn das Ihr Wunsch ist…«, sagte er.

»Ich würde Ihnen dasselbe anraten«, empfahl Masters.

»Warum?«

»Konsultieren Sie unseren vollständigen Medizinischen Hausschatz, den wir nächsten Monat herausbringen werden. Und sehen Sie zu, daß Sie eine in Wub-Pelz gebundene Ausgabe bekommen; die ist anders als die normale.« Dann dachte er wieder an seinen mit Wub-Pelz ausgeschlagenen Sarg. Unter der Erde… er selbst lag darin, und um ihn herum wuchs der Wub-Pelz, wuchs ständig.

Es würde interessant sein, die Version seiner selbst zu sehen, die ein Wub-Pelz-Einband hervorbrachte.

Ganz besonders in einigen Jahrhunderten.

Ursula Le Guin

Die Gestalt des Zauberers, der magisch Wunder wirkt, ist wahrscheinlich schon immer die wichtigste Figur in allen großen Fantasy-Geschichten, insbesondere in den verschiedenen Romanzyklen von Autoren wie J. R. R. Tolkien, C. S. Lewis und natürlich Terry Pratchett. Zu dieser Aufzählung muß die Erdsee-Trilogie von Ursula Le Guin hinzugefügt werden, in der sie eine magische Welt mit eigener Geschichte, Geographie, Sprache, eigenen Menschen und Bräuchen schuf, der Kritiker und Leser gleichermaßen Lob zollten. Die drei Werke, die die Trilogie bildeten, Der Magier der Erdsee *(A Wizard of Earthsea, 1968),* Die Gräber von Atuan *(The Tombs of Atuan, 1972) und* Das ferne Ufer *(The Farthest Shore, 1972)*, waren sogar mit detaillierten Karten ausgestattet, um dem Leser das Auffinden der verschiedenen Handlungsorte zu erleichtern – ein mittlerweile in der Fantasy allgemein üblich gewordenes Element.*

Die Schöpferin von Erdsee, Ursula Kroeber Le Guin (geb. 1929), hat die Werke von Lord Dunsany als eine Quelle ihres Interesses an imaginären Welten und richtungsweisend für ihre schriftstellerische Laufbahn genannt, die sie nun zu einer der angesehensten Autorinnen im Genre gemacht hat. Gebürtige Amerikanerin und Hochschulabsolventin mit dem Spezialgebiet romanische Sprachen, schrieb sie schon als Kind ihre erste Folge von Geschichten, die in einem imaginären Land spielten, doch öffentliche Beachtung fand sie mit ihrer unterhaltsamen Space Opera Rocannons Welt *(Rocannon's World), 1966 erschienen. Als Autorin von wahrhaft originellem Talent wies sie sich indes drei Jahre später mit* Winterplanet *(The Left Hand of Darkness) aus, einer von reicher Phantasie geprägten Geschichte von einer außerirdischen Welt namens Gethen, die ständig schnee-*

---

* Inzwischen ist mit dem Band *Tehanu* (1990) die Tri- zur Tetralogie geworden. – *Anm. d. Übers.*

bedeckt ist und deren Bewohner jeder sowohl männlich als auch weiblich zu werden vermögen. Das Buch brachte ihr den Hugo und den Nebula Award ein und zugleich einen Platz in der vordersten Reihe der zeitgenössischen Schriftsteller, den sie in ihren folgenden phantastischen Werken behauptet hat.

Die Erdsee-Trilogie ist dagegen auf einer exotischen Ozeanwelt auf einer Ansammlung von Inseln angesiedelt und handelt von der Ausbildung und den anschließenden Taten eines Magiers namens Ged. Wer die Bücher nicht kennt, findet in ›Die Namensregel‹ vielleicht die ideale Einführung, denn die Erzählung wurde 1964 vor dem ersten Roman geschrieben und ist eine von den nur zwei Kurzgeschichten, die die Autorin über ihre Welt der Magie geschrieben hat. Sogar jene Leser, die mit der Trilogie vertraut sind, werden zweifellos in diesem Vorläufer einer Buchlegende eine unwiderstehliche Mischung aus Humor und Magie finden.

URSULA LE GUIN

Die Namensregel

Mr. Underhill kam unter seinem Hügel hervor; er lächelte und atmete schwer. Jeder Atemzug schoß wie ein doppelter Dampfstrom aus seinen Nüstern, schneeweiß im Morgensonnenschein. Mr. Underhill blickte zum strahlenden Dezemberhimmel empor, lächelte breiter denn je und zeigte dabei schneeweiße Zähne. Dann ging er ins Dorf hinunter.

»Morgen, Mr. Underhill«, sagten die Dorfbewohner, wenn sie ihm in den schmalen Straßen begegneten, zwischen den Häusern mit den konischen, überhängenden Dächern, die den dicken, roten Kappen von Giftpilzen glichen. »Morgen, Morgen!« erwiderte er jedem einzelnen. (Denn es brachte natürlich Unglück, jemandem einen *guten* Morgen zu wünschen; eine einfache Nennung der Tageszeit war durchaus genug an einem Ort wie Sattins Island, der so sehr gewissen Einflüssen unterworfen war, daß ein achtlos ausgesprochenes Adjektiv das Wetter für eine ganze Woche verändern konnte.) Sie alle sprachen in einem Ton mit ihm, der bei einigen Zuneigung, bei anderen liebevolle Geringschätzung verriet. Er war alles, was die kleine Insel an Hexenmeistern hatte, und verdiente daher Respekt – aber wie sollte man einen dicken, kleinen Mann von fünfzig Jahren respektieren, der über den großen Onkel latschte, Dampfwolken ausatmete und ewig lächelte? Und auch als Handwerker taugte er nicht sehr viel. Sein Feuerwerk war zwar ziemlich kunstvoll, seine Elixiere jedoch waren eher schwach. Warzen, die er wegzauberte, erschienen oft schon nach drei Tagen wieder; Tomaten, die er besprach, wurden nicht größer als Melonen; und jedesmal, wenn, wie es selten geschah, ein fremdes Schiff in Sattins' Hafen einlief, blieb Mr. Underhill schön unter seinem Hügel – aus Angst vor dem bösen Blick, wie er erklärte. Mit anderen Worten, er war Hexenmeister, wie der schielende Gran Schreiner war: in Ermangelung von etwas Besserem. Die Dorfbewohner begnügten sich für diese Generation mit schiefen Türen und unwirksamen Zaubersprüchen und machten ihrem Ärger Luft, indem sie Mr. Underhill völlig ungezwungen behandelten wie einen einfachen Mitmenschen. Sie luden ihn sogar zum Essen ein. Einmal bat er auch einige von ihnen zum Essen und servierte eine köstliche Mahlzeit, mit Silber, Kristall, Damast, Gänsebraten, funkelndem Andrades '639 und Plumpudding mit Buttercreme; aber er war während des ganzen Essens so nervös, daß es ihnen die Freude verdarb, und außerdem waren sie alle eine halbe Stunde später schon wieder hungrig. Er mochte es nicht, wenn man ihn in seiner Höhle besuchte, nicht einmal im Vorraum, und niemals war jemand über diesen hinausgekommen. Wenn er sah, daß sich Leute dem Hügel näherten, kam er unweigerlich herausgetrottet, um sie zu begrüßen. »Setzen wir uns doch unter die Bäume dort!« sagte er dann lächelnd mit einer Geste zum Föhrenwäldchen hinüber, oder, wenn es regnete: »Wollen wir nicht ins Wirtshaus gehen und dort etwas trinken?« Obwohl alle wußten, daß er nichts Stärkeres trank als Brunnenwasser.

Einige Dorfkinder, die sich für die verschlossene Höhle interessierten, schnüffelten neugierig herum und wollten die Höhle in Mr. Underhills Abwesenheit stürmen; aber die kleine Tür, die ins Innere führte, war mit einem Zauberspruch verschlossen, und diesmal schien er sogar zu wirken. Einmal brachten zwei Jungen, die den Hexenmeister drüben an der West Shore glaubten, wo er Mrs. Ruunas kranken Esel kurieren sollte, ein Brecheisen und ein Beil mit herauf, doch schon beim ersten Schlag gegen die Tür ertönte ein zorniges Brüllen, und eine Wolke purpurner Dampf drang nach draußen. Mr. Underhill war früher als erwartet nach Hause gekommen. Die Jungen flohen. Er kam nicht heraus, und den Jungen geschah überhaupt nichts, aber sie berichteten, man könne es kaum glauben, was für ein donnerndes, dröhnendes, heulendes, zischendes, gräßliches Gebrüll der kleine dicke Mann ausgestoßen hatte, es sei denn, man höre es mit eigenen Ohren.

An diesem Tag nun wollte er sich unten im Dorf drei Dutzend frische Eier und ein Pfund Leber besorgen, bei Kapitän Fogeno hereinschauen, um den Sehzauber für die Augen des Alten zu erneuern (absolut nutzlos bei einer Hornhautablösung, aber Mr. Underhill versuchte es immer aufs neue) und schließlich ein Schwätzchen mit der alten Goody Guld halten, der Witwe des Konzertina-Machers. Mr. Underhills Freunde waren zumeist alte Leute. Den jungen, kräftigen Männern des Dorfes gegenüber war er scheu, und die Mädchen waren ihm gegenüber schüchtern. »Er macht mich nervös, er lächelt soviel«, sagten sie allesamt schmollend und wickelten sich seidenweiche Locken um die Finger. ›Nervös‹ war ein ganz neumodisches Wort, und ihre Mütter erwiderten durch die Bank grimmig: »Nervös? Dummes Zeug! Albern seid ihr, weiter nichts. Mr. Underhill ist ein Hexenmeister, der Achtung verdient.«

Nachdem er sich von Goody Guld verabschiedet hatte, kam Mr. Underhill an der Schule vorbei, die an diesem Tag draußen auf dem Dorfplatz abgehalten wurde. Da auf Sattins Island niemand lesen und schreiben konnte, gab es keine Bücher zum Lesenlernen, keine Pulte zum Namen-Hineinschnitzen und keine Tafeln zum Abwaschen – ja, es gab überhaupt kein Schulhaus. An Regentagen trafen sich die Kinder auf dem Heuboden der Gemeindescheune und hatten hinterher

Heu in den Hosen; an Sonnentagen ging Palani, die Lehrerin, mit ihnen, wohin sie Lust hatte. Heute unterrichtete sie, umgeben von dreißig interessierten Kindern unter zwölf und vierzig desinteressierten Schafen unter fünf, in einem sehr wichtigen Fach des Lehrplans: der Namensregeln. Mit schüchternem Lächeln blieb Mr. Underhill stehen, um zuzuhören und zuzusehen. Palani, ein rundliches, hübsches Mädchen von zwanzig Jahren, bot ein bezauberndes Bild, wie sie da in der Wintersonne saß, von Schafen und Kindern umgeben, über sich eine entlaubte Eiche und hinter sich Dünen, Meer und klaren, hellen Himmel. Sie sprach voll Ernst, das Gesicht von Wind und Worten gerötet. »Also, Kinder, ihr kennt ja die Namensregeln bereits. Es gibt deren zwei, und zwar auf jeder Insel auf der Welt. Wie lautet die eine?«

»Es ist unhöflich, jemanden nach seinem Namen zu fragen«, krähte ein dicker, flinker Junge; ein kleines Mädchen unterbrach ihn noch lauter: »Man darf niemandem sagen, wie man heißt, sagt meine Mama immer zu mir!«

»Richtig, Suba. Richtig, Popi, aber kreisch nicht so. Das stimmt. Man fragt niemals jemanden nach seinem Namen. Man nennt niemandem den eigenen Namen. Jetzt überlegt mal eine Minute und sagt mir dann, warum wir unseren Hexenmeister Mr. Underhill nennen.« Lächelnd blickte sie über die Lockenköpfe und Wollrücken zu Mr. Underhill hinüber, der strahlend, aber nervös seine Tüte Eier an sich drückte.

»Weil er unter einem Hügel wohnt!« antwortete die Hälfte der Kinder.

»Aber ist das sein Wahrname?«

»Nein!« behauptete der dicke Junge, worauf von Popi sofort kreischend das Echo kam: »Nein!«

»Und woher wißt ihr, daß er es nicht ist?«

»Weil er ganz allein hierher kam, und weil darum niemand hier seinen Wahrnamen kannte, also konnte ihn uns niemand sagen, und er konnte ihn auch nicht...«

»Sehr gut, Suba. Popi, nicht schreien. Das ist richtig. Sogar ein Hexenmeister darf seinen Wahrnamen nicht sagen. Wenn ihr Kinder mit der Schule fertig seid und durch die Passage geht, werdet ihr eure Kindernamen ablegen und nur eure Wahrnamen behalten, nach denen ihr niemals fragen und die ihr niemals verraten dürft. Warum?«

Die Kinder schwiegen. Die Schafe blökten leise. Mr. Underhill war es, der diese Frage beantwortete: »Weil der Name das Ding selbst ist«, sagte er mit seiner scheuen, leisen, heiseren Stimme. »Und weil der Wahrname das wahre Ding ist. Den Namen aussprechen, bedeutet, das Ding beherrschen. Habe ich recht, Schulmeisterin?«

Lächelnd machte sie einen Knicks, anscheinend ein wenig verlegen wegen seiner Einmischung. Und er trottete davon, dem Hügel zu, die Eiertüte fest an die Brust gedrückt. Irgendwie hatte ihn die Minute, die er damit verbracht hatte, Palani und den Kindern zuzusehen, sehr hungrig gemacht. Mit einem hastigen Zauberspruch verschloß er die innere Tür hinter sich, aber der Spruch mußte mindestens ein oder zwei Löcher gehabt haben, denn kurz darauf war der kahle Vorraum der Höhle erfüllt vom köstlichen Duft gebratener Eier und knuspriger Leber.

An diesem Tag wehte ein leichter, frischer Wind aus dem Westen, mit dem um die Mittagszeit ein kleines Boot über die glitzernden Wellen in Satins' Hafen einlief. Schon als es die Mole umrundete, wurde es von einem scharfäugigen Jungen entdeckt, und da er, wie jedes andere Kind auf der Insel auch, jedes Segel und jeden Mast der vierzig Boote zählenden Fischereiflotte kannte, lief er eilig die Straße entlang und rief: »Ein fremdes Boot! Ein fremdes Boot!« Es geschah selten, daß diese einsame Insel von einem Boot einer ebenso einsamen Insel der East Reach besucht wurde oder von einem abenteuerlustigen Händler des Archipels. Als das Boot an der Pier festmachte, war bereits das halbe Dorf da, um es zu begrüßen, die Fischer folgten ihm in den Hafen, und Kuhhirten, Muschelsucher und Heilkräutersammler hasteten keuchend die felsigen Hügel hinauf und hinab, alle in Richtung Anlegeplatz.

Nur Mr. Underhills Tür blieb zu.

Es war nur ein einziger Mann an Bord. Als sie das dem alten Käpt'n Fogeno erzählten, zog er die dichten, weißen Brauen über den blinden Augen zusammen. »Es gibt nur eine Sorte von Männern, die allein in der Outer Reach segeln. Ein Hexenmeister oder ein Zauberer oder ein Magier ...«

Und so hofften die Dörfler voll atemloser Erregung, ein einziges Mal einen Magier zu sehen, einen der mächtigen Weißen Magier von den reichen, turmgeschmückten, dichtbevölkerten inneren Inseln des Archipels. Aber sie wurden leider enttäuscht, denn der Reisende war ziemlich jung, ein gutaussehender, schwarzbärtiger Bursche, der sie fröhlich von seinem Boot aus begrüßte und an Land sprang wie ein Matrose, der froh war, wieder im Hafen zu sein. Er stellte sich ihnen sofort als seefahrender Händler vor. Doch als sie dem alten Käpt'n Fogeno erzählten, daß er einen Spazierstock aus Eichenholz bei sich trage, nickte der alte Mann weise. »Zwei Hexenmeister in einem Dorf«, sagte er dann. »Schlecht!« Und sein Mund schnappte zu wie das Maul eines uralten Karpfens.

Da der Fremde ihnen nicht seinen Namen nennen durfte, verliehen sie ihm einen: Blackbeard. Und sie schenkten ihm große Aufmerksamkeit. Er hatte eine kleine gemischte Ladung mitgebracht: Tuche, Sandalen, Piswi-Federn zum Besatz von Mänteln, billigen Weihrauch, feine Kräuter und dicke Glasperlen von Venway – das Übliche. Alle Bewohner von Sattins Island kamen, um sich die Waren anzusehen, mit dem

Reisenden zu plaudern und vielleicht sogar etwas zu kaufen. »Nur zur Erinnerung an ihn«, plapperte Goody Guld, die wie alle Frauen und Mädchen des Dorfes in Blackbeards markiges, gutes Aussehen verliebt war. Aber die Jungen sammelten sich auch um ihn und hörten ihm zu, wie er von seinen Reisen nach fernen, unbekannten Inseln der Reach erzählte oder die großen, reichen Inseln des Archipels, die Inner Lanes, die Reeden mit den weißen Schiffen und die goldenen Dächer von Havnor beschrieb. Die Männer lauschten bereitwillig seinen Erzählungen, doch manche von ihnen fragten sich, warum ein Händler allein segelte, und betrachteten nachdenklich seinen Eichenstab.

Und die ganze Zeit blieb Mr. Underhill unter seinem Hügel.

»Dies ist die erste Insel ohne Hexenmeister, die ich jemals gesehen habe«, sagte Blackbeard eines Abends zu Goody Guld, die ihn, ihren Neffen und Palani zu einer Tasse Tee eingeladen hatte. »Was macht ihr, wenn ihr Zahnschmerzen habt oder die Kuh trocken steht?«

»Aber wir haben doch Mr. Underhill!« erwiderte die Alte.

»Was der schon groß kann«, murmelte ihr Neffe Birt; dann wurde er dunkelrot und verschüttete seinen Tee. Birt war Fischer, ein kräftiger, wackerer, wortkarger junger Mann. Er liebte die Schullehrerin, doch statt ihr seine Liebe zu erklären, brachte er höchstens mal der Köchin ihres Vaters einen Korb frischer Makrelen.

»Ach, ihr habt *doch* einen Hexenmeister?« fragte Blackbeard erstaunt. »Ist er etwa unsichtbar?«

»Nein, er ist nur sehr zurückhaltend«, erklärte Palani. »Sie sind erst eine Woche hier, wissen Sie, und wir sehen hier so selten Fremde...« Auch sie wurde ein wenig rot, aber sie verschüttete keinen Tee.

Blackbeard sah sie lächelnd an. »Dann ist er wohl ein echter Sattinsmann, wie?«

»Nein«, entgegnete Goody Guld, »nicht echter als

Sie. Noch etwas Tee, Neffe? Aber verschütte ihn nicht wieder. Nein, mein Guter, er kam – vor vier Jahren, glaube ich – in einem winzigen Boot hier an, einen Tag nach dem Ende des Heringsfangs, wenn ich mich recht erinnere, denn im East Creek holten sie gerade die Netze ein, und Pondi Cowherd brach sich am selben Morgen das Bein – fünf Jahre muß das jetzt her sein. Nein, vier. Nein, es sind fünf, es war in dem Jahr, als der Knoblauch nicht wachsen wollte. Er kam also in einer Nußschale von Schaluppe, hoch beladen mit dicken Kisten und Schachteln, und sagte zu Käpt'n Fogeno, der damals noch nicht blind war, aber weiß Gott alt genug, um zweimal blind geworden zu sein, ›Wie ich hörte‹, sagte er, ›habt ihr hier weder einen Hexenmeister noch einen Zauberer. Möchtet ihr vielleicht einen haben?‹ – ›Aber sicher, wenn er Weiße Magie macht!‹ antwortete der Käpt'n, und ehe man sich's versah, hatte sich Mr. Underhill in der Höhle unter dem Hügel eingenistet und hexte Goody Beltows Katze die Räude weg. Sicher, das Fell wuchs grau nach, und die Katze war orange. Und das sah wirklich ein bißchen komisch aus. Sie starb letzten Winter bei dem großen Kälteeinbruch. Goody Beltow hat sich das furchtbar zu Herzen genommen, die Ärmste, viel schlimmer als damals, als ihr Mann auf den Long Banks ertrank, im Jahr des großen Heringsfangs, als mein Neffe Birt hier noch ein Säugling war.« Hier verschüttete Birt wieder etwas Tee, und Blackbeard grinste, doch Goody Guld fuhr unbeirrt fort und redete weiter, bis die Nacht hereinbrach.

Am nächsten Tag war Blackbeard unten an der Pier; er wollte eine Planke an seinem Boot reparieren, eine Arbeit, die eine sehr lange Zeit in Anspruch zu nehmen schien, und zog wie gewöhnlich die schweigsamen Sattinsmänner ins Gespräch. »Also, welches Boot hier gehört denn nun eurem Hexenmeister?« erkundigte er sich. »Oder hat er etwa so eins wie die Magier, das man so klein zusammenfalten kann, daß es in eine Walnußschale paßt, wenn man's nicht braucht?«

»Nein«, antwortete einer der schwerfälligen Fischer, »das liegt oben in seiner Höhle unter dem Hügel.«

»Er hat das Boot, in dem er kam, in seine Höhle raufgetragen?«

»Aye. Ganz rauf. Ich hab ihm geholfen. War schwerer als Blei. Und voll von großen Kisten, und da wären Zauberbücher drin, hat er gesagt. Schwerer als Blei, das ganze Zeug.« Und der schwerfällige Fischer kehrte ihm, tief aufseufzend, den Rücken. Goody Gulds Neffe, der in der Nähe ein Netz flickte, blickte von seiner Arbeit auf und fragte ebenso schwerfällig: »Möchten Sie Mr. Underhill vielleicht kennenlernen?«

Blackbeard erwiderte Birts Blick. Pfiffige schwarze Augen trafen sich mit freimütigen blauen; dann lächelte Blackbeard und antwortete: »Ja. Würden Sie mich zum Hügel führen, Birt?«

»Aye, wenn ich das hier fertig habe«, sagte der Fischer. Und als er das Netz fertig geflickt hatte, machte er sich mit dem Mann vom Archipel auf durch die Dorfstraße zu dem hohen, grünen Hügel dahinter. Als sie jedoch den Dorfplatz überquerten, sagte Blackbeard: »Warten Sie ein wenig, Freund Birt. Ich muß Ihnen etwas erzählen, bevor wir zu eurem Hexenmeister gehen.«

»Erzählen Sie nur«, antwortete Birt und setzte sich in den Schatten einer Lebenseiche.

»Diese Geschichte begann vor hundert Jahren und ist jetzt noch nicht zu Ende – obwohl sie sehr bald zu Ende sein wird, sehr bald... Tief im Herzen des Archipels, wo die Inseln so dicht beieinander liegen wie Fliegen auf Honig, gibt es eine kleine Insel namens Pendor. Die Seelords von Pendor waren mächtige Männer, damals, in den alten Kriegszeiten vor der Liga. Beute, Lösegeld und Tribut kamen nach Pendor hereingeströmt, und sie sammelten einen großen Schatz, damals. Dann kam eines Tages von irgendwo draußen in der West Reach, wo die Drachen auf Lavainseln hausen, ein sehr, sehr mächtiger Drache herbei. Nicht eine von diesen zu groß geratenen Eidechsen, die ihr hier in der Outer Reach Drachen nennt, sondern ein riesiges, schwarzes, geflügeltes, schlaues, listiges Ungeheuer, voll Kraft und Klugheit, das wie alle anderen Drachen auch vor allem Gold und Edelsteine liebte. Er tötete den Seelord und seine Soldaten, und die Bewohner von Pendor flohen bei Nacht in ihren Schiffen. Sie alle flohen, und nur der Drache blieb in den Türmen von Pendor. Und blieb dort ganze einhundert Jahre, ruhte mit seinem schuppigen Leib auf Smaragden, Saphiren, Goldmünzen und kam nur einmal im Jahr heraus, wenn er etwas zu essen brauchte. Seine Nahrung raubte er sich auf den nahegelegenen Inseln. Wissen Sie, was Drachen fressen?«

Birt nickte. »Jungfrauen«, antwortete er flüsternd.

»Richtig«, antwortete Blackbeard. »Nun, das konnte man nicht ewig aushalten, das nicht, und auch nicht die Vorstellung, daß er da auf diesem ganzen, großen Schatz hockte. Nachdem die Liga also nun erstarkt war und es im Archipel nicht mehr soviel Kriege und Piraterei gab, wurde beschlossen, Pendor zu überfallen, den Drachen zu vertreiben und das Gold und die Juwelen für die Schatzkammer der Liga zu erobern. Die braucht doch immer Geld, die Liga. Also versammelte sich eine riesige Flotte von den fünfzig Inseln, und sieben Magier standen im Bug der sieben stärksten Schiffe, und so segelten sie nach Pendor … Sie kamen an. Sie landeten. Nichts rührte sich. Die Häuser waren alle leer, die Teller auf den Tischen voll vom Staub der hundert Jahre. Die Knochen des alten Seelords und seiner Männer lagen in den Schloßhöfen und auf den Stiegen herum. Und der Turm stank nach dem Drachen. Aber es gab keinen Drachen. Und keinen Schatz, keinen Diamanten, nicht mal so groß wie ein Samenkorn, keine einzige Silberperle … Wohl wissend, daß er gegen sieben Magier nichts ausrichten konnte, war der Drache geflohen. Sie verfolgten seine Spuren und stellten fest, daß er zu einer verlassenen Insel im Norden namens Udrath geflogen war; doch als sie ihm dorthin folgten, was fanden sie? Abermals Knochen. Seine – die Knochen des Drachen. Aber keinen Schatz. Ein Hexenmeister, irgendein unbekannter Hexenmeister mußte ihn ganz allein überwunden – und sich dann mit dem Schatz davongemacht haben, direkt vor der Nase der Liga!«

Der Fischer lauschte aufmerksam und ausdruckslos.

»Also, das muß ein mächtiger und kluger Hexenmeister gewesen sein, der erstens einen Drachen tötete und zweitens verschwand, ohne eine Spur zu hinterlassen. Die Lords und Magier des Archipels waren nicht in der Lage, herauszufinden, woher er gekommen und wohin er verschwunden war. Sie wollten schon aufgeben. Das war im vergangenen Frühjahr. Ich hatte eine dreijährige Reise bis hinauf in die North Reach gemacht und kam etwa zu dieser Zeit zurück. Sie baten mich, ihnen bei der Suche nach dem unbekannten Hexenmeister zu helfen. Das war sehr klug von ihnen; denn ich bin nicht nur selbst ein Hexenmeister, wie einige von euch Dummköpfen hier wohl schon bemerkt haben werden, sondern außerdem ein Nachkomme der Lords von Pendor. Dieser Schatz gehört mir. Er gehört mir und weiß, daß er mir gehört. Diese Idioten von der Liga konnten ihn nur nicht finden, weil er ihnen nicht gehört. Er gehört dem Haus Pendor, und der große Smaragd, der Star der ganzen Beute, Inalkil, der Grüne Stein, kennt seinen Herrn. Sieh!« Blackbeard hob seinen Eichenstab und rief laut: »Inalkil!« Die Spitze des Stabes begann grünlich zu glühen, ein feuriges, grünes Strahlen, ein blendender Dunst von der Farbe des Aprilgrases, und im selben Augenblick senkte sich der Stab in der Hand des Hexenmeisters, senkte sich, bis er genau auf die Flanke des Hügels wies.

»So hell hat er nicht geglüht, weit von hier in Havnor«, murmelte Blackbeard, »aber er hat mich richtig gewiesen. Inalkil antwortete, als ich ihn rief. Der Stein kennt seinen Herrn. Und ich kenne den Dieb, und ich werde ihn überwinden. Er ist ein mächtiger Hexenmeister, der einen Drachen besiegen konnte. Aber ich bin mächtiger. Und willst du auch wissen, warum, du Dummkopf? Weil ich seinen Namen kenne!«

Während Blackbeards Ton immer arroganter wurde, war Birts Ausdruck immer stumpfer und leerer geworden; jetzt aber zuckte er zusammen, klappte den Mund zu und starrte den Mann aus dem Archipel an. »Wie haben Sie ... ihn erfahren?« fragte er ganz langsam.

Blackbeard grinste, ohne zu antworten.

»Schwarze Magie?«

»Wie denn sonst?«

Birt wurde blaß und schwieg.

»Ich bin der Seelord von Pendor, Dummkopf, und ich will das Gold wiederhaben, das meine Väter erobert haben, und die Juwelen, die meine Mütter trugen, und den Grünen Stein! Denn sie sind mein.

Also, deinen Dorftrotteln kannst du die Geschichte erzählen, nachdem ich diesen Hexenmeister besiegt habe und fort bin. Warte hier. Aber du kannst auch mitkommen und zusehen, wenn du keine Angst hast. Du wirst nie wieder Gelegenheit haben, einen großen Hexenmeister im Glanz all seiner Macht zu sehen.« Blackbeard wandte sich um und schritt, ohne sich umzusehen, den Hügel hinauf zum Eingang der Höhle.

Birt folgte ihm sehr langsam. In beträchtlicher Entfernung von der Höhle machte er halt, setzte sich unter einen Weißdornbusch und wartete. Der Mann aus dem Archipel war stehengeblieben. Er stand jetzt ganz still, eine starre, dunkle Gestalt allein auf dem Grün des Hügels vor der gähnenden Höhlenöffnung. Plötzlich jedoch hob er seinen Stab hoch über den Kopf, und das smaragdgrüne Strahlen war rings um ihn her, als er rief: »Dieb! Dieb des Schatzes von Pendor – komm hervor!«

Ein Krachen ertönte in der Höhle, als hätte jemand Geschirr fallen lassen, und eine Menge Staub kam heraus. Angstvoll duckte sich Birt. Als er wieder hinschaute, sah er Blackbeard immer noch regungslos dastehen, und am Höhleneingang, staubbedeckt und zerzaust, stand Mr. Underhill. Er wirkte klein und mitleiderregend, mit den Zehen, die wie gewöhnlich nach innen zeigten, mit seinen mageren O-Beinen in schwarzen, eng anliegenden Hosen und ohne Stab – er hat nie einen gehabt, dachte Birt unvermittelt. »Wer sind Sie?« fragte Mr. Underhill mit seiner leisen, heiseren Stimme.

»Ich bin der Seelord von Pendor, du Dieb, und komme, mir meinen Schatz zu holen!«

Daraufhin wurde Mr. Underhill, wie immer, wenn jemand grob zu ihm war, ganz langsam rot. Aber dann wurde er etwas anderes. Er wurde gelb. Sein Haar sträubte sich, er stieß ein bellendes Brüllen aus – und war ein gelber Löwe, der mit entblößten, weißglänzenden Fängen den Hügel hinab Blackbeard ansprang.

Aber Blackbeard stand nicht mehr dort. Ein gigantischer Tiger, in den Farben der Nacht und des Blitzes, eilte dem Löwen in mächtigen Sätzen entgegen …

Der Löwe war verschwunden. Unterhalb der Höhle stand auf einmal ein Hain hoher Bäume, schwarze Stämme im Wintersonnenschein. Der Tiger bemerkte es mitten im Satz, kurz ehe er den Schatten der Bäume erreichte, entflammte in der Luft, wurde zu einer Feuerzunge, die nach den dürren schwarzen Zweigen griff …

Doch wo der Hain gestanden hatte, ergoß sich plötzlich ein Wasserfall vom Hügel, ein silbriger Bogen rauschenden Wassers donnerte auf das Feuer hinab. Aber das Feuer war verschwunden …

Sekundenlang erhoben sich vor den erstaunten Augen des Fischers zwei Hügel – der eine, grüne, den er kannte, und ein neuer, eine kahle, braune Erhebung, die den tosenden Wasserfall auffing. Dies geschah jedoch so schnell, daß Birt die Augen zukniff, und noch einmal zukniff, und dann stöhnte er, denn das, was er jetzt sah, war viel schlimmer. An der Stelle des Wasserfalls schwebte ein Drachen. Schwarze Schwingen verdunkelten den ganzen Hügel, stählerne Klauen streckten sich suchend aus, und aus dem dunklen, schuppigen Rachen schossen Feuer und Dampf hervor.

Unter diesem Ungeheuer stand Blackbeard, und er lachte.

»Sie können jede Gestalt annehmen, die Ihnen gefällt, kleiner Mr. Underhill!« stöhnte er. »Ich bin Ihnen gewachsen. Aber das Spiel wird langweilig. Ich möchte meinen Schatz sehen, Inalkil sehen. Darum nimm jetzt, großer Drache, kleiner Hexenmeister, darum nimm jetzt deine wahre Gestalt an. Ich befehle es dir bei der Macht deines Wahrnamens – Yevaud!«

Birt konnte sich nicht rühren, nicht einmal die Augen zukneifen. Furchtsam starrte er hinüber, ob er es wollte oder nicht. Er sah den schwarzen Drachen über Blackbeard in der Luft schweben. Er sah die Flammen wie zahllose Zungen aus dem schuppigen Rachen lecken, den Dampf aus den roten Nüstern schießen. Er sah, daß Blackbeards Gesicht weiß wurde, kalkweiß, und daß die bartgerahmten Lippen bebten.

»Dein Name ist Yevaud!«

»Ja«, antwortete eine riesige, heisere, zischende Stimme. »Mein Wahrname ist Yevaud, und meine wahre Gestalt ist diese.«

»Aber der Drache ist tot … Man hat Drachenknochen auf Udrath Island gefunden …«

»Das war ein anderer Drache«, antwortete der Drache. Dann stieß er mit ausgestreckten Krallen herab wie ein Falke. Und Birt schloß die Augen.

Als er sie wieder öffnete, war der Himmel klar, der Hügel leer, und er sah nur noch einen rötlich-schwärzlich zertrampelten Fleck und im Gras einige Krallenabdrücke.

Birt der Fischer rappelte sich auf und lief davon. Er lief über den Dorfplatz, daß die Schafe rechts und links zur Seite stoben, und die Dorfstraße hinab zum Haus von Palanis Vater. Palani war draußen im Garten und jätete die Kapuzinerkresse. »Komm mit!« keuchte Birt. Sie starrte ihn an. Er packte sie beim Handgelenk und riß sie mit. Sie kreischte ein wenig, leistete aber keinen Widerstand. Er lief geradenwegs mit ihr zur Pier, stieß sie in seine Fischerschaluppe Queenie, löste die Leine, ergriff die Ruder und begann wie der Teufel zu pullen. Das letzte, was Sattins Island von ihm und Palani sah, war das Segel der Queenie, das in Richtung auf die nächste westlich liegende Insel verschwand.

Die Dorfbewohner glaubten, sie würden nie mehr aufhören, darüber zu reden, wie Goody Gulds Neffe Birt den Verstand verloren hatte und mit der Lehrerin am selben Tag davongesegelt war, an dem der Händler Blackbeard spurlos verschwand und all seine Federn und Perlen zurückließ. Aber drei Tage später hörten sie doch auf, darüber zu reden. Denn es gab andere Dinge, über die sie reden konnten, als Mr. Underhill endlich aus seiner Höhle kam.

Mr. Underhill hatte beschlossen, daß er, da sein Wahrname jetzt kein Geheimnis mehr war, nun auch seine Tarnung ablegen könne. Gehen fiel ihm sehr viel schwerer als fliegen, und außerdem war es sehr lange her seit seiner letzten richtigen Mahlzeit.

2

Schwerter und Zauberei

Geschichten der heroischen Fantasy

Stephen Donaldson

Heroische Fantasy, die manchmal als ›Sword and Sorcery‹ – ›Schwert und Zauberei‹ – bezeichnet wird, hat ihren gegenwärtigen Superstar in Stephen Donaldson (geb. 1947), dessen Zyklus Die Chroniken von Thomas Covenant dem Zweifler *nach seinem Start 1977 beiderseits des Atlantik eine verlegerische Sensation wurde. Man pries die Bücher als ›vergleichbar mit dem Besten von Tolkien‹ und unterstrich damit, daß sich hier ein weiterer Schriftsteller gefunden hatte, der einer schon wohlbegründeten Tradition folgte. Obwohl Geschichten in der Art ›heroischer Fantasy‹ bis zu den altgriechischen Entdeckungsfahrten zurückverfolgt werden können, besteht allgemein Übereinkunft, daß der Begriff ›Sword and Sorcery‹ 1960 von dem amerikanischen Fantasy-Autor Fritz Leiber (von dem später noch die Rede sein wird) geprägt wurde, um die Werke von J. R. R. Tolkien und T. H. White (mit der Trilogie* Der König auf Camelot**) an einem Ende des Spektrums und Edgar Rice Burroughs (mit dem ›Barsoom‹-Zyklus) und Robert E. Howard (Conan der Barbar) am anderen einzuordnen. Diese einer lebhaften Vorstellungskraft entspringenden Geschichten, in Fantasy-Welten angesiedelt, wo Schwertkämpfer und Abenteurer jeder Größenordnung sich mit übernatürlichen Gegnern maßen, waren notwendigerweise voller Heldentum und Blutvergießen. Humor kam so gut wie nicht vor – wenngleich das Genre, wie dieser Abschnitt zeigen wird, sich mit verletzlichen Helden in nicht so recht heroischen Situationen in die komische Phantastik einbrachte.*

Stephen Donaldsons Chroniken *sind charakteristisch für diese Verschiebung in der heroischen Fantasy, indem ihr Hauptheld ein Leprakranker ist. Der Autor entwickelte diese Idee in seiner Kindheit, die er in Indien verbrachte, wo sein Vater als orthopä-*

---

* Diese ›Trilogie‹ umfaßt seit 1977 *fünf* Teile; schon 1958 erschienen die ersten vier Bücher unter dem Titel *The Once and Future King.* – Anm. d. Übers.

discher Arzt ausgiebig mit Leprakranken zu tun hatte; von daher konzipierte er die Figur des Thomas Covenant. Die erste Trilogie von Chroniken wurde zehn Jahre später vollendet, als er nach Amerika zurückgekehrt war und das College absolviert hatte (wo er einen Master of Arts in Englisch erhielt). Das umfangreiche Manuskript wurde dann von 47 Verlagen abgelehnt, ehe es bei Ballantine Books, Tolkiens Verlag in Amerika, eine Heimstatt fand. Der Erfolg des Werkes, der sich in den Vereinigten Staaten sofort einstellte, wiederholte sich nicht weniger rasch in Großbritannien, wo die Bücher in gerade eben achtzehn Monaten eine halbe Million verkaufter Exemplare erreichten.

Seither hat Donaldson eine Folge von – wie er es nennt – ›Opernphantasien‹ verfaßt und darin seltsame, schöne, unheimliche Landschaften beschrieben, wo trotz eines ständig anwesenden Gefühls des Verhängnisses seine besondere Art wilder Magie Hoffnung bietet – die Grundessenz der heroischen Fantasy. ›Es war einmal ein Tier ...‹ ist eine seiner wenigen Kurzgeschichten und wurde im Januar 1979 im Magazine of Fantasy and Science Fiction veröffentlicht. Sie benutzt auf unterhaltsame Weise ein klassisches Fantasy-Thema vor der Folie einer Technokratie der Zukunft, um eine Geschichte zu weben, die das Thema dieses Abschnitts hübsch umschließt.

STEPHEN DONALDSON

Es war einmal ein Tier...

Norman war ein gegen alles vollkommen abgesicherter, vollkommen normaler Mann. Er lebte mit seiner Frau und seinem Sohn zusammen, die beide gegen alles vollkommen abgesichert und vollkommen normal waren, in einer vollkommen normalen, vollkommen sicheren Welt. Sein ganzes Leben lang war es so gewesen. Als er daher an jenem Morgen aufwachte, erschien ihm alles wie immer vollkommen in Ordnung. Er hatte nicht die leiseste Ahnung dessen, was bereits begonnen hatte, in ihm vorzugehen.

Wie üblich erwachte er beim Signal des kybernetisch an seinem Handgelenk befestigten Biometers, und wie üblich drückte er als erstes den Knopf, der den LED-Text einschaltete. Grünlich flimmerte die Information über den kleinen Bildschirm, und wie üblich las Norman: ›Es geht dir gut.‹ Er brauchte sich vor nichts zu fürchten.

Wie üblich wußte er auch nicht, was er hätte tun können, wenn das Biometer etwas anderes angezeigt hätte.

Sally, seine Frau, war schon aufgestanden. Ihr Signal ertönte vor seinem, damit sie genug Zeit hatte, vor Norman das Badezimmer zu benutzen und das Frühstück zu bereiten. So wurde unerfreuliche Hetzerei vermieden. Norman rollte sich sogleich aus dem Bett und ging wie vorgeschrieben ins Bad, damit er nicht zu spät zur Arbeit und sein Sohn Enwell nicht zu spät zur Schule käme.

Im Badezimmer fand er alles wie immer. Obgleich

Sally es gerade benutzt hatte, war das Vakuum-Waschbecken blitzblank, und die Toilette sah wie neu aus. Er konnte nicht einmal einen Hauch von Wärme seiner Frau auf der Brille spüren. Alles war vollkommen sicher, vollkommen normal. Das einzige, was sich geändert hatte, war sein Abbild im Spiegel.

Die harte Schwellung in der Mitte seiner Stirn kam ihm merkwürdig vor. Er hatte sie noch nie gesehen. Automatisch schaltete er sein Biometer ein, aber die Antwort lautete wieder: ›Es geht dir gut.‹ Das schien auch zu stimmen. Er fühlte sich nicht krank – und er war, soweit er wußte, der einzige Mensch, der den Begriff ›krank sein‹ verstand. Die Beule schmerzte nicht im geringsten. Dennoch empfand er eine gewisse Unruhe. Er verließ sich vollkommen auf sein Biometer, und es hätte ihm eigentlich sagen müssen, was vorging.

Er untersuchte die Beule eingehend. Sie war hart wie ein Knochen. Tatsächlich schien sie ein Teil seiner Schädeldecke zu sein. Sie erinnerte ihn an etwas, und er mußte erst in Gedanken verschiedene Bücher durchblättern, die er gelesen hatte, bis er auf das stieß, was er suchte. Die Schwellung sah aus wie die Basis eines Horns oder, besser gesagt, wie die Sprosse eines neuen Geweihs. Er hatte Abbildungen davon in Büchern gesehen.

Das ergab noch weniger Sinn. Als er im Badezimmer fertig war, zeigte sein Gesicht einen ungewöhnlich grüblerischen Ausdruck. Er kehrte ins Schlafzimmer zurück, um sich anzuziehen, und ging dann zum Frühstück in die Küche.

Sally stellte gerade sein Essen auf den Tisch – das gleiche Frühstück, das sie ihm immer wieder servierte – den gleichen Saft, etwas Getreidekost und Sojaschinken – eine vollkommen sichere Mahlzeit, die ihn den Vormittag über mit Energie versorgte, ohne daß er zunahm oder krank werden konnte. Er setzte sich, um dieses Frühstück wie immer zu essen, doch als Sally sich ihm gegenüber hinsetzte, blickte er sie an und fragte: »Was habe ich da für ein Ding an der Stirn?«

Seine Frau hatte ein rundes, lebhaftes Gesicht, dessen Konturen im Laufe der Jahre nach und nach verflacht waren. Sie schaute kurz auf die Beule, doch ihre Augen blickten verständnislos. »Geht es dir gut?« fragte sie.

Er drückte den Knopf an seinem Biometer und zeigte ihr, daß alles mit ihm in Ordnung war.

Automatisch kontrollierte sie ihr eigenes Biometer und erhielt die gleiche Antwort. Diesmal runzelte auch sie die Stirn. »Es sollte nicht dasein«, sagte sie.

Enwell betrat die Küche, und Sally ging hinaus, sein Frühstück zu holen. Enwell war ein Junge und mußte noch wachsen. Er sah dem Essen wie ausgehungert entgegen und machte sich sofort darüber her. Er aß zu schnell. Doch Norman brauchte nichts zu sagen. Enwells Biometer summte leise, und in freundlichen gelben Buchstaben erschien der Hinweis: ›Du mußt langsamer essen.‹ Achselzuckend gehorchte Enwell.

Norman lächelte über den Gehorsam seines Sohnes, krauste dann aber wieder die Stirn. Er verließ sich immer auf sein Biometer. Er hätte die Schwellung an seinem Kopf erklären müssen. Er wählte den entsprechenden Code und tippte die Eingabe: ›Ich brauche einen Arzt.‹ Ein Arzt würde wissen, was mit ihm los war.

Sein Biometer erwiderte: ›Es geht dir gut.‹

Die Antwort überraschte ihn nicht. Es war das normale Verhalten – das Biometer tat das, was es tun mußte – es beruhigte ihn. Er tippte wieder: ›Ich brauche einen Arzt.‹ Diesmal sagten die grünen Buchstaben sofort: ›Von der Arbeit entschuldigt. Geh zum Medizinischen Instiut, Raum 218.‹

Enwells Biometer signalisierte, daß es Zeit für ihn sei, zur Schule zu gehen. »Ich muß los«, murmelte er, als er vom Tisch aufstand. Falls er die Schwellung an der

Stirn seines Vaters gesehen hatte, so hielt er es nicht für notwendig, sie auch nur zu erwähnen. Kurz darauf hatte er das Haus verlassen – pünktlich wie immer.

Norman rieb an der Beule. Die harte knochige Verdickung beunruhigte ihn wieder. Er wehrte sich dagegen, sein Biometer noch mal zu fragen. Als er fertig gefrühstückt hatte, sagte er Sally auf Wiedersehen, wie er es immer tat, wenn er zur Arbeit ging. Dann verließ er das Haus, betrat die Garage und setzte sich in seinen Wagen.

Nachdem er sich angeschnallt hatte, drückte er die Adresse des Medizinischen Instituts in die Eingabe. Nicht, daß er schon mal dort gewesen wäre (tatsächlich kannte er niemanden, der je dort hingemußt hätte), er wußte vielmehr, wo das Medizinische Institut war, weil man das Gebäude von seiner Arbeitsstelle, der Staatlichen Bibliothek, aus sehen konnte. Sobald der Wagen auf die Adresse programmiert war, glitt er weich auf seinen vollkommen sicheren Ballonreifen aus der Garage und ordnete sich dort ohne Schwierigkeiten in den völlig normalen Verkehrsstrom ein.

Alle Häuser in dieser Straße sahen vollkommen gleich aus – in beiden Richtungen und auf eine lange Strecke, und wie üblich beachtete Norman sie nicht. Auf den Verkehr brauchte er auch nicht zu achten, weil sein Fahrzeug sich darum kümmerte. Sein Sitz war äußerst bequem, und so entspannte er sich in seinen Sicherheitsgurten und versuchte, nicht mehr an die Beule zu denken, bis sein Fahrzeug ihn vor dem Medizinischen Institut absetzte.

Das Gebäude war viel höher und größer als das der Staatlichen Bibliothek, aber abgesehen davon, glichen sie sich fast völlig. Beide waren leer bis auf die Menschen, die darin arbeiteten. Nicht, daß es Arbeit gegeben hätte, die getan werden mußte – die Leute arbeiteten nur hier, weil sie die Stellung brauchten. Auch innen waren beide Gebäude völlig gleich angelegt, und so fand Norman ohne Schwierigkeiten den Weg zum Raum 218.

Raum 218 befand sich in der Iatrogenischen Abteilung. Im Vorzimmer stand ein Schreibtisch mit einem Computer, ähnlich dem, den Norman in der Bücherei benutzte, und an diesem Schreibtisch saß eine junge Frau mit blondem Haar und verlegen blickenden Augen. Als Norman das Büro betrat, starrte sie ihn an, als ob er krank sei. Er berührte unwillkürlich seine Beule und runzelte die Stirn. Aber sie starrte gar nicht seine Stirn an. Nach einiger Zeit sagte sie: »Es ist so lange her – ich habe vergessen, was ich tun muß.«

»Vielleicht sollte ich Ihnen meinen Namen nennen«, meinte er.

»Das könnte es sein«, sagte sie. Ihre Stimme klang erleichtert. »Ja, ich glaube, das ist richtig. Sagen Sie mir Ihren Namen.«

Er nannte ihn. Sie blickte suchend auf das Gerät, drückte dann einen Knopf, um irgendein Programm einzuschalten. »Was jetzt?« fragte er.

»Ich weiß es nicht«, sagte sie. Es war ihr anscheinend peinlich, daß sie sich nicht auskannte.

Norman wußte auch nicht Bescheid. Doch fast im gleichen Augenblick öffnete sich die Tür zum Büro nebenan. Die Frau zuckte die Achseln, und Norman trat ein.

Man hatte dieses Büro auf Gemütlichkeit hin eingerichtet, aber mit der Luftkontrolle schien etwas nicht in Ordnung zu sein. Alles war völlig verstaubt. Als Norman sich auf den einzigen Stuhl setzte, wirbelte der Staub hoch, und Norman mußte husten.

»Ich bin Dr. Brett«, sagte eine Stimme, »Sie scheinen Husten zu haben.«

Die Stimme kam aus einem Gerät, das dem Stuhl gegenüber stand. Dr. Brett war offensichtlich ein Computer, der genauso aussah wie der Direktor der Staatlichen Bibliothek. Normans Unruhe ließ sogleich nach.

Natürlich vertraute er einem solchen Computer. »Nein«, sagte er. »Es ist der Staub.«

»Aha, der Staub«, sagte der Computer. »Ich werde anordnen, daß man ihn entfernt.« Seine Stimme klang weise und alt und sehr rostig. Einen Augenblick später fuhr er fort: »Mit meinen Antennen scheint etwas nicht zu stimmen. Ich finde, Sie sehen gesund aus.«

Norman sagte: »Mein Biometer behauptet, es ginge mir gut.«

»Nun, dann sind meine Antennen doch in Ordnung. Wie ich schon sagte – Sie sind völlig gesund. Warum sind Sie hergekommen?«

»Ich habe eine Beule an der Stirn.«

»Eine Beule?« brummte Dr. Brett. »Sie scheint mir nicht krankhaft zu sein. Sind Sie sicher, daß es keine natürliche Anschwellung ist?«

»Ja«, Norman war einen Augenblick lang ungewöhnlich gereizt. Er betastete die Beule. Sie war so hart wie ein Knochen – nein, härter, so hart wie Stahl, wie Magnesit. Sie war so hart wie ein Wolfram-Diamant. Er fragte sich, warum er überhaupt hergekommen war.

»Natürlich, natürlich«, sagte der Arzt. »Ich habe Ihre Akte überprüft. Sie sind nicht mit der Beule geboren worden. Was, glauben Sie, kann es sein?«

Die Frage überraschte Norman. »Wie soll ich das wissen? Ich nahm an, Sie würden es mir sagen.«

»Sicher«, erklärte der Computer. »Sie können sich auf mich verlassen. Ich werde Ihnen genau sagen, was Sie tun müssen. Dafür bin ich hier. Das wissen Sie doch. Der Direktor der Staatlichen Bibliothek hat sich sehr lobend über Sie geäußert. Es steht in Ihrer Akte.«

Die Stimme der Maschine ließ Normans Ärger verpuffen. Er vertraute seinem Biometer. Er vertraute Dr. Brett. Er machte es sich auf seinem Stuhl bequem und war gespannt, was er nun über die Beule erfahren würde. Aber sogar diese leichte Bewegung wirbelte Staub auf. Er nieste zweimal.

Dr. Brett sagte: »Sie scheinen erkältet zu sein.«

»Nein«, erwiderte Norman. »Es ist der Staub.«

»Aha, der Staub«, sagte Dr. Brett. »Vielen Dank für Ihr Kommen.«

»Vielen Dank für ...?« Norman war überrascht und plötzlich sehr beunruhigt. Er fühlte, daß er aufpassen mußte. »Wollen Sie mir nicht sagen, was es ist?«

»Sie brauchen sich keine Sorgen zu machen«, versicherte der Arzt. »Sie sind völlig gesund. Es wird in ein paar Tagen von selbst weggehen. Vielen Dank für Ihr Kommen.«

Die Tür stand offen. Norman starrte den Computer an. Sein Direktor benahm sich nie so. Norman war bestürzt. Aber er fragte nicht weiter. Er war jetzt vorsichtig. Er sagte: »Vielen Dank, Doktor«, und verließ das Büro. Die Tür schloß sich hinter ihm.

Die Frau im Vorzimmer saß noch immer an ihrem Schreibtisch.

Als sie Norman sah, nickte sie ihm zu. »Können Sie mir vielleicht helfen?« fragte sie.

»Ja?« meinte er.

»Mir ist jetzt eingefallen, was ich tun muß«, sagte sie. »Wenn Sie mit dem Doktor gesprochen haben, erhalte ich seine Anweisungen« – sie tippte etwas in die Eingabe – »und muß sie Ihnen erklären. Aber es ist noch nie jemand hiergewesen. Und als ich die Stelle bekam, habe ich nicht angegeben« – sie wich Normans Blick aus –, »daß ich nicht lesen kann.«

Norman wußte, was sie meinte. Natürlich konnte sie ihr Biometer lesen – jeder konnte das. Aber außer hierfür wurde Lesen nicht mehr gelehrt. Enwell lernte in der Schule ganz gewiß nicht lesen. Man brauchte nicht mehr lesen zu können. Abgesehen von den Angestellten in der Staatlichen Bibliothek, kannte Norman außer sich selbst keinen einzigen Menschen, der wirklich lesen konnte. Deshalb kam auch nie jemand, um die Bücherei zu benutzen.

Aber er war jetzt vorsichtig. Er lächelte die Frau beruhigend an und ging um den Schreibtisch herum, um einen Blick auf ihr Gerät zu werfen. Sie tippte gerade die Aufforderung zur Textdurchgabe in die Tastatur.

Sogleich hüpften grellrote Buchstaben über den Bildschirm.

Die Nachricht lautete:

> GEHEIM VERTRAULICH INTERN
> PERSOENLICH GEHEIMcyclecy
> UNTER KEINEN UMSTAENDENcy
> WIEDERHOLE UNTER KEINENcy
> UMSTAENDEN PATIENT DIAGNO-
> SE ZEIGEN ODER DEREN IN
> HALT MITTEILENcyclecyclec

Es folgten Zahlenreihen, die Norman nicht verstand. Dann sagten die Buchstaben:

> AEUSSERST DRINGLICHcyclec
> TRANSMIT SOFORT AN HAUPT-
> HOSPITAL NOTABTEILUNG WIE-
> DERHOLE NOTABTEILUNGcyclec
> AEUSSERST DRINGLICHcyclecy

»Transmit«, sagte die Frau. »Das bedeutet, ich muß die Nachricht ans Hospital durchgeben.«

Ihre Hand bewegte sich auf die zum Senden bestimmten Knöpfe zu.

Norman packte sie beim Handgelenk und hielt sie zurück. »Nein«, sagte er. »Das ist es nicht. Es bedeutet etwas anderes.«

Die Frau sagte: »Ach ja?«

Die leuchtend roten Buchstaben schrieben weiter:

> DIAGNOSEcyclecyclecyclecy
> PATIENT LEIDET UNTERcycle
> SCHWEREM GENETISCHEN ZU-
> SAMMENBRUCH IM ZWISCHEN-

STADIUM TOTALE WIEDERHOLE
TOTALE STRUKTURELLEcyclec
UMWANDLUNG IM GANGEcyclec
TRANSMUTATION NICHT AUF-
ZUHALTENcyclecyclecyclec
PROGNOSEcyclecyclecyclec
PATIENT WIRD GEFAEHRLICH
UND WIRD ANDEREN ANGSTcy
EINJAGEN WIEDERHOLEcycle
BEHANDLUNGcyclecyclecycl
UNTERSUCHUNG EMPFOHLENcy
ABER VERNICHTUNG DES PA-
TIENTEN UNUMGAENGLICHcyc
WIEDERHOLE UNUMGAENGLICH
BALDIGST DURCHFUEHRENc

»Was hat man gesagt?« fragte die Frau.

Norman schwieg einen Augenblick lang. Seine Beule war so hart, als habe man einen Magnesitnagel in seinen Schädel getrieben. Dann antwortete er: »Man sagt, ich brauche Ruhe. Man sagt, ich habe zu schwer gearbeitet. Man sagt, ich solle zum Hospital gehen, falls mir morgen nicht besser ist.« Bevor die Frau ihn zurückhalten konnte, drückte er den Knopf, der den Speicher des Datenanschlusses löschte. Der Computer war genau wie der, den er in der Staatlichen Bibliothek bediente, und er wußte, was zu tun war. Nachdem er alles gelöscht hatte, programmierte er das Gerät auf Streichung sämtlicher Ereignisse des Tages. Dann fütterte er es zusätzlich mit einem Annulierungsprogramm, um alles, was im Computer über ihn gespeichert war, zu löschen. Er wußte nicht, inwieweit dies helfen würde, aber er tat es trotzdem.

Er nahm an, die Frau würde versuchen, ihn zurückzuhalten, aber sie ließ ihn gewähren. Sie hatte nicht die leiseste Ahnung, was er tat.

Er schwitzte, und sein Puls raste. Er war so aufgeregt, daß er Magenschmerzen bekam. Das war ihm noch nie passiert. Er verließ das Büro, ohne weiter mit der Frau zu reden. Seine Knie zitterten. Als er den Flur der latrogenischen Abteilung hinunterging, versicherte ihm sein Biometer in blauen beruhigenden Buchstaben: ›Es wird dir gleich wieder besser gehen. Es wird dir gleich wieder besser gehen.‹

Seine Streichungen hatten offensichtlich Erfolg. In den nächsten Tagen ereignete sich nichts, was auf Dr. Betts Meldung hinwies. Als er vom Medizinischen Institut nach Hause kam, zeigte sein Biometer wieder die gewohnte grüne Farbe: ›Es geht dir gut.‹ Es war bewußte Beeinflussung. Er fühlte sich nicht gut. Er war tief beunruhigt. Aber er wollte von seinem Biometer nicht ins Haupt-Hospital geschickt werden. Während sein Wagen ihn nach Hause fuhr, zwang er sich daher, so zu tun, als fühle er sich wohl. Merkwürdigerweise beruhigte ihn die Berührung seiner Beule, und nach kurzer Zeit waren Puls, Blutdruck, Atem und Reflexe bei ihm so normal wie immer.

Und zu Hause schien auch alles vollkommen normal, vollkommen sicher. Er wachte jeden Morgen beim Signal seines Biometers auf, ging zur Arbeit beim Signal seines Biometers, aß zu Mittag beim Signal seines Biometers. Es beruhigte ihn. Es beruhigte ihn, daß sein Biometer so gut auf ihn aufpaßte. Ohne sein Biometer hätte er vielleicht den ganzen Tag ohne zu essen gearbeitet, hätte gelesen, den Berg ausrangierter Bücher im Lagerraum sortiert und sie in den Referenz-Computer gefüttert. In diesen Stunden verließ ihn seine Besorgnis. Abends ging er wieder beim Signal seines Biometers nach Hause.

Doch zu Hause kehrte sein Unruhe zurück. Irgend etwas ging in ihm vor.

Jeden Morgen merkte er im Spiegel, daß seine Beule wieder ein wenig gewachsen war. Man konnte jetzt klar erkennen, daß es ein Horn war – ein langes spitzes Ding, weiß wie ein Knochen. Es steckte voller Kraft. Als es über vier Zoll lang war, probierte er es am Spiegel aus. Der Spiegel war aus Glasstalil, damit er nie zerbrechen und niemand sich daran verletzen konnte. Aber Norman zerkratzte ihn ohne jede Schwierigkeit mit der Spitze seines Horns. Ihn zu zerkratzen bereitete Norman nicht die geringste Mühe.

Aber das war nicht die einzige Veränderung. Die Sohlen seiner Füße wurden härter. Seine Füße schienen zu schrumpfen. Sie begannen, wie Hufe auszusehen.

Feine weiße Haarbüschelchen, so rein wie der Himmel, sprossen an seinen Waden und in seinem Nacken. Etwas, das wie ein Schwanz aussah, wuchs am unteren Ende seines Rückens.

Aber all dies war für ihn kein Grund zur Besorgnis. Und er war auch nicht besorgt, weil er dachte, es könne jemand vom Hospital kommen, um ihn zu vernichten. An so was dachte er überhaupt nicht. Er war vorsichtig: Er zwang sich, nie an etwas zu denken, das sein Biometer hätte veranlassen können, Hilfe herbeizurufen. Nein, was ihn beunruhigte, war, daß er nicht verstand, wie Sally und Enwell sich dem gegenüber verhielten, was mit ihm vorging.

Sie taten gar nichts. Sie übersahen die Veränderungen an ihm, so als ob er genauso wie immer aussähe.

Ihnen erschien alles vollkommen normal, vollkommen sicher.

Anfangs beunruhigte es ihn. Dann wurde er ärgerlich. Etwas ungeheuer Wichtiges ging mit ihm vor – und sie bemerkten es nicht einmal. Schließlich wurde er eines Morgens beim Frühstück so zornig, daß er alle Vorsicht vergaß. Enwells Biometer signalisierte, daß es für ihn Zeit sei, zur Schule zu gehen. Er murmelte: »Ich muß los« und stand auf. Bald darauf hatte er das Haus verlassen. Norman blickte seinem Sohn nach. Dann sagte er zu Sally: »Wer hat ihm das beigebracht?«

Sie schaute nicht von ihrem Sojaschinken hoch. »Was beigebracht?« fragte sie.

»In die Schule zu gehen«, sagte er. »Seinem Biometer zu gehorchen. Wir haben ihm das nicht beigebracht.«

Sally hatte den Mund voll. Sie schluckte. Dann sagte sie: »Jeder tut es.«

Die Art, wie sie es sagte, ließ seine Muskeln anschwellen. Schweiß lief ihm den Rücken hinunter. Ihn packte ein Verlangen mit der Hand auf den Tisch zu schlagen – mit der harten flachen Stelle in seiner Handfläche. Er war sicher, er könnte den Tisch zertrümmern.

Im gleichen Moment leuchtete sein Biometer auf. Automatisch folgte er dem Signal und verließ den Tisch. Er wußte, was er tun mußte. Er wußte immer, was er zu tun hatte, wenn sein Biometer ihm ein Signal gab. Er ging in die Garage hinaus und stieg in seinen Wagen. Er schnallte sich an. Er nahm nicht zur Kenntnis, was er tat, bis er sah, wie seine Hände die Adresse des Haupt-Hospitals tippten.

Sofort löschte er die Adresse wieder, streifte den Gurt ab und stieg aus dem Fahrzeug. Sein Herz schlug zu schnell. Sein Biometer sagte, ohne gefragt worden zu sein: ›Fahr zum Krankenhaus, fahr zum Krankenhaus! Es wird dir gleich wieder besser gehen.‹ Die Buchstaben waren gelb.

Seine Hände zitterten. Aber er brachte es fertig und tippte ein: ›Es geht mir gut.‹ Dann ging er ins Haus zurück.

Wie immer nach dem Frühstück räumte Sally die Küche auf. Sie sah ihn nicht an.

»Sally«, sagte er. »Ich möchte mit dir reden. Etwas geht mit mir vor.«

»Es ist Zeit, die Küche aufzuräumen«, sagte sie. »Ich habe das Signal gehört.«

»Räum die Küche später auf«, sagte er. »Ich möchte mit dir reden. Etwas geht mit mir vor.«

»Ich habe das Signal gehört«, sagte sie. »Es ist Zeit, jetzt die Küche aufzuräumen.«

»Sieh mich an!« sagte er.

Sie schaute ihn nicht an. Ihre Hände fegten geschäftig Reste des Sojaschinkens in die Vakuum-Spüle, wo sie fortgesaugt wurden.

»Sieh mich an!« sagte er. Er packte sie bei den Schultern und zwang sie, ihn anzusehen. Es war leicht. Er war stark.

»Sieh meine Stirn an!«

Sie schaute ihn nicht an. Ihr Gesicht verzog sich, bis es knotig und faltig aussah. Es wurde rot. Dann begann sie zu weinen. Sie wimmerte und wimmerte, ihre Beine knickten ein. Als er sie losließ, sank sie wie ein Häufchen Elend zu Boden und wimmerte weiter.

Ihr Biometer beruhigte sie in blauen Buchstaben: ›Es wird dir gleich wieder besser gehen. Es wird dir gleich wieder besser gehen.‹ Aber sie achtete nicht darauf. Sie weinte, als ob sie vor Angst wahnsinnig sei.

Norman wurde übel. Doch jetzt kehrte seine Vorsicht zurück. Er verließ seine Frau und ging wieder in die Garage. Er stieg in den Wagen und wählte eine Adresse in der gleichen Straße, nur zehn Häuser von seiner Wohnung entfernt. Sein Fahrzeug glitt aus der Garage und ordnete sich in den vollkommen normalen Verkehrsstrom ein. Als er bei der gewünschten Adresse ankam, stieg Norman nicht aus. Er blieb sitzen und beobachtete die Straße.

Es dauerte nicht lange, und ein Krankenwagen hielt vor seinem Haus. Männer in weißen Kitteln gingen hinein. Als sie wieder herauskamen, trugen sie Sally auf einer Bahre. Sie hoben sie behutsam in den Krankenwagen und fuhren weg.

Da er nicht wußte, was er sonst tun sollte, gab er seinem Wagencomputer die Adresse der Staatlichen Bibliothek an und fuhr zur Arbeit. Sein vorsichtiges Ich sagte ihm, daß sein Biometer sein Freund war, aber er wußte jetzt auch, daß es nicht mehr lange dauern konnte, bis es ihn verriet. Der Aufruhr in seinen Genen begann zu stark zu werden. Er konnte es nicht viel länger verheimlichen. Und noch immer wußte er nicht, was mit ihm vorging. Er wollte die Zeit, die ihm blieb, dazu benutzen, es herauszufinden. Hierfür war die Bücherei der beste Ort.

Doch als er vor seinem Schreibtisch mit dem gleichen Computerterminal wie dem in Dr. Bretts Vorzimmer stand, wußte er nicht, was er tun sollte. Er hatte sich nie vorher mit Forschung befaßt. Er kannte auch niemanden, der je Forschung betrieben hätte. Seine Aufgabe war es, Bücher zu sortieren und den Referenz-Computer damit zu füttern. Er wußte nicht einmal, wonach er suchte.

Dann hatte er eine Idee. Er fütterte die Daten seines Terminals in den Referenz-Computer und programmierte ihn auf automatische Forschung. Anschließend tippte er seine Frage ein, wobei er den Code für persönliche Information benutzte. Dieser Code verhinderte, daß persönliche Fragen und Antworten das allgemeine Bibliotheksnetz blockierten und den Direktor unnötig belästigten. Norman fragte:

ICH HABE HUFE, EINEN SCHWANZ,
WEISSE HAARE UND EIN HORN MITTEN
AUF DER STIRN. WAS BIN ICH?

Kurz darauf erschienen auf dem Bildschirm Zahlen, aus denen Norman ersehen konnte, daß seine Antwort aus der *Encylopedia Americana 1976* kam. Diese Enzyklopädie war seit einem Jahrhundert überholt, aber es war die modernste Ausgabe in der Bibliothek. Anscheinend hatten sich die Menschen schon lange nicht mehr die Mühe gemacht, Enzyklopädien zu verfassen.

ANTWORTcyclecycleEINHORNc
DATEN FOLGENcyclecyclecyc

Normans Unruhe nahm plötzlich zu. Er hatte einen bitteren Geschmack im Mund, während er den Text überflog.

DAS EINHORN IST EIN MYTHO-
LOGISCHES TIER MEIST DAR-
GESTELLT ALS GROSSEScycle
PFERD MIT EINEM EINZIGENc
HORN AUF DER STIRNcyclecy

Schweiß floß Norman in die Augen. Er verpaßte ein paar Reihen, während er blinzelte und versuchte, wieder klar zu sehen.

DAS EINHORN WAR SYMBOLcyc
FUER KEUSCHHEIT UND REIN-
HEIT KAEMPFTE ABER WILDcy
WENN IN DIE ENGE GETRIE-
BEN ES KONNTE DURCH DIEc
HAND EINER JUNGFRAU GE-
ZAEHMT WERDEN IN MANCHEN
INTERPRETATIONEN WIRD ES
MIT DER JUNGFRAU MARIAcy
IN VERBINDUNG GEBRACHTcy
IN ANDEREN STELLT EScycl
CHRISTUS DEN ERLOESERcyl
DARcyclecyclecyclecyclec

Zu seiner Verwunderung zeigte man ihm dann das Bild eines Einhorns. Es bäumte sich hoch auf mit seinen starken, ebenmäßigen Beinen, und sein Fell leuchtete so hell wie die Sterne, seine Augen blitzten, seine Mähne wehte im Wind. Sein langes weißes Horn war voller Kraft wie die Sonne. Bei seinem Anblick verwandelte sich Normans Angst und Unruhe in Freude. Das Einhorn war wundervoll. Es war schön. Er würde schön sein. Lange Zeit hielt er das Bild auf dem Gerät fest und starrte es an. Er konnte sich nicht davon losreißen.

Doch als seine Freude sich langsam legte und der Bildschirm dunkel wurde, begann er nachzudenken. Ihm war, als dächte er zum erstenmal in seinem Leben nach. Seine Überlegungen waren klar und notwendig und schnell.

Er begriff, daß er in Gefahr war. Die Gefahr ging von seinem Biometer aus. Es bedrohte ihn. Es war bloß ein winziges Ding, ein Metasensor, der seinen Körper auf Krankheiten hin abhorchte, aber es war mit den riesigen Computern im Haupt-Hospital verbunden, und wenn seine Formveränderung die Grenzen der Sicherheit und Vernunft überschritt, würde sein Biometer die Männer in den weißen Kitteln rufen. Zum erstenmal in seinem Leben interessierte er sich für sein Biometer. Er mußte mehr darüber erfahren.

Ohne zu zögern, tippte er seine Frage in den Referenz-Computer, wobei er wieder den Code für persönliche Informationen benutzte. Er fragte:

> WIE KAM ES ZUR EINFÜHRUNG DES BIOMETERS?

Der Computer brachte sofort Zahlen und dann den Text:

> WELTWEITE GEWALT KRIMINA-
> LITAET KRIEG WAHNSINN IM
> 20. JAHRHUNDERT ZEIGTENcyc
> MENSCHHEIT FAEHIG ZURcycl
> SELBSTVERNICHTUNG TREIBEN-
> DE KRAFT WAR ANGST WIEDER-
> HOLE ANGST FORSCHUNG BE-
> WIES MENSCHEN OHNE ANGST NICHT
> GEWALTTAETIG VERNUENFTIGcyclec
> POLIZEI ERZIEHUNG FRIEDENSVER-
> TRAEGE NICHT AUSREICHEND ANGST
> DER EINZELNEN MENSCHEN UNTERcy
> KONTROLLE ZU HALTEN VONcyclecy
> VERNUNFT REGIERTE MENSCHEN DA-

GEGEN NICHT ANFAELLIG FUERcycl
GEWALT MILITAERISCHE SICHER-
HEITSPAKTE POLIZEI WAFFENcycle
UEBERFLUESSIG WENN MENSCHENcyc
OHNE ANGSTcyclecyclecyclecycle
BEHANDLUNGcyclecyclecyclecycle
EINFUEHRUNG VON BIOMETERMEDI-
COMPUTERNETZ FUER ALLE MONITOR-
KONTROLLE PHYSIOLOGISCHER AN-
ZEICHEN VON ERREGUNG STRESScyc
KRANKHEIT PROGRAMMIERTE REAK-
TIONEN UM VERHALTEN ANGSTcycle
STAENDIG ZU KONTROLLIERENcycle
HINWEIScyclecyclecyclecyclecyclec
PAVLOW VERHALTENSKONTROLLEcycl
DURCH HYPNOSE IM UNTERBEWUSST-
SEINcyclecyclecyclecyclecyclec
ERFOLG DES BIOMETERPROGRAMMScy
ORDNUNG KEINE ANGSTcyclecyclec

Plötzlich verschwanden die grünen Buchstaben vom Bildschirm, und das Gerät brachte einen Text in Rot:

DATEN STREICHEN WIEDERHOLE
STREICHENcyclecyclecyclecy
MATERIALKLASSIFIKATION NUR
FUER DIENSTGEBRAUCH KEINEc
EINSICHTNAHME OHNE GENEH-
MIGUNG DES DIREKTORS DERc
STAATLICHEN BIBLIOTHEKcyc
VOR REAKTIVIEREN DES REFE-
RENZPROGRAMMS CODE FUERcy
GENEHMIGUNGSANTRAG WAEH-
LENcyclecyclecyclecyclec

Norman runzelte die Stirn rings um sein Horn. Er wußte nicht, was passiert war. Vielleicht war er rein zufällig auf eine Information gestoßen, die immer genehmigungspflichtig war, und hatte dabei automatisch das Streichungsprogramm des Computers ausgelöst. Oder vielleicht war es dem Direktor gerade jetzt gelungen, Normans Code für persönliche Informationen zu brechen, und er war dahintergekommen, was er tat. Wenn die Unterbrechung automatisch erfolgte, war Norman nicht sicher, wenn aber der Direktor ihn persönlich über Monitor abhorchte, blieb ihm nicht mehr viel Zeit. Er mußte es sofort wissen.

Er verließ seinen Schreibtisch und ging ins Büro des Direktors. Der Direktor sah fast genauso aus wie Dr. Brett. Norman war überzeugt, daß er ihn mit einem Tritt seines Fußes zertrümmern konnte. Er wußte, was zu tun war. Er sagte: »Herr Direktor.«

»Ja, Norman?« fragte der Direktor. Seine Stimme klang warm und weise wie die von Dr. Brett. Norman traute ihm nicht. »Fühlen Sie sich nicht wohl? Möchten Sie nach Hause gehen?«

»Mir geht es gut«, sagte Norman. »Ich hätte gern einige Bücher.«

»Einige Bücher?« fragte der Direktor. »Was meinen Sie?«

»Ich möchte ein paar Bücher ausleihen. Ich möchte sie mit nach Hause nehmen.«

»Aber natürlich«, sagte der Direktor. »Nehmen Sie sie mit. Und für den Rest des Tages sind Sie beurlaubt. Ruhen Sie sich etwas aus.«

»Danke«, sagte Norman. Er war sehr vorsichtig. Er hatte erreicht, was er wollte. Er wußte jetzt, daß der Direktor ihn überwacht und absichtlich seinen persönlichen Code gebrochen hatte. Er wußte auch, daß der Direktor die Information an das Haupt-Hospital weitergegeben hatte und daß ihm gesagt worden war, er, Norman, sei gefährlich. Niemand durfte Bücher aus der Staatlichen Bibliothek mitnehmen. Es war verboten, Bücher auszuleihen. Immer. Nicht einmal der Direktor konnte sich über dieses Gesetz hinwegsetzen, außer man hatte ihn auf eine Notsituation programmiert.

Norman war nicht mehr in Sicherheit. Aber er beeilte sich nicht. Das Haupt-Hospital sollte glauben, er habe keine Angst. Die Männer in den weißen Kitteln würden schneller hinter ihm her sein, wenn sie merkten, daß er sich fürchtete. Er ging ruhig, so als sei alles vollkommen sicher, vollkommen normal, zum Hauptmagazin, wo die Bücher verwahrt wurden, nachdem man sie sortiert und in den Referenz-Computer gefüttert hatte.

Er versuchte weder gründlich zu sein noch eine vollständige Auswahl zu treffen. Die Zeit langte nicht. Er nahm nur so viele Bücher, wie er tragen konnte, nur die Bücher von denen er wußte, daß er sie brauchte. Er nahm DIE MASKE, ein EINHORN und den MESSIAS, das VERZEICHNIS DER MÄRCHEN, MYTHEN UND LEGENDEN, DAS WISSEN DER WILDEN, die LAROUSSE ENZYKLOPÄDIE DER MYTHOLOGIE, DIE MASKEN GOTTES und das Buch PHANTASIEGESCHÖPFE. Er würde diese Bücher brauchen, wenn seine Umwandlung beendet war. Sie würden ihm sagen, was er dann tun mußte. Er versuchte nicht, noch irgendwelche andere zu finden. Die Bücher zärtlich wie einen Schatz an seine breite Brust drückend, verließ er die Staatliche Bibliothek.

Sein vorsichtiges Ich erwartete Schwierigkeiten mit dem Wagen, aber alles ging glatt. Er fuhr Norman wie immer nach Hause.

Als er das Haus betrat, merkte er, daß man Sally nicht zurückgebracht hatte. Enwell war noch in der Schule. Norman glaubte nicht, daß er die beiden je wiedersehen würde. Er war allein.

Er zog sich vollständig aus, denn er wußte, daß Einhörner keine Kleidung tragen. Dann setzte er sich ins Wohnzimmer und begann die Bücher zu lesen.

Er verstand sie nicht. Die meisten Wörter kannte er zwar, aber er konnte nicht begreifen, was sie ausdrückten. Anfangs war er ziemlich enttäuscht über sich. Er fürchtete, er würde kein sehr gutes Einhorn werden. Doch dann begriff er: Die Bücher blieben unverständlich für ihn, weil er noch nicht bereit für sie war. Seine Umwandlung war noch nicht vollendet. Sobald sie vollendet war, würde er die Bücher verstehen. Voller Freude stieß er mit dem Horn in die Luft. Dann ließ er sich von seiner Vorsicht leiten und verbrachte den Rest des Tages damit, aus dem ersten Buch, PHANTASIEGESCHÖPFE, soviel er konnte auswendig zu lernen. Er wollte sich absichern, falls seine Bücher verlorengingen oder beschädigt würden.

Es wurde dunkel, und er lernte immer noch. Er war nicht müde. Sein Horn stärkte ihn. Aber dann hörte er ein summendes Geräusch in der Luft. Es war leise und beruhigend, und er wußte nicht, wie lange es schon ertönte. Es kam von seinem Biometer. Tief in seinem Inneren berührte er eine Stelle, die ihm gehorchte. Er legte sich auf die Couch und schlief ein.

Aber es war nicht der Schlaf, an den er gewöhnt war. Er war weder tief noch ruhig. Etwas in ihm wehrte sich dagegen, wehrte sich gegen das einlullende Gesumm. Wilde Träume plagten ihn, und er war innerlich von Gefühlen aufgewühlt. Eines dieser Gefühle war Unruhe. Nein, war viel stärker als Unruhe – es mußte Angst sein. Es zwang ihn schließlich, die Augen zu öffnen.

Im Wohnzimmer brannten die Lampen, und vier Männer in weißen Kitteln standen um ihn herum. Jeder von ihnen trug eine Strahlenpistole. Alle Strahlenpistolen waren auf ihn gerichtet.

»Sie brauchen keine Angst zu haben«, sagte einer der Männer. »Wir werden Ihnen nicht weh tun. Es wird Ihnen gleich wieder bessergehen. Alles wird wieder gut werden.«

Norman glaubte ihnen nicht. Er sah, wie die Männer die Strahlenpistolen umklammerten. Er sah, daß die Männer Angst hatten. Sie hatten vor ihm Angst.

Er schnellte von der Couch hoch und sprang. Seine Beine waren ungeheuer stark. Der Sprung trug ihn über die Köpfe der Männer hinweg. Dabei stieß er gegen einen von ihnen. Blut drang aus der Stirn des Mannes, bespritzte seinen Kittel. Der Mann fiel zu Boden und rührte sich nicht mehr.

Der Mann, der Norman am nächsten stand, feuerte seine Pistole ab. Doch Norman blockierte den hervorschießenden Strahl mit seinem harten flachen Handballen. Seine Finger krümmten sich zu einem Huf zusammen, und er trat den Mann gegen die Brust. Auch er stürzte zu Boden.

Die anderen beiden Männer versuchten fortzulaufen. Sie hatten Angst vor Norman. Sie rannten auf die Tür zu. Norman sprang ihnen nach und stieß sein Horn in den einen. Der Stoß schleuderte ihn auf den anderen Mann, und beide krachten gegen die Tür, fielen nieder und rührten sich nicht mehr. Der Rücken des einen Mannes war voller Blut.

Normans Biometer zeterte in grellem Rot: ›Du bist krank! Du bist krank!‹

Der Mann, den Norman gegen die Brust getreten hatte, lebte noch. Er rang nach Luft. Sein Gesicht war weiß und vom Tode gezeichnet, aber er konnte noch eine Botschaft in sein Biometer tippen. Norman las sie von der Bewegung seiner Finger ab. Sie lautete: ›Haus hermetisch abriegeln. Er darf nicht entkommen. Nervengas einsetzen!‹

Norman ging zu dem Mann hinüber. »Warum?« fragte er. »Warum versucht ihr, mich zu töten?«

Der Mann blickte zu Norman hoch. Er war dem Tod zu nahe, um noch Angst zu haben. »Sie sind gefährlich«, sagte er. Er röchelte, Blut floß aus seinem Mund. »Sie sind eine tödliche Gefahr.«

»Warum?« fragte Norman. »Was geht mit mir vor?«

»Transmutation«, sagte der Mann. »Atavismus. Regression. Psychische Rückentwicklung. Sie werden zu etwas anderem. Zu etwas, das nie existiert hat.«

»Nie existiert hat?« fragte Norman.

»Du mußt begraben gewesen sein«, sagte der Mann. »Im Unterbewußtsein. All die Jahre. Es hat dich nie gegeben. Die Menschen haben dich erfunden. Vor langer Zeit. Sie haben an dich geglaubt. Sie brauchten den Glauben an dich – weil sie Angst hatten.«

Aus seinem Mund floß noch mehr Blut. »Wie konnte es nur geschehen?« hauchte er. Seine Stimme war sehr schwach. »Wir haben die Angst eingeschläfert. Es gibt keine Angst mehr, keine Gewalt mehr. Wie konnte es nur geschehen?« Dann setzte sein Atem aus. Nur seine Augen blieben offen und starrten die Dinge an, die er nicht begriff.

Norman empfand einen tiefen Schmerz. Er haßte zu töten. Ein Einhorn war kein wildes Tier, das tötete. Aber man hatte ihm keine Wahl gelassen. Er war in die Enge getrieben worden.

Sein Biometer gellte: ›Du bist krank.‹

Er wollte nicht wieder in die Enge getrieben werden. Er hob sein Handgelenk und berührte das Biometer mit der Spitze seines Horns. Metallstücke rissen ab, und hellrotes Blut rann seinen Arm hinunter.

Danach zögerte er nicht länger. Er nahm einen Kissenbezug von der Couch und stopfte seine Bücher hinein wie in einen Sack, um sie darin mitzunehmen. Dann ging er zur Tür und wollte das Haus verlassen.

Die Tür ließ sich nicht öffnen. Sie war mit schweren Stahlriegeln verschlossen, die er niemals vorher gesehen hatte. Sie mußten in den Wänden eingebaut gewesen sein. Anscheinend waren die Männer in den weißen Kitteln oder die Medicomputer auf alles vorbereitet.

Sie waren jedoch nicht auf ein Einhorn vorbereitet. Er

stürmte mit seinem Horn auf die Tür los. Sein Horn war so hart wie Stahl, so hart wie Magnesit. Es war so hart wie ein Wolfram-Diamant. Die Tür brach auf, und er rannte in die Nacht hinaus.

Draußen sah er noch mehr Krankenwagen die Straße herunterkommen. Aus beiden Richtungen näherten sie sich seinem Haus. Er wußte nicht, wohin er rennen sollte. So galoppierte er über die Straße und schoß durch die Tür des Hauses, das seinem gegenüberlag. Das Haus gehörte seinem Freund Barto. Er lief zu seinem Freund, weil er Hilfe brauchte.

Doch als Barto und seine Frau und seine zwei Töchter Norman sahen, erstarrten ihre Gesichter vor Angst. Die Töchter begannen wie Sirenen zu heulen. Barto und seine Frau warfen sich zu Boden und blieben dort zusammengeduckt kauern.

Norman brach durch die Hintertür wieder nach draußen und rannte auf den Lieferantenweg zwischen den Häuserreihen.

Meile um Meile stürmte er diesen Weg entlang. Anfangs verspürte er Trauer wegen der Angst seines Freundes, doch dann packte ihn große Freude über seine Stärke und Schnelligkeit. Er war stärker als die Männer in den weißen Kitteln, schneller als Krankenwagen. Und außer ihnen brauchte er nichts zu fürchten. Die Medicomputer konnten nicht selbst hinter ihm herjagen. Jetzt, da er kein Biometer mehr hatte, wußten sie nicht einmal, wo er war. Und sie besaßen keine anderen Waffen, um ihn zu bekämpfen, als Männer in weißen Kitteln und Krankenwagen. Zum erstenmal in seinem Leben war er frei und stark und voller Freude.

Als der Tag anbrach, kletterte er auf die Dächer der Häuser. Hier fühlte er sich sicher, und als er müde wurde, schlief er dort oben ganz allein, sein Gesicht zum Himmel gerichtet.

So verbrachte er viele Tage – er streifte durch die

Stadt, las seine Bücher und lernte sie auswendig – und wartete auf das Ende seiner Umwandlung. Wenn er hungrig war und essen mußte, plünderte er Läden und holte sich, was er brauchte, wenn auch das Entsetzen der Menschen, auf die er stieß, ihn mit Trauer erfüllte. Und nach einiger Zeit benötigte sein Körper andere Nahrung. Jetzt ging er nicht mehr in die Lebensmittelgeschäfte. Er tollte nachts in den Parks umher, suchte unter Bäumen nach Futter und fraß Gras und Blumen.

Und seine Umwandlung ging weiter. Seine Mähne und sein Schwanz wuchsen, bis sie dicht und lang waren. Sein Gesicht streckte sich, seine Zähne wurden stärker. Seine Füße formten sich zu Hufen, und der hornige Teil seiner Hände nahm zu. Weiße Haare, hell wie Mondlicht, überzogen Körper und Glieder und standen von seinen Knöcheln und Handgelenken in Büscheln ab. Sein weißes Horn wurde länger und immer spitzer.

Auch seine Gelenke formten sich um. Er mußte sie anders bewegen als sonst. Anfangs schmerzte es etwas, aber dann gewöhnte er sich daran, und der Schmerz ließ nach. Er wurde zu einem Einhorn. Er wurde schön. Manchmal glaubte er vor Freude bersten zu müssen über den Wandel, der mit ihm vorging.

Aber er verließ nicht die Stadt. Er verließ nicht die Menschen, obgleich sie Angst vor ihm hatten, obgleich ihre Angst in ihm ein Gefühl von Einsamkeit weckte, das er nie vorher gekannt hatte. Er wartete auf etwas. Irgend etwas in ihm war noch nicht fertig.

Zuerst glaubte er, er warte lediglich auf das Ende der Umwandlung. Doch allmählich begriff er, daß er in Wirklichkeit etwas suchte. Er war allein – und Einhörner waren nicht bestimmt, allein zu sein, nicht so. Er durchsuchte die Stadt nach anderen Menschen, die sich wie er veränderten.

Und endlich, eines Nachts, stieß er auf das riesige Gebäude des Haupt-Hospitals. Seine Suche hatte ihn hierher geführt. Wenn es Leute wie ihn gab, waren sie vielleicht von den Männern in den weißen Kitteln fortgeschafft worden und Gefangene in der Notabteilung des Hospitals. Vielleicht lagen sie dort hilflos, während die Medicomputer sie studierten und ihre Vernichtung planten.

Bei dem Gedanken blähte er voller Zorn die Nüstern und stampfte mit den Vorderhufen. Er wußte, was er zu tun hatte. Er versteckte seinen Büchersack an einem sicheren Ort. Dann senkte er den Kopf, stürmte die Straße entlang und griff das Hospital an.

Sein Horn riß das Eingangsportal nieder, und schon donnerte er durch die Korridore. Voller Entsetzen flohen die Menschen vor ihm. Männer und Frauen griffen nach ihren Strahlenpistolen und versuchten, sie auf ihn abzufeuern, doch er schleuderte sie mit seinem Horn beiseite, so daß sie zu Boden stürzten. Wütend raste er weiter auf der Suche nach der Notabteilung.

Man hatte das Haupt-Hospital nach dem gleichen Plan wie das Medizinische Institut und die Staatliche Bibliothek gebaut. So fand er sich leicht zurecht und kam bald in die Notabteilung mit ihren vielen Räumen. Er brach die Türen ein und durchsuchte Zimmer für Zimmer. Überall lagen Kranke. In der Notabteilung ging es offensichtlich geschäftig zu. Nie hätte er geglaubt, daß so viele Menschen krank und gefährlich wären. Aber keiner von ihnen war das, wonach er suchte. Niemand war im Zustand der Transmutation. Alle litten und starben an physischen oder geistigen Krankheiten. Wenn man Menschen wie ihn hierher gebracht hatte, so waren sie bereits vernichtet worden.

Er sah rot. Wütend raste er durch die Säle.

Und plötzlich kam er in den großen Raum, wo die Medicomputer lebten. Da standen sie in Reihen vor ihm. Ihre Bildschirme funkelten ihn bösartig an, und ihre Stimmen kreischten. Er hörte, wie einige von ihnen im Chor schrien: »Alarmzustand 1! Atmosphärische

Kontrolle, Nervengas einsetzen! Totale Vergasung sämtlicher Stockwerke!«

Sie wollten ihn umbringen. Sie wollten alle Menschen im Hospital umbringen.

Die Medicomputer bestanden aus Magnesit und Plasmium. Ihre Schaltanlagen waren feuerfest. Doch gegen die Wucht seines Horns waren sie nicht abgesichert. Als er sie angriff, begannen sie zu brennen, weißglühend wie die Sonne.

Er hörte Gas in die Luft zischen, atmete tief ein und rannte los.

Das Gas strömte in alle Flure des Hospitals. Die Patienten starben. Männer und Frauen in weißen Kitteln starben. Norman begann zu fürchten, er könnte den Ausgang des Hospitals nicht erreichen, ohne Atem zu holen.

Im gleichen Augenblick entzündete sich das Gas am Feuer der Medicomputer. Es begann zu brennen. Sauerstoffflaschen explodierten. Labors gingen in Flammen auf. Die Feuerlöscher versagten in der Gluthitze von brennendem Magnesit und Plasmium. Als die Zylinder mit dem Nervengas platzten, riß die Wucht der Explosion Fußböden und Wände auseinander.

Norman schoß durch die Tür und galoppierte auf die Straße hinaus, hinter ihm das Haupt-Hospital ein einziges loderndes Flammenmeer.

Er sog die Nachtluft tief ein, kam rutschend auf der anderen Straßenseite zum Stehen und schüttelte die Funken aus seiner Mähne. Dann wandte er sich um und sah zu, wie das Hospital brannte.

Anfangs stand er allein auf der Straße. Die Leute, die in der Nachbarschaft wohnten, kamen nicht, um sich den Brand anzusehen. Sie hatten Angst. Sie versuchten auch nicht, den Menschen zu helfen, die sich aus den Flammen retten konnten.

Doch dann bemerkte er ein junges Mädchen, das zwischen den Häuserreihen hervorkam. Es trat auf die Straße hinaus, um dem Feuer zuzusehen.

Norman tänzelte zu ihm hinüber. Als er es erreicht hatte, bäumte er sich hoch auf.

Es lief nicht fort.

Es hatte eine Beule an der Stirn wie die Basis eines Horns oder die Sprosse eines neuen Geweihs. Auf den Lippen des Mädchens lag ein Lächeln, so als sähe es etwas sehr Schönes.

Und seine Augen zeigten nicht die geringste Furcht.

F. Anstey

Die Abenteuerfahrt zum Drachentöten ist eins der dauerhaftesten Themen der heroischen Fantasy, und es ist nur angemessen, sie hier durch einen Autor vertreten zu lassen, dessen Name fast wie ein Anagramm des Wortes ›Fantasy‹ klingt. Der bedeutende amerikanische Kritiker Everett F. Bleiler hat in seinem Führer durch die Literatur des Übernatürlichen (Guide to Supernatural Fiction, 1983) F. Anstey als ›überaus bedeutenden Autor humoristischer Phantastik des 19. Jahrhunderts‹ bezeichnet, und sein Einfluß reicht weit. Sein komisches Meisterwerk Vice Versa (Vice-Versa, 1885) über Vater und Sohn, die ihre Körper tauschen, und Die geschminkte Venus (The Tinted Venus, 1885), worin die Statue einer altgriechischen Göttin zum Leben erwacht, sind von Schriftstellern wie John Collier und Thorne Smith weiterverarbeitet und auch für Film und Fernsehen bearbeitet worden; die Themen einiger seiner Kurzgeschichten wie ›Das Abenteuer mit der Schneekugel‹ und ›Eine böhmische Tasche‹ – beide 1906 veröffentlicht – waren die Vorläufer etlicher zeitgenössischer literarischer Arbeiten. Robert Blochs Beitrag zu diesem Buch ist ein Beispiel für erstere, während Ansteys Reisetasche, die ihren eigenen Kopf hat, im Erfindungsreichtum und der Sturheit von Terry Pratchetts Truhe zu neuem Leben erwacht ist!

Der Name F. Anstey war eigentlich das Pseudonym von Thomas Anstey Guthrie (1856–1934) und ergab sich aus dem Irrtum eines Setzers. Der arme Mann las die Unterschrift als ›T. Anstey‹, doch mit charakteristisch guter Laune ließ der Autor den Fehler durchgehen und beschloß statt dessen, den Namen fortan bei allen seinen Arbeiten zu verwenden. Ursprünglich als Rechtsanwalt ausgebildet, hatte Anstey mit seinem ersten Roman Vice Versa so großen Erfolg, daß er die Juristerei aufgab und sich auf das Schreiben phantastischer Erzählungen konzentrierte, von denen viele in Punch und den anderen führenden Zeitschriften der viktorianischen Epoche erschienen. Als er 1915 *unerwartet ganz mit dem Schreiben aufhörte, um Molières Stücke für die Londoner Bühnen zu übersetzen, nahm sein Ruhm etwas ab, und erst als die Film- und Fernsehindustrie sein Werk auf den Bildschirm brachte, wurde sein Beitrag zur humoristischen Fantasy vollends gewürdigt.*

›Das Abenteuer mit der Schneekugel‹ zeigt Anstey von seiner besten Seite, wie er die Geschichte eines feigen Rechtsanwalts erzählt (der Schatten eines ehemaligen Kollegen?), der unerwartet in die Welt einer Schneekugel gerät und sich dort in die Rolle eines Drachentöters gedrängt sieht ...

F. Anstey

Das Abenteuer mit der Schneekugel

Ehe ich mit dem Bericht über ein Erlebnis beginne (mit Sicherheit wird es vielen so einzigartig erscheinen, daß es fast – wenn nicht vollends – unglaublich wirken muß), sollte ich vielleicht anmerken, daß ich Rechtsanwalt mit etlichen Jahren Berufspraxis bin und mich als keinen Menschen betrachte, dessen Einbildungskraft irgendwie übermäßig hervorstäche, noch bin ich – nach meinem besten Wissen und Glauben – jemals von anderen als solch ein Mensch betrachtet worden.

Es geschah letztes Jahr in der Weihnachtswoche. Ich war zu Fuß auf dem Heimweg von meinem Büro in New Square, Lincoln's Inn, wie es meine Gewohnheit ist – ausgenommen Fälle, in denen angesichts der Wetterlage derlei Übung an der frischen Luft gar zu dreist wäre –, und betrat unterwegs einen Spielwarenladen, in der Absicht, zum Fest ein Geschenk für ein kleines Patenkind von mir zu kaufen.

Wie zu dieser Jahreszeit nicht anders zu erwarten, war der Laden mit Kunden überfüllt, und ich mußte warten, bis einer der Verkäufer verfügbar war. Während ich wartete, wurde meine Aufmerksamkeit von einem Spielzeug auf der Ladentafel vor mir angezogen.

Es war eine Glaskugel, etwa von der Größe einer durchschnittlichen Apfelsine. Innen stellte es offenbar die Vorderfront einer Burg dar, vor der eine Figur stand, die an einem Faden einen birnenförmigen kleinen Luftballon mit roten und blauen Streifen hielt. Die Kugel war mit Wasser gefüllt, das aufgelöst einen weißen Niederschlag enthielt, welcher beim Schütteln die Wirkung eines Miniatur-Schneetreibens erzeugte.

Ich habe keine andere Erklärung für solch kindliches Verhalten, als daß ich gerade nichts Besseres zu tun hatte; jedenfalls befaßte ich mich damit, die Kugel zu schütteln und zuzuschauen, wie die winzigen Schneeflocken in der Flüssigkeit herumwirbelten, bis ich derart gefesselt war, daß ich meine Umgebung völlig vergaß. So daß ich nicht besonders überrascht war, als ich bemerkte – wie ich es tatsächlich tat –, daß dic Flocken auf den Ärmel meines Mantels fielen und dort tauten. Vor mir befand sich eine stabile Toreinfahrt, die zu einem burgähnlichen düsteren Bauwerk gehörte, das ich zuerst für Holloway Gaol hielt, obwohl es über mein Verständnis ging, wie ich so weit von meinem Weg hatte abweichen können.

Doch als ich mich umschaute, sah ich keinerlei Anzeichen von Vorstadthäusern, und mir wurde bwußt, daß ich mich irgendwie an einen Ort verirrt hatte, der mir gänzlich unvertraut war, sich aber offensichtlich jenseits der Stadtgrenze befand. Es schien mir am angebrachtesten zu sein, an das Tor zu klopfen und den Hausmeister zu fragen, wo ich mich befand und wie ich zur nächsten Bahnstation käme, doch ehe ich meine Absicht ausführen konnte, wurde in einem der Torflügel vorsichtig eine Pforte geöffnet, und es erschien ein Mann von altem und ehrwürdigem Aussehen. Er sah nicht wie ein gewöhnlicher Pförtner aus, trug aber eine eigentümliche Livree, die ich für die eines Seneschalls hielt – ich hatte zwar noch nie einen Seneschall gesehen, doch diesen Eindruck hatte ich von ihm. Wer immer er sein mochte, er schien sichtlich froh zu sein, mich zu erblicken. »Seid höchlichst willkommen, edler Sir!« sagte er mit brüchiger hoher Stimme. »Wohl hab ich gewußt, daß es meiner unglücklichen Herrin in ihrer mißlichen Lage nicht eines Beschützers gebrechen werde, wiewohl sie doch schon nahebei alle Hoffnung hat fahren lassen, daß Ihr noch kämet!«

Ich erklärte, daß ich kein angemeldeter Besucher, sondern einfach ein Fremder sei, den es rein zufällig in die Gegend verschlagen habe.

»Gilt gleich«, erwiderte er in seiner altmodischen Sprechweise, »da Ihr doch gekommen seid, denn wahrhaftig, Sir, sie bedarf aufs nötigste eines, der für ihre Sache einzustehen gewillt ist!«

Ich erklärte, ich sei allerdings Angehöriger des Juristenstandes, und falls seine Herrin, wenn ich richtig verstünde, in irgendeiner Schwierigkeit sei, in der sie meine Unterstützung wünsche, so sei ich durchaus imstande, sie nach besten Kräften zu beraten und zu vertreten, wenn ihr Fall es mir erforderlich zu machen scheine.

»So ist es fürwahr!« sagte er. »Doch bitte ich Euch, laßt uns nicht weiter parlieren, solang Ihr draußen steht, denn da ich wohl sehe, daß Ihr derzeit schlecht gewappnet seid«, setzte er pingelig hinzu, »deucht mich das unnütz gefährlich. So kommt denn ungesäumt herein!«

Ich glaubte nicht, daß ich wirklich Gefahr liefe, mich zu erkälten, fragte mich aber, warum mir nicht in den Sinn gekommen war, meinen Regenschirm aufzuspannen, bis ich entdeckte, daß meine rechte Hand schon damit beschäftigt war, eine Schnur zu halten, an der ein farbenfroher Ballon befestigt war, der über meinem Kopfe schwebte.

Das war ein für jeden Rechtsanwalt derart unpassendes Beiwerk, insbesondere für einen Rechtsanwalt, der im Begriff stand, seine Dienste in einem anscheinend ernsten Fall anzubieten, daß ich für einen Augenblick etwas verwirrt war. Doch bald fiel mir ein, daß ich einige Zeit zuvor in einem Spielwarengeschäft gewesen war, und kam zu dem Schluß, ich müsse diesen Luftballon als Geschenk für mein Patenkind erworben haben.

Ich setzte an, dies dem alten Mann zu erklären, als er mich plötzlich durch die Pforte hineinzog und die Tür so heftig zuschlug, daß sie die Schnur des Ballons kappte. Ich sah ihn auf der anderen Seite der Mauer hochsteigen, bis ihn ein Schneewirbel meinen Blicken entzog.

»Grämt Euch nicht um ihn«, sagte der Seneschall, »er hat seinen Zweck erfüllt, da er Euch an unser Tor gebracht hat.«

Wenn er es wirklich für möglich hielt, irgendwer könnte sich solch eines exzentrischen Transportmittels bedienen, dann mußte er, so dachte ich, senil sein, und mir kamen Bedenken, ich könnte mich, indem ich seine Einladung einzutreten annahm, in eine zweifelhafte Lage gebracht haben.

Ich war jedoch zu weit gegangen, um jetzt noch einen Rückzieher zu machen, und so erlaubte ich ihm, mich zu seiner Herrin zu führen. Er ging mit mir über einen weiten Hof zu einer Seitentür, dann eine Wendeltreppe hinauf, durch verlassene Korridore und einen leeren Vorraum, bis wir in einen großen Saal gelangten, der von oben spärlich erleuchtet und mit trüben Gobelins ausgestattet war. Dort verließ er mich und sagte, er wolle seine Herrin von meiner Ankunft unterrichten.

Ich brauchte nicht lange zu warten, bis sie durch einen Türbogen auf der gegenüberliegenden Seite eintrat.

Ich bedaure mein Unvermögen – teilweise der unzureichenden Art geschuldet, in der der Raum erleuchtet war –, sie auch nur annähernd genau zu beschreiben. Sie war ziemlich jung – nicht sehr jung, ich sollte wohl meinen, über achtzehn; sie war reich, aber phantastisch in eine Art glänzenden Umhang gekleidet, und ihr langes Haar fiel ihr lose über die Schultern, was (obwohl ich nicht verhehle, daß die Wirkung in ihrem Fall nicht unangebracht war) bei erwachsenen Personen immer, zumindest meiner Meinung nach, einen Hauch von Unordentlichkeit hat und mich einen Lidschlag lang in Zweifel versetzte, ob sie wohl recht bei Sinnen sei.

Doch obwohl sie sich sichtlich in einem hochgespannten Gefühlszustand befand, entdeckte ich in ihrer Sprechweise nichts, das auf irgendeine tatsächliche geistige Abweichung hingedeutet hätte. Auch ihre persönliche Erscheinung war entschieden angenehm, und alles in allem kann ich mich nicht entsinnen, jemals beim ersten Anblick einer weiblichen Klientin eine derart große Anziehung empfunden zu haben.

»Sagt mir«, rief sie, »ist es wirklich wahr? Seid Ihr tatsächlich gekommen, um mir beizustehen?«

»Liebe junge Dame«, sagte ich, gewahr, daß jedwede Entschuldigung für mein, wie ich gefürchtet hatte, ausgesprochen ungeziemliches Eindringen überflüssig war, »man hat mir zu verstehen gegeben, daß Sie einen Anlaß haben, meine Dienste in Anspruch zu nehmen, und wenn dem so ist, kann ich nur sagen, daß sie Ihnen uneingeschränkt zur Verfügung stehen. Versuchen Sie nur, sich zu sammeln, und berichten Sie mir möglichst klar und knapp die Tatsachen in Ihrem Fall.«

»Weh mir, Sir!« rief sie und rang die Hände, die, wie ich mich erinnere wahrgenommen zu haben, von bemerkenswerter Schönheit waren. »Ich bin die unglücklichste Prinzessin auf der ganzen Welt.«

Ich glaube, ich bin sowenig versnobt wie die meisten Leute, doch ich muß gestehen, daß ich einigermaßen erbaut über den Umstand war, daß mich eine Dame von derart hohem Rang ihres Vertrauens würdigte.

»Ich bin äußerst betrübt, dies zu hören, Madam«, sagte ich, da mir einfiel, daß dies die korrekte Anrede für eine Prinzessin war. »Doch ich fürchte«, fügte ich hinzu, während ich mich bereitmachte, mir den Fall schildern zu lassen, »daß ich Ihnen nur von geringem Nutzen sein kann, wenn Sie sich nicht dazu verstehen, mich mit etwas eingehenderen Informationen auszustatten.«

»Sicherlich«, sagte sie, »müßt Ihr vernommen haben, daß ich mich in der Gewalt eines bösen und tyrannischen Onkels befinde?«

Ich hätte erklären können, daß ich viel zu beschäftigt gewesen sei, als daß ich Muße gehabt hätte, die neuesten Hofskandale zu verfolgen, doch ich hielt mich zurück.

»Ich darf das so verstehen«, sagte ich, »daß Sie Waise sind und der von Ihnen erwähnte Verwandte Ihr einziger Vormund ist?«

Mit einer Geste gab sie zu verstehen, daß beide Annahmen zutrafen. »Er hat mich an diesem düsteren Ort gefangengesetzt«, erklärte sie, »und mich nach und nach aller meiner Bediensteten beraubt, ausgenommen des bejahrten, doch treuen Dieners, den Ihr bemerkt habt.«

Ich erwiderte natürlich, daß dies ein ungerechtfertigter Mißbrauch seiner Vollmachten sei, und erkundigte mich, ob sie irgendein Motiv für diese Vorgehensweise seinerseits benennen könne.

»Es ist sein Wille, daß ich seinen Sohn heirate«, erklärte sie, »den ich unsäglich verabscheue!«

»Möglicherweise«, wagte ich anzudeuten, »gibt es einen anderen, den …«

»Es gibt keinen«, erklärte sie, »denn mir ist nie erlaubt worden, mich nach einem anderen Freier umzusehen, und ich werde hier in Gewahrsam gehalten, bis daß ich in jenen verhaßten Bund einwillige – und eher will ich sterben! Doch Ihr werdet mich von solch schrecklichem Los erretten! Wozu sonst wäret Ihr hier?«

»Ich wäre in der Tat unfähig, Madam«, versicherte ich ihr, »könnte ich keinen Ausweg aus einem solch wirklich gewöhnlichen Dilemma finden. Indem er versucht, Sie gegen Ihren Willen zu einer Heirat zu zwingen, hat sich Ihr Vormund offensichtlich als völlig ungeeignete Person erwiesen, über Sie zu bestimmen. Sie haben das Gesetz ganz auf Ihrer Seite.«

»Ungeeignet ist er, wahrlich!« stimmte sie zu. »Aber es kümmert mich nicht, wer sonst noch auf meiner Seite ist, wenn Ihr nur mein Ritter sein wollt. Indes, wie wollt Ihr meine Befreiung bewerkstelligen?«

»Unter allen gegebenen Umständen«, sagte ich ihr, »halte ich es für unsere beste Strategie, einen Vorführungsbefehl zu erwirken. Sie werden dann vor Gericht gebracht, und der Richter kann jede Verfügung treffen, die ihm abgebracht erscheint. Höchstwahrscheinlich würde er Ihren Onkel seiner Stellung entkleiden und Sie unter Amtsvormundschaft stellen.«

Es ist immer mit einer gewissen Schwierigkeit verbunden, Damen zum Verständnis selbst der einfachsten rechtlichen Verfahrensweisen zu bringen, und meine Prinzessin machte da keine Ausnahme. Sie schien sich nicht im mindesten der Macht gewärtig zu sein, über die jeder Gerichtshof verfügt, um seine Sprüche durchzusetzen.

»Sir, Ihr vergeßt«, sagte sie, »daß mein Onkel, der in diesen Landen einen großen Ruf als Zauberer und Magier genießt, jegliche solche Verfügung gewißlich Hohn strafen wird.«

»In diesem Fall, Madam«, sagte ich, »wird er sich der Mißachtung des Gerichts schuldig machen. Außerdem, wenn sein Ruf in der Gegend Ihrer Darstellung entspricht, haben wir *noch* eine Handhabe gegen ihn. Wenn wir nur beweisen können, daß er irgendwelche raffinierten Kunstgriffe, Mittel oder Geräte benutzt hat, um einen Untertanen Seiner Majestät zu belästigen, können wir ihn nach dem Landstreichergesetz von 1824 als Schwindler und Vagabunden belangen. Dafür kann er bis zu sechs Monaten kriegen!«

»Ach, Sir«, rief sie – ziemlich gereizt, wie mir schien –, »wir vergeuden nur kostbare Zeit mit leerem

Geschwätz wie diesem, von dem ich kaum ein Wort verstehe! Und es naht die Stunde, da ich meinem Onkel gegenübertreten muß, und sollte ich mich noch immer weigern, seinem Willen zu gehorchen, wird sein Zorn fürwahr fürchterlich sein!«

»Sie brauchen weiter nichts zu tun, als ihn an *mich* zu verweisen«, sagte ich, »ich denke, ich werde imstande sein, ihn im Laufe eines persönlichen Gesprächs zu einer vernünftigeren Einschätzung seiner Lage zu bewegen. Wenn Sie ihn in Kürze erwarten, sollte ich vielleicht hierbleiben, bis er eintrifft?«

»Zum Glück für uns beide«, erwiderte sie, »ist er noch viele Meilen von hier entfernt! Seht Ihr denn nicht, daß, soll meine Errettung überhaupt je gelingen, es getan sein muß, ehe er zurückkehrt, da sonst all mein Trachten vereitelt wird? Kann es möglich sein, daß Ihr, nachdem Ihr von so weither gekommen seid, hier untätig verharrt?«

Ich mußte eine kurze Zeitlang überlegen, ehe ich antwortete. »Nach reiflicher Erwägung«, sagte ich schließlich, »bin ich zu dem Schluß gelangt, daß Sie sichtlich schwerwiegende Befürchtungen in bezug auf körperliche Gewaltanwendung seitens Ihres Onkels für den Fall hegen, daß er Sie in den Räumlichkeiten vorfinden sollte, und ich daher vollauf berechtigt sein müßte, die üblichen Formalitäten auszusetzen und Sie sofort aus seiner Vormundschaft zu befreien. Ich werde die Verantwortung dafür in jedem Falle selbst übernehmen, welches Risiko ich dabei auch eingehen mag.«

»Ich erflehe Eure Verzeihung für das, was Euch als Widerspenstigkeit erscheinen mag«, sagte sie mit hübscher Demut. »Ich hätte sogleich wissen sollen, daß ich mich sicher dem Schutze eines solch edlen und furchtlosen Ritters anvertrauen darf!«

»Sie verstehen sicherlich, Madam«, sagte ich, »daß ich als Junggeselle Ihnen keine Zuflucht unter meinem eigenen Dach anbieten kann. Ich schlage vor (Ihr Einverständnis natürlich vorausgesetzt), daß ich Sie der Obhut einer alten Tante von mir übergebe, bis eine andere Lösung gefunden ist. Ich nehme an, Sie werden nicht lange brauchen, um Ihre Reisevorbereitungen zu treffen.«

»Was gibt es da vorzubereiten?« schrie sie. »Laßt uns nicht länger säumen, sondern sogleich fliehen!«

»Ich würde Ihnen empfehlen, wenigstens einen Kleiderkoffer mitzunehmen«, sagte ich, »Sie werden Zeit haben, alles Nötige einzupacken, während Ihr Angestellter uns einen Wagen kommen läßt. Dann wüßte ich nichts, das uns hindern sollte, sofort abzureisen.«

»Nichts?« rief sie aus. »Habt Ihr denn so wenig Furcht vor einem Drachen, daß Ihr so leichthin reden könnt?«

Ich konnte mir ein Lächeln nicht verkneifen; es war so überraschend, eine Prinzessin in ihrem Alter zu finden, die noch an Märchen glaubte. »Ich glaube, Madam«, sagte ich, »daß zum gegenwärtigen Zeitpunkt ein Drache kein Hindernis ist, das wir ernstlich in Betracht zu ziehen haben. Man hat Ihnen anscheinend nicht mitgeteilt, daß solch ein Ungeheuer längst nicht mehr existiert. Mit anderen Worten, es ist ohne Zweifel ausgestorben.«

»Und Ihr habt es getötet!« rief sie, und ihre Augen strahlten vor Bewunderung. »Ich hätte es mir denken können! Er ist tot – und jetzt hat nicht einmal mein Onkel mehr die Macht, mich hier festzuhalten! Gar viele Monate lang habe ich nicht gewagt, von meinen Fenstern Ausschau zu halten, doch nun darf ich wieder das Tageslicht schauen, ohne mich ducken zu müssen!« Während sie sprach, zog sie einen Vorhang zurück und enthüllte ein großes Erkerfenster, und im nächsten Augenblick schrak sie mit einem Schrei hellen Entsetzens zurück.

»Warum habt Ihr mich getäuscht?« wollte sie voller Abscheu wissen. »Er ist *nicht* ausgestorben. Er ist noch da. Seht selbst!«

Ich warf einen Blick hinaus; das Fenster ging auf die Rückfront der Burg hinaus, und nun erblickte ich etwas so durchweg Unerwartetes, daß ich kaum meinen Augen trauen konnte.

Über der zinnenbewehrten Außenmauer sah ich einen großen schuppigen Kopf auf einem langen und biegsamen Hals, der langsam mit düsterer Wachsamkeit von einer Seite zu anderen pendelte. Obwohl der Rest des Untiers von der Mauer verdeckt wurde, sah ich durchaus genug, um mich zu überzeugen, daß ich schwerlich etwas anderes als einen Drachen vor mir hatte – und zwar einen außerordentlich großen. Nun verstehe ich, dachte ich, warum der Seneschall so darauf aus gewesen war, mich in die Burg zu kriegen, obwohl er sich etwas deutlicher hätte ausdrücken können.

Ich stand da und starrte den Drachen an – doch ich machte keine Bemerkung. Um aufrichtig zu sein, mir kam gerade nichts Angemessenes in den Sinn.

Die Prinzessin sprach zuerst. »Ihr scheint erstaunt zu sein, Sir«, sagte sie, »doch kann Euch schwerlich verborgen geblieben sein, daß mein Onkel dieses grimme Ungetüm bestellt hat, diese Mauern zu bewachen und mich zu verschlingen, so ich mich zur Flucht anschickte.«

»Ich kann nur sagen, Madam«, erwiderte ich, »daß ich mich eben erst mit der Tatsache vertraut gemacht habe.«

»Dennoch seid Ihr weise und stark«, sagte sie. »Gewißlich werdet Ihr Mittel finden, mich dieses boshaften Dings zu entledigen!«

»Wenn Sie mir erlauben wollen, den Vorhang wieder zuzuziehen«, sagte ich, »will ich versuchen, einen Ausweg zu ersinnen … Gehe ich recht in der Annahme, daß dieses Untier Eigentum Ihres Onkels ist?«

Sie erwiderte, daß dem so sei.

»Dann, glaube ich, sehe ich eine Möglichkeit«, sagte ich. »Ihr Onkel sollte vor Gericht geladen werden, da er solch ein gefährliches Tier frei herumlaufen läßt, befindet es sich doch offensichtlich nicht unter der geeigneten Aufsicht. Und wenn man sich mit Berufung auf das Gesetz von achtzehnhunderteinundsiebzig an einen Friedensrichter wendet, kann er beauflagt werden, es sofort zu beseitigen.«

»Ihr kennt meinen Onkel schlecht«, sagte sie mit einem Anflug von Unmut, »wenn Euch deucht, er würde seinen letzten verbliebenen Drachen auf das Geheiß von wem auch immer beseitigen!«

»Ihm wird eine Geldstrafe von zwanzig Schilling pro Tag auferlegt, bis er es tut«, erwiderte ich. »Jedenfalls kann ich Ihnen versichern: Wenn ich es nur fertigbringe, diesen Ort zu verlassen, werden Sie dieser Belästigung nicht mehr lange ausgesetzt sein.«

»Wirklich?« rief sie. »Seid Ihr vollends sicher, daß es Euch gelingen wird?«

»Praktisch bin ich das«, sagte ich. »Gleich morgen früh – immer vorausgesetzt, daß ich wohlbehalten nach Hause kommen kann – werde ich eine Verfügung beantragen, und wenn ich die Richter nur überzeugen kann, daß die Bedingungen des Gesetzes weit genug gefaßt sind, um nicht nur Hunde, sondern auch andere unkontrollierbare Vierbeiner zu erfassen, tja, dann ist der Fall so gut wie erledigt!«

»Morgen, morgen!« entgegnete sie ungeduldig. »Muß ich Euch abermals sagen, daß dies nicht die Zeit zu säumen ist? Wahrlich, Sir, wenn ich denn überhaupt gerettet werden soll, so kann allein Eure Hand mich vor diesem abscheulichen Lindwurm erlösen!«

Ich gestehe, erwogen zu haben, daß sie einer ganz ausgefallenen Vorstellung von den Beziehungen zwischen Rechtsanwalt und Klient frönte.

»Wenn«, sagte ich, »er auch nur halbwegs exakt als Wurm zu klassifizieren wäre, würde ich nicht im mindesten zögern, ihn anzugreifen.«

»So werdet Ihr es tun?« sagte sie wie üblich in völliger Verkennung meiner Mitteilung. »Sagt mir, daß Ihr es tun werdet – um meinetwillen!«

Während sie mich so um Hilfe bat, sah sie derart ergreifend aus, daß ich es nicht übers Herz brachte, ihr mit einer direkten Absage weh zu tun.

»Es gibt nichts«, sagte ich, »jedenfalls nichts in vernünftigen Grenzen, das ich nicht freudig für Sie täte. Doch wenn Sie nur einen Moment lang nachdenken, werden Sie sofort bemerken, daß ich in Hut und Mantel und ohne jede Waffe außer einem Regenschirm nicht die geringste Aussicht hätte, den Kampf gegen einen Drachen zu gewinnen. Ich wäre gar zu hoffnungslos unterlegen.«

»Ich sprecht wahr«, erwiderte sie zu meiner großen Befriedigung. »Ich könnte von meinem Ritter gewißlich nicht verlangen, sich in solch einen ungleichen Kampf zu begeben. Seid also darob nicht beklommen.«

Damit klatschte sie in die Hände, um den Seneschall zu rufen, der so prompt erschien, daß ich meine, er konnte nicht weit vom Schlüsselloch gewesen sein. »Dieser wackere Edelmann«, erklärte sie ihm, »ist gewillt, hinzugehen und vor unseren Mauern dem Drachen entgegenzutreten, wenn er denn nur wohlgerüstet ist für solch einen tödlichen Kampf.«

Ich versuchte einzuwenden, daß sie meinen Bemerkungen einen Sinn unterlegt habe, der keineswegs beabsichtigt gewesen sei, doch der alte Mann erging sich so lauthals in Dank und Segenswünschen, daß ich kein einziges Wort herausbekam.

»Du wirst ihn in die Rüstkammer geleiten«, fuhr die Prinzessin fort, »und ihn wappnen, wie es solch ritterlichem Unterfangen gebührt. Sir«, setzte sie an mich gewandt hinzu, »mir fehlen die Worte in einer Stunde wie dieser. Ich kann Euch nicht einmal danken, wie ich wohl möchte. Doch ich weiß, Ihr werdet für mich Euer Bestes tun. Wenn Ihr fallen solltet ...«

Hier verstummte sie, sichtlich außerstande, ihren

Satz zu vollenden, doch das war auch nicht nötig. Ich wußte, was geschehen würde, wenn ich fiele.

»Doch werdet Ihr nicht fallen«, beschloß sie. »Etwas sagt mir, daß Ihr siegreich zu mir zurückkehren werdet; und dann ... und dann ... solltet ihr einen Preis von mir fordern; wohlan« – bei den folgenden Worten errötete sie göttlich –, »und sei es auch diese meine Hand, sie soll Euch nicht geweigert werden.«

Nie in meiner ganzen beruflichen Laufbahn war ich in eine schwierigere Lage geraten. Mein gesunder Menschenverstand sagte mir, daß es völlig absurd war, wenn sie derlei Dienste von jemandem erwartete, der lediglich ihr Rechtsbeistand war. Selbst wenn ich sie mit Erfolg erledigte – was, gelinde gesagt, zweifelhaft war –, würde meine Praxis wahrscheinlich Schaden nehmen, falls meine Verbindung mit einer solchen Affäre bekannt würde. Was die besondere Belohnung betraf, die sie so großzügig angeboten hatte, so kam das natürlich nicht in Frage. In meinem Alter wäre eine Heirat mit einer flatterhaften jungen Frau von achtzehn – noch dazu einer Prinzessin – ein gar zu gewagtes Experiment.

Und dennoch, sei es nun, daß ich als Junggeselle in mittleren Jahren, der ich bin, noch eine Strähne von unverhoffter Romantik und Ritterlichkeit in meinem Wesen habe, sei es aus einem anderen Grunde, den ich nicht erklären kann, irgendwie stellte ich fest, daß ich die kleine Hand küßte, die sie mir entgegenstreckte, und ohne ein weiteres Wort von ihr ging, um nach besten Kräften für sie gegen ein solch höllisches Untier wie einen Drachen zu kämpfen. Ich kann nicht sagen, daß mir dabei froh zumute war, doch immerhin, ich ging.

Ich folgte dem Seneschall, der mich eine andere Treppe hinabführte, als ich heraufgekommen war, und durch eine weitläufige gewölbte Küche, verlassen bis auf die Küchenschaben, von denen es wimmelte. Nur um überhaupt etwas zu sagen, machte ich eine Bemerkung über ihre große Zahl und Hartnäckigkeit und warum keine Schritte unternommen worden waren, um eine so offensichtliche Belästigung abzuschaffen. »Wehe, edler Herr«, erwiderte er und schüttelte betrübt den alten weißen Kopf, »es war des Küchengesindes Amt, den Ort von diesem Ungeziefer zu reinigen, und der letzte Bedienstete ist längst aus unseren Hallen verschwunden!«

Ich war geneigt, ihn zu fragen, wohin sie verschwunden waren – doch ich tat es nicht. Ich dachte, die Antwort könnte womöglich entmutigend sein. Ohnehin hätte ich in dem Moment eine Menge für einen Whisky Soda gegeben, doch er bot keinen an, und ich mochte es nicht vorschlagen, aus Angst, mißverstanden zu werden. Und alsbald betraten wir die Rüstkammer.

Nur eine begrenzte Zahl von Rüstungen hing an den Wänden, und alle waren sie in beklagenswert rostigem und verfallenem Zustand, doch der Seneschall nahm eine nach der anderen herunter und versuchte ungelenk, mich hineinzustopfen. Unglücklicherweise fand sich keine einzige, die ich als solide bezeichnet hätte, denn ich würde keinem zumuten, in einer Rüstung gegen einen Drachen zu kämpfen, die zu eng ist, um sich auch nur annähernd bequem darin zu bewegen.

»Ich fürchte, es hat keinen Zweck«, sagte ich zu dem Seneschall, während ich zögernd meine gewohnte Kleidung wieder anzog. »Sie sehen selbst, daß hier nichts annähernd meiner Größe entspricht!«

»Aber Ihr könnt Euch nicht in Eurer gegenwärtigen Gewandung einem Drachen zum Kampfe stellen!« wandte er ein. »Das wäre der helle Wahnsinn!«

Ich war froh, daß der alte Mann vernünftig genug war, das einzusehen. »Ich bin durchaus Ihrer Meinung«, erwiderte ich; »und glauben Sie mir, guter Freund, nichts liegt mir ferner. Mein Gedanke ist … ich verlange nicht, daß Sie selbst sich einem unnötigen Risiko aussetzen, aber wenn Sie versuchen könnten, den Drachen durch irgendein Schauspiel auf einer Seite der Burg abzulenken, könnte es mir vielleicht gelingen, auf der anderen Seite still durch eine Tür zu schlüpfen.«

»Seid Ihr denn doch nur eine Memme«, rief er aus, »daß Ihr solch eine liebliche Dame dem sicheren Verderben überlassen könnt?«

»Es besteht kein Anlaß, mich mit beleidigenden Ausdrücken zu bedenken«, erwiderte ich. »Ich habe keineswegs die Absicht, Ihre Herrin im Stich zu lassen. Sie werden die Güte haben, ihr mitzuteilen, daß ich morgen unbedingt zurückkehren werde, und zwar mit einer Waffe, die mit diesem Drachen wirksamer Schluß machen wird als jede von Ihren unzeitgemäßen Lanzen und Streitäxten!«

Denn ich hatte mich bereits entschieden, daß dies die einzige für mich annehmbare Vorgehensweise war. Ich hatte einen Freund, der die meiste Zeit im Ausland mit Großwildjagd verbrachte, der aber damals glücklicherweise gerade in der Stadt war. Er würde mir, wie ich wußte, bereitwillig ein Schnellfeuergewehr und Explosivgeschosse leihen, und als ehemaliger Kriegsfreiwilliger und Scharfschütze nahm ich an, daß die Chancen dann etwas zu meinen Gunsten stehen würden, selbst wenn es mir wider Erwarten nicht gelingen sollte, meinen Freund zum Mitkommen zu bewegen.

Doch der Seneschall betrachtete meine Pläne weniger optimistisch.

»Ihr vergeßt, Sir«, bemerkte er kummervoll, »daß Ihr, um hierher zurückzukehren, Euch zuerst des Schutzes dieser Mauern begeben müßt – was hieße, da Ihr doch unbewaffnet seid, Euch raschem Tode in die Arme zu werfen!«

»Das scheint mir durchaus nicht sicher«, widersprach ich. »Da der Drache keinen Versuch unternommen hat, mich am Eintritt zu hindern, wäre es immerhin möglich, daß er auch nichts gegen meinen Fortgang hat.«

»Ich könnte zum Exempel sagen«, erwiderte er, »daß ihm vielleicht nicht befohlen ist, irgendwen am Eintritt zu hindern. Davon weiß ich nichts. Doch dessen bin ich mir vollends gewiß – er läßt keinen ungefressen von hinnen gehen.«

»Aber könnte ich nicht versuchen, aus seiner Reichweite zu kommen, ehe er überhaupt bemerkt, daß ich aufgebrochen bin?« schlug ich vor.

»Ich fürchte, Sir«, sagte er bedrückt, »daß das Geschöpf nicht fehlen würde, Eurer Spur zu folgen, ehe der Schnee sie zu decken vermag.«

»Daran hatte ich nicht gedacht«, sagte ich. »Aber nun, da Sie es erwähnen, erscheint es mir keineswegs unwahrscheinlich. Ihrer Ansicht nach sollte ich also lieber bleiben, wo ich bin?«

»Nur bis daß der Zauberer zurückkehrt«, lautete seine Antwort, »was, so ich nicht irregehe, jeden Augenblick geschehen kann, worauf Euer Aufenthalt hier gewißlich ein rasches Ende nehmen wird.«

»Sie meinen doch nicht etwa«, sagte ich, »daß er die Unmenschlichkeit besäße, mich hinauszuwerfen und von diesem abscheulichen Drachen fressen zu lassen? Denn darauf würde es hinauslaufen.«

»Es sei denn, Ihr würdet vermöge Kraft oder Geschick das Ungeheuer überwältigen«, sagte er. »Und mich deuchte, Ihr wäret zu ebendiesem Behufe hier erschienen.«

»Guter Mann«, erklärte ich, »ich habe keine Vorstellung, warum oder wie ich hierher gekommen bin, aber jedenfalls nicht mit dem Wunsch oder der Erwartung, einem Drachen zu begegnen. Allerdings wird mir allmählich sehr klar, daß ich entweder einen Weg finde, diesem Untier den Garaus zu machen, und zwar umgehend, oder er wird *mir* den Garaus machen. Die Frage ist, wie in aller Welt soll ich es angehen?«

Und dann hatte ich auf einmal eine Inspiration. Mir fielen die Küchenschaben ein, und wie der Seneschall gesagt hatte, es sei des Küchengesindes Amt gewesen, sie nicht überhandnehmen zu lassen. Ich fragte ihn, welche Methoden man zu diesem Zweck angewendet habe, doch nachdem derlei Kleinkram naturgemäß nicht zu seinen Obliegenheiten gehörte, vermochte er mir keine Auskunft zu geben. So kehrte ich denn in die Küche zurück, wo ich eine sorgfältige Suche begann, nicht ohne Hoffnung auf Erfolg.

Eine Zeitlang suchte ich vergebens, schließlich aber, als ich drauf und dran war zu verzweifeln, fand ich auf einem staubigen Bord in der Vorratskammer just das Gesuchte. Es war ein irdenes Gefäß mit einer Paste darin, die ich trotz des Schimmelwuchses, der sich auf der Oberfläche gebildet hatte, augenblicklich als eine Mixtur erkannte, die für jedwedes Ungeziefer tödlich war.

Ich rief den Seneschall und fragte, ob er mir mit einem Laib Weißbrot dienen könne, und er brachte ihn mir mit sichtlicher Verwunderung. Ich schnitt eine Scheibe aus der Mitte und war dabei, sie dick mit der Paste zu bestreichen, als er mich am Arm packte. »Haltet ein!« rief er. »Wollt Ihr denn unbesonnen den Tod suchen, noch ehe Eure Zeit gekommen ist?«

»Sie brauchen sich keine Sorgen zu machen«, beruhigte ich ihn, »das ist nicht für mich selbst. Und nun wollt Ihr so freundlich sein und mir einen Weg auf eine Stelle des Daches hinaus zeigen, von wo aus ich den Drachen erreichen kann?«

Von Kopf bis Fuß zitternd wies er auf eine Stiege, auf der mir zu folgen er sich jedoch nicht erbot; sie führte mich auf das Bleidach einer Art Bastion hinaus. Ich hielt mich vorsichtig an die Brüstung und spähte hinüber, und dann erblickte ich zum erstenmal das Untier in seiner ganzen Größe, das unmittelbar unter mir hockte. Ich weiß, wie sehr selbst die gewissenhaftesten Leute in derlei Dingen zur Übertreibung neigen, doch wenn ich meinen erregten Zustand damals in jeder

Weise berücksichtige, glaube ich nicht sehr irrezugehen, wenn ich schätze, daß die Ausmaße dieses Ungeheuers denen des *Diplodocus carnegii*, dessen Modell im Naturkundemuseum gezeigt wird, wenig nachstanden, wenn überhaupt, während sein Aussehen ungleich furchterregender war.

Ich stehe nicht an zuzugeben, daß mich der Anblick für einen Moment derart entmutigte, daß mich ein fast unwiderstehlicher Drang ergriff, auf demselben Wege, wie ich gekommen war, zurückzuweichen, ehe mich die Kreatur bemerkte. Und doch ging ihm nicht eine eigene Art Schönheit ab; ich muß wirklich sagen, daß es ein ungewöhnlich gutaussehendes Exemplar seiner Art war, und besonders frappiert war ich von der großartigen Färbung seiner Schuppen, die die Schuppen selbst der größten Python übertrafen. Dennoch muß bei dem ungeübten Betrachter ein Drache immer mehr Schrekken als Bewunderung auslösen, und ich war damals eben nicht in der Stimmung, mich an dem Anblick zu erfreuen. Er hockte mit krummem Rücken da, den Kopf wie ein Vogel zwischen die Flügel zurückgelegt, und schien ein Nickerchen zu machen. Ich nehme an, daß ich mich unbewußt irgendwie bemerkbar gemacht hatte, denn plötzlich sah ich die hornigen Häute wie Fensterläden von den lidlosen Augen zurückweichen, die sich mit einem kalten Blick voller Neugier auf mich richteten.

Und dann erhob er sich und reckte langsam den Hals, bis er den schrecklichen Kopf auf die Höhe der Brüstung gehoben hatte. Ich brauche nicht zu sagen, daß ich mich sofort an eine Stelle zurückzog, wo ich mich außer unmittelbarer Gefahr wähnte. Doch ich besaß genug Geistesgegenwart, um mich zu entsinnen, wozu ich hier war, und nachdem ich das vorbereitete Stück Brot auf die Spitze meines Regenschirms gesteckt hatte, streckte ich ihn, so weit mein Arm reichte, dem Geschöpf entgegen.

Ich nehme an, er war in letzter Zeit nicht gefüttert worden. Der Kopf schnellte blitzartig über das Dach, ein gefräßiges Zuschnappen – und im nächsten Augenblick war das Brot mitsamt dem Regenschirm in dem roten Rachen verschwunden.

Der Kopf wurde dann zurückgezogen. Ich hörte ein widerwärtiges Mampfen, als die Speichen des Regenschirms langsam zermalmt wurden. Dann trat Stille ein.

Abermals kroch ich zur Brüstung und schaute hinab. Das riesige Ungetüm leckte sich die gepanzerten Kiefer mit sichtlichem Wohlbehagen, als ob – was durchaus der Fall sein konnte – der Regenschirm für seinen abgestumpften Gaumen ein unerwarteter Leckerbissen gewesen sei. Es war jetzt friedlich damit beschäftigt, diese Vorspeise zu verdauen.

Mir jedoch sank bei dem Anblick nur noch mehr der Mut. Denn wenn ein Alpaca-Regenschirm mit Ebenholzgriff derart leicht einverleibt wurde, wie groß mochte dann die Hoffnung sein, daß Insektenpaste irgendeine schädliche Wirkung hatte? Ich war ein Narr gewesen, in solch ein verzweifeltes Wagnis auch nur die geringste Hoffnung zu setzen. Gleich würde er Nachschlag verlangen – und ich hatte nichts für ihn!

Doch allmählich, während ich mit einer Art faszinierter Abscheu hinschaute, kam es mir vor, als bemerkte ich leichte Anzeichen von Unbehagen im Verhalten des Reptils.

Anfangs war es fast nichts – ein unruhiges Zucken von Zeit zu Zeit und ein Schielen in seinen steinernen Augen, das ich vorher nicht wahrgenommen hatte –, doch es gab mir einen Hoffnungsschimmer. Dann sah ich, wie sich der große Kamm auf seinem Rückgrat langsam aufrichtete und die Fäden, die sein Maul säumten, sich sträubten, während er seinem aufgeblähten olivgrünen Bauch, den er offensichtlich für den Verursacher der Störung hielt, ein paar wütende Stöße versetzte.

So wenig ich auch über Drachen wußte, hätte doch jedes Kind gesehen, daß diesem ziemlich unwohl war. Nur – lag es an dem Regenschirm oder an dem Ungeziefermittel? Was das betraf, konnte ich nur raten, und mein Schicksal – wie auch das der Prinzessin – hing davon ab, welches die richtige Diagnose war!

Ich wurde jedoch nicht lange im ungewissen gelassen. Plötzlich stieß das Untier ein Gebrüll aus – das widerwärtigste Geräusch, das ich jemals vernommen habe –, und was dann geschah, weiß ich nicht recht.

Ich glaube, es hatte eine Art Anfall. Es krümmte sich und wälzte sich herum, hieb mit seinen großen ledrigen Schwingen in die Luft und verknotete sich in einem Ausmaß, das ich, hätte ich es nicht selbst gesehen, für unmöglich gehalten hätte, sogar bei einem Drachen.

Nachdem das eine Zeitlang angedauert hatte, entspannte sich der Drache wieder und wirkte ruhiger, bis er sich auf einmal in gewaltigem Bogen aufbäumte und mit ausgebreiteten Schwingen fast eine halbe Minute lang vollkommen starr blieb. Dann sackte er plötzlich auf die Seite, keuchte, schnaufte und ratterte wie ein ungeheuerliches Automobil, worauf er sich ein-, zweimal der Länge nach ausstreckte und dann steif und still dalag. Seine prächtigen Farben verblaßten allmählich zu einem trüben bleigrauen Ton ... Es war alles vorbei – das Insektenvertilgungsmittel hatte schließlich sein Werk getan.

Ich kann nicht sagen, daß ich in besonderer Hochstimmung gewesen sei. Ich bin nicht sicher, ob ich nicht sogar einen Anflug von Selbstvorwürfen spürte. Ich hatte den Drachen getötet, das stimmte, doch auf eine Weise, die sich für Sankt Georg wohl nicht als ganz und gar fair empfohlen hätte, wenngleich mir die Umstände keine andere Wahl ließen.

Wie dem auch sei, ich hatte die Prinzessin gerettet, was schließlich die Hauptsache war, und vorerst brauchte sie weiter nichts zu erfahren als die bloße Tatsache, daß der Drache tot war.

Ich war gerade im Begriff, hinabzugehen und ihr mitzuteilen, daß sie nun die Burg verlassen konnte, als ich ein schwirrendes Geräusch in der Luft hörte, und als ich mich umschaute, sah ich durch den noch immer fallenden Schnee hindurch einen älteren Herrn von bedrohlichem Aussehen auf mich zu fliegen, der sich sichtlich in höchst erregtem Zustand befand. Es war der Onkel der Prinzessin.

Ich weiß nicht, wieso, aber bis zu diesem Moment war mir nicht zu Bewußtsein gekommen, zu welch äußerst berufswidriger Vorgehensweise ich mich von meiner impulsiven Natur hatte verleiten lassen. Doch nun, wenn auch zu spät, sah ich, daß ich, indem ich das Gesetz in die eigene Hand genommen und einem Tier eine giftige Droge verabreicht hatte, das, wie wütend auch immer, doch eines anderen Eigentum gewesen war, mich eines Verhaltens schuldig gemacht hatte, das sich für keinen anständigen Rechtsanwalt geziemte. Es war zweifellos ein verfolgbares Delikt, wenn nicht gar eine Übertretung – und er konnte es sogar als verbrecherischen Angriff behandeln.

Als der Zauberer also auf dem Dach landete, das Gesicht wutverzerrt, hatte ich das Gefühl, daß nichts dem Fall angemessener sei, als eine ausgiebige Entschuldigung. Doch in dem Empfinden, daß ich das erste Wort lieber ihm überlassen sollte, zog ich nur den Hut und wartete, was er zu sagen hätte …

»Werden Sie schon bedient, Sir?« waren die Worte, die ich dann tatsächlich vernahm – und sowohl Inhalt als auch Tonfall unterschieden sich derart von dem Erwarteten, daß ich einen Ausdruck der Verblüffung nicht unterdrücken konnte.

Und dann entdeckte ich baß erstaunt, daß sowohl die Mauerbrüstung als auch der Zauberer völlig verschwunden waren. Ich war wieder in dem Spielzeugladen und starrte in die Glaskugel, in der noch immer der Schnee herumwirbelte.

»Woll'n Sie einen von diesen Schneestürmen zu 'nem Schilling nehmen, Sir?« fuhr der Verkäufer fort, anscheinend an mich gewandt. »Wir verkaufen grade 'ne Menge davon. Sehr passendes und geeignetes Geschenk für'n Kind, Sir, und nur einen Schilling die Größe, obwohl wir auch größere auf Lager haben.«

Ich kaufte die Kugel, die ich zuerst in die Hand genommen hatte – doch ich habe sie meinem Patenkind nicht geschenkt. Ich habe sie lieber selber behalten.

Natürlich können meine Abenteuer einfach nur ein Tagtraum gewesen sein, obwohl es dann sehr sonderbar wäre, daß er diese Form angenommen hat, da doch sogar nachts meine Träume – in den seltenen Fällen, wenn ich überhaupt träume – nie von solchen Dingen wie Burgen, Prinzessinnen oder Drachen handeln.

Ein Freund aus der Wissenschaft, dem ich mein Erlebnis erzählt habe, erklärt es für einen Fall gewöhnlicher Selbsthypnose, ausgelöst durch meinen lange anhaltenden Blick in eine Kristallkugel.

Aber ich weiß nicht. Ich werde den Gedanken nicht los, daß mehr an der Sache dran ist.

Manchmal schaue ich noch in die Kugel, wenn ich abends allein bin; doch obwohl ich mich gelegentlich wieder in den Schneesturm versetzt fand, ist es mir bisher nie mehr gelungen, in die Burg zu gelangen.

Vielleicht ist es gut so, denn obwohl ich durchaus nichts dagegen hätte, die Prinzessin wiederzusehen, hat sie höchstwahrscheinlich dank meiner Hilfe jene Räume längst verlassen – und ich kann nicht sagen, daß ich den sonderlich großen Wunsch verspürte, dem Zauberer zu begegnen.

James Branch Cabell

Der früheste Zyklus von komischen heroischen Fantasies waren die satirischen ›Poictesme‹-Bücher des amerikanischen Schriftstellers James Branch Cabell, der mit Der Schatten des Adlers (The Eagle's Shadow, 1904) begann und fast zwanzig Jahre lang mit einem Buch pro Jahr weiterging, bis er mit Das Geschlecht von Lichfield (The Lineage of Lichfield) 1922 ihren Abschluß fand. Unter dem Sammeltitel ›Die Biographie vom Leben des Manuel‹ bekannt, sind alle Geschichten in einer mittelalterlichen Welt angesiedelt – die der Autor mit lockerem Bezug zur Provence des dreizehnten Jahrhunderts entwarf – und handeln von den übernatürlichen Abenteuern von Manuel dem Erlöser, einem riesenhaften jungen Schweinehirten, der auf Abenteuer auszieht, um aufzusteigen, und der zuerst von dem großen Zauberer Miramor Lluagor Unterstützung erhält und dann von Niafer, einer jungen Frau, die bei ihrer ersten Begegnung Jungenkleidung trägt. Cabell zufolge ist Manuel entweder ein großer Nationalheld, bestimmt, sein Volk zu retten, oder aber – ich zitiere – »ein schäbiger Gauner, der aufs Geratewohl von einem Rätsel ins andere stolpert, pathetische Masken anlegt, ohne irgend etwas zu verstehen, in allen seinen Zielen unersättlich und immer durchsetzt von erbärmlicher Feigheit.«

Ungeachtet solch widerstreitender Ansichten sammelte Manuel eine Fangemeinde unter den Lesern, während er gleichzeitig gewisse amerikanische Literaturkritiker befremdete und gelegentlich aufbrachte; das alles kennzeichnete Cabell als außerordentlich originellen Verfasser boshafter Fantasy, der seinerseits spätere Schriftsteller beeinflußte, darunter James Blish (der eine Zeitlang die Zeitschrift der Cabell-Gesellschaft herausgab) und Philip José Farmer in seiner Tetralogie Meister der Dimensionen (Makers of Universe, 1965–1970; auch unter dem Sammeltitel Die Welt der tausend Ebenen [The World of Thiers]).

James Branch Cabell (1879–1970) wurde in Richmond, Virginia, geboren, wo er einen Großteil seines Lebens zubrachte und in jungen Jahren als Journalist bei einer Regionalzeitung arbeitete. Er entwickelte besonderes Interesse für Stammbäume, das ihn zu seinen ersten, zu Beginn des Jahrhunderts geschriebenen sardonischen Fantasies inspirierte. Aus seinen Studien heraus entwickelte Cabell auch die Kunstwelt von Poictesme, obwohl der Zyklus erst 1919 mit dem Erscheinen des umstrittenen, derben Bandes Jürgen richtig in Gang kam. Die Taten einer heidnischen Sexgöttin namens Anaitis in einer Cocaigne* genannten Stadt in dem Roman brachten die Behörden derart in Rage, daß Cabell wegen Obszönität der Prozeß gemacht und das Buch in Boston verboten wurde. Sogleich wurden Jürgen und Cabell ein cause célèbre – unterstützt von Leuten wie H. L. Mencken, der den Band für ein ›geniales Werk‹ erklärte –, was den Autor über Nacht berühmt machte und seinen Poictesne-Zyklus zu Bestsellern. Heute wirken die erotischen Elemente in Jürgen zahm; sie bestehen hauptsächlich aus double entendres, die gewiß amüsant sind, doch nie kränkend.

Dagegen nannte Everett F. Bleiler Die Legende von Manuel (Figures of Earth), 1921 veröffentlicht, ›ein grundlegendes Werk der satirischen Fantasy‹. Hier folgt nun eine in sich abgeschlossene Episode daraus, die, wie ich glaube, das Fluidum dessen bewahrt, was unstrittig ein weiterer Meilenstein in der komischen Fantasy ist.

---

* So schreibt es der deutsche Übersetzer von *Jürgen*, Walter Brumm, und so heißt korrekt das englisch-französische Wolkenkuckucksheim und Schlaraffenland. Cabell, und mit ihm Peter Haining, buchstabiert aber wohl anzüglicher ›Cockaigne‹. – *Anm. des Übers.*

JAMES BRANCH CABELL

Begebenheiten in Poictesme

In Poictesme erzählt man sich, wie Manuel und Niafer ein kleines Stück Wegs ostwärts wanderten und sich dann dem warmen Süden zuwandten; und wie sie einen Priester fanden, sie zu trauen, und wie Manuel zwei Pferde beschlagnahmte. Man erzählt sich auch, wie Manuel bei La Flèche einem ziemlich schrecklichen Drachen siegreich begegnete und in der Nähe von Ortez Ärger mit einem Groach hatte, den er überwand und in einer ledernen Flasche gefangensetzte, doch man sagt, ansonsten sei die Reise ohne Zwischenfälle verlaufen.

»Und nun, da allen Verpflichtungen Genüge getan ist und wir wieder vereint sind, meine liebe Niafer«, sagte Manuel, wie sie so nach seinem Kampf mit dem Drachen dasaßen und sich ausruhten, »werden wir, wie ich abermals sage, immerfort reisen, so daß wir womöglich die Enden dieser Welt sehen und beurteilen können.«

»Liebster«, erwiderte Niafer, »ich habe darüber nachgedacht, und ich bin gewiß, daß es vergnüglich wäre, wenn nur die Leute nicht so durchweg abscheulich wären.«

»Was meinst du, Schnuckelchen?«

»Weißt du, Manuel, nun, da du mich aus dem Paradies zurückgeholt hast, werden die Leute sagen, du müßtest mir zum Ausgleich für die Wonnen der Seligkeit, denen ich entzogen wurde, wenigstens eine halbwegs behagliche und ständige irdische Heimstatt geben. Ja, Liebster, du weißt, wie die Leute sind, und die boshaften werden es nur zu sehr genießen, allerorten zu behaupten, daß du eine offensichtliche Pflicht versäumst, wenn du losziehst, um die Enden der Welt zu sehen und über sie zu urteilen, was dich schließlich wirklich nicht besonders angeht.«

»Schön denn, und wenn sie's tun?« fragte Manuel mit gebieterischem Schulterzucken. »Worte tun keinem weh.«

»Ja, Manuel, doch solch zielloses Herumwandern zu unbehaglichen Orten, von denen noch nie jemand vernommen hat, würde diesen Eindruck erwecken. Nun täte ich nichts mit größerer Freude, als mit dir auf Abenteuer auszuziehen, und eine Gräfin zu sein, bedeutet mir überhaupt nichts. Ich bin mir sicher, daß mir nicht das mindeste daran liegt, in einem eigenen Schloß zu wohnen und mich mit feinen Kleidern und mit der Pflicht abgeben zu müssen, auf meine Rubine zu achten, und alle Tage mit den Dienern und Empfängen zu tun zu haben. Aber siehst du, Liebling, ich könnte es nicht ertragen, wenn die Leute schlecht von meinem teuren Gemahl reden, und so will ich, damit das nicht geschieht, mich wohl oder übel drein schicken.«

»Oh, ach«, versetzte Manuel und zupfte ärgerlich an seinem kleinen grauen Bart, »daß eine Pflicht so rasch die nächste zeugt! Was also soll ich deinem Wunsch nach tun?«

»Es liegt auf der Hand, daß du Truppen von König Ferdinand bekommen und diesen gräßlichen Asmund aus Poictesme vertreiben mußt.«

»Meiner Treu!« sagt Manuel, »welch einfache Sache du doch daraus machst. Soll ich mich heute nachmittag drum kümmern?«

»Jetzt, Manuel, sprichst du, ohne zu denken, denn du könntest schwerlich ganz Poictesme heute nachmittag zurückerobern!«

»Oh!« sagt Manuel.

»Nein, nicht du allein, mein Liebling. Zuerst bräuchtest du Truppen, dir zu helfen, berittene wie auch zu Fuß.«

»Meine Teuerste, ich meinte nur ...«

»Und sogar dann wird es wohl eine gute Weile dauern, all die Nordmänner zu erledigen.«

»Niafer, ließest du mich erklären ...«

»Außerdem bist du meilenweit von Poictesme entfernt. Du kämst heute nachmittag nicht einmal bis hin.«

Manuel legte ihr die Hand auf den Mund. »Niafer, als ich davon sprach, Poictesme heute nachmittag zu unterwerfen, versuchte ich einen harmlosen Scherz. Nie wieder werde ich es in deiner Gegenwart mit leichter Ironie versuchen, denn ich nehme wohl wahr, daß du meinen Humor nicht schätzt. Indes sage ich dir abermals: Nein, nein, tausendmal nein! Graf von Poictesme genannt zu werden, hört sich gut an, es klingt dem Ohre wohl; aber ich will mich nicht festsetzen und in ein paar hundert Spatenvoll Dreck vegetieren. Nein, denn ich habe nur dieses eine Leben, und in diesem Leben gedenke ich die Welt zu sehen und alle ihre Enden, damit ich über sie urteilen kann. Und ich«, schloß er entschieden, »bin Manuel, der ich meinem eigenen Kopf und meinem eignen Verlangen folge.«

Niafer begann zu weinen. »Ich kann einfach den Gedanken nicht ertragen, was die Leute von dir sagen werden.«

»Komm, komm, meine Liebe«, sagt Manuel, »das ist absurd.«

Niafer weinte.

»Du bringst es nur noch so weit, daß dir schlecht wird!« sagt Manuel.

Niafer weinte noch immer.

»Mein Entschluß steht ganz fest«, sagt Manuel, »wozu also in Gottes Namen soll das gut sein?«

Niafer weinte jetzt immer herzzerreißender. Und der große Held saß da und schaute sie an, und seine breiten Schultern ruhten sich aus. Er trat böse nach dem glitzernden schweren grünen Kopf des Drachen, der da noch immer häßlich zu seinen Füßen Blut verströmte, doch das nutzte gar nichts. Der Drachentöter war geschlagen. Er konnte nichts gegen solches Naß ausrichten, seine Entschlossenheit wurde gedämpft und seine Unabhängigkeit von dieser salzigen Flut weggespült. Und man sagt auch, daß nun, da seine Jugend verflogen war, Dom Manuel mit mehr Bescheidung, als er eingestand, an Ruhe zu denken begann und an ein bequemes Leben.

»Na schön«, sagt Manuel schließlich, »laß uns die Loir überqueren und gen Süden reiten, um deine verdammte Krone mit den Rubinen darin zu suchen, deine Diener und dein hübsches Zuhause.«

Also bringt man zu den Weihnachtstagen einen stattlichen stämmigen, schielenden, grauhaarigen Krieger zu König Ferdinand in einen Zitronenhain hinter dem königlichen Schloß. Hier pflegte der unter die Heiligen aufgenommene König, mit seinem Glorienschein und seiner Gänsefeder wohlversehen, mittwochs und samstags die kleineren Wunder zu vollbringen.

Der König war über die Veränderung in Manuels Ansichten erfreut und sagte, Erfahrung und Reife stünden einem Edelmann in Manuels Stellung wohl an. Doch verflixt!, wenn es daran ging, ihm Truppen zu geben, damit er mit ihnen Poictesme eroberte, das war ganz etwas anderes. Der König brauchte seine eigenen Soldaten zu seinen eigenen Zwecken, die die alsbaldige Eroberung von Cordova geboten. Indes waren da der Fürst von Gâtinais und der Markgraf di Paz, die auch mit diesem unvernünftigen Ansinnen gekommen waren, der eine um Soldaten, auf daß sie ihm gegen die Philister hülfen, und beim anderen gegen die Katalanen.

»Jedermann, dem ich jemals ein Lehen gegeben habe, scheint heutzutage Truppen zu brauchen«, brummte der König, »und wenn einer von euch auch nur eine

Spur von Vernunft hätte, dann hättet ihr eure Länder behalten, nachdem ihr sie einmal bekommen hattet.«

»Unsere Schwäche, Sire«, sagte der junge Fürst de Gâtinais mit bemerkenswerter Geistesgegenwart, »lag weniger in der Vernunft als vielmehr in der Unterstützung, die uns unser Lehnsherr zuteil werden ließ.«

Das war die reine Wahrheit; doch da solche nackte Wahrheiten einem König und Heiligen für gewöhnlich nicht so kraß ins Gesicht gesagt werden, gingen nunmehr Ferdinands schmale Brauen in die Höhe.

»Meint ihr?« fragte der König. »Dem müssen wir nachgehen. Was zu Beispiel ist das da?«

Er zeigte zu dem Teich hin, der die Zitronenbäume wässerte, und der Fürst schaute auf den gelben Gegenstand, der in jenem Teich schwamm. »Sire«, sagte de Gâtinais, »es ist eine Zitrone, die von einem der Bäume gefallen ist.«

»Ihr haltet es also für eine Zitrone. Und was meint Ihr, di Paz?« wollte der König wissen.

Der Markgraf war ein gesetzter Mann, der selten etwas riskierte. Er schritt zum Rande des Teiches und sah sich das Ding an, ehe er sich äußerte; und er kam lächelnd zurück. »Ah, Sire, Ihr habt fürwahr eine treffende Predigt gegen voreiliges Urteil gehalten, denn wiewohl der Baum ein Zitronenbaum ist, ist das Ding, das darunter schwimmt, eine Orange.«

»Ihr, Markgraf, haltet es also für eine Orange. Und was meint Ihr dazu, Graf von Poictesme?« fragt nun der König.

Wenn di Paz nicht viel riskiert hatte, riskierte Manuel gar nichts. Er watete in den Teich und holte das Ding heraus, das da schwamm. »König«, sagt der große Dom Manuel und blinzelt weise mit seinen leuchtenden fahlen Augen, »es ist die Hälfte einer Orange.«

Draufder König: »Da ist ein Mann, der sich nicht leicht vom eitlen Schein dieser Welt trügen läßt und dem die Wahrheit über trockene Schuhe geht. Graf Manuel, Ihr sollt Eure Truppen haben, und ihr anderen müßt warten, bis ihr Graf Manuels Urteilsvermögen erlangt habt, welches, laßt mich euch sagen, mehr wert ist als jedes Lehen, das ich zu vergeben habe.«

Und so zog denn, als der Frühling anbrach, Manuel an der Spitze eines höchst ansehnlichen Heers gen Poictesme, und Dom Manuel gebot dem Herzog Asmund, das ganze Land zu übergeben. Asmund, der unter dem Fluch des Kobolds von reizbarem Wesen war, wies solches mit Schimpf zurück, und der Kampf begann.

Manuel verstand natürlich nichts von der Heerführung, doch König Ferdinand hatte den Conde de Tohil Vaca als Manuels Leutnant entsandt. Manuel prangte nun in goldener Rüstung, und der Anblick seines Schildes mit dem aufgerichteten Hengst und dem Motto *Mundus vult decipi* wurde in der Schlacht für die empfindsameren unter seinen Gegnern zum Signal, sich an einer anderen Stelle des Gefechts auszuzeichnen. Lästerer flüsterten, im Rat und im öffentlichen Diskurs wiederhole Manuel volltönend die Befehle und Ansichten, die Tohil Vaca liefere; wie dem auch sei, die offiziellen Verlautbarungen des Grafen von Poictesme erregten überall das freundliche Gefühl, das man alten Freunden vorbehält, so daß kein Schaden entstand.

Im Gegenteil, Dom Manuel entwickelte nun ein unschätzbares Talent für Volksreden, und an jedem Ort, den er eroberte und besetzte, hielt er machtvolle Ansprachen an die überlebenden Einwohner, ehe er sie hängen ließ, und rief alle rechtschaffenen Personen auf, Asmunds Militärdiktatur zu zerschlagen. Außerdem, führte Manuel aus, war dies ein Kampf, wie ihn die Welt noch nicht gesehen hatte, indem es ein Krieg war, der ein für allemal Schluß mit dem Krieg machen und jedermanns Kindern den ewigen Frieden bringen würde. Nie, wie er eindringlich formulierte, hatten Menschen für eine ruhmreichere Sache gekämpft. Und so weiter und so fort, sagte er, und diese erhebenden Gedanken verfehlten bei niemandem ihre Wirkung.

»Wie wunderbar du sprichst!« pflegte Frau Niafer dann bewundernd zu sagen.

Und Manuel schaute sie eigenartig an und erwiderte: »Ich erarbeite dein Zuhause, Liebling, und den Lohn für deine Diener, und eines Tages werden diese Perlen der Redekunst als Perlen in einer echten Krone wiederkehren. Denn ich sehe, daß ein früherer Bekannter von mir recht hatte, als er den Unterschied zwischen Menschen und anderen Tieren aufzeigte.«

»Ach ja, fürwahr!« sagte Niafer sehr gewichtig, wobei sie keine bestimmte Bedeutung damit verband, aber allgemein folgerte, daß sie und Manuel von etwas Erbaulichem und Frommem sprachen. Denn Niafer war nun eine fromme Christin, wie es sich für eine Gräfin von Poictesme gehörte, und nirgends empfand jemand größeren Respekt vor ehrwürdigen Geräuschen.

»Zum Beispiel«, fuhr Frau Niafer fort, »erzählt man mir, daß diese deine hübschen Reden solchen Eindruck auf die Philister drüben gemacht haben, daß ihre Königin Stultitia ein Bündnis angeboten und versprochen hat, dir leichte Kavallerie und Rammböcke zu schikken.«

»Es ist wahr, daß sie es versprochen hat, doch sie hat es nicht getan.«

»Nichtsdestoweniger, Manuel, wirst du feststellen, daß die moralische Wirkung ihrer Billigung von unschätzbarem Wert sein wird; und das ist, wie ich des öfteren denke, schließlich die Hauptsache.«

»Ja, ja«, sagte Manuel ungeduldig, »wir haben hier eine Menge moralischer Billigung und erhabener Worte, und im Süden haben wir einen Heiligen, damit er für uns Wunder tut, aber es ist Asmund, der dieses Heer von ausgesucht verkommenen Subjekten hat, und für die sind Moral und Rhetorik keinen Pappenstiel wert.«

So ging der Kampf den ganzen Frühling weiter, und in Poictesme erschien er sehr wichtig und beispiellos, wie denn Kriege für gewöhnlich den Leuten erscheinen, die darin verwickelt sind: und Tausende von Männern wurden hingemetzelt, zur Betrübnis ihrer Mütter und Geliebten, und oft auch ihrer Ehefrauen. Und es gab die übliche Anzahl unerhörter militärischer Greuel und Perfidien und Schändungen und Brandschatzungen und so weiter, und die Leidtragenden nahmen ihre Qualen so ernst, daß es komisch ist, wenn man daran denkt, wie unwichtig letzten Endes alles war.

Denn eben dieses Gemetzel fand vor so langer Zeit statt, daß es jetzt nicht die Mühe lohnt, einem unaufmerksamen Zuhörer das Gefecht der Ritter zu Perdigon oder die einst berühmte Schlacht der Kesselflicker wiederzugeben; oder nachzuerzählen, wie die unnachgiebigen Ratsherren von Montors in einen Käfig gesperrt und versehentlich umgebracht wurden; noch zu berichten, wie die Nordmänner die Schiffsbrücke bei Manneville verbrannten und wie Asmund bei der verheerenden Belagerung von Evre auf einen durchgebrannten Balken trat und so dreißig Fuß tief mitten unter seine Feinde fiel und sich ein Bein brach, sich aber so wacker schlug, daß er entkommen konnte; und wie bei Lisuarte ungewappnete Bauern Manuels Anhänger mit Sensen und Heugabeln und Knüppeln zurückschlugen.

Die Zeit hat die Bedeutung dieser alten Heldentaten ausgewaschen, wie die Farbe aus billiger Kleidung gewaschen wird; so tun denn Chronisten klug daran, wenn sie, ohne die Feder einzutauchen, die Episode von der tapferen Siennerin und ihrem grünen Gift zu Bellegarde beiseite wischen, und auch die Taten des Gegenpapstes daselbst, und wenn sie mit dem Papier knausern, das nötig wäre, die bemerkenswerte Methode mitzuteilen, mit der der grimmige Tohil Vaca eine Steuer von einem Livre auf jeden Schornstein in Poictesme erhob.

Es ist heutzutage nicht einmal möglich, lebhafte Anteilnahme für jene einst berühmten Töpfe mit loderndem Schwefel und Fett und ungelöschtem Kalk aufzubringen, die zum Leidwesen von Manuels Mannen über die Mauern von Storisende ausgeleert wurden. Denn obwohl es ein sehr heldenhafter Krieg war, in dem jedwede Art hoher militärischer Tugend demonstriert und auf beiden Seiten überaus gewichtige Worte gesprochen wurden, brachte er irgendwie weder die Erneuerung noch den Ruin der Menschheit zuwege: und als das Morden und die allgemeine Verwüstung ihr Ende gefunden hatten, ging die Welt ziemlich genau so weiter wie nach allen anderen Kriegen, mit der dumpfen Empfindung, daß etliche Zeit und Kraft nutzlos eingesetzt worden waren, und der Überzeugung, daß es unrühmlich wäre, derlei zu sagen.

Es genügt daher festzuhalten, daß es allenthalben viel Tote und Elend gab und daß im Juni der Conde de Tohil Vaca gefangen und ermordet wurde, und zwar mit ziemlich makabrer Spaßhaftigkeit, die sich ungewöhnlicherweise eines glühenden Schüreisens bediente, und daß Manuels Truppen geschlagen und zerstreut wurden.

Fredric Brown

Unter den klassischen humoristischen Werken enthalten die Bücher von François Rabelais, nach dem jene überschäumende Art von Witz als rabelaisisch bezeichnet wird, etliche Geschichten von fehlbaren Helden, die später die Inspiration für moderne Schriftsteller wie den folgenden geliefert haben. Rabelais, ein französischer Mönch, der zum Satiriker wurde, erlitt dasselbe Schicksal wie James Branch Cabell: Sein Werk wurde von den Behörden verboten. Heute allerdings gelten seine beliebtesten Bücher, Das sehr erstaunliche Leben des großen Gargantua, des Vaters Pantagruels, vordem verfaßt von Alcofribas Nasier, Abstraktoren der Quintessenz *(1532) und die im selben Jahr erschienene Fortsetzung* Pantagruel* *– beide unter dem Namen ›Alcofribas Nasier‹ (einem Anagramm seines wirklichen Namens) veröffentlicht – zu Recht als zwei der besten und einflußreichsten satirischen Werke, die je geschrieben wurden.*

Fredric Brown (1906–1972), der in Cincinnati geboren wurde und als Büroangestellter und Journalist arbeitete, ehe er freischaffender Schriftsteller wurde, wird heute gleichermaßen wegen seiner Kriminalromane, Science Fiction-Werke und Fantasy-Geschichten bewundert; er wird Brian Ash in Who's Who in Science Fiction *(1976) zufolge allerdings auch auch ›insbesondere für den Humor und die Satire geschätzt, die er in viele seiner Erzählungen hat einfließen lassen‹. Browns großartiges Talent für kulminierende Späße zeigte sich erstmals in einer seiner frühesten Arbeiten, ›Placet ist ein verrückter Ort‹ (1946), die als die beste jemals geschriebene Kurzgeschichte über eine auf*

* Rabelais veröffentlichte zuerst den ›Pantagruel‹ mit Bezug auf ein älteres Volksbuch über Gargantua und ließ *seine* Version des ›Gargantua‹ unmittelbar nachfolgen; daher im Titel des ›ersten‹ Bandes die Erwähnung des anderen. Deutsche Versionen sind unter verschiedenen Titeln erschienen, moderne Übersetzungen schlicht als ›Garganta und Pantagruel‹. – *Anm. d. Übers.*

komische Art unmögliche Welt bezeichnet worden ist. Dieses und andere Perlen aus seiner Feder wurden später in den Bänden Sehnsucht nach der grünen Erde *(Space on My Hands, 1951),* Alpträume *(Nightmares and Geezenstacks, 1961) und* Tagmahre *(Daymares, 1968) gesammelt.*

Browns Ruf als Meister humoristischer Phantastik wurde indes mit zwei Romanen fest begründet: Das andere Universum *(What Mad Universe, 1949), einer Satire über eine alternative Erde, wo verschiedene Science-Fiction-Klischees wahr werden, und* Die grünen Teufel vom Mars *(Martians, Go Home, 1955), worin sich die kleinen grünen Eindringlinge so ziemlich als das Gegenteil von denen erweisen, die in H. G. Wells klassischem Roman agieren. Brown gilt auch als Verfasser der kürzesten SF-Geschichte aller Zeiten: »Der letzte Mensch auf der Erde saß allein in einem Raum. Da klopfte es an der Tür ...«* Eins seiner großen Talente war es zweifellos, die Werke von ihm geschätzter Autoren wie Rabelais und James Branch Cabell zu parodieren, und diese Facette ist in der folgenden, erstmals 1961 veröffentlichten Geschichte zu sehen, die zu beiden früheren Autoren stilistische Ähnlichkeiten aufweist. In der Tat hatte er unter den Titel die Worte gesetzt: »Nach den Werken Rabelais' nacherzählt und etwas modernisiert.«*

---

* Zitiert aus der (etwas längeren) Erzählung ›Es klopft‹, deutsch von Leni Sobez.

Fredric Brown

Der Ring des Hans Carvel

In Frankreich lebte einst ein wohlhabender und schon etwas älterer Juwelier namens Hans Carvel. Er war nicht allein fleißig und gebildet, sondern auch von liebenswertem Wesen. Und ein Mann, der die Frauen liebte; und obwohl er sein Leben nicht enthaltsam verbracht noch etwas ausgelassen hatte, war es geschehen, daß er noch Junggeselle war, und das im Alter von – nun, sagen wir, er ging auf die Sechzig zu, und lassen wir offen, von welcher Seite er darauf zuging.

In diesem Alter verliebte er sich in die Tochter eines Gutsverwalters – ein junges und schönes Mädchen, feurig und lebhaft, ein Mahl, der Tafel eines Königs würdig.

Und heiratete sie.

Binnen weniger Wochen in der sonst glücklichen Ehe begann Hans Carvel zu argwöhnen, seine junge Frau, die er noch immer innig liebte, möchte wohl ein wenig *zu* feurig, ein wenig *zu* lebhaft sein. Daß das, was er ihr zu bieten vermochte – abgesehen von Geld, das er zur Genüge besaß –, womöglich nicht ausreichte, um sie zufriedenzustellen. Sagte ich *womöglich*? Es reichte nicht aus.

So nimmt es nicht wunder, daß er vermutete und bald schon fest glaubte, sie vervollständige ihr Liebesleben mit mehreren – oder vielleicht sogar vielen – anderen und jüngeren Männern.

Dies nagte an ihm. Es brachte ihn sogar in solch einen Zustand der Unruhe, daß er fast jede Nacht üble Träume hatte.

In einem dieser Träume sprach er eines Nachts mit dem Teufel, erklärte ihm sein Dilemma und bot den üblichen Preis für etwas, was es auch sei, das ihn der Treue seiner Frau versichern würde.

Im Traume nickte der Teufel bereitwillig und sagte zu Hans: »Ich werde dir einen Zauberring geben. Du wirst ihn finden, wenn du erwachst. Solange du diesen Ring trägst, wird es deinem Weibe völlig und durchaus unmöglich sein, dich ohne dein Wissen und deine Zustimmung zu betrügen.«

Und der Teufel verschwand, und Hans Carvel erwachte.

Und er stellte fest, daß er in der Tat einen Ring trug, sozusagen, und daß der Teufel sein Versprechen in der Tat gehalten hatte.

Doch sein junges Weib war gleichfalls erwacht und regte sich, und sie sagte zu ihm: »Hans, Liebling, nicht den Finger. *Der* ist es nicht, was *da* hineingehört.«

Fritz Leiber

Der amerikanische Phantastik-Autor Fritz Leiber, dem die Erfindung des Begriffs ›Sword and Sorcery‹ zugeschrieben wird, war auch der Schöpfer von Fafhrd und dem Grauen Mausling, zwei einmaligen Abenteurern, die 1939 eingeführt wurden und deren Taten in der Folgezeit die Anerkennung gefunden haben, zu den gebildetsten und wichtigsten Zyklen des Genres zu gehören. Das Paar war die erste von vielen solchen Partnerschaften in der Fantasy, wenngleich Leibers meisterhafter Kunstgriff darin bestand, Fafhrd zu einem großgewachsenen, kräftigen Mann zu machen, während sein Gefährte klein, flink und geistesgegenwärtig war. Ihre Abenteuer, die Leiber sein Leben lang immer weitergesponnen hat, sind eine Mischung von hochdramatischer Handlung und raffiniertem Humor, die mit der passenderweise ›Zwei suchten das Abenteuer‹ genannten Erzählung begann (in Unknown, August 1939) und in Kurzgeschichten, Erzählungen und Büchern fortgesetzt wurde, darunter *Schwerter gegen Zauberei (Swords Against Wizardry, 1968)*, *Schwerter gegen den Tod (Swords Against Death, 1970)* und *Schwerter und Eiszauber (Swords and Ice-Magic, 1977)*. 1982 erklärte Leiber in einem Interview: »Meine Jugendlektüre, Robert E. Howard und James Branch Cabell, zusammenzubringen – das war es mehr oder weniger, was den Anstoß zu Fafhrd und dem Grauen Mausling gab, dazu noch ein bißchen von meiner Kenntnis der Sagas der nordischen Mythologie.« Fafhrd stellte er sich als nicht ganz so ausgeprägten Superman wie Howards Conan vor – eine hochgewachsene nordische Gestalt und, wie manche sagen, nach dem Autor selbst modelliert, während der Graue Mausling eine Mischung aus einem überschäumenden Collegefreund, Harry Fischer, der ihn in die Fantasy eingeführt hatte, und dem boshaften nordischen Gott Loki war. Das Königreich, in dem sie am Werk sind, Lankhmar, hat Leiber einmal als ein ›Bagdad an der Pazifikküste‹ beschrieben.

Fritz Leiber (1910–1992) wurde in Chicago geboren, Sohn eines Shakespeare-Darstellers, und eine Zeitlang trat er mit der Wandertruppe seines Vaters auf. Nachdem er dem Theater den Rücken gekehrt hatte, arbeitete er zwölf Jahre lang als Mitherausgeber von Science Digest, *bis der Erfolg seines Romans* Spielball der Hexen *(*Conjure Wife, *1943), einer* Geschichte *von Hexerei an einer modernen Universität, es ihm ermöglichte, freischaffender Schriftsteller zu werden. Der Roman ist zweimal verfilmt und für die Fernsehserie* Moment der Angst *eingerichtet worden. Ihm folgte eine Reihe von Horrorgeschichten, Science Fiction-Erzählungen und mehr ›Schwert und Zauberei‹, was ihm bewundernde Anhänger in allen drei Genres und die Auszeichnung als ›Großmeister der amerikanischen Fantasy‹ einbrachte. Die folgende Geschichte von Fafhrd und dem Grauen Mausling, in der die beiden wegen eines Mädchens von übernatürlicher Schönheit aneinandergeraten, ist für mich eine der amüsantesten in seinem ganzen Werk. Sie wurde ursprünglich für die Zeitschrift* Whispers, *Dezember 1973, geschrieben.*

FRITZ LEIBER

Der Köder

Fafhrd aus dem Norden träumte von einem riesigen Goldhaufen.

Der Graue Mausling, der aus dem Süden kam und sich auf seine wetteifernde Art schlauer anstellte, erträumte sich einen Haufen Diamanten. Er hatte die gelben Steine noch nicht alle aussortiert, doch er vermutete, daß sein schimmernder Haufen bereits mehr wert war als der schimmernde Schatz, den Fafhrd vor sich liegen hatte.

Woher er in seinem Traum wußte, was Fafhrd im gleichen Augenblick träumte, war allen Lebewesen in Nehwon ein Rätsel, außer vielleicht der Augenlosen Sheelba und dem Siebenäugigen Ningauble, den Zauberern und Mentoren des Mauslings und Fafhrds. Vielleicht spielte dabei ein übergreifender düsterer Grundverstand mit, der von beiden geteilt wurde.

Sie erwachten gleichzeitig, Fafhrd ein wenig langsamer, und richteten sich in ihren Betten auf.

Am Fußende zwischen den Liegen befand sich ein Wesen, das ihre Aufmerksamkeit erweckte. Es wog etwa achtzig Pfund, war ungefähr vier Fuß und acht Zoll groß, hatte langes, glattes schwarzes Haar und außerdem eine elfenbein-weiße Haut und war so exquisit geformt wie eine schmale Schachfigur des Königs der Könige, aus einem einzelnen Mondstein geschnitzt. Das Wesen schien dreizehn Jahre alt zu sein, doch seine Lippen lächelten kühle, selbstüberzogene Siebzehn, während die schimmernd tiefen Augenseen die erste blaue Schmelze der Eiszeit offenbarten. Natürlich war sie nackt.

»Mir gehört sie!« sagte der Graue Mausling, der aus dem Stand schnell zu reagieren vermochte.

»Nein, mir!« rief Fafhrd beinahe gleichzeitig, räumte aber mit dem einleitenden »Nein« ein, daß der Mausling der erste gewesen war oder er zumindest damit gerechnet hatte, daß der Mausling sich als erster äußerte.

»Ich gehöre mir selbst und niemandem sonst, bis auf zwei oder drei mannhafte Halbteufel«, sagte das kleine nackte Mädchen, wobei sie die beiden allerdings nacheinander nymphomanisch lasziv musterte.

»Wir kämpfen um sie«, schlug der Mausling vor.

»Ja«, sagte Fafhrd und zog mit langsamer Bewegung ›Graywand‹ aus der Scheide neben seiner Liege.

Gleichzeitig zog der Mausling ›Skalpell‹ aus der Rattenlederhülle.

Die beiden Helden erhoben sich von ihren Betten.

In diesem Augenblick erschienen ein Stück hinter dem Mädchen zwei Personen – anscheinend aus dem Nichts kommend. Beide waren mindestens neun Fuß groß. Sie mußten sich ducken, um nicht gegen die Decke zu stoßen. Spinnweben kitzelten sie an den spitzen Ohren. Das Wesen auf der Seite des Mauslings war so schwarz wie Schmiedeeisen. Mit schneller Bewegung zog es ein Schwert, das aus demselben Material geschmiedet zu sein schien.

Im gleichen Augenblick wies der andere, der knochenweiß schimmerte, ein silbern aussehendes Schwert vor, das silbern plattiert war.

Der neun Fuß große Bursche vor Mausling holte zu einem gewaltigen Schlag aus, der ihm den Schädel hätte zerschmettern müssen. Der Mausling parierte rechtzeitig, und die Waffe seines Gegners wirbelte kreischend nach links. Daraufhin schlug der Mausling mit einer energischen gegenläufigen Bewegung dem schwarzen Ungeheuer den Kopf ab, der mit einem entsetzlichen Klappern zu Boden fiel.

Der weißliche Gegner Fafhrds vertraute auf einen nach unten gerichteten Stoß. Der Nordling jedoch ließ seine Waffe im Gegenuhrzeigersinn schwingen und stieß ihm die Klinge in den Leib, wobei das silbrige Schwert seine rechte Schläfe um Haaresbreite verfehlte.

Trotzig stampfte die Nymphe mit nacktem Fuß auf und verschwand in der Luft oder vielleicht im Nirgendwo.

Der Mausling machte Anstalten, seine Klinge am Bettzeug abzuwischen, stellte aber fest, daß dazu keine Veranlassung bestand. Er zuckte die Achseln. »Pech für dich, Genosse«, sagte er spöttisch-bekümmert. »Jetzt wirst du das leckere Ding nicht auf deinem Goldhaufen ausbreiten und vernaschen können.«

Fafhrd wollte ›Graywand‹ an seinem Laken reinigen und bemerkte dabei ebenfalls, daß die Waffe keine Blutspuren aufwies. Er runzelte die Stirn. »Tut mir leid für dich, bester aller Freunde«, sagte er mitfühlend. »Jetzt kannst du sie nicht unter dir spüren, wie sie sich in mädchenhafter Begeisterung auf deiner Diamantencouch windet, deren Funkeln ihr bleiches Fleisch durchscheinend zucken läßt.«

»Fort mit dem weibischen künstlerischen Unrat – woher wußtest du, daß ich von Diamanten geträumt habe?« wollte der Mausling wissen.

»Ja, woher?« fragte sich Fafhrd staunend. Schließlich wich er der Antwort mit der Bemerkung aus: »Vermutlich auf demselben Wege, auf dem du erfahren hast, daß meine Träume um Gold kreisten.«

Die beiden übermäßig langen Leichen suchten sich diesen Augenblick aus, um zu verschwinden – und der abgetrennte Kopf tat es ihnen nach.

Weise sagte Fafhrd: »Mausling, mir will scheinen, als wären hier übernatürliche Kräfte im Spiel gewesen.«

»Oder Halluzinationen, du großer Philosoph«, gab der Mausling ein wenig mürrisch zurück.

»O nein«, widersprach Fafhrd. »Die Burschen haben nämlich ihre Waffen zurückgelassen, wie du siehst.«

»Richtig«, räumte der Mausling ein und betrachtete die schmiedeeiserne und die plattierte Klinge auf dem Boden mit gierigen Blicken. »Die würden am Kuriositätenhof hübsches Geld bringen.«

Der Große Gong von Lankhmar tönte gedämpft durch die Wände mit den feierlichen dröhnenden zwölf Mittagsschlägen – der Augenblick, da sich bei Beerdigungen der Spaten in den Boden bohrt.

»Ein nachträgliches Omen«, verkündete Fafhrd. »Jetzt wissen wir, woher die übernatürlichen Kräfte gekommen sind. Aus dem Schattenland, der Endstation bei allen Beerdigungen.«

»Ja«, stimmte der Mausling zu. »Prinz Tod, der flinke Bursche, hat wieder einmal die Hände nach uns ausgestreckt.«

Fafhrd spritzte sich aus einer großen Schale an der Wand kühles Wasser ins Gesicht. »Na schön«, sagte er durch das Plätschern. »Es war immerhin ein hübscher Köder. Wahrlich, nichts eignet sich besser als ein reifes Mädchen, vernascht oder nur nackt geschaut, um Appetit aufs Frühstück zu bekommen.«

»In der Tat«, erwiderte der Mausling, kniff die Augen zusammen und rieb sich das Gesicht mit einer Handfläche ein, die er in weißen Brandy getaucht hatte. »Das typische frisch erblühte, noch unreife Ding für deine satyrhaften Gelüste, du alter Wüstling.«

In dem nun folgenden Schweigen hörte das Wasserplätschern plötzlich auf, und Fafhrd fragte in unschuldigem Ton:

»*Wessen* satyrhafte Gelüste?«

Robert Bloch

Die nächste Geschichte ist ein Beispiel dafür, wie das Thema der Drachenjagd nach wie vor in der modernen humoristischen Fantasy verwendet wird. Die Tradition der alten Sagen, die F. Anstey ins zwanzigste Jahrhundert eingeführt hat, wird hier in neuer Gestalt von Robert Bloch zum Leben erweckt, der wohl am besten durch seinen Roman Psycho *(1959) und den danach von Alfred Hitchcock gedrehten Film bekannt geworden ist, aber auch hochgeschätzt als Autor geistreicher Fantasy, die sich durch ihren ›Friedhofshumor‹ auszeichnet. Obwohl Blochs frühe Erzählungen größtenteil Horrorgeschichten waren, offenbarte sich sein Talent für komische Fantasy in der Serie von Lefty Feep-Geschichten, die er in den vierziger Jahren für* Fantastic Adventures *schrieb. Die Titel sagen alles über den Inhalt: ›Zeit heilt wunde Aale‹, ›Heini der Riesenkiller‹, ›Dschinn mit hellbraunem Haar‹ und ›Stuporman‹. Die Begeisterung, mit der die Serie von den Lesern aufgenommen wurde, ermutigte Bloch, sein Leben lang immer wieder auf das Schreiben humoristischer Fantasy zurückzukommen, und in der Tat lag eine der letzten Geschichten, die er schrieb, ›Der Irrenarzt und der Nerz‹, ziemlich auf der Lefty-Feep-Linie.*

Robert Bloch (1917–1994) wurde in Chicago geboren, der Heimatstadt der legendären Pulp-Zeitschrift Weird Tales, *und so überrascht es nicht, daß seine ersten Horrorgeschichten auf deren Seiten erschienen. Bald schon jedoch erweiterte er sein stilistisches Spektrum, ließ seinem dämonischen Sinn für schwarzen Humor freien Lauf und parodierte schließlich ein ganzes Spektrum von berühmten Autoren übernatürlicher Phantastik von H. P. Lovecraft bis zu Stephen King. Der Erfolg von* Psycho *öffnete ihm die Türen zum Film, und er schrieb Drehbücher für zahlreiche Hollywood-Streifen wie auch für eine Filmanthologie, die Amicus in England herstellte und die auf seinen eigenen Geschichten beruhte. 1975 wurde sein Beitrag zum Genre auf der*

Ersten Welt Fantasy-Convention mit einem ›Life Award‹ gewürdigt, und zum Zeitpunkt seines tragischen Endes 1994 galt er als eine der herausragenden Gestalten in der Fantasy.

Seine Talent jedoch lebt weiter – besonders in Geschichten wie diesem urkomischen Drama von dem Drachentöter, der ins Amerika der dreißiger Jahre verschlagen wird, wobei das literarische Vorbild unverkennbar Damon Runyon war, der berühmte Chronist harter Kerle mit weichem Herzen. Erstmals im November 1941 in Unknown Worlds erschienen, imitiert die Geschichte Runyons Schreibweise in der Gegenwartsform, enthält aber auch reichlich von Robert Blochs eigenen komischen Einfällen.

ROBERT BLOCH

Die alten Rittersleut...

Ich klemme den Fuß auf den Gashebel. Kühle Morgenluft strömte in den Laster und 'n ganzer Wasserfall von Flüchen strömt wieder zum Fenster raus. Ich hab nämlich am ganzen Leib das Gefühl, als ob ich mit zwei linken Beinen aufgestanden bin.

In der guten alten Zeit hab ich den Burschen immer erzählt wie ich mich von dem ganzen Kram wegsehne und daß ich mir ne kleine Farm draußen am Land kaufen will, mit 'ner Masse Hühner... Nun hab ich also die ganzen verdammten Hühner und wünsche mir aus tiefstem Herzen, ich lebte noch in der guten alten Gangsterzeit...

Sie wohnen wahrscheinlich nicht auf dem Land und haben also keine Ahnung, was los ist. Lassen Sie sich's also von einem sagen, der's weiß.

Heute morgen wache ich also um vier Uhr auf, weil so an die fünfzigtausend Spatzen beschlossen haben, unter meinem Fenster 'ne Gewerkschaftsversammlung abzuhalten. Ich hau mir die Schienbeine an 'nem dreckigen Schubkarren blutig, der irgendwo im Hof herumsteht. Das gewisse Örtchen ist nämlich so zirka 'ne halbe Wegstunde weit weg. Während ich mich noch anziehe, muß ich mich schon dranmachen, so mit etwa fünfzig Hühnern Haschen zu spielen. Die will ich nämlich zum Markt bringen. Bis ich die Biester beisammen habe, bin ich über und über voll Federn und sehe aus wie 'n Senator, den die Sioux-Indianer als Ehrenmitglied auf Lebenszeit in ihren Stamm aufgenommen haben. Als nächstes lade ich mir die ganzen verdammten Gackerer in meinen Laster, fahr fünfzig Meilen zur Stadt, verkaufe die Mistviecher mit Verlust und fahr die fuffzig Meilen wieder zurück. Und das alles auf nüchternen Magen…

So muß ich eben sehen, wie ich in der Kneipe unten an der Straße zu meinem Frühstück komme, wo ich ohnedies Tommy Malloon, dem ›Dünnen‹, zehn Dollar ›Schutzgebühr‹ zahlen muß.

So sieht's also aus mit mir, und das erklärt auch, warum ich nicht gerade überschäume vor Freude und Vergnügen. Da gibt's einfach nichts, als die Zähne zusammenbeißen und die Ohren steifhalten. Und am besten beißt man die Zähne nach einem kräftigen Schluck aus dem Fläschchen zusammen, das ich da mit dabei habe. Von dem Zeug drin werden dann die Ohren ganz von selbst steif.

Nun, nach einigen raschen Inhalationen ist mir schon viel besser, und ich bin gerade dabei, das Gejammer abzustellen, da sehe ich diese Tafeln an der Straße.

Ich weiß ja nicht, was Sie von dem Zeug halten. Aber mir geht's mit dem Kram so: Ich mag einfach keine Werbeschilder entlang der Straße, und von all den Schildern, die es da so gibt, sind mir die für *Siamesische Rasierkrem* am meisten zuwider. SIAMESISCHE RASIERKREM kann ich einfach nicht riechen.

Die stehen da so dümmlich an der Straße lang und bilden eine Serie. Auf jedem ist eine Zeile von einem kurzen, dafür aber um so blöderen Gedicht. Fährt man also die Reihe lang, so liest man einen kleinen Spruch über SIAMESISCHE RASIERKREM. Notgedrungen. Diese Gedichte sind fast genauso dumm wie das Zeug aus Kinderlesebüchern. Ich mag auch Kinderlesebücher nicht.

Nun, wie ich die erste Tafel sehe, seufzte ich gequält auf und nehm 'n Schlückchen aus meiner Flasche. Natürlich bin ich zu neugierig, um das verdammte Biest nicht zu lesen. Da steht:

TRAG DEN BART NICHT SCHEUSSLICH LANG

Auf der nächsten Tafel:

WIE 'NE ZIEGE ODER 'N LURCH

Bald komm ich zur dritten Tafel. Darauf steht:

NIMM DEIN MESSER, SEI NICHT BANG

Und nun bin ich plötzlich fröhlich. Ich hoffe, daß vielleicht jemand danebengehauen hat und daß nun auf der vierten Tafel stehen wird:

UND SCHNEIDE DIR DIE KEHLE DURCH!

Natürlich brenne ich jetzt darauf, die letzte Tafel zu sehen. Ich schau also schon weit die Straße voraus und habe die Augen ganz zugekniffen, damit mir bloß nichts entgeht. Dann tret ich aber mit aller Macht auf die Bremse. Vor mir ist da ein Dings, das die Straße blockiert. Um es genau zu sagen: *zwei* Dinger.

Eines dieser Dinger ist ein Pferd. Wenigstens sieht es mir mehr nach einem Pferd aus als irgend etwas anderes, das ich nach vier Drinks noch sehen kann. Das Biest ist mit einer Art gestreiftem Vordach oder Zelt überdeckt, das auf allen Seiten über seine Beine herunterhängt und auch über den Hals hinaufgeht. Wie ich genauer hinsehe, fällt mir auf, daß dieses Pferd über dem Kopf eine Art Maske trägt, mit Löchern für die Augen, wie beim Ku-Klux-Klan.

Das andere Dings reitet auf dem Pferd. Es ist von Kopf bis Fuß silbern, und aus seinem Kopf wächst eine lange Feder. Das Dings sieht aus wie ein Mann und hat eine lange, spitze Stange in der einen Hand und den Deckel einer blechernen Mülltonne in der anderen.

Wie ich mir den Kerl so genauer ansehe, wird mir eines klar: Aus ›Bonanza‹ ist der nicht.

Ich fahr also noch ein Stückchen näher, und meine netten blauen Kinderaugen erkennen: Das, was ich da anstarre, ist ein Mensch in voller Rüstung. Was ich für eine lange, spitze Stange hielt, entpuppt sich als eine gut vier Meter lange Lanze, an deren Spitze so etwas wie ein Rasiermesser angebracht ist.

Wer der Kerl ist und warum er so angezogen ist, mag für gewisse Leute – zum Beispiel die Straßenpolizei – recht interessant sein, aber ich bin weit davon entfernt, etwas mit der Polizei zu tun zu haben. Weit entfernt bin ich übrigens auch noch immer von Tommy Malloon, der jetzt schon ungeduldig auf seine zehn Dollar ›Schutzgebühr‹ wartet.

Also sage ich, als ich da diesen ollen Panzerkreuzer mir die Straße versperren sehe, höflich zu ihm: »Mach, daß du zum Teufel gehst, Brüderchen!« Wie schon gesagt: laut, deutlich – aber höflich.

Stellt sich aber bald heraus, daß das ein Fehler ist. Der Kerl im blechernen Smoking sieht bloß das Lastauto, das da auf ihn zukommt. Als er aus dem Kühlerverschluß etwas Dampf aufsteigen sieht, legt er seinen eisernen Kopf verwundert auf die Seite. Inzwischen schnarcht auch mein Auspuff auf wie 'ne Posaune, denn ich steige einige Male heftig aufs Gas. Das gibt den Ausschlag.

»Heiho!« heult seine Stimme hinter dem Helm auf. »Ein Drache!«

Plötzlich legte er seine Lanze ein, stößt dem Gaul seine Krummzehlein in die Weichen und kommt auf meinen ollen Laster losgaloppiert.

Über dem Klappern seiner eisernen Rüstung höre ich ihn noch: Für Pendragon und England! schreien. Dann kommt er schon heran wie 'n kleiner Panzerspähwagen.

Sein vier Meter langes Rasiermesserchen ist geradewegs auf meinen Kühler gerichtet. Ich will natürlich nicht, daß er mir den Motor kaputt macht, und wende also den Laster zur Seite.

Das hat zunächst nur zur Folge, daß der Kühlerverschluß geradewegs in die Luft saust. Dann kommt 'n dicker Dampfstrahl heraus, dem Blechbruder geht sein Pferd in die Höhe, der Kerl stößt einen Schrei aus und läßt die Lanze fallen – Krach! und die Windschutzscheibe ist in Trümmern.

Jetzt reißt mir die Geduld. Ich halte den Laster an und steige aus, aber dalli. »Hören Sie mal, Sie Narrenkopf!« sage ich freundlich zu ihm.

»Aha«, ertönt hinter dem Helm eine Stimme. »Ein Zauberer!« Der Kerl quatscht Zeug zusammen! »Halt!« brüllt er. »Denn es ist Pallagyn, der spricht.«

Ich bin nun nicht gerade in der Stimmung, mir Theaterzeugs und lange Reden anzuhören. Also nehm ich 'nen langen Mutternschlüssel und geh zu dem Mann rüber.

»Schlägst wohl gern meine Windschutzscheibe ein, was, Junge? Machst auf offener Straße Krach, was? Ich werd dir mal… Heda!«

Na, ich bin keiner, der aus geringfügigem Anlaß ›Heda!‹ schreit, aber wie dieser kugelsichere Jockey da von seinem Pferd runtergeschlittert kommt, tändelt er mit einem rund drei Meter langen Schwert herum, ziemlich scharf geschliffen, soweit ich sehen kann. Und wenn jemand so mit rund drei Meter Schwert nach meiner Kehle zielt, so ist das allemal ein ›Heda!‹ wert, will mir scheinen.

Ich rechne mir also aus, daß es doch lohnender ist, mich mal rasch zu bücken, wenn ich einen Haarschnitt samt Rasur vermeiden will. Dabei habe ich noch sehr viel Glück, daß sich diese wandelnde Eisenhandlung so langsam bewegt, denn er rammt das Riesenschwert buchstäblich im Zeitlupentempo nach mir. Ich ducke mich also hurtig und klopfe ihm nur mal so zum Spaß mit dem langen Mutternschlüssel eins auf die Birne.

Kein Ergebnis.

Der stählerne Engel läßt sein Schwert fallen und stößt noch einen Schrei aus. Also geb ich ihm noch mal so richtig zärtlich eine auf den Helm. Immer noch nichts. Beim dritten Mal hab ich dann endlich Erfolg: Der schwere Mutternschlüssel bricht ab.

Da ergreift mich plötzlich sein eiserner Arm, und los geht's.

Ehe ich noch weiß, was los ist, wird's um mich schwarz und einsam. So viel merke ich noch, daß mein merkwürdiger Partner nach einem Feitel in seinem Gürtel langt. Ich sorge dafür, daß mein Stiebel schneller dort ist als seine Hand. Ich trete mit allem, was ich habe, nach. Es wirkt. So an die hundertfünfzig Pfund Rüstung bekommen das Übergewicht. Dem Kerl drin bleibt nichts anderes übrig, als mitzustürzen. Er landet auf dem Rücken – *seinem*, glücklicherweise. Im Nu sitz ich ihm auf der Brust und mach die Jalousie auf, die er vorn am Helm hat.

»Haltet ein, genug!« sagt er von innen. »Ich beschwöre Euch: Haltet ein!«

»Schon gut, Junge. Aber mach doch mal den Briefkasten da auf. Ich möchte gern das Gesicht von dem Idioten sehen, der da unbedingt einen Verkehrsunfall mit 'ner Wagenladung Blech bauen wollte.«

Er zieht also den Rollbalken hoch und erlaubt mir einen Blick auf sein purpurnes Gesicht mit feuerrotem Bart. Der Bursche hat blaue Augen, die er aber beschämt niedergeschlagen hält.

»Ihr seid der erste, o großer Zauberer, das besiegte Antlitz von Sir Pallagyn of the Black Keep zu schauen«, murmelt er vor sich hin.

Ich hüpfe so geschwind von seiner Brust runter, als wäre es der elektrische Stuhl. Ich hab zwar schon an manchem einen Narren gefressen, bin aber noch nie auf 'nem Narren gesessen.

»Muß leider rasch weiter«, sage ich möglichst beiläufig. »Ich weiß nicht, wer Sie sind, noch warum Sie so rumlaufen. Vielleicht sollte ich Sie einsperren lassen, aber ich hab's nun gerade eilig, verstehen Sie? Also tschüß!«

Ich beginne wegzugehen, drehe mich aber noch mal um: »Übrigens habe ich es nicht sehr gern, wenn man mich mit ›o Zauberer‹ anredet.«

»Wahrhaftig«, sagt der Kerl, der sich Sir Pallagyn

nennt, und richtet sich unter ziemlicher Geräuschentfaltung auf. »Ihr seid aber *doch* ein Zauberer, denn Ihr reitet in einem Drachen, der Feuer, Dampf und Flammen schnaubt und furzt.«

Mir gehen inzwischen der Dampf, das Feuer und die Flammen durch den Kopf, die der ›dünne‹ Tommy Malloon jetzt wohl schon ausstößt, und kümmere mich also nicht weiter um den Blechhaufen. Ich klettere in meinen Laster, da kommt Sir Pallagyn plötzlich angerannt und schreit:

»Halt! Wartet!«

»Worauf soll ich denn warten?«

»Mein treues Roß, mein' Wehr und Waffen – nach hergebrachtem Turnierrecht sind sie Euer!«

Irgend etwas schnappt in meinem Hirnchen ein: Die Sache beginnt mich zu interessieren.

»Wer zum Kuckuck sind Sie denn eigentlich?« frage ich. »Und wo zum Teufel wohnen Sie?«

»Wie ich Euch schon kündete, o Zauberer«, sagt er mir darauf, »ich bin Sir Pallagyn of the Black Keep. Von Merlin bin ich verzaubert und von König Artus' Hof in Camelot hierher entsandt. Dort wohn ich und dort weil ich!«

»Hm?« räuspere ich mich verlegen.

»Und da Ihr mich in rechtem Manneskampfe besiegt, so habt Ihr nach altem Brauch mein Roß, mein Wehr und Waffen errungen.« Er schüttelt seinen Kopf, was ein bißchen wie das Rattern eines Maschinengewehrs klingt. »Merlin wird gar erzürnt sein, hört er von diesem Strauß, will mir scheinen.«

»Merlin?«

»Merlin, der graue Zauberer, der mich auf diesen Suchgang entsandt'«, erklärt der Schrotthaufen. »Er war's, der mich durch Zeit und Raum geschleudert, das Kappadokische Taburett zu suchen.«

Natürlich ist der Kerl so verrückt, wie man nur sein kann, aber irgend etwas muß doch dran sein an dem, was er da sagt. Diesen König Artus und auch diesen komischen Merlin habe ich mal in 'nem Film gesehen. Da war'n auch so Kerls, die sich Ritter nannten, was hauptsächlich bedeutete, daß sie zur Bande von diesem Artus gehörten. Die sitzen da in irgendeiner Art Schenke um 'nen runden Tisch herum, schlagen ständig Krach und gehen auf allerlei Kreuzzüge und ›Suchgänge‹, was zu gut deutsch bedeutet, daß sie Zeug klauen, was ihnen nicht gehört, oder daß sie anderen Rittern die Dame ausspannen.

Natürlich glaube ich, das alles war so hundert Jahre oder so her und in Europa, in den alten Tagen, bevor sie ihre Rüstung in die Ecke lehnten, bunte Sporthemden anzogen und die verschiedenen ›gesetzeswidrigen Tätigkeiten‹, wie die Sonntagsblätter schreiben, auf 'ne ordentliche, geschäftsmäßige Basis stellten.

Und all der Quatsch mit ›in Zeit und Raum vorwärtsschreiten‹, um irgend etwas zu finden, ist natürlich blanker Unsinn, wenn man es nicht mit Einstein und seinen Theorien hält. Mir persönlich ist Raquel Welsh lieber.

Immerhin, die Situation ist – man könnte sagen: ungewöhnlich, also sage ich zu dem wahnsinnigen Klempner: »Und Sie wollen mir also wirklich weismachen, Sie kämen direktemang vom Hofe König Artus', und irgendein Zauberer hätte Sie ausgeschickt, etwas zu suchen?«

»Wahrhaftig, o Zauberer. Merlin warnte mich schon, man werde mir keinen Glauben schenken«, sagt darauf dieser Pallagyn oder wie er heißt, traurig. Dabei kaut er an seinem Schnurrbart, ohne erst Butter daraufzustreichen. Fast sieht es aus, als ob er jeden Augenblick losheulen will.

»Ach, ich glaub dir, Junge«, sage ich, um ihn etwas zu trösten.

»Dann nehmt mir Roß, Wehr' und Waffen – der Brauch gebietet's!« beharrt er.

Was ich wesentlich lieber nehme würde, ist in diesem Augenblick ein Drink. Also tu' ich's, und sofort wird mir besser. Ich steige aus und gehe zu dem ollen Haferbrenner hinüber. »Is mir nich ganz klar, was ich mit dem vierbeinigen Leimtigel soll«, sag ich zu dem Ritter, »und auch für Ihr Maniküzeug habe ich keine unmittelbare Verwendung. Aber wenn's Sie glücklich macht, nehm ich das Zeug mit.«

Ich greif mir also den Gaul, führe ihn nach hinten und lasse die Rampe des Lasters herunter. Nachdem ich den Gaul im Laderaum untergebracht hab, geh ich wieder nach vorn, wo Pallagyn gerade seine stählerne Poloausrüstung auf dem Vordersitz verstaut.

»Ich gebe das hier für Euch auf den Drachen«, sagt er einschmeichelnd.

»Das ist kein Drache«, erkläre ich ihm, »das ist ein Ford.«

»Ford? Von so einem Tier hat mir Merlin nichts erzählt.« Dabei klettert er seinen Konservenbüchsen nach, sieht aber aus, als hätte er Angst, das Lenkrad würde ihn beißen.

»He, wohin wollen Sie denn jetzt?«

»Mit dir, o Zauberer. Wohl sind Roß und Waffen dein, doch ich muß ihnen folgen, und sei's in Gefangenschaft und Sklaverei. So gebietet es das eherne Gesetz der Fahrt.«

»Mensch, Sie haben wohl nichts wie Gesetze im Hirn, da muß einer ja dösig werden. jetzt hören Sie mal gut zu: Ich mag keine Autostopper ...«

In dem Moment schau ich auf meine Uhr und sehe, es ist beinahe zehn. Nun fällt mir ein, daß ich den dünnen Tommy ja schon um acht hätte treffen sollen. So geht mir durch den Kopf: Warum nicht? Ich werde diese traurige Gestalt ein Stückchen die Straße lang nehmen, ihn an einem stillen Platz abstellen und die ganze Geschichte vergessen. Vielleicht kann ich dabei gleich auch erfragen, ob jemand gerade aus Baycrest abgängig ist – das ist das Irrenhaus hier rum.

Pallagyn pfeift durch sein Bärtchen, als ich den Kasten in Schwung bringe, also frage ich ihn: »Was ist's, alter Bursche, sind Sie vielleicht durstig?«

»Nein«, keucht er aufgeregt, »aber wir fliegen!«

»Wir fahren bloß achtzig«, sag ich ihm. »Sehen Sie doch auf den Geschwindigkeitsmesser.«

»Achtzig was? Was für ein Messer?«

Jetzt wird mir langsam alles klar. Der Kerl schwindelt nicht. Ich sehe mir seine Rüstung noch mal genauer an. Sieht ganz massiv aus, nicht wie das Zeug, das man so beim Maskenverleih bekommt. Da sind so kleine, hübsche Einlegearbeiten in Gold und Silber. Und der Kerl weiß also doch wirklich nicht, was'n Auto ist oder 'n Tachometer!

»Junge, du brauchst'n Drink«, sag ich und nehm gleich auch einen. Dann reich ich ihm die Buddel rüber.

»Met?« fragt er.

»Ne, Haig & Haig. Genehmigen Sie sich mal 'n kleinen.«

Er setzt die Flasche an und nimmt 'n gewaltiges Schlückchen. Dann heult er auf und wird röter als sein Bart.

»Ich bin verzaubert!« röhrt er. »Du bist ein schwarzer Zauberer!«

»Na, na! Das läßt ganz rasch wieder nach. Übrigens hab ich schon mal gesagt, daß ich kein Zauberer bin. Bin jetzt 'n ganz gewöhnlicher Bauer und Marktfahrer, egal, was die bei der Polente Ihnen erzählen. Mit dem anderem Leben hab ich längst Schluß gemacht.«

Nach 'ner Weile wird er wieder friedlich und fängt an, mich alles mögliche Zeug zu fragen. Ehe ich noch viel nachdenken kann, erzähle ich ihm auch schon, wer ich bin und was ich so tu. Nach noch 'nem winzig kleinen Schluck kommt mir die ganze Geschichte auch nicht mehr so verrückt vor. Schließlich kriegt er mich so weich, daß ich ihm das Du anbiete und ihn bitte, mich ›Butch‹ zu nennen. Einige Minuten später sind wir so dick befreundet wie Pennbrüder.

»Nenn mich ganz einfach Pallagyn«, sagt er zu mir.

»Okay, Pal. Wie wär's mit noch 'nem kleinen Sorgenbrecher?«

Diesmal ist er schon etwas vorsichtiger, und es scheint auch schon ganz glatt seine Gurgel runterzurutschen, denn er schmatzt genießerisch und läuft diesmal auch nicht mal rosa an.

»Darf ich dich nach dem Ziel deiner Reise fragen, o Butch?« gibt er nach etwa 'ner Minute von sich.

»Du darfst«, sag ich, »da sind wir schon, gerade vor uns.«

Dabei deute ich auf das Gebäude, dem wir uns gerade nähern. Es handelt sich um 'ne Kaschemme mit dem schönen Namen ›Stolper rein!‹ und ist genau das Rattenloch, in dem der dünne Tommy Malloon in Hut und Pistolenhalfter Hof hält. Das erklär ich Pal in kurzen Worten.

»Es sieht nicht wie ein Rattenloch aus«, bemerkt er.

»Jedes Haus, in das der dünne Tommy einkehrt, wird automatisch zum Rattenloch ehrenhalber«, sag ich Pal, »denn der ›Dünne‹ ist nun eben 'ne Ratte. Er ist so ziemlich das letzte. Nichtsdestotrotz muß ich jetzt rein und ihm zehn Dollar ›Schutzgebühr‹ zahlen, oder er sorgt dafür, daß mein Futterklee das nächstemal mit Lauge gedüngt wird.«

»Was bedeutet das?« fragt nun Pallagyn.

»Ja, mein lieber Pal, ich hab wirklich 'ne kleine Farm. Und dem dünnen Tommy muß ich alle paar Wochen einen Zehner geben, sonst kommt es eben zu kleinen Ungelegenheiten. Zum Beispiel könnte ich da auf einmal Glas in meinem Hühnerfutter finden, oder 'ne kleine ›Ananas‹-Bombe in meinem Silo.«

»Du zahlst also, um Vandalen daran zu hindern, deine Landwirtschaft zugrunde zu richten?« fragt der

Ritter. »Wäre es nicht praktischer, die Übeltäter zu entlarven und zu bestrafen?«

»Entlarven is' nich' nötig. Ich weiß ganz genau, wer meine Farm kaputtmacht, wenn ich nicht zahle«, sage ich. »Der dünne Tommy höchst eigenhändig.«

»Ah, es scheint mir, als verstünde ich die Situation: Du bist ein Lehensmann, und dieser hagere Thomas ist dein Herr.«

Irgendwie klingt diese Bemerkung – vor allem auch der Ton, in dem Pal sie macht –, als wäre ich doof und reingelegt. Nun habe ich aber gerade genug getrunken, um etwas dagegen zu haben.

»Verdammt noch mal, ich bin kein Lehensmann. Eigentlich hatte ich schon lange vor, es diesem dünnen Tommy einmal richtig zu zeigen. Also werde ich ihm heute nicht zehn Dollar geben, sondern ihm ins Gesicht sagen, was ich von ihm halte.«

Pallagyn hört mir sehr aufmerksam zu, denn es ist mit seiner Grammatik nicht allzu gut bestellt, und er versteht manchmal Englisch offenbar nur mühselig. Aber er versteht schließlich, was ich meine, und lächelt.

»Ihr sprecht wie ein rechtschaffener Ritter«, sagt er dann. »Ich werde Euch bei diesem Waffengang begleiten, denn mein Herz entzündet sich für einen aufrechten Mann mit festem Ziel, und überdies ist mir dieser hagere Thomas nicht sympathisch.«

»Nein, nein, bleib bloß sitzen«, sage ich schnell. »Ich mach das schon selbst. Der dünne Tommy mag es nämlich auf den Tod nicht, wenn fremde Leute bei Tag in sein Lokal kommen, ohne daß er sie eingeladen hat. Dazu bist du noch, na sagen wir: etwas auffällig angezogen. Bleib also lieber da, und nimm noch schnell einen aus dem Fläschchen.«

Ich fahr also vor, krieche aus der Kiste und marschiere schön hurtig in die Kaschemme rein.

Mein Herz schlägt ganz schön hurtig, denn was ich nun vor habe, würde jedes wissende Herz schnell schlagen lassen – solange es der dünne Tommy nicht extra am Schlagen hindert. Das tut er nämlich manchmal, wenn ihn etwas ärgert oder kränkt – vor allem, wenn's dabei um Geld geht.

Ich geh aber trotzdem zur Bar ran, und richtig, da steht der dünne Tommy und poliert Gläser. Dabei hat er Boxhandschuhe an. Wie ich dann allerdings genauer hinsehe, merke ich, daß das gar keine Boxhandschuhe sind, sondern einfach die Fäuste des ›Dünnen‹.

Der ›Dünne‹ ist natürlich nicht wirklich dünn, wie Ihnen sicher längst schon klar ist. Man nennt ihn bloß so, weil er nackt so an die dreihundertfünfzig Pfund wiegt. Nackt ist er zum Beispiel, wenn er ein Bad nimmt – so einmal im Monat.

»Du bist's also!« sagt er mit 'ner Stimme wie 'n Bulle.

»Hallo, dünner Tommy«, begrüße ich ihn. »Wie geht's?«

»Du wirst dich wundern, wie's dir geht, wenn du die zehn Eierchen nicht rasch und brav in meine Hand legst«, grunzt der ›Dünne‹. »Die anderen waren alle schon vor zwei oder drei Stunden da, und ich kann auch nicht ewig damit warten, das Geld auf die Bank zu tragen.«

»Dann geh doch mal«, sag ich ihm, »ich halt dich nicht zurück.«

Der dünne Tommy läßt das Glas, das er gerade poliert, fallen und lehnt sich rasch über die Bar. »Gib den Zaster her!« stößt er durch die Zähne. Es sind große, gelbe Zähne, die in einem nicht allzu einnehmenden Grinsen arrangiert sind.

Ich grinse ihn also auch an, denn er kann ja meine Knie nicht zittern sehen.

»Ich hab leider nichts für dich, Tommy«, bringe ich gerade noch heraus. »Eigentlich bin ich ja hauptsächlich gekommen, um dir zu sagen, daß ich ab heute keinen Schutz mehr brauche. Also gibt's auch keine ›Schutzgebühr‹.«

»Ha!« brüllt Tommy, haut auf die Bar und kommt dann mit einer für einen Mann seiner Leibesfülle erstaunlichen Geschwindigkeit um die Theke rum und auf mich losgesprungen.

Dabei schreit er »Bertram!« und »Roscoe!«

Bertram und Roscoe sind Tommys Kellner, aber ich habe irgendwie das Gefühl, Tommy ruft sie nicht, damit sie mich bedienen.

Die Burschen kommen in gestrecktem Galopp von hinten raus. Es will mir scheinen, als hätten sie in solchen Dingen schon von früher her Erfahrung, denn Bertram trägt einen kleinen Totschläger mit sich herum, und Roscoe hält ein niedliches kleines Springmesser mit einer etwa 25 Zentimeter langen Klinge einladend in der Faust. Das Messer macht mir dabei am meisten Sorge, denn Roscoe sieht mir überhaupt nicht nach einem Pfadfinder aus.

Während ich das alles noch allmählich wahrnehme, sitzt mir der dünne Tommy schon an der Jacke und versucht, mir 'nen Linken auf die Kinnspitze zu verpassen. Ich mache gerade noch rechtzeitig vor ihm 'ne kleine Verbeugung, inzwischen kommt aber Tommys zweite Hand daher, und schon sause ich quer durchs Zimmer. Dabei stürze ich über einen Stuhl, und nun sind Bertram und Roscoe wirklich gerne bereit, mich zu ›bedienen‹. Einer von ihnen ist sogar so höflich, den Stuhl, über den ich gefallen bin, unter mir hervorzuzerren, aber dann will er mir damit sofort über den Schädel hauen, und das finde ich nun wieder nicht freundlich.

Ich tu einen Juchzer und greif mir 'nen Salzstreuer vom Tisch. Den stopf ich Bertram in den Schlund. Eben, als ich dabei bin, Roscoes Augen mit ein wenig Pfeffer zu garnieren, kommt der dünne Tommy angesaust, nimmt Roscoe das Messer fort und läßt mich vor sich her in die nächste Ecke kriechen.

In dem Augenblick höre ich draußen einen fürchterlichen Krach, und jemand brüllt: »Hottojoho! Pendragon und Pallagyn!«

Und natürlich galoppiert jetzt Sir Pallagyn in die gute Stube! In der einen Hand hält er sein Schwert, meine Whiskybuddel in der anderen – leer natürlich! Klar, daß er nun bis an die Haarwurzeln hinauf voll Mut ist.

Erst läßt er die Flasche aus. Bertram kriegt sie seitlich übern Schädel, genau in dem Moment, in dem er endlich den Salzstreuer ausspuckt. Was zur Folge hat, daß Bertram mit einem leisen Seufzer zu Boden gleitet. Roscoe und Tommy drehen sich um.

»Ein Roboter!« bemerkt der dünne Tommy überflüssigerweise – und auch nicht völlig wahrheitsgemäß.

»Ja«, sagt Roscoe, der nun plötzlich sehr beschäftigt ist, weil Pallagyn mit seinem Schwertchen auf ihn einstochert. So geschäftig und in Eile ist er, daß er leider über den Stuhl fällt und dabei unglücklicherweise mit seinem Gesicht in einem Spucknapf landet. Pallagyn schickt sich eben an, ihm eine Gründliche zu verpassen, da läßt mich der ›Dünne‹ los und stößt ein schauerliches Grunzen aus.

Er nimmt mit der gleichen Hand den Totschläger und das Springmesserchen auf und schlägt zu. Die springen von Pallagyns Helm natürlich harmlos ab. Also versucht es Tommy mit einem Stuhl. Das funktioniert auch nicht, also greift er sich einen handlichen Tisch.

Pallagyn dreht sich nur etwas überrascht um und geht nun auf Tommy los. Jetzt möchte sich der dünne Tommy dünnemachen. Er macht ein paar Schritte nach rückwärts und sagt dabei besorgt:

»Nicht... nicht...« Plötzlich langt er in die Hüfttasche und zieht seinen Revolver heraus.

»Obacht!« schrei ich und versuche, zu Tommy zu gelangen, bevor er schießen kann. »Bück dich, Pal, hau dich auf den Boden!«

Pallagyn duckt sich, rennt aber immer noch weiter

auf Tommy zu. Seine Rüstung ist so schwer, daß er nicht plötzlich stehenbleiben kann, ohne umzufallen.

Die Kanone ballert über seinen Kopf weg, aber Sir Pallagyn stürmt weiter und mitten in den dünnen Tommy hinein. Er erwischt ihn mit dem Helm geradewegs im Bauch. Der dünne Tommy macht bloß ›u-uuff‹ und setzt sich auf seine vier Buchstaben. Dann hält er seinen Bauch dort, wo der Helm landete, und verfärbt sich stark ins Grüne.

Pallagyn zückt schon sein Schwert, aber ich sage zu ihm: »Laß ihn in Frieden. Ich glaube, er hat soeben etwas gelernt.«

Im Hinausgehen flüstert mir der dünne Tommy gerade noch zu: »Wer ist der Kerl?«

»Das«, sage ich friedlich, »ist mein neuer Knecht auf der Farm. Wenn ich du wäre, würde ich also lieber keine ›Ananas‹ draußen bei mir anbauen, denn er ist etwas allergisch gegen Obst.«

So verbleiben wir also, und ich krieche wieder auf den Fahrersitz meines Lasters.

»Dank dir, Pal«, sage ich. »Du hast diesen Affen nicht nur zu Tode erschreckt, sondern mir auch praktisch das Leben gerettet. Ich stehe tief in deiner Schuld, wer du auch sein magst, und wenn der dünne Tommy in seiner Kaschemme keine solche Schwefelsäure als Schnaps verkaufen würde, nähme ich dich jetzt zu ihm auf 'nen Drink.«

»Erwähnt es nicht. Es war nur eine Kleinigkeit«, sagt Pallagyn.

»Ich tue gern einmal etwas für dich, alter Freund«, sag ich zu ihm. »Du bist nämlich jetzt wirklich mein Freund, Pal.«

»Es scheint, als könntet Ihr mir schon jetzt helfen.«

»Wie das?«

»Nun, bei der Erfüllung meiner Aufgabe als Gralsritter. Merlin hat mich ausgeschickt, das Kappadokische Taburett zu finden.«

»Mit den neuen Nachtclubs kenne ich mich gar nicht mehr aus«, sage ich ihm darauf. »Ich habe mich aus der Großstadt völlig zurückgezogen und bin ein einfacher Landmensch geworden.«

Pallagyn ignoriert meine Bemerkung völlig und erklärt:

»Das Kappadokische Taburett ist jenes Tischchen, auf dem der Heilige Gral ruhen wird, wenn wir es gefunden haben.«

»Der Heilige Gral?«

Also erzählt mir Pallagyn die Geschichte von König Artus und seiner Schlägergarde. In der Hauptsache sitzen die Burschen um einen runden Tisch herum, saufen und kämpfen miteinander. Scheint, daß dieser König Artus seine Gang nicht besonders straff organisiert hat. Das Hirn der ganzen Bande ist dieser Merlin, der ein ziemlich hohes Tier in der Magier-Gewerkschaft ist. Er schickt dauernd Burschen aus, um irgendwelche Weiber zu retten, die jemand hat mitgehen lassen, oder um Kerls von rivalisierenden Banden umzulegen – aber er interessiert sich offenbar hauptsächlich für den Heiligen Gral.

Ganz geht mir ja nicht auf, was dieser Heilige Gral eigentlich ist, aber es scheint sich um eine Art Super-Humpen oder Fußballpokal zu handeln, der irgendwann einmal im Mittelalter aus nem Pfandleihhaus verschwunden ist. Aber alle sind ganz wild darauf, ihn zu finden, sogar die ganz großen Nummern in der Bande wie Sir Galahad und Sir Lancelot.

Wie Pallagyn die erwähnt, fällt mir ein, daß ich von diesen Knaben schon mal wo gehört habe. Also frage ich ihn alles mögliche und erfahre so eine Menge über die alten Zeiten und die Ritter; wie sie leben und all das Zeug mit Turnieren und so. Die kommen mir etwa so vor wie Bundesligaspiele, aber ohne Bestechung.

Also, um die Sache kurz zu machen: Dieser Merlin kann bis heute den Heiligen Gral nicht in die Pfoten bekommen, so sehr er auch nach allen Seiten Ritter ausschickt. Aber in mancher anderen Hinsicht ist er ein ganz gerissener Bursche. Irgendwie törnt er sich an und kann dann in die Zukunft sehen. Und was er beispielsweise da sieht, ist dieses Kappadokische Taburett. Das ist irgend so'n heiliges Tischchen, das zum Heiligen Gral gehört.

Holt sich also der olle Hasch-Bruder Sir Pallagyn und sagt ihm, er schicke ihn zur höheren Ehre Britannias auf die Reise. Er solle dieses Telefontischchen für den Heiligen Gral besorgen und zurückbringen.

Alles, was Merlin für Pallagyn tun kann, ist, daß er einen Zauberspruch über ihm spricht und ihn in die Zukunft schickt; dorthin nämlich, wo er das Kappadokische Taburett sieht. Also erzählt er ein bißchen über unsere Zeit und unser Land, schüttet ein wenig Pulver auf ihn, und schon sitzt Pallagyn auf seinem Pferd in der Mitte unserer schönen, für Ford-Laster gebauten Landstraße. Dort hab ich ihn ja dann auch gefunden.

»Ganz leicht zu glauben ist das nicht«, sage ich, als Pallagyn mit seiner Geschichte zu Ende ist.

»Aber ich bin doch hier«, meint der Ritter. Womit eigentlich alles gesagt ist.

Immerhin ist er ein guter junge und hat mir das Leben gerettet, also muß ich wenigstens versuchen, für ihn etwas zu unternehmen.

»Hat dir der olle Opiumnascher keinen Hinweis gegeben, wo du das Ding finden könntest?« frage ich ihn.

»Merlin? Wahrhaftig, er sprach davon, daß er es in einem ›Haus der Vergangenheit‹ sähe.«

»Was für ein Haus?«

»›Haus der Vergangenheit‹ – so deucht mir, hat er es genannt.«

»Hab ich noch nie was 'von gehört«, antworte ich. »Höchstens, er meint damit ein Beerdigungsinstitut. Mich bringen sie aber in so'n Leichenhotel nicht rein –

nicht mit zehn Pferden, geschweige denn mit deinem alten Gaul.«

Während ich das sage, fahren wir schon in meinen Hof, und ich halte den Laster an.

»Woll'n wa mal 'n Tellerchen voll essen«, schlage ich vor. »Vielleicht fällt uns dabei etwas ein.«

Also hole ich Pallagyn samt Rüstung aus dem Auto raus und nehm ihn mit rein. Während ich das Essen zubereite, sitzt er in der Küche rum und stellt tausend dumme Fragen. Stellt sich heraus, er ist 'n ziemlich unwissender Bursche. Zu seiner Zeit gab es offenbar weniger Zivilisation als das Schwarze unter den Nägeln der Kerle, die da lebten. Er kennt keinen Ofen, kein Gas, und wie er mir dann auch noch erzählt, daß sie kein elektrisches Licht hatten, geht mir plötzlich auf, warum man immer vom ›finsteren Mittelalter‹ spricht.

Also erkläre ich ihm alles, Autos und Eisenbahnzüge, Flugzeuge und Traktoren, und dann bringt mich mein gutes Herz soweit, daß ich auch noch einige Tips über den Umgang mit Leuten gebe.

Ich erkläre ihm den ganzen Kram mit den Gangs und der Polente und den verschiedenen Dingern, die man dreht. Auch die ganze Schweinerei mit Politik und Wahlen erkläre ich ihm. Und zum Abschluß gibt's noch 'nen kurzen wissenschaftlichen Exkurs – Maschinengewehre und gepanzerte Geldtransportwagen, Tränengas und ›Ananas‹-Granaten, Fingerabdrücke –, ganz große Klasse und auf dem letzten Stand.

Es ist verdammt schwer, einem so unwissenden Kerl wie Pallagyn all das Zeug beizubringen, aber er ist so herrlich dankbar für alles, daß ich ihm auch die letzten Finessen verrate.

Aber schließlich bin ich ja kein Schullehrer, und überdies bringt uns all das der Lösung von Pallagyns Problemchen nicht näher. Er will sich ja immerhin dieses Taburett unter den Nagel reißen.

Also frage ich ihn noch mal recht gründlich über

alles aus: Was das für'n Tischchen ist, wie es aussieht und wo dieser miese Bruder Merlin ihm gesagt hat, daß es zu finden ist.

Aber alles, was ich aus ihm herausquetschen kann, ist, daß das Ding im ›Haus der Vergangenheit‹ steht …

»Großes Haus«, sagt er, »und das Taburett wird von Männern in Blau bewacht.«

»'ne Polizeistation?« geht mir durch den Kopf.

»Es ruht in einem durchsichtigen Sarg«, sagt er.

So was hab ich noch nicht gesehen, denk ich mir, obwohl man mir erzählt hat, daß sie Stinky Raffaelano in einen Glassarg steckten, als er voriges Jahr irrtümlich in die Flugbahn eines 9-mm-Geschosses geriet …

»Man kann das Taburett sehen, aber nicht berühren«, fällt ihm noch ein.

Da habe ich plötzlich eine Erleuchtung. 'ne ganz große Bogenlampe geht mir auf.

»Das Ding ist unter Glas«, sage ich zu Pallagyn, »es ist in einem Museum.«

»Glas?«

»Ach, quatsch nicht und mach dir keine Gedanken, was Glas ist«, sage ich. »Klar – Wachen, ›Haus der Vergangenheit‹, blaue Uniformen – es ist ganz einfach das Museum in der Stadt.«

Ich erkläre ihm, was ein Museum ist, und lasse dann meine Gedanken ganz schnell abschnurren.

»Erst müssen wir herausfinden, wo das Ding genau ist. Dann können wir uns den Kopf darüber zerbrechen, wie wir es ganfen.«

»Ganfen?«

»Klar, stehlen, Pal. He, sag mal, weißt du, wie das Biest aussieht?«

»Ei doch. Merlin hat es mir in allen Einzelheiten beschrieben, damit ich nicht fehlgehe und wirklich auch das richtige Taburett erlange.«

»Okay, willst du mir das Ding mal beschreiben?«

»Nun, es ist bloß eine hölzerne Tasse aus rohen Brettern, das an seinen vier Ecken von kurzen Beinen getragen wird. Es ist braun getönt, und es ist kaum vier Handbreit hoch. Es ist ganz einfach, ohne jeglichen Schmuck oder Zierrat, denn es wurde von den guten Kappadokischen Patres mit einfachsten Mitteln verfertigt.«

»So«, sag ich, »mir scheint, ich hab eine Idee. Wart mal hier«, schlag ich ihm vor, »und tu was für deine Bildung.«

Dabei geb ich ihm so'n Heftchen mit massenweise nackten Mädchen drin. Inzwischen gehe ich in den Keller runter. Wie ich nach 'ner Weile wieder hochkomme, stürzt Pallagyn mit lautem Blechgeklirre auf mich zu. Er ist ganz aus dem Häuschen.

»Sagt an, wer ist dies schöne Fräulein?« fragt er und deutet auf 'ne dumme Stute in 'nem Bikini. »Wahrhaftig, sie gleicht der ›Dame vom See‹«, bemerkt er. »Wiewohl mit mehr … mehr …«

»Du sagst es, Bruder Pal«, stimme ich zu, »viel mehr. Aber sieh mal her, sieht das nicht wie das Nachttischchen aus, dem du nachjagst?«

»Alle Donner, das ist es ja wahrhaftig! Wo habt Ihr es erlangen können?«

»Ach, das ist bloß so'n Stückchen altes Mobiliar, das ich unten im Keller gefunden habe. Ein Fußschemel. Aber ich habe die Tapezierung runtergerissen und den Firnis etwas abgeschabt. Nun brauchst du bloß Merlin dazu zu bringen, daß er sein Zauberstäbchen schwenkt und dich zurückruft. Dann gibst du ihm das Ding hier. Er wird das nie überlauern«, sage ich, »und wir machen uns damit die Sache ein ganzes Stück leichter.«

Aber Pallagyn wird ganz traurig und beginnt wieder, an seinem roten Schnurrbart zu knabbern.

»Ich fürchte, Sir Butch, Eure Moralbegriffe lassen zu wünschen übrig. Ich bin auf Suchfahrt entsandt! Wie sollte ich es vor meinem eigenen Gewissen verantworten, ein gefälschtes Taburett mit heimzubringen?«

Da wird mir klar, daß ich nun wirklich in der Suppe drin stecke.

»Ich werd's gleich haben, Pal. Geh jetzt bloß mal raus, und stell deinen Haferbrenner in'n Stall. Bis du wieder reinkommst, ist schon alles in Butter.«

Er donnert raus, und ich hänge mich inzwischen an die Strippe.

Wie er dann wieder reinkommt, bin ich schon fertig.

»Komm mit raus und stopf dich in'n Laster«, lade ich ihn ein. »Jetzt gehen wir los und holen die Möbel für dich ab.«

»Wahrhaftig? Dann sind wir ja nun auf gemeinsamer Kundfahrt, Sir Butch?«

»Frag keinen Quatsch«, sag ich drauf. »Mach nun schon los.«

Ich greife mir 'n Fläschchen vom Besten, dazu das falsche Taburett und 'nen Glasschneider, marschiere zum Lastwagen, und los geht's.

Es ist 'ne ziemlich lange Fahrt, und mir bleibt daher 'ne Menge Zeit, Pallagyn alles auseinanderzuklauben. Ich erzähle ihm, wie ich das Museum angerufen habe und rauskriege, daß die dort dieses Nachttischchen haben. Dann hänge ich ein und ruf die Burschen noch mal an, diesmal natürlich mit verstellter Stimme. Ich erzähle ihnen, ich sei von 'nem Eilguttransportdienst und hätte 'ne Rüstung für sie, die ich jetzt rasch mal hinbringen wollte.

»Dufte Idee, was, Pal?« frage ich ihn.

»Aber ich verstehe nicht. Wie konntet Ihr mit dem Museum in der Stadt sprechen, wenn Ihr doch hier wart…?«

»Immerhin bin ich ja selbst auch 'n Zauberer!« schieß ich los.

»Nun, das ist wohl so, aber dennoch verstehe ich Euren Plan immer noch nicht. Was soll denn eine Rüstung im ›Haus der Vergangenheit‹?«

»Nun, es ist doch 'ne Antiquität, nicht? Weißt du

denn nicht, daß heute kein Mensch mehr in Rüstungen herumläuft? Heute trägt man bloß noch kugelsichere Westen.«

»Nun gut, aber wie hilft uns das, das Taburett zu – ganfen?«

»Nichts leichter als das. Ich tu so, als wärest du eine leere Rüstung, und trage dich ins Museum hinein. Dann sehen wir uns um, wo dieses Taburett ist. Ich stell dich in eine Ecke, und wenn dann am Abend die Bude dichtgemacht wird, kannst du es verdammt schnell ganfen. Du kannst den Glasschneider nehmen, um es herauszubekommen. Dann stellst du dieses falsche Taburett hinein, und am nächsten Morgen merkt kein Mensch was davon. Einfach, nicht?«

»Bei der Heiligen Jungfrau, Euer Plan ist ein Wunder an Schläue!«

Ich muß selbst zugeben, daß das Ding verdammt clever klingt. Aber mir fällt auf, daß nun der Verkehr um uns rum dichter wird; ich halte also den ollen Kasten an und sage zu Pallagyn:

»Ab jetzt bist du bloß 'ne Rüstung mit nichts drin. Kriech mal nach hinten und bleib hübsch still liegen. Wenn wir dann zum Museum kommen, zieh ich dich raus, und du bleibst dabei schön hübsch friedlich. Klar?«

»Auf meine Ehre!«

Also springt Pallagyn hinten auf den Laster rauf und legt sich still hin, während ich in die Stadt brause. Ehe ich noch in die Nähe vom Museum komme, nehm ich rasch mal zwei Schlückchen, um mir Mut zu machen, denn ich bin etwas nervös. Es ist immerhin verdammt lange her, seit ich mein letztes Ding gedreht habe.

Ich schwebe zwar nicht gerade, aber ich habe das Gefühl, als ob meine Beine nicht ganz zum Boden reichen, als wir in die Stadt kommen. Das wird wohl der Grund sein, warum ich so zufällig 'nen Kotflügel streife, nämlich den des Autos vor mir, als wir mal im Verkehr stehen bleiben müssen. Ich streife ihn natürlich nur ganz leise, aber dennoch fällt das verdammte Biest runter und bleibt auf der Straße liegen. Es gehört zu einem großen, schwarzen Rolls. Ein bösartig aussehender oller Weißkopf macht die Tür auf, lehnt sich raus und sagt:

»Na, hören Sie mal, Sie Rüpel!«

»Wen nennen Sie denn da 'n Rüpel, Sie flaschennasiger oller Affe?« sage ich freundlich, denn ich möchte, daß wir die Sache ohne Aufsehen beilegen.

»Aaaarch!« sagt darauf der olle Weißkopf und steigt aus seiner Kutsche. »Komm mit, Jefferson, und hilf mir, diesem Burschen Manieren beizubringen.«

Der Chauffeur, der nun aussteigt, ist einfach zu groß für unsere bescheidene kleine Welt. Er ist nicht nur groß, er sieht auch gemeingefährlich aus. Nun kommt er also mit dem Ollen auf mich losmarschiert.

»Warum gehen Sie nicht einfach weg und hüpfen in die Lagune?« schlage ich vor, denn ich mag keinen Streit. Aber der Olle läßt nicht mit sich reden.

»Geben Sie mir Ihren Führerschein«, knurrt er. »Ich werde etwas gegen Burschen wie Sie unternehmen, die rücksichtslos anderer Leute Autos rammen.«

»Ja!« sagt der große Chauffeur und steckt sein rotes Gesicht bei mir zum Fenster rein. »Vielleicht würde dieser Kerl etwas langsamer fahren, wenn der die Welt aus zwei blauen Augen betrachtet.«

»Moment mal«, meine ich nun. »Es tut mir schrecklich leid, daß ich an Ihren Wagen rangekommen bin und dann etwas aufbrausend war, aber ich muß ganz schnell zum Museum. Wenn Sie mal hinten auf die Ladefläche sehen, so werden Sie dort eine Rüstung finden, die ich dorthin liefern muß.«

Gleich stellt sich heraus, daß das die zweitbeste Lösung ist. Wie ich nämlich den Ollen und den Riesenchauffeur auf mich zukommen sehe, werfe ich die Whiskyflasche hinten in den Laster rein. Nun aber erspäht sie Sir Pallagyn. Wie also der Olle seine Nase über die Bordwand baumeln läßt, vergönnt sich Pallagyn gerade 'n kleines Schlückchen.

Als Pal den ollen Kerl kommen sieht, hält er sich – den Arm hoch in der Luft – völlig still, behält die Flasche im Mund, knallt aber noch sein Visier herunter.

»He, was ist denn das?« will der Olle wissen.

»Was macht denn die Flasche da, die im Visier des Helmes verklemmt ist? Und wieso wird sie vom Arm der Rüstung festgehalten?«

»Ich habe keine Ahnung. So habe ich das Ding vorgefunden, wie ich es heute morgen ausgepackt habe.«

»Da ist irgend etwas nicht in Ordnung«, beharrt der Olle. »Damals hat man noch nicht Whisky getrunken.«

»Das ist aber verdammt alter Whisky«, sage ich zu ihm.

»Das erscheint mir schon wahrscheinlich«, meint er, richtig eklig. »Wenigstens wenn man Ihrem Atem trauen kann. Mir scheint, man sollte Sie wegen Trunkenheit am Steuer einmal einlochen.«

»Sagen Sie mal«, mischt sich jetzt der Riesenchauffeur ein. »Vielleicht gehört der Laster gar nicht diesem Kerl. Vielleicht lügt er. Kann sein, daß er diese Rüstung gestohlen hat.«

»Das ist mir gar nicht zu Bewußtsein gekommen«, sagt nun der Olle und lächelt wie 'n lausiger Polizeibulle. »Sagen Sie«, und dabei dreht er sich rasch zu mir um, »wenn Sie so viel über diese Rüstung wissen, dann können Sie mir doch sicherlich sagen, wem sie ursprünglich gehörte.«

»Natürlich ... natürlich ...«, stammle ich. »Sir Pallagyn von König Artus' Tafelrunde.«

»Pallagyn? Pallagyn? Von dem hab ich noch nie gehört«, sagt der Olle nun richtig bös. »Der gehörte doch nie zu König Artus' Tafelrunde.«

»Meistens liegt er drunter«, sage ich. »Er ist 'n ziemlich starker Trinker.«

»Unerhört! Das ist alles irgendein Schwindel.«

»Schauen Sie!« schreit nun Jefferson. »Der Whisky!«

Wir drehen uns alle um, und wirklich: Der Whisky verschwindet zusehends aus der Flasche, denn Pallagyn gurgelt ihn heimlich, still und leise hinunter.

»Schwindel!« schreit der Olle schon wieder und tippt mit seinem Stock an dem Helm.

»Laßt ab, beim Heiligen Sankt Georg!« röhrt Pallagyn. Er setzt sich dabei mit einem Ruck auf. »Laßt ab, eh ich Euch durchbohre, Ihr angejahrter Windbeutel!«

Jetzt steht der Olle da, hat den Stock in die Luft gehoben, sein Mund steht weit offen. Man könnte 'nen Kanarienkäfig hineinhängen.

Pallagyn sieht nur den Stock und greift schon nach seinem Schwert.

Rund um uns herum hupen all die braven Bürger, die mit ihren Wagen nicht weiterkönnen. Wie sie aber Pallagyn aufstehen sehen und er sein Taschenmesser ein wenig herumschwenkt, fahren sie alle möglichst rasch fort.

»Roboter«, murmelt der Weißkopf.

»Was bin ich, ein Raubritter?« sagt Pallagyn nun empört und beginnt am Bauch des Ollen mit dem Schwert herumzuschnipseln.

»He!« schreit der Chauffeur. »Lassen Sie das man bleiben!« und stürzt sich auf den Ritter. Der aber sieht ihn auf den Laster raufklettern und tippt ihn nur kurz mit der Whiskyflasche an den Kopp. Der Dicke macht eine Bauchlandung und sitzt dann ganz still und friedlich auf der Fahrbahn.

Der Weißhaarige tanzt noch kurz herum und rennt dann nach seinem Wagen.

»Ich bin im Vorstand des Museums«, heult er. »Und was immer dieses Ding auch sein mag, es kommt mir nicht ins Haus.«

Nun taucht natürlich gerade die Polente auf. Ich nütze die Chance. Ich deute Pallagyn, sich völlig still zu verhalten, und lange mir den Ordnungshüter.

»Hören Sie, Herr Inspektor«, sage ich zu ihm. »Dieser Mensch und sein Chauffeur haben im Rückwärtsgang meinen Wagen angefahren. Riechen Sie mal an dem Wagenlenker, Sie werden sehen, er ist besoffen. Sehen Sie bloß hin, er ist so betrunken, er ist gar nicht bei sich. Der alte Kerl ist auch 'n Trinker, aber ich«, sage ich und steige aufs Gas, »ich hab's eilig. Muß diese Rüstung rasch im Museum abliefern. Ich erstatte also keine Anzeige.«

»He!« bringt der Ordnungshüter gerade noch heraus, aber ich flitze schon davon. Ehe er noch was sagen kann, bin ich schon um 'ne Ecke rum und schlage mich durch Hinterhöfe und Gäßchen durch.

Inzwischen lese ich Pallagyn gehörig die Leviten.

»Ab nun«, sage ich zu ihm, »rührst du dich nicht, ganz egal was geschieht. Verstehst du?«

»Hick«, sagt darauf Pallagyn.

»Ich kann dich nur in das Museum schmuggeln, wenn du ganz still und entspannt bist«, sag ich ihm.

»Hick!« sagt er darauf.

»Da sind wir endlich«, sage ich zu ihm, während ich hinter dem großen, grauen Steingebäude beim Lieferanteneingang stehen bleibe.

Wieder sagt er nichts als: *»Hick!«*

»Halt die Schnauze!« knurr ich ihn an.

Daraufhin macht Pallagyn einfach sein Visier zu.

»Jetzt sei aber still und laß mich alles machen«, sage ich ihm. Ich nehme das Tischchen unter den einen Arm und schiebe mit der anderen Hand den Glasschneider in die Tasche. Pallagyn hat noch immer Schluckauf, also reiß ich ihm die Federn vom Helm, mache das Visier auf, stopfe ihm die Federn in den Mund und knalle den Rollbalken wieder herunter. Dann mache ich den Laster hinten auf und lasse Pallagyn über die Laderampe herunterrutschen.

»Uuuu! Uuuch!« stöhnt er unter seinem Helm.

»Pst! jetzt geht's los!«

Es ist gar nicht so leicht, Pallagyn an den Armen hinter mir nachzuziehen, aber es gelingt mir schließlich doch, ihn auf die Laderampe hochzukriegen. Auch zur Tür bringe ich ihn noch hinein. Drin aber steht eine Museumswache.

»Neue Rüstung«, sage ich zu dem Mann. »Wo ist Ihre Alteisenabteilung?«

»Das ist aber merkwürdig. Kein Mensch hat mir was gesagt, daß wir heute noch was reinkriegen sollen. Ach was, ich lasse Sie das Zeug einfach abstellen. Dr. Peabody wird sich dann wahrscheinlich morgen um die endgültige Aufstellung kümmern.«

Er sieht mich so an, wie ich so Sir Pallagyn daherziehe und dabei ganz rot im Gesicht bin.

»Seltsam, daß das Zeug so schwer ist. Ich dachte immer, Rüstungen wurden so leicht wie möglich angefertigt.«

»Ach, der Junge hier hat bloß schwere Unterwäsche an«, antworte ich ihm. »Wie wär's, wenn Sie mir 'n bißchen helfen wollten?«

Also hilft er mir, Pallagyn zu tragen, und wir tragen ihn durch eine ganze Menge langer Hallen bis in einen großen Saal.

Da steht eine Riesenmasse alter Rüstungen herum, und einige hängen auch an Drähten von der Decke. Aber noch etwas sehe ich, und das kostet mich einen Seufzer der Erleichterung. Mitten im Saal steht 'ne Glasvitrine, und in der Vitrine drin ist 'n schäbiger, kleiner Tisch – ganz so wie der, den ich unterm Arm trage. Ich stelle das Möbel hin und das Wachorgan bemerkt es nun zum ersten Mal.

»Was haben Sie denn da?« fragt er.

»Da soll dann die Rüstung drauf stehen«, erkläre ich. »Es gehört nu' mal mit zur Garnitur.«

»Ach so! Na, ist in Ordnung. Stellen Sie's bloß da bei der Wand ab. Ich muß jetzt rasch wieder vor zum Eingang.«

Und wirklich geht er weg. Ich blicke mich rasch mal um und sehe: Das Lokal ist wirklich und wahrhaftig leer. Es wird langsam dunkel, und ich denke, daß die hier wohl bald dichtmachen.

»Das sind wir nun also«, flüstere ich.

»*Hick!*« sagt Pallagyn.

Er macht sein Visier auf, und sein Blick fällt auf das Taburett.

»Wahrhaftig, das ist es, was ich suche«, flüstert er. »Dank Euch viel tausendmal.«

»Nicht der Rede wert. Was du jetzt bloß noch tun mußt, ist warten, bis es etwas dunkler wird, und dann ziehst du die Chose ab.«

Ich gehe zu der Vitrine hin und klopfe mal dran.

»Sieh mal einer an«, sage ich. »Wir haben Glück. Das Ding geht von hinten auf, und wir müssen nicht mal mit dem Glasschneider arbeiten.«

Pallagyn aber hört nicht auf das, was ich sage. Er blickt der Reihe nach auf die Rüstungen an der Wand.

»Gawain!« schnaubt er unter seinem roten Schnurrbart vor.

»Was?«

»Es ist wirklich und wahrhaftig die Rüstung von Sir Gawain!« sagt er aufgeregt. »Einer der Brüder von der Tafelrunde!«

»Was du nicht sagst!«

»Tatsächlich ist sie es – und dort drüben steht das Panzerkleid von Sir Sagramore! Wahrlich, ich kann dort auch die Rüstung des Herrn von Elderford erkennen, der ein Vetter von Sir Kay ist. Und Maligaint …«

Er spuckt rasch die Namen all seiner alten Freunde aus, stolziert dabei rasselnd herum und beklopft all das Blech. Mir aber sieht das Ganze aus wie 'n Haufen von Bestandteilen in einem von den geheimen Nestern, wo sie die gestohlenen Autos auseinandernehmen.

»Ich bin unter Freunden«, kichert er.

»Ja, wirklich? Sei deiner Sache nicht allzu verdammt

sicher. Wenn die Burschen vom Museum herausfinden, was du hier vorhast, dann kannst du deiner Kundfahrt ade sagen. Jetzt mach schon weiter, aber rasch! Ich muß langsam wieder heim.« Damit schiebe ich ihn zur Vitrine hin. »Ich geb inzwischen auf die Tür acht, falls jemand kommen sollte«, flüstere ich. »Du vertauschst derweil die Taburetts, aber beeil dich!«

In kürzester Zeit hat Pallagyn die Vitrine offen, aber er hat Mühe, das Taburett herauszuholen, denn es ist befestigt. Er grunzt und reißt daran herum, und ich zittere dabei, denn womöglich macht er mit all dem Krach noch jemand vom Wachpersonal auf uns aufmerksam.

Pallagyn ist ganz andächtig: »Ich bin am Ziel meiner Suche!« Und mit diesen feierlichen Worten reißt er das Taburett aus der Verankerung und schiebt das andere hinein. Dann verschließt er wieder die Glasvitrine und marschiert auf die Seite des Saales. Nur stößt er auf halbem Wege leider einen Schrei aus, denn er ist auf dem Steinboden mit dem Blechschuh ausgerutscht und saust nun zu Boden wie 'ne Altmetallawine. Es gibt einen fürchterlichen Krach, als wäre die Hölle los.

Und wirklich: Die Hölle ist los!

Burschen beginnen in den Korridoren herumzubrüllen, und man hört, wie Leute in unsere Richtung rennen. Ich springe zu Pallagyn hinüber und helfe ihm auf.

Aber gerade in dem Augenblick, wie ich ihn schon beinahe völlig hochgekriegt habe, stürmt 'n Trupp Wachen in den Saal. Jetzt wird die Luft mauerdick!

»Haltet den Dieb!« brüllt der Anführer, und die ganze Bande stürmt auf uns los. Als Pallagyn sie kommen sieht, stößt er einen Streitruf aus, läßt das Taburett fallen und zückt sein Schwert.

»Haltet Abstand, oder ich spieße eure elenden Gedärme auf!« heult er. Dann wendet er sich zu mir. »Beeilt Euch, Sir Butch und nehmt Euren Abgang, während ich die Schurken hier in Schach halte!«

»Gib mir das olle Eisen«, sag ich zu ihm und greif

mir sein Schwert. »Ich werde sie zurückscheuchen, und du sieh, daß du verschwindest und mit deinem Lotteriegewinn zum ollen Merlin zurückkommst.«

»Jungs, da ist er!« schreit nun eine neue Stimme. Und wer kommt wohl zur Tür herein? Niemand anders als der olle Weißkopf persönlich und so zirka acht Bullen. Aber auf einmal sind die Bullen vor ihm, denn sie kommen mit erheblicher Beschleunigung auf uns zu. Ein dicker Polizeisergeant fächelt sich mit seinem Schießeisen Luft zu.

»Pendragon und England!« schreit Pallagyn und tippt dem ersten Bullen mit dem flachen Schwert eins auf die Platte.

»Höll' und Scheiße!« schreit seinerseits der Sergeant, was beweist, ein wie ungebildeter Rohling er ist. Dann läßt er 'ne Bleibohne los, die an Sir Pallagyns Helm abprallt. Nicht einmal ne Delle hat er, der Helm.

»Auf ihn, Jungs!« brüllt der olle Weißkopf.

Jetzt wird es wirklich dicke. Ich hau dem Sergeanten eine in den fetten Nacken, und Pal mischt mit dem Schwertchen mit. Aber die anderen sechs schieben uns schließlich in eine Ecke, und die Museumswachen kommen hinter ihnen drein. So schnell wir sie auch niederhauen, immer kommen noch weitere nach. Sie schwärmen einfach über uns weg, wie 'n Rudel Airedaleterriers über 'n Abfallhaufen.

Plötzlich aber rutscht mitten im schönsten Kampf Pallagyn wieder aus und läßt sein Schwert fallen. Zwei Bullen sind sofort auf ihm, bevor er wieder hochkommen kann. Der Sergeant hat schon wieder seinen Meuchelpuffer zur Hand und richtet ihn in unfreundlicher Absicht auf mich.

»Also nun los ...«, sagt er. Seine Bullen greifen uns und stoßen uns vor sich her.

Plötzlich aber schließt Pallagyn die Augen. »Merlin«, flüstert er. »Merlin! Bring Hilfe!«

An diesem Punkt geschieht nun etwas sehr Ungewöhnliches. Zuerst einmal merke ich, daß von allen Seiten und aus allen Ecken des Saales ein Klappern, Klirren und Scharren zu hören ist. Und dann gibt's plötzlich noch 'ne ganze Menge Lärm, so wie ihn Pallagyns Rüstung macht, aber natürlich viel, viel lauter.

»Für Artus und England!« schreit Pallagyn. »Gawain, Sagramore, Elderford, Maligaint!«

»Wir kommen, wir kommen!«

Und aus der Dunkelheit stürzt ein halbes Dutzend Rüstungen auf uns los. Aber nun stecken auf einmal Männer in den Rüstungen. Es sind die gleichen Rüstungen, die vorher friedlich an den Wänden herumstanden, und mir wird nun plötzlich klar, daß Pallagyns Gang ihm zur Hilfe kommt.

»Merlin schickt Hilfe!« grunzt er. Dann nimmt er sein Schwert wieder auf, und los geht's.

Die anderen geben bereits den Bullen Saures, der Lärm von Blech klingt wie in einer Kesselschmiede. Ein Teil der Polente ist bereits im Rückzug, und auch die Museumswache drängt sich zum Ausgang. Aber dort warten die Rüstungen, die noch an der Wand hängen, auf sie und werfen sie zu Boden.

In einer Minute ist alles vorbei. Pallagyn steht in der Mitte des Saales, hält das Taburett hoch, und die Burschen in den Rüstungen drängen sich um ihn.

»Die Suche ist vorbei. Dank sei Merlin und unserem wackeren Sir Butch hier ...«, verkündet er.

Ich bin aber gar nicht mehr ›hier‹, geschweige denn ›da‹. Ich verdrücke mich zum Fenster raus, so schnell ich kann, denn ich habe so schon Sorgen genug und möchte nicht in irgendwelchen weiteren Hokuspokus oder Auseinandersetzungen mit der Magier-Gewerkschaft verwickelt werden. Ich lasse mich also in den Hof hinunterfallen, anstatt an der Siegerehrung teilzunehmen.

Aber ehe ich noch hinuntersause, ist mir, als sähe ich einen Blitz oder so – genau kann ich es nicht sagen. Jedenfalls sehe ich mich rasch noch einmal um, und was sehe ich – der Saal ist leer. Eine Menge Bullen liegen auf dem Boden herum, und eine Menge leere Rüstungen stehen da, aber es ist niemand weit und breit mehr da. Ich bemühe mich, Sir Pallagyns Rüstung zu finden, doch sie ist verschwunden. Also blinzle ich noch mal und sause dann zu meinem Laster, mit dem ich was-haste-was-kannste losfahre.

So stehen also die Dinge, und Sie können sich vorstellen, daß mir auf dem Heimweg so allerhand durch den Kopf geht. Natürlich werde ich auch von der frischen Luft nüchtern, und mir kommt zu Bewußtsein, daß ich ja beinahe schon seit dem frühen Morgen völlig besoffen bin. Ja, um es noch genauer zu sagen, eigentlich bin ich besoffen, seitdem ich Sir Pallagyn kennengelernt habe – *wenn* ich ihn überhaupt kennengelernt habe und er nicht bloß meinen Fuselträumen entsprungen ist.

Wenn ich nämlich ins Museum zurücksehe, kann ich ihn nicht mehr sehen, und mir geht durch den Kopf, ob ich mir denn das Ganze nicht bloß eingebildet habe – so aus Luft und Alkohol zusammengebraut, wissen Sie? Natürlich stimmt mich das nachdenklich. Mir ist völlig klar, daß – was immer auch in dem Museum geschehen ist – nichts davon in den Zeitungen zu lesen sein wird. Die Bullen sind nämlich in diesem Punkt sehr empfindlich und, soweit sie es beurteilen können, fehlt ja nichts.

Dann fällt mir etwas ein: Vielleicht kann mich der dünne Tommy Malloon aufklären, wenn ich dort mal vorbeisehe. Also halte ich auf dem Heimweg meinen Laster vor seiner Bruchbude an und geh hinein.

Hinter der Bar steht bloß Bertram. Als er mich sieht, ist er sehr höflich.

»Ich würde gern mit dem dünnen Tommy ein Wörtchen reden«, sage ich.

Bertram schluckt mühsam. »Er ist oben und hat sich

'n bißchen niedergelegt«, sagt Bertram. »Seitdem du ihm in den Magen geboxt hast, fühlt er sich flau.«

»Wieso ich?« frage ich. »Das war doch mein Kumpel!«

»Du bist allein gekommen«, sagt Bertram. Er sieht mich lange an, aber es sind Kunden an der Theke, also zucke ich bloß mit den Achseln und geh raus.

Ich werde aus Bertram nicht recht klug, und den ganzen Heimweg lang denke ich darüber nach, ob ich nicht vielleicht ein ganz klein bißchen jeck bin. Wie mir jetzt zumute ist, wäre ich vielleicht lieber etwas jeck, als zugeben zu müssen, daß so verrückte Dinge wirklich passieren können. So steht es also mit mir. An diesem denkwürdigen Tag pack ich keine Arbeit mehr an und trinke auch nichts mehr von dem scheußlichen Zeug, das die einem als Schnaps verkaufen. Ich wünsche ganz einfach keine mit Blech beschlagenen Ritter mehr zu sehen, die mir mit dummen Geschichten über Magier, Könige, Zauberer und Kundfahrten kommen. Von nun ab will ich ein braver und relativ nüchterner Junge bleiben.

Mit solchen Gedanken und guten Vorsätzen fahre ich den Laster in die Garage. Dann aber spring ich rasch raus und beginne zu fluchen, wie ich noch nie geflucht habe. Denn plötzlich weiß ich ganz genau, ob all das verrückte Zeug wirklich geschehen ist oder nicht:

Mitten in der Garage steht nämlich der idiotische Gaul mit der Maske überm Kopf, das gleiche Biest, von dem ich Sir Pallagyn sagte, er soll ihn in den Stall stellen.

Kennen Sie vielleicht jemanden, der 'n Pferd kaufen möchte, so richtig billig? Das gute Tier ist höchstens zwölfhundert Jahre alt …

Brian W. Aldiss

Wie die vorangehende Geschichte ist ›Armer kleiner Krieger‹ eine phantastische Erzählung von einer Abenteuerfahrt, diesmal aber zieht ein Mensch der modernen Zeit aus, um eines der urzeitlichen Riesengeschöpfe zu erlegen, einen Brontosaurus. Wenngleich das Thema der Jagd auf ausgestorbene Wesen seit den Romanen von Edgar Rice Burroughs und sogar schon länger in der Fantasy ausgiebig erschlossen ist, können nur wenige dieser Werke als Komödie gelten, und Brian Aldiss' Beitrag ist wohl eines der besten davon; jedenfalls ist er seit seiner Erstveröffentlichung in der Aprilnummer von Fantasy and Science Fiction *1958 allgemein gerühmt worden.*

Brian Wilson Aldiss (geb. 1925), in Norfolk geboren, war früher Buchhändlergehilfe und literarischer Herausgeber der Oxford Mail, *ehe seine Science Fiction- und Fantasy-Geschichten wie* Die unendliche Reise *(Non-Stop, 1958),* Am Vorabend der Ewigkeit *(Hothouse, 1962, auch unter dem Titel* Der lange Nachmittag der Erde / *The Long Afternoon of Earth),* Graubart *(Greybeard, 1964, auch* Aufstand der Alten*) und* Die Brüder des Kopfes *(Brothers of the Head, 1977) seine Stellung als einer der führenden britischen Autoren im Genre begründeten. In allen gab es Beispiele seines Sinnes für Humor und seiner Vorliebe für Schabernack, doch seine erste Arbeit, in der er sein Talent für komische Fantasy zeigte, war* Es brennt ein Licht *(Primal Urge, 1961), ein lebhafter Roman über sexuelle Freizügigkeit, der beträchtlichen Einfluß auf die Veröffentlichung von Sex behandelnden Geschichten in den SF-Zeitschriften der frühen sechziger hatte. In* Barfuß im Kopf *(Barefoot in the Head, 1969) schrieb er in einem Stil, der mit James Joyce verglichen worden ist, über Drogen, während* Der entfesselte Frankenstein *(Frankenstein Unbound, 1973) von einer Zeitreise zurück in die Zeit von Mary Shelley handelte, um die wahren Ursprünge ihres klassischen Romans aufzudecken. Ein Jahr später folgte* Die achtzig-Minuten-Stunde *(The Eighty-Minute Hour: A Space Opera, 1974)*, eine pralle Komödie voller Späße und extravaganter Einfälle, und er ließ dem zwei nicht zur SF gehörende Bücher folgen, die seinen boshaften Sinn für Humor sogar noch überschwenglicher zeigten: Groß durch eigene Hand *(The Hand-Reared Boy, 1970)* und Abenteuer auf Sumatra: Horatio Stubb's erotische Lehr- und Wanderjahre *(A Soldier Erect, 1971)*.

›Armer kleiner Krieger‹ ist vielleicht nicht typisch für Brian Aldiss' kürzere Fantasy-Arbeiten, doch es ist nichtsdestoweniger eine wunderbar komische Geschichte, ohne die diese Sammlung nicht vollständig wäre.

Brain W. Aldiss

Armer kleiner Krieger

Claude Ford wußte genau, wie man einen Brontosaurier erlegte. Man kroch unbekümmert zwischen den Weiden durch den Morast, durch die kleinen primitiven Blumen, deren Blütenblätter grünlich-braun wie ein Fußballfeld waren, durch das Moorbad. Man erspähte das Tier, das sich behaglich im Schilf ausgestreckt hatte. Da lag es und ließ sich kuschelig von der Schwerkraft in den zartfeuchten Morast drücken; es führte seine kinderkopfgroßen Nüstern in einem Halbkreis über das Gras und schnaubte nach mehr fettem Schilf. Es war schön: Hier hatte der Schrecken seine Grenzen erreicht, die Runde gemacht und war in seinen Schließmuskel geschlüpft. Seine Augen leuchteten so lebendig wie die große Zehe einer Leiche, die schon eine Woche hinüber ist, und sein kompostartiger Atem und der Belag in seiner rauhen Mundöffnung waren besonders jenen zu empfehlen, die ansonsten in den höchsten Tönen vom Werk der Mutter Natur schwärmten.

Aber wenn du, kleines Säugetier, mit einer Greifhand ausgerüstet und einem Selbstladegewehr vom Kaliber 63, halbautomatisch, doppelläufig, rostfrei und scharf geladen und mit Zielfernrohr und digitalcomputerisiert, in deinen sonst wehrlosen Pranken durch das Gebüsch schleichst, dann ist für dich nur das Versteck der gewaltigen Echse interessant. Der Geruch, den sie ausströmt, ist genauso resonant wie der tiefste Ton eines Pianos. Im Vergleich sieht die Haut eines Elefanten wie ein Blatt Toilettenpapier aus. Die des Sauriers ist grau wie das nordische Meer und mächtig wie das Fundament einer Kathedrale. Welcher Kontakt mit dem Knochenbau kann die Erregung dieses Fleisches bändigen. Auf ihm – man kann das von hier aus sehen! – tollen die kleinen braunen Läuse herum, die in jenen Wänden und Schluchten leben; wild wie Gespenster und grausam wie Krebse sind sie. Würde man von einem jener Ungeziefer angesprungen, würde es einem sicherlich das Genick brechen. Und wenn einer der Parasiten an den Rückenwirbeln stillhält, um sein Geschäft zu verrichten, sieht man, daß auch er mit Schmarotzern behaftet ist, die die Größe eines Hummers haben; denn man ist jetzt ganz nahe, ja so nahe, daß man das Klopfen des primitiven Herzens hören kann und sich wundert, daß des Sauriers Kammer und Vorhof so gut aufeinander abgestimmt arbeiten.

Es ist zu spät, das Orakel anzuhören: Es ist zu spät für Omen, jetzt geht es um Leben und Tod – er oder du. Der Aberglaube hatte heute seinen schwachen Tag, denn von jetzt an wird nur noch dieser wilde Nerv in dir, diese bebenden Muskelberge unter der schweißnassen Haut, jener blutrünstige Trieb, den Drachen zu töten, deine Gebete erhören.

Jetzt könntest du schießen. Warte nur, bis der kleine dampfende Kopf wieder stillhält und eine Schubkarrenladung Binsen verschlingt, und du kannst der gleichgültigen Welt des Juras mit einem unaussprechlich vulgären Knall zeigen, was am Ende der Evolution der Geschlechtstrieb hervorgebracht hat. Du weißt, warum du zögerst, obschon du so tust, als wüßtest du es nicht; diese alte Schlange Gewissen, lang wie ein Fußballschuß und langlebiger als eine Schildkröte, meldet sich, gleitet durch alle Sinne, gewaltiger als der Lindwurm. Durch die Leidenschaft, das Jagdfieber: Erbarmen, o Engländer, du hast ein wehrloses Tier vor dir! flüstert er. Durch den Intellekt: die Langeweile, jener nimmersatte Geier, wird wieder aufbegehren, nachdem die eitle Tat vollbracht! flüsterte er. Durch die Nerven: wenn die Adrenalinausschüttung verebbt, beginnt der große Katzenjammer, hohnlachte es. Durch den Maestro hinter der Netzhaut: plausibel wird einem die Schönheit des Anblicks aufgezwungen.

Verschone uns mit diesem kitschig-sentimentalen Wort *Schönheit*, alte Heuchlerin. Dies ist eine Reisebeschreibung, und sie ist noch nicht zu Ende. *»Auf dem gewaltigen Rücken des Sauriers sehen wir jetzt ein rundes Dutzend – und achten Sie auf das Wort ›rund‹, Herrschaften – prunkvoll gefiederter Vögel, die alle Farben zur Schau stellen, wie man sie bei uns nur noch selten findet. Sie sind so kugelrund, weil sie sich von den Abfällen ernähren, die vom Tisch des reichen Mannes fallen. Betrachten Sie diese herrliche Aufnahme! Sehen Sie doch, der Bronto hebt den Schwanz … Oh, wie schön, eine schöne Portion, die aus seinem Hinterteil herabfällt. Das war wirklich einmalig, Herrschaften, direkt von Kunde zu Kunde. Die Vögel raufen sich jetzt darum. Also, meine Herrschaften, es gibt viel zu sehen, und Sie sind auch schon sehr rund … Und bald stürzen Sie sich auf den nächsten Braten und warten auf die nächste Runde. Und jetzt, wo die Sonne im Westen des Jura untergeht, verabschieden wir uns von dieser Mahlzeit …«*

Nein, du zauderst, und das ist das Werk deines Lebens. Erschieße das Tier und beende den Jammer. Du faßt Mut, hebst es bis auf Schulterhöhe und schielst hindurch. Plötzlich ein fürchterlicher Knall; du erschrickst. Zitternd siehst du dich um. Das Monster kaut noch und ist sichtlich erleichtert, einen riesigen Furz abgelassen zu haben.

Verärgert (oder ist es eine subtilere Situation?) breche ich aus dem Gebüsch und stehe ihm von Angesicht zu Angesicht gegenüber, und diese entblößte Situation ist typisch dafür, in welche Richtung man durch seine Rücksichtnahme gegenüber sich selbst und anderen dauernd geworfen wird. Rücksicht? Oder wieder etwas Subtileres?

Warum verworren sein, nur weil man aus einer verworrenen Welt kommt? Aber dieses Problem kann man später klären, wenn es ein Später gibt: denn aus nächster Nähe beäugen dich zwei milchige Scheiben von der Größe eines Schweinetrogs. Laß es nicht durch deine Kiefer allein geschehen, o Ungeheuer, sondern auch mit deinen großen Hufen und, falls es dir beliebt, mit deinem massigen Leib, der mich zermalme! Mache den Tod zur Sage, zum Epos, zum Nibelungenlied.

Eine Viertelmeile entfernt ertönt der Lärm von einem Dutzend Flußpferden, die tobend ihre Turnübungen im Urschlamm machen, und in der nächsten Sekunde fegt ein haushoch schlagender Schwanz, so lang wie ein Sonntag und so dick wie eine Samstagnacht, über dir durch die Luft. Du duckst dich in eine Mulde, weil du dich ducken mußt, aber der Schwanz verfehlte dich sowieso, denn es ist nun einmal so, daß die Koordination des Sauriers ebenso schlecht ist, als ob du mit dem Woolworth Building winken würdest, um eine Fliege zu verscheuchen. Das vollbracht, glaubt er, sich selbst gegenüber seine Pflicht getan zu haben. Er vergißt dich. Du wünschst, du könntest dich selbst ebenso leicht vergessen; das war schließlich der Grund, wieso du diese lange Reise gemacht hast. *Von allem wegkommen*, stand in der Zeitreise-Broschüre. Für dich bedeutete das, von Claude Ford wegzukommen, einem Ehemann, so nichtig wie sein Name, mit einer schrecklichen Frau namens Maude. Maude und Claude Ford. Die sich nicht sich selbst anpassen konnten, nicht einander und nicht in der Welt, in der sie geboren waren. In der so beschaffenen Welt war das der beste Grund, hierher zurückzukommen und Riesensaurier zu jagen – wenn du so naiv warst, zu glauben, daß hundertundfünfzig Millionen Jahre vor oder zurück einen Unterschied im Gedankenchaos in der Schädelhöhle eines Menschen ausmachen würden.

Du versuchst, dieses sentimentale Gewäsch von Gedanken zu unterbinden, aber das gelang dir schon nicht mehr seit den Coca-Cola-getränkten Tagen deiner Pubertät; Gott, wenn es das Erwachsensein nicht schon gäbe, tät man gut daran, es nicht zu erfinden! Sachte bewegt es dich dazu, noch einmal auf die riesigen Massen jenes tyrannischen Pflanzenfressers zu blicken, dessen Gegenwart dich mit einem so starken, gemischten Todes-Lebens-Wunsch erfüllte, mit all den Emotionen, derer der menschliche Orga(ni)smus fähig ist. Diesmal ist der schwarze Mann echt, genau, wie du es dir gewünscht hattest, Claude, und diesmal mußt du wirklich damit fertig werden, bevor es dich fertigmacht. Und so hebst du wieder deine Knarre und wartest, bis sich eine verwundbare Stelle anbietet.

Die bunten Vögel flattern auf, die Läuse springen wie Hunde herum, der Sumpf gluckert, als Bronto seinen kleinen Schädel unter das gallegrüne Wasser steckt und den Morast abgrast. Du beobachtest das; du hast einen Bammel wie in deinem ganzen bibbernden Leben noch nicht, und du kannst nur hoffen, daß dieses Abreagieren für immer den letzten Tropfen jener beißenden Angst aus deinem System wringt. Okay, sagst du dir geisteskrank immer wieder, deine millionenschwere Bildung des zweiundzwanzigsten Jahrhunderts hat nichts gefruchtet, okay, okay. Und als du das zum x-tenmal sagst, taucht der dumme Kopf wieder aus dem Wasser wie eine Lok und starrt in deine Richtung.

Starrt in deine Richtung. Denn während die kauenden Kiefer mit ihren großen, stumpfen Mahlzähnen, groß wie Betonpfosten, sich auf und ab bewegen, siehst du, wie das faulende Wasser aus den randlosen Lippen, lippenlosen Rändern rinnt, deine Füße bespritzt und den Boden schlüpfrig macht. Knollen und Wurzeln, Halme und Stiele, Blätter und Blüten, alles wird im regelmäßigen Auf und Zu jenes knetenden, hackenden Schlundes sichtbar; und dazwischen zappeln und kribbeln Lungenfische, Lurche, kleine Krustentiere und Frösche – in diesem ekelhaften, gierigen, alles zermalmenden Schlingen dazu verurteilt, zu Kot verarbeitet zu werden. Und während das Schmatz-Schmatz-Schmatzen weitergeht, sind jene schleimigen Augen auf dich gerichtet.

Diese Tiere leben bis zu zweihundert Jahre, steht in der Zeitreise-Broschüre, und dieses Exemplar hat sich offensichtlich Mühe gegeben, diese Forderung zu erfüllen; sein Blick ist jahrhundertealt, Jahrzehnt um Jahrzehnt suhlte es sich in seiner schwergewichtigen Gedankenlosigkeit und Unbekümmertheit, bis die Verkalkung es eingeholt hatte. Für dich ist es so, als würdest du in einen trüben, dunstigen Teich blicken; es gibt dir einen seelischen Schock, und automatisch feuerst du beide Läufe ab. *Peng-peng,* und die Dumdums wühlen sich hinein wie Prankenhiebe.

Ohne Unschlüssigkeit gehen jene jahrhundertealten Lichter, matt und heilig, aus. Jene Tore sind bis zum Jüngsten Gericht geschlossen. Sein Blut klebt für immer an deinen Sinnen. Langsam schieben sich die Nickhäute über die zerbrochenen Scheiben, wie schmutziges Linnen, mit dem man eine Leiche bedeckt. Langsam kauen die Kiefer weiter, langsam sinkt der Kopf herab. Langsam sickert das kalte Reptilienblut wie Zahnpasta über die faltige Seite einer Wange. Alles geht langsam, die schleichende Langsamkeit des Mesozoikums, wie ein Wassertropfen; und du beschließt, wärst du der Schöpfer der Welt gewesen, ein anderes, nicht so herzzerreißendes Medium als die Zeit gefunden zu haben, um der Schöpfung einen Rahmen zu geben.

Egal! Leert Eure Becher, Ihr Fürsten, Claude Ford hat eine harmlose Kreatur getötet! Lang lebe Claude, der Klauenhafte!

Atemlos siehst du zu, wie der Kopf auf den Boden

sinkt, wie der lange, lächerliche Hals auf den Boden sinkt, wie das Maul sich für immer schließt. Du starrst hin und wartest darauf, daß mehr passiert, was aber nie der Fall ist. Was sollte auch groß passieren? Ist doch immer so. Du könntest die nächsten hundertundfünfzig Millionen Jahre hier stehenbleiben und hinsehen, und nichts würde passieren, erhabener Claude. Langsam werden die mächtigen Knochen deines Brontos, von beutegierigen Schmarotzern bloßgelegt, im Schlamm versinken, immer tiefer durch das große Eigengewicht; dann würde das Wasser ansteigen, und das eroberische Meer hereinströmen, wie die betont gemächliche Hand eines Falschspielers, der schlechte Karten austeilt. Schlick und Sedimente würden sich über dem mächtigen Grab ablagern, ein langsam rieselnder Regen, der Jahrhunderte regnete. Das Ruhebett des Brontos mag sich heben und senken, vielleicht ein dutzendmal, sachte und leise, um seine Ruhe nicht zu stören, obschon das Sedimentgestein ihn inzwischen fest eingemauert hätte. Schließlich, wenn er in einem feineren Grab als jeder Indianerhäuptling ruhte, würden die Kräfte der Erde ihn hoch auf ihre Schulter nehmen, und Bronto, immer noch schlafend, läge in einer Felswand der Rocky Mountains, hoch über den Wassern des Pazifiks. Aber nichts von alledem würde dich betreffen, Claude das Schwert; ist der winzige Lebenswurm im Schädel der Kreatur erst zertreten, dann kann dir der Rest egal sein.

Du fühlst jetzt gar nichts. Du bist nur etwas enttäuscht. Du erwartetest Hufetrampeln, Gebrüll; andererseits bist du froh, daß das Ding nicht zu leiden schien. Du bist wie alle grausamen Männer: sentimental; du bist wie alle sentimentalen Männer: zimperlich. Du klemmst dein Gewehr unter den Arm und wanderst um den Dinosaurier herum, um deinen Triumph zu genießen.

Du schleichst an den plumpen, linkischen Hufen vorbei, vorbei an der glänzenden, anstößigen Höhle der Kloake; du stellst dich hinter dem gebogenen Schwanz in Positur. Jetzt ist deine Enttäuschung so gleißend und auffällig wie ein Neonlicht: der Riese ist nicht halb so groß, wie du dachtest. Das Monster ist, zum Beispiel, nicht halb so mächtig wie die Erinnerung an dich und Maude in deinem Hirn. Armer kleiner Krieger, die Wissenschaft wird nie etwas hervorbringen, womit du die titanische Vernichtung erwirken kannst, wie du es dir in den feindseligen Höhlen deines fi-fei-fo-furchtsamen, ängstlichen Es erträumst!

Jetzt gibt es nichts mehr anderes zu tun, als in dein Zeit-Mobil zu klettern, mit einem Bauch voll des Gefühls der Leere. Antiklimax. Sieh doch, die bunten, Dünger fressenden Vögel haben den wahren Sachverhalt bereits kapiert; einer nach dem andern breitet seine buckligen Flügel aus und fliegt über den Sumpf zu einem neuen Wirt. Sie wissen, wenn etwas Gutes sich in etwas Schlechtes verwandelt, und warten nicht, bis sie von den Geiern vertrieben werden; du wendest dich auch ab.

Du wendest dich ab, aber du zögerst noch. Es bleibt dir keine andere Wahl, als zurückzukehren. Keine. Aber das Jahr 2181 ist mehr als nur das Heimatjahr. Es ist Maude; es ist Claude. Es ist der furchtbar schreckliche, hoffnungslose, endlose Versuch, sich einer ultrakomplexen Umwelt anzupassen, der Versuch, sich in ein gut laufendes Rädchen zu verwandeln. Dein Ausbrechen in die *grandiose Schlichtheit des Jura,* um wieder die Broschüre zu zitieren, war nur ein vorübergehendes Ausbrechen, das jetzt zu Ende ist.

Also hältst du inne, und während du innehältst, landet etwas Wuchtiges auf deinem Rücken, schmeißt dich um und drückt dein Gesicht in den schmackhaften Schlamm. Du zappelst und schreist, während die Hummerscheren an Hals und Kehle reißen. Du willst nach dem Gewehr greifen, aber es gelingt dir nicht, also wälzst du dich auf den Rücken, und das Krebstier fällt gierig über deinen Brustkasten her. Du zerrst an seinem Panzer, aber es kichert und trennt deine Finger ab. Als du den Bronto tötetest, hast du vergessen, daß seine Parasiten ihn verlassen würden und daß diese für einen kleinen Zwerg wie dich viel gefährlicher wären als ihr Wirt.

Du wehrst dich nach Leibeskräften, schlägst mindestens drei Minuten um dich. Als diese verstrichen sind, klebt ein ganzer Haufen dieser Kreaturen an dir. Schon knabbern und lutschen sie an deinen Innereien. Es wird dir dort gefallen, dort oben, hoch in den Rocky Mountains; du wirst deine Ruhe haben, nichts spüren.

Avram Davidson

Wenn es eine Kunstwelt gibt, die Terry Pratchetts Ankh-Morpork Konkurrenz machen kann, so ist es das von dem amerikanischen Schriftsteller Avram Davidson entworfene Skythien-Pannonien-Transbalkanien, wo des Kaisers Magier, Dr. Engelbert Eszterházy, seine Heldentaten vollbringt. Davidson schrieb seit 1975 über dieses komische Fantasy-Land, ohne daß ihm seine erfindungsreiche Phantasie je versiegt wäre. In einem 1988 geschriebenen Artikel, ›Die Anfänge von Eszterházy‹, erklärte er, die Inspiration zu dem Zyklus verdanke er den geheimnisvollen Symbolen in dem deutschen Filmklassiker Das Kabinett des Doktor Caligari, *die er nie wieder aus der Erinnerung verbannen konnte. »Allmählich ging mir auf, daß es ein Kaiserreich in Osteuropa gegeben hatte, das derart restlos zerstört wurde, daß wir uns nicht einmal mehr daran erinnern wie an die Doppelmonarchie von Österreich-Ungarn; daß es als Kaiserreich einen Kaiser hatte; daß der Kaiser einen Magier hatte; daß der Magier in einem Dampfcabriolet durch die Straßen von Bella (Belgrad/Vienna) fuhr, daß der Name des Kaisers Ignaz Louis und der Name des Magiers Engelbert Eszterházy war.«*

Das Konzept beflügelte Avrams Phantasie derart, daß er die ersten acht Geschichten in nur sechs Wochen schrieb und dabei eine ganze Welt von bizarren Menschen, merkwürdigen Bräuchen und außerordentlichen Ereignissen entwickelte, die augenblicklich die Aufmerksamkeit der Fantasy-Leser fesselte. Der Erfolg von Doktor Eszterházys Abenteuern in nachfolgenden Erzählungen hat einen Fanclub in den USA hervorgebracht, eine ausführliche Karte von Skythien-Pannonien-Transbalkanien von John Westfall und die Ovationen des SF-Autors John Clute, der Davidson als Amerikas führenden zeitgenössischen Verfasser von ›herausragender Bildung und Geist‹ bezeichnet hat.

Avram Davidson (1923–1994) wurde in New York geboren und nach seinen eigenen Worten »in den örtlichen Schulen aus-

gebildet, ein Prozeß, der mich nahezu für immer außerstand setzte, an jedweder nützlicher Funktion teilzuhaben«. Nachdem er im Zweiten Weltkrieg bei der US-Marine gedient hatte, ging er verschiedenen Arbeiten nach, darunter Schafe hüten, Tomaten ernten und Fischlebern beschauen, ehe er 1954 seine erste Geschichte, ›Ich hab 'nen Freund, und der heißt Jello‹, an Fantasy and Science Fiction verkaufte. Eine andere Geschichte, ›Oder alle Meere voll Austern‹, brachte ihm 1958 einen Hugo Award ein, und eine Reihe von Sammelbänden in den darauf folgenden Jahren begründete seine Position als unverwechselbare komische Stimme in der Fantasy.

›Der komische alte Vogel‹ ist eine der jüngsten Eszterházy-Geschichten und wurde zuerst in der wieder zum Leben erweckten Zeitschrift Weird Tales vom Winter 1988/89 veröffentlicht. Wer dem voller Anspielungen steckenden Doktor zum erstenmal begegnet, wird wohl keinen weiteren Anstoß brauchen, sich dessen weiteren Taten zuzuwenden, sobald er die folgenden paar Seiten gelesen hat...

AVRAM DAVIDSON

Der komische alte Vogel

»Aber *warum* ein Kanal?«

»Billigere, mehr und bessere Lebensmittel.«

»Oh.«

Fürst Roldran Vlox (um seinen Titel ziemlich stark abzukürzen und außer Acht zu lassen, daß er ein von Stuart y Fitz-Guelf war) hatte gerade ›vorbeigeschaut‹, um mit Doktor Engelbert Eszterházy über den Projektierten Kanal zu sprechen, der die Ister mit der Donau verbinden sollte ... Eigentlich gab es mehrere projektierte Kanäle, und jeder enthielt mehrere Unterprojekte – sollte er mitten durch die ausschließlich im vloxschen Besitz befindlichen Sumpflande gehen (durch ›Den Schlamm‹, wie die liebevoll genannt wurden ... ›Roldri Schlamm-Assel‹ nannte sich der Fürst mitunter)? Sollte er lieber rechts oder lieber links verlaufen? Sollte er vielleicht überhaupt nicht direkt hindurchführen, sondern ihren Wasserüberschuß über Zuleitungskanäle nutzen? Und ... oder ... einerseits dies, andererseits jenes ...

»Was ist das für ein neues Bild da drüben an der Wand, Engli?« fragte *der Gast* plötzlich. *Der Hausherr* begann zu erklären. »Ah«, sagte *der Gast*, »eins von diesen komischen französischen Kinkerlitzchen ... Die Briten tun's zum Sport, Franzosen zum Vergnügen ...« Die Augen Des Gastes betrachteten noch immer das Bild an der Wand gegenüber. »Das ist 'n verdammt komisches Bild ... lauter komische kleine Tüpfelchen ...«

»Ja doch, Roldri, du hast recht. Welch gute Augen du hast.«

Prompt: »Verdirb sie mir nicht mit viel Gelese, drum. 'ne Menge Kerle wolln über'n Buch wissen: ›Isses scharf?‹ Manche wolln wissen: ›Is' 'ne Menge Fakten drin?‹ *Ich* will bloß wissen: ›Hat's große Schrift?‹ Werd mir doch nicht die Augen verderben und 'n Monokel tragen müssen. Zuerst mal muß man 'n Jäger sein, weißt du.« Er machte keine Anmerkungen zu dem Umstand, daß sein Gastgeber manchmal selbst ein Monokel trug.

Eszterházy kehrte zum Kanal-Thema zurück. »Hier ist eine Skizze der vorgeschlagenen Einzugsgebiete. – Ja, Lemkotsch?«

»Baron Grumkin!« sagte der Tagpförtner.

Es folgte ein ziemlich kleingewachsener Mann von fülliger Figur mit einem rötlich glänzenden fröhlichen Gesicht. Es folgte auch eine kurze Richtigstellung von Lemkotschs Dienstherrn betreffs der richtigen Bezeichnung für Professor Johanno Blumpkinn, den Kaiserlichen Geologen; es folgte auch ein Ausdruck auf dem Gesicht des Pförtners, der ausdrückte, daß er des allfachen Doktors (der Medizin, der Rechte, der Philosophie, Musik, Philosophie, Wissenschaften und Literatur) Eszterházy treuer und gehorsamer Diener war und ein unwissender Kerl wie er (der Tagpförtner) mit all sonen Wörtern nichts anfangen konnte, worauf er seinen üblichen steifen Diener machte und sich zurückzog. Er ließ einen leichten Ruch von grobem Rum, grobem Tabak, grober Männlichkeit und grober Seife zurück… wenn auch nicht ganz genug Seife, um die anderen auszulöschen. Das Zimmer roch auch nach dem ungebleichten Bienenwachs, mit dem man die Mahagonimöbel eingerieben hatte – poliert, wenn Sie so wollen –, nach Fürst Vlox, den manche mit einem muffigen Wolf verglichen (freilich nicht direkt ihm ins Gesicht), nach Eszterházy selbst (Birnenseife und vielleicht eine Spur brauner Rum) und nach Professor Blumpkinn (Jenkinson's Gentleman's Cologne, mehr als nur eine Spur). Plus ein paar Havanna-Zigarren, geliefert von der alten Firma Freibourg and Treyer im Haymarket – von London war es ein weiter Weg bis nach Bella, Hauptstadt der Tripelmonarchie von Skythien-Pannonien-Transbalkanien (viertgrößtes Reich in Europa), aber was das betraf, galt das auch für Havanna. »Meine Herren, ihr kennt euch schon, glaube ich«, sagte Eszterházy, fügte aber dennoch hinzu: »Fürst Vlox, Professor Blumpkinn.«

Worauf er des weiteren hinzufügte: »Tut mir leid, daß mein Diener deinen Namen verwechselt hat, Han.«

Blumpkinn winkte ab. »Daß er mich bei dem altmodischen Namen für die kleinste Münze in dieser Provinz nennt, hilft mir, meinen eigenen Wert richtig in Erinnerung zu behalten. – Ah. *Kanalpläne*. Ich hoffe, wenn die Erdarbeiten in Gang sind, werdet ihr unbedingt an mich denken, wenn ein interessantes Fossil auftaucht.« Es war nicht sicher, ob Fürst Vlox imstande wäre, ein interessantes Fossil zu identifizieren, wenn ihn eins vors Schienbein träfe oder in den Hintern bisse, aber Eszterházy nickte ernsthaft. *Er* wußte, wie man so etwas machen mußte. Man bietet eine kleine Belohnung, daß jeder Fund von ›allen diesen komischen Elfenstein-Dingern, wie sie die alten Kräuterweiber immer benutzt haben‹, gemeldet wurde – sie benutzen sie für schlechthin alles von Magenverstimmung bis zu Mitteln, mit denen man Ehemännern eine verdammt gute Lehre erteilen konnte, die nach fremden Weibern guckten, aber jetzt war das alles nicht mehr im Schwange –, und es würden gewiß genug interessante Fossilien gemeldet werden, uninteressante Fossilien und auf alle Fälle Dinge, die überhaupt keine Fossilien waren, um genug Decksteine für die gesamte Länge des Projektierten Kanals zu liefern … wenn es jemals wirklich einen Kanal geben sollte …

»Apropos Fossilien«, sagte Blumpkinn und nahm zwei große Blatt Papier aus einer Mappe, groß genug, die Elefanten-Folios aufzunehmen, »ich habe dir, Doktor 'Bert, wie versprochen die Korrekturbögen der neuen Photo-Zink-Abzüge der *Archaeopteryx* mitgebracht, die viel mehr Einzelheiten erkennen lassen, als früher möglich war… Siehst du…«

Doktor 'Bert klemmte sich nun in der Tat das Monokel vors Auge und musterte die Bogen und sagte jawohl, er sehe. Fürst Vlox schaute hin, schaute weg, ließ den Blick mit mehr Interesse auf dem französischen Kinkerlitzchen-Bild ruhen… Männer, Frauen, Wasser, Gras, Kinder, Frauen, Frauen… wirklich alle aus Unmengen von winzigen Fleckchen zusammengesetzt… aus Punkten, wenn man so wollte… wie leicht zu erkennen war, wenn man nahe heranging oder den Blick eines Jägers hatte.

»Ja, da sind die frei beweglichen Finger und Krallen, die beiden nicht verbundenen Mittelhandknochen, der für Vögel untypische Schwanzanhang, alle Rippen ohne Hakenfortsatz und dünn, weder vogelähnlich noch sehr reptilienhaft, das dünne Rabenbein, die Wirbelkörper frei bis zum Kreuzbein und der sehr lange Schwanz…« Seine Stimme versickerte zu einem Murmeln, Professor Blumpkinn, der es wohl für unhöflich hielt, die Aufmerksamkeit des anderen Gastes zu verlieren, sagte: »Sehen Sie, Fürst Vlox, das ist die berühmte *Archaeopteryx,* Hunderte von Jahrmillionen alt, die die Sensationspresse eher unzutreffend als das sogenannte ›nicht mehr fehlende Glied‹ zwischen Reptilien und Vögeln beschrieben hat… Beachten Sie die scharfen Zähne und das Gefieder… die andere hat leider keinen Kopf… und diese hier…«

Da sagte Fürst Vlox, wohl kein fanatischer Student der Paläontologie: »Ja. Hab ich gesehn.«

»*Ah*… in London? Oder in Berlin?«

»Bin nie dagewesen.«

Blumpkinn blieb der Mund offenstehen. Er faßte sich. Sein Blick war erst amüsiert, dann sarkastisch, dann höflich. Eszterházy schaute langsam auf. »Was meinst du denn, Roldri – ›Hab ich gesehen‹? Was …?«

Fürst Vlox wiederholte mit leichter Betonung, daß er es *gesehen* habe. Und er riß die Augen auf und starrte, als wolle er die volle Bedeutung des Verbs *sehen* unterstreichen.

»Was meinst … Ach … ›gesehen‹! Wann gesehen, wo gesehen?«

»Auf unserm Land. Weiß nicht mehr, wann. Was soll heißen, ›ob ich sicher bin‹? *Ich* brauch kein Monokel, um die Dinge zu sehen. Warum sollte ich nicht sicher sein? Was ist damit?«

Einen Augenblick lang sprachen Blumpkinn und Eszterházy gleichzeitig. Was damit sei? Es gab nur zwei bekannte Exemplare der *Archaeopteryx*! Eins in London, eins in Berlin. Man denke, was ein drittes bedeuten würde! Nicht nur für die Wissenschaft, sondern für Skythien-Pannonien-Transbalkanien und sein Prestige.

Mit einem Seufzer stand Vlox auf; offensichtlich interessierte ihn das Thema nicht mehr – vielleicht weil seine eigene Familie und ihr Prestige unvergleichlich älter waren als die Tripelmonarchie und *deren* Prestige. »Gut, ich werde dafür sorgen, daß man sich drum kümmert. Muß jetzt weg. Dinge erledigen. Mein Weinhändler. Mein Büchsenmacher. Mein Wagenbauer. Ein paar Blatt im *Höllenpfuhl* spielen. Sehn, ob sie mit der neuen Polsterung für meinen Eisenbahnwagen fertig sind. Tabakhändler … 'n neues Pulvermaß … Kann ich jemandem hier was mitbringen, wie man sagt? Ha-ha! Ich sag dir, Engli, ich hab verdammt keine Ahnung, was du mit dem komischen alten Vogel anfangen willst, aber ich sag dir: Ich tausch ihn gegen das komische französische Bild da.« Und er setzte seine abgeschabte Robbenfellmütze auf (damit ihn nicht der Blitz traf) und zog seinen Wisentfellmantel an (auch ziemlich abgeschabt, aber Wisente waren kaum noch zu kriegen), nahm seinen Eichenstock, nickte sein Roldri-

Nicken, weder lahm noch zackig, und ging hinaus in die Kleine Türkling-Straße, wo ihn (wie man sagt) seine Kutsche erwartete. Manche Provinz-Edelleute unterhielten in Bella einen Pied-à-terre in Form eines Hauses oder eines Appartements; Fürst Roldran hielt sich lieber einen Stall und schlief auf dem Heuboden. Mit Geschmack und Geruch, nichts zu sagen.

Ein paar Sekunden Stille. Solcherart war des Fürsten Gegenwart, daß seine plötzliche Abwesenheit ein spürbares Loch ließ.

Blumpkinn: »Was sagst du, Doktor 'Bert, ist der Fürst *ganz*« – Zögern – »verläßlich?«

Eszterházy (nimmt sein Monokel ab): »In manchen Dingen unbedingt. Er würde ohne Überlegung einen tollwütigen Wolf mit bloßen Händen packen, um jemanden zu retten. In anderen? Nun ja ... sagen wir, daß Fossilien nicht so ganz seine Sache sind. Wir werden sehen. Jede Art von Fossilien, die wir so kriegen, müßte interessant sein. Wenn die alten Kräuterweiber welche übriggelassen haben.«

Der Kaiserliche Geologe blinzelte. »Ja – wenn sie welche übriggelassen haben... Obwohl ich annehme... Stell dir vor, Doktor, sie haben früher Dinosaurierknochen zermahlen und sie mit Brot und Öl schwangeren Frauen zu essen gegeben!!«

»Das haben sie mit meiner eigenen lieben Mutter gemacht. Warum auch nicht? Kalzium, weißt du.«

Der Kaiserliche Geologe (bei der Bestätigung dieses Amtes hatte der Kaiser und König, Ignaz Louis, auf Gold gehofft, und als kein Gold gefunden wurde, hatte er mit den Achseln gezuckt und war die neuen Infanteriestiefel inspizieren gegangen) – der Kaiserliche Geologe blinzelte abermals. »Ja«, sagte er. »Klar, warum auch nicht. Kalzium... Ich weiß.«

Ein paar Jahre zuvor war das Buch *Von Ram's Head nach Sandy Cape, von einem Neuen Kumpel* (Glasscocke and

Gromthorpe, No. 3, the Minories, 12/–) erschienen, und Eszterházy hatte es ins Neuhochgothische übersetzt, wie auch die Nachfolger, *Mit Segel und Paddel den Fly River hinauf* und *Auf der Suche nach Poundmaker, mitsamt einem allgemeinen Überblick über die Nordwestterritorien* (zu beziehen bei Szentbelessels Buchhaus, Nähe Neumodellstraße, zu je zwei Dukaten oder alle drei zu fünf Dukaten, jeder Band mit elf Halbton-Illustrationen und einem patriotischen Lesezeichen gratis, Katalog auf Anforderung). Aus diesen Übersetzungen hatte sich eine Freundschaft entwickelt. Newton Charles Enderson war nicht nur ein ›neuer Kumpel‹, weit gefehlt: er war ein ›Goldkerl‹, und jetzt hatte er Urlaub von der Universität von Ostaustralien genommen und hoffte, in den Ländern der Tripelmonarchie noch ein wenig mehr zu erforschen.

Es gab eine Anzahl von nicht besonders gut erforschten (das heißt, jedenfalls nicht von wissenschaftlichen Expeditionen erforschten, wohl aber von den Flußtataren, den Romanou und all den anderen Völkern ohne Geschichtsschreibung, die seit den Tagen [und vor den Tagen: es waren Verstecke von Bernstein dort gefunden worden und greïkische Keramik] der Geten, die vielleicht enge Verwandte der antiken skythischen Goten waren, diese Wege gegangen waren) und ziemlich langläufigen Wasserwegen, die ins Delta der Ister einmündeten. Und Neuer Kumpel Enderson hatte sich gewünscht, daß Eszterházy ihn auf der Forschungsfahrt begleiten würde, in einer Piroge. Und Eszterházy hatte das sehr gern tun wollen. Es gab etliche Arten Bienenfresser, von denen niemals gute Stiche hergestellt worden waren, geschweige denn Photographien, Bälge fanden sich natürlich in den Museen, dazu waren vor langer Zeit ein paar Aquarelle von jemandem angefertigt worden, dessen Identität einfach als *Eine Engländerin* angegeben wurde; noch halb undurchdringlich in ihre Bescheidenheit gehüllt, hatte sie sich in ihre heimischen nördlichen Nebel zurückgezogen und nur Kopien der Aquarelle zurückgelassen.

»Aber ich fürchte, unsere Terminpläne passen nicht recht zusammen. Es tut mir wirklich leid.«

Dem Neuen Kumpel tat es auch leid. »Aber ich muß zu Semesterbeginn zurück sein.«

»Und ich zum Treffen des Kanalprojekt-Komitees. Tja ... ich weiß, daß deine Bewegungen so exakt datiert sind wie die von Phileas Fogg, also laß mich einfach wissen, wann du zurückkommst, und ich lade dich zu einem guten Essen ein, um dich für deine Entbehrungen zu entschädigen. Es gibt eine Person, die mir eine hübsche fette Junghenne versprochen hat, und die Trüffeln müßten auch gut sein, so daß ...«

Neuer Kumpel stieß ein Bellen aus, das Lachen sein sollte, von der Art, die Tommys und Abos gleichermaßen in Schrecken versetzt hatte. »Ich bin keiner von deinen europäischen Feinschmeckern«, sagte er. »Bin mit Fladenbrot und 'ruh aufgewachsen. Hab dann mit Schaf, Kürbis und Nierenfettpudding weitergemacht. Hab mehr als einmal Kakadu gegessen – die haben mir gesagt, es ist Chook, für dich ›Hähnchen‹ – und nie einen Unterschied gemerkt. Trotzdem würde ich natürlich gern essen, was du mir gibst, ohne zu meckern ... Ach, übrigens. Verlaß dich nicht zu sehr auf mich, daß ich deine Bienenfresser erkenne und mitbringe. Hab *keine Ahnung* von Ornithologie. Offiziell bin ich Professor für Politische Ökonomie, doch was ich eigentlich bin, ist ein Forscher. Werd dir aber gern eine Kopie meiner Notizen geben, klar.« Und damit trennten sie sich.

Zwei Neuigkeiten. Das Huhn würde am folgenden Tage eintreffen. Leider war auch die Stiefschwester von Frau Witwe Orgaz, Haushälterin und Köchin, von einem verkorksten Magen überwältigt worden – bedurfte sie ärztlichen Beistandes? eines Elfensteins? nein: sie bedurfte der Zuwendung ihrer Stiefschwester. Mit

Hilfe der geringeren Dienstboten würde sich das Haus schon eine kurze Zeit selbst halten. »Und Malta, die ich extra rausgesucht hab, wird sehr gut für Sie kochen, bis ich wieder zurück bin, Herr Doktor.« Malta, dachte der Herr Doktor, war wahrscheinlich zu dem Zweck ausgesucht worden, daß der Herr Doktor nicht auf den Gedanken kam, sie könnte sich als dauernder Ersatz eignen – sie war wohl nicht sehr helle –, doch er sagte nur: »Morgen bringen sie ein Huhn eigens für das Essen mit dem ausländischen Gast, und es wird vielleicht nicht ganz so aussehen wie das Zeug, was sie hier am Hühnermarkt verkaufen, also sorg dafür, daß es richtig behandelt wird.«

Malta brachte ein paar verkorkste Höflichkeiten an, aber, Gott sei Dank, keinen ebensolchen Magen, und sagte: »Jessesmaria, der Herr, was ich zum Kochen gegeben kriege, ich werd's gut kochen, weil die Frau Orgaz, die hat's mir mit richtig großen Buchstaben auf'm hübschen Stück Pappe aufgeschrieben.« Malta konnte lesen, und sie hatte das Rezept? Sehr schön. Hoffen wir das Beste. Neuer Kumpel würde wahrscheinlich nichts sagen oder auch nur merken, wenn das Essen nicht auf der Höhe war, aber Eszterházy würde es schließlich auch essen müssen.

Wie dem auch sei.

Das Dach der Großen Kammer stürzte nicht direkt über der Versammlung des Kanalprojekt-Komitees zusammen, doch vielerlei anderes geschah, das – wie er gehofft hatte – nicht hätte geschehen sollen. Der Vorsitzende hatte das Protokoll der letzten Versammlung vergessen und wollte nichts davon hören, die Verlesung ausfallen zu lassen, *pro hac vice*, also mußten alle warten, bis es mit einer langsamen Droschke herbeigeholt worden war, wenn nicht gar wirklich in einem Bauernwagen oder einem Ochsenkarren. Dann hatte die Delegation der Konservativen verbindliche Zusicherungen verlangt, daß alles für den Kanal genommene Land zum vollen aktuellen Marktwert bezahlt würde; dann, kurz bevor die Konservos mit diesen Zusicherungen zufriedengestellt wurden, hatte es sich die Delegation der Vereinten Arbeitsleut kollektiv in den Kopf gesetzt, es könnten asiatische Kulis beim Kanalbau eingesetzt werden, und positive Garantien verlangt, daß dem nicht so sein würde. Dann wünschte die Vertretung der Wirtschaft, auf ähnliche Weise in bezug auf Ziegel und Bausteine beschwichtigt zu werden – nicht nur daß sie nicht aus Asien importiert würden, sondern überhaupt von nirgendwo außerhalb des Reiches – »und wenn man sie sogar aus Pannonien kommen lassen müßte!«, was der pannonischen Delegation irgendwie in die falsche Kehle kam. Rufe *Zur Tagesordnung!* und *Betrug!* und *Was hat das Komitee zu verbergen?* und *Weiter mit der vorigen Frage!* wollten kein Ende nehmen. Und Eszterházy erkannte, daß er jedenfalls den größten Teil seiner Verabredung zum Essen mit Enderson verpassen würde.

Also schickte er eine Nachricht, daß das Essen ohne ihn beginnen sollte, und ließ sich beim Gast entschuldigen, und daß er (Eszterházy) sich ihm so bald wie möglich zugesellen werde.

›So bald wie‹ wurde schließlich erreicht, obwohl er kaum noch daran geglaubt hatte. Als er aus der Großen Kammer kam, traf er Professor Blumpkinn, fast in Tränen. »Ich habe mein Essen verpaßt!« sagte der Kaiserliche Geologe trübselig (er sah freilich nicht aus, als hätte er viel verpaßt). »Zu Hause haben sie keins für mich vorbereitet, und in einer Gaststätte kann ich nicht essen, weil ich einem empfindlichen Magen habe: Wenn irgendwas im mindesten fettig oder zu wenig oder zu stark gebraten ist, fühlt man, wie einem die Galle hochsteigt, und man hat tagelang Verdauungsstörungen!«

»Dann komm mit zu mir nach Hause, Johanno«, sagte Eszterházy.

»Gern!«

Man könnte fragen: Wie lange soll ein junges Huhn reichen? Aber das Huhn war schließlich nur als Garnierung für einen von mehreren Gängen gedacht; auch hätte eine Köchin in Bella sich eher von Elefantenkühen zertrampeln lassen als zu versäumen, ein paar Reservestücke, wie sie genannt wurden, für den Notfall vorzubereiten. Ein außergewöhnlich gefräßiger Gast mochte in einer ausländischen *Pension* einen Unangebrachten Zwischenfall darstellen, aber nicht in einem wohlgeordneten Haushalt in Bella: Welch ein Kompliment! Gott – der Appetit verleiht – segne den Mann! Und vermittels eines vereinbarten Zeichens würde angeordnet werden, eine der Reserven in die Bresche zu werfen.

Als sie den Torweg der Großen Halle durchquert hatten, der mit Wagen verstopft war, hielt Eszterházy die Hand hoch, und das rote Dampfcabriolet kam aus einer Einfahrt in der Nähe herangeschossen; fast noch ehe es zum Stehen gekommen war, sprang Schwebel, der Maschinist, nach hinten, um den Anthrazit anzufachen; Eszterházy nahm das Steuer. Mit einem anerkennenden Schnüffeln für die Bauteile aus Zedernholz (Bienenwachs ›mit Empfehlungen von Fürst Vlox‹) setzte sich sein Gast neben ihn.

»Wer ist denn *das?*« fragte ein Geleitmann einen Pförtner, während er das geschickte Hantieren mit dem Steuer beobachtete.

»Der Doktor Eszterházy, dem Kaiser sein Zauberer«, sagte Pförtner zu Geleitmann.

»*Das* also isser! Der komische alte Vogel!« Und dann mußten beide springen, als die Delegationen herausströmten und ihre Kutschen, Kaleschen, Zweispänner, Landauer und Troikas verlangten. Niemand verlangte allerdings Dampfcabriolets.

»Es macht dir nichts aus, wenn wir durch die Küche gehen?« fragte der Doktor (wenngleich sein Doktortitel vielmalig war, war er selber nur einmalig … sehr einmalig) den Professor.

Der antwortete, sie könnten auch durch den Kamin gehen. »Hörst du nicht, wie mir der Magen knurrt? Außerdem ist es immer ein Vergnügen, eine wohlgeordnete Küche zu besuchen.« Und mit Vergnügen ließ Blumpkinn die Handglocke schellen, die er erhalten hatte, um Passanten – der Dampfwagen lief fast geräuschlos – und die Kutscher nervöser Pferde zu warnen.

»Eine bescheidene Anzahl von unangemeldeten Besuchen trägt dazu bei, daß eine Küche wohlgeordnet bleibt.« Außerdem konnte bei einer Aushilfsköchin und einem Gast mit empfindlichem Magen eine Inspektion, und sei sie noch so kurz, ein guter Gedanke sein. Und in ein paar Minuten – da waren sie! Doch was war da an der Einfahrt los? »Ich sag's dich nochmal, Geflügelhändler Puckelhaube hat mich gesagt, ich soll den Vogel hier ause Landzucht herbring un anderthalb Groschn derfür kriegn! Kann doch nich derfür, daß ich spät dran bin, die Straßn rund um die Große Kammer sin ganz voll Wagn.«

Doch wie des Königs von Island ältester Sohn hatte Malta die Köchin keine anderthalb Groschen. »Hast gehört, daß ich hier bloß die Vertretung mach«, sagte sie, die Hände in die Hüften gestemmt, »und denkst, du kannst deinen Geigel mit mir machen! – Und du kriegst hier keine anderthalb Groschen nich! Das Landhuhn haben sie schon vor'n paar Stunden gebracht, mit Empfehlungen von dem anderen Geschäft, und der ausländische Gast ißt jetzt davon. Weg mit dir, und …« Sie erblickte Eszterházy, machte einen Knicks, gestikulierte in Richtung zu dem Lieferboten, mit offenstehendem Mund Erklärungen und Argumente suchend.

Man ließ ihr keine Zeit dazu. Eszterhazy sagte: »Nimm den Vogel und bezahl ihn, wir klären die Sache später. – Gib ihm ein Glas Bier!« rief er über die Schulter zurück. Augenblicklich verschwand des Mannes Bekümmernis. Das Geld würde schließlich sein Dienstherr bekommen. Aber das Bier konnte er behalten ... Zumindest eine Zeitlang.

Am Tisch, die Serviette in den offenen Kragen gestopft, sonnenverbrannt und sichtlich zufrieden, saß Newton Charles (›Neuer Kumpel‹) Enderson und kaute bedächtig. Ebenso bedächtig legte er den soeben abgenagten Knochen auf seinen Teller, auf dem (oder, wenn Sie so wollen, worauf) er das Skelett schön ordentlich ausgebreitet hatte. Womöglich hatte er es immer so gehalten, sogar mit dem Kakadu und dem Känguruh. Eszterházy starrte ganz und gar ungläubig. Blumpkinns Mund öffnete und schloß sich wie der einer Barbe oder eines Karpfens. »Willkommen an Bord«, sagte Neuer Kumpel und blickte auf. »Schade, daß ihr's verpaßt habt. Ich habe von der Reise 'nen ziemlich großen Appetit mitgebracht.« Am Rande des Tellers lag eine einzelne und etwas sonderbare Feder. Malta hatte wohl zumindest davon gehört, wie man einen Fasan serviert.

»Mein Gott!« rief Blumpkinn. »Schau nur! Da sind die Wirbelkörper, frei bis zum Kreuzbein, und der sehr lange Schwanz wie auch das dünne Schlüsselbein, alle Rippen ohne Hakenfortsatz und dünn, weder vogelähnlich noch sehr reptilienhaft, der für Vögel untypische Schwanzanhang, die beiden nicht verbundenen Mittelhandknochen, die frei beweglichen Finger und Krallen.«

»Wirklich nicht schlecht«, sagte Enderson und tupfte sich mit der Serviette die Lippen ab. »Wie ich dir gesagt hab, kann ich Vögel nicht unterscheiden, aber der ist nicht übel. Ziemlich wie Bambushuhn – Goanna, oder Leguan, wie es bei euch heißt. Allerdings ein bißchen zu weit nördlich dafür ... aber natürlich muß es importiert sein! Meine Empfehlungen an den Koch. Ach ja. Wenn ich richtig verstanden habe, sagte der Mann, der es gebracht hat, es gäbe keine mehr ... was immer das heißen mag ... Du weißt einen Gast gut zu bewirten, muß ich sagen!«

Zufrieden brach er ein Stück Brot ab und tunkte es in die Trüffelsoße. Dann hob er wieder den Blick. »Apropos Empfehlungen«, sagte er, »wer ist Fürst Vlox?«

»Wie ich sehe, fehlt das französische Bild«, sagte Eszterházy.

3

Astronauten und Außerirdische

Space Opera-Arien

Douglas Adams

Die dritte Kategorie humoristischer Phantastik präsentiert die Space Opera: Geschichten von unglaublichen außerirdischen Welten und urkomischen Abenteuern im Weltraum. Wie die beiden vorangegangenen Kategorien hat sie eine ziemlich lange Geschichte und einen zeitgenössischen Starautor, Douglas Adams, den Schöpfer eines Zyklus, den er ›die in zunehmendem Maße ungenau so genannte Anhalter-Trilogie‹ nennt. Was als Radioprogramm von BBC 4 mit dem Titel Per Anhalter durch die Galaxis *(The Hitch-Hikers Guide to the Galaxy) begann, ist mittlerweile in Büchern und im Fernsehen zu einem phänomenalen Erfolg geworden, der keinerlei Anzeichen eines Rückgangs erkennen läßt.*

Die ursprüngliche Radioserie wurde im März und April 1978 gesendet und erzählte die Geschichte von Ford Prefect, der für den Standardführer durchs Universum Material sammelt, gemeinsam mit seinem verwirrten Freund Arthur Dent reist und allen möglichen sonderbaren Außerirdischen begegnet, darunter dem unvergeßlichen zweiköpfigen Trickbetrüger Zaphod Beeblebrox. Später machte Adams daraus einen Bestseller-Roman, der 1979 erschien. Ihm folgten Das Restaurant am Ende des Universums *(The Restaurant at the End of the Universe, 1980),* Das Leben, das Universum und der Rest der Welt *(Life, the Universe and Everything, 1982),* Macht's gut und danke für den Fisch *(So Long, and Thanks for all the Fish, 1984) und* Einmal Rupert und zurück *(Mostly Harmless, 1992). Diese Bücher haben wiederum einen Anhalter-Kult ausgelöst und eine Vielzahl von Souvenirs hervorgebracht – Schallplatten, T-Shirts und Kugelschreiber –, ganz zu schweigen von einer Fernsehserie, mehreren Comic-Buchversionen und möglicherweise einem Kinofilm.*

Douglas Adams (geb. 1952) wurde in Cambridge geboren, und während seines Englisch-Studiums an der Universität entwickelte er sein komisches Talent, indem er für die berühmte

Footlight Review schrieb. Nach erfolgreichem Abschluß des Studiums lieferte er mehrere Jahre lang Material für Funk und Fernsehen und schrieb Bühnenrevuen in London, Cambridge und für das Edinburgh Fringe Festival, die er auch aufführte und manchmal leitete. Er war auch, wie er sagt, »zu verschiedenen Zeiten Krankenträger, Stallzimmermann, Hühnerhausreiniger, Leibwächter, Radioproduzent und Filmdramaturg für Doctor Who«. Die Idee für den Anhalter kam ihm, wie er sagt, während er mit einem Exemplar des Reiseführers Per Anhalter durch Europa im Rucksack per Anhalter durch Europa reiste. Eines Nachts erkannte er, während er zum Himmel hochschaute, daß eine Geschichte von ›intergalaktischen Anhalterfahrten‹ die Grundlage für eine neue Art SF bilden könnte. Er begann an dem Pilot-Hörspiel zu arbeiten, das ursprünglich Die Enden der Erde heißen sollte. Trotz des völligen Fehlens von Publicity brachte es eine treue Anhängerschaft zusammen, und eine Legende war geboren. 1981 wurde die Geschichte fürs Fernsehen verfilmt und wirkte auch da bahnbrechend, denn es war die erste britische Fernsehserie, die mit Stereoton verfilmt wurde und für die Computergraphiken verwendet wurden, um die von Peter Jones gelesenen Einträge im Reiseführer zu illustrieren. Die Kritik begrüßte sie als ›das erste intergalaktische Multimedia-Epos‹.

Bis dato hat Douglas Adams nur eine Anhalter-Kurzgeschichte geschrieben, ›Der junge Zaphod geht auf Nummer Sicher‹, und er bezeichnet sie als »frühe Episode im Leben von Zaphod Beeblebrox, die einen weiteren Schlüssel liefert, warum die Erde zerstört wurde/wird«. Für dieses Buch hat er die Originalversion der Erzählung von 1986 eigens überarbeitet, und mit ihrem erneuten Erscheinen fügt sie der außerordentlichen Erfolgsgeschichte des Anhalters eine neue Dimension hinzu ...

Der junge Zaphod geht auf Nummer Sicher

Ein großer Flugkörper bewegte sich rasch über die Oberfläche eines erstaunlich schönen Meeres. Vom frühen Vormittag an strich er in großen Bogen hin und her und zog schließlich die Aufmerksamkeit der einheimischen Inselbewohner auf sich, friedlicher Leute mit einer Vorliebe für Meeresfrüchte, die sich am Strand versammelten und in die Sonne hinaufblinzelten, um zu sehen, was da war.

Jede kultivierte Person von Bildung, die herumgekommen war und einiges gesehen hatte, hätte wahrscheinlich angemerkt, wie sehr der Flugkörper einem Registrierschrank ähnelte – einem großen und frisch aufgebrochenen Registrierschrank, der auf dem Rücken lag, die Schubladen nach oben herausgezogen, und flog.

Die Inselbewohner, deren Erfahrungen von etwas anderer Art waren, waren statt dessen baß erstaunt, wie wenig er einem Hummer ähnelte.

Sie plapperten aufgeregt über das völlige Fehlen von Scheren, den steifen, ungekrümmten Rücken und die Tatsache, daß er größte Schwierigkeiten zu haben schien, am Boden zu bleiben. Letztere Eigenschaft kam ihnen besonders komisch vor. Sie sprangen ausgiebig auf der Stelle auf und ab, um dem dummen Ding vorzuführen, daß es für sie selbst die einfachste Sache der Welt war, am Boden zu bleiben.

Doch bald begannen sie dieser Unterhaltung überdrüssig zu werden. Da es ihnen völlig klar war, daß das Ding kein Hummer war, und da ihre Welt mit einem Überfluß an Dingen gesegnet war, welche Hummer waren (und wovon ein gutes halbes Dutzend gerade saftig den Strand herauf auf sie zu marschierte), sahen sie schließlich keinen Grund, noch mehr Zeit an das Ding zu verschwenden, sondern beschlossen statt dessen, ihre Zusammenkunft unverzüglich zu vertagen, um sich einem späten Hummerfrühstück zu widmen.

In just diesem Augenblick hielt der Flugkörper plötzlich mitten in der Luft an, stellte sich hochkant und stürzte sich kopfüber ins Meer; eine gewaltige Fontäne hochspritzenden Wassers veranlaßte die Inselbewohner, schreiend zwischen die Bäume zu laufen.

Als sie ein paar Minuten später beunruhigt wieder hervorkamen, sahen sie weiter nichts als flache Kreise im Wasser und ein paar platzende Luftblasen.

Sonderbar, sagten sie zueinander zwischen Bissen von den besten Hummern, die man in der westlichen Milchstraße kriegt, das passiert dieses Jahr schon zum zweitenmal.

Der Flugkörper, der kein Hummer war, tauchte geradewegs in eine Tiefe von zweihundert Fuß und schwebte dort im dichten Blau, während erhebliche Mengen von Wasser an ihm vorbeiströmten. Hoch oben, wo das Wasser zauberhaft klar war, huschte ein glitzernder Fischschwarm fort. Tiefer, wohin das Licht nur mit Mühe vordrang, ging die Farbe das Wassers in ein düsteres und hartes Blau über.

Hier in zweihundert Fuß Tiefe floß das Sonnenlicht schwächlich. Ein großes Meeressäugetier mit seidiger Haut schob sich geruhsam heran, betrachtete den Flugkörper mit mäßiger Neugier, als habe es halbwegs erwartet, so etwas hier unten vorzufinden, und glitt auf und davon, dem wogenden Licht entgegen.

Der Flugkörper verharrte ein, zwei Minuten, nahm

Meßwerte auf und sank dann hundert Fuß tiefer. In dieser Tiefe wurde es ernstlich dunkel. Nach ein, zwei Augenblicken ging die Innenbeleuchtung des Flugkörpers aus, und in der folgenden Sekunde, ehe die Haupt-Außenscheinwerfer plötzlich zustießen, kam das einzige sichtbare Licht von einem schummrig erhellten kleinen Schild, auf dem ›Beeblebrox Bergungsunternehmen und richtig haarige Sachen‹ stand.

Die großen Lichtbündel senkten sich und erfaßten einen ausgedehnten Schwarm silbriger Fische, die in stiller Panik beiseite huschten.

In dem halbdunklen Steuerraum, der sich in weitem Bogen vom stumpfen Bug des Flugkörpers her erstreckte, waren vier Köpfe um den Computerbildschirm versammelt, der die sehr, sehr schwach und unregelmäßig von der Tiefe des Meeresgrundes heraufdringenden Signale auswertete.

»Das ist es«, sagte der Besitzer von einem der Köpfe schließlich.

»Können wir ganz sicher sein?« fragte der Besitzer eines anderen der Köpfe.

»Hundertprozentig sicher«, erwiderte der Besitzer des ersten Kopfes.

»Sie sind sich hundertprozentig sicher, daß das Schiff, das auf den Grund dieses Ozeans abgestürzt ist, dasselbe Schiff ist, von dem Sie sagten, Sie seien sich hundertprozentig sicher, daß es mit hundertprozentiger Sicherheit niemals abstürzen könne?« fragte der Besitzer der beiden restlichen Köpfe. »Ja doch« – er hob zwei seiner Hände –, »ich frag ja nur.«

Die beiden Beamten von der Verwaltung für Sicherheit und Volksberuhigung reagierten darauf mit einem sehr kalten stechenden Blick, doch der Mann mit der schiefen – oder eher der geraden – Anzahl von Köpfen bemerkte es nicht. Er lehnte sich auf der Pilotencouch zurück, machte ein paar Bier auf – eins für sich und das andere auch für sich –, legte die Füße aufs Schaltpult und sagte durch das Ultraglas hindurch »He, Baby« zu einem vorbeischwimmenden Fisch.

»Mister Beeblebrox ...«, begann der kleinere und weniger selbstsichere der beiden Beamten leise.

»Hm?« machte Zaphod und schmiß eine plötzlich leere Dose auf eins der empfindlicheren Instrumente. »Fertig zum Tauchen? Dann los!«

»Mister Beeblebrox, lassen Sie uns eins völlig klarstellen ...«

»Klar doch«, sagte Zaphod. »Wie wär's denn zum Anfang damit? Warum sagen Sie mir nicht einfach, was wirklich auf diesem Schiff ist?«

»Das haben wir Ihnen gesagt«, sagte der Beamte. »Nebenprodukte.«

Zaphod warf sich selbst müde Blicke zu.

»Nebenprodukte«, sagte er. »Nebenprodukte wovon?«

»Von Prozessen«, sagte der Beamte.

»Von absolut sicheren Prozessen.«

»Santa Zarquana Voostra!« riefen beide Köpfe Zaphods im Chor. »So sicher, daß Sie ein bezarktes Festungsschiff gebaut haben, um diese Nebenprodukte zum nächstgelegenen Schwarzen Loch zu schaffen und reinzuschmeißen! Bloß daß es da nicht ankommt, weil der Pilot 'nen Abstecher fliegt – richtig so? –, um ein paar Hummer mitzunehmen ...? Okay, der Junge ist also cool, aber ... Ich meine, geben Sie schon zu, das ist die Zeit zum Bellen, also die Hauptmahlzeit, also der Stuhl erreicht die kritische Masse, also ... also ... also versagt der Wortschatz total!«

»Sei still!« schrie sein rechter Kopf den linken an. »Wir flanschen!«

Er faßte zur Beruhigung die verbliebene Bierdose schön fest.

»Hört zu, Jungs«, ließ er sich nach einem Moment Ruhe und Besinnung vernehmen. Die beiden Beamten hatten nichts gesagt. Konversation auf diesem Niveau gehörte nicht zu den Dingen, die sie für erstrebenswert hielten. »Ich will nur wissen«, beharrte Zaphod, »wo ihr mich hier reinzieht.«

Er deutete mit dem Finger auf die wechselnden Meßwerte, die über den Computerbildschirm tröpfelten. Er konnte nichts damit anfangen, aber wie sie aussahen, gefiel ihm gar nicht. Sie waren alle mit langen Zahlen und derlei Zeug verschnörkelt.

»Es bricht allmählich auseinander, was?« schrie er. »Es hat den Laderaum voll von epsilonischen strahlenden Aoriststäben oder so was, was den ganzen Raumsektor für Zillionen von Jahren röstet, und es bricht auseinander. Ist es das? Ist es das, was wir da unten finden werden? Werde ich aus diesem Wrack mit noch mehr Köpfen herauskommen?«

»Es kann unmöglich ein Wrack sein, Mister Beeblebrox«, beharrte der Beamte, »dieses Schiff ist garantiert absolut sicher. Es kann unmöglich auseinanderbrechen.«

»Warum seid ihr dann so scharf drauf, es euch anzusehen?«

»Wir sehen uns gern Dinge an, die absolut sicher sind.«

»Freeeooow!«

»Mister Beeblebrox«, sagte der Beamte geduldig, »darf ich Sie daran erinnern, daß Sie einen Auftrag zu erledigen haben?«

»Ja doch, aber vielleicht bin ich nicht so scharf drauf, es so plötzlich zu machen. Wofür haltet ihr mich, für ganz ohne moralische Dingsdas, wie heißen die doch gleich, diese moralischen Dinger?«

»Skrupel?«

»Skrupel, danke, so ganz ohne die? Was?«

Die beiden Beamten warteten ruhig. Sie hüstelten leicht, damit die Zeit leichter verfließen könnte. Zaphod seufzte so in der Art ›Wo ist die Welt bloß hingekommen?‹, um seine Unschuld an alledem festzustellen, und schwang sich auf seinem Sitz herum.

»Schiff?« rief er.

»Nu?« fragte das Schiff.

»Tu, was ich tue.«

Das Schiff dachte ein paar Millisekunden lang darüber nach, dann sank es, nachdem es alle Verschlüsse an seinen schweren Schotten nochmals überprüft hatte, langsam, unaufhaltsam, im nebligen Schein seiner Lichter tiefer.

Fünfhundert Fuß.

Tausend.

Zweitausend.

Hier, bei einem Druck von nahezu siebzig Atmosphären, in den frostigen Tiefen, wohin kein Licht vordringt, bewahrt die Natur ihre fiebrigsten Phantasiegebilde auf. Zwei Fuß lange Alpträume stürzten wild ins blendende Licht, gähnten und verschwanden wieder in der Schwärze.

Zweieinhalbtausend Fuß.

An den trüben Rändern der Schiffslichter huschten schuldhafte Geheimnisse mit Stielaugen vorbei.

Allmählich zeigte sich die Topographie des von ferne näher kommenden Ozeanbodens deutlicher auf den Bildschirmen des Computers, bis schließlich eine Form auszumachen war, die sich von ihrer Umgebung abhob. Sie ähnelte einer ausgedehnten schiefzylindrischen Festung, die sich auf halber Länge scharf ausbuchtete, um die schwere Ultrapanzerung aufzunehmen, mit der die entscheidenden Frachträume bewehrt waren und die nach Meinung der Erbauer dieses Raumschiff zum sichersten und unverletzlichsten gemacht hatte, das jemals gebaut worden war. Vor dem Start war die Materialstruktur dieses Abschnitts ramponiert, gerammt, bestrahlt und auf jede Art mißhandelt worden, die sie nach dem Wissen der Erbauer aushielte, um zu demonstrieren, daß sie es aushielte.

Die gespannte Stille auf der Brücke verdichtete sich

merklich, als klar wurde, daß ausgerechnet dieser Abschnitt hübsch in zwei Teile zerbrochen war.

»Es ist tatsächlich absolut sicher«, sagte einer der Beamten, »es ist so gebaut worden, daß die Laderäume unmöglich leck werden können, selbst dann, wenn das Schiff auseinanderbricht.«

Dreitausendachthundertundfünfundzwanzig Fuß.

Vier Druck-Vigilanzüge bewegten sich langsam aus der offenen Schleuse des Bergungsschiffes und stapften durchs Schweinwerfergestrüpp auf die monströse Form zu, die düster aus der Nacht des Meeres aufragte. Sie bewegten sich mit einer schwerfälligen Anmut, nahezu schwerelos, obwohl eine Welt von Wasser auf ihnen lastete.

Mit seinem rechten Kopf spähte Zaphod in die schwarze Unermeßlichkeit über ihm, und für einen Moment durchheulte Entsetzen seinen Geist. Er blickte nach links und stellte erleichtert fest, daß sein anderer Kopf unbekümmert dabei war, sich im Helm-Vid die brockianische Ultra Kricket-Übertragung anzuschauen. Ein kleines Stück links hinter ihm gingen die beiden Beamten der Verwaltung für Sicherheit und Volksberuhigung, ein kleines Stück rechts vor ihm ging der leere Anzug, der ihre Ausrüstung trug und den Weg für sie erprobte.

Sie kamen an dem weit klaffenden Spalt im geborstenen Raumschiff-Jahrbillion-Bunker vorbei und ließen den Schein ihrer Lampen darüberstreichen. Übel zugerichtete Maschinen ragten zwischen gerissenen und verbogenen zwei Fuß dicken Schotten auf. Eine Familie von durchsichtigen großen Aalen lebte jetzt darin, und sie schien sich wohl zu fühlen.

Der leere Anzug ging ihnen voran, den riesigen schummrigen Schiffsrumpf entlang, und probierte die Luftschleusen aus. Die dritte, bei der er es versuchte, öffnete sich widerwillig. Sie drängten sich hinein und warteten etliche lange Minuten, während die Pumpenmechanik mit dem ungeheuerlichen Druck von Luft und Edelgasen fertig wurde. Schließlich glitt die innere Schleusentür auf, und sie fanden sich in einem dunklen äußeren Frachtbereich des Raumschiff-Jahrbillion-Bunkers. Mehrere weitere Hochsicherheits-Titan-O-Hold-Türen mußten passiert werden, jeweils von den Beamten mit einer Anzahl von Quark-Schlüsseln geöffnet. Bald befanden sie sich so tief im Höchstsicherheitsbereich, daß die Ultrakricket-Übertragung schwächer wurde und Zaphod auf eine der Rockvideo-Stationen umschalten mußte, denn es gab keinen Ort, wo die nicht hinreichten.

Eine letzte Luke glitt auf, und sie traten in einen gruftartigen großen Raum. Zaphod ließ das Licht seiner Lampe über die Wand gegenüber streichen, und es traf voll auf ein schreiendes Gesicht mit wilden Augen.

Zaphod schrie auch, vielleicht ein Fünftel so laut, ließ die Lampe fallen und sich zu Boden sacken, beziehungsweise auf einen Körper, der seit etwas sechs Monaten dort unbehelligt lag und der darauf reagierte, daß sich jemand auf ihn setzte, indem er heftig explodierte. Zaphod fragte sich, was er bei alledem wohl machen solle, und beschloß nach kurzer, aber fieberhafter interner Diskussion, ohnmächtig zu werden, wäre genau das Richtige.

Ein paar Minuten später kam er zu sich und gab vor, nicht zu wissen, wer er war oder wie er dahin gekommen war, vermochte aber niemanden zu überzeugen. Dann gab er vor, daß die Erinnerung plötzlich auf einen Schlag zurückgekehrt sei und daß er durch den Schock abermals ohnmächtig werde, doch der leere Anzug – dem gegenüber er allmählich eine tiefe Abneigung empfand – half ihm gegen seinen Willen auf die Beine und zwang ihn, mit seiner Umgebung ins reine zu kommen.

Die war trübe und flackernd beleuchtet und in mehrerlei Hinsicht unangenehm, wovon am meisten der beklagenswerte Navigationsoffizier des Schiffes ins Auge fiel, dessen diverse Teile ringsum auf dem Fußboden, an den Wänden und der Decke sowie insbesondere an der unteren Hälfte seines, Zaphods, Anzugs farbenprächtig angeordnet waren. Die Wirkung war so erstaunlich widerwärtig, daß wir an keiner Stelle dieser Erzählung darauf zurückkommen werden, außer um knapp die Tatsache festzuhalten, daß sie Zaphod veranlaßte, sich ins Innere seines Anzugs zu übergeben, den er daher auszog und nach den nötigen Änderungen der Steuergeräte gegen den leeren tauschte. Leider genügte der Gestank der Luft im Schiff, gefolgt vom Anblick seines eigenen Anzugs, wie er lässig umherging, behängt mit verwesten Innereien, daß er sich auch in den anderen Anzug erbrach, und mit diesem Problem mußten er und der Anzug eben leben.

So. Fertig. Nichts Widerwärtiges mehr.

Zumindest nichts auf diese spezielle Art Widerwärtiges.

Der Besitzer des schreienden Gesichts hatte sich nun ein klein wenig beruhigt und blubberte in einem großen Tank mit gelber Flüssigkeit – einem Überlebenstank – zusammenhanglos vor sich hin.

»Es war verrückt«, brabbelte er, »verrückt! Ich hab ihm gesagt, daß wir die Hummer allemal noch auf dem Rückweg probieren können, aber er war verrückt! Besessen! Wer ist schon so verrückt auf 'nen Hummer? Ich nämlich nicht. Kommt mir bloß zerrig und verkorkst vor, einen zu essen, und schmeckt auch nicht so besonders, oder etwa doch? Ich hab Jakobsmuscheln unendlich lieber, und hab's auch gesagt. O Zarquon, ich hab's gesagt!«

Zaphod starrte diese außerordentliche Erscheinung an, die in ihrem Tank schwamm. Der Mann war an alle möglichen Lebenserhaltungsschläuche angeschlossen, und seine Stimme blubberte aus Lautsprechern hervor, die wie irre durchs Schiff schallten, und kam in gespenstischen Echos aus tiefen und fernen Korridoren zurück.

»Das war ein Fehler«, schrie der Wahnsinnige, »ich hab wirklich gesagt, daß ich Jakobsmuscheln lieber mag, und er hat gesagt, das komme davon, daß ich nie richtige Hummer gekriegt hätte, wie sie sie hätten, wo seine Vorfahren herkämen, nämlich von hier, und er würde es beweisen! Er sagte, es wäre kein Problem, die Hummer wären eine ganze Reise wert, erst recht den kleinen Abstecher, der nötig wäre, um herzukommen, und er schwor, daß er mit dem Schiff in der Atmosphäre umgehen könne, aber es war Wahnsinn, Wahnsinn!« schrie er und hielt augenrollend inne, als hätte ihn das Wort aufmerken lassen. »Das Schiff geriet glatt außer Kontrolle! Ich konnte nicht glauben, was wir da taten, und bloß um bei Hummern recht zu behalten, wo die als Nahrung so überschätzt werden, tut mir leid, daß ich soviel von Hummern rede, ich werd gleich versuchen, damit aufzuhören, aber ich hab soviel dran denken müssen in den Monaten, wo ich hier in dem Tank gelegen hab, könnt ihr euch vorstellen, wie das ist, monatelang mit denselben Leuten sitzen und so'n Fertigfraß essen, wenn alles, wovon einer redet, Hummer sind, und dann sechs Monate lang allein in einem Tank schwimmen und dran denken. Ich versprech, ich werd's versuchen und nicht mehr von Hummern reden, werd ich wirklich. Hummer, Hummer, Hummer – Schluß damit! Ich denke, ich bin der einzige Überlebende. Ich bin der einzige, der es zu einem Überlebenstank schaffte, ehe wir runterkamen. Ich hab den Notruf abgeschickt, und dann schlugen wir auf. Das ist 'ne Katastrophe, oder? 'ne totale Katastrophe, und alles bloß deshalb, weil der Kerl Hummer mochte. Rede ich was Vernünftiges? Wirklich schwer zu sagen für mich.«

Er blickte sie flehentlich an, und sein Geist schien langsam wie ein fallendes Blatt zur Erde zurückzuschweben. Er blinzelte und betrachtete sie auf merkwürdige Art, wie ein Affe, der einen seltsamen Fisch anstarrt. Mit seinen verschrumpelten Fingern kratzte er neugierig über die Glasseite des Tanks. Winzige, zähe gelbe Blasen lösten sich ihm von Mund und Nase, verfingen sich kurz in seinem wallenden Haarschopf und schlichen weiter nach oben.

»O Zarquon, o Himmel«, murmelte er pathetisch vor sich hin, »ich bin gefunden worden. Ich bin gerettet worden …«

»Gut«, sagte einer der Beamten schroff, »Sie sind endlich gerettet worden.« Er marschierte zum Hauptcomputerpult in der Mitte des Raumes und durchsuchte rasch die Hauptüberwachungsschaltungen des Schiffes nach Schadensmeldungen.

»Die Aoriststab-Kammern sind intakt«, sagte er.

»Heiliges Dingodos«, knurrte Zaphod, »es sind Aoristkammern an Bord …!«

Aoriststäbe waren die Vorrichtungen, die bei einer nun zum Glück aufgegebenen Art der Energiegewinnung benutzt wurden. Als die Jagd nach neuen Energiequellen zu einem bestimmten Zeitpunkt besonders fieberhaft geworden war, fiel einem hellen Jungen plötzlich auf, daß es einen Ort gab, wo die verfügbare Energie nie aufgebraucht worden war – die Vergangenheit. Und mit dem plötzlichen Blutandrang im Gehirn, den derlei Einsichten gern mit sich bringen, erfand er in derselben Nacht eine Methode, diese Energie abzubauen, und binnen eines Jahres waren große Bereiche der Vergangenheit von ihrer gesamten Energie entleert und lagen einfach öde. Wer behauptete, die Vergangenheit müsse unbehelligt gelassen werden, wurde beschuldigt, sich einer besonders teuren Form von Sentimentalität hinzugeben. Die Vergangenheit lieferte eine sehr billige, reiche und saubere Energiequelle, man konnte allemal ein paar Naturvergangenheitsparks einrichten, wenn jemand für ihren Unterhalt bezahlen wollte, und was die Behauptung betraf, die Ausbeutung der Vergangenheit mache die Gegenwart ärmer, so traf das vielleicht in geringem Maße zu, aber die Wirkungen waren unmerklich, und man mußte ja wirklich den Blick für Proportionen behalten.

Erst als man feststellte, daß die Gegenwart tatsächlich ärmer wurde, weil nämlich diese verdammten egoistischen Plünderer und Verschwender weiter in der Zukunft genau dasselbe taten, erfaßte jedermann, daß ausnahmslos alle Aoriststäbe und das schreckliche Geheimnis ihrer Herstellung völlig und ein für allemal vernichtet werden müßten. Sie behaupteten, es geschehe zum Wohl ihrer Großeltern und Enkel, aber natürlich geschah es zum Wohl der Enkel ihrer Großeltern und der Großeltern ihrer Enkel.

Der Beamte von der Verwaltung für Sicherheit und Volksberuhigung zuckte wegwerfend mit den Schultern.

»Sie sind völlig sicher«, sagte er. Er blickte zu Zaphod hoch und sagte plötzlich mit unüblicher Offenheit: »Es ist Schlimmeres an Bord. Zumindest«, fügte er hinzu und tippte auf einen Computerbildschirm, »hoffe ich, daß es an Bord ist.«

Der andere Beamte fuhr ihn scharf an: »Was zum Teufel reden Sie da?«

Der erste zuckte abermals mit den Schultern. »Es macht nichts. Er kann sagen, was er will. Niemand würde ihm glauben. Darum haben wir ja lieber ihn genommen als etwas Offizielles, nicht wahr? Je verrückter die Geschichte ist, die er erzählt, um so eher klingt er wie ein ausgeflippter Abenteurer, der sich was zusammenschwindelt. Er kann sogar sagen, daß wir das gesagt haben, und er wird wie jemand mit Verfolgungswahn wirken.« Er lächelte Zaphod freundlich zu, der in einem Anzug voll Erbrochenen kochte. »Sie können mitkommen«, sagte er zu ihm, »wenn Sie wollen.«

»Sehen Sie?« sagte der Beamte, als er die äußeren Ultratitan-Verschlüsse der Aoriststabkammer überprüfte. »Völlig sicher, völlig sicher.«

Er sagte dasselbe, als sie an den Kammern mit den chemischen Waffen vorbeikamen, die so stark waren, daß ein Teelöffel voll einen ganzen Planeten tödlich vergiften konnte.

Er sagte dasselbe, als sie an den Kammern mit den zetaaktiven Verbindungen vorbeikamen, die so stark waren, daß ein Teelöffel voll einen ganzen Planeten in die Luft sprengen konnte.

Er sagte dasselbe, als sie an den Kammern mit den thetaaktiven Verbindungen vorbeikamen, die so stark waren, daß ein Teelöffel voll einen ganzen Planeten verstrahlen konnte.

»Bin ich froh, daß ich kein Planet bin«, murmelte Zaphod.

»Sie hätten nichts zu befürchten«, versicherte ihm der Beamte von der Verwaltung für Sicherheit und Volksberuhigung, »Planeten sind sehr sicher. Vorausgesetzt«, fügte er hinzu – und sprach nicht weiter. Sie näherten sich der Frachtkammer, die der Stelle am nächsten lag, wo der Raumschiff Jahrbillion Bunker aufgebrochen war. Der Korridor hier war verzerrt und verformt, und der Fußboden war feucht und stellenweise klebrig.

»Ah hmm«, machte er. »Ah sehr, sehr hmm.«

»Was ist in dieser Kammer?« wollte Zaphod wissen.

»Nebenprodukte«, sagte der Beamte, wieder zugeknöpfter.

»Nebenprodukte ...«, beharrte Zaphod ruhig »Wovon?«

Keiner der Beamten antwortete. Statt dessen untersuchten sie die Tür der Frachtkammer sehr sorgfältig und sahen, daß ihre Verschlüsse von den Kräften, die den ganzen Korridor deformiert hatten, auseinandergebogen worden waren. Einer der beiden berührte leicht die Tür. Auf die Berührung hin schwang sie auf. Drinnen war es dunkel, nur ein paar trübe gelbe Lichter weit hinten.

»Wovon?« zischte Zaphod.

Der leitende Beamte wandte sich an den anderen.

»Es gibt ein Rettungsmodul«, sagte er, »das die Besatzung benutzen sollte, um das Schiff zu verlassen, kurz bevor sie es in das Schwarze Loch stürzen ließ«, sagte er. »Ich denke, es wäre gut zu wissen, daß es noch da ist.« Der andere Beamte nickte und ging wortlos weg.

Der erste Beamte winkte Zaphod schweigend herein. Die großen, trüben gelben Lichter leuchteten etwa zwanzig Fuß von ihnen entfernt.

»Alles andere in diesem Schiff ist, wie ich behaupte, aus dem einfachen Grund sicher«, sagte er ruhig, »weil niemand wirklich so wahnsinnig ist, es zu benutzen. Niemand. Zumindest käme niemand derart Wahnsinniges jemals an diese Dinge heran. Jeder, der derart wahnsinnig oder gefährlich ist, würde grundlegende Alarmsignale auslösen. Die Menschen mögen dumm sein, aber so dumm nun wieder nicht.«

»Nebenprodukte«, zischte Zaphod abermals – er mußte zischen, damit das Zittern in seiner Stimme nicht zu hören war –, »wovon?«

»Äh, Designer-Menschen.«

»Was?«

»Die Sirius Kybernetik-Gesellschaft hat einen hohen Forschungszuschuß bekommen, um synthetische Persönlichkeiten auf Bestellung zu entwerfen und herzustellen. Die Ergebnisse waren durchweg katastrophal. Alle diese ›Menschen‹ und ›Persönlichkeiten‹ erwiesen sich als Amalgame von Eigenschaften, die einfach in Lebensformen, wie sie in der Natur vorkommen, nicht koexistieren konnten. Die meisten waren bloß arme pathetische Außenseiter, aber manche waren durch und durch gefährlich. Gefährlich, weil sie bei anderen Menschen keine Alarmsignale auslösten. Sie konnten durch eine Situation hindurchgehen wie ein Gespenst durch Wände, weil niemand die Gefahr wahrnahm.

Am gefährlichsten waren drei identische von ihnen – sie wurden in diese Kammer gesperrt, um zusammen mit dem Schiff glatt aus dem Weltall hinausgefeuert zu werden. Sie sind nicht bösartig, eigentlich sind sie ziemlich einfach und sympathisch. Aber es sind die gefährlichsten Geschöpfe, die jemals gelebt haben, denn es gibt nichts, was sie nicht tun würden, wenn man es ihnen erlaubt, und nichts, was zu tun man ihnen nicht erlauben würde …«

Zaphod betrachtete die trüben gelben Lichter, die beiden trüben gelben Lichter. Als seine Augen sich eingewöhnt hatte, sah er, daß die beiden Lichter einen dritten Raum flankierten, wo etwas zerbrochen war. Feuchte klebrige Flecken glitzerten stumpf am Boden. Zaphod und der Beamte gingen vorsichtig auf die Lichter zu. In diesem Augenblick knallten vier Worte von dem anderen Beamten in die Helmhörer.

»Das Modul ist weg«, sagte er kurz angebunden.

»Verfolgen Sie es«, blaffte Zaphods Begleiter. »Stellen Sie genau fest, wohin es verschwunden ist. Wir müssen wissen, wohin es verschwunden ist!«

Zaphod näherte sich den beiden restlichen Tanks. Ein rascher Blick zeigte ihm, daß beide einen identischen Körper enthielten. Einen betrachtete er genauer. Der Körper, der eines älteren Mannes, schwamm in einer dicken gelben Flüssigkeit. Der Mann sah freundlich aus, er hatte eine Menge angenehme Lachfältchen im Gesicht. Sein Haar wirkte für jemanden seines Alters unnatürlich dicht und dunkel, und seine rechte Hand schien fortwährend vor und zurück, auf und ab zu wedeln, als ob er einer endlosen Folge unsichtbarer Gäste die Hand schüttelte. Er lächelte freundlich, brabbelte wie ein Baby im Halbschlaf vor sich hin und schien gelegentlich leicht von kleinen Lachanfällen geschüttelt zu werden, als habe er sich selbst soeben einen Witz erzählt, den er noch nicht kannte oder an den er sich nicht richtig erinnerte. Handwedelnd, lächelnd, glucksend, die Lippen von kleinen gelben Bläschen gesäumt, schien er in einer fernen Welt einfacher Träume zu leben. Eine weitere knappe Meldung kam plötzlich über den Helmfunk. Der Planet, zu dem das Rettungsmodul geflogen war, war schon identifiziert worden. Er befand sich im Galaktischen Sektor ZZ9 Plural Z Alpha.

Zaphod entdeckte einen kleinen Lautsprecher an dem Tank und schaltete ihn ein. Der Mann in der gelben Flüssigkeit brabbelte sacht von einer leuchtenden Stadt auf einem Berg.

Er hörte auch, wie der Beamte von der Verwaltung für Sicherheit und Volksberuhigung Anweisungen erteilte, die darauf hinausliefen, daß das abgängige Modul einen ›Reagan‹ enthalte und daß der Planet in ZZ9 Plural Z Alpha ›völlig sicher‹ gemacht werden müsse.

H. G. Wells

Es sollte nicht überraschen, daß H. G. Wells, der ›Gründervater der modernen Science Fiction‹, wie er genannt worden ist, auch einige humoristische SF-Geschichten geschrieben hat. Schließlich war das der Mann, der in einem Dutzend Jahre und fast ebenso viele Romanen – von Die Zeitmaschine *(The Time Machine, 1895)* über Die ersten Menschen auf dem Mond *(The First Men in the Moon, 1901)* zu Im Jahre des Kometen *(In the Days of the Comet, 1906) – die grundlegenden Handlungsstrukturen und das Themenmaterial ausgearbeitet hat, auf denen die moderne Science Fiction errichtet worden ist. Seine größte Errungenschaft war vielleicht die Einführung des außerirdischen Wesen als Eindringling auf der Erde in* Der Krieg der Welten *(The War of the Worlds, 1898); am wenigsten bekannt sind indes seine Beiträge zur humoristischen Phantastik in Gestalt von Kurzgeschichten wie* ›Die Wahrheit über Pyecraft‹, ›Die Geschichte von der Posaune des Jüngsten Gerichts‹ *und die übernatürliche Komödie* ›Das unerfahrene Gespenst‹, *die 1945 verfilmt wurde.*

Herbert George Wells (1866–1946) war der Sohn eines Ladenbesitzers, und seine Studien an der Normal School of Science *in London öffneten ihm die Augen und inspirierten seine Vorstellungskraft, so daß er die spekulative Literatur für immer veränderte. Es waren jedoch Wells' spätere Werke, in denen er sein Interesse an Fantasy am deutlichsten erkennen ließ – zum* Beispiel Kinder der Sterne *(Star-Begotten: A Biological Fantasia, 1937), worin kosmische Strahlen vom Mars vorkommen,* Die Erscheinung von Cramford *(The Cramford Visitation, 1937) über eine spöttische Stimme, die das Leben an einer Universität stört, und* Alle an Bord zum Ararat *(All Aboard for Ararat, 1941), worin Gott Noah auffordert, eine zweite Arche zu bauen und diesmal den Menschen zurückzulassen, damit er sich sein Geschick selbst aussuche. In manchen seiner früheren Geschichten* ließen sich Elemente sanften Witzes finden, so in ›Die Argonauten des Chronos‹ (1888), ›Die Ankunft des Fliegenden Menschen‹ und ›Die seltsame Orchidee‹ (1894).

Unter allen diesen Werken vergessen sind ›Die Wildesel des Teufels‹, die Wells 1908 verfaßte, als er in Sandgate lebte, in der Nähe von Folkestone, wo diese Geschichte mit ziemlich hoher Sicherheit angesiedelt ist. Es ist eine komische Phantasie über einen Autor und seine Begegnung mit dem wohl am besten bekannten ›Fremdwesen‹ von allen, und sie zeigt abermals, daß Wells seinen Zeitgenossen beim Schreiben von Phantastik und auch beim Setzen von Standards für die Zukunft voraus war...

H. G. Wells

Die Wildesel des Teufels

Es war einmal ein Autor, der in einer hübschen Villa an der Südküste Englands in Ruhm und Wohlstand lebte. Er schrieb Geschichten von annehmbarer Art und erfreute sich, sorgsam bemüht, niemanden zu verletzen und nur Wohlgefallen zu erregen, wachsender Wertschätzung beim Publikum. Er hatte unter den Umständen einer angemessenen und standesgemäßen Liebesbeziehung eine Dame geheiratet, die gelegentlich, im übrigen aber regelmäßige Gedichte schrieb, er war Vater einer kleinen Tochter, deren mitgeteilte Aussprüche viel zu seiner Beliebtheit beitrugen, und einige der allerbesten Leute im Lande luden ihn zum Dinner ein. Er war stellvertretender Lord Lieutenant der Grafschaft und mit dem Premierminister befreundet; für literarische Verdienste in den Ritterstand erhoben zu werden, war keine weit entfernte Möglichkeit für ihn, und selbst ein Nobelpreis überstieg, wenn er nur lange genug lebte, nicht ganz das, was er erhoffen konnte. Und dieses Maß an Erfolg hatte ihn nicht zu unenglischem Stolz verleitet. Er war der Männlichkeit und Einfachheit eingedenk, die von Autoren erwartet werden. Er rauchte Pfeife und nicht die erlesenen Zigarren, die er sich hätte leisten können. Er trug weiterhin das Haar kurz und tat sich nie wichtig. Er hielt sich nicht von den Menschen der unteren und weniger erfolgreichen Klassen fern. Er reiste üblicherweise dritte Klasse, um die Charaktere zu studieren, die er in seinen reizenden Romanen auftreten ließ; er unternahm lange Spaziergänge und setzte sich in Kneipen, wo er Leute ansprach; er unterhielt sich mit seinem Gärtner. Und obwohl er stets arbeitete, vernachlässigte er seinen Körper nicht, der zu einer gewissen Fülle tendierte, und zwar, was es genauer trifft, einer örtlich begrenzten Fülle, nicht allgemein über das System verteilt, sondern auf den vorderen Äquator konzentriert. Diese Ausdehnung war seine einzige Sorge. Er dachte an sein Wohlbefinden und spielte Tennis, und jeden Tag, bei jedem Wetter ging er mindestens eine Stunde lang spazieren …

Und doch war dieser Mann, derart kennzeichnend für die Edwardianische Literatur – denn es war unter der Regierung des guten Königs Edward, daß die Geschichte begann –, trotz seiner beneidenswerten Errungenschaften und Aussichten zu überaus anstrengenden und zweifelhaften Abenteuern verdammt, ehe sein Leben zum unrühmlichen Ende kam …

Denn ich habe Ihnen nicht alles über ihn gesagt. Manchmal – manchmal morgens – kam es vor, daß er gereizt war und sich mit seinem Rasierzeug stritt, und es gab außergewöhnliche Stimmungen, da es ihm schien, ein ziemlich schönes Leben in einer hübschen Villa, Wohlstand und Ruhm und das Schreiben von Büchern, die immer gutgelaunt und gebildet und auf unanstößige Weise ein wenig besonders waren, seien ungefähr ebenso langweilig und unerträglich, wie nur irgendein Geschöpf mit einer der Verdammnis geweihten Seele es führen konnte. Was lediglich zeigt, daß Gott, als er ihn zusammengesetzt hatte, jene Verdickung des Lebersaftes nicht vergessen hatte, die bei solchen Gelegenheiten üblich ist …

Der Winter am Meer ist weniger angenehm und beschwerlicher als der Sommer, und es gab Tage, da dieser Autor sich zu den gesunden, notwendigen Routinen seines Lebens beinahe zwingen mußte, wenn der Südwestwind um seine Villa tobte und im Kamin heulte und immer wieder einen Schwall Regen gegen die Fenster warf und versprach, den Autor gründlich und erschöpfend den Hals hinab und um Hand- und Fußgelenke zu durchnässen, sobald er die Nase aus der Tür steckte. Und die grauen Wogen, die er von seinem Fenster aus sah, rollten unter den einherjagenden Regenböen gegen die Küste an, Kamm auf Kamm, um sich an den Unterwasserklippen zu breiten, sich auffächernden Fontänen von Schaum und Gischt zu brechen und ihm Spritzer mit Salzgeschmack in die Augen zu schicken. Doch mannhaft zog er dann seine Gamaschen und seinen Regenmantel an und nahm die größte Bruyère-Pfeife und ging hinaus in das Tohuwabohu, denn er wußte, daß er auf diese Weise erst recht in guter Stimmung wäre, wenn er nach dem Tee seine hübschen Geschichten schrieb.

An solch einem Tag ging er aus. Er ging sehr entschlossen die Gärten auf der Seeseite mit Kies und Tamarisken und Liguster entlang, beschloß, sich aufzuerlegen, daß er am Hafen vorbei und zur Spitze der Ostklippe hinauf gehen werde, ehe er daran denken wollte, das Gesicht zurück zu den Annehmlichkeiten von Feuer und Weib und Tee und Toast mit Butter zu wenden…

Und irgendwo, vielleicht eine halbe Meile von zu Hause entfernt, wurde er eine seltsame Gestalt gewahr, die auf gleicher Höhe mit ihm zu bleiben versuchte.

Sein Eindruck war der von einem sehr erbärmlichen schwarzen Mann in der schmierigen blauschwarzen Kleidung eines Heizers, von einem Seemann der Indienlinien, der wohl von einem Dampfschiff im Hafen stammte und in lahmem Humpelschritt ging.

Als er an diesem Individuum vorbeiging, dachte der Autor flüchtig daran, wie viele Dinge es doch auf der Welt gab, von denen Autoren nichts wußten, wieviel beispielsweise in diesem zitternden, torkelnden Körper verborgen sein mochte, das als ›Lokalkolorit‹ von unschätzbarem Wert wäre, wenn man es nur zu packen bekäme, um es in die eigenen großen, annehmbaren Romane ›einzubauen‹. Warum nicht gelegentlich diese Quellen anzapfen? Kipling zum Beispiel pflegte es zu tun, mit außerordentlich großem Erfolg… Und dann gewahrte der Autor, daß dieses Rätselwesen sich beeilte, ihn einzuholen. Er verhielt den Schritt…

Das Geschöpf bat nicht um Feuer, es bettelte um eine Schachtel Streichhölzer. Und das seltsamerweise in recht gutem Englisch.

Der Autor musterte den Bettler und klopfte seine Taschen ab. Nie hatte er ein so erbärmliches Gesicht gesehen. Es war alles andere als ein einnehmendes Gesicht mit seiner Hakennase, den schrägen Brauen, den dunklen, tiefliegenden, blutunterlaufenen, viel zu eng beieinanderstehenden Augen, dem V-förmigen, unehrlichen Mund und dem durchnäßten Kinnbart. Und doch war es anrührend beseelt und mitleiderregend. Plötzlich schoß dem Autor der Gedanke durch den Kopf: Warum nicht, statt weiter durch dieses widerwärtige Wetter zu gehen und ins Leere zu denken – warum nicht diesen Mann jetzt nach Hause ins warme, trockene Arbeitszimmer mitnehmen, ihm etwas Heißes zu trinken geben und ihn *ausholen*?

Etwas Konkretes und aus erster Hand kriegen, das Kipling in den Schatten stellen würde.

»Es ist verdammt kalt!« rief er mit einer Art herzhafter Vorschiffs-Stimme.

»Es ist schlimmer als das«, sagte der sonderbare Heizer.

»Es ist ein höllischer Tag!« sagte der Autor noch lauter als zuvor.

»Reden Sie mir nicht von der Hölle«, sagte der Heizer mit unstillbarer Wehmut in der Stimme.

Der Autor klopfte sich wieder auf die Taschen. »Sie haben 'ne teuflische Erkältung. Sehen Sie, guter Mann – verflixt noch mal! – möchten Sie einen heißen Grog…?«

Die Szene wechselt zum Arbeitszimmer des Autors – ein loderndes Kohlefeuer, der Heizer sitzt tropfend und dampfend davor, die Füße übers Kamingitter gelegt, während der Autor sich im Zimmer zu schaffen macht und die Anfertigung heißer Getränke in die Wege leitet. Der Autor nimmt nicht nur den Heizer intensiv wahr, sondern auch sich selbst. Der Heizer ist wahrscheinlich noch nie im Haus eines Autors gewesen, wahrscheinlich ist er vor Ehrfurcht starr angesichts der vielen Bücher, der Behaglichkeit, Bequemlichkeit und Zweckmäßigkeit des Hauses, angesichts der angenehmen Persönlichkeit, die sich ihm widmet… Unterdessen vergißt der Autor nicht, daß der Heizer Material ist, ›Rohstoff‹, daß er im Auge behalten, *beobachtet* wird. So wirft er sich in Positur und beobachtet, bis er die Pose vor Verwunderung darüber vergißt, was er beobachtet. Denn dieser Heizer ist merkwürdiger, als ein Heizer sein dürfte…

Er nimmt nicht einfach einen heißen Drink an, er teilt seinem Gastgeber mit, wie heiß der Drink sein muß, um ihn zufriedenzustellen.

»Haben Sie nicht was, was Sie reintun könnten – es heißt roter Pfeffer? Das hab ich ein-, zweimal gekostet. Es ist gut. Wenn Sie ein bißchen roten Pfeffer reintun könnten.«

»So was halten Sie aus?«

»Und wenn nicht viel Wasser drin ist, können Sie das Zeug dann nicht anzünden? Oder lassen Sie's mich kochend trinken, aus einer Kasserolle oder so? Pfeffer und den Rest.«

Wunderlicher Kerler, dieser Heizer! Der Autor ging zur Klingel und bat um roten Pfeffer.

Und dann, als er zum Feuer zurückkam, sah er etwas, was er sofort als Sinnestäuschung abtat, als Trugbild der Dampfwolken, die sein Gast verströmte. Der Heizer saß ganz zusammengekrümmt so nahe am Feuer, wie es nur möglich war, und hielt die schwarzen

Hände nicht ans, sondern *ins* Feuer, flach gegen zwei rotglühende Kohlebrocken gedrückt... Er warf mit schuldbewußtem Zucken einen Blick über die Schulter auf den Autor, und dann stellte der Autor sofort fest, daß sich die Hände fünf oder sechs Zoll von den Kohlen entfernt befanden.

Dann kam das Rauchen. Der Autor holte eine seiner großartigen Zigarren hervor – denn obwohl er selbst passionierter Pfeifenraucher war, gab er den Leuten Zigarren; und dann, wieder von etwas Seltsamem überrascht, trat er in eine Ecke des Zimmers, wo ein kleiner ovaler Spiegel ihm erlaubte, den Heizer unbemerkt zu beobachten. Und er sah folgendes.

Er sah, wie der Heizer nach einem verstohlenen Blick in seine Richtung die Zigarre sorgsam herumdrehte, sich das brennende Ende in den Mund steckte, einen kräftigen Zug nahm und durch die Nase einen Strom von Funken und Rauch ausstieß. Als er das tat, zeigte sein vom Feuer erhelltes Gesicht eine teuflische Erleichterung. Dann drehte er die Zigarre sehr eilig wieder um und wandte sich um, um den Autor anzuschauen. Der Autor drehte sich langsam zu ihm um.

»Schmeckt Ihnen die Zigarre?« fragte er nach einer jener beiderseitigen Pausen, die eine Vortäuschung entlarven.

»Sie ist hervorragend.«

»Warum rauchen Sie sie andersherum?«

Der Heizer sah, daß er ertappt war. »Es ist ein Heizertrick«, sagte er. »Macht es Ihnen was aus? Ich dachte, Sie haben es nicht gesehen.«

»Bitte sehr, rauchen Sie, wie es Ihnen beliebt«, sagte der Autor und trat näher, um den Vorgang zu beobachten.

Es war genau wie bei dem Feuerschlucker auf dem Jahrmarkt. Der Mann steckte sich die brennende Zigarre in den Mund und blies Funken durch die Nasenlöcher. »Ah!« sagte er im Tone echter Befriedigung.

Und dann, während die Zigarre noch in seinem Mund brannte, wandte er sich dem Feuer zu und *legte die brennenden Kohlen mit den Händen um,* um einen großen glühenden Stapel zu bilden. Er nahm brennende und weißglühende Brocken, wie man vielleicht Zuckerstückchen in die Hand nimmt. Der Autor sah sprachlos zu.

»Also wirklich!« rief er. »Ihr Heizer werdet ein bißchen hartgesotten.«

Der Heizer ließ das glühende Stück Kohle aus der Hand fallen. »Ist mir so passiert«, sagte er und rückte ein kleines Stück zurück.

»Ist das nicht ein bißchen … ausgefallen?« fragte der Autor, den Blick auf ihn geheftet. »Ist das nicht eine Art Trick?«

»Das bringen sie uns da unten bei«, sagte der Heizer und verstummte diskret, als der Diener mit dem roten Pfeffer hereinkam.

»Jetzt können Sie trinken«, sagte der Autor und schickte sich an, einen derart durchschlagenden Drink zu mixen, wie er ihn zehn Minuten zuvor für mörderisch gehalten hätte. Als er fertig war, langte der Heizer hin und tat noch mehr roten Pfeffer hinein.

»Ich verstehe nicht recht, wieso Ihnen nicht die Hand brennt«, sagte der Autor, während der Heizer trank. Der Heizer schüttelte über dem geneigten Glas den Kopf.

»Unbrennbar«, sagte er und senkte es wieder. »Könnte ich nicht einen winzigen Schluck mehr bekommen? Nur Brandy und Pfeffer, wenn es Ihnen *wirklich* nichts ausmacht. Angezündet. Mit Wasser hab ich nichts im Sinn, außer wenn es überhitzter Dampf ist.«

Und während der Autor ein weiteres Glas von diesem weißglühenden Gebräu eingoß, hob der Heizer die Hand und kratzte sich durch das mattschwarze Haar über der Schläfe. Dann hörte er sofort damit auf und saß da, den Blick unverschämt auf den Autor gerichtet, während ihn der Autor entgeistert anstarrte. Denn am Rande seiner eckigen, hohen, schmalen Stirn, für einen Moment durch das Zurückstreifen des Haares enthüllt, war eine merkwürdige gedrungene Ausbuchtung zu sehen gewesen, dazu die Spitze seines Ohrs – er hatte ein spitzes Ohr!

»Aaaaah!« sagte der Autor mit aufgerissenen Augen.

»Aaaaah!« sagte der Heizer in hoffnungslosem Kummer.

»Aber Sie sind kein …«

»Ich weiß … ich weiß, daß ich keiner bin. Ich weiß … Ich bin ein Teufel. Ein armer, verlorener, heimatloser Teufel.«

Und plötzlich schlug der vermeintliche Heizer mit einer Geste unbeschreiblicher Verzweiflung die Hände vors Gesicht und brach in Tränen aus.

»Der einzige Mensch, der jemals freundlich zu mir gewesen ist«, schluchzte er. »Und jetzt – werden Sie mich wieder in die fürchterliche Nässe und Kälte hinauswerfen … Das schöne Feuer … Der hübsche Drink … Fast wie daheim … Nur um mich zu quälen … Uuuuuh!«

Und es muß zur Ehre unseres kleinen Autors gesagt werden, daß er sein momentanes Entsetzen überwand, daß er rasch um den Tisch ging und dem schmutzigen Heizer auf die Schulter klopfte.

»Na!« sagte er. »Na! Beachten Sie meine Grobheit nicht weiter. Nehmen Sie noch einen hübschen Drink. Nehmen Sie noch 'nen höllischen Drink. Ich werde Sie nicht hinauswerfen, wenn Sie unglücklich sind – an einem Tag wie heute. Nehmen Sie doch noch einen Happen Pfeffer, Mann, und beruhigen Sie sich.«

Und plötzlich packte der arme Teufel seinen Arm. »Ist keiner gut zu mir«, schluchzte er. »Ist keiner gut zu mir.« Und seine Tränen rannen über die plumpe kleine Hand des Autors herab – siedendheiße Tränen.

Alle wirklich wunderbaren Dinge ereignen sich ziemlich plötzlich und ohne besonders zu betonen, wie wunderbar sie sind, und dies war keine Ausnahme von der allgemeinen Regel. Der Autor fuhr fort, den Teufel zu trösten, als wäre es nicht mehr als eine zufällige Begegnung mit einem unglücklichen Kind, und der Teufel machte seinem Kummer und Elend auf eine Weise Luft, die zu diesem Zeitpunkt so natürlich wie nur irgend etwas schien. Er war sichtlich ein Teufel von schwachem Charakter und unsicherem Entschluß, sehr mitgenommen von Grobheit und Grausamkeit, und es wirft ein bemerkenswertes Licht auf den allgemeinen Zustand der Fehleinschätzungen bezüglich teuflischer Angelegenheiten, daß es für unseren Autor eine ziemlich mitleiderregende Entdeckung war, daß ein Teufel unglücklich und untröstlich sein konnte. Lange Zeit brachte seine überaus ernsthafte und nachdrückliche Befragung nichts zutage, als daß sein Gast aus einem Land mit großer Wärme und einer Menge Unterhaltung verbannt war, und erst nach weiterer Anwendung beachtlicher Mengen von Brandy und Pfeffer fügten sich diese schluchzenden Bekenntnisse des armen Geschöpfes zu einer zusammenhängenden und verständlichen Erzählung.

Und dann erwies sich, daß diese Person zu einer der untersten Kategorien der Höllenbewohner gehörte und daß es in den dunklen Gefilden von Dis seine Aufgabe gewesen war, eine Herde finsterer Wesen zu hüten und zu versorgen, die unserem Autor bisher unbekannt gewesen waren, die Wildesel des Teufels, die auf einem Wiesengelände unweit der Styx weideten. Sie waren, wie er verstand, widerspenstige, gefährliche und unternehmungslustige Bestien und hörten nur auf eine bestimmte Formel von Flüchen, die sie augenblicklich zum Gehorsam brachte. Diese Formel wollte der Heizerteufel nicht wiederholen; so etwas zu tun, wenn es nicht wirklich an einen der Wildesel gerichtet war, erklärte er, zöge unbeschreiblich gräßliche Qualen nach sich. Beim bloßen Gedanken daran zitterte er krampfhaft. Doch er gab dem Autor zu verstehen, daß es durchaus eine annehmbare Belustigung war, diese Flüche zu rufen, wenn man die Wildesel von und zu ihren Weidegründen in den Elysischen Feldern trieb. Die Eselshirten probierten dann immer, wer am lautesten fluchen konnte, bis die Luft dröhnte.

Und während er davon sprach, vermittelte das arme Geschöpf ein Bild vom teuflischen Leben, das den Autor insofern beeindruckte, als es für jemanden mit geeigneter Konstitution durchaus nicht unangenehm war. Es war wie die Idyllen des Theokrit, in Feuer ausgeführt; die Teufel trieben ihre Anbefohlenen durch brennende Gassen und saßen in Flammenhecken, schwatzten dabei, erfreuten sich der warmen trockenen Brise (die anscheinend der leichte Schwefelgeruch in der Luft besonders erfrischend macht) und beobachteten die Harpyien, Furien und Hexen, die im ewigen Glutschein jenes unteren Himmels kreisen. Und immer wieder gab es Feiertage, und man nahm seinen Picknickkorb und wanderte über die Schwefelkrater, um Schwefelblumen zu pflücken, oder angelte in den Seen von kochendem Pech nach den Seelen von Wucherern und Verlegern und Häuser- und Grundstücksmaklern. Das machte viel Spaß, denn die Wucherer und Verleger und Häuser- und Grundstücksmakler waren immer scharf darauf, gefangen zu werden; sie drängten sich um die Haken und kämpften erbittert um die Köder, und sie protestierten heftig und unterhaltsam gegen die Wettkampfregeln, die verlangten, daß man sie unverzüglich in den Feuersee zurückwarf.

Und manchmal, wenn er einen freien Tag hatte, pflegte speziell dieser Teufel durch die Salpeterdünen, wo die Hexenbesen wachsen und die Verbrannte Heide blüht, zur Landestelle der Fähre zu gehen, von wo die Große Straße durch die Läden und Stände der Via dolorosa zur Halle des Jüngsten Gerichts führt, und zuzuschauen, wie die Scharen von Verdammten auf den Dampffähren der Vereinigten Charon AG ankamen. Dieses Betrachten der Dampfschiffe scheint da unten ungefähr ebenso beliebt zu sein wie in Folkestone. Fast jeden Tag treffen bedeutende Persönlichkeiten ein, und da die Teufel über weltliche Angelegenheiten wohlinformiert sind – denn natürlich fahren alle irdischen Zeitungen sofort zur Hölle, wie könnte es auch anders sein? –, bekommen sie Ovationen von nahezu studentischer Intensität. Manchmal kann man die Hoch- oder Buhrufe bis zu den Weiden hören, wo die Wildesel grasen. Und das war das Verhängnis für den fraglichen Teufel gewesen.

Er hatte sich immer für die Karriere des Höchst Ehrenwerten W. E. Gladstone interessiert …

Er hatte die Wildesel nicht vergessen. Er kannte das Risiko. Er kannte die Strafen. Doch als er den großen Aufruhr hörte, als er hörte, wie die eifrigen Stimmen in der Feuergasse »Es ist Gladstone, endlich!« sagten, als er sah, wie still und unverdächtig die Wildesel weideten, war die Versuchung zu groß. Er huschte weg. Er sah, wie nach kurzem Handgemenge der große Engländer an Land gebracht wurde. Er stimmte in die Rufe »Reden! Reden!« ein. Er hörte die erste süße Verheißung einer Home Rule-Bewegung, die die letzten schwachen Bindungen an die Himmlische Oberhoheit zerbrechen sollte …

Und unterdessen entwichen die Wildesel – wie es den Regeln entsprach und vorhergesagt war.

Der kleine Autor saß da und lauschte dieser wundersamen Erzählung, die ihm keinen Augenblick lang als unglaubwürdig aufstieß. Und vor seinem regengepeitschten Fenster stampften und rollten die ausgeschwärmten Fischkutter auf ihrem Weg zurück in den Hafen von Folkestone …

Die Wildesel waren entwichen.

Sie waren in die Welt entkommen. Und seine Vorgesetzten nahmen den armen Hirten und machten ihm den Prozeß und schikanierten ihn und fällten dieses Urteil über ihn: daß er auf die Erde gehen und die Wildesel finden und jene bestimmte Folge von Flüchen zu ihnen sagen müsse, die sonst nie laut werden durfte, so daß er sie unter seine Gewalt und zurück in die Hölle brächte. Das – oder aber eine Prise Salz auf ihre Schwänze. Egal, wie. Einen nach dem anderen mußte er sie zurückbringen, indem er sie mit Sprüchen und Flüchen zum Viehboot der Fähre trieb. Und ehe er sie nicht alle gefangen und zurückgebracht hatte, durfte er nie in die Wärme und Behaglichkeit seines gewohnten Lebens zurückkehren. So lauteten sein Urteil und seine Strafe. Und sie steckten ihn in eine Schrapnellhülse und schossen ihn hinaus zwischen die Sterne, und als er sich ein wenig erholt hatte, nahm er sich zusammen und machte sich auf den Weg zur Welt.

Doch er fand seine Wildesel nicht, und nach einer Weile gab er die Suche auf.

Er gab die Suche auf, weil die Wildesel, nachdem sie einmal der Aufsicht entronnen waren, die erstaunlichsten Talente entwickelten. Zum Beispiel konnten sie sich mit jeder menschlichen Gestalt tarnen, und von einem normalen menschlichen Wesen unterschieden sie sich dann einzig und allein dadurch, daß – wie es auf dem gedruckten Papier hieß, das man ihrem Hüter gegeben hatte, als er hinausgeschossen wurde – ›ihr allgemeines Verhalten das von einem Wildesel des Teufels bleibt‹.

»Und welche Interpretation können wir *dafür* finden?« fragte er den lauschenden Autor.

Und es gab eine Nacht im Jahr – die Walpurgisnacht –, da die Wildesel als große schwarze Wildesel sichtbar wurden und ausschlugen und schrien. Sie mußten es. »Aber dann«, sagte der Teufel, »sorgen sie natürlich dafür, sich irgendwo einzuschließen, wenn sie spüren, daß es bald soweit ist.«

Wie die meisten schwachen Charaktere war der Heizerteufel ausgeprägt egoistisch. Er wollte sich immerzu über seine eigenen Unglücke und Mißlichkeiten und Schwierigkeiten und die allgemeine Ungerechtigkeit seiner Behandlung auslassen, und er war gleichgültig und oberflächlich in bezug auf die Eigenheiten der Wildesel, den Gegenstand, der den Autor am meisten bewegte und interessierte. Er fuhr fort, mit seiner trübseligen Geschichte zu langweilen, und der Autor mußte ihn immer wieder mit Fragen unterbrechen, um überhaupt ein halbwegs klares Bild von der Situation zu bekommen.

Als Entschuldigung für seine Untätigkeit führte der Teufel vor allem seine grundlegende Unkenntnis der menschlichen Natur an. »Soweit ich sehe«, sagte er, »könnten sie alle Wildesel sein. Ich habe es einmal versucht...«

»Was versucht?«

»Die Formel. Sie wissen schon.«

»Ja?«

»An einem Mann namens Sir Edward Carson.«

»Und?«

»*Och!*« sagte der Teufel.

»Strafe?«

»Reden Sie nicht davon. Er war bloß ein Rechtsanwalt und Berufspolitiker, der seinen Sinn für Werte verloren hatte... Woher sollte *ich* das wissen...? Aber unsere Leute wissen wahrlich, wie man jemandem weh tut...«

Danach hatte unser Teufel anscheinend alle Versuche aufgegeben, seine verlorenen Schutzbefohlenen ausfindig zu machen. Er lebte einfach dem Augenblick und versuchte sein irdisches Dasein so erträglich wie möglich zu machen. Es war klar, daß er die Welt haßte. Er fand sie kalt, naß, zugig... »Ich verstehe nicht, wieso jedermann unbedingt an der Außenseite leben will«, sagte er. »Wenn Sie hineingehen würden...«

Er suchte Wärme und Trockenheit. Eine Zeitlang fand er eine Art Zufriedenheit als Heizer eines Windofens in einem Bergwerk, und dann wurde er von einem elektrischen Ventilator ersetzt. Als er die Arbeit noch hatte, las er einen lebhaften Bericht über die Hitze im Roten Meer, und der Gedanke setzte sich in ihm fest, er könnte, wenn er eine Anstellung als Heizer auf einer Indien-Linie bekäme, während dieses Abschnitts der Reise ein paar Tage richtiges Glück erwischen. Eine Zeitlang hinderte ihn seine natürliche Trägheit daran, dieses Projekt zu verwirklichen, doch schließlich hatte er nach bitteren Erfahrungen mit Obdachlosigkeit in einem Londoner Dezember auf einem nach Indien auslaufenden Schiff anheuern können – nur um infolge eines Schadens an der Schraube in Folkestone zu stranden. Und hier war er nun!

Er verstummte.

»Aber was ist mit diesen Wildeseln?« sagte der Autor.

Die betrübten dunklen Augen schauten ihn hoffnungslos an.

»Könnten sie nicht eine Menge Unheil anrichten?« fragte der Autor.

»Sie werden eine Unmenge Unheil anrichten«, sagte der Teufel mutlos.

»Und letzten Endes werden Sie's abkriegen?«

»Och!« sagte der Heizer und versuchte nicht dran zu denken.

Nun schlummert der Geist romantischen Abenteuers an den unerwartetsten Orten, und ich habe die gelegentliche Unzufriedenheit unseres rundlichen Autors schon erwähnt. Er war seit einigen Jahren wie eine Bombe mit brennender Zündschnur gewesen. Nun explodierte er. Er wurde plötzlich begeistert, energisch, anregend, erhebend.

Er stand hochgereckt vor dem im Stuhl hängenden Teufel.

»Aber mein guter Bursche!« sagte er. »Sie müssen sich zusammenreißen. Sie müssen es besser machen.

Diese verflixten Viecher stellen vielleicht allen möglichen Unfug an. Während Sie sich drücken …«

Und so weiter. Richtig aufmöbelnd.

»Wenn ich jemanden hätte, der mitkommt. Jemanden, der sich auskennt.«

In der Erregung des Augenblicks nahm der Autor Whisky. Er ging durchs Zimmer und machte kurze, scharfe Handbewegungen. Sie wissen, wie diese Art Gefühle manchmal aufwallen. »Wir müssen von einem zentralen Ort aus operieren«, sagte der Autor. »Für den Anfang vielleicht London.«

Keine zwei Stunden später brachen sie, dieser Autor und dieser Teufel, den er sich zugesellt hatte, zu einer Mission auf. Sie gingen in Mänteln und warmer Unterwäsche aus – der Autor hatte den Teufel sorgsam ausgestattet, eine doppelte Garnitur von *Jaegers extra dick* –, und sie waren entschlossen, die Wildesel des Teufels zu finden und sie so bald wie möglich zurück zur Hölle zu schicken, oder zumindest war es der Autor. Auf dem Bild sieht man ihn, einen Feldstecher unter den Arm geklemmt, um verdächtige Fälle besser beobachten zu können; in der Tasche hat er, in Ölpapier eingewickelt, eine Menge Salz, um es zu benutzen, falls er einen Wildesel findet und der Teufel mit seiner Folge von Flüchen gerade nicht zur Hand ist. So brachen sie auf. Und wenn er mit den Wildeseln fertig wäre, dann, dachte der Autor, würde er zu seiner hübschen kleinen Villa und seiner hübschen kleinen Frau zurückkehren, und zu seiner kleinen Tochter, die die drolligen Dinge sagte, und zu seiner Popularität, und er würde – abgesehen von einem Zuwachs an Prestige – genau derselbe Mann sein, der er immer gewesen war. Ohne zu wissen, daß, wer immer sich einen Teufel zugesellt und zu abenteuerlicher Suche aufbricht, zu einer Suche aufbricht, von der es keine Rückkehr gibt …

Nimmermehr.

C. S. Lewis

Die Phantasien von H. G. Wells beeinflußten viele spätere Schriftsteller, darunter C. S. Lewis mit seiner klassischen Trilogie interplanetarer Romane über den unerschrockenen reisenden Philologen Dr. Ransom – Jenseits des schweigenden Sterns *(Out of the Silent Planet, 1938),* Perelandra *(Voyage to Venus, 1943) und* Die böse Macht *(That Hideous Strength, 1945). Im Vorwort zum ersten Buch räumte Lewis ein, in Wells' Schuld zu stehen, während er im dritten seinen Mentor kaum verschleiert in der wenig schmeichelhaften Rolle eines Cockney-Journalisten namens Horace Jules einführte. In einer Schlußbemerkung zu* Die böse Macht *– von ihm als* ›Lügengeschichte über Teufelsspuk‹ *bezeichnet – fügte er hinzu: »Wer mehr über Numinor und den Wahren Westen erfahren möchte, muß (leider!) abwarten, bis vieles von dem veröffentlicht wird, was bisher nur in den Manuskripten meines Freundes Prof. J. R. R. Tolkien existiert.« Zu Lewis' anderen bekannten Büchern gehören* Dienstanweisung für einen Unterteufel *(The Srewtape Letters, 1943), eine Folge von Ratschlägen von einem alten Teufel an einen jüngeren, wie man Menschenseelen fängt,* Die große Scheidung *(The Great Divorce, 1945), ein phantastischer Roman über Himmel und Hölle, und der sehr beliebte Zyklus von Fantasy-Kinderbüchern* ›Die Chroniken von Narnia‹, *erschienen von 1950 bis 1956.*

Clice Staples Lewis (1898–1963) wurde in Belfast geboren. Nachdem er in Oxford seinen akademischen Grad erworben hatte, schlug er eine akademische Laufbahn ein und wurde schließlich Professor für mittelalterliches und Renaissance-Englisch am Magdalen College, wo er eng mit zwei anderen Akademikern befreundet war, die phantastische Literatur schrieben, J. R. R. Tolkien und Charles Williams. Lewis war ein leidenschaftlicher Verfechter des Christentums, was sich in den meisten seiner Bücher widerspiegelt – wenngleich Begeisterung und Humor seiner Geschichten sie davor bewahrten, jemals für einen

Leser ohne religiöse Neigung langweilig zu werden. Merkwürdigerweise schrieb er sehr wenige Kurzgeschichten, doch eine, die hervorragend in diese Sammlung paßt, ist ›Dienstbare Engel‹, die zuerst 1958 in der Januar-Nummer von Fantasy and Science Fiction erschien. Sie ist sichtlich von einem Artikel in der Saturday Review vom Mai 1955 inspiriert, der ein Lewis nahegehendes Thema behandelte: ›Der Tag, an dem wir auf dem Mars landen‹. Darin schrieb Dr. Robert S. Richardson: »Wenn Raumfahrt und die Besiedlung der Planeten eines Tages in halbwegs großem Ausmaß möglich werden, werden wir vielleicht dazu gezwungen sein, eine Haltung gegenüber Sex, die in unserem gegenwärtigen sozialen Gefüge tabu ist, erst zu tolerieren und schließlich offen zu akzeptieren... Klipp und klar gesagt, könnte es nicht für den Erfolg des Projekts notwendig sein, in regelmäßigen Zeitabständen ein paar nette Mädchen zum Mars zu schicken, um Spannungen zu lösen und die Moral zu verbessern?« Dieser Gedanke fesselte Lewis, und das Ergebnis war das folgende kleine Meisterstück, das weder unter der Zeit noch unter veränderten Haltungen zur Sexualität gelitten hat.

C. S. Lewis

Dienstbare Engel

Der Mönch, wie man ihn nannte, setzte sich auf den Klappstuhl neben seiner Koje und starrte durchs Fenster auf den rauhen Sand und den blauschwarzen Himmel des Mars. Er gedachte noch zehn Minuten zu warten, ehe er mit seiner ›Arbeit‹ begann. Natürlich nicht mit der Arbeit, zu deren Zweck er hergebracht worden war. Er war der Meteorologe der Gruppe, und seine Arbeit in dieser Eigenschaft war größtenteils erledigt. In dem beschränkten Umkreis, den er erforschen konnte, war mindestens fünfundzwanzig Tage lang nichts mehr zu beobachten. Und Meteorologie war nicht sein wahres Motiv gewesen. Er hatte drei Jahre auf dem Mars als das gewählt, was einer Einsiedelei in der Wüste am nächsten kam. Er war hergekommen, um zu meditieren: um mit dem langen, unablässigen Wiederaufbau jener inneren Struktur fortzufahren, die aufzubauen seiner Ansicht nach der Hauptzweck des Lebens war. Und nun waren seine zehn Minuten Pause vorüber. Er begann mit der wohlvertrauten Formel: »Sanfter und geduldiger Meister, lehre mich, die Menschen weniger zu brauchen und dich mehr zu lieben.« Also dann los. Es war keine Zeit zu verlieren. Er hatte gerade eben noch sechs Monate dieser leblosen, sündlosen, leidlosen Wildnis vor sich. Drei Jahre waren eine kurze Zeit… Doch als der Ruf erklang, stand er mit der geübten Bereitschaft eines Seemanns von seinem Stuhl auf.

Der Botaniker in der nächsten Kabine reagierte auf denselben Ruf mit einem Fluch. Sein Auge war am Mikroskop gewesen, als er erklang. Es war zum Verrücktwerden. Eine Unterbrechung nach der anderen. Man konnte ebensogut, mitten auf der Picadilly zu arbeiten versuchen, wie in diesem höllischen Lager. Und seine Arbeit war schon ein Wettlauf mit der Zeit. Noch sechs Monate ... und er hatte kaum begonnen. Die Marsflora, diese winzigen, wunderbar widerstandsfähigen Organismen, der Erfindungsreichtum ihrer Vorrichtungen, um unter geradezu unmöglichen Bedingungen zu leben – darin konnte man ein Leben lang schwelgen. Er würde den Ruf nicht beachten. Doch dann kam die Glocke. Alle Mann in den Zentralraum.

Die einzige Person, die sozusagen nichts tat, als der Ruf erklang, war der Kapitän. Genauer gesagt, er versuchte (wie üblich), nicht mehr an Clare zu denken und mit seinem offiziellen Logbuch weiterzumachen. Clare unterbrach ihn immer wieder aus vierzig Millionen Meilen Entfernung. Es war grotesk. ›*... unter Einsatz aller verfügbaren Hände*‹, schrieb er ... Hände ... seine eigenen Hände ... seine Hände, Hände, die er spürte, mit Augen darin, wie sie über ihre warm-kühle, weichfeste, glatte, hingebungsvolle, widerstrebende Lebendigkeit wanderten. »Sei still, so ist's lieb«, sagte er zu dem Foto auf dem Tisch. Und wieder zum Logbuch, bis zu den verhängnisvollen Worten ›*bereitete mir einige Sorgen*‹. Sorgen – o Gott, was mochte Clare jetzt widerfahren? Woher sollte er wissen, ob es inzwischen noch eine Clare gab? Alles konnte passieren. Er war ein Narr, daß er jemals diesen Auftrag übernommen hatte. Welcher andere jungverheiratete Mann auf der Welt hätte das getan? Doch es war so vernünftig erschienen. Drei Jahre schrecklicher Trennung, aber dann ... Oh, sie waren für den Rest ihres Lebens gemachte Leute. Ihm war der Posten angeboten worden, von dem er noch ein paar Monate zuvor nicht zu träumen gewagt hätte. Er würde nie wieder in den Raum fliegen müssen. Und was sonst noch alles abfiel: die Vorträge, das Buch, vielleicht ein Titel. Eine Menge Kinder. Er wußte, daß sie das wollte, und sonderbarerweise (wie er allmählich herausfand) er auch. Aber verdammt, das Log. Einen neuen Absatz beginnen … Und dann kam der Ruf.

Es war einer der beiden jungen Leute, beide Techniker, der gerufen hatte. Sie waren seit dem Abendessen zusammen gewesen. Zumindest hatte Paterson in der offenen Tür von Dicksons Kabine gestanden, war von einem Fuß auf den anderen getreten und hatte die Tür hin und her geschwenkt, und Dickson hatte auf seiner Koje gesessen und gewartet, daß Paterson verschwände.

»Wovon redest du, Paterson?« sagte er. »Wer hat denn je von einem Streit gesprochen?«

»Alles schön und gut, Bobby«, sagte der andere, »aber wir sind keine Freunde mehr wie früher. Du weißt das. Oh, *ich* bin nicht blind. Ich *habe* dich ja gebeten, mich Clifford zu nennen. Und du bist immer so reserviert.«

»Oh, zum Teufel mit dem Unsinn!« rief Dickson. »Ich bin durchaus bereit, mit dir und jedem anderen auf normale Weise gut Freund zu sein, aber all das Getue – wie ein paar Schulmädchen – mache ich nicht mit. Ein für allemal …«

»Aber sieh doch, sieh doch«, sagte Paterson. Und da geschah es, daß Dickson aufschrie und der Kapitän kam und die Alarmglocke läuten ließ, und binnen zwanzig Sekunden drängten sie sich alle hinter dem größten Fenster. Soeben hatte etwa hundertfünfzig Meter vom Lager ein Raumschiff eine schöne Landung hingelegt.

»Junge!« rief Dickson aus. »Sie holen uns vor der Zeit hier weg.«

»Zum Kuckuck mit ihnen. Das hat mir gerade noch gefehlt«, sagte der Botaniker.

Fünf Gestalten stiegen aus dem Schiff herab. Sogar in Raumanzügen wurde deutlich, daß eine von ihnen unglaublich dick war; ansonsten war nichts Bemerkenswertes an ihnen.

»Besetzt die Luftschleuse«, sagte der Kapitän.

Ein paar Drinks aus ihrem begrenzten Vorrat machten die Runde. Der Kapitän hatte im Führer der Fremden einen alten Bekannten erkannt, Ferguson. Zwei waren gewöhnliche junge Männer, nicht unangenehm. Doch die anderen beiden?

»Ich verstehe nicht«, sagte der Kapitän, »wer eigentlich – ich meine, wir freuen uns natürlich, Sie alle zu sehen – aber wer eigentlich ...?«

»Wo sind die übrigen von Ihrer Gruppe?«

»Wir hatten leider zwei Unglücksfälle«, sagte der Kapitän. »Sackville und Dr. Burton. Es war eine ganz unglückliche Sache. Sackville hat versucht, das Zeug zu essen, das wir Marskresse nennen. Es brachte ihn binnen weniger Minuten zur Tobsucht. Er schlug Burton nieder, und durch puren unglücklichen Zufall fiel Burton gerade falsch: über den Tisch da. Er brach sich den Hals. Wir banden Sackville an einer Koje fest, aber er starb noch vor dem Abend.«

»War er nicht wenigstens blickig genug, um es erst an einem Meerschweinchen auszuprobieren?« fragte Ferguson.

»Doch«, sagte der Botaniker. »Das war ja das Problem. Das Komische ist, das Meerschweinchen lebte. Aber sein Verhalten war merkwürdig. Sackville kam zu dem falschen Schluß, daß Zeug sei alkoholisch. Dachte, er könnte einen neuen Drink erfinden. Ärgerlich ist, nachdem Burton tot war, konnte keiner von uns eine zuverlässige Obduktion bei Sackville machen. Die Analyse dieser Pflanze ergibt ...«

»Ach«, schaltete sich jemand von denen ein, die noch nicht gesprochen hatten. »Wir müssen uns vor unzulässigen Vereinfachungen hüten. Ich bezweifle, daß die pflanzliche Substanz die wahre Ursache ist. Es gibt

Streß und Belastungen. Sie alle sind, ohne es zu wissen, in einer äußerst labilen Verfassung, aus Gründen, die für einen ausgebildeten Psychologen kein Rätsel sind.«

Manche von den Anwesenden waren über das Geschlecht dieses Geschöpfs im Zweifel gewesen. Sein Haar war sehr kurz, die Nase sehr lang, der Mund sehr sittsam, das Kinn spitz und das Betragen autoritär. Seine Stimme erwies es als, wissenschaftlich gesprochen, eine Frau. Doch niemand hatte den geringsten Zweifel am Geschlecht der dicken Person direkt neben ihr.

»O meine Gutste«, fauchte sie. »Nich jetzt. Ich sag dir, ich bin so schwach und nervijös, ich schrei, wenn du weitermachst. Hat hier nich jemand 'n Portwein mit Zitrone zur Hand? Nee? Gut, noch 'n kleiner Tropfen Gin tät mir reichen. 's is wirklich der Magen.«

Die Specherin war unendlich weiblich und wohl in den Siebzigern. Ihr Haar war ohne besonderen Erfolg in einer Farbe nicht unähnlich der von Senf gefärbt. Der Puder (der stark genug roch, um einen Zug zum Entgleisen zu bringen) lag wie Schneewehen in den verschlungenen Tälern ihres faltigen Gesichts mit dem mehrfachem Kinn.

»Halt!« dröhnte Ferguson. »Macht, was ihr wollt, aber gebt ihr man bloß nicht mehr zu picheln.«

»Hat kein Herz, hatter nich«, sagte die alte Frau mit einem Klagelaut und schielte zärtlich zu Dickson hinüber.

»Entschuldigung«, sagte der Kapitän. »Wer sind diese … äh … Damen, und was soll das alles?«

»Ich habe auf eine Gelegenheit zur Erklärung gewartet«, sagte die Dünne Frau und räusperte sich. »Jeder, der die Weltmeinungstrends über das aus dem Aspekt des psychologischen Wohlergehens bei interplanetarer Raumfahrt erwachsende Problem verfolgt hat, ist sich der zunehmenden Übereinstimmung bewußt, daß ein derart bemerkenswerter Fortschritt von uns unweigerlich weitgehende ideologische Anpassungsschritte erfordert. Den Psychologen ist nun bestens bekannt, daß die erzwungene Unterdrückung mächtiger biologischer Bedürfnisse über einen längeren Zeitraum hinweg wahrscheinlich unabsehbare Folgen nach sich zieht. Die Raumfahrtpioniere sind dieser Gefahr ausgesetzt. Es wäre unaufgeklärt, wenn vermeintlich ethische Prinzipien dem Schutze dieser Männer im Wege stünden. Wir müssen uns daher auf die Konfrontation mit der Ansicht einstellen, daß unmoralisches Verhalten, wie es bisher bezeichnet wurde, nicht länger als unethisch gelten darf ...«

»Das verstehe ich nicht«, sagte der Mönch.

»Sie meint«, sagte der Kapitän, der ein guter Linguist war, »daß das, was man Unzucht nennt, nicht länger als unmoralisch betrachtet werden darf.«

»Stimmt, Herzchen«, sagte die Dicke Frau zu Dickson, »sie meint bloß, daß so'n armer Junge ab und zu 'ne Frau braucht. Ist doch ganz natürlich.«

»Was daher benötigt wurde«, fuhr die Dünne Frau fort, »war eine Gruppe aufopferungsvoller Frauen, die den ersten Schritt tun würden. Damit würden sie sich zweifellos übler Nachrede seitens vieler Ignoranten aussetzen. Sie würden Rückhalt in dem Bewußtsein finden, daß sie eine unersetzliche Funktion in der Geschichte des menschlichen Fortschritts erfüllten.«

»Sie meint, ihr sollt Nutten kriegen, Schnuckelchen«, sagte die Dicke Frau zu Dickson.

»Das ist doch 'n Wort«, sagte er enthusiastisch. »Kommt 'n bißchen spät, aber lieber spät als nie. Aber Sie können nicht viele Mädchen in dem Schiff haben. Und warum haben Sie sie nicht mitgebracht? Oder kommen sie nach?«

»Wir können freilich nicht behaupten«, fuhr die Dünne Frau fort, die die Unterbrechung anscheinend nicht bemerkt hatte, »daß unser Aufruf das erhoffte Echo gefunden hätte. Das Personal bei der ersten

Betreuenden Ero-Aphrodisio-Therapeutischen Einheit, kurz BEATE, ist vielleicht nicht … nun ja. Viele hervorragende Frauen, meine Universitätskolleginnen, sogar in höherer Stellung, an die ich mich gewandt habe, haben sich als merkwürdig konventionell erwiesen. Aber zumindest ist ein Anfang gemacht worden. Und«, schloß sie strahlend, »da wären wir.«

Und da waren sie, vierzig Sekunden einer entsetzlichen Stille lang. Dann wurde Dicksons Gesicht, das sich schon in gewisser Weise verzogen hatte, sehr rot, er nahm sein Taschentuch und prustete wie jemand, der ein Niesen unterdrücken will, stand abrupt auf, wandte der Gesellschaft den Rücken zu und verbarg sein Gesicht. Er stand ein wenig vorgebeugt da, und man sah seine Schultern beben.

Paterson sprang auf und lief zu ihm, doch die Dicke Frau, wenngleich mit endlosem Ächzen und Aufwallungen, war auch aufgestanden.

»Dampf ab, Warmer«, knurrte sie Paterson an. »Als wenn deine Sorte zu was gut wär.« Einen Augenblick später hatten ihre voluminösen Arme Dickson umschlungen, ihre ganze warme, wabbelnde Mütterlichkeit schlug über ihm zusammen.

»Komm, Jungchen«, sagte sie, »kommt schon alles klar. Wein nich, Süßer. Wein nich. Na, armer Junge. Armer Junge. Wirst's gut bei mir haben.«

»Ich denke«, sagte der Kapitän, »der junge Mann weint nicht, er lacht.«

Es war der Mönch, der an diesem Punkt sanft vorschlug, erst einmal etwas zu essen.

Einige Stunden später war die Gesellschaft zunächst auseinandergegangen.

Dickson (all seinen Bemühungen zum Trotz hatte es die Dicke Frau geschafft, neben ihm zu sitzen, und mehr als einmal sein Glas mit ihrem verwechselt) hatte kaum den letzten Bissen gegessen, als er zu den neu angekommenen Technikern sagte: »Ich würde mir sehr gern euer Schiff anschauen, wenn es möglich ist.«

Man sollte meinen, die beiden Männer, die so lange in diesem Schiff ausgehalten und erst kurz zuvor ihre Raumanzüge ausgezogen hatten, hätten es nicht eilig gehabt, letztere wieder anzulegen und zu ersterem zurückzukehren. So sah es zweifellos die Dicke Frau. »Nu, nu«, sagte sie. »Sei nich so hibbelich, Jungchen. Die ham erst mal genug von dem blöden Schiff gesehn, und ich auch. Is nich gut für dich, so loszustürzen, nich mit vollem Magen nich.« Aber die beiden jungen Männer waren ein Wunder an Bereitwilligkeit.

»Klar doch. Genau, was ich gerade vorschlagen wollte«, sagte der erste. »Von mir aus gern, Kumpel«, sagte der zweite. Sie waren alle drei in Rekordzeit durch die Luftschleuse verschwunden.

Über den Sand, die Leiter hinauf, Helme ab, und dann:

»Was in drei Donners Namen habt ihr die beiden Weibsstücke bei uns abgeladen?« sagte Dickson.

»Nicht dein Gusto?« fragte der Fremde mit dem Cockney-Dialekt. »Die da'eim 'aben sich gedacht, ihr wärt inzwischen 'n bißchen scharf. Undankbar von euch, will ich mal sagen.«

»Wirklich sehr komisch«, sagte Dickson. »Aber für uns gibt's da nichts zu lachen.«

»Für uns gab es das ebensowenig, weißt du«, sagte der Fremde aus Oxfort. »Fünfundachtzig Tage lang haben sie uns auf der Pelle gesessen. Nach einem Monat wurden sie ein bißchen lästig.«

»Das kannst du laut sagen«, bestätigte der Cockney.

Es folgte eine Pause, die Abscheu ausdrückte.

»Kann mir jemand sagen«, wollte Dickson schließlich wissen, »wer in aller Welt und warum in aller Welt von allen möglichen Frauen ausgerechnet diese beiden Schreckschrauben ausgesucht hat, um sie zum Mars zu schicken?«

»Kannst nicht erwarten, 'ier im 'intersten Winkel 'ne Londoner Star-Show zu kriegen«, sagte der Cockney.

»Mein guter Mann«, sagte sein Kollege, »liegt der Fall nicht völlig klar? Welche Art Frau wird denn freiwillig kommen und an diesem verlassenen Ort leben – von Fertig-Rationen – und mit einem halben Dutzend Männer rummachen, die sie noch nie gesehen hat? Die Mädchen, die auf Spaß aus sind, kommen nicht, weil sie wissen, daß man auf dem Mars keinen Spaß haben kann. Eine gewöhnliche berufsmäßige Nutte kommt nicht, solange sie noch die mindeste Chance hat, in den billigsten Vierteln von Liverpool oder Los Angeles Freier zu finden. Und ihr habt eine gekriegt, die die Chance nicht hat. Die einzigen, die sonst noch kommen könnten, sind die Bekloppten, die den ganzen Quatsch von einer neuen Ethik glauben. Und von der Sorte habt ihr auch eine gekriegt.«

»Ganz einfach, was?« sagte der Cockney.

»Jeder«, sagte der andere, »außer den Blödmännern ganz oben hätte es natürlich von vornherein absehen können.«

»Die einzige Hoffnung ist jetzt der Kapitän.«

»Sieh mal, Kumpel«, sagte der Cockney, »wenn du denkst, du könntest sie postwendend mit uns zurückschicken – vergiß es. Ist nicht drin. Unser Kapitän 'ätte 'ne Meuterei niederzuschlagen, wenn er das versucht. Also versucht er's nicht. Er 'at seins schon durch. Und wir auch. Jetzt seid ihr an der Reihe.«

»Ist nur fair, weißt du«, sagte der andere. »Wir haben ausgehalten, was wir nur konnten.«

»Na schön«, sagte Dickson, »dann müssen es die beiden Häuptlinge ausfechten. Aber Disziplin oder nicht, es gibt Dinge, die ein Mann nicht erträgt. Diese blöde Paukerin ...«

»Sie ist tatsächlich Dozentin an der Redbrick-Universität.«

»Gut«, sagte Dickson nach langem Schweigen. »Ihr

wolltet mir das Schiff zeigen. Vielleicht bringt es mich ein bißchen auf andere Gedanken.«

Die Dicke Frau sprach mit dem Mönch. »... und, lieber Vater, ich weiß, Sie denken, das is das schlimmste von allem. Ich hab's nich sein lassen, wo ich konnte. Wo die Frau von meinem Bruder gestorben war ... er hätt mich zu sich nach Hause genommen, und Geld war nich so knapp. Aber ich hab weitergemacht, Gott helf mir, ich hab weitergemacht.«

»Warum hast du das getan, Tochter?« fragte der Mönch. »Hat es dir *gefallen?*«

»Also das war's eigentlich gar nich, Vater. Bin nie pingelig gewesen. Aber sehn Sie – o Vater, ich bin damals sehr hübsch gewesen, auch wenn man's heute nich denken tät ... und die armen Herren, denen hat's sosehr gefallen.«

»Tochter«, sagte er, »du bist nicht weit vom Reich des Herrn entfernt. Aber du hast geirrt. Der Wunsch, anderen zu geben, ist gesegnet. Aber man kann nicht Falschgeld in echtes verwandeln, indem man es einfach verschenkt.«

Der Kapitän hatte die Tafel auch recht schnell verlassen und Ferguson gebeten, ihn zu begleiten. Der Botaniker war ihnen nachgestürzt.

»Einen Augenblick, Sir, einen Augenblick«, sagte er aufgeregt. »Ich bin Wissenschaftler. Ich arbeite schon unter sehr hohem Druck. Ich hoffe, man kann mir nicht vorwerfen, daß ich alle die anderen Pflichten, die andauernd meine Arbeit unterbrechen, von mir weise. Aber wenn von mir erwartetet werden sollte, daß ich noch Zeit mit diesen gräßlichen Weibern verschwende ...«

»Wenn ich Ihnen Anweisungen gebe, die als *ultra vires* gelten können«, sagte der Kapitän, »dann ist es Zeit zu protestieren.«

Paterson blieb mit der Dünnen Frau zurück. Das einzige an einer Frau, das ihn interessierte, waren ihre Ohren. Er erzählte Frauen gern von seinen Schwierigkeiten, insbesondere, wie unfair und unfreundlich andere Männer waren. Leider war die Dame der Ansicht, das Gespräch sollte entweder der Ero-Aphrodisio-Therapie oder einer Unterweisung in Psychologie gewidmet sein. Sie sah in der Tat keinen Grund, warum die beiden Vorgänge nicht gleichzeitig durchgeführt werden sollten; nur ungeübte Köpfe können nicht mehr als einen Gedanken gleichzeitig behalten. Der Unterschied zwischen diesen beiden Ansätzen für das Gespräch war im Begriff, seinen Erfolg zu beeinträchtigen. Paterson wurde mißmutig; die Dame blieb strahlend und geduldig wie ein Eisberg.

»Aber wie ich schon gesagt habe«, murrte Paterson, »was ich für so verkommen halte, ist ein Kerl, der einen Tag ganz anständig ist und dann …«

»Was nur illustriert, worauf ich hinauswill. Diese Spannungen und Anpassungsschwierigkeiten müssen unter den unnatürlichen Umständen unweigerlich auftreten. Und vorausgesetzt, wir befreien die offensichtliche Abhilfe von all diesen ihr anhängenden sentimentalen oder – was durchaus ebensoschlimm ist – schlüpfrigen Assoziationen, die das viktorianische Zeitalter damit verknüpft hat …«

»Aber ich habe es Ihnen noch gar nicht gesagt. Hören Sie. Erst vor zwei Tagen …«

»Einen Moment. Das sollte wie jede andere Injektion betrachtet werden. Wenn wir die Überzeugung vermitteln können …«

»Wie kann jemand nur Vergnügen daran finden …«

»Da stimme ich zu. Es mit Vergnügen zu assoziieren (was eine rein pubertäre Fixierung ist), hat möglicherweise unabsehbaren Schaden angerichtet. Vernunftmäßig betrachtet …«

»Und ich sage, Sie schweifen vom Thema ab.«

»Einen Moment …«
Der Dialog ging weiter.

Sie waren mit der Besichtigung des Raumschiffs fertig. Es war fürwahr ein Prachtstück. Niemand erinnerte sich später daran, wer als erster gesagt hatte: »Mit einem Schiff wie diesem käme jeder zurecht.«

Ferguson saß schweigend da und rauchte, während der Kapitän den Brief las, den er ihm mitgebracht hatte. Er blickte nicht einmal zu dem Kapitän hin. Als das Gespräch endlich begann, lag in der Kabine ein solch umfassender Hauch von Glück, daß sie lange brauchten, bis sie zum schwierigen Teil ihrer Angelegenheit kamen. Der Kapitän schien zunächst ganz von deren komischer Seite in Beschlag genommen zu sein.

»Trotzdem«, sagte er schließlich, »hat es auch eine ernste Seite. Schon allein diese Dreistigkeit! Denken die denn …«

»Vergiß man nicht«, sagte Ferguson, »sie haben es mit einer völlig neuen Situation zu tun.«

»Oh, verdammt *neu*! Was ist denn daran anders als bei Männern auf Walfangschiffen oder sogar in alter Zeit auf Windjammern? Oder an der Nordwestgrenze? Das ist ungefähr so neu wie Hunger bei Menschen, als das Essen knapp war.«

»Tja, Mann, aber du vergißt das neue Licht der Psychologie.«

»Ich denke, diese beiden gräßlichen Frauen haben schon ein bißchen neuere Psychologie gelernt, seit sie eingetroffen sind. Glauben die wirklich, jeder Mann auf der Welt ist derart leicht entflammt, daß er sich jeder Frau, egal welcher, in die Arme wirft?«

»Aye, das glauben sie. Sie werden sagen, du und deine Gruppe, ihr seid sehr unnormal. Ich tät mich nicht wundern, wenn sie euch als nächstes so lütte Päckchen mit Hormonen schicken.«

»Also, wenn's darauf hinausläuft, denken die denn, Männer würden sich für diese Arbeit melden, wenn sie nicht ohne Frauen auskommen könnten, oder es zu können glaubten oder versuchen wollten, ob sie es können?«

»Dann ist da man noch die neue Ethik.«

»Oh, laß gut sein, alter Gauner. Was ist denn daran nun wieder neu? Wer hat jemals versucht, ein sauberes Leben zu führen, außer einer Minderheit von Leuten, die eine Religion hatten oder verliebt waren? Das werden sie auf dem Mars auch noch versuchen, wie sie's auf der Erde versucht haben. Was die Mehrheit betrifft, hat die jemals gezögert, sich ihr Vergnügen zu holen, wo immer sie es kriegen konnte? Die Damen vom Gewerbe wissen es besser. Hast du je einen Hafen oder eine Garnison ohne eine Menge Bordells gesehen? Was sind das für Idioten im Beirat, daß sie diesen ganzen Unsinn angefangen haben?«

»Och, 'ne Menge bekloppte alte Weiber (in Hosen die meisten), die alles mögen, was sexy ist und wissenschaftlich und wodurch sie sich wichtig fühlen können. Und das verschafft ihnen alle drei Vergnügen auf einmal, weißt du.«

»Schön, da gibt's nur eins, Ferguson. Ich will weder Frau Allzuviel hier haben noch deine Dauerdozentin. Du kannst sie einfach ...«

»Also davon kann wohl keine Rede sein. Ich hab meine Arbeit erledigt. Noch 'ne Reise mit so 'ner lebenden Fracht mach ich nicht mit. Und meine beiden Jungs auch nicht. Das gäbe Mord und Totschlag.«

»Aber du mußt, ich bin ...«

In diesem Augenblick flammte draußen der blendende Lichtschein auf, und der Boden erbebte.

»Mein Schiff! Mein Schiff!« schrie Ferguson. Beide Männer starrten auf leeren Sand hinaus. Das Raumschiff hatte offensichtlich einen perfekten Start vollführt.

»Aber was ist passiert?« fragte der Kapitän. »Sie haben doch nicht...«

»Meuterei, Desertion und Diebstahl von Staatseigentum, das ist passiert«, erklärte Ferguson. »Meine beiden Jungs und dein Dickson sind nach Hause abgedampft.«

»Aber Herr im Himmel, dafür werden sie ihnen die Hölle heiß machen. Sie haben ihre Karriere ruiniert. Man wird sie...«

»Aye. Ganz klar. Und sie denken, da sind sie noch glimpflich davongekommen. Es werden vielleicht keine zwei Wochen vergehen, und du wirst sehen, warum.«

Ein Hoffnungsschimmer trat in die Augen des Kapitäns. »Sie können die Frauen nicht vielleicht mitgenommen haben?«

»Red keinen Unsinn, Mann, red keinen Unsinn. Und wenn der Grips nicht reicht, benutz deine Ohren.«

Im aufgeregten Stimmengewirr, das mit jedem Moment deutlicher aus dem Hauptraum drang, waren weibliche Stimmen schmerzhaft herauszuhören.

Als er sich für seine abendliche Meditation sammelte, dachte der Mönch, daß er sich vielleicht zu sehr auf ›weniger brauchen‹ konzentriert hatte und darum nun einen Lehrgang (für Fortgeschrittene) in ›mehr lieben‹ bekam. Dann verzog sich sein Gesicht zu einem Lächeln, das nicht nur Freude ausdrückte. Er dachte an die Dicke Frau. Vier Dinge bildeten einen feinen Akkord. Erstens der Schrecken angesichts all dessen, was sie getan und durchgemacht hatte. Zweitens das Mitleid, drittens die Komik – daß sie glaubte, sie könnte immer noch Verlangen wecken –, viertens ihre gesegnete Unwissenheit um jene durch und durch andere Liebenswürdigkeit, die schon in ihr wohnte und die mit Gottes Gnade und dem bißchen an Führung, das sogar er gewähren konnte, ihr vielleicht eines Tages einen Platz neben der Magdalena verschaffen würde.

Aber halt! Da war noch eine fünfte Note in dem Akkord. »O Meister«, murmelte er, »vergib auch meinen absurden Irrtum – oder kann er dich erheitern? Ich hatte geglaubt, du hättest mich bloß zu meinem eigenen geistigen Wohlbefinden auf eine Reise von vierzig Millionen Meilen geschickt.«

Reginald Bretnor

Als 1950 die erste Geschichte vom ›verrückten Schenie‹ Papa Schimmelhorn erschien, kündigte sich an, was etliche Kritiker als neue Ära von Witz und Bildung in der Science Fantasy bezeichnet haben. Die folgenden Erzählungen von dem großgewachsenen, blauäugigen, weißbärtigen Mitteleuropäer, der nach Amerika gekommen war, um nach Beschäftigungen als Uhrmacher und Hausmeister in Genf ein neues Leben zu beginnen, unterschieden sich ziemlich von allen früheren komischen SF-Zyklen und schlugen bei den Lesern der Zeitschrift Fantasy und Science Fiction *sofort ein, wo sie bis zum heutigen Tage alle erschienen sind. Die erste Geschichte, ›Die Geheimwaffe‹, stellte Papa als Neuankömmling in den Vereinigten Staaten vor, doch in den folgenden Jahren ist er in New Haven seßhaft geworden, wo er jetzt als Vorarbeiter in Heinrich Luedesings Kuckucksuhrenfabrik arbeitet – wenn er nicht gerade in ein absonderliches Abenteuer verwickelt ist oder versucht, dem Adlerblick seiner Frau zu entwischen und seinem liebsten Zeitvertreib zu frönen, nämlich als unverbesserlicher Weiberheld hübschen Mädchen nachzusteigen. Das Fluidum dieser Geschichten kann an drei typischen Titeln ermessen werden: ›Papa Schimmelhorn und das S.O.D.O.M.-Serum‹, ›Graf von Schimmelhorn und das Zeitpony‹ und die brillante, etwas längere Erzählung ›Die Frauen von Betaigäuse Neun‹, worin der alte Knabe gefangen und in einem Raumschiff weggebracht wird, dessen Besatzung durchweg aus Frauen besteht!*

Reginald Bretnor wurde 1911 in Sibirien geboren, kam aber 1919 nach Amerika. Seine frühen Schriften reichen von Militärtheorie bis zum Handwerk des Science Fiction-Schreibens, und seine erste Geschichte, ›Vielleicht nur ein kleiner‹, erschien 1947 in Harper's Magazine. *Ihr folgten mehrere traditionelle SF-Geschichten, ehe er mit dem Papa Schimmelhorn-Zyklus begann. Dessen Erfolg inspirierte ihn dazu, 1956 eine Folge komischer*

Vignetten unter dem anagrammatischen Pseudonym ›Grendel Briarton‹ zu erfinden. Sie handelten von einem grotesken Zeitreisenden, Ferdinand Feghoot, und jede endete mit einer verblüffenden Schlußpointe. Manche davon wurden 1962 unter dem Titel Durch Raum und Zeit mit Ferdinand Feghoot (Through Time and Space with Ferdinand Feghoot) gesammelt, und Bretnor hat dem Zyklus später in regelmäßigen Abständen neue Geschichten hinzugefügt.

Hier aber folgt nun die bahnbrechende Geschichte, die im Fantasy-Genre wie auch bei den Lesern solch großen Eindruck hinterlassen hat. Es ist gewiß eine der spaßigsten in dieser ganzen Anthologie.

Reginald Bretnor

Die Geheimwaffe

Als Papa Schimmelhorn vom Krieg mit Bobovia hörte, kaufte er sich ein fertig verpacktes Lunch, wickelte seine Geheimwaffe in Packpapier und nahm den ersten Bus direkt nach Washington. Kurz vor der Mittagszeit erschien er am Haupttor des Amtes für Geheimwaffen – mit Lunch, Bart und Fagott.

Jawohl – *Fagott*. Er hatte seine Geheimwaffe ausgepackt. Sie sah aus wie ein Fagott. Der Unterschied war nicht zu sehen.

Corporal Jerry Colliver, der vor dem Haupteingang Wache stand, wußte nicht, daß es einen Unterschied gab. Er wußte lediglich, daß das Amt für Geheimwaffen nur eine Fassade war, ausschließlich dazu eingerichtet, den anderen die Spinner vom Hals zu halten, und daß er noch einen ganzen Nachmittag vor sich hatte, bis er seine Katie treffen konnte.

»Gutän Morgän, Soldscher-Boi«, brüllte Papa Schimmelhorn, das Fagott schwenkend.

Corporal Colliver zwinkerte den beiden Gefreiten zu, die sich neben ihm auf der Treppe des Wachlokals sonnten. »Komm im Dezember wieder, du Weihnachtsmann«, sagte er. »Wir haben wegen Inventur geschlossen.«

»Nain!« Papa Schimmelhorn wurde böse. »So lange kann ich nicht von där Arbeit wägblaiben. Außerdäm habe ich hier aine Gehaimwaffe. Lassen Sie mich sofort rain!«

Der Corporal zuckte die Achseln. Befehl ist Befehl.

Verrückt oder nicht – man mußte sie reinlassen. Er griff hinter sich und drückte den Spinnerknopf, um vorsichtshalber die Psychiater zu warnen. Dann stieg er mit klirrendem Schlüsselbund die Stufen zum Tor hinauf. »Aha, Geheimwaffe!« sagte er, während er aufschloß.

»Mit der dauert der Krieg bestimmt nicht länger als 'ne Woche, wie?«

»Aine *Woche?*« Papa Schimmelhorn brach in brüllendes Gelächter aus. »Warte nur ab, Soldscher-Boi! In höchschtens zwai Tagen ischt där Krieg vorbai! Ich bin nämlich ain Dschänie!«

Als er das Gebäude betreten wollte, erinnerte sich Corporal Colliver an die Vorschriften und fragte ihn streng, ob er auch keinen Sprengstoff bei sich hätte.

»Ho-ho-ho! Man braucht kainen Schprängschtoff, um ainen Krieg zu gewinnen! Aber bitte sähr – durchsuchen Sie mich!«

Der Corporal durchsuchte ihn. Er durchsuchte die Frühstückstasche, die ein gekochtes Ei, zwei Sandwiches mit Schinken und einen Apfel enthielt. Er untersuchte das Fagott, schüttelte es kräftig und spähte dann auch noch hindurch, um sich zu vergewissern, daß es tatsächlich vollkommen leer war.

»Okay, Pop«, sagte er, als er mit dem Durchsuchen fertig war. »Von mir aus kannst du reingehen. Die Flöte da läßt du aber wohl besser hier.«

»Das ischt kaine Flöte!« verbesserte ihn Papa Schimmelhorn. »Das ischt aine Gnurr-Pfaife. Und die muß ich mitnähmen, wail das nämlich maine Gehaimwaffe ischt.«

Der Corporal, der sich insgeheim schon darauf gefreut hatte, mindestens eine Stunde lang auf dem Ding rumdudeln zu können, zuckte philosophisch die Achseln. »Barney«, wandte er sich an den einen Gefreiten, »bring diesen Mann hier nach Abteilung Acht.«

Als der Soldat mit Papa Schimmelhorn im Schlepptau davonmarschierte, drückte der Corporal vorsichtshalber noch zweimal den Spinnerknopf. »Ist das nicht die Höhe?« sagte er zu dem zweiten Gefreiten, »daß wir diese Verrückten behandeln müssen, als wären sie der Kaiser von China?«

Corporal Colliver konnte natürlich nicht wissen, daß Papa Schimmelhorn die reine Wahrheit gesprochen hatte. Er konnte weder wissen, daß Papa Schimmelhorn tatsächlich ein Genie war, noch daß die Gnurrs dem Krieg innerhalb von zwei Tagen ein Ende bereiten und daß Papa Schimmelhorn ihn gewinnen würde.

Nein, das konnte er wahrhaft nicht wissen – noch nicht.

Um zehn Minuten nach eins hatte Colonel Powhattan Fairfax Pollard zu seinem Glück noch keine Ahnung von Papa Schimmelhorns Existenz.

Colonel Pollard war lang, mager und zäh wie Leder. Er trug Schaftstiefel, Sporen und eines von diesen pflaumenfarbenen Hemden, wie sie in den zwanziger Jahren im Fort Huachuca modern gewesen waren. Colonel Pollard hielt nichts von Geheimwaffen. Er hielt nicht mal was von Atombomben, Panzern, rückstoßfreien Gewehren und Angriffsflugtaktik. Er hielt nur was von seinen Pferden.

Das Pentagon hatte ihn aus dem Ruhestand zurückgeholt, um ihm die Leitung des Amtes für Geheimwaffen anzuvertrauen, und er war genau der richtige Mann dafür. In den vier Monaten seiner Amtsführung war nur ein einziger Erfinder – ein Mann mit unübertroffenen sinnvollen Ideen im Zusammenhang mit Packsätteln – an übergeordnete Behörden weitergeschickt worden.

Colonel Pollard saß an seinem Schreibtisch und diktierte seiner blonden WAC-Sekretärin (Women's Army Corps – weibliches Hilfskorps) aus einem aufgeschlagenen Exemplar von Generalleutnant Wardrops Buch ›Moderne Sauhatz mit dem Spieß‹. Er sammelte Material für sein eigenes Werk, dem er den Titel ›Säbel und Lanze in der zukünftigen Kriegführung‹ geben wollte. Jetzt brach er mitten in einem Zitat über die Vorteile des bengalischen Speers plötzlich ab. »Miß Hooper!« verkündete er triumphierend. »Ich habe eine Idee!«

Katie Hooper schniefte gekränkt. Wenn er schon so formell sein mußte, warum sagte er dann nicht ›Sergeant‹? Die anderen hohen Offiziere sagten stets ›Schätzchen‹ oder ›Liebling‹ zu ihr, jedenfalls, wenn sie mit ihr allein waren. *Miß* Hooper – wie albern! Sie schniefte abermals und sagte: »Yes, Sir!«

Colonel Pollard schnaubte hörbar, anscheinend, um sein Gehirn freizumachen. »Ich kann aus tiefster Überzeugung behaupten«, begann er großartig, »daß diese besessene Sucht nach den sogenannten wissenschaftlichen Waffen die Sicherheit der Vereinigten Staaten auf das gefährlichste bedroht. Entgegen aller Erfahrungen der nach wie vor gültigen Kriegswissenschaft bauen wir eine unerprobte Waffe nach der anderen, bauen wir Abwehrwaffen dagegen, Abwehrwaffen gegen die Abwehrwaffen, Abwehrwaffen gegen … und so weiter. Bis an die Zähne bewaffnet mit Theorien und Selbsttäuschungen, ist es denkbar, daß wir schon bald hilflos, impotent – haben Sie gehört, Miß Hooper? *Impotent* …«

Miß Hooper sagte kichernd: »Yes, Sir!«

»… dem Ansturm irgendeines Attila gegenüberstehen«, tönte der Colonel, »dem Ansturm eines modernen Dschingis Khan, der sich, wenn auch bis jetzt noch nicht geboren, eines Tages erheben und unsere klugen Techniker und Ingenieure wie leere Spreu davonblasen wird. Und dann wird er sich ein Reich mit Kavallerie erobern – jawohl, mit *Kavallerie,* mit Pferden und Säbeln!«

»Yes, Sir«, sagte die Sekretärin.

»Heutzutage«, donnerte der Colonel, »haben wir keine Kavallerie! Eine einzige Million berittener Muschiks könnten …«

Aber die Welt sollte nicht erfahren, was eine Million berittener Muschiks tun oder nicht tun könnten. Die Tür flog auf. Im Vorzimmer ertönte ein kurzer, scharfer Quietschlaut. Ein rundlicher, junger Offizier schoß quer durch das Zimmer, bremste unmittelbar vor dem Schreibtisch des Colonels und salutierte hastig.

»Huuuuch!« keuchte Katie Hooper, die blauen Augen weit aufgerissen.

Die Miene des Colonels verwandelte sich zu Stein.

Der junge Offizier kam lange genug zu Atem, um strahlend herausstoßen zu können: »Sir! Großer Gott, es ... wir haben's geschafft, Sir!«

Leutnant Hanson war kein Frontsoldat, sondern Wissenschaftler. Er hatte sich nicht angemeldet. Er war auf höchst unmilitärische Art und Weise hereingeplatzt, ohne anzuklopfen. Und ... und ...

»HERR!« brüllte Colonel Pollard empört. »WO IST IHRE HOSE?«

Denn Lieutenant Hanson trug ganz eindeutig keine. Ebensowenig trug er Socken und Schuhe. Und die zerfetzten Zipfel seines Hemdes bedeckten knapp seine zerrissene Unterhose.

»MACHEN SIE DEN MUND AUF, VERDAMMT NOCH MAL!«

Betreten senkte der Lieutenant den Blick auf seine unteren Extremitäten, um ihn sogleich wieder zu heben. Er fing an zu zittern. »Sie ... Sie haben sie *gefressen!*« sprudelte er heraus. »Das wollte ich Ihnen ja gerade klarmachen! Keine Ahnung, wie er das macht. Er muß ungefähr achtzig sein und ist ... äh ... Vorarbeiter in einer Kuckucksuhrenfabrik. Aber es ist *die* perfekte Waffe! Und sie funktioniert, sie funktioniert, sie *funktioniert!*« Er lachte hysterisch. »Die Gnurrs komm' aus dem Holz heraus«, sang er, im Takt in die Hände klatschend. »Holz heraus, Holz heraus ...«

In diesem Augenblick sprang Colonel Pollard von seinem Sessel auf, setzte über den Schreibtisch und versuchte Lieutenant Hanson zu beruhigen, indem er ihn heftig schüttelte. »Eine Schande!« blaffte er ihm ins Ohr. »Drehen Sie sich um!« befahl er der errötenden Katie Hooper. »MUMPITZ!« brüllte er, als der Lieutenant irgendwas von Gnurrs stottern wollte.

Und: »Was ischt Mumpitz, Soldscher-Boi?« erkundigte sich Papa Schimmelhorn von der Tür her.

Colonel Pollard ließ den Lieutenant los. Er wurde tief dunkelrot. Zum erstenmal in seiner militärischen Laufbahn fehlten ihm die Worte.

Der Lieutenant deutete wackelig auf Colonel Pollard. »Gnurrs sind Mumpitz«, antwortete er kichernd. »Behauptet er!«

»Ha!« Papa Schimmelhorns Augen funkelten wütend. »Ich wärd's dir schon zaigen, Soldscher-Boi.«

Der Colonel explodierte. »Soldier-Boy? SOLDIER-BOY? *Stehen Sie stramm, wenn ich mit Ihnen spreche!* HALTUNG ANNEHMEN, VERDAMMT NOCH MAL!«

Papa Schimmelhorn beachtete ihn natürlich überhaupt nicht. Er hob seine Geheimwaffe an die Lippen, und dann tönten klagend die ersten Takte von ›Come to the Church in the Wildwood‹ durch den Raum.

»Mister Hanson!« tobte der Colonel. »Verhaften Sie diesen Mann! Nehmen Sie ihm das Ding da weg! Vor den Kadi werde ich ihn bringen! Ich werde ...«

In diesem Moment kamen die Gnurrs aus dem Holz. Einen Gnurr zu beschreiben ist nicht so leicht. Können Sie sich ein mausfarbenes, mausgroßes Wesen vorstellen, das eine Figur hat wie ein Wildeber, aber sozusagen *schimmert?* Mit Daumen vorne und hinten, einem kahlen, rosa Schwanz und gelben Augen, die um mehrere Nummern zu groß sind? Und mit drei Reihen scharfer Zähne im Gesicht? Können Sie das? Tja, so sehen sie ungefähr aus – nur, daß noch niemand *einen* Gnurr zu Gesicht bekommen hat. Sie kommen nicht allein. Wenn die Gnurrs aus dem Holz herauskommen, dann kommen sie alle zusammen – wie Lemminge, nur in noch viel größerer Zahl: Millionen über Millionen. Und sie fressen.

Die Gnurrs kamen aus dem Holz heraus, als Papa Schimmelhorn gerade bis zu der Stelle ›... the church in the vale‹ gekommen war. Noch ehe er ›No scene is so dear to my childhood‹ beenden konnte, hatten sie den halben Fußboden bedeckt und den halben Teppich gefressen. Anschließend rückten sie gegen Colonel Pollard vor.

Der Colonel erkletterte hastig seinen Schreibtisch und schlug mit seiner Reitpeitsche um sich. Katie Hooper erklomm einen Aktenschrank, hob ihren Rock und kreischte. Lieutenant Hanson, verhältnismäßig sicher, da praktisch nackt, hielt tapfer die Stellung und wieherte höchst unbotmäßig vor Lachen.

Papa Schimmelhorn unterbrach seine Dudelei und rief: »Kaine Angscht, Soldscher-Boi!« Und dann begann er von neuem zu spielen, diesmal jedoch etwas Fremdartiges, etwas, was überhaupt nicht klang wie eine Melodie.

Sofort hielten die Gnurrs inne. Ängstlich sahen sie sich um. Sie verschlangen die Reste von des Colonels Sesselkissen, schimmerten hell, stießen eine Art Quietschgeräusch aus, machten kehrt und verschwanden in der Täfelung.

Papa Schimmelhorn starrte auf des Colonels Schaftstiefel, die überraschenderweise noch intakt waren, und murmelte leise: »Hm – aha!« Dann musterte er lüstern Katie Hooper, die auf seinen Blick hin prompt ihren Rock fallen ließ. Er deutete mit dem Daumen auf seine Brust und verkündete der ganzen Welt: »Sie sind ainfach fabelhaft, maine Gnurrs!«

»Wo ...« Der Colonel ließ Anzeichen eines tiefen psychischen Traumas erkennen. »Wohin sind sie verschwunden?«

»Dorthin, wo sie härgekommen sind«, antwortete Papa Schimmelhorn.

»Und wo ist das?«

»Das ischt gäschtern.«

»Das ist … das ist doch absurd!« Mit weichen Knien kam der Colonel herunter und fiel erschöpft in seinen Sessel. »Gestern waren sie nicht hier.«

Papa Schimmelhorn betrachtete ihn mitleidig. »Aber natürlich nicht! Gäschtern waren sie nicht hier, wail gäschtern gäschtern heute war. Sie *sind* gäschtern hier, wail gäschtern heute schon gäschtern ischt. Das ischt ain Untärschied.«

Colonel Pollard wischte sich die schweißbedeckte Stirn und warf Lieutenant Hanson einen flehenden Blick zu.

»Vielleicht kann ich es Ihnen erklären, Sir«, sagte der Lieutenant, dessen Nervensystem von diesem zweiten Besuch der Gnurrs anscheinend profitiert hatte. »Darf ich Ihnen Meldung machen?«

»Ja, ja, gewiß.« Erleichtert griff Colonel Pollard nach diesem Strohhalm. »Ah – setzen Sie sich.«

Lieutenant Hanson zog sich einen Stuhl herbei und begann, während Papa Schimmelhorn zu Katie ging, um mit ihr zu flirten, mit leiser, aber sehr ernster Stimme zu berichten.

»Es ist absolut unglaublich«, versicherte er. »Sämtliche Routinetests beweisen, daß er, gelinde ausgedrückt, hochgradig schwachsinnig ist. Er hat mit elf Jahren die Schule verlassen, hat eine Lehre absolviert und dann, bis er ungefähr fünfzig war, als Uhrmacher gearbeitet. Anschließend war er, bis vor wenigen Jahren, Hausmeister im Genfer Institut für Höhere Physik. Dann kam er nach Amerika, wo er seinen jetzigen Job bekam. Der springende Punkt ist aber diese Sache in Genf. Die Wissenschaftler dort arbeiteten an einer Erweiterung von Einsteins und Minkowskis Entdeckungen. Schimmelhorn muß eine Menge davon mitbekommen haben.«

Aber wenn er doch schwachsinnig ist …« Von Einstein hatte der General gehört und wußte, daß er sehr schwer zu verstehen war. »... was sollte ihm das dann nützen?«

»Das ist ja der Witz, Sir! Auf der Bewußtseinsebene ist er schwachsinnig, aber im Unterbewußten ist er ein Genie. Irgendwie hat er mit einem Teil seines Verstandes die Informationen absorbiert, integriert und ist dann auf diese Fagott-Geschichte gekommen. Im Mundstück des Instruments befindet sich ein komischer, kleiner L-förmiger Kristall, und wenn man bläst, vibriert dieser Kristall. Wie das Ganze funktioniert, wissen wir nicht –aber es funktioniert!«

»Sie meinen, die ... äh ... vierte Dimension?«

»Genau. Obwohl wir selbst das Gestern hinter uns gelassen haben, ist das bei den Gnurrs nicht der Fall. Sie befinden sich *jetzt* dort. Wenn für uns ein Tag zum Gestern wird, wird er für sie zum Heute.«

»Aber ... aber wie wird er die Viecher wieder los?«

»Indem er dieselbe Melodie rückwärts spielt, und damit den Effekt umkehrt, behauptet er. Ein wahres Glück, wenn Sie mich fragen!«

Papa Schimmelhorn, der Katie Hooper aufgefordert hatte, seinen Bizeps zu fühlen, drehte sich um. »Warten Sie nur!« Er lachte dröhnend. »Bald sände ich mit mainer Gnurrpfaife zum Faind hinüber! Wir wärden dän Krieg gewinnen!«

Der Colonel machte einen Rückzieher. »Das Ding ist noch nicht erprobt! Es muß zunächst ... äh ... eingehend studiert ... erprobt ... getestet werden.«

»Dazu haben wir keine Zeit, Sir. Wir würden das Überraschungsmoment verlieren.«

»Wir werden eine offizielle Meldung nach oben machen«, entschied der Colonel. »Das Ding ist doch so 'ne verdammte Maschine, oder? Die sind alle unzuverlässig. Schon immer. Es würde den Prinzipien des Krieges zuwiderlaufen.«

Jetzt hatte Lieutenant Hanson eine großartige Idee. »Aber, Sir«, wandte er ein, »wir werden ja gar nicht mit der Gnurrpfeife kämpfen! Die richtige Waffe sind die Gnurrs, und das sind keineswegs Maschinen – das sind Tiere! Die berühmtesten Generale haben im Krieg Tiere verwendet! Die Gnurrs interessieren sich zwar nicht für Lebewesen, aber sie verschlingen begeistert alles andere – Wolle, Baumwolle, Leder, sogar Plastik – und ihre Zahl ist geradezu astronomisch. An Ihrer Stelle würde ich sofort den Minister informieren!«

Einen Augenblick zögerte der Colonel, aber nur einen kurzen Augenblick. »Hanson«, sagte er dann entschlossen, »Sie haben recht. Sie haben wirklich und wahrhaftig recht!«

Damit langte er zum Telefon.

In weniger als vierundzwanzig Stunden war das *Unternehmen Gnurr* organisiert. Nach einer Konferenz mit dem Präsidenten und den Stabschefs eilte der Verteidigungsminister persönlich herbei, um die vorbereitenden Tests von Papa Schimmelhorns Geheimwaffe selbst zu leiten. Bis zum Abend hatte man festgestellt, was die Gnurrs alles konnten. Sie:

a) bedeckten in knapp zwanzig Sekunden nach dem Ertönen der Melodie eine Fläche von zweihundert Metern Radius von der Gnurrpfeife aus;
b) entkleideten in einer Minute und achtzehn Sekunden eine gesamte, mit chemischen Waffen ausgerüstete Kompanie Infanterie bis auf die Haut;
c) verschlangen den Inhalt von fünf Proviantämtern in wenig mehr als zwei Minuten; und
d) kamen, sobald die Gnurrpfeife über ein sorgfältig abgeschirmtes Kurzwellensystem ertönte, aus dem Holz heraus.

Außerdem stellte sich heraus, daß es nur drei wirksame Möglichkeiten gab, einen Gnurr zu töten: durch Erschießen, durch Übergießen mit flüssigem Feuer oder durch Abwerfen einer Atombombe. Für alle drei Methoden gab es jedoch bei weitem zu viele Gnurrs, so daß sie keinen Pfifferling wert waren.

Bis zum nächsten Morgen war Colonel Powhattan Fairfax Pollard, weil er der einzige hohe Offizier war, der jemals einen Gnurr gesehen hatte, und weil man wußte, daß er Spezialist für Tiere war, zum Generalleutnant gemacht worden und erhielt die Gesamtleitung des Unternehmens. Lieutenant Hanson, als sein Adjutant, sah sich unversehens zum Major ernannt. Corporal Colliver wurde Master-Sergeant – vermutlich, weil er gerade zur Stelle war, als das Manna vom Himmel fiel. Und Katie Hooper hatte ein kurzes, aber anstrengendes Stelldichein mit Papa Schimmelhorn.

Keiner von den vieren war zufrieden. Katie beschwerte sich, Papa Schimmelhorn und die Gnurrs hätten beide denselben Gedanken im Kopf, nur ihre Technik sei verschieden. Jerry Colliver, der bis dahin regelmäßig mit Katie ausgegangen war, beklagte sich darüber, daß sein Beliebtheitsquotient bei Katie auf null gesunken sei. Und Major Hanson mußte plötzlich einsehen, daß außer dem Feind sich auch andere Stellen in die Papa Schimmelhorn-Stunde einschalten konnten.

Sogar General Pollard war bedrückt …

»Alles kann ich ihm verzeihen, Hanson«, erklärte er sauer, »nur nicht, daß er mich immer ›Soldier-Boy‹ nennt. Das lasse ich mir einfach nicht gefallen! Die Kriegskunst darf keine Disziplinlosigkeit tolerieren. Ich habe mit ihm auch schon darüber gesprochen, aber er hat mir nur geantwortet: ›Schon gut, Soldier-Boy. Du kannst mich ja Papa nennen.‹«

Major Hanson beherrschte sich und sagte: »Nun ja, Sir, warum nennen Sie ihn nicht wirklich Papa? Schließlich machen gerade so menschliche Begebnisse wie dieses große Geschichte.«

»Ah ja – Geschichte!« Der General pausierte nachdenklich. »Hm ja – mag sein, mag sein. Schließlich wurde Napoleon auch immer ›der kleine Korporal‹ genannt.

»Was mir allerdings ernsthaft Sorgen macht, General,

ist die Frage, wie wir die Sendung durchkriegen, ohne daß sich unsere eigenen Leute einschalten. Vermutlich hat man sich oben was ausgedacht, sonst hätte man die… die Offensive nicht auf fünf Uhr angesetzt. Bis dahin sind es nur noch vier Stunden.«

»Hm, da Sie grade davon sprechen«, fuhr General Pollard aus seinen Träumen auf, »es ist tatsächlich ein Memorandum gekommen… Oh, Miß Hooper, bringen Sie mir doch bitte das Memo von G-I, ja? Vielen Dank. Da ist es. Man hat offenbar beschlossen, die Sendung zu… äh… verzerren.«

»*Verzerren*, Sir?«

»Genau. Und ich habe die entsprechenden Befehle herausgegeben. Sehen Sie, unsere Abwehr berichtete nämlich vor ein paar Wochen, daß der Feind alles, was wir verzerrt senden, entzerren kann. Wenn Mr. Schimmelhorn vors Mikrofon tritt, werden wir ihn verzerren, unseren eigenen Leuten werden wir aber den Codeschlüssel nicht verraten. Man vermutet, daß fünf bis fünfzehn Feindmonitore die Sendung abhören werden. Phase Eins ist das Abspielen der Melodie. Anschließend werden die Mikrofone abgeschaltet, und er spielt sie rückwärts. Das ist Phase Zwei: um die Gnurrs wieder loszuwerden, die lokal aufgetaucht sind.«

»Klingt vernünftig.« Major Hanson runzelte die Stirn. »Und ist auch bestimmt sehr clever – wenn alles klappt. Was aber, wenn es nicht klappt? Sollten wir nicht noch einen Trumpf in der Hinterhand haben?«

Abermals runzelte er die Stirn. Als er jedoch merkte, daß dem General in diesem Zusammenhang auch nichts einfiel, begab er sich wieder an seine Arbeit. Er inspizierte ein letztes Mal den extra eingerichteten, schalldichten Senderaum, in dem Papa Schimmelhorn dudeln sollte. Er teilte die Beobachtungsfenster ein: eins für den Präsidenten, den Minister und General Pollard; eins für die Stabschefs; ein anderes für die Verbindungsoffiziere der Abwehr; und das letzte für den aktiven Stab des Unternehmens der Gnurr, zu dem er selbst auch gehörte. Um zehn Minuten vor fünf, als alles fertig war, hatten sich seine Sorgen immer noch nicht gelegt.

»Hören Sie«, flüsterte er Papa Schimmelhorn zu, als er ihn zu der schicksalsschweren Tür begleitete, »was machen Sie, wenn Sie ihre Gnurrs hier nicht mehr bändigen können? Zurück ins Holz können Sie sie dann in alle Ewigkeit nicht mehr dudeln!«

»Kaine Angscht, Soldscher-Boi!« Papa Schimmelhorn versetzte ihm einen dröhnenden Schlag auf den Rücken. »Ich habe noch ainen Trick, von däm ich euch noch nichts ärzählt habe.«

Mit dieser vagen Ankündigung schloß er die Studiotür hinter sich.

»Fertig?« rief General Pollard um eine Minute vor fünf nervös.

»Fertig!« kam es von Sergeant Colliver.

Vor Papa Schimmelhorn leuchtete ein rotes Licht auf. Die Spannung wuchs. Die Sekunden tickten dahin. Die Hand des Generals tastete nach einem nicht vorhandenen Degenkorb.

Um Punkt fünf Uhr …

»ATTACKE!« schrie der General.

Und Papa Schimmelhorn begann ›Come to the Church in the Wildwood‹ zu blasen.

Woraufhin die Gnurrs – natürlich – aus dem Holz herauskamen.

Als die Gnurrs aus dem Holz herauskamen, stand ein hungriger Glanz in ihren gelben Augen. Sie bedeckten den Fußboden wie ein Teppich. Sie kletterten übereinander. Sie wimmelten um die kräftigen Beine von Papa Schimmelhorn, die rasiermesserscharfen Zähne mahlend wie kleine Kreissägen. Seine Hose verschwand unter der heranstürmenden Flut, seine karierte Jacke, seine Krawatte, sein Kragen, seine Bartspitzen. Und

Papa Schimmelhorn hob unverdrossen sein Instrument über die Gnurrs hinaus und dudelte unermüdlich weiter. »*Come, come, come, come. Come to the church in the Wildwood ...*«

Major Hanson konnte die Gnurrpfeife natürlich nicht hören, aber er hatte das Lied in der Sonntagsschule gelernt und der Text ging ihm durch den Kopf. Vers um Vers, Strophe um Strophe ... Der fürchterliche Gedanke kam ihm, daß Papa Schimmelhorn überwältigt, überschwemmt, von Gnurrs ertränkt werden könnte ...

Und dann vernahm er General Pollards Stimme, die keineswegs mehr sehr sicher klang ...

»Fertig, Phase Zwei?«

»Fertig!« kam es von Sergeant Colliver.

Vor Papa Schimmelhorn leuchtete eine grüne Lampe auf.

Sekundenlang änderte sich überhaupt nichts. Dann zögerten die Gnurrs. Ängstlich blickten sie über die behaarten Schultern. Sie schimmerten. Sie begannen sich zurückzuziehen. Zurück, immer weiter zurück fluteten sie und ließen Papa Schimmelhorn allein, triumphierend – und splitterfasernackt im Raum.

Die Tür wurde geöffnet, und er erschien – um sich gratulieren und neu einkleiden zu lassen und dann (zu Sergeant Collivers größtem Verdruß) eine Dinnereinladung ins Weiße Haus auszuschlagen, weil er eine Verabredung mit Katie hatte. Die aktiven Phasen des Unternehmens Gnurr waren beendet.

Im fernen Bobovia jedoch herrschte Chaos. Später wurde bekannt, daß elf neugierige Feindmonitore das Gedudel der Gnurrpfeife entzerrt und die Flutwellen der Gnurrs elf Hauptstädte des Feindes überrollt hatten. Bis sieben Uhr fünfzehn hatte Bobovia, bis auf ein paar hysterische, weit draußen liegende Stationen, den Sendebetrieb eingestellt. Um acht Uhr war auf jedem Kriegsschauplatz die militärische Aktivität Bobovias beendet. Um zwanzig Minuten nach zehn erfuhr die zutiefst verwunderte Presse, daß die Kapitulation Bobovias jeden Augenblick erwartet werden könne... Der Präsident hatte eine Nachricht des bobovianischen Marschallissimo erhalten, indem dieser um die Genehmigung bat, mit seinem Stabschef, den Mitgliedern seines Kabinetts und mehreren Verwandten nach Washington kommen zu dürfen. Und Seine Exzellenz, der Präsident – hatte der Marschallissimo funken lassen –, möge doch bitte so freundlich sein, jemanden mit neunzehn amerikanischen Hosen, neu oder gebraucht, zum Flughafen zu schicken.

Der Gewinn des Zweiten Weltkriegs war nichts dagegen. Auch nicht der Tag des Sieges über Japan. Sobald die Zeitungen auf der Straße erschienen – BOBOVIA KAPITULIERTE – ATOMMÄUSE VERSCHLINGEN DEN FEIND! – GENIALER SCHWEIZER GEWINNT MIT SEINER STRATEGIE DEN KRIEG! – wurden die Menschen wild. Von Maine bis Florida, von Kalifornien bis Cape Cod gingen die Lichter an, dröhnten und kreischten Sirenen, Glocken und Autohupen durch die Nacht, wurden Millionen Kehlen heiser von dem immer wiederholten Absingen des Liedes ›*Come to the Church in the Wildwood*‹.

Am nächsten Tag, nachdem die gesamte Nation via Fernsehen an der offiziellen Unterzeichnung der Kapitulationsurkunde teilgenommen hatte, wurden General Pollard und Papa Schimmelhorn im Rahmen einer eindrucksvollen öffentlichen Feierstunde geehrt.

Papa Schimmelhorn erhielt die Danksagung beider Häuser des Kongresses. Akademische Ehren wurden ihm verliehen von Harvard, Princeton, dem M.I.T. und einer Anzahl von Berufskollegen unten in Texas. Er sprach ein paar Worte über Kuckucksuhren, die Gnurrs und Katie Hooper; die Menge belohnte die kurze Ansprache mit donnerndem Applaus.

General Pollard, dem die verschiedensten in- und ausländischen Orden verliehen worden waren, erging sich in einiger Länge über den Einsatz von Tieren bei der zukünftigen Kriegführung. Er wies darauf hin, daß das Pferd – es ganz besonders von allen Tieren – sich für normale militärische Zwecke hervorragend eigne, und umriß detailliert eine Vielzahl von Schlachten und Feldzügen, bei denen diese Tatsache erprobt und bewiesen worden war. Gerade wollte er sich den Säbeln und Lanzen zuwenden, als das unerwartete Eintreffen Major Hansons der ganzen Versammlung ein Ende setzte.

Hanson kam mit heulenden Sirenen hereingejagt. Er ließ seine MP-Eskorte hinter sich und rannte quer über das Podium. Bleich und keuchend erreichte er den Präsidenten, und soviel Mühe er sich auch gab, zu flüstern, seine Stimme war doch immerhin so laut, daß sie das Ohr des Generals erreichte. *»Die ... die Gnurrs!«* würgte er hervor. *»Sie sind in Los Angeles!«*

In Sekundenschnelle zeigte sich der General der Lage gewachsen. »Achtung!« schrie er ins Mikrofon. »Die Feierstunde ist beendet. Sie dürfen ... äh ... eh ... WEGGETRETEN!«

Bevor die Zuhörer auf seinen Befehl reagieren konnten, hatte er sich schon zu den Männern um den Präsidenten gesellt, und Hanson unterrichtete sie kurz von dem Geschehenen. »Es war eine Forschungsgruppe! Die Wissenschaftler hatten einen neuen Entzerrer gebaut – besser als die der Feinde. Sie hatten keine Ahnung, was los war. An Papa hier wollten sie ihn ausprobieren. Eine Schallplatte haben sie geschnitten. Und sie haben sie heute abgespielt! Ganz Los Angeles ist überflutet!«

Viele Sekunden lang herrschte betretenes Schweigen. Dann sagte der Präsident ruhig: »Meine Herren, wir sitzen im selben Boot wie Bobovia.«

Der General stöhnte.

Doch Papa Schimmelhorn begann zu jedermanns Überraschung laut und dröhnend zu lachen. »Ho-ho-

ho-ho! Kaine Angscht, Soldscher-Boi! Värlaß du dich nur auf dän alten Papa Schimmelhorn. Die Gnurrs sind überall in Bobovia, aber wir haben sie nur in Los Anschäles, wo es nicht wichtig ischt! Außerdäm habe ich ainen Trick, von däm ich euch bis jätzt nichts gesagt habe!« Er blinzelte listig mit einem Auge. »Äs gibt da was, wovor die Gnurrs Angscht haben ...«

»Mein Gott, bitte ... *was denn?*« rief der Minister.

»Pfärde«, erklärte Papa Schimmelhorn. »Sie können dän Gäruch nicht ärtragen.«

»Pferde? Haben Sie *Pferde* gesagt? « Der General richtete sich kriegerisch auf. Seine Augen sprühten Feuer. »KAVALLERIE!« donnerte er. »Wir brauchen KAVALLERIE!«

Man verlor keine Zeit. Vor Ablauf einer Stunde wurde Generalleutnant Powhattan Fairfax Pollard, der einzige höhere Kavallerie-Offizier, der etwas von den Gnurrs verstand, in den Rang eines Armeegenerals erhoben und erhielt das Oberkommando. Major Hanson wurde zum Brigadier befördert, ein Statuswechsel, der ihn ein wenig benommen machte. Und Sergeant Colliver (der sehnsüchtig überlegte, daß er jetzt mehr als genug verdiente, um heiraten zu können) erhielt sein Offizierspatent.

General Pollard ergriff sofortige und entscheidende Maßnahmen. Das gesamte Air Force-Budget des Jahres wurde mit Beschlag belegt. Alles, was auch nur entfernt einem Pferd, einem Sattel, einem Zaumzeug oder einem Heuballen glich, wurde in requirierten Zügen und Lastwagen nach Westen verschifft. Ehemalige Kavallerie-Offiziere und -Unteroffiziere, ohne Rücksicht auf Alter und Gesundheitszustand mobilisiert, wurden von verstimmten Piloten nach Sammelpunkten in Oregon, Nevada und Arizona geflogen. Jeder, der mal ein Pferd auch nur von weitem gesehen hatte, wurde zum Militärdienst eingezogen. Mexiko schickte mehrere Regimenter auf Leihbasis.

Für die Presse war das alles ein gefundenes Fressen. NACKTE HOLLYWOOD-STARS KÄMPFEN VERZWEIFELT GEGEN GNURRS! lautete die Schlagzeile so mancher ausschließlich Fotos zeigender Titelseiten. ›*Life*‹ widmete dem Armeegeneral Pollard sowie Jeb Stuart, Marschall Ney, Belisarius, dem Angriff der Leichten Brigade in Balaklava und AR 50-45, School of the Soldier Mounted Without Arms eine Sondernummer. Das ›*Journal-American*‹ berichtete aus zuverlässiger Quelle, der Geist General Custers sei beim Betreten des Offizierskasinos in Fort Riley, Kansas, gesehen worden.

Am sechsten Tag hatte General Pollard die größte Kavallerietruppe der ganzen Geschichte einsatzbereit. An Disziplin und äußerer Erscheinung ließ sie eine Menge zu wünschen übrig. Was reiterliche Qualitäten anbetraf, so waren diese, gelinde gesagt, unterschiedlich. Immerhin, der Kampfgeist war lobenswert und …

»Nie wieder«, erklärte der General den Korrespondenten, die ihn in seinem Hauptquartier in Phoenix interviewten, »dürfen wir uns durch Politiker und langhaarige Theoretiker dazu bestimmen lassen, unsere altbewährten Grundsätze der Kriegführung aufzugeben und das Schicksal unseres Landes albernen … äh … *Apparaten* anzuvertrauen.«

Mit dem blanken Säbel deutete der General auf die Generalstabskarte. »Unsere Strategie ist sehr einfach«, verkündete er. »Die Streitkräfte der Gnurrs haben die Mojave-Wüste südlich umgangen und dringen nunmehr in Arizona ein. In Nevada konzentrieren sie ihren Angriff auf Reno und Virginia City. Die Hauptoffensive scheint sich jedoch gegen die Grenze von Oregon zu richten. Wie Sie wissen, stehen mir über zwei Millionen Berittene zur Verfügung – etwa dreihundert Divisionen. In einer Stunde werden sie marschieren. Wir werden die Gnurrs in drei Hauptgruppen zum Rückzug zwingen: im Süden, im Mittelabschnitt und im Norden. Wenn sie dann auf einem entsprechend begrenzten Gebiet zusammengedrängt worden sind, wird Papa … äh … das heißt Mister Schimmelhorn, über mobile Lautsprechersysteme sein Instrument spielen.«

Damit deutete der General an, daß das Interview beendet sei, bestieg einen herrlichen kastanienbraunen Wallach, ein Geschenk der Bürger von Louisville, und ritt davon, um sich per Flugzeug an den Kriegsschauplatz zu begeben.

Unnötig zu erwähnen, daß seine Kriegführung gegen die Gnurrs von Initiative und Energie im höchsten Grade sowie von einer perfekten Beherrschung der unveränderlichen Grundlagen von Strategie und Taktik gekennzeichnet war. Obwohl gewisse Neider im Pentagon den Feldzug später als ›Pollys Viehtrieb‹ bezeichneten, so war die Tatsache doch nicht wegzuleugnen, daß er innerhalb von fünf Wochen einen totalen Sieg errang – Monate, bevor Bobovia auch nur daran dachte, einen Fünfjahresplan zur Wiederbekleidung seiner Bevölkerung zu entwickeln. Unerbittlich wurden die von Entsetzen gepackten Gnurrs zurückgetrieben. Ihr aufgeregtes Quieken war meilenweit zu vernehmen. Bei Nacht erhellte ihr Schimmern den ganzen Himmel. Im Süden, wo ihr Vormarsch durch die Wüsten behindert wurde, genügte ein dreimaliges Rückwärtsdudeln, um ihren Untergang herbeizuführen. Im Mittelabschnitt, wo die Kampftätigkeit schwerer war als vorher erwartet, bedurfte es deren siebzehn. Im Norden räumte ein zwölfmaliges Abspielen auf. In jedem Fall wurde die Melodie durch riesige, auf Lastwagen montierte oder tragbare Lautsprecher über ein Gebiet von mehreren hundert Quadratmeilen verbreitet. Zahllose Fälle persönlichen Heldentums wurden bekannt – und Jerry Colliver wurde, nachdem ihm vier Breeches unter dem Hintern weggeschossen worden waren, von General Pollard persönlich zum Lieutenant befördert.

Einige wenige Gnurrs konnten natürlich auch entkommen, aber die Katzen der Umgebung, die vor Frustrierung laut miauten, machten kurzen Prozeß mit ihnen. Und was die zahlreichen lustigen Fälle von Disziplinlosigkeit betraf, die sich ereigneten als die siegreichen Truppen durch die wortwörtlich ›nacktgefressenen‹ Städte marschierten, so waren sie von der jubelnden Bevölkerung schon bald vergeben und vergessen.

Heimlich, um der stürmischen Begeisterung der bewundernden Massen zu entgehen, flogen General Pollard und Papa Schimmelhorn nach Washington zurück; drei volle Regimenter mit blank gezogenem Säbel waren erforderlich, um ihnen den Weg zu bahnen.

Endlich jedoch erreichten sie das Pentagon. Arm in Arm marschierten sie zum Büro des Generals, vor dessen Tür sie zunächst einmal stehenblieben.

»Papa«, sagte General Pollard, ehrfurchtsvoll auf die Gnurrpfeife deutend, »wir haben Geschichte gemacht! Und, bei Gott, wir werden noch mehr davon machen!«

»Ja!« bestätigte Papa Schimmelhorn mit unübersehbarem Augenzwinkern. »Aber heute, Soldscher-Boi, heute abend wärden wir ärschtmals wupie machen. Ich hab aine Verabrädung mit Katie. Und für dich bringt sie aine Freundin mit.«

General Pollard zögerte. »Ja, aber wäre das nicht ... wäre das nicht nachteilig für ... äh ... für die Disziplin?«

»Kaine Angscht, Soldscher-Boi! Ich sag kainem Mänschen was davon!« Papa Schimmelhorn lachte – und stieß die Tür auf.

Drinnen stand der Schreibtisch des Generals. Daneben stand mit bedrückter Miene Brigade-General Hanson. An einer Wand stand, hämisch grinsend, Lieutenant Jerry Colliver, der besitzergreifend den Arm um Katie Hooper gelegt hatte. Und im Sessel des Generals saß eine sehr steife alte Dame in einem sehr steifen, schwarzen Kleid und klopfte mit einem sehr steifen Regenschirm auf die Löschunterlage.

Sobald sie Papa Schimmelhorn sah, hörte sie mit dem

Klopfen auf und richtete den Regenschirm wie eine Waffe auf ihn. »So!« zischte sie böse. »Du glaubscht also, du kannscht dich ainfach davonmachen, wie? Du kannscht Vätter Antons schönes Fagott kaputtmachen, mit Mäusen schpielen und dich an Soldatenmädchen ranmachen, wie?«

Sie wandte sich an Katie Hooper, und die beiden tauschten einen triumphierenden Blick sehr weiblichen Einverständnisses. »Gut, daß Sie angärufen und mir alles gäsagt haben«, fuhr sie fort. »Sie sind ain nättes Mädchen. Sie sähen dän Wolf unter däm Schafspälz.«

Sie stand auf. Während Katie verlegen errötete, marschierte sie quer durchs Zimmer und entriß Papa Schimmelhorn die Gnurrpfeife. Und ehe jemand sie daran hindern konnte, zog sie das Mundstück herunter und zertrat den L-förmigen Kristall mit der Schuhsohle. »So!« sagte sie voller Genugtuung. »Jetzt ischt äs Schluß mit dän Gnurrs und dän Leute-ohne-Hosen-Straichen!«

Während General Pollard sie stumm und verblüfft anstarrte und Jerry Colliver schadenfroh kicherte, nahm sie den armen Papa Schimmelhorn fest beim Ohr. »Jätzt gäht's nach Hause!« kommandierte sie, ihn auf die Tür zusteuernd. »Da gibt's kaine Soldatenmädchen, aber das Haus muß gästrichen wärden!«

Zutiefst zerknirscht und ohne Widerstand folgte ihr Papa Schimmelhorn. »Auf Wiedersähen!« rief er traurig. »Ich muß jätzt mit Mama nach Hause gähn.«

Als er an General Pollard vorbeikam, zwinkerte er diesem jedoch wie üblich zu. »Kaine Angscht, Soldscher-Boi«, flüsterte er, »ich wärde schon wieder ausraißen. Schließlich bin ich ain Dschänie!«

Arthur C. Clarke

Der Beginn des Zeitalters der ›fliegenden Untertassen‹ oder UFOs kann auf den 24. Juni 1947 datiert werden, als ein amerikanischer Pilot, Kenneth Arnold, am Himmel über Mount Baker in Washington etwas sah, das er als eine Formation sehr heller Lichter beschrieb, die »flogen, wie es eine Untertasse täte, wenn man sie übers Wasser schnellte«. Sein ausführlicher Bericht über diese Begegnung, den er später zu einem Buch erweiterte, Die Ankunft der Untertassen *(The Coming of the Saucers, 1952), setzte in Gang, was seither zur weltweiten Manie um fliegende Untertassen geworden ist, Tausende von Berichten über angebliche Sichtungen hervorgebracht hat, Hunderte von Fotos und eine beachtliche Bibliothek von Büchern. Das Interesse an fliegenden Untertassen ist durch eine Reihe von Filmen im Gefolge von* Der Tag, an dem die Erde stillstand *(1951) weiter verstärkt worden, dem zugeschrieben wird, fliegende Untertassen populär gemacht zu haben, insbesondere die Idee, daß in ihnen superintelligente Außerirdische fliegen.*

Es hat auch zahlreiche schöngeistige Werke dazu gegeben, das erste war Stern des bösen Omens *(Star of Ill Omen) von* Dennis Wheatley, *erschienen 1952. Etliche Phantastik-Autoren haben Geschichten über UFOs geschrieben, darunter Henry Kuttner (›*Oder es knallt*‹, 1953), Theodore Sturgeon (›*Wie ein Schrei aus dem Dunkel*‹, 1953) und Fritz Leiber mit seinem hervorragenden Roman über einen außerirdischen Besucher auf der* Erde, Wanderer im Universum *(The Wanderer, 1964). Wohl der* erste *Autor, der den Gegenstand in einer Kurzgeschichte behandelte, war* Arthur C. Clarke *in der humorgeladenen Erzählung über ›*Kapitän Wyxtpthlls fliegende Untertasse*‹, die im April 1951 in* Marvel Science Stories *erschien – einer Nummer, die einigermaßen berüchtigt ist für die in ihr enthaltene ausführliche Pro-und-*Kontra-*Debatte über Dianetik mit einem Artikel von L. Ron Hubbard, ›*Homo superior – da sind wir!*‹.*

Der in Somerset geborene Arthur Charles Clarke (geb. 1917) war ein aktiver SF-Fan, noch ehe er einer der Großmeister des Genres wurde, dessen Romane millionenfach verkauft und dessen Weltraum-Vorhersagen eine nach der anderen wahr werden. Sein Ruhm wurde von dem Film 2001: Odyssee im Weltraum (1968) gefestigt, den Stanley Kubrick aus Clarkes Kurzgeschichte ›Der Wächter‹ entwickelt hatte. Obwohl der größte Teil von Clarkes Werk Themen mystischer Transzendenz und des Lernens von fremden Intelligenzen gewidmet ist, hat sich sein Sinn für Humor während seiner ganzen Laufbahn immer wieder in Kurzgeschichten manifestiert – in der Tat ist einer seiner frühesten Sammelbände, Geschichten aus dem Weißen Hirschen (Tales from the White Hart, 1957), voller komischer Momente, während spätere Bände wie Die neun Milliarden Namen Gottes (The Nine Billion Names of God, 1967) und Der Wind von der Sonne (The Wind from the Sun, 1972) einige Geschichten mit urkomischen Schlußpointen enthalten. In der folgenden Geschichte von der Entführung zweier inkompatibler Erdlinge durch ein UFO und die unerwarteten Konsequenzen ist er auf dem Gipfel boshaften Humors...

ARTHUR C. CLARKE

Kapitän Wyxtpthlls fliegende Untertasse

Die fliegende Untertasse kam senkrecht durch die Wolken herab, bremste, verharrte etwa fünfzig Fuß über dem Boden und landete mit einem beachtlichen Bums auf einem mit Heidekraut bewachsenen Stück Morast.

»Das«, sagte Kapitän Wyxtpthll, »war eine elende Landung.« Natürlich gebrauchte er nicht exakt diese Worte: Für Menschenohren hätte seine Bemerkung eher wie das Gackern einer verärgerten Henne geklungen. Meisterpilot Krtclugg löste drei seiner Tentakel vom Steuerpult, streckte alle vier Beine aus und machte es sich bequem.

»Nicht meine Schuld, daß die Automatik wieder stottert«, knurrte er. »Aber was kann man auch von einem Schiff erwarten, das vor fünftausend Jahren verschrottet gehört hätte? Wenn diese knickrigen Sesselfurzer daheim auf dem Basisplaneten …«

»Schon gut! Wir sind im Ganzen runtergekommen, was mehr ist, als ich erwartet hatte. Sag Crystiil und Danstor, sie sollen herkommen. Ich will noch mal mit ihnen reden, ehe sie gehen.«

Crystiil und Danstor waren sehr augenscheinlich von einer anderen Art als der Rest der Besatzung. Sie hatten nur ein Paar Arme und Beine, keine Augen auf der Rückseite des Kopfes und noch andere körperliche Mängel, die zu übersehen ihre Kollegen sich größte Mühe gaben. Ebendiese Mängel hatten sie jedoch für diesen speziellen Auftrag prädestiniert, denn sie brauchten nur ein Minimum an Tarnung, um sie, außer bei genauester Betrachtung, als Menschen durchgehen zu lassen.

»Sie sind also völlig sicher«, sagte der Kapitän, »daß Sie Ihre Anweisungen verstanden haben?«

»Natürlich«, sagte Crystiil ein wenig pikiert. »Es ist nicht das erste Mal, daß ich zu einer primitiven Rasse Kontakt aufnehme. Meine Ausbildung in Anthropologie...«

»Gut. Und die Sprache?«

»Nun ja, das ist Danstors Sache, aber ich spreche sie jetzt ziemlich flüssig. Es ist eine sehr einfache Sprache, und schließlich studieren wir ihre Rundfunkprogramme schon seit etlichen Jahren.«

»Noch etwas zu beachten, ehe Sie gehen?«

»Äh... nur noch eine Sache.« Crystiil zögerte kurz. »Aus ihren Sendungen wird recht deutlich, daß das Gesellschaftssystem sehr primitiv ist und Verbrechen und Gesetzlosigkeit weit verbreitet sind. Viele von den wohlhabenderen Bürgern müssen etwas benutzen, was sie ›Detektive‹ und ›Spezialagenten‹ nennen, um ihr Leben und ihre Habe zu schützen. Wir wissen zwar, daß es gegen die Vorschriften ist, aber wir fragen uns...«

»Was?«

»Also wir würden uns viel sicherer fühlen, wenn wir ein paar Mark-III-Unterbrecher mitnehmen könnten.«

»Kein Gedanke! Ich komme vors Kriegsgericht, wenn sie in der Basis davon hören. Angenommen, Sie töten einen von den Eingeborenen – dann hätte ich das Büro für Interstellare Politik, die Ureinwohnerschutz-Behörde und ein halbes Dutzend andere am Hals.«

»Wenn *wir* umkommen, gibt es genausoviel Ärger«, gab Crystiil mit ziemlich viel Gefühl zu bedenken. »Schließlich sind Sie für unsere Sicherheit verantwortlich. Erinnern Sie sich an das Hörspiel, von dem ich

Ihnen erzählt habe? Es handelte von einem typischen Haushalt – aber in der ersten halben Stunde gab es zwei Morde!«

»Na schön. Aber nur einen Mark-II – damit Sie nicht zuviel Schaden anrichten, wenn es Schwierigkeiten gibt.«

»Vielen Dank – das hilft uns sehr. Ich werde alle dreißig Minuten Bericht erstatten, wie abgesprochen. Wir dürften nicht mehr als ein paar Stunden weg sein.«

Kapitän Wyxtpthll sah zu, wie sie über die Bergkuppe verschwanden. Er seufzte tief.

»Warum«, fragte er, »mußten es von allen Leuten im Schiff ausgerechnet *diese* beiden sein?«

»Da war nichts zu machen«, antwortete der Pilot. »Alle diese primitiven Rassen fürchten sich vor allem Fremden. Wenn sie *uns* kommen sähen, gäbe es eine allgemeine Panik, und ehe wir zu Besinnung kämen, würden uns die Bomben auf den Kopf fallen. Man darf diese Dinge einfach nicht überstürzen.«

Kapitän Wyxtpthll formte geistesabwesend eine verschlungene Figur aus seinen Tentakeln, wie er es tat, wenn er sich Sorgen machte.

»Natürlich«, sagte er, »wenn sie nicht wiederkommen, kann ich allemal abfliegen und den Planeten als gefährlich melden.« Seine Stimmung hellte sich sichtlich auf. »Ja, das würde uns eine Menge Ärger ersparen.«

»Und all die Monate vergeuden, die wir in die Forschungen gesetzt haben?« fragte der Pilot empört.

»Sie wären nicht vergeudet«, erwiderte der Kapitän und entwirrte sich so blitzartig, daß kein menschliches Auge hätte folgen können. »Unser Bericht wird für das nächste Beobachtungsschiff nützlich sein. Ich werde vorschlagen, daß wir in – na, sagen wir, in fünftausend Jahren – wieder herkommen. Bis dahin ist der Planet vielleicht zivilisiert – obwohl ich es, offen gesagt, bezweifle.«

Samuel Higginsbotham setze sich zu einem Imbiß mit Käse und Apfelwein hin, als er die beiden Figuren die Straße entlangkommen sah. Er wischte sich den Mund mit dem Handrücken ab, stellte die Flasche sorgsam neben seine Werkzeuge zum Heckenschneiden ab und starrte mit gelinder Überraschung das Paar an, das allmählich näher kam.

»Morgen«, sagte er munter zwischen zwei Bissen Käse.

Die Fremden blieben stehen. Einer blätterte verstohlen in einem kleinen Buch, von dem Sam nicht wissen konnte, daß es mit solchen allgemeinen Redewendungen wie ›Vor dem Wetterbericht zunächst eine Sturmwarnung‹, ›Hoch die Pfoten, ich hab dich im Visier!‹ und ›An alle Wagen!‹ vollgepackt war. Danstor, der diese Gedächtnishilfen nicht brauchte, antwortete ziemlich prompt.

»Guten Morgen, guter Mann«, sagte er mit seinem besten BBC-Akzent. »Könnten Sie uns den Weg zum nächsten Weiler, Dorf, Städtchen oder einer sonstigen zivilisierten Gemeinde zeigen?«

»Hä?« machte Sam. Er musterte die Fremden mißtrauisch, da ihm soeben aufgefallen war, daß irgendwas an ihrer Kleidung reichlich sonderbar war. Normalerweise, wurde ihm undeutlich bewußt, trug man keinen Rollkragenpullover zusammen mit einem schicken Nadelstreifenanzug von der Art, wie sie die feinen Herren in der City bevorzugten. Und der Kerl, der sich immer noch mit dem Büchlein zu schaffen machte, hatte tatsächlich komplette Abendkleidung an, die makellos gewesen wäre, wären da nicht die schreiend grün-rote Krawatte, die Nagelschuhe und die Stoffmütze gewesen. Crystiil und Danstor hatten ihr Möglichstes getan, aber sie hatten zu viele Fernsehspiele gesehen. Wenn man bedenkt, daß sie keine andere Informationsquelle besaßen, waren ihre Abweichungen vom guten Geschmack zumindest verständlich.

Sam kratzte sich am Kopf. Ausländer, denk ich, sagte er sich. Nicht mal die Stadtleute zogen so was an.

Er zeigte die Straße entlang und gab ihnen ausführliche Hinweise in einem derart dichten Akzent, daß niemand, der außerhalb des Sendebereichs der westlichen Regionalstation der BBC wohnte, mehr als ein Wort von dreien verstehen konnte. Crystiil und Danstor, deren Heimatplanet so weit entfernt lagen, daß Marconis erste Signale ihn noch nicht erreicht haben konnten, schafften nicht einmal das. Aber immerhin erfaßten sie das Wesen der Sache und zogen sich geordnet zurück, wobei sie sich beide fragten, ob ihre Englischkenntnisse so gut seien, wie sie geglaubt hatten.

So verlief die erste Begegnung zwischen der Menschheit und Wesen aus dem Weltraum ziemlich ereignislos und ohne in den Geschichtsbüchern verzeichnet zu werden.

»Ich vermute«, sagte Danstor nachdenklich, »daß er nicht genügt hätte. Es hätte uns eine Menge Mühe erspart.«

»Nein, fürchte ich. Nach seiner Kleidung zu urteilen und nach der Arbeit, mit der er offensichtlich befaßt war, kann er kein sehr intelligenter oder wertvoller Bürger gewesen sein. Ich bezweifle, daß er überhaupt hätte verstehen können, wer wir sind.«

»Da ist noch einer!« sagte Danstor und zeigte voraus.

»Mach keine plötzlichen Bewegungen, die ihn beunruhigen könnten. Geh einfach natürlich daher und laß ihn zuerst reden.«

Der Mann vor ihnen kam geradewegs auf sie zu, zeigte nicht im mindesten, daß er sie wahrnahm, und ehe sie zur Besinnung gekommen waren, verschwand er schon wieder in der Ferne.

»Also!« sagte Danstor.

»Macht nichts«, erwiderte Crystiil philosophisch. »Er wäre wahrscheinlich auch zu nichts nütze gewesen.«

»Das ist keine Entschuldigung für schlechte Manieren!«

Sie blickten einigermaßen indigniert auf den sich entfernenden Rücken von Professor Fitzsimmons, wie er in seinem ältesten Wanderklamotten und in Gedanken bei einem schwierigen Problem der Atomtheorie die Straße entlang entschwand. Zum erstenmal argwöhnte Crystiil mit Unbehagen, Kontaktaufnahme könnte vielleicht nicht so leicht sein, wie sie optimistisch angenommen hatten.

Little Milton war ein typisches englisches Dorf, an den Fuß der Berge geschmiegt, deren höhergelegene Hänge jetzt ein so gewichtiges Geheimnis bargen. An jenem Sommermorgen waren sehr wenige Leute unterwegs, denn die Männer waren schon auf Arbeit, und das Weibervolk sammelte sich noch nach der anstrengenden Aufgabe, seine Herren und Meister wohlbehalten aus dem Wege zu bekommen. Daher hatten Crystiil und Danstor fast die Dorfmitte erreicht, ehe sie jemandem begegneten, und zwar dem Postboten, der nach seiner Runde zurück in sein Büro radelte. Er war sehr schlechter Laune, da er eine Penny-Postkarte nach Dodgsons Hof hatte bringen müssen, der etliche Meilen abseits von seiner normalen Route lag. Dazu noch war das wöchentliche Wäschepaket, das Kanonier Evans seiner sorgenden Mutter nach Hause schickte, ein gutes Stück schwerer als gewöhnlich gewesen – kein Wunder, enthielt es doch vier Büchsen Corned Beef, aus der Küche weggefunden.

»Entschuldigen Sie«, sagte Danstor höflich.

»Keine Zeit«, sagte der Postbote, nicht zu einem Gespräch aufgelegt. »Hab noch 'ne Tour zu machen.« Und weg war er.

»Jetzt reicht's aber wirklich!« beschwerte sich Danstor. »Ob sie denn *alle* so sind?«

»Du mußt einfach Geduld haben«, sagte Crystiil. »Denk dran, daß ihre Bräuche sich von unseren ziemlich unterscheiden – es kann eine Weile dauern, ihr Vertrauen zu gewinnen. Ich hab diese Probleme schon früher mit primitiven Rassen gehabt. Daran muß sich jeder Anthropologe gewöhnen.«

»Hmm«, machte Danstor. »Ich schlage vor, wir schauen bei einem ihrer Häuser vorbei. Dann können sie nicht weglaufen.«

»Schön«, stimmte Crystiil zweifelnd zu. »Aber meide alles, was wie ein religiöser Tempel aussieht, sonst können wir Ärger kriegen.«

Das Haus, das die alten Witwe Tomkins als Sozialwohnung bekommen hatte, konnten selbst die erfahrensten Forscher nicht mit einem Tempel verwechseln. Die alte Dame war angenehm erregt, als sie zwei Herren vor ihrer Tür stehen sah, und bemerkte absolut nichts Sonderbares an ihrer Kleidung. Bilder von unerwarteten Erbschaften, von Zeitungsreportern, die wegen ihres hundertsten Geburtstages fragten (sie war in Wahrheit erst 95, hielt das aber mit Erfolg im ungewissen), huschten ihr durch den Sinn. Sie nahm die Schiefertafel, die neben der Tür bereithing, und schritt munter drauflos, um die Besucher zu begrüßen.

»Sie werden's aufschreiben müssen«, säuselte sie und hielt ihnen die Tafel hin. »Ich bin die letzten zwanzig Jahre taub.«

Crystiil und Danstor schauten sich betreten an. Das war eine ganz unerwartete Komplikation, denn die einzigen Schriftzeichen, die sie je gesehen hatten, waren die Programmvorschauen im Fernsehen gewesen, und die hatten sie nie vollständig entziffern können. Aber Danstor, der ein fast eidetisches Gedächtnis besaß, wuchs mit der Aufgabe. Die Kreide sehr ungeschickt in der Hand, schrieb er einen Satz, den er mit Recht bei derlei Kommunikationsstörungen für allgemein üblich hielt.

Während ihre rätselhaften Besucher betrübt von dannen schritten, starrte die alte Mrs. Tomkins baß erstaunt auf die Zeichen auf ihrer Tafel. Es dauerte eine Weile, bis sie die Buchstaben entzifferte – Danstor hatte mehrere Fehler gemacht –, doch auch dann wurde sie nicht klüger daraus.

DIE SENDUNG WIRD SO BALD WIE MÖGLICH FORTGESETZT.

Es war das Beste, was Danstor zustande brachte, aber die alte Dame kam doch nie dahinter.

Beim nächsten Haus, wo sie es versuchten, hatten sie etwas mehr Glück. Auf das Klingeln erschien eine junge Dame, deren Vokabular größtenteils aus Kichern bestand und die schließlich völlig die Beherrschung verlor und ihnen die Tür vor der Nase zuschlug. Als sie dem gedämpften hysterischen Gelächter lauschten, argwöhnten Crystiil und Danstor mit sinkendem Mut, daß ihre Verkleidung als normale Menschen nicht so wirksam war wie beabsichtigt.

Bei Nummer 3 dagegen war Mrs. Smith nur zu gesprächsbereit – mit 120 Wörtern pro Minute in einem Akzent, der ebenso undurchdringlich wie der von Sam Higginsbotham war. Danstor entschuldigte sich, sobald er ein Wort einschieben konnte, und ging weiter.

»Redet denn gar niemand so wie im Radio?« klagte er. »Wie verstehen sie ihre eigenen Programme, wenn sie alle so reden?«

»Ich denke, wir müssen am falschen Ort gelandet sein«, sagte Crystiil – sogar seine Zuversicht ließ allmählich nach. Sie sank noch weiter, als man ihn in rascher Folge für einen Meinungsforscher, den konservativen Kandidaten, einen Staubsaugervertreter und einen Händler vom örtlichen Schwarzmarkt hielt.

Beim sechsten oder siebten Versuch waren ihnen die Hausfrauen ausgegangen. Die Tür wurde von einem schlaksigen jungen Burschen geöffnet, der mit der klammen Pfote ein Objekt umkrallte, das die Besucher sogleich in den Bann schlug. Es war eine Zeitschrift, deren Umschlag eine riesige Rakete zeigte, die von einem kraterzerfurchten Planeten aufstieg, der alles mögliche sein mochte, aber offensichtlich nicht die Erde. Auf dem Hintergrund standen die Worte: ›Umwerfende Geschichten von Pseudo-Wissenschaft. Preis 1s 3d.‹

Crystiil schaute Danstor mit einem Blick an, der bedeutete ›Denkst du auch, was ich denke?‹ und den der andere erwiderte. Hier war endlich gewiß jemand, der sie verstehen konnte. Mit neuem Mut sprach Danstor den jungen Mann an.

»Ich glaube, Sie können uns helfen«, sagte er höflich. »Wir haben große Mühe, uns hier verständlich zu machen. Sehen Sie, wir kommen aus dem Weltraum und sind eben erst auf diesem Planeten gelandet, und mir möchten Kontakt zu Ihrer Regierung aufnehmen.«

»Oh«, sagte Jimmy Williams, von seinen nacherlebten Abenteuern zwischen den äußeren Saturnmonden noch nicht ganz auf die Erde zurückgekehrt. »Wo ist euer Raumschiff?«

»Oben in den Bergen – wir wollten niemanden ängstigen.«

»Ist es eine Rakete?«

»Um Himmels willen, nein. Die sind seit tausend Jahren veraltet.«

»Wie funktioniert es dann? Benutzt es Atomenergie?«

»Ich denke ja«, sagte Danstor, der in Physik ziemlich schwach war. »Gibt es noch andere Sorten Energie?«

»So kommen wir nicht weiter«, sagte Crystiil, diesmal ungeduldig. »Wir müssen *ihm* Fragen stellen. Versuch herauszufinden, wo es Beamte gibt, mit denen wir uns treffen können.«

Ehe Danstor antworten konnte, ertönte aus dem Haus eine Stentorstimme: »Jimmy! Wer ist da?«

Es erklang das Geräusch gewichtiger Bewegung, und eine Dame von elephantösen Ausmaßen und mit grimmiger Minie erschien aus dem Halbdunkel. Sie starrte die Fremden an, schaute auf die Zeitschrift, die Jimmy in der Hand hielt, und erfaßte die Situation.

»Sie sollten sich schämen!« schrie sie und kam bedrohlich auf Crystiil und Danstor zu. »Es ist schon schlimm genug, einen nichtsnutzigen Sohn im Hause zu haben, der seine ganze Zeit damit verschwendet, solchen Schund zu lesen, da müssen nicht noch erwachsene Männer daherkommen und ihm noch mehr Flausen in den Kopf setzen. Marsmenschen, wirklich! Ich nehme an, Sie sind mit einer von diesen fliegenden Untertassen gekommen!«

»Ich habe nie etwas von Mars gesagt...«, protestierte Danstor schwach.

Rumms! Durch die geschlossene Tür drangen die Laute einer gewalttätigen Auseinandersetzung, dann das unverkennbare Geräusch reißenden Papiers und ein Wutgeheul. Und das war's.

»So«, sagte Danstor schließlich. »Was versuchen wir als nächstes? Und warum hat er gesagt, daß wir vom Mars kommen? Das ist nicht einmal der nächstgelegene Planet, wenn ich mich richtig entsinne.«

»Keine Ahnung«, sagte Crystiil. »Aber ich nehme an, es ist natürlich für sie zu glauben, wir kämen von einem nahegelegenen Planeten. Sie werden schockiert sein, wenn sie die Wahrheit erfahren. Also wirklich, Mars! Das ist sogar noch schlimmer als hier, nach den Berichten zu urteilen, die ich gesehen habe.« Er verlor sichtlich allmählich etwas von seiner wissenschaftlichen Zurückhaltung.

»Lassen wir die Häuser erst mal sein«, sagte Danstor. »Es muß jemand draußen sein.«

Diese Feststellung erwies sich als völlig zutreffend, denn sie waren noch nicht viel weiter gekommen, als sie sich von kleinen Jungen umringt sahen, die unverständliche, aber zweifellos grobe Bemerkungen machten.

»Sollen wir versuchen, sie mit Geschenken zu beschwichtigen?« fragte Danstor besorgt. »Bei den meisten rückständigen Rassen hilft das für gewöhnlich.«

»Hast du denn welche dabei?«

»Nein, ich dachte, du…«

Ehe Danstor antworten konnte, gaben ihre Quälgeister Fersengeld und verschwanden ein Stück weiter in einer Querstraße. Die Straße entlang kam eine majestätische Gestalt in blauer Uniform.

Crystiils Miene hellte sich auf.

»Ein Polizist!« sagte er. »Wahrscheinlich unterwegs, um irgendwo einen Mord zu untersuchen. Aber vielleicht kann er eine Minute für uns erübrigen«, setzte er ohne viel Hoffnung hinzu.

»Hallo, die Herrn. Suchen Sie was?«

»Ja, tatsächlich«, sagte Danstor in seinem freundlichsten und beschwichtigendsten Ton. »Vielleicht können Sie uns helfen. Sehen Sie, wir sind eben auf diesem Planeten gelandet und möchten mit der Regierung Kontakt aufnehmen.«

»Hä?« sagte Polizei-Corporal Hinks erstaunt. Es folgte eine lange Pause – freilich nicht allzu lang, denn PC Hinks war ein aufgeweckter junger Mann, der nicht vorhatte, sein Leben lang Dorfpolizist zu bleiben. »Sie sind also eben gelandet, sagen Sie? In einem Raumschiff, nehme ich an?«

»Das stimmt«, bestätigte Danstor, riesig erleichtert angesichts des Fehlens von Ungläubigkeit oder sogar Gewalt, die solche Mitteilungen nur allzuoft auf primitiveren Planeten hervorriefen.

»Gut, gut!« sagte PC Hinks in einem Ton, von dem er hoffte, er würde Vertrauen und freundliche Gefühle einflößen. (Obwohl es nicht viel ausgemacht hätte, wenn die beiden gewalttätig geworden wären – es schienen ziemlich dürre Typen zu sein.) »Sagen Sie mir einfach, was Sie wollen, und ich werde sehen, was sich machen läßt.«

»Ich bin so froh«, sagte Danstor. »Sehen Sie, wir sind

an diesem ziemlich abgelegenen Ort gelandet, weil wir keine Panik auslösen wollen. Es wäre am besten, wenn möglichst wenig Leute von unserer Anwesenheit erfahren, bis wir Kontakt zu Ihrer Regierung aufgenommen haben.«

»Ich verstehe schon«, erwiderte PC Hinks und schaute sich hastig nach jemandem um, über den er seinen Sergeant benachrichtigen könnte. »Und was gedenken Sie dann zu tun?«

»Ich fürchte, ich kann unsere langfristige Politik bezüglich der Erde nicht erörtern«, sagte Danstor vorsichtig. »Ich kann nur so viel sagen, daß dieser Abschnitt des Weltalls durchmustert und für die Entwicklung erschlossen wird – und wir sind ziemlich sicher, daß wir euch in vielerlei Hinsicht helfen können.«

»Das ist sehr freundlich von Ihnen«, sagte PC Hinks herzlich. »Ich glaube, am besten kommen Sie mit mir aufs Revier, so daß ich ein Gespräch mit dem Premierminister durchstellen kann.«

»Vielen Dank«, sagte Danstor voll Dankbarkeit. Sie gingen vertrauensvoll neben PC Hinks her, obwohl er dazu neigte, hinter ihnen zu bleiben, bis sie das Polizeirevier des Dorfes erreichten.

»Da lang, die Herrn«, sagte PC Hinks höflich und winkte sie in einen Raum, der wirklich ziemlich dürftig beleuchtet und alles andere als gut möbliert war, selbst nach den bescheidenen Maßstäben, die sie erwartet hatten. Ehe sie ihre Umgebung völlig wahrnehmen konnten, machte es *Klick*, und sie sahen sich von ihrem Begleiter durch eine große Tür getrennt, die völlig aus Eisenstäben bestand.

»Nur keine Sorge«, sagte PC Hinks. »Es kommt alles in Ordnung. Ich bin gleich wieder da.«

Crystiil und Danstor blickten einander mit einem wüsten Verdacht an, der sich rasch zu schrecklicher Gewißheit verdichtete.

»Wir sind eingesperrt!«

»Das ist ein Gefängnis!«

»Und was machen wir jetzt?«

»Ich weiß nicht, ob ihr Leute Englisch versteht«, sagte eine träge Stimme aus dem Dämmerlicht, »aber ihr könntet einen in Ruhe schlafen lassen.«

Nun erst sahen die beiden Gefangenen, daß sie nicht allein waren. Auf einem Bett in der Ecke der Zelle lag ein etwas schäbiger junger Mann, der sie aus einem Auge vorwurfsvoll anschaute.

»Himmel!« sagte Danstor nervös. »Glaubst du, daß er ein gefährlicher Verbrecher ist?«

»Momentan sieht er nicht sehr gefährlich aus«, sagte Crystiil genauer, als ihm selbst bewußt war.

»Und warum seid *ihr* drin?« fragte der Fremde und setzte sich unsicher auf. »Ihr seht aus, als ob ihr von 'nem Kostümfest kommt. Oh, mein armer Kopf!« Er fiel wieder in die liegende Stellung zurück.

»Stell dir vor, jemanden einzusperren, der so krank ist!« sagte Danstor, der eine gutherzige Person war. Dann fuhr er auf englisch fort: »Ich weiß nicht, warum wir hier sind. Wir haben dem Polizisten nur gesagt, wer wir sind und woher wir kommen – und da ist es passiert.«

»Also, wer seid ihr?«

»Wir sind eben gelandet …«

»Oh, es hat keinen Sinn, das alles noch mal durchzugehen«, unterbrach ihn Crystiil. »Es wird uns sowieso nie jemand glauben.«

»He!« sagte der Fremde und setzte sich abermals auf. »In welcher Sprache redet ihr da? Ich kenne ein paar, aber dergleichen habe ich noch nie gehört.«

»Also schön«, sagte Crystiil zu Danstor. »Du kannst es ihm auch sagen. Es ist sowieso weiter nichts zu tun, bis dieser Polizist zurückkommt.«

In diesem Augenblick war PC Hinks in einer ernsten Unterredung mit dem Direktor der örtlichen Irrenanstalt, der hartnäckig darauf bestand, alle seine Insassen seien anwesend. Er versprach jedoch eine sorgfältige Überprüfung und daß er später zurückrufen werde.

PC Hinks fragte sich, ob das Ganze ein Jux sei, legte den Hörer auf und begab sich leise zurück zu den Zellen. Die drei Gefangenen schienen mit freundlicher Unterhaltung beschäftigt zu sein, also schlich er wieder weg. Eine Gelegenheit, sich zu beruhigen, würde ihnen allen gut tun. Er rieb sich sacht das Auge, als er daran dachte, was für ein Kampf es in den frühen Morgenstunden gewesen war, Mr. Graham in die Zelle zu kriegen.

Der junge Mann war jetzt nach den Festivitäten der Nacht, die er nicht im geringsten bereute, halbwegs nüchtern. (Es kam schließlich nicht alle Tage vor, daß man seinen akademischen Grad bekam und feststellte, daß man es ›cum laude‹ geschafft hatte.) Doch er befürchtete allmählich, immer noch unter Alkoholeinfluß zu stehen, als Danstor seine Geschichte ausbreitete und wartete, ohne auf Glauben zu hoffen.

Unter diesen Umständen, dachte Graham, wäre es das beste, sich so sachlich wie möglich zu verhalten, bis es der Halluzination zuviel wurde und sie verschwand.

»Wenn ihr wirklich ein Raumschiff in den Bergen habt«, bemerkte er, »könnt ihr sicherlich Verbindung zu ihm aufnehmen und jemanden bitten, daß er kommt und euch befreit?«

»Wir möchten das selbst regeln«, sagte Crystiil würdevoll. »Außerdem kennen Sie unseren Kapitän nicht.«

Das klingt sehr überzeugend, dachte Graham. Die ganze Geschichte war bemerkenswert stimmig. Und dennoch …

»Es fällt mir etwas schwer zu glauben, daß ihr interstellare Raumschiffe bauen, aber nicht aus einem elendem Polizeirevier herauskommen könnt.«

Danstor schaute Crystiil an, der unbehaglich mit den Füßen scharrte.

»Wir könnten schon leicht hinauskommen«, sagte

der Anthropologe. »Aber wir möchten keine Gewalt anwenden, wenn es nicht absolut unvermeidlich ist. Sie haben keine Ahnung, welche Scherereien das nach sich zöge und welche Berichte wir vielleicht schreiben müßten. Außerdem, wenn wir hinauskämen, nehme ich an, würde uns eure Einsatzgruppe erwischen, ehe wir wieder beim Schiff wären.«

»Nicht in Little Milton.« Graham grinste. »Vor allem nicht, wenn wir es bis zum *Weißen Hirschen* schaffen, ohne angehalten zu werden. Dort steht mein Wagen.«

»Oh«, machte Danstor, der plötzlich neuen Mut schöpfte. Er wandte sich an seinen Gefährten, und es folgte eine lebhafte Diskussion. Dann holte er sehr behutsam einen kleinen schwarzen Zylinder aus der Innentasche, mit dem er ebenso selbstsicher umging wie eine nervöse alte Jungfer, die zum erstenmal eine geladene Pistole in der Hand hält. Gleichzeitig zog sich Crystiil einigermaßen rasch in die gegenüberliegende Ecke der Zelle zurück.

Genau in diesem Moment wußte Graham mit plötzlicher eisiger Gewißheit, daß er stocknüchtern und die ganze Geschichte, die er gehört hatte, die reinste Wahrheit war.

Es gab keinerlei Umstände, kein Flirren elektrischer Funken oder farbiger Strahlen – aber ein drei Fuß breites Stück Wand löste sich still auf und fiel zu einer kleinen Sandpyramide herab. Das Sonnenlicht strömte in die Zelle, als Danstor mit einem tiefen Seufzer der Erleichterung seine rätselhafte Waffe wegsteckte.

»Also kommen Sie«, forderte er Graham auf. »Wir warten auf Sie.«

Nichts deutete auf eine Verfolgung hin, denn PC Hinks diskutierte noch am Telefon, und es sollte noch etliche Minuten dauern, bis dieser aufgeweckte junge Mann zu den Zellen zurückkehrte und den größten Schock seiner Dienstlaufbahn erhielt. Niemand im *Weißen Hirschen* war sonderlich überrascht, Graham wiederzusehen – sie wußten alle, wo und wie er die Nacht verbracht hatte, und drückten die Hoffnung aus, das örtliche Gericht werde nachsichtig mit ihm verfahren, wenn sein Fall an die Reihe kam.

Mit schweren Bedenken kletterten Crystiil und Danstor auf die Hintersitze des unglaublich klapprigen Bentley, den Graham liebevoll ›Rose‹ nannte. Aber mit dem Motor unter der rostigen Kühlerhaube war alles in Ordnung, und bald fuhren sie mit fünfzig Meilen pro Stunde dröhnend aus Little Milton. Es war eine eindrucksvolle Demonstration der Relativität von Geschwindigkeit, denn Crystiil und Danstor, die die letzten paar Jahre über ruhig mit etlichen Millionen Meilen pro Sekunde durch den Raum gereist waren, hatten noch nie so um ihr Leben gefürchtet. Als Crystiil wieder zu Atem gekommen war, holte er seinen kleinen tragbaren Sender und rief das Schiff.

»Wir sind auf dem Rückweg«, überschrie er das Heulen des Fahrtwinds. »Wir haben einen ziemlich intelligenten Menschen bei uns. Erwarten Sie uns in – Huch! Verzeihung, wir sind gerade über eine Brücke gefahren – ungefähr zehn Minuten. Was das war? Nein, natürlich nicht. Wir hatten nicht die geringsten Scherereien. Alles ist ganz glatt gelaufen. *Bis bald.*«

Graham schaute nur einmal zurück, um zu sehen, wie es seinen Passagieren ging. Der Anblick war ziemlich beunruhigend, denn Ohren und Haare (die nicht sehr fest angeklebt gewesen waren) waren weggeweht worden, und ihr tatsächliches Aussehen kam allmählich zum Vorschein. Mit gewissem Unbehagen argwöhnte Graham, daß seinen neuen Bekannten auch die Nasen fehlten. Nun ja, mit etwas Übung konnte man sich an alles gewöhnen. In den kommenden Jahren sollte er genügend Übung bekommen.

Den Rest kennen Sie natürlich alle; aber die ganze Geschichte von der ersten Landung auf der Erde und den besonderen Umständen, wie Botschafter Graham zum Vertreter der Menschheit im Großen Kosmos wurde, ist nie zuvor berichtet worden. Die wichtigsten Einzelheiten haben wir mit einer Menge Überredung von Crystiil und Danstor selbst erfragt, als wir im Ministerium für Außerirdische Angelegenheiten arbeiteten.

Angesichts ihres Erfolgs auf der Erde war es verständlich, daß sie von ihren Vorgesetzten ausgewählt wurden, den ersten Kontakt zu unseren rätselhaften und geheimniskrämerischen Nachbarn aufzunehmen, den Marsianern. Im Lichte der oben geschilderten Tatsachen ist es auch verständlich, daß Crystiil und Danstor zögerten, zu dieser letzteren Mission aufzubrechen – und wir sind wirklich nicht sonderlich überrascht, daß man seither nie wieder von ihnen gehört hat.

Isaac Asimov

Im Lauf der Jahre hat die Mehrheit der Science Fiction-Autoren ihren Unglauben an fliegende Untertassen zum Ausdruck gebracht, indem sie in Geschichten entweder offen gegen UFOs Stellung nahmen oder den Gedanken verspotteten, sie könnten außerirdische Raumfahrzeuge sein. An vorderster Front der Skeptiker stand Isaac Asimov, jahrelang eine der einflußreichsten Gestalten der zeitgenössischen SF, der in einer Anzahl von Artikeln die von ihm sogenannte UFO-Manie anprangerte. Unter den annähernd 500 Titeln, die er in seinem erstaunlich produktiven Leben hervorbrachte, gibt es etliche Kurzgeschichten, in denen seine Haltung sehr deutlich wird, die meisten in typisch humoristischem Ton gehalten. ›Was man so Liebe nennt ...‹, die er 1960 für Amazing Stories schrieb, gehört in diese Kategorie, und hinter ihrer Entstehung steckt eine interessante Geschichte. Die Erzählung wurde von einem Artikel in der Zeitschrift Playboy mit dem Titel ›Mädchen für den Schleimgott‹* inspiriert, der den Umstand beklagte, daß die SF-Zeitschriften jener Zeit anscheinend dem Sex abhold waren und nicht mehr die einst beliebten Geschichten von käferäugigen Ungeheuern enthielten, die »auf Schritt und Tritt Erdenmädchen die Kleider herunterrissen und ihre elfenbeinfarbenen Busen entblößten«. Der Artikel fiel der Herausgeberin der Amazing Stories auf, der unternehmungslustigen und empfänglichen Cele Goldsmith, die der Ansicht war, es sei eine Entgegnung fällig. Und so verkündete sie in einer Vorbemerkung zur ersten Veröffentlichung von ›Was man so Liebe nennt ...‹ in der Novembernummer: »Wir haben einen der am meisten mit Sex-Appeal ausgestatteten SF-Autoren beauftragt, speziell für den unersättlichen Playboy eine Geschichte zu schreiben und ihm zu beweisen,

* Asimovs Erzählung hieß zunächst ›Playboy und der Schleimgott‹ (Playboy and the Slime God), später dann ›What is This Thing Called Love?‹. – Anm. d. Übers.

daß die SF nicht vergessen hat, daß S-X die wichtigste Sache im Universum ist.«

Isaac Asimov (1920–1992) wurde in Smolensk, seinerzeit in der Sowjetunion, geboren, emigrierte aber als Kind mit seinen Eltern nach New York und zeigte bald schon eine frühreife Intelligenz. Als er auf den Seiten der Pulp-Zeitschriften der dreißiger Jahre die SF entdeckte, startete er seine eigene Laufbahn mit einem Meilenstein der SF, einem Zyklus von Space Operas über ein Millionen von Welten umspannendes Reich, die ›Foundation-Trilogie‹ (die mit Das Foundation-Projekt kurz vor seinem Tod zur Tetralogie vervollständigt wurde).* Später sicherte er sich bleibenden Ruhm mit dem Entwurf der ›Gesetze der Robotik‹, die er in einer Gruppe von Geschichten entwickelte, welche als Ich, der Robot (I, Robot, 1950) und Der Rest der Roboter (The Rest of the Robots, 1964, deutsch enthalten in Alle Robotergeschichten) erschienen sind.

In späteren Jahren wandte sich Asimov immer mehr den Sachbüchern zu, in denen er dem Laienpublikum Entwicklungen in der Wissenschaft und Raumfahrttechnik in einer einfachen und klaren Sprache erklärte. Seine Vorliebe für Humor ließ freilich nie nach, wie Isaac Asimovs Schatzkammer des Humors (The Isaac Asimov Treasury of Humour, 1971) und Asimov lacht wieder (Asimov Laughs Again, 1992) eindringlich bezeugen – nicht zu vergessen die folgende Parodie auf die weltberühmteste Zeitschrift mit nackten Mädchen.

---

* Außer den ursprünglichen drei Bänden, *Der Tausendjahresplan* (Foundation, 1951), *Der galaktische General* (Foundation and Empire, 1952) und *Alle Wege führen nach Trantor* (Second Foundation, 1953) und dem hier als vierter Band genannten (amerikanisch: Forward the Foundation) hat Asimov dem Foundation-Zyklus noch weitere neue Bände angefügt, z.B. *Auf der Suche nach der Erde* (Foundation's Edge, 1982), und auch einige ältere Werke, insbesondere den Roboter-Zyklus, eingebunden. – *Anm. d. Übers.*

Isaac Asimov

Was man so Liebe nennt...

»Aber das sind doch zwei verschiedene Arten«, sagte Kapitän Garm und starrte prüfend die beiden Lebewesen an, die man ihm von dem Planeten dort unten heraufgebracht hatte. Seine optischen Organe stellten sich auf äußerste Schärfe ein und traten dabei weit aus seinem Kopf hervor. Die Farbscheibe darüber leuchtete in schnellen Lichtblitzen.

Botax empfand es als wahre Wohltat, sich endlich wieder in Farbe unterhalten zu können, nachdem er lange Monate in einer Spionierzelle auf dem Planeten verbracht und die modulierten Schallwellen zu entschlüsseln versucht hatte, mit denen die Eingeborenen sich verständlich machten. Nun, da er wieder in Farbblitzen sprechen konnte, fühlte er sich fast wie zu Hause, im fernen Perseusarm der Galaxis. »Nicht zwei Arten«, sagte er, »sondern zwei Ausführungen der gleichen Art.«

»Unsinn, sie sehen doch ganz unterschiedlich aus. Leicht persenähnlich, dem Ding sei Dank, und äußerlich nicht so abstoßend wie so viele Abarten. Annehmbare Größe, erkennbare Glieder. Aber keine Farbscheibe. Können sie sprechen?«

»Ja, Kapitän«, Botax verharrte in einer leicht mißbilligenden prismatischen Pause. »Die Einzelheiten stehen in meinem Bericht. Diese Wesen formen in Rachen und Mund Schallwellen, die sich ungefähr anhören wie ein komplizierter Husten. Ich habe es auch gelernt.« Er war stolz. »Es ist sehr schwierig.«

»Muß ja widerlich sein. Nun, das erklärt ihre flachen, festsitzenden Augen. Augen sind weitgehend nutzlos, wenn sie nicht dem Farbsprechen dienen. Doch wie können Sie behaupten, daß es sich hier um ein und dieselbe Art handelt? Das linke ist kleiner und hat längere Taster oder was immer das sein mag, und es scheint auch anders proportioniert zu sein. Es hat Wölbungen, wo das andere keine hat. Sind sie lebendig?«

»Sie sind lebendig, aber im Augenblick nicht bei Bewußtsein, Kapitän. Sie sind psychobehandelt worden, um ihnen die Angst zu nehmen, damit sie sich leichter studieren lassen.«

»Sind sie es überhaupt wert, daß man sie studiert? Wir sind hinter unserem Plan zurück und haben noch mindestens fünf Planeten von weit größerer Bedeutung als diesen hier zu überprüfen und zu erforschen. Eine Zeitstau-Einheit ist teuer, und ich hielte es für vernünftiger, wenn wir sie zurückbrächten und weiter ...«

Botax' feuchter, spindeldürrer Körper zitterte vor Erregung. Seine röhrenförmige Zunge schnellte vor, krümmte sich nach oben über seine flache Nase, während seine Augen sich einwärts saugten. Seine gespreizte, dreifingrige Hand machte eine abwehrende Bewegung, und seine Sprache bewegte sich tief im roten Bereich.

»Das Ding möge uns beistehen, Kapitän. Keine Welt kann von größerer Bedeutung für uns sein als diese. Vielleicht sehen wir einer Krise von unbekannter Tragweite entgegen. Bei diesen Wesen kann es sich sehr wohl um die gefährlichste Rasse in der Galaxis handeln, Kapitän, gerade weil es zwei Sorten davon gibt.«

»Ich verstehe Sie nicht.«

»Es war meine Aufgabe, diesen Planeten zu studieren, und sie war äußerst schwierig, denn er ist einmalig. Er ist so einmalig, daß ich seine einzelnen Aspekte kaum zu begreifen vermag. Fast das ganze Leben auf diesem Planeten besteht aus Arten, die in zweierlei

Ausführungen vorhanden sind. Sie sind nicht in Worten, nicht einmal in Gedanken zu beschreiben. Ich kann sie nur als erste und als zweite Sorte bezeichnen. In ihren Lauten ausgedrückt heißt der kleine ›Frau‹ und der große ›Mann‹. Die Kreaturen sind sich alle selbst dieses Unterschiedes bewußt.«

»Welch abscheuliches Mittel der Verständigung!«

»Und um Junge hervorzubringen, Kapitän, müssen die beiden zusammenarbeiten.«

»Wie?«

»Das herauszubringen war äußerst schwierig. Es ist eine sehr persönliche Sache. Ich habe die verfügbare Literatur durchforscht und keine klare, eindeutige Beschreibung dafür finden können. Aber es war mir möglich, gewisse einleuchtende Schlüsse zu ziehen.«

Garm schüttelte den Kopf. »Lächerlich. Knospen ist der heiligste, geheimste Vorgang des Lebens. In Zehntausenden von Welten ist er gleich. Wie der große Photobarde Levuline sagte: ›Zur Knospenzeit, zur Knospenzeit, zur süßen, berauschenden Knospenzeit, wenn…‹«

»Kapitän, Sie verstehen nicht. Diese Zusammenarbeit der beiden Sorten bewirkt irgendwie eine Mischung und Neuzusammensetzung der Gene. Das ist ein Trick, der in jeder Generation neue Kombinationen von Charaktereigenschaften zur Folge hat. Veränderungen vervielfachen sich; mutierte Gene setzen sich beinahe sofort durch, während bei unserem gewohnten Knospensystem Jahrtausende vergehen können.«

»Wollen Sie mir etwa weismachen, daß die Gene eines Individuums mit denen eines anderen kombiniert werden können? Geht Ihnen denn gar nicht auf, wie vollkommen blödsinnig das ist? Es würde alle Erkenntnisse der zellularen Physiologie über den Haufen werfen.«

»Es muß aber so sein«, erwiderte Botax, der sich unter dem zuckenden Blick des anderen zu winden begann. »Die Entwicklung ist beschleunigt. Dieser Planet ist ein Tummelplatz der Arten. Man schätzt eineinviertel Millionen verschiedene Arten von Kreaturen.«

»Wohl eher eineinviertel Dutzend! Verlassen Sie sich doch nicht vorbehaltlos auf das, was Sie in der Eingeborenen-Literatur gelesen haben.«

»Ich selbst habe Dutzende von eindeutig verschiedenen Arten auf kleinem Raum gesehen. Ich sage Ihnen eins, Kapitän. Wenn man diesen Wesen noch eine kurze Zeitspanne läßt, dann werden sie zu Gehirnen mutieren, die mächtig genug sein werden, um uns einzuholen und die Galaxis zu regieren.«

»Beweisen Sie mir, daß es diese Zusammenarbeit, von der Sie gesprochen haben, tatsächlich gibt, Forscher, und ich werde mir Ihre Behauptungen durch den Kopf gehen lassen. Können Sie es nicht, so weiß ich, daß Ihre Ideen Hirngespinste sind, und werde weiterfliegen.«

»Ich kann es Ihnen beweisen.« Botax' Farbblitze wechselten in ein intensives Gelbgrün. »Die Wesen jener Welt sind auch auf andere Weise einzigartig. Sie sehen Fortschritte voraus, die sie selbst noch nicht gemacht haben: wahrscheinlich eine Folge ihres Glaubens an den schnellen Wechsel, den sie ja unablässig unter Beweis stellen. Sie begeistern sich deshalb an einer Literaturgattung, die sich um die Raumfahrt dreht, die sie aber selbst noch gar nicht entwickelt haben. Ich habe die Benennung für diese Literatur mit ›Science-fiction‹ übersetzt. Ich habe mich bei meiner Lektüre fast ausschließlich auf Science-fiction beschränkt, weil ich mir dachte, daß sie sich selbst und die Gefahr, die sie für uns darstellen, am ehesten in ihren Träumen und Phantasien verraten würden. Und aus der Science-fiction-Literatur habe ich auch die Methode ihrer zwischensortigen Zusammenarbeit abgeleitet.«

»Wie haben Sie das gemacht?«

»Auf jenem Planeten gibt es eine Zeitschrift, die

manchmal auch Science-fiction-Geschichten veröffentlicht, jedoch fast ausschließlich den verschiedenen Möglichkeiten der Zusammenarbeit gewidmet ist. Sie spricht nicht völlig frei, was ärgerlich ist, sondern beschränkt sich auf bloße Andeutungen. Ihr Name bedeutet in Farbblitzen ausgedrückt etwa soviel wie ›Spieljunge‹ oder ›Playboy‹. Das dafür verantwortliche Wesen, so vermute ich, interessiert sich einzig und allein für die zwischensortige Zusammenarbeit und sucht immer und überall mit einer systematischen und wissenschaftlichen Hartnäckigkeit danach, der ich meine Achtung nicht versagen kann. Auch in der Science-fiction-Literatur hat es Beispiele für die Zusammenarbeit gefunden, und ich habe mich von dem Material leiten lassen, das mir seine Zeitschrift bot. Aus den Geschichten, die es als Beispiele brachte, habe ich mir den ganzen Vorgang zusammengereimt. Und noch eins, Kapitän: Wenn die Zusammenarbeit hier beendet ist und die Jungen vor Ihren Augen entstanden sein werden, dann beschwöre ich Sie, geben Sie Anweisung, daß von dieser Welt kein Atom mehr übrigbleiben soll.«

»Also gut«, sagte Kapitän Garm müde, »wecken Sie sie auf und tun Sie, was Sie tun müssen, aber schnell.«

Marge Skidmore war sich ihrer Umgebung plötzlich voll bewußt. Deutlich erinnerte sie sich an die Hochbahnhaltestelle im ersten Dämmerlicht. Sie war fast allein gewesen, neben ihr stand nur ein Mann, ein anderer lehnte am entgegengesetzten Ende des Bahnsteigs. Der heranbrausende Zug machte sich gerade als schwaches Rattern in der Ferne bemerkbar.

Dann war da dieser Lichtblitz gewesen, ein trunkener Wirbel, die undeutliche Vision eines spindeldürren, schleimtröpfelnden Wesens, eine rasende Aufwärtsbewegung und jetzt...

»O Gott«, sagte sie schaudernd. »Es ist immer noch da. Und da ist ja noch eins.«

Sie verspürte einen krankhaften Ekel, aber keine Furcht. Fast war sie stolz auf sich selbst, daß sie sich nicht fürchtete. Der Mann neben ihr, der so still stand wie sie selbst und noch immer seinen verbeulten Filzhut trug, war derselbe, den sie neben sich auf dem Bahnsteig gesehen hatte.

»Sie hat's also auch erwischt?« fragte sie.

Charlie Grimwold fühlte sich schlaff und aufgedunsen. Er versuchte die Hand zu heben, um sein dünnes, widerspenstiges Haar zu glätten, das die Haut seines Schädels nicht mehr ganz bedeckte. Dabei stellte er fest, daß er sie nur gegen einen gummiartigen, aber hartnäckigen Widerstand zu bewegen vermochte. Er ließ die Hand fallen und blickte mürrisch zu der schmalgesichtigen Frau hinüber, die ihn ansah. Er taxierte sie auf Mitte Dreißig. Ihr Haar war hübsch, und ihr Kleid saß ausgezeichnet, aber im Augenblick hatte er nur einen einzigen Wunsch, nämlich irgendwo anders zu sein. Er legte nicht den geringsten Wert auf Gesellschaft, nicht einmal auf weibliche.

Er sagte: »Ich weiß nicht, meine Dame. Ich hab da einfach so auf dem Bahnsteig gestanden.«

»Ich auch.«

»Und dann sehe ich 'nen Blitz. Höre überhaupt nichts. Und hier bin ich. Müssen wohl so kleine Männchen vom Mars oder von der Venus sein.«

Marge nickte bekräftigend. »Glaube ich auch. 'ne fliegende Untertasse? Haben Sie Angst?«

»Nein. Das ist ja das Komische, wissen Sie. Ich denk mir, vielleicht dreh ich gleich durch, sonst müßte ich doch Angst haben.«

»Komisch. Ich hab nämlich auch keine Angst. O Gott, der eine kommt auf uns zu. Wenn er mich anfaßt, schrei ich. Schauen Sie bloß diese wabbligen Hände an. Und die runzlige Haut, ganz glitschig. Da kommt einem ja der Kaffee hoch.«

Botax näherte sich ihnen behutsam und sagte mit

einer halb krächzenden, halb kreischenden Stimme – der bestmöglichen Nachahmung der Eingeborenentöne, deren er fähig war: »Erdenwesen! Ihnen wird nichts geschehen. Aber wir müssen Sie bitten, uns den Gefallen zu tun, zusammenzuarbeiten.«

»He, es spricht!« sagte Charlie. »Was meinen Sie mit »zusammenarbeiten« ?«

»Ihr beide. Miteinander«, sagte Botax.

»Oh?« Er sah Marge an. »Haben Sie 'ne Ahnung, was er meint, Lady?«

»Nicht den leisesten Schimmer«, antwortete sie von oben herab.

Botax sagte: »Ich meine ...«, und er gebrauchte das kurze Wort, das er einmal als Synonym für den Vorgang gehört hatte.

Marge wurde rot und sagte: »Was?« in dem lautesten Schrei, den sie zustande bringen konnte. Sowohl Botax als auch Kapitän Garm legten die Hände über ihre mittleren Partien, um die Hörscheiben zu schützen, die unter den schrillen Tönen schmerzlich erzitterten.

Marge sprach schnell und beinahe unzusammenhängend weiter: »Das ist ja wohl das allerletzte. Ich bin eine verheiratete Frau, Sie, Sie ... Wenn mein Ed hier wäre, der würde Ihnen was anderes erzählen. Und Sie, Sie schlauer Bursche.« Sie drehte sich gegen den gummiartigen Widerstand zu Charlie um. »Wer auch immer Sie sein mögen – wenn Sie sich einbilden ...«

»Oh, Lady, Lady«, sagte Charlie in unbehaglicher Verzweiflung, »es ist ja nicht meine Idee. Ich meine, es liegt mir fern, ne Lady aufs Kreuz zu legen. Sie wissen schon, was ich meine. Ich bin auch verheiratet. Habe drei Gören daheim. Hören Sie ...«

Kapitän Garm sagte: »Was geht hier vor, Forscher Botax? Diese kakophonischen Laute sind grauenhaft.«

Botax blitzte einen kurzen purpurroten Fleck der Verlegenheit. »Das gehört zu dem komplizierten Ritual. Es ist üblich, daß sie sich zunächst sträuben. Nach dem Anfangsstadium müssen die Häute entfernt werden.«

»Sie müssen gehäutet werden?«

»Nicht wirklich gehäutet. Es sind künstliche Häute, die schmerzlos entfernt werden können und müssen. Besonders bei der kleineren Sorte.«

»Na gut. Sagen Sie ihm, daß es die Häute ablegen soll. Wirklich, Botax, ich finde das sehr unangenehm.«

»Ich glaube, es ist nicht gut, wenn ich der kleineren Ausführung befehle, die Häute auszuziehen. Ich meine, wir sollten das Ritual lieber so echt wie möglich nachvollziehen. Ich habe hier Auszüge aus jenen Weltraumgeschichten, von denen der Mann vom ›Spieljungen‹ so begeistert war. In diesen Geschichten werden die Häute gewaltsam entfernt. Hier ist beispielsweise die Beschreibung eines Zwischenfalls ›*bei dem das Kleid des Mädchens übel zugerichtet wurde, als er es ihr fast ganz von ihrem schlanken Körper herunterriß. Für eine Sekunde spürte er die warme Festigkeit ihrer halbentblößten Brüste an seiner Wange…*‹ und so weiter. Wie Sie sehen, dient das Herunterreißen, die gewaltsame Entfernung als Anreiz.«

»Brüste?« sagte der Kapitän, »den Blitz kenne ich nicht.«

»Ich habe ihn erfunden, um die Bedeutung annähernd wiederzugeben. Er bezieht sich auf die Wölbungen am oberen Vorderteil der kleineren Ausführung.«

»Aha. Dann sagen Sie dem größeren Wesen also, daß es dem kleineren die Häute herunterreißen soll. Welch widerwärtige Angelegenheit.«

Botax wandte sich an Charlie. »Sir«, sagte er, »reißen Sie dem Mädchen das Kleid fast ganz von seinem schlanken Körper herunter. Ich werde Sie zu diesem Zweck befreien.« Marges Augen weiteten sich, und sie drehte sich in augenblicklicher Empörung zu Charlie um: »Unterstehen Sie sich! Unterstehen Sie sich, mich anzufassen, Sie Wüstling!«

»Ich?« sagte Charlie klagend. »Es ist doch nicht meine Idee. Meinen Sie vielleicht, ich lauf durch die Gegend und reiße Frauen die Kleider runter? Hören Sie mal«, sagte er zu Botax, »ich hab 'ne Frau und drei Kinder. Wenn die rauskriegt, daß ich rumlaufe und Kleider runterreiße, dann kann ich vielleicht was erleben. Wissen Sie, was meine Frau tut, wenn ich 'ner Dame nur nachschaue? Also passen Sie auf, die ...«

»Sträubt er sich immer noch?« fragte der Kapitän ungeduldig.

»Offensichtlich«, sagte Botax. »Nun, Sie müssen verstehen, die fremdartige Umgebung mag dieses Stadium der Zusammenarbeit über Gebühr verlängern. Da ich weiß, wie unangenehm Ihnen die Sache ist, werde ich diesen Teil des Rituals selbst übernehmen. In den Raumfahrterzählungen liest man oft, daß ein außerweltliches Wesen diese Aufgabe erfüllt. Hier zum Beispiel.« Und er blätterte in seinen Notizen, bis er die Stelle gefunden hatte. »Hier wird eine ganz abscheuliche Kreatur dieser Art beschrieben. Die Wesen auf diesem Planeten machen sich nämlich höchst alberne Vorstellungen. Sie kommen einfach nicht auf die Idee, daß es auch so schöne Wesen wie uns gibt mit einer so exquisiten Schleimhaut.«

»Weiter! Weiter! Wir können nicht den ganzen Tag damit vergeuden«, sagte der Kapitän.

»Ja, Kapitän. Hier heißt es, daß der Außerirdische *›sich dem Mädchen näherte. Hysterisch schreiend war sie in der Umarmung des Ungeheuers gefangen. Klauen tasteten blind nach Ihrem Körper und rissen ihren Rock in Fetzen‹*. Sie sehen, die eingeborene Kreatur schreit vor Erregung, wenn ihre Häute entfernt werden.«

»Dann beeilen Sie sich, Botax, entfernen Sie die Häute. Aber bitte, verhindern Sie, daß sie schreit. Diese Schallwellen lassen mich am ganzen Körper erzittern.«

Botax wandte sich höflich an Marge: »Erlauben Sie bitte ...«

Ein spachtelförmiger Finger machte Anstalten, sich in den Rückenausschnitt ihres Kleides einzuhaken.

Marge wand sich verzweifelt. »Fassen Sie mich nicht an. Fassen Sie mich nicht an! Sie werden es mir noch mit Ihrem Schleim vollmachen. Dieses Kleid hat bei Ohrbachs 24,95 Dollar gekostet! Bleiben Sie mir vom Leib, Sie Ungeheuer. Schau sich einer diese Augen an!« Sie keuchte in der verzweifelten Anstrengung, sich der tastenden außerirdischen Hand zu entziehen. »Ein schleimiges, glotzäugiges Ungeheuer, das ist er. Hören Sie, ich zieh es selber aus, wenn Sie mich bloß nicht mit Ihrem Schleim beschmutzen.«

Sie machte sich am Reißverschluß zu schaffen und zischte Charlie dabei wütend von der Seite an: »Unterstehen Sie sich hinzuschauen.«

Charlie schloß die Augen und zuckte ergeben mit den Schultern.

Sie stieg aus dem Kleid. »In Ordnung? Zufrieden?«

Kapitän Garms Finger zitterten verzweifelt. »Sind das die Brüste? Warum hat das andere Wesen den Kopf fortgedreht?«

»Abwehr. Abwehr«, sagte Botax. »Übrigens sind die Brüste noch bedeckt. Weitere Häute müssen entfernt werden. Wenn sie entblößt sind, bilden die Brüste einen sehr starken Anreiz. Sie werden immer als Elfenbeinkugeln oder weiße Bälle oder so ähnlich beschrieben. Ich habe Zeichnungen hier, visuelle Umsetzungen, die von den Deckblättern der Raumfahrtmagazine stammen. Wenn Sie sie bitte anschauen wollen, werden Sie feststellen, daß auf jedem von ihnen eine Kreatur mit mehr oder weniger entblößten Brüsten gezeigt wird.«

Der Kapitän blickte nachdenklich von den Illustrationen zu Marge und wieder zurück: »Was ist Elfenbein?«

»Das ist noch so ein Blitz, den ich mir selbst ausgedacht habe. Es ist das Material, aus dem die Stoßzähne eines dieser großen Wesen von niederer Intelligenz bestehen, die es auf jenem Planeten gibt.«

»Aha«, Garm blitzte ein pastellfarbenes Grün der Befriedigung, »das erklärt alles. Dieses kleinere Wesen gehört einer Kriegersekte an, und das sind die Stoßzähne, mit denen es den Feind zerschmettert.«

»Nein, nein. Sie sind ganz weich, soviel ich verstanden habe.« Botax' kleine braune Hand schnellte in Richtung auf die besagten Gegenstände, und Marge zuckte kreischend zurück.

»Wozu dienen sie dann?«

»Ich glaube«, sagte Botax nach erheblichem Zögern, »man braucht sie, um die Jungen damit zu füttern.«

»Die Jungen essen sie auf?« fragte der Kapitän mit allen Anzeichen tiefer Pein.

»Nicht ganz. Diese Gegenstände produzieren eine Flüssigkeit, von der die Jungen sich ernähren.«

»Sie verzehren eine Flüssigkeit, die von einem lebendigen Wesen stammt? Brrr.« Der Kapitän bedeckte den Kopf mit seinen drei Armen. Er holte zu diesem Zweck den Zusatzarm in der Mitte zu Hilfe, doch er zog ihn so schnell aus der Scheide, daß er Botax fast niedergeschlagen hätte.

»Ein dreiarmiges, schleimiges, glotzäugiges Ungeheuer«, sagte Marge.

»Ehem«, sagte Charlie.

»He, Sie, passen Sie bloß auf Ihre Augen auf. Halten Sie sich zurück.«

»Hören Sie, liebe Dame, ich bemühe mich, nicht hinzuschaun.«

Botax näherte sich ihnen wieder. »Madame, würden Sie bitte den Rest ablegen?«

Marge zog sich in das Fesselfeld zurück, so weit sie konnte. »Niemals!«

»Wenn Sie es wünschen, werde ich es entfernen.«

»Rühren Sie mich nicht an! Um Gottes willen, rühren Sie mich nicht an. Ich ziehe es ja schon aus.« Schwer atmend murmelte sie in sich hinein und blickte dabei erbost zu Charlie hinüber.

»Nichts geschieht«, sagte der Kapitän mit tiefer Befriedigung, »und außerdem scheint dieses Exemplar unvollkommen zu sein.«

Für Botax bedeutete dies einen Angriff auf seine eigenen Fähigkeiten. »Ich habe Ihnen zwei makellose Exemplare geliefert. Was paßt Ihnen nicht an dem Wesen?«

»Die Brüste bestehen nicht aus Kugeln oder Bällen. Ich weiß, was Kugeln oder Bälle sind, und auf den Bildern, die Sie mir gezeigt haben, sind sie so dargestellt. Da sind es große Kugeln. Bei diesem Wesen hier sehe ich aber nichts als kleine herabhängende Säcke. Außerdem sind sie zum Teil auch noch farblos.«

»Unsinn«, sagte Botax. »Natürliche Abweichungen müssen Sie schon zugestehen. Ich werde die Kreatur selbst fragen.« Er wandte sich an Marge: »Madame, sind Ihre Brüste unvollkommen?«

Marges Augen wurden riesengroß, und einige Augenblicke lang rang sie verzweifelt um Fassung. »Wirklich?« brachte sie schließlich heraus. »Vielleicht bin ich keine Gina Lollobrigida oder Anita Ekberg, aber ich bin völlig in Ordnung, danke. O verdammt, wär mein Ed doch bloß hier.«

Sie blickte Charlie an. »Hören Sie mal, sagen Sie diesem glotzäugigen, schleimigen Ding da, daß ich nicht unterentwickelt bin.«

»Lady«, sagte Charlie sanft, »ich darf doch nicht hinschauen, haben Sie das vergessen?«

»Na, sicher doch, Sie schauen ja nicht hin. Sie haben ganz schön geblinzelt, da können Sie Ihre unverschämten Augen geradesogut aufreißen und sich für 'ne Dame einsetzen, falls Sie auch nur 'nen Funken Ehre im Leib haben, aber das haben Sie ja bestimmt nicht.«

»Also gut«, sagte Charlie und blickte Marge von der Seite an, während sie inzwischen die Gelegenheit benutzte, schnell einzuatmen und sich in die Brust zu werfen. »Ich laß mich zwar nicht gern in so heikle Sachen reinziehen, aber Sie sind schon in Ordnung – glaube ich.«

»Glauben Sie? Sind Sie blind oder was? Ich bin mal zweite bei der Wahl zur Miß Brooklyn gewesen, falls Sie das nicht wissen sollten, und gefehlt hat's bei mir nur in der Hüfte, nicht an …«

Charlie sagte: »Schon gut, schon gut. Sie sind hübsch. Ehrlich.« Er nickte bekräftigend in Botax' Richtung. »Sie sind in Ordnung. Ich bin nicht grad 'n Fachmann, verstehn Sie, aber ich find sie o.k.«

Marge atmete entspannt aus.

Botax fühlte sich erleichtert. Er wandte sich an Garm. »Die größere Sorte zeigt Interesse, Kapitän. Der Reiz wirkt. Und jetzt zum letzten Schritt.«

»Und der wäre?«

»Dafür gibt es keinen Blitz, Kapitän. Er besteht im wesentlichen darin, daß das eine seinen Eß- und Sprechapparat gegen den entsprechenden Apparat des anderen preßt. Ich habe einen Blitz dafür erfunden, nämlich: Kuß.«

»Nehmen diese Unappetitlichkeiten denn gar kein Ende?« grollte der Kapitän.

»Das ist der Höhepunkt. Es ist immer das gleiche in allen Geschichten: Nachdem die Häute mit Gewalt entfernt worden sind, umklammern sie einander mit ihren Armen und vergehen in brennenden Küssen, um den am häufigsten gebrauchten Satz so annähernd wie möglich zu übersetzen. Hier ein Beispiel, nur das eine, das ich aufs Geratewohl herausgesucht habe: *›Er hielt das Mädchen in seinen Armen, und sein Mund gierte nach ihren Lippen.‹*«

»Vielleicht war ein Wesen im Begriff, das andere zu verschlingen«, sagte der Kapitän.

»Keineswegs«, erwiderte Botax ungeduldig. »Hier geht es um brennende Küsse.«

»Was soll das heißen: brennend? Findet da ein Verbrennungsvorgang statt?«

»Ich glaube, so wörtlich ist das nicht gemeint. Ich nehme an, damit soll ausgedrückt werden, daß die Temperatur steigt. Je höher die Temperatur, so vermute ich, um so erfolgreicher die Produktion der Jungen. Und da die große Sorte nun tatsächlich gereizt ist, braucht sie ihren Mund nur noch gegen den der kleinen zu halten, und schon sind die Jungen da. Ohne diesen letzten Schritt können die Jungen nicht entstehen. Dies ist die Zusammenarbeit, von der ich gesprochen habe.«

»Ist das alles? Nur das?« Die Hände des Kapitäns deuteten eine Bewegung des Sicheinandernäherns an, aber er brachte es nicht über sich, den Gedanken in Blitzen auszudrücken.

»Das ist alles«, sagte Botax. »In keiner der Geschichten, nicht einmal im ›Spieljungen‹, habe ich eine Beschreibung weiterer körperlicher Betätigung in Verbindung mit der Produktion von Jungen finden können. Manchmal kommt nach den Küssen eine Reihe von Zeichen, die aussehen wie kleine Sterne, aber ich vermute, daß sie nichts anderes bedeuten als noch mehr Küsse. Ein Kuß für jeden Stern, je nachdem, wie viele Junge sie produzieren wollen.«

»Nur eins bitte, und zwar sofort.«

»Gewiß, Kapitän.«

Botax sagte mit feierlichem Nachdruck: »Würden Sie bitte die Dame küssen?«

Charlie sagte: »Hören Sie mal, ich kann mich ja gar nicht rühren.«

»Ich werde Sie natürlich befreien.«

»Die Dame könnte was dagegen haben.«

Marge funkelte ihn böse an. »Darauf können Sie verdammt noch mal Gift nehmen, daß ich was dagegen habe. Bleiben Sie mir bloß vom Leib.«

»Das möchte ich ja gern, liebe Dame, aber was tun die, wenn ich es nicht tue? Ich möchte auf keinen Fall, daß die anfangen, verrückt zu spielen. Wir können ja einfach – Sie wissen schon – nur einfach 'nen Kuß.«

Sie zögerte, da sie einsah, wie recht er mit seiner Warnung hatte. »Einverstanden. Aber kein dummes Zeug. Ich bin nicht so eine, die sich mit jedem hergelaufenen Kerl in den Ecken rumdrückt, damit Sie Bescheid wissen.«

»Weiß ich doch, Lady. Ich kann nichts dafür. Das müssen Sie zugeben.«

Marge murmelte ärgerlich: »Richtig schleimige Ungeheuer. Scheinen sich für so 'ne Art Götter zu halten, so wie die einen hier rumkommandieren. Schleimgötter, jawohl, das sind sie!« Charlie trat auf sie zu. »Wenn's Ihnen jetzt recht ist, Lady.«

Er machte eine vage Bewegung, als wollte er an seinen Hut tippen. Dann legte er seine Hände unbeholfen auf ihre entblößten Schultern und spitzte die Lippen behutsam zum Kuß.

Marge machte den Kopf so steif, daß sich die Haut in ihrem Nacken in Falten legte. Ihre Lippen trafen sich.

Kapitän Garm blitzte ärgerlich: »Ich spüre keinen Anstieg der Temperatur.« Der Hitzefühler auf seinem Kopf hatte sich zu voller Länge ausgestreckt und blieb zitternd dort oben stehen.

»Ich auch nicht«, sagte Botax einigermaßen ratlos, »aber wir haben es ganz genauso gemacht, wie es in den Raumfahrtgeschichten steht. Ich glaube, er müßte seine Glieder weiter ausstrecken – ah, ja so. Sehen Sie, es klappt.«

Beinahe wie von selbst war Charlies Arm um Marges weichen nackten Körper geglitten. Für einen Augenblick schien es, als wolle Marge ihm nachgeben, doch dann bog sie sich plötzlich zurück gegen das Fesselfeld, das sie noch immer mit beträchtlicher Festigkeit hielt.

»Lassen Sie das.« Die Worte kamen gedämpft, gegen den Druck von Charlies Mund. Sie biß plötzlich zu, und Charlie sprang mit einem wilden Aufschrei zurück, tastete nach seiner Unterlippe und betrachtete dann seine Finger, ob Blut darauf zu sehen sei.

»Was soll denn das nun wieder, werte Dame?« fragte er anklagend.

Sie sagte: »Wir hatten uns auf 'nen Kuß geeinigt und sonst nichts. Was wollten Sie denn da anfangen, he? Sind Sie 'n Playboy oder was? In was für 'ner Gesellschaft befinde ich mich denn hier? Der Playboy und die Schleimgötter, was?«

Kapitän Garm blitzte einen schnellen Wechsel von Blau und Gelb. »Ist es jetzt vollbracht? Wie lange müssen wir warten?«

»Ich glaube, daß es jetzt gleich geschehen muß. Im ganzen Universum wird zur Knospenzeit geknospt. Da brauchen wir nicht lange zu warten.«

»So? Wenn ich an all die ekelhaften Bräuche denke, die Sie mir beschrieben haben, glaube ich nicht, daß ich je wieder knospen werde. Bitte, sehen Sie zu, daß wir das hinter uns bringen«

»Nur noch einen Augenblick, Kapitän.«

Aber die Augenblicke vergingen, und die Blitze des Kapitäns wechselten allmählich in ein brütendes Orange, während die von Botax beinahe ganz verblaßten.

Botax fragte schließlich zögernd: »Verzeihen Sie, Madame, aber wann wollen Sie denn knospen?«

»Wann ich was will?«

»Junge gebären?«

»Ich habe ein Kind.«

»Ich meine: jetzt Junge gebären.«

»Ich glaube nicht. Ich bin noch nicht so weit, daß ich wieder eins bekommen wollte.«

»Was?« fragte der Kapitän. »Was sagt sie da?«

»Mir scheint«, sagte Botax schwach, »als habe sie im Augenblick nicht die Absicht, Junge zu bekommen.«

Die Farbscheibe des Kapitäns flammte hell auf. »Wissen Sie, was ich glaube, Forscher? Ich glaube, daß Sie eine krankhafte, perverse Phantasie haben. Nichts geschieht mit diesen Wesen. Es gibt keine Zusammenarbeit zwischen ihnen, und keine Jungen werden geboren. Ich glaube, daß es zwei verschiedene Arten sind, und daß Sie ein kindisches Spiel mit mir treiben.«

»Aber, Kapitän …« sagte Botax.

»Ich habe die Nase voll«, sagte Garm. »Sie haben mich verärgert, mir den Magen von innen nach außen gedreht, mich angewidert, angeekelt mit diesem ganzen Knospengerede und mir nur meine Zeit gestohlen. Sie sind bloß auf Schlagzeilen und persönlichen Ruhm aus, und ich werde dafür sorgen, daß Sie sie nicht bekommen. Schaffen Sie mir jetzt diese Wesen vom Hals. Geben Sie dem einen seine Häute zurück und bringen Sie sie wieder dahin, wo Sie sie hergeholt haben. Ich sollte Ihnen die Unkosten für den Zeitstau während dieser ganzen Angelegenheit vom Gehalt abziehen.«

»Aber, Kapitän …«

»Zurück damit, habe ich gesagt. Bringen Sie sie an denselben Ort und in denselben Augenblick zurück. Ich möchte, daß dieser Planet unberührt bleibt, und ich werde dafür sorgen, daß er es bleibt.« Er warf Botax einen weiteren wütenden Blick zu. »Eine Art, zwei Ausführungen, Brüste, Küsse, Zusammenarbeit, pah – Sie sind ein Spinner, ein Dummkopf dazu und vor allem ein ganz krankes, krankes, krankes Wesen.«

Es gab keine Widerrede mehr. Botax machte sich mit zitternden Gliedern auf, um die Wesen wieder zurückzubringen.

Sie standen an der Hochbahnhaltestelle und blickten wild um sich. Über ihnen lag die Dämmerung, und der herannahende Zug machte sich soeben als ein schwaches Grollen in der Ferne bemerkbar.

Marge sagte zögernd: »Sagen Sie, Mister, ist das wirklich geschehen?«

Charlie nickte. »Ich erinnere mich daran.«

Marge sagte: »Das können wir niemandem erzählen.«

»Sicher nicht. Man würde uns für verrückt erklären. Sie verstehen schon, was ich meine?«

»Ja.« Sie rückte ein Stück von ihm ab.

Charlie sagte: »Hören Sie, es tut mir leid, daß Sie in so 'ner Verlegenheit waren. Ich konnte nichts dafür.«

»Ist schon in Ordnung. Ich weiß ja.« Marges Augen untersuchten den hölzernen Bahnsteig zu ihren Füßen. Das Rattern des Zuges wurde jetzt lauter.

»Ich meine, Lady, Sie waren wirklich nicht schlecht. Nein, Sie haben sogar gut ausgesehen, aber es war mir 'n bißchen peinlich, das zu sagen.«

Plötzlich lächelte sie. »Ist schon gut.«

»Wollen Sie vielleicht 'ne Tasse Kaffee mit mir trinken, nur so zur Entspannung? Meine Frau rechnet eigentlich noch gar nicht mit mir.«

»Oh? Nun ja, Ed ist übers Wochenende nicht in der Stadt, und ich habe nur 'ne leere Wohnung, die auf mich wartet. Mein kleiner Sohn ist zu Besuch bei meiner Mutter«, erklärte sie.

»Na sehen Sie. Wir sind ja schon miteinander bekannt gemacht worden.«

»So könnte man sagen.« Sie lachte.

Der Zug fuhr ein, aber sie drehten sich um und stiegen die enge Treppe zur Straße hinunter.

Sie tranken ein paar Cocktails miteinander, und dann konnte Charlie sie schließlich nicht im Dunkeln allein heimgehen lassen, und deshalb begleitete er sie bis vor die Haustür. Marge konnte natürlich nicht anders, als ihn für ein paar Augenblicke hereinzubitten.

Im Raumschiff unternahm der niedergeschlagene Botax inzwischen einen letzten Versuch, seine Thesen zu beweisen. Während Garm das Schiff für die Abfahrt bereitmachte, schaltete Botax hastig den superstrahligen Transparenzschirm an, um einen letzten Blick auf seine beiden Exemplare zu werfen. Er stellte scharf auf Charlie und Marge in ihrer Wohnung ein. Sein Taster erstarrte, und er begann einen schillernden Regenbogen von Farben zu blitzen.

»Kapitän Garm! Kapitän! Schauen Sie nur, was die jetzt machen!«

Doch in diesem Augenblick raste das Schiff aus dem Zeitstau heraus.

Larry Niven

Seit H. G. Wells' bahnbrechendem Roman Die Zeitmaschine *(The Time Machine, 1895) sind Zeitreisen ein beliebtes Thema in der phantastischen Literatur und bleiben es auch mit dem Fernseh-Evergreen* Doctor Who. *Viele in diesem Band vertretene Autoren haben Kurzgeschichten über Menschen geschrieben, die in bemerkenswerten Maschinen die Zeit durchqueren, darunter ›Alle Zeit der Welt‹ von Arthur C. Clarke (1952) und ›Die Warteinweiler‹ von Eric Frank Russell (1955), aber auch Romane wie* Ein Zeitalter *(An Age, 1967) von Brian Aldiss und* Die Zeit läuft zurück *(Counter-Clock World, 1967) von Philip K. Dick. Kein Autor kann das Thema jedoch mit mehr Erfindungsreichtum und Verve angepackt haben als Larry Niven, ganz zu schweigen von dessen immer wieder aufscheinenden komischen Momenten. Sein preisgekrönter Zyklus ›Geschichten aus dem Ringwelt-Universum‹ (Tales of Known Space) beispielsweise enthält mit* Das Doppelhirn *(World of Ptavvs, 1966) eine herausragende Zeitreisegeschichte, während* Wie die Zeit vergeht *(A World out of Time, 1976) die Verwendung von Tiefkühlschlaf in einer Zukunftsgesellschaft behandelt. Mehrere weitere Geschichten von Niven enthalten humoristische Elemente, doch nirgends offensichtlicher als in seinem Zyklus über Hanville Svetz, ›den zeitreisenden Tierfeind‹, der erstmals in ›Aus dem Bilderbuch‹ in* Fantasy and Science Fiction *vom Oktober 1969 auftrat und nach dem Erscheinen von ›Der Spatz in der Hand‹ im Jahr darauf einen festen Platz in der Zuneigung der Leser erwarb.*

Laurence van Cott Niven (geb. 1938), ein in Kalifornien geborener Mathematiker, schöpfte bei seinen frühen Geschichten, die seinen Ruf begründeten, aus seinem Technikwissen, insbesondere bei Ringwelt *(Ringworld, 1970), das 1971 sowohl den Hugo als auch den Nebula Award gewann. Sein besonderes Talent ist die Erfindung technischer Ausrüstungen, die äußerst plausibel erscheinen, während seine Geschichten eine Mischung* aus komplexer Handlungsführung, lebhafter Action und einem trockenen Humor sind, der auf die Eigenheiten von Menschenwesen zielt; damit hat er in aller Welt Leser gewonnen. Der Splitter im Auge Gottes (*The Mote in God's Eye, 1974)* ist auch eine hochgeschätzte Space Opera über einige unangenehme Außerirdische, die in unserer Galaxis ihr Unwesen treiben.

Hier jedoch folgt eine von Hanville Svetz' Zeitreisen, erstmals im Juni 1971 veröffentlicht, bei der er in einem Land voller Wolfsmenschen und Spätaufsteher an ebenfalls einige unangenehme Geschöpfe gerät.

LARRY NIVEN

Ein Wolf in der Zeitmaschine

Die alte Zeitreisekapsel ließ sich nicht sehr präzise steuern, aber das spielte kaum eine Rolle. Svetz war schließlich nicht auf der Suche nach einem bestimmten ausgestorbenen Tier. Ra Chen hatte ihn angewiesen, irgendeines mitzubringen, das ihm gerade über den Weg lief.

Svetz steuerte die Kapsel ins vorindustrielle Amerika zurück – etwa ins Jahr 1000 v. A. (vor der Atombombe). Wenige Menschen, viele Tiere. Vielleicht konnte er einen Bison einfangen.

Aber als er aus seiner Kapsel sah, war alles Land weiß, so weit das Auge reichte.

Svetz hatte eigentlich nicht vorgehabt, mitten im Winter anzukommen.

Er dachte kurz daran, in den Zeitstrom zurückzukehren und die Unterbrecherschaltung zu benützen. Vielleicht hatte er mit einem anderen Datum mehr Glück. Aber die Unterbrecherschaltung war eine noch nicht erprobte Neuentwicklung, und Svetz hatte keine Lust, sie als erster zu testen.

Außerdem kostete eine Reise in die Vergangenheit über eine Million Credits. Durch die Benützung der Unterbrecherschaltung hätte sich dieser Betrag fast verdoppelt. Das wäre Ra Chen nicht recht gewesen.

Svetz begann vor Kälte zu zittern, als er das Luk seiner Kapsel öffnete. Vor ihm erstreckte sich eine Schneewüste, in der sich in weiter Entfernung etwas Weißes bewegte.

Svetz betäubte das Tier mit seinem Narkosegewehr.

Er benützte den Flugstock, um die Stelle zu erreichen. Da das Tier sich jetzt nicht mehr bewegte, war es schwer zu finden. Sein Pelz war schneeweiß; nur seine offene rote Schnauze und die schwarzen Fußballen hoben sich vom Schnee ab. Svetz identifizierte es vorläufig als arktischen Wolf.

Ein Wolf paßte gut ins Vivarium. Svetz wäre auch mit jedem anderen Tier zufrieden gewesen, das ihm die Möglichkeit gab, aus dieser eisigen Wildnis zu entkommen. Er war mit sich selbst zufrieden. Ein leichter, schnell erledigter Auftrag.

In der Kapsel zog er dem schlafenden Tier eine Art Plastiksack über und versiegelte ihn luftdicht. Er schnallte den Wolf an der gewölbten Innenwand der Zeitreisekapsel fest. Dann nahm er ihm gegenüber seinen Platz ein, bevor die Kapsel sich wieder in Bewegung setzte.

Die Schwerkraft veränderte sich eigenartig.

Ein durchsichtiger Plastiksack bedeckte Svetz' eigenen Kopf und lag am Hals dicht an. Jetzt zog Svetz ihn sich vom Kopf und legte ihn weg. Die Luftversorgungsanlage funktionierte wieder; er brauchte keinen Filtersack mehr.

Aber der Wolf hatte einen nötig. Er hätte in der Luft des industriellen Zeitalters nicht leben können. Ohne den Filtersack, der Giftstoffe von ihm fernhielt, wäre der Wolf erstickt. Zu Svetz' Zeit gab es keine Wölfe mehr.

Draußen flogen die Jahre vorbei. In der Kapsel krochen die Sekunden dahin. Svetz lehnte sich zurück und beobachtete seinen Wolf, der sich der Krümmung der Kapselwandung anzupassen schien.

Svetz war noch nie einem lebendigen Wolf begegnet. Er hatte Abbildungen in Kinderbüchern gesehen... Und selbst die Bilderbücher waren aus der Vergangenheit gestohlen worden. Warum kam ihm der Wolf dann so bekannt vor?

Er war ein großes Tier, vermutlich so groß wie Hanville Svetz, der schlank und zierlich war. Der Wolf hatte eine lange rote Zunge, und seine Zähne waren weiß und spitz.

Wie bei Hunden, erinnerte Svetz sich. Wie bei den Hunden im Zoo, an deren Käfig stand:

HUND
Gegenwart

Die Hunde waren die einzigen Zootiere, die nicht zu ihrem eigenen Schutz in Glaskästen zu leben brauchten. Die anderen konnten die giftgeschwängerte Außenluft nicht atmen. Den Hunden schadete sie nicht.

Sie waren buchstäblich das Werk eines einzelnen Mannes. Lawrence Wash Porter hatte gegen Ende des Industriezeitalters zwischen 50 und 100 n. A. gelebt, als Milliarden von Menschen an Lungenkrankheiten starben, weil sich nur einige kümmerliche Millionen als anpassungsfähig genug erwiesen. Porter hatte beschlossen, die Hunde zu retten.

Warum die Hunde? Seine Motive blieben unklar, aber seine Methoden grenzten ans Geniale. Er hatte sich von allen existierenden Hunderassen je ein Paar verschafft und sie jahrzehntelang kreuz und quer durcheinandergezüchtet.

Es würde nie wieder Hundeausstellungen geben. Auf der ganzen Welt gab es keinen reinrassigen Hund mehr. Aber Porters Super-Bastarde waren eine ganz neue Rasse. Sie überlebten, denn sie konnten die Luft des Industriezeitalters atmen, die reich an Kohlenstoff- und Stickstoffoxiden und mit Benzindämpfen und Schwefelsäure gewürzt war.

Die Hunde wurden in Käfigen gehalten, weil die Menschen sich vor ihnen fürchteten. Zu viele Tierarten waren ausgestorben. Die Menschen des Jahres 1100 n. A. waren Tiere nicht mehr gewöhnt.

Wölfe und Hunde... konnten sie voneinander abstammen?

Svetz sah mit gerunzelter Stirn zu dem betäubten Wolf auf. Das Tier hatte Ähnlichkeit mit Hunden und war ihnen doch wieder unähnlich. Hunde blickten freundlich aus ihrem Käfig und wedelten, wenn Kinder ihnen zuwinkten. Hunde hatten Menschen gern. Aber der Wolf wirkte selbst in betäubtem Zustand...

Svetz fuhr zusammen. Von allen Dingen, die er an seinem Beruf haßte, war dies das schlimmste: die Rückkehr mit dem gefangenen Tier in der Kapsel. Bei seinem ersten Auftrag hatte ein Pferd das Kontrollpult erheblich beschädigt. Und letztes Mal hatte ihm ein Strauß vier gebrochene Rippen verschafft.

Der Wolf bewegte sich unruhig – und veränderte sich dabei.

Er veränderte sich weiter. Seine Schnauze war kürzer geworden, nicht wahr? Seine Vorderbeine wurden eigenartig länger; die Pfoten schienen in die Breite zu gehen.

Svetz holte erschrocken tief Luft – und vergaß den Wolf sofort. Svetz drohte zu ersticken. Er griff nach seinem Filtersack und stürzte sich aufs Kontrollpult.

Svetz torkelte aus der Kapsel, machte noch drei Schritte und brach zusammen. Hinter ihm strömten unsichtbare Schadstoffe ins Freie.

Die Sonne ging zwischen orangeroten Wolkenbänken unter.

Svetz blieb hilflos liegen, würgte und holte keuchend Luft. Er hatte einen feuchten grünen Teppich unter sich, der nach Pflanzen roch. Svetz erkannte diesen Geruch nicht; er merkte nicht einmal, daß der Teppich lebte. Das wäre ihm im Augenblick auch gleichgültig gewesen. Er wußte nur, daß die Luftversorgungsanlage der Kapsel versucht hatte, ihn zu ermorden. Und wie ihm im Augenblick zumute war, hatte sie das wahrscheinlich geschafft.

Er war dem Tod nur knapp entronnen. Die Kapsel hatte sich im Jahre 30 n. A. befunden, als die Luft plötzlich schlechter geworden war. Svetz erinnerte sich noch daran, wie er den Unterbrecherschalter umklammert und dann endlos lange gewartet hatte. Die schlechte Luft rief Erstickungsanfälle hervor. Er hatte zwanzig Jahre abgewartet und jede einzelne Sekunde durchlitten. Erst im Jahre 50 n. A. hatte er den Schalter betätigt und war aus der Kapsel geflüchtet.

50 n. A. Er hatte endlich das Industriezeitalter erreicht. Hier konnte er wieder atmen.

Das mußte das Pferd gewesen sein, überlegte er sich. Es hatte Svetz' Kontrollpult mit seinem langen, spitzen Horn durchbohrt. Damals vor drei Jahren. Die Techniker hatten den Schaden reparieren sollen. Sie hatten ihn auch repariert.

Irgend etwas mußte versagt haben.

Wie es mich immer angesehen hat, wenn ich an seinem Käfig vorbeigekommen bin! dachte Svetz. *Ich habe geahnt, daß es mir eines Tages etwas einbrocken würde.*

Dann merkte er, daß er den Filtersack noch immer in der Hand hielt …

Svetz setzte sich ruckartig auf.

Um ihn herum war es grün. Der feuchte, grüne Teppich unter ihm lebte; er wuchs aus schwarzer Erde. Eine rauhe, ungleichmäßige Säule ragte aus dem Boden, teilte sich und trug rote und gelbe papierartige Flächen. Am Fuß der Säule lagen Hunderte von derartigen bunten Papierchen. Etwas, das kein Flugzeug war, flog labil und schwankend über Svetz hinweg.

Hier lebte alles! Eine vorindustrielle Wildnis.

Svetz stülpte sich hastig den Filtersack über den Kopf und strich die Ränder glatt, damit sie gut anlagen. Reines Glück, daß er nicht längst ohnmächtig geworden war. Er wartete darauf, daß der Filtersack sich aufblähen würde. Das dünne Material wirkte als Selektivmembran und ließ nur die richtigen Gase durch, bis …

Svetz rang nach Atem und riß sich den Sack vom Kopf.

Er knautschte ihn zusammen und warf ihn schluchzend zu Boden. Zuerst die Luftversorgungsanlage, jetzt der Filtersack! Jemand hatte beides sabotiert. Und den Schwerkraftkalender dazu; er befand sich in einer Zeit, die mindestens hundert Jahre vor 50 n. A. lag.

Jemand hatte versucht, ihn zu ermorden.

Svetz sah sich mit wirrem Blick um. Auf einem grünen Hügelrücken in seiner Nähe erkannte er eine rechtwinklige Formation mit senkrechten grünen Wänden. Sie mußte ein künstlich entstandenes Bauwerk sein. Vielleicht gab es dort Menschen. Er konnte vielleicht …

Nein, er konnte sie nicht um Hilfe bitten. Wer würde ihm seine Geschichte abnehmen? Wer hätte ihm ohnehin helfen sollen? Seine einzige Hoffnung war die Zeitreisekapsel. Und er hatte bestimmt nicht mehr lange zu leben.

Die Kapsel lag nur wenige Meter von ihm entfernt. Das offene Luk zeichnete sich als dunkle Öffnung in der Kapselwandung ab. Die andere Seite schien im Nichts zu verschwimmen. Sie war noch immer mit dem Rest der Zeitmaschine verbunden, aber in dieser Richtung nahm kein menschliches Auge mehr genaue Einzelheiten wahr.

Svetz zögerte vor dem Luk. Er konnte nur versuchen, die Luftversorgungsanlage zu zerstören. Er mußte die Luft anhalten und so schnell wie möglich …

Es roch nicht mehr nach Schadstoffen.

Svetz sog prüfend die Luft ein. Ja, sie waren verschwunden. Die Anlage schien keine Giftstoffe mehr auszuscheiden. Folglich brauchte er sie auch nicht zu zertrümmern. Svetz fiel ein Stein vom Herzen.

Er kletterte in die Kapsel.

Er dachte an den Wolf, als er den Filtersack zerrissen und leer an der Wand hängen sah. Dann ragte das Ungeheuer über ihm auf. Gelbe Augen blitzten, krallenbewehrte Hände waren nach ihm ausgestreckt.

Das Land war dunkel. Im Osten leuchteten einige Sterne, obwohl der Himmel im Westen noch dunkelrot war. Blüten dufteten. Der Vollmond ging auf.

Svetz stolperte blutend bergauf.

Das Haus auf dem Hügel war groß und alt. Riesengroß, endlos lang und breit, zweigeschossig. Es erstreckte sich nach allen Seiten, als habe ein verrückter Architekt jeder seiner Launen nachgegeben und jeweils einen neuen Flügel angebaut. Die Fenster hingen in schmiedeeisernen Angeln, und die Schutzgitter im ersten Stock waren ebenfalls aus Schmiedeeisen, das in einem merkwürdigen Grünton gestrichen war. Die Fensterläden im Erdgeschoß waren geschlossen. Svetz sah nirgends einen Lichtschein.

Die Tür war für einen Dreimetermann gebaut. Der außen angebrachte Knopf ließ sich nicht bewegen. Svetz mühte sich vergeblich damit ab. Er keuchte vor Anstrengung, als er endlich aufgab, und suchte nach dem Objektiv einer Fernsehkamera. Wieder vergeblich. Wie sollte jemand merken, daß er hier draußen war? Svetz konnte auch keine Klingel entdecken.

Vielleicht war das Gebäude unbewohnt. Er wußte nicht einmal, wozu es diente. Für ein Wohngebäude war es zu groß; für ein Hotel oder Apartmenthaus war es zu weitläufig. Vielleicht ein Lagerhaus oder eine Fabrik? Was wurde hier gelagert oder hergestellt?

Svetz sah sich nach seiner Kapsel um. Die Innenbeleuchtung glühte schwach. Er erkannte auch eine Bewegung auf dem grünen Teppich, der den Hügel bedeckte.

Bleiche Gestalten, mehr als eine.

Kamen sie auf ihn zu?

Svetz schlug mit beiden Fäusten gegen die Tür. Ohne Erfolg. Ihm fiel ein reichverziertes, goldfarbenes Metallding an der Tür auf. Er berührte es, hob es hoch und ließ es fallen. Es knallte laut.

Er nahm es in beide Hände und ließ es immer wieder auf die darunter angebrachte Metallplatte herabsausen. Vielleicht hörte ihn doch jemand.

Etwas zischte an seinem Kopf vorbei und prallte von der Tür ab. Svetz drehte sich erschrocken um und wich einem faustgroßen Stein aus. Die weißen Gestalten waren näher herangekommen: Zweibeiner, die sich gebückt bewegten.

Sie sahen zu menschlich aus – oder nicht menschlich genug.

Die Tür wurde geöffnet.

Sie war jung, etwa sechzehn. Ihre Haut war sehr blaß, und ihr Haar war reinweiß, wirklich hübsch. Ihr langes Gewand bedeckte ihren Körper vom Hals bis zu den Füßen, ließ jedoch die Arme frei. Sie schien unausgeschlafen und wütend zu sein, als sie die schwere Tür mit der Hand öffnete. Dann sah sie Svetz.

»Hilfe!« krächzte Svetz.

Sie riß die Augen auf. Ihre Ohren bewegten sich ebenfalls. Sie sagte etwas, das Svetz nicht gleich verstand, weil sie Altamerikanisch sprach.

»Wer bist du?«

Svetz begriff ihre Verwirrung. Selbst in einwandfreiem Zustand hätte seine Kleidung nicht in diese Zeit gepaßt. Seine Bluse war bis zur Taille aufgerissen – und die Haut darunter ebenfalls. Vier parallele blutrote Streifen liefen ihm über Gesicht und Brust.

Zeera Southworth hatte ihn Altamerikanisch gelehrt. Jetzt sagte er langsam: »Ich bin ein Reisender. Ein Tier, ein Ungeheuer hat mir mein Fahrzeug weggenommen.«

Sie schien ihn zum Glück zu verstehen. »Du armer Mann! Was für ein Tier?«

»Wie ein Mann, aber über und über behaart, mit einer schrecklichen Fratze und Krallen … und Krallen … Krallen …«

»Ja, ich sehe ihre Spuren.«

»Ich weiß nicht, wie er hineingekommen ist. Ich…« Svetz fuhr zusammen. Nein, das konnte er ihr nicht erzählen. Seine Überzeugung, daß der Wolf sich in ein humanoides Ungeheuer verwandelt hatte, war verrückt, völlig verrückt. »Er hat mich nur einmal erwischt. Im Gesicht. Mit einer Waffe könnte ich ihn herausholen, glaube ich. Hast du eine Bazooka?«

»Was für ein merkwürdiges Wort! Ich glaube nicht, daß wir so etwas haben. Komm herein. Haben die Trolle dich belästigt?« Sie griff nach seinem Arm, zog ihn ins Haus und schloß die Tür hinter ihm.

Trolle?

»Du bist eine eigenartige Gestalt«, stellte das Mädchen fest und betrachtete ihn prüfend. »Du siehst merkwürdig aus, du riechst seltsam, du bewegst dich eigentümlich. Ich habe gar nicht gewußt, daß es Leute wie dich auf der Welt gibt. Du mußt von sehr weit her kommen.«

»Sehr weit«, stimmte Svetz zu. Er fühlte sich einem Zusammenbruch nahe. Hier im Haus war er endlich in Sicherheit. Aber warum sträubten seine Nackenhaare sich unwillkürlich?

»Ich heiße Svetz«, sagte er. »Und wie heißt du?«

»Wrona.« Sie sah lächelnd zu ihm auf, ohne sich vor seiner Fremdartigkeit zu fürchten… und er mußte einen sehr fremdartigen Eindruck machen, denn sie erschien Hanville Svetz äußerst fremdartig. Ihre Haut war schneeweiß, und ihre weiße Mähne hätte eher zu einer Hundertjährigen gepaßt. Ihre breite, flache Nase hätte ein gewöhnliches Gesicht entstellt. Trotzdem paßte sie irgendwie zu Wronas Gesicht; aber es war ohnehin eigenartig, die Ohren waren zu groß, fast spitz, und ihre Augen standen zu weit auseinander, und ihr Lächeln war etwas zu breit… und Svetz gefiel es. Ihr Lächeln war neugierig und fröhlich und keineswegs zu breit. Ihr warmer Händedruck war freundlich, beruhigend – obwohl ihre Fingernägel auffallend lang und spitz waren.

»Du solltest dich ausruhen, Svetz«, riet sie ihm. »Meine Eltern schlafen noch mindestens eine Stunde. Dann können sie entscheiden, wie dir geholfen werden kann. Komm, ich bringe dich ins Gästezimmer.«

Er folgte ihr durch einen Raum, dessen Einrichtung aus einem großen, rechteckigen Tisch und zwei Reihen hochlehniger Stühle bestand. An einem Ende des Raums erkannte Svetz einen Mikrowellenherd, neben dem auf einem Tablett rote Dinge lagen. Sie waren in etwa konisch, hatten die Größe eines starken Männerarms und zeigten alle einen weißen Fleck am dickeren Ende. Er hatte keine Ahnung, was er sah; aber die Farbe gefiel ihm nicht. Sie schienen zu bluten.

»Oh!« rief Wrona aus. »Danach hätte ich dich gleich fragen sollen. Hast du Hunger?«

Svetz war plötzlich hungrig. »Habt ihr Wohlfahrtshefe?«

»Tut mir leid, das Wort kenne ich nicht. Ist das Wohlfahrtshefe? Etwas anderes haben wir nicht.«

»Ja, ja, schon gut.« Svetz' Magen verkrampfte sich bei dem Gedanken an solche Nahrung. Diese Farbe! Unmöglich – selbst wenn das Zeug sich als Pflanze herausstellen sollte.

Wrona mußte ihn stützen, bis sie das Gästezimmer erreichten. Es war rechteckig und luxuriös geräumig. Das Bett war breit genug, aber nur fünfzehn Zentimeter über dem Boden und ohne Decken. Wrona half ihm, sich auf die Bettkante zu setzen. »Hinter der Tür dort drüben steht ein Waschtisch, falls du noch genügend Kraft dazu hast. Am besten ruhst du dich jetzt aus, Svetz. Ich rufe dich in etwa zwei Stunden.«

Svetz streckte sich langsam aus. Der Raum schien um ihn zu kreisen. Er hörte sie hinausgehen.

Wie seltsam sie war! Wie merkwürdig er ihr erscheinen mußte! Nur gut, daß sie niemanden gerufen hatte, der sich um ihn kümmern sollte. Einem Arzt wären die Unterschiede sofort aufgefallen.

Svetz hätte sich nie träumen lassen, daß Primitive sich so sehr von ihm und seinen Zeitgenossen unterschieden. In dem Jahrtausend zwischen jetzt und der Gegenwart mußten die Menschen sich unvorstellbar angepaßt haben: den Veränderungen in Luft und Wasser, dem DDT und anderen Chemikalien in ihrer Nahrung, dem Aussterben aller Nährpflanzen und eßbaren Tiere, bis nur noch Wohlfahrtshefe übrigblieb, dem höheren Lärmpegel, den beengten räumlichen Verhältnissen, der größeren Abhängigkeit von Medikamenten... Nun, warum sollten sie nicht anders sein? Es war schließlich ein Wunder, daß die Menschheit überhaupt noch existierte.

Wrona hatte keine Angst vor einem Fremden gehabt und war nicht vor den Kratzwunden in seinem Gesicht und auf seiner Brust zurückgeschreckt. Sie war nur amüsiert und interessiert gewesen. Sie hatte ihm geholfen, ohne allzu viele Fragen zu stellen. Das gefiel ihm an ihr.

Er nickte ein.

Die tiefen Kratzer schmerzten und ließen ihn unruhig schlafen. Er hatte Alpträume. Etwas Großes, Schemenhaftes, halb Mensch, halb Tier holte weit aus, um ihm das Gesicht zu zerkratzen. Wieder und wieder. Nach endlos langer Zeit wachte er völlig auf und versuchte, einen fremdartigen Geruch zu identifizieren, den er deutlich wahrgenommen hatte.

Zwecklos. Er sah sich um. Der fremde Raum wirkte aus dieser Perspektive noch seltsamer. Eine Leuchtkugel glühte nicht heller als ein Vollmond, so daß die Ecken in Schatten gehüllt blieben. Die Fenster waren vergittert; dahinter lag schwarze Nacht.

Ein Wunder, daß er überhaupt aufgewacht war. Die vorindustrielle Luft hätte schon vor Stunden sein Ende bedeuten sollen.

Svetz überlegte sich, daß er einen scheußlichen Tag hinter sich hatte. Und er erinnerte sich nur höchst ungern an das Lebewesen in der Zeitreisekapsel. Ein wutverzerrtes Gesicht, spitze Ohren, scharfe weiße Zähne. Die klauenbewehrte Hand ausgestreckt, zuschlagend. Die alptraumhafte Gewißheit, daß ein Wolf sich in dieses Ungeheuer verwandelt hatte.

Das konnte nicht sein. Tiere nahmen nicht plötzlich eine andere Gestalt an. Irgend etwas mußte in die Kapsel gelangt sein, während Svetz draußen nach Luft gerungen hatte. Es mußte den Wolf vertrieben oder ihn getötet haben.

Aber es gab doch Sagen, in denen solche Lebewesen vorkamen, nicht wahr? Vor zwei- oder dreitausend Jahren soll es überall auf der Welt Menschen gegeben haben, die sich in Tiere verwandeln und danach wieder Menschengestalt annehmen konnten.

Svetz setzte sich auf. Er hatte stechende Brustschmerzen, die aber bald nachließen. Er stand vorsichtig auf und schleppte sich in den Waschraum.

Die Wasserhähne funktionierten durch Knopfdruck. Svetz wusch sich mit warmem Wasser. Er betrachtete sich im Spiegel, während er das geronnene Blut abspülte. Ein blasser, schlanker junger Mann mit schütterem, blondem Haar … und seltsamen Mißbildungen an Stirn und Kinn. Aber daran mußte der Spiegel schuld sein. Primitive Handarbeit. Aber es hätte noch schlimmer kommen können. Waren die ersten Spiegel nicht zweidimensional gewesen?

Draußen ertönte ein schriller Pfiff. Svetz öffnete die Tür zum Gang und sah Wrona auf der Schwelle stehen. »Gut, daß du wach bist«, sagte sie. »Vater und Onkel Wrocky möchten dich kennenlernen.«

Als Svetz in den Korridor hinaustrat, fiel ihm erneut der animalische Geruch auf. Er folgte Wrona den dunklen Flur entlang, der wie das Gästezimmer nur von einer einzigen Leuchtkugel erhellt wurde. Warum beleuchtete Wronas Familie ihr Haus nicht besser? Hier gab es doch Elektrizität.

Und warum schliefen diese Leute bei Sonnenuntergang noch? War das Zeug neben dem Mikrowellenherd ihr Frühstück gewesen?

Wrona öffnete eine Tür und ließ Svetz den Vortritt.

Er zögerte auf der Schwelle. Der Raum war so düster wie der Korridor. Der Tiergeruch war hier stärker. Svetz zuckte zusammen, als eine Hand sich um seinen Oberarm schloß: Sie war dicht behaart und hatte starke Fingernägel, die schon fast Krallen waren. »Nur herein mit Ihnen, Mr. Svetz!« dröhnte eine tiefe Stimme. »Meine Tochter hat mir erzählt, daß Sie ein Reisender sind, der Hilfe braucht.«

In dem ungewissen Licht erkannte Svetz einen Mann und eine Frau, die auf niedrigen Hockern saßen. Beide waren weißhaarig wie Wrona, aber das Haar der Frau wies einen breiten schwarzen Streifen auf. Der zweite Mann bot Svetz einen freien Hocker an. Auch er war schwarz gezeichnet: Er hatte eine dunkle Augenbraue und einen halbmondförmigen schwarzen Streifen über dem rechten Ohr.

Wrona stand hinter ihm. Svetz sah sich langsam um, stellte fest, daß sie sich alle ähnlich waren und erkannte, wie sehr sie sich von Hanville Svetz unterschieden.

Unbeschreibbare Angst stieg in ihm auf. Svetz litt an Xenophobie.

Sie waren alle gleich. Dichtes weißes Haar mit schwarzer Zeichnung. Schmale schwarze Fingernägel. Breite flache Nasen, große Münder, scharfe Reißzähne, spitze bewegliche Ohren, gelbe Augen, behaarte Hände.

Svetz sank auf dem Hocker zusammen.

Dem größeren der beiden Männer, der noch immer stand, fiel seine Reaktion auf. »Das muß die erhöhte Schwerkraft ausmachen«, vermutete er. »Habe ich recht, Svetz? Sie kommen aus einer anderen Welt. Sie sind offensichtlich kein richtiger Mensch. Sie haben Wrona erzählt, Sie seien ein Reisender – aber Sie haben nicht gesagt, woher Sie kommen.«

»Von sehr weit her«, murmelte Svetz kaum hörbar. »Aus der Zukunft.«

Der kleinere Weißhaarige starrte ihn an. »Aus der Zukunft? Sie sind also ein Zeitreisender?« Seine scharfe Stimme wurde zu einem Knurren. »Sie wollen doch nicht etwa behaupten, daß wir eines Tages Ihnen ähnlich sein werden?«

Svetz hob abwehrend die Hand. »Nein, nein, wirklich nicht.«

»Das will ich hoffen! Aber wie erklären Sie sich unsere Verschiedenheit?«

»Ich muß mich im Zeitstrom seitwärts bewegt haben. Sie stammen von Wölfen ab, nicht wahr? Nicht von Affen, sondern von Wölfen.«

»Ja, natürlich.«

Der sitzende Weißhaarige betrachtete ihn prüfend. »Wenn ich ihn mir so ansehe, erinnert er mich eigentlich stark an einen Troll. Nichts für ungut, Svetz!«

Svetz, der von Wolfsmenschen umgeben war, versuchte erfolglos, seine verkrampfte Haltung zu lockern. »Was ist ein Troll?« erkundigte er sich.

Wrona zog sich einen Hocker heran. »Du mußt sie auf dem Rasen gesehen haben. Wir halten ungefähr dreißig.«

»Flachlandaffen«, warf der Sitzende ein. »Sie sind irgendwann im letzten Jahrhundert aus Afrika eingeführt worden. Sie sind gute Wachtiere und Fleischlieferanten. Aber man muß sich vor ihnen vorsehen. Sie werfen mit allen möglichen Dingen.«

»Entschuldigung!« sagte der Stehende plötzlich. »Sie kennen uns ja noch gar nicht, Svetz. Ich bin Flakee Wrocky. Das hier ist mein Bruder Flakee Worrel. Neben ihm sitzt seine Frau Wrenda. Meine Nichte haben Sie bereits kennengelernt.«

»Freut mich sehr«, antwortete Svetz mechanisch.

»Und Sie glauben, sich im Zeitstrom seitwärts bewegt zu haben?«

»Richtig – sogar verdammt weit«, stimmte Svetz zu. »Ich bin hier gestrandet. Daran muß das Pferd schuld sein, das ...«

»Pferd?« unterbrach Wrocky ihn.

»Ja, das Pferd. Vor drei Jahren hat ein Pferd meine Zeitreisekapsel beschädigt. Sie ist repariert worden. Aber ich nehme an, daß die Reparatur nicht gewissenhaft genug vorgenommen worden ist, so daß die Kapsel sich jetzt nicht vorwärts, sondern seitwärts bewegt hat. In eine Welt, in der nicht der *Homo habilis*, sondern Wölfe dominieren. Und die Götter mögen wissen, wohin ich komme, wenn ich zurückzukehren versuche!«

Dann fiel ihm etwas ein. »Aber Sie können mir zumindest behilflich sein. Irgendein Ungeheuer hält meine Kapsel besetzt.«

»Kapsel?«

»Der Teil der Zeitmaschine, in dem man tatsächlich reist. Sie helfen mir doch, das Ungeheuer zu vertreiben?«

»Natürlich«, antwortete Worrel, aber im gleichen Augenblick meinte der andere: »Nein, wohl kaum. Laß mich bitte ausreden, Worrel. Svetz, wir würden Ihnen einen schlechten Dienst erweisen, wenn wir das Ungeheuer aus Ihrer Kapsel vertreiben würden. Dann würden Sie doch versuchen, Ihre frühere Zeit zu erreichen, nicht wahr?«

»Natürlich!«

»Aber Sie würden sich nur immer weiter verirren. Hier bei uns können Sie wenigstens essen und atmen. Ja, wir bauen Nährpflanzen für die Trolle an, und Sie könnten sich an diese Kost gewöhnen.«

»Sie verstehen mich falsch! Ich kann nicht hierbleiben. Ich leide an Xenophobie!«

Wrocky runzelte die Stirn und stellte fragend die Ohren nach vorn. »Woran?«

»Ich fürchte mich vor intelligenten Lebewesen, die keine Menschen sind. Dafür kann ich nichts. Das steckt mir einfach in den Knochen.«

»Oh, ich glaube, daß Sie sich an uns gewöhnen werden, Svetz.«

Svetz sah von einem zum anderen. Wer hier die Entscheidungen traf, war leicht zu erkennen. Wrockys Stimme war viel lauter und tiefer als Worrels; er war größer als der andere, und sein weißer Pelz erinnerte an eine Löwenmähne. Worrel machte keinen Versuch, sich durchzusetzen, und die beiden Frauen hörten schweigend zu.

Wrocky war hier der Boß. Und Wrocky wollte Svetz nicht fortlassen.

»Sie verstehen mich nicht richtig«, sagte Svetz verzweifelt. »Die Luft ...« Er sprach nicht weiter.

»Was ist mit der Luft?«

»Sie hätte längst meinen Tod bedeuten müssen! Warum lebe ich überhaupt noch?« Eigentlich merkwürdig, daß er aufgehört hatte, sich darüber Gedanken zu machen. »Ich muß mich angepaßt haben«, murmelte Svetz vor sich hin. »Ja, so muß es sein. Meine Lungen haben sich erstaunlich rasch an vorindustrielle Luft gewöhnt. Verdammt noch mal! Hätte ich den Unterbrecherschalter nicht betätigt, hätte ich mich wahrscheinlich zurückverwandelt.«

»Du kannst unsere Luft also atmen«, stellte Wrocky fest.

»Das verstehe ich noch immer nicht. Habt ihr denn keine Industrie?«

»Natürlich haben wir eine«, antwortete Worrel erstaunt.

»Autos und Flugzeuge mit Verbrennungsmotoren? Lastwagen und Schiffe mit Dieselantrieb? Kunstdünger, Insektenvertilgungsmittel und ...«

»Nein, nichts dergleichen. Kunstdünger wird fortgeschwemmt und ruiniert das Wasser. Die einzigen Insektenvertilgungsmittel, die ich kenne, stinken entsetzlich. Sie sind nie übers Versuchsstadium hinausgekommen. Die meisten unserer Fahrzeuge haben Batterieantrieb.«

»Eine Zeitlang waren einmal Autos mit Verbrennungsmotor große Mode«, warf Wrocky ein. »Sie haben sich allerdings nie durchsetzen können. Diese Autos haben gestunken. Den Insassen war das natürlich gleichgültig, denn der Gestank ist ja hinter ihnen zurückgeblieben. Auf dem Höhepunkt dieser Verrücktheit sind in Detroit über zweihundert Wagen herumgefahren und haben die Luft verpestet. Aber eines Nachts haben sich die Bürger zusammengerottet und die Autos zertrümmert. Ihre Besitzer mußten auch gleich dran glauben.«

»Ich dachte immer, Menschen hätten eine empfindlichere Nase als Trolle«, sagte Worrel.

»Wrona hat meinen Eigengeruch wahrgenommen, bevor mir ihrer aufgefallen ist«, stellte Svetz fest. »Wrocky, so kommen wir nicht weiter. Ich muß nach Hause zurück. Ich scheine mich an die Luft gewöhnt zu haben, aber andere Punkte sind kaum weniger wichtig. Zum Beispiel meine Ernährung: Ich habe mein Leben lang nur Wohlfahrtshefe gegessen, weil alles andere längst ausgestorben war.«

Wrocky schüttelte den Kopf. »Wohin Sie sich auch wenden, müssen Sie damit rechnen, daß Ihre schadhafte Zeitmaschine Sie in immer exotischere Welten transportiert. Es muß tausend Möglichkeiten geben, wie die Welt zugrundegehen kann. Was ist, wenn Sie eine dieser Möglichkeiten am eigenen Leib kennenlernen?«

»Aber ...«

»Hier wären Sie ein hochgeehrter Gast, Svetz. Stellen Sie sich nur vor, was Sie uns alles lehren können! Sie als Repräsentant einer Zivilisation, die Zeitmaschinen bauen kann!«

Das steckte also dahinter! »Nein, nein, was ich weiß, würde Ihnen nichts nützen«, protestierte Svetz. »Ich bin kein Techniker. Ich könnte Ihnen nichts zeigen. Außerdem wären Ihnen die Nebenwirkungen bestimmt nicht recht. Zu viele fröhliche Zivilisationen hatten die Petrochemie als Grundlage. Und die Kunststoffindustrie. Bei der Verbrennung von Kunststoffen entstehen gefährliche …«

»Aber selbst die größten Ölvorkommen können nicht ewig ausgereicht haben. Sie müssen in Ihrer Zeit andere Energiequellen erschlossen haben.« Wrockys gelbe Augen schienen Svetz zu durchbohren. »Kontrollierte Kernverschmelzung?«

»Aber ich kann Ihnen nicht sagen, wie sie funktioniert!« rief Svetz verzweifelt aus. »Ich verstehe nichts von Plasmaphysik.«

»Plasmaphysik? Was ist das?«

»Die Verwendung elektromagnetischer Felder zur Beeinflussung ionisierter Gase. Sie müssen doch eine Plasmaphysik entwickelt haben!«

»Nein, aber ich bin davon überzeugt, daß Sie uns einige wertvolle Hinweise geben können. Wir haben bereits Wasserstoffbomben. Und die Europäer haben natürlich auch welche … Aber darüber können wir später sprechen.« Wrocky stand auf. »Überlegen Sie sich die Sache gut, Svetz. Fühlen Sie sich hier wie zu Hause, aber gehen Sie nicht ohne Begleitung hinaus. Sie wissen schon – wegen der Trolle.«

In Svetz' Kopf drehte sich alles, als er den Raum verließ. Die Wölfe wollten ihn nicht fortlassen.

»Svetz, ich bin froh, daß Sie bleiben«, versicherte Wrona ihm. »Ich finde Sie nett. Bei uns gefällt es Ihnen bestimmt. Darf ich Ihnen das Haus zeigen?«

Im Korridor brannte eine einzige Leuchtkugel. Die Hausbewohner waren Nachttiere, nichts anderes.

Wölfe.

»Ich leide an Xenophobie«, sagte er. »Dafür kann ich nichts. Das ist angeboren.«

»Oh, Sie können uns bestimmt lieben lernen. Sie mögen mich doch schon ein bißchen, nicht wahr, Svetz?« Sie streckte die Hand aus, um ihn hinter dem Ohr zu kraulen. Das tat unerwartet gut, so daß er die Augen halb schloß.

»Komm«, forderte sie ihn auf.

»Wohin gehen wir?«

»Ich dachte, ich würde Ihnen ein paar Trolle zeigen. Svetz, stammen Sie wirklich von Trollen ab? Das kann ich nicht glauben!«

»Bevor ich diese Frage beantworten kann, muß ich die Trolle aus der Nähe sehen«, erklärte Svetz. Er dachte an den *Homo habilis* im Vivarium. Er war ein Mensch, ein Berater gewesen, bevor der Generalsekretär befohlen hatte, ihn in seine Urform zu überführen.

Sie durchquerten das Eßzimmer, und Svetz sah eindeutig Knochen auf den Tellern liegen. Er fuhr zusammen. Seine Vorväter hatten Fleisch gegessen; die Trolle waren hier nur Tiere, auch wenn sie in Svetz' Welt etwas anderes waren – aber Svetz fuhr trotzdem zusammen. Er konnte nicht mehr richtig denken und hatte Kopfschmerzen. Er mußte hier heraus.

»Wenn Sie Onkel Wrocky für ungemütlich halten, müßten Sie erst einmal den europäischen Gesandten kennenlernen!« meinte Wrona. »Vielleicht haben Sie bald Gelegenheit dazu.«

»Kommt er hierher?«

»Manchmal«, knurrte Wrona. »Ich kann ihn nicht leiden. Er gehört einer anderen Gattung an, Svetz. Hierzulande haben sich die Wölfe in Menschen verwandelt; das habe ich jedenfalls gelernt. In Europa war es anders.«

»Ich glaube nicht, daß Onkel Wrocky mich mit ihm reden läßt. Wahrscheinlich erzählt er ihm nicht einmal von mir.« Svetz rieb sich die Augen.

»Um so besser! Herr Dracula lächelt dauernd und sagt mit höflicher Stimme häßliche Sachen. Man braucht einige Zeit, um... Svetz! Was haben Sie plötzlich?«

Svetz stöhnte wie im Todeskampf. »Meine Augen!« Er tastete nach oben. »Meine Stirn! Ich habe keine Stirn mehr!«

»Das verstehe ich nicht.«

Svetz berührte sein Gesicht mit den Fingerspitzen. Seine Augenbrauen glichen haarigen Raupen auf massiven Schädelknochen, die von dort aus in einem Winkel von fünfundvierzig Grad zurückwichen. Und sein Kinn war ebenfalls verschwunden. Der Unterkiefer bildete einen sanft geschwungenen Bogen.

»Ich verwandle mich zurück. Ich werde zu einem Troll!« jammerte Svetz. »Wrona, fressen mich die anderen, wenn ich wirklich ein Troll werde?«

»Das weiß ich nicht. Aber ich halte sie davon ab, Svetz!«

»Nein. Bring mich zu meiner Zeitreisekapsel. Wenn du bei mir bist, wagen die Trolle sich nicht an mich heran.«

»Gut, einverstanden. Aber was ist mit dem Ungeheuer, Svetz?«

»Es ist jetzt bestimmt leichter zu bändigen. Ich werde bestimmt irgendwie mit ihm fertig. Du brauchst mich nur zu begleiten. Bitte, Wrona.«

»Nun gut, Svetz.« Sie nahm seine Hand und führte ihn.

Der Spiegel hatte nicht gelogen. Er hatte sich wirklich verändert, sich dieser anderen Umwelt angepaßt. Zuerst hatten seine Lungen die Fähigkeit verloren, normale Luft zu atmen. Hier hatte es kein Industriezeitalter gegeben. Aber auch keinen *Homo sapiens* ...

Wrona öffnete die Tür. Svetz schnüffelte in die Nacht hinaus. Sein Geruchssinn war geradezu übernatürlich empfindlich geworden. Er roch die Trolle schon, bevor er sie über den grünen Teppich den Hügel heraufkommen sah. Svetz ballte unwillkürlich die Fäuste und wünschte sich eine Waffe.

Drei Trolle. Sie kreisten Svetz und Wrona ein. Einer von ihnen trug einen Knochen in der Faust. Sie gingen alle aufrecht, aber sie bewegten sich, als täten ihnen die Füße weh. Sie waren unbehaart wie Menschen. Affenköpfe auf Menschenkörpern.

Homo habilis, der fleischfressende Flachlandaffe. Der Urahn des Menschen.

»Am besten achtet man gar nicht auf sie«, riet Wrona ihm gelassen. »Sie tun uns nichts.« Sie ging hügelabwärts. Svetz blieb dicht neben ihr.

»Den Knochen dürfte er eigentlich nicht haben«, erklärte sie ihm. »Wir versuchen, sie nicht an Knochen herankommen zu lassen. Sie benützen sie nämlich als Waffen. Manchmal verletzen sie sich gegenseitig. Einmal hat einer von ihnen den Eisenhebel des Rasensprengers in die Finger bekommen und einen Gärtner damit erschlagen.«

»Ich nehme ihm den Knochen jedenfalls nicht weg«, murmelte Svetz.

»Ist das helle Licht dort vorn deine Kapsel?«

»Ja.«

»Ich weiß nicht recht, Svetz.« Sie blieb plötzlich stehen. »Onkel Wrocky hat recht. Du verirrst dich nur noch weiter. Hier bist du wenigstens gut aufgehoben.«

»Nein! Onkel Wrocky hat sich geirrt. Siehst du die dunkle Seite der Kapsel, wie sie ins Nichts verschwindet? Sie steht noch mit dem Rest der Zeitmaschine in Verbindung und wird einfach nur eingeholt.«

»Oh.«

»Nachträglich läßt sich nicht mehr feststellen, wie lange sie sich schon quer zum Zeitstrom bewegt hat. Vielleicht immer wieder, seitdem das verdammte Pferd sein Horn ins Kontrollpult gestoßen hat. Das ist bisher niemandem aufgefallen. Warum denn auch? Ich bin der erste, der eine Zeitmaschine auf halbem Weg aufgehalten hat.«

»Pferde haben keine Hörner, Svetz.«

»Mein Pferd hatte eines.«

Sie hörten ein Geräusch hinter sich. Wrona starrte in die Dunkelheit hinein, die Svetz' Blick nicht durchdringen konnte. »Jemand muß gemerkt haben, daß wir verschwunden sind! Los, komm mit, Svetz!«

Sie zog ihn hinter sich her auf die beleuchtete Kapsel zu. Sie blieben davor stehen.

»Mein Kopf fühlt sich dick an«, murmelte Svetz. »Ich kann auch kaum noch sprechen.«

»Was hast du mit dem Ungeheuer vor? Ich höre nichts, aber wenn es …«

»In der Kapsel ist kein Ungeheuer, sondern nur ein Mensch, der das Gedächtnis verloren zu haben glaubt. Gefährlich war er nur im Übergangsstadium.«

Sie warf einen Blick in die Kapsel. »Ja, du hast recht! Sir, würden Sie so freundlich sein… Svetz, er scheint mich nicht zu verstehen.«

»Natürlich nicht. Warum denn auch? Er hält sich noch immer für einen weißen Wolf.« Svetz betrat die Kapsel. Der weißhaarige Wolfsmensch wich vor ihm zurück und beobachtete ihn wachsam. Er sah Wrona ziemlich ähnlich.

Svetz merkte, daß er einen Ast in der Hand hielt. Das mußte seine Hand getan haben, ohne dem Gehirn davon Meldung zu machen. Er hielt die Waffe schlagbereit, während er den Eindringling umkreiste. Blinder Zorn stieg in ihm auf. Eindringling! Dieser Mann hatte hier auf Svetz' Gebiet nichts zu suchen.

Der Wolfsmensch wich verwirrt und erschrocken zurück. Dann verschwand er mit einem Satz durchs Luk ins Freie und lief weg. Die Trolle blieben dicht hinter ihm.

»Dein Vater kann ihn vielleicht unterrichten«, meinte Svetz.

Wrona betrachtete das Kontrollpult. »Wie funktioniert das alles?«

»Hm, Augenblick. Hoffentlich fällt's mir wieder ein.« Svetz rieb sich die stark zurückgewichene Stirn. »Mit dem Schalter hier wird das Luk geschlossen, glaube ich.«

Wrona betätigte ihn. Das Luk schloß sich lautlos.

»Gehörst du nicht nach draußen?«

»Ich möchte mit dir kommen«, sagte Wrona.

»Oh.« Svetz fiel es immer schwerer, klar zu denken. Er starrte das Kontrollpult an. Auf welchen Knopf mußte er drücken? Auf diesen hier? Oder lieber auf einen anderen. Svetz entschied sich für den zweiten.

Freier Fall. Wrona schrie überrascht auf. Die Schwerkraft setzte wieder ein und drückte sie gegen die Wände der Zeitreisekapsel.

»Sobald meine Lungen wieder normal arbeiten, werde ich wahrscheinlich einschlafen«, erklärte Svetz seiner Begleiterin. »Du brauchst dir deswegen keine Sorgen zu machen.« Mußte er Wrona noch etwas sagen? Er versuchte, sich daran zu erinnern.

Ah, ganz recht. »Du kannst übrigens nicht mehr nach Hause«, fügte er hinzu. »Die Welt, aus der du kommst, liegt unerreichbar hinter uns. Wir könnten sie nie wiederfinden.«

»Ich möchte bei dir bleiben«, beteuerte Wrona.

»Gut, wie du willst.«

Im Empfangsteil der Zeitmaschine bildete sich farbiger Nebel, der plötzlich zu einem festen Körper wurde: Svetz' Kapsel war mit einigen Stunden Verspätung zurück. Das Luk öffnete sich automatisch. Aber Svetz kam nicht heraus.

Sie mußten ihn an den Schultern herausziehen. Aus einer Atmosphäre, die nach Tier und Blüten roch.

»Er erholt sich bestimmt gleich. Stellt ein Filterzelt über das Tier«, befahl Ra Chen den anderen. Er blieb mit verschränkten Armen neben Svetz stehen.

Svetz begann zu atmen.
Er schlug die Augen auf.
»Was war los?« wollte Ra Chen wissen.
Svetz setzte sich auf. »Augenblick, ich muß erst nachdenken. Ich war im vorindustriellen Amerika. Dort war alles tief verschneit. Ich … ich habe einen Wolf angeschossen.«
»Wir haben ihn unter einem Zelt. Was war dann?«
»Nein. Der Wolf ist fortgelaufen. Wir haben ihn vertrieben.« Svetz riß die Augen auf. »Wrona!«
Wrona lag in einem Filterzelt. Ihr Pelz war weich und dicht, weiß mit schwarzen Zeichen. Sie war wie ein Wolf gebaut, aber der große Kopf mit der kurzen Schnauze und ihr Ringelschwanz erinnerten eher an einen Hund. Ihre Augen waren geschlossen. Sie schien nicht zu atmen.
Svetz kniete neben ihr nieder. »Helft mir, sie hinauszuschaffen! Seht ihr denn keinen Unterschied zwischen einem Wolf und einem Hund?«
»Nein. Aber warum sollten wir annehmen, Sie hätten einen Hund mitgebracht, Svetz? Hunde haben wir doch selbst ein paar Dutzend.«
Svetz hörte gar nicht zu. Er zog das Filterzelt zur Seite und beugte sich über Wrona. »Sie ist ein Hund, glaube ich. Jedenfalls mehr Hund als Wolf. Sie hat sich den veränderten Lebensbedingungen unserer Welt angepaßt. Und unserer Luft.« Svetz sah zu seinem Boß auf. »Sir, wir müssen die alte Kapsel ausrangieren. Sie hat im Zeitraum seitliche Bewegungen ausgeführt.«
»Haben Sie etwa im Dienst Pillen geschluckt?«
»Nein, nein, ich erkläre Ihnen gleich, was …«
Wrona wachte auf. Sie sah sich ängstlich um, bis sie Svetz erkannte. Ihre goldenen Augen blickten ihn fragend an.
»Keine Angst, ich kümmere mich um dich«, versprach Svetz ihr und kraulte sie hinter den Ohren. Zu

Ra Chen sagte er: »Im Zoo sind schon genug Hunde. Sie kann bei mir bleiben.«

»Sind Sie übergeschnappt, Svetz? Sie wollen mit einem Tier leben? Haben Sie vergessen, daß Sie Tiere nicht leiden können?«

»Sie hat mir das Leben gerettet. Ich lasse nicht zu, daß sie in einen Käfig gesteckt wird«, sagte Svetz energisch.

»Klar, behalten Sie sie doch! Leben Sie mit ihr? Aber die zwei Millionen Credits, die sie gekostet hat, wollen Sie wohl nicht zurückzahlen? Aha, das habe ich mir gedacht.« Ra Chen winkte angewidert ab. »Gut, lassen Sie Ihren Bericht hören. Und sorgen Sie dafür, daß die Bestie sich anständig aufführt.«

Wrona hob den Kopf und schnüffelte. Dann heulte sie klagend. Der Laut hallte von den Wänden des Instituts wieder, und die dort Arbeitenden drehten sich fragend und ängstlich danach um.

Svetz starrte Wrona verwirrt an, aber dann begriff er, weshalb sie klagend heulte.

Die Luft war mit Petrochemikalien und Kohlenstoff-, Stickstoff- und Schwefeloxiden angereichert. Industrielle Luft. Die Luft, die Svetz sein Leben lang geatmet hatte.

Und Svetz haßte sie.

Kurt Vonnegut jr.

Jemand, der mit solch schwarzem Humor über die Zukunft und mit soviel Ironie über die Möglichkeit des Weltuntergangs geschrieben hat, ist vielleicht am besten geeignet, in einem Band komischer Phantastik den Schluß zu bilden. Die Tatsache, daß Kurt Vonneguts Laufbahn merkwürdige Parallelen zu der des ersten Beiträgers, Terry Pratchett, aufweist, läßt ihn im Licht des grotesken Stils, den beide ziemlich unabhängig voneinander entwickelt haben, erst recht als treffende Wahl erscheinen. Vonnegut hat Öffentlichkeitsarbeit für die General Electric Company in Amerika gemacht, errang Ruhm mit Die Sirenen des Titan (The Sirens of Titan, 1959), einem Roman über ein schrulliges Volk von Außerirdischen namens Tralfamadorier und über die Kirche des Einen Völlig Gleichgültigen Gottes, und jetzt hat er eine große Schar von Bewunderern weit über den Bereich der phantastischen Literatur hinaus. Seine Bücher sind auch voll von denselben komischen Erfindungen, wie bei Pratchett. Dennoch ist es sicherlich das erste Mal, daß diese beiden unumstrittenen Meister des Genres auf den Seiten desselben Buches erscheinen.

Kurt Vonnegut jr. (geb. 1922) wurde in Indianapolis geboren, wo sein Vater und dessen Vater Architekten waren. »Irgendwo in Deutschland«, schreibt er, »gibt es einen Fluß, der die Vunne heißt – das ist der Ursprung meiner sonderbaren Namen.« Es war unmittelbar nach seiner Arbeit bei General Electric, daß er in Zeitschriften wie Fantasy and Science Fiction, Galaxy und Worlds of If seine einmalige Art von Phantastik entwickelte. Später schrieb er Romane, die ihn zum Kultautor machten, darunter Das höllische System (Player Piano, 1952), worin die Maschinen die Weltherrschaft übernehmen, Katzenwiege (Cat's Cradle, 1963) mit Bokonon, dem Erfinder einer durchweg aus Lügen bestehenden Religion, Schlachthof 5 (Slaughterhouse-Five, 1969), wo die Tralfamadorier wieder auftauchen, und Frühstück für starke Männer (*Breakfast of Champions*, 1973) über den Science Fiction-Autor Kilgore Trout, dessen groteske phantastische Geschichten als Text in Büchern mit pornographischen Bildern erscheinen.

Ein großer Teil von Vonneguts Kurzgeschichten ist in dem Band *Geh zurück zu deiner lieben Frau und deinem Sohn* (*Welcome to the Monkey House*, 1969) veröffentlicht, hier aber folgt ein seltenes Stück, das erstmals in *Worlds of If* vom Januar 1962 erschien. ›Die Farbe des Weins‹ handelt von Leben und Tod in der Zukunft, und mit ihrem schwarzen Humor bildet Vonneguts Vision davon ein perfektes Finale.

KURT VONNEGUT JR.

Die Farbe des Weins

Alles war vollkommen.

Es gab keine Gefängnisse, keine Elendsviertel, keine Irrenhäuser, keine Krüppel, keine Armut, keine Kriege.

Alle Krankheiten waren besiegt. Ebenso das Alter.

Der Tod, ausgenommen Unfälle, war ein Abenteuer für Freiwillige.

Die Bevölkerung der Vereinigten Staaten war bei vierzig Millionen Seelen stabilisiert worden.

Eines schönen Morgens wartete im Krankenhaus von Chicago ein Mann namens Edward K. Wehling auf die Entbindung seiner Frau. Er war der einzige, der wartete. Es wurden nicht mehr viele Menschen an einem Tag geboren.

Wehling war sechsundfünfzig, ein junger Spund in einer Bevölkerung, deren Durchschnittsalter hundertneunundzwanzig betrug.

Die Röntgenaufnahmen hatten gezeigt, daß seine Frau Drillinge erwartete. Es würden seine ersten Kinder sein.

Der junge Wehling saß in seinen Sessel geduckt, den Kopf in der Hand. Er war so zerknittert, so still und so farblos, daß er praktisch unsichtbar war. Seine Tarnung war vollkommen, da auch das Wartezimmer etwas Unordentliches und Demoralisiertes hatte. Sessel und Aschenbecher waren von den Wänden abgerückt worden. Der Fußboden war mit fleckigem Schonbelag bedeckt.

Das Zimmer wurde gerade neu vorgerichtet. Es

wurde als Erinnerungsstätte für einen Mann eingerichtet, der freiwillig gestorben war.

Ein bösartiger alter Mann, etwa zweihundert Jahre alt, saß auf einer Trittleiter und malte ein Wandbild, das ihm nicht gefiel. Seinerzeit, als die Menschen sichtlich alterten, hätte man ihn auf rund fünfunddreißig geschätzt. So weit war er gealtert, ehe das Mittel gegen das Altern gefunden wurde.

Das Wandbild, an dem er arbeitete, stellte einen sehr hübschen Garten dar. Männer und Frauen in Weiß, Ärzte und Schwestern, gruben den Boden um, pflanzten Stecklinge, sprühten Insektengift, streuten Dünger aus.

Männer und Frauen in purpurfarbenen Uniformen rissen Unkraut aus, hieben Pflanzen ab, die alt und kränklich waren, harkten Laub zusammen, trugen Abfall zur Verbrennungsanlage.

Nie, nie, nie – nicht einmal im mittelalterlichen Holland oder im alten Japan – war ein Garten besser geordnet und gepflegt gewesen. Jede Pflanze hatte so viel Raum, Licht, Wasser, Luft und Nährstoffe, wie sie gebrauchen konnte.

Ein Pfleger kam den Korridor entlang und sang halblaut ein beliebtes Lied vor sich hin:

»Wenn du nicht meine Küsse möchtest,
weißt du, wohin ich geh?
Ich geh zu einem Purpurmädchen
und sag der Welt ade.
Wenn du nicht meine Liebe willst,
was soll ich dann noch hier, mein Schatz?
Ich laß die alte Erde sausen,
mach für ein süßes Baby Platz.«

Der Pfleger schaute auf das Wandbild und den Maler. »Sieht so echt aus«, sagte er. »Ich kann mir praktisch vorstellen, daß ich mittendrin stehe.«

»Wie kommen Sie darauf, Sie könnten nicht drin sein?« fragte der Maler. Er lächelte ironisch. »Es heißt ›Der Glücksgarten des Lebens‹, wissen Sie.«

»Das ist gut von Dr. Hitz«, sagte der Pfleger.

Er bezog sich auf eine der männlichen Figuren in Weiß, deren Kopf ein Porträt von Dr. Benjamin Hitz war, des Leiters der Entbindungsstation. Hitz war ein blendendgutaussehender Mann.

»Noch 'ne Menge Gesichter einzusetzen«, sagte der Pfleger. Er meinte, daß die Gesichter vieler Figuren auf dem Wandbild noch weiß waren. Alle Leerstellen sollten mit Porträts von wichtigen Personen aus dem Krankenhauspersonal beziehungsweise aus dem Chicagoer Büro der Bundesbehörde für Lebensabschluß gefüllt werden.

»Es muß schön sein, wenn man Bilder machen kann, die nach was aussehen«, sagte der Pfleger.

Das Gesicht des Malers verzog sich voller Verachtung. »Sie glauben, ich bin stolz auf diesen Quatsch?« fragte er. »Sie glauben, so stelle ich mir das wirkliche Leben vor?«

»Wie stellen Sie sich das wirkliche Leben vor?« fragte der Pfleger.

Der Maler zeigte auf den verdorbenen Schonbelag. »Das da gibt ein gutes Bild davon ab«, sagte er. »Machen Sie da einen Rahmen drum, und Sie kriegen ein Bild, das ein verdammt gutes Stück ehrlicher ist als dieses.«

»Sie sind 'n finstrer alter Vogel, was?« sagte der Pfleger.

»Ist das verboten?« fragte der Maler.

Der Pfleger zuckte mit den Schultern. »Wenn's Ihnen hier nicht gefällt, Opa ...,« sagte er und beendete den Gedanken mit der speziellen Telefonnummer, die Leute anrufen sollten, die nicht mehr leben wollten. Die Null in der Telefonnummer sprach er ›naught‹ aus.

Die Nummer war: 2 B R 0 2 B.*

Es war die Telefonnummer einen Einrichtung, die unter anderem folgende phantasievolle Spitznamen hatte: ›Automat‹, ›Wolkenkuckucksheim‹, ›Konservenfabrik‹, ›Katzenkiste‹, ›Entlausung‹, ›Ab mit Schaden‹, ›Tschüß, Mutter‹, ›Fideler Rabauke‹, ›Rasch 'nen Kuß‹, ›der glückliche Pierre‹, ›Räudebad‹, ›Mixer‹, ›Trübsal ade‹ und ›Mach dir kein' Kopp‹.

›Sein oder nicht sein‹ war die Telefonnummer der städtischen Gaskammern der Bundesbehörde für Lebensabschluß.

Der Maler drehte dem Pfleger eine Nase. »Wenn ich beschließe, daß es reicht«, sagte er, »dann jedenfalls nicht im Räudebad.«

»Selbstbedienung, was?« meinte der Pfleger. »'ne Menge Scherereien, Opa. Warum nehmen Sie nicht ein bißchen Rücksicht auf die Leute, die nachher alles wegräumen müssen?«

Der Maler brachte mit einer Obszönität zum Ausdruck, daß ihn die Leiden der Überlebenden nicht im mindesten kümmerten. »Die Welt könnte noch viel mehr Scherereien aushalten, wenn Sie mich fragen.«

Der Pfleger lachte und ging seiner Wege.

Wehling, der werdende Vater, murmelte etwas, ohne den Kopf zu heben. Dann verstummte er wieder.

Eine derbe, furchterregende Frau kam auf Stöckelschuhen ins Zimmer geschritten. Ihre Schuhe, Strümpfe, der Mantel, die Tasche und ihr Käppi waren alle purpurrot, der Farbton, den der Maler ›die Farbe des Weins am Tag des Jüngsten Gerichts‹ nannte.

Das Medaillon auf ihrer purpurfarbenen Schultertasche war das Emblem der Serviceabteilung der Bundes-

---

* Amerikanisch buchstabiert, klingt das annähernd wie ›To be or not to be‹, ›Sein oder Nichtsein‹. -- *Anm. d. Übers.*

behörde für Lebensabschluß, ein Adler, der auf einem Drehkreuz saß.

Die Frau hatte eine Menge Haare im Gesicht – im Grunde unverkennbar einen Schnurrbart. Es war eine merkwürdige Sache mit den Gaskammer-Hostessen, daß sie, wie hübsch und fraulich sie bei Dienstantritt auch sein mochten, alle binnen etwa fünf Jahren Schnurrbärte bekamen.

»Ist das die Stelle, wohin ich kommen sollte?« fragte sie den Maler.

»Das hängt ziemlich davon ab, worum es geht«, sagte er. »Sie werden doch nicht bald ein Kind kriegen, oder?«

»Man hat mir gesagt, daß ich für ein Bild Modell sitzen soll«, sagte sie. »Mein Name ist Leora Duncan.« Sie wartete.

»Sie sind von den Murksern«, sagte er.

»Was?« sagte sie.

»Schon gut«, sagte er.

»Das ist wirklich ein schönes Bild«, sagte sie. »Sieht ganz wie der Himmel aus oder so was.«

»Oder so was«, sagte der Maler. Er nahm eine Namensliste aus seiner Kitteltasche. »Duncan, Duncan, Duncan«, sagte er, während er auf der Liste suchte. »Ja – da sind Sie. Sie sind berechtigt, verewigt zu werden. Sehen Sie hier irgendeinen Körper ohne Gesicht, wo Sie gern ihren Kopf drauf hätten? Wir haben noch ein paar zur Auswahl.«

Sie musterte teilnahmslos das Wandbild. »Ach je«, sagte sie, »für mich ist das alles eins. Ich verstehe nichts von Kunst.«

»Ein Körper ist ein Körper, hm?« sagte er. »Na schön. Als Meister der schönen Künste empfehle ich den Körper hier.« Er zeigte auf die gesichtslose Figur einer Frau, die tote Triebe zu einer Verbrennungsanlage trug.

»Also«, sagte Leora Duncan, »das sind mehr die Entsorgungsleute, nicht wahr. Ich meine, ich bin beim Service. Ich mach keine Entsorgung.«

Der Maler schlug mit gespielter Freude die Hände zusammen. »Sie sagen, Sie verstehen nichts von Kunst, und dann beweisen Sie im nächsten Atemzug, daß Sie mehr davon verstehen als ich! Natürlich ist die Frau, die das Holzbündel trägt, nicht das Richtige für eine Hostess! Jemand, der Triebe stutzt oder kappt – das paßt eher zu Ihnen.« Er zeigte auf eine Gestalt in Purpur, die einen toten Ast von einem Apfelbaum absägte. »Wie wär's damit?« fragte er. »Gefällt Ihnen die einigermaßen?«

»Mann«, sagte sie, errötete und wurde schüchtern, »da ... da wäre ich direkt neben Dr. Hitz.«

»Das stört Sie?« sagte er.

»Um Himmels willen, nein!« rief sie. »Es ist ... es ist nur so eine große Ehre.«

»Ah. Sie bewundern ihn, hm?« sagte er.

»Wer bewundert ihn nicht?« fragte sie und betrachtete voller Anbetung das Porträt von Hitz. Es war das Porträt eines braungebrannten, weißhaarigen, allmächtigen Zeus, zweihundertvierzig Jahre alt. »Wer bewundert ihn nicht?« wiederholte sie. »Er war für die Einrichtung der allerersten Gaskammer in Chicago zuständig.«

»Ich täte nichts lieber«, sagte der Maler, »als sie eine Zeitlang neben ihn zu stellen. Ein Glied absägen – das halten Sie für passend?«

»Das beschreibt ungefähr das, was ich tue«, sagte sie. Sie sah nüchtern, was sie tat. Sie machte es den Menschen angenehm, während sie sie tötete.

Und während Leora Duncan Modell saß, platzte Dr. Hitz selber ins Zimmer. Er war über zwei Meter groß, und er verströmte Wichtigkeit, Erfolg und Lebensfreude.

»Sieh da, Miss Duncan! Miss Duncan!« sagte er und machte einen Scherz. »Was wollen Sie hier? Das ist nicht die Stelle, wo die Leute abgehen. Hier kommen sie an!«

»Wir werden zusammen auf demselben Bild sein«, sagte sie verlegen.

»Gut!« sagte Dr. Hitz entschieden. »Und, sagen Sie, ist das nicht ein Bild?«

»Es ist mir wirklich eine Ehre, zusammen mit Ihnen drauf zu sein«, sagte sie.

»Wissen Sie«, sagte er, »mir ist es eine Ehre, mit Ihnen drauf zu sein. Ohne Frauen wie Sie wäre diese wunderbare Welt, wie wir sie haben, nicht möglich.«

Er hob die Hand zum Gruß und ging auf die Tür zu, die zu den Entbindungsstationen führte. »Raten Sie mal, was eben zur Welt gekommen ist«, sagte er.

»Ich weiß es nicht«, sagte sie.

»Drillinge!« sagte er.

»Drillinge!« rief sie angesichts der juristischen Folgen von Drillingen.

Das Gesetz besagte, daß kein neugeborenes Kind überleben durfte, wenn die Eltern nicht jemanden finden konnten, der freiwillig sterben wollte. Wenn sie alle leben sollten, waren für Drillinge drei Freiwillige nötig.

»Haben die Eltern drei Freiwillige?« fragte Leora Duncan.

»Als letztes hörte ich, daß sie einen hatten und versuchten, noch zwei weitere aufzutreiben.«

»Ich glaube nicht, daß sie es geschafft haben«, sagte sie. »Wir haben keine drei zusammenhängenden Meldungen. Heute sind lauter einzelne Leute dran, wenn nicht noch jemand angerufen hat, nachdem ich weggegangen bin. Wie heißen die Leute?«

»Wehling«, sagte der wartende Vater und richtete sich im Sessel auf, mit roten Augen und zerknautscht. »Edward K. Wehling jr. heißt der glückliche werdende Vater.«

Er hob die rechte Hand, schaute eine Stelle auf der Wand an, lachte gekünstelt auf. »Anwesend«, sagte er.

»Oh, Mr. Wehling«, sagte Dr. Hitz, »ich habe Sie nicht gesehen.«

»Der Unsichtbare«, sagte Wehling.

»Ich habe gerade den Anruf bekommen, daß Ihre Drillinge geboren sind«, sagte Dr. Hitz. »Sie sind alle wohlauf, die Mutter auch. Ich bin unterwegs, sie mir anzuschauen.«

»Hurra«, sagte Wehling tonlos.

»Sie klingen nicht sehr froh«, sagte Dr. Hitz.

»Wer wäre in meiner Lage schon froh?« fragte Wehling. Er machte ein Geste, um sorglose Einfalt zu markieren. »Ich brauche weiter nichts zu tun, als auszusuchen, welcher von meinen Drillingen am Leben bleiben soll, dann meinen Großvater mütterlicherseits beim Fidelen Rabauken abzuliefern und mit der Bescheinigung wieder herzukommen.«

Dr. Hitz baute sich vor Wehling auf und schlug einen ziemlich ernsten Ton an. »Sie glauben nicht an Bevölkerungskontrolle, Mr. Wehling?«

»Ich denke, sie ist völlig in Ordnung«, sagte Wehling steif.

»Möchten Sie die gute alte Zeit wiederhaben, als die Erdbevölkerung zwanzig Milliarden betrug und drauf und dran war, auf vierzig Milliarden anzuwachsen, dann auf achtzig Milliarden, dann auf hundertsechzig? Wissen Sie, was ein Nüßchen ist, Mr. Wehling?«

»Keine Ahnung«, sagte Wehling träge.

»Ein Nüßchen, Mr. Wehling, ist einer von den kleinen Höckern, eins von den kleinen fleischigen Körnchen auf einer Brombeere«, sagte Dr. Hitz. »Ohne Bevölkerungskontrolle wären die Menschen jetzt auf der Oberfläche unseres alten Planeten wie Nüßchen auf einer Brombeere gepackt! Überlegen Sie sich das mal!«

Wehling starrte immer noch denselben Fleck an der Wand an.

»Im Jahr Zweitausend«, sagte Dr. Hitz, »ehe Wissenschaftler einschritten und das Gesetz erließen, gab es nicht einmal genug Trinkwasser für alle und nichts als

Wasserpflanzen zu essen – und dennoch bestanden die Menschen auf ihrem Recht, sich wie die Kaninchen zu vermehren. Und auf ihrem Recht, möglichst ewig zu leben.«

»Ich will diese Kinder«, sagte Wehling still. »Ich will sie alle drei.«

»Natürlich wollen Sie das«, sagte Dr. Hitz. »Das ist ganz menschlich.«

»Ich will auch nicht, daß mein Großvater stirbt«, sagte Wehling.

»Es ist für niemanden sonderlich erfreulich, einen nahen Verwandten in die Katzenkiste zu schaffen«, sagte Dr. Hitz sanft, mitfühlend.

»Ich wünschte, die Leute würde es nicht so nennen«, sagte Leora Duncan.

»Was?« fragte Dr. Hitz.

»Ich wünschte, die Leute würden es nicht ›die Katzenkiste‹ und so nennen«, sagte sie. »Das vermittelt ein falsches Bild.«

»Sie haben vollkommen recht«, sagte Dr. Hitz. »Verzeihen Sie.« Er berichtigte sich und gab den städtischen Gaskammern ihre offizielle Bezeichnung, eine Bezeichnung, die nie jemand im Gespräch verwendete. »Ich hätte ›Studios für ethischen Selbstmord‹ sagen sollen«, sagte er.

»Das klingt doch viel besser«, sagte Leora Duncan.

»Dieses Kind von Ihnen – egal, welches Sie behalten wollen, Mr. Wehling«, sagte Dr. Hitz. »Er oder sie wird auf einem glücklichen, geräumigen, sauberen, reichen Planeten leben, dank der Bevölkerungskontrolle. In einem Garten wie auf dem Wandbild da.« Er schüttelte den Kopf. »Vor zwei Jahrhunderten, als ich ein junger Mann war, war er eine Hölle, und niemand glaubte, daß er noch zwanzig Jahre fortbestehen könnte. Heute erstrecken sich vor uns Jahrhunderte des Friedens und des Überflusses, so weit die Phantasie nur reicht.«

Er lächelte strahlend.

Das Lächeln verblaßte, als er sah, daß Wehling einen Revolver gezogen hatte.

Wehling erschoß Dr. Hitz. »Das ist Platz für einen – eine Menge Platz«, sagte er.

Und dann erschoß er Leora Duncan. »Ist doch nur der Tod«, sagte er zu ihr, als sie zusammenbrach. »Da! Platz für zwei.«

Und dann erschoß er sich selbst und schuf Platz für alle seine drei Kinder.

Niemand kam herbeigelaufen. Niemand schien die Schüsse gehört zu haben.

Der Maler saß oben auf seiner Trittleiter und schaute nachdenklich auf die betrübliche Szene hinab.

Der Maler dachte über das kummervolle Rätsel des Lebens nach, wie es danach verlangte, geboren zu werden und, erst einmal auf der Welt, fruchtbar zu sein … sich zu vermehren und so lange wie möglich zu leben, und das alles auf einem kleinen Planeten zu tun, der für die Ewigkeit ausreichen mußte.

Alle Antworten, die dem Maler einfielen, waren grausig. Gewiß sogar noch grausiger als eine Katzenkiste, ein Fideler Rabauke, ein Ab-mit-Schaden. Er dachte an Krieg. Er dachte an Seuchen. Er dachte an Hunger.

Er wußte, daß er nie mehr malen würde. Er ließ den Pinsel auf den Schonbelag fallen. Und dann beschloß er, er habe auch genug vom Leben im Glücksgarten des Lebens, und stieg langsam die Leiter hinab.

Er nahm Wehlings Pistole, wirklich entschlossen, sich zu erschießen.

Doch er brachte es nicht fertig.

Und dann sah er die Telefonzelle in der Zimmerecke. Er ging hinein, wählte die wohlbekannte Nummer: 2 B R 0 2 B.

»Bundesbüro für Lebensabschluß«, sagte die sehr warme Stimme einer Hostess.

»Wie rasch könnte ich einen Termin kriegen?« fragte er und sprach sehr sorgfältig.

»Wir könnten Sie wahrscheinlich heute spät am Nachmittag drannehmen, mein Herr«, sagte sie. »Es kann sogar früher sein, wenn wir eine Absage bekommen.«

»In Ordnung«, sagte der Maler, »merken Sie mich bitte vor.« Und er nannte ihr seinen Namen, buchstabierte ihn.

»Danke, mein Herr«, sagte die Hostess. »Ihre Stadt dankt Ihnen; Ihr Land dankt Ihnen; Ihr Planet dankt Ihnen. Doch am innigsten danken Ihnen die künftigen Generationen.«

Danksagung

Der Herausgeber möchte Colin Smythe und Maggie Phillips seinen Dank aussprechen und die besondere Unterstützung würdigen, die er bei der Zusammenstellung dieser Anthologie von dem verstorbenen Robert Bloch erhielt. Er und der Verlag danken auch den Autoren, ihren Verlagen und Agenten für die Genehmigung, Erzählungen in das Buch aufzunehmen.

Übersetzer, Quellen- und Rechtsvermerke

GEFÄHRLICHE POSSEN von Terry Pratchett.
Originaltitel: ›Theatre of Cruelty‹.

Aus dem Englischen übersetzt von Andreas Brandhorst.

WIE NUTH SEINE KUNSTFERTIGKEIT AN DEN GNOLEN VERSUCHTE von Lord Dunsany.
Originaltitel: ›How Nuth Would Have Practised His Art Upon the Gnoles‹.
Erstveröffentlichung (gekürzt) in *The Sketch*, 1911, vollständig im Band von Lord Dunsany: *The Book of Wonder*. © William Heinemann, London 1912, © John W. Luce, Boston 1912.
Übersetzung aus dem Englischen von Friedrich Polakovics in *Lord Dunsany: Das Fenster zur anderen Welt*. Insel Verlag, Frankfurt am Main 1971. Mit freundlicher Genehmigung des Insel Verlags

HÖLLE, WO IST DEIN SIEG? von John Collier.
Originaltitel: ›Hell Hath No Fury‹.
Aus dem Band von John Collier: *Fancies and Goodnights.*
Aus dem Englischen übersetzt von Erik Simon.

DER TWONKY von Henry Kuttner.
Originaltitel: ›The Twonky‹.
Erstveröffentlichung 1942.
Aus dem Band von Henry Kuttner: *Line to Tomorrow*, 1954.
Aus dem Amerikanischen übersetzt von Erik Simon.

ZU MÄCHTIG von Eric Frank Russell.
Originaltitel: ›A Great Deal of Power‹.
Aus *Fantastic Universe.*

Aus dem Englischen übersetzt von Erik Simon.

DINGSBUMS von Ray Bradbury.
Originaltitel: ›Doodad‹.
Aus *Astounding*, Oktober 1943.
Aus dem Amerikanischen übersetzt von Erik Simon.

AUF DEN EINBAND KOMMT ES AN von Philip K. Dick.
Originaltitel: ›Not By Its Cover‹.
Aus *Famous Science Fiction*, Sommer 1968.
Übersetzung aus dem Amerikanischen von Joachim Körber in *Philip K. Dick: Der goldene Mann.* A. Moewig Verlag, München 1981. Mit freundlicher Genehmigung des Moewig Verlags

DIE NAMENSREGEL von Ursula K. Le Guin.
Originaltitel: ›The Rule of Names‹.
Erstveröffentlichung in *Fantastic Stories of Imagination*, April 1964; aus dem Band von Ursula K. Le Guin: *The Wind's Twelve Quarters.* 1975.
Übersetzung aus dem Amerikanischen von Gisela Stege in *Ursula K. Le Guin: Die zwölf Striche der Windrose.* Nymphenburger Verlagshandlung, München 1980. Mit freundlicher Genehmigung der Nymphenburger Verlagshandlung

ES WAR EINMAL EIN TIER … von Stephen Donaldson.
Originaltitel: ›Mythological Beast‹.
Aus *The Magazine of Fantasy and Science Fiction*, Januar 1979 (erschienen 1978).
Aus dem Amerikanischen übersetzt von Irmtraut Kremp.

DAS ABENTEUER MIT DER SCHNEEKUGEL von F. Anstey
Originaltitel: ›The Adventure of the Snowing Globe‹.
Aus dem Englischen übersetzt von Erik Simon.

BEGEBENHEITEN IN POICTESME von James Branch Cabell.
Originaltitel: ›Affairs in Poictesme‹.
Auszug aus dem Roman von James Branch Cabell: *Figures of Earth. A Comedy of Appearances.* 1921.
Aus dem Amerikanischen übersetzt von Erik Simon.

DER RING DES HANS CARVEL von Fredric Brown.
Originaltitel: ›The Ring of Hans Carvel‹.
Aus dem Band von Fredric Brown: *Nightmares and Geezenstracks.* 1961.
Aus dem Amerikanischen übersetzt von Erik Simon.

DER KÖDER von Fritz Leiber
Originaltitel: ›The Bait‹.
Erstveröffentlichung in: Whispers, Dezember 1973.
Aus dem Band von Fritz Leiber: *Swords and Ice Magic*. 1977.
Aus dem Amerikanischen übersetzt von Thomas Schlück.

DIE ALTEN RITTERSLEUT … von Robert Bloch.
Originaltitel: ›A Good Knight's Work‹.
Erstveröffentlichung in *Unknown Worlds*, November 1941.
Aus dem Amerikanischen übersetzt von Günther Treffer.

ARMER KLEINER KRIEGER von Brian W. Aldiss.
Originaltitel: ›Poor Little Warrior‹.
Erstveröffentlichung in *The Magazine of Fantasy and Science Fiction*, April 1958.
Übersetzung aus dem Englischen von Rudolf Hermstein in: *Brian W. Aldiss: Der unmögliche Stern.* Insel Verlag, Frankfurt am Main 1972. Mit freundlicher Genehmigung des Insel Verlags

DER KOMISCHE ALTE VOGEL von Avram Davidson.
Originaltitel: ›The Odd Old Bird‹.
Erstveröffentlichung in *Weird Tales*, Winter 1988/89.

Aus dem Amerikanischen übersetzt von Erik Simon.
Copyright © 1997 der deutschen Übersetzung by Wilhelm Heyne Verlag, München

DER JUNGE ZAPHOD GEHT AUF NUMMER SICHER von Douglas Adams.
Originaltitel: ›Young Zaphod Plays It Safe‹.
Erstveröffentlichung (in anderer Fassung) 1986.
Aus dem Englischen übersetzt von Erik Simon.
Copyright © 1997 der deutschen Übersetzung by Wilhelm Heyne Verlag, München

DIE WILDESEL DES TEUFELS von H. G. Wells.
Originaltitel: ›The Wild Asses of the Devil‹.
Erstveröffentlichung 1908.
Aus dem Englischen übersetzt von Erik Simon.
Copyright © 1997 der deutschen Übersetzung by Wilhelm Heyne Verlag, München

DIENSTBARE ENGEL von C. S. Lewis.
Originaltitel: ›Ministering Angels‹.
Erstveröffentlichung in *The Magazine of Fantasy and Science Fiction*, Januar 1958.
Aus dem Englischen übersetzt von Erik Simon.
Copyright © 1997 der deutschen Übersetzung by Wilhelm Heyne Verlag, München

DIE GEHEIMWAFFE von Reginald Bretnor.
Originaltitel: ›The Gnurrs Come from the Voodvork Out‹.
Erstveröffentlichung in *The Magazine of Fantasy and Science Fiction*, 1950. © 1950 by Fantasy House, Inc., © 1977 by Mercury Press, Inc.
Aus dem Amerikanischen übersetzt von Gisela Stege.
Copyright © 1974 der deutschen Übersetzung by Wilhelm Heyne Verlag, München

KAPITÄN WYXTPTHLLS FLIEGENDE UNTERTASSE von Arthur C. Clarke.
Originaltitel: ›Captain Wyxtpthll's Flying Saucer‹.
Erstveröffentlichung in *Marvel Science Stories*, April 1951.
Aus dem Englischen übersetzt von Erik Simon.